Arne Dahl
Zorn

ARNE DAHL

ZORN

Thriller

Aus dem Schwedischen von Antje Rieck-Blankenburg

Piper München Zürich

Mehr über unsere Autoren und Bücher:
www.piper.de

Die Originalausgabe erschien 2012 unter dem Titel
»Hela havet stormar« im Albert Bonniers Förlag, Stockholm.

Die Zitate aus »Der Graf von Monte Christo« von Alexandre Dumas stammen aus der deutschen Übersetzung von F. W. Bruckbräu und liegen im Deutschen Taschenbuch Verlag, München 2010, vor.

Von Arne Dahl liegen im Piper Verlag außerdem vor:
Misterio
Böses Blut
Falsche Opfer
Tiefer Schmerz
Rosenrot
Ungeschoren
Totenmesse
Dunkelziffer
Opferzahl
Gier

ISBN 978-3-492-05306-8

Gesetzt aus der Swift
Satz: Kösel, Krugzell
Druck und Bindung: CPI – Clausen & Bosse, Leck
Printed in Germany

1 – Flaute

Insel I

Livorno, 8. Mai

Ein Schleier. Alles dahinter ist nur schemenhaft zu erkennen. Dann, ganz sacht, eine Bewegung. Wie sich der Schleier gleichsam prüfend lüftet. Sich wie in Zeitlupe aufbauscht. Dann öffnet er sich. Und gibt die Sicht frei.

Auf das, was er gesehen hat. Was er gespürt hat. Die ganze Zeit über.

Dabei dürfte sich die Tüllgardine gar nicht bewegen. Denn nachdem sich der sanft wiegende Schleier geöffnet hat, ist eine vollkommen glatte Wasseroberfläche zu sehen. Windstille.

Flaute.

So hat sich die Welt für Deda dargestellt, als er in der Frühjahrskälte von der Hand des Kapitäns an Deck des alten Lastkahns gehoben wurde. Beinahe friedlich. Als bestünde neue Hoffnung für die Menschheit.

Aber so dachte Deda natürlich nicht. Dafür war er noch viel zu jung. Er war zehn Jahre alt, und der Fluss lag spiegelglatt vor ihm. Es sah beinahe so aus, als läge noch immer eine hauchdünne Eisschicht auf der Wasseroberfläche, die der alte Kahn mit der Schärfe eines Rasiermessers durchschnitt. Erstaunlich lautlos.

Auf beiden Seiten des Flusses erstreckte sich die karge, trostlose Landschaft, eine Landschaft, die er in den vergangenen Wochen durch so viele Fenster gesehen hatte. Zuerst durch Zugfenster, dann durch Barackenfenster und schließlich durch die Bullaugen eines Schiffes. Wenn man diesen Kahn überhaupt als Schiff bezeichnen konnte.

Der Kapitän warf Deda erneut einen besorgten Blick zu. Eine Woche zuvor hatte er auf seinem alten Kahn noch Holz transportiert. Jetzt war die Fracht eine andere. Und sein Leben war ein anderes geworden.

Es sind vier Kähne, die jahrzehntelang widerspenstiges Holz durch die kärgste aller Landschaften transportiert haben. Dedas Kahn ist der erste in der Reihe. Derjenige, der die blanke schwarze Wasseroberfläche mit unerwartet scharfen Schnitten zerteilt.

Es ist so lange her und dennoch so gegenwärtig. Es war im Mai, und eigentlich hätte es gar nicht so kalt sein dürfen. In der Großstadt, in der Deda aufwuchs, war es fast schon Sommer. Bäume und Sträucher blühten, als sie ihn in der Stadt aufgriffen, die bis dahin seine Welt gewesen war. Er begreift immer noch nicht, warum. Weil er Waise ist? Weil Großmutter ihn nicht jeden Tag in die Schule schickte? Weil er seinen neuen Pass vergessen hatte? Er weiß es nicht, er begreift nichts. Außer, dass der Kapitän freundlich ist. Er tätschelt Deda den Kopf, doch sein Gesichtsausdruck bleibt sorgenvoll.

Der Tag vergeht erstaunlich langsam. Die Natur scheint innezuhalten und mitten in ihrem sonst so dauerhaften Streben nach Veränderung ins Stocken geraten zu sein. Als wisse sie, was geschehen wird. Als reagiere sie instinktiv auf das naturwidrige Geschehen.

Sie sind inzwischen seit mehr als zwei Wochen unterwegs. Den Großteil der Strecke haben sie mit dem Zug zurückgelegt. Sie sind viele, so viel weiß Deda, Tausende, und sie bekommen nur wenig Brot und Wasser am Tag. Der kollektive Hunger wird immer lähmender, immer bedrohlicher. Aber jetzt sind sie bald da. Das hat der Kapitän gesagt.

Deda vertraut dem Kapitän.

Vorhin hatten sie tatsächlich für eine Weile angehalten. Legten an einem Pier an, der zu einer Stadt zu gehören schien. Zu dem Zeitpunkt war Deda noch unter Deck. Der Gestank, das Wimmern, die Schreie. Die unvermittelt ausbrechenden Schlägereien um die wenigen Bullaugen. Die brutale Bande mit dem Glatzköpfigen, die Deda aus seinem Viertel zu Hause kannte. Von der er sich immer ferngehalten hat. Damals wie heute.

Die vom Rauchen kratzige Stimme des Glatzkopfs: »Verdammt, sie fahren wieder!«

Die daraufhin einsetzende Bewegung der fast fünftausend Gefangenen, die einander zu schieben und zu pressen beginnen. Gegen die Wände, hinunter auf die Bodenplanken. Deda hat gehört, wie Menschen starben. Er hörte die Geräusche des Todes. Und bevor er wusste, wie ihm geschah, hatte das Geräusch auch seinen Körper erfasst und bohrte sich tief in seinen Kopf. Er wurde an der Wand nach oben gepresst und spürte, wie sämtlicher beharrliche Widerstand, der ihn seit mehr als zwei Wochen in dieser Hölle am Leben gehalten hatte, mit einem Mal aus ihm wich.

Plötzlich war es angenehm zu sterben.

Was dann geschah, nahm er nur schemenhaft am Rand der Ohnmacht wahr. Die Luke über seinem Kopf wurde geöffnet. Eine große, raue Hand langte nach unten. Und plötzlich stand er heftig schlotternd oben an Deck, doch die klare kalte Luft, die in seine Lungen strömte, ließ ihn wieder Kraft schöpfen.

»Befehl«, brummte die Kapitänsstimme. »Mir erteilt kein Idiot einen Befehl.«

Deda gelingt es zum ersten Mal, dem Blick des Kapitäns zu begegnen. Er sieht sehr besorgt aus.

»Jetzt ist es nicht mehr weit«, erklärt der Kapitän, »aber ich bin mir nicht sicher, ob es dort, wo ihr hinsollt, so viel besser sein wird.«

Es ist nicht viel mehr als eine kleine Unebenheit, ein winzig kleiner grauer Fleck, der sich auf der makellosen schwarzen Oberfläche des Flusses abzeichnet, weit in der Ferne am äußersten Rand des Blickfelds. Anfänglich scheint er nicht zu wachsen. Er scheint ebenso innezuhalten wie die übrige Natur.

Dann löst sich die Illusion auf, und die Natur gerät wieder in Bewegung. Der graue Fleck wird größer und größer. Schließlich entpuppt er sich als Insel.

Sie sind angekommen.

Die Gefangenen werden von den Kähnen gelassen. Auf der Insel stinkt es nach Sumpf und Moder.

Deda ist noch so klein. Eigentlich kennt er sich nicht aus mit Sumpf und Moder. Aber sein Organismus reagiert instinktiv. Der modrige Geruch sucht sich einen Weg in sein Innerstes.

Hinzu kommt die Kälte. Er begreift zwar nicht, wie es mitten im Mai schneien kann, aber er riecht, dass Schnee in der Luft liegt.

Die Insel ist klein und unbewohnt. Sie besteht lediglich aus sumpfigem Gelände und vereinzelten Pappelhainen. Dedas alte Stiefel sinken in den feuchten Boden ein, der bei den kalten Temperaturen langsam zu gefrieren beginnt. Er steht einfach da, wartet ab und versucht sich unsichtbar zu machen. Allerdings bewegt er die Füße, ihm ist kalt. Er tritt auf der Stelle, an einem Ort, den Gott vergessen hat.

Um ihn herum herrscht Chaos. Die Gefangenen werden gezählt. Gefangene aus vier großen Lastkähnen, ein grummelndes Gedrängel, ein drängelndes Gegrummel. Die Hälfte kann kaum gehen und stolpert taumelnd auf dem sumpfigen Boden umher. Die Toten werden herausgetragen, woraufhin sich der Leichengestank mit dem Sumpfgeruch mischt.

Die Aufseher, in ebenso erbärmlichem Zustand wie die Gefangenen und nur durch ihre Gewehre zu erkennen, tragen Jutesäcke an Land. Plötzlich greifen die Gefangenen sie an. Die Säcke reißen. Aus ihnen rinnt etwas Weißes. Es ist Mehl, das herausstaubt und wie vergebliche SOS-Rauchsignale in die Luft steigt, bis die Feuchtigkeit wie Vorboten des Schneesturms, den Deda heraufziehen spürt, kleine weiße Klümpchen zu Boden fallen lässt. Die Aufseher schießen auf die angreifenden Gefangenen. Das Mehl vermischt sich mit Blut. Ein rötlich-weißes Klümpchen landet vor Deda auf dem feuchten Boden. Ein

Blutfleck, denkt er. Er will ihn auflecken. Denn in seinem Körper wütet der Hunger. Aber er lässt es bleiben.

Der Uniformierte, der am Pier zugestiegen ist, pfeift die Jutesackträger zurück. Obwohl er sich bemüht, herrisch und streng auszusehen, steht ihm die Angst ins Gesicht geschrieben. Deda erkennt die Angst wieder. Er weiß, wie sie die Blicke der Menschen verändert. Er hat gelernt, wozu Angst die Menschen treiben kann.

Jetzt schreit der Uniformierte den Kapitän an. Dedas Kapitän. Dann legen die Kähne ab. Umrunden die Insel. Deda sieht die Kähne auf der anderen Seite des Flusses wieder anlegen. Sie laden etwas ab. Deda glaubt, beinahe die Miene des Kapitäns vor sich zu sehen, als man ihn zwingt, Mehl direkt auf den Boden zu entladen. Der Mehlberg zeichnet sich ab wie ein Berggipfel. Ein schneebedeckter Berggipfel. Das ist alles, ein riesiger Mehlberg. Deda sieht keinen anderen Proviant. Weder Brot noch Wasser und auch keinen getrockneten Fisch, obwohl man es ihnen versprochen hat. Da sind auch keine Gerätschaften, um darin zu kochen oder daraus zu essen und zu trinken.

Was macht man mit *nichts als Mehl?* Essen?

Während sich die Kähne flussabwärts entfernen, werden Wachen um den Mehlberg herum aufgestellt. Kurz vor dem Einsetzen der Dämmerung beginnt es zu schneien. Aber es ist kein leichter Schneefall, sondern ein Schneesturm. Über Nacht verwandelt sich der Mehlberg tatsächlich in einen schneebedeckten Berggipfel.

Die Gefangenen versuchen, Feuer zu entfachen, um sich zu wärmen, aber das feuchte Pappelholz brennt miserabel. Nur einige wenige Holzhaufen entflammen, und Deda weicht dem Gedränge um die Feuerstellen aus. Er will nicht schon wieder gestoßen und getreten werden. Stattdessen zieht er seine Kleidung fester um sich und dankt Großmutter und Gott – ja, Gott auch ein wenig, Gott, an den er nicht glaubt –, dass Großmutter ihn immer gezwungen hat, sich zu warm anzuziehen. »Man weiß nie, was im Leben auf einen zukommt«, hat sie stets gesagt.

Großmutter. Er fragt sich, was sie nun denkt, was sie tut. Was sie glaubt, dass passiert ist.

Ob sie noch Tränen übrig hat.

Die Nacht wird hart, sehr hart. Deda setzt sich inmitten einer ruhigen Gruppe, die sich etwas abseits, oben am Waldrand, versammelt hat. Sie hocken eng beieinander, und er versucht bei dem Schneesturm so viel wie möglich von der Wärme der anderen abzubekommen. Wahrscheinlich gibt er ebenfalls ein wenig ab, aber er merkt es nicht.

Neben ihm sitzt eine blonde Frau in einem auffälligen hellgrünen, bodenlangen Kleid, als hätte man sie während der Pause in der Oper aufgegriffen. Seine Mutter wäre jetzt in ihrem Alter, wenn sie den Mut gehabt hätte weiterzuleben. Sie heißt Faina, und sie unterhalten sich leise, bevor er an ihre Schulter gelehnt einschläft. Als die Dämmerung einsetzt, hat er dennoch nicht das Gefühl, geschlafen zu haben.

Fainas Oberkörper ist erschreckend kalt. Ihr hellgrünes Kleid ist fast vollständig mit Schnee bedeckt. Erschrocken schreit er auf, er hat bereits genügend Tote gesehen. Aber sie bewegt sich, sie wimmert. In dem Moment sieht er es.

Fainas bloße Füße sind über Nacht am Boden festgefroren.

Ein paar Leute helfen ihr loszukommen. Sie graben, scharren und befreien sie. Jemand holt von irgendwoher eine Decke, die um ihre Schultern gelegt wird. Deda wärmt ihre Füße an seinem Bauch. Sie blickt ihn durch einen Tränenschleier hindurch an.

Als Faina ihre Füße wieder unter seiner Jacke hervorzieht, sind sie blau. Sie kann nicht gehen. Deda verspricht, ihr zu helfen. Er sammelt Schnee und formt daraus einen Schneeball, an dem sie lutschen kann.

Inzwischen hat sich vor dem Mehlberg eine lange unruhige Schlange gebildet. Fünftausend Menschen stehen da und warten ungeduldig. Ihnen gegenüber stehen fünfzig Aufseher, neben vier Zelten für den Arzt, die Gesundheitsoffiziere und die am schwersten Erkrankten, sowie eine kleine Führungsgruppe Uniformierter, deren Gesichter alle von großer Angst gezeichnet sind, die jeden Moment in Hass umschlagen kann.

Die Leute nehmen das Mehl, so gut sie können, in Empfang. Einige haben Mützen bei sich, andere tragen es auf ihren bloßen Handflächen. Es rinnt ihnen zwischen den Fingern hindurch.

Der Befehl, sich in einer Schlange anzustellen, ist nutzlos. Chaos entsteht. Die Aufseher schießen wieder. Immer mehr Menschen sterben. Es geht bereits das Gerücht um, dass irgendwo im Wald ein Leichenhaufen versteckt ist.

Deda sitzt neben Faina und blickt auf seine alte Mütze. Sie betrachten das Mehl. Faina schüttelt bloß den Kopf. Sie schauen einander an. Sie könnte in der Tat seine Mutter sein.

In ihren Blicken liegt ein Versprechen. Sie werden einander nicht im Stich lassen.

Einander nicht verlassen.

»Man kann es mit Wasser mischen«, sagt Faina schließlich.

»Es gibt aber kein Wasser«, entgegnet Deda.

»Wir befinden uns doch mitten in einem Fluss«, anwortet Faina und lächelt matt.

Ihr Lächeln ist einzigartig. Zum ersten Mal in seinem Leben begreift Deda, was eine Mutter ist. Er begreift es wirklich.

Rundherum gibt es Wasser. Sie sitzen immer noch ganz in der Nähe von dem Ort, wo die Kähne sie abgesetzt haben. Aber unten am Ufer herrscht dichtes Gedränge. Deda möchte nicht dorthin, er will nie wieder eingeklemmt werden wie auf dem Kahn. Vorsichtig trägt er seine Mütze in Richtung des Mehlberges zurück. Auf dieser Seite gibt es ebenfalls eine Uferlinie. Vielleicht sind dort mittlerweile weniger Menschen.

Die Aufseher stehen mit ihren Gewehren um den Mehlberg herum aufgereiht. Sie sind ihm unheimlich. Obdachlose mit Gewehren. Deda schüttelt sich und beschließt, einen Umweg durch den dichten Pappelhain zu machen.

Und landet in der Hölle.

Zuerst begreift er nicht, was er sieht. Zwischen einigen Stämmen liegt etwas. Es dauert eine Weile, bis sich seine Sinneseindrücke zusammenfügen und sich die herumliegenden Gliedmaßen zu Menschen formen.

Das ist der Leichenberg. Deda erinnert sich an das Gerücht, dass die Aufseher die Leichen irgendwo zusammengetragen haben sollen. Zumindest solange sie es noch schafften, die Toten einzusammeln. Inzwischen bleiben sie einfach dort liegen, wo sie umfallen.

Deda hält inne. Nicht nur, weil er starr vor Schreck ist. Er empfindet noch etwas anderes. Vielleicht ist es Ehrfurcht angesichts des versammelten verlorenen Lebens, das diese Toten bedeuten.

Auf der schmelzenden Schneedecke zeichnen sich seltsame Spuren ab. Blutrote Streifen. Er kann nicht länger hinschauen. Muss sich abwenden.

Deda läuft weiter in Richtung Wasser. Es muss hinter dem unerwartet dichten Wäldchen liegen. Er lugt zwischen den Zweigen hindurch. Das Wasser ist pechschwarz. Hier sind ebenfalls Menschen, allerdings nicht so viele wie auf der anderen Seite. Einige von ihnen haben Treibholz gesammelt und binden die jämmerlichen Stöcke mit Rindenstreifen zu einem Floß zusammen. Aber wohin wollen sie fliehen? Geradewegs in die Wildnis?

Aber es sind nicht die Floßbauer, die Dedas Aufmerksamkeit auf sich ziehen. Es sind die Menschen, die am Ufer sitzen oder kauern. Neben vielen liegen dreckig verschmierte Mützen und Hüte, ihr Erbrochenes hat einen ähnlichen Farbton. Und Deda begreift. Er begreift nur allzu gut.

Wenn man das Flusswasser nicht trinken und auch nicht abkochen kann, weil man kein anständiges Feuer in Gang bekommt und es keine geeigneten Kochgefäße gibt – wie sollen sie dann überleben? Ohne Wasser?

Er ist so durstig.

Jetzt ist er unten am Wasser angelangt. Er betrachtet das schwarze Flusswasser. Und lässt langsam das Mehl in die Fluten rieseln. Beobachtet, wie sich unter Wasser eine wogende Wolke ausbreitet, die sich langsam auflöst und immer unsichtbarer mit dem Strom davontreibt. Eine letzte Hoffnung, die sich verflüchtigt.

Er muss Schnee sammeln. Aber worin? In seiner Mütze?

Der Schnee schmilzt rasch. Auf dem Boden verwandelt er sich bereits in braune Schmiere.

Deda muss zurück zu Faina. Schnee für sie sammeln. Sie retten. Die Mutter heraufbeschwören, die er nie gehabt hat.

Auf dem Weg zurück durch das Wäldchen hört er einen unbekannten Laut. Eigentlich dürfte es inzwischen nicht mehr so viele unbekannte Geräusche geben – in den vergangenen Wochen hat er nahezu alles gehört, was man hören kann. Aber *dies hier* hat er noch nie zuvor gehört.

Es ist unmöglich zu beschreiben.

Als Deda ein paar Zweige zur Seite schiebt, steht er plötzlich direkt vor einem Mann. Merkwürdigerweise ist es nicht der wie wahnsinnig stierende Blick, vor dem er zusammenfährt. Denn normalerweise hätte der ihn zu Tode erschreckt. Doch er ist nichts gegen das andere – das, was von seinem immer noch kauenden Mund herunterrinnt.

Dieses Blut, das dem Mann übers Kinn und den Hals hinunterläuft.

Der Mann weicht ihm aus und rennt an ihm vorbei, tiefer in den Pappelhain hinein. Da erblickt Deda den zweiten Leichenhaufen. Und die Bewegungen um ihn herum. Menschen, die darin herumwühlen. Menschen, besudelt vom Blut anderer. Menschen, die aufgehört haben, Menschen zu sein.

Deda wird von eiskalter Angst erfasst. Und von einer Befürchtung.

Er rennt los. Rennt, wie er noch nie zuvor gerannt ist. Es ist nicht weit bis zum anderen Ufer – der Weg war so kurz –, aber der Rückweg dauert unendlich lange. Jeder Atemzug schmerzt, und seine mageren Beine tragen ihn kaum mehr. Der Mangel an Nahrung und Flüssigkeit holt ihn ein, und die Welt um ihn herum wird träge und diffus. Nur seine Befürchtung, die ist real.

Der Himmel betrachtet ihn mit seinem grauen Auge.

Noch weit entfernt sieht er nun die Decke, die fürsorgliche Menschen Faina heute Morgen um die Schultern gelegt haben. Zwar sieht er ihr hübsches hellgrünes langes Kleid nicht, doch als er etwas näher kommt, meint er, ihre blau gefrorenen Füße unter der Decke hervorlugen zu sehen.

Ja, denkt er, und an dieses »Ja« wird er sich im Augenblick seines Todes erinnern.

Ja, Faina ist unversehrt.

Schließlich hat er den Waldrand fast erreicht. Er sieht die Füße. Es sind tatsächlich ihre Füße. Er verschließt die Augen vor dem Grau des Himmels. Dankt den höheren Mächten. Er wird sie nicht wieder verlassen.

Nie wieder.

Aber mit der Decke stimmt irgendetwas nicht. Hat Faina sich darin eingewickelt? Wahrscheinlich. Ihr war schließlich kalt. Aber er kann ihren Kopf nicht sehen. Ihre blonden Haare.

Jetzt ist er am Waldrand angekommen. Die Decke erscheint ihm immer seltsamer. Sie ist so platt. Und keine Spur von dem hellgrünen Kleid. Aber die Füße sind jedenfalls da. Die blau gefrorenen Füße ragen unter der Decke hervor.

Mit letzter Kraft stürzt er zu ihr und hebt die Decke an. Das kühle beobachtende Himmelsauge ist grauer als je zuvor.

Faina ist weg. Lediglich ihre Füße liegen da. Sie baden in Blut.

Er kann es nicht begreifen, fällt auf die Knie und starrt vor sich hin. Dann hebt er Fainas linken Fuß an. Er ist blau. In dem Moment wird es ihm klar. Es wird ihm mit einer Macht bewusst, die stärker ist als alles, was er je erlebt hat. Sie ist unerbittlich.

Sie haben ihr die Füße abgehackt, weil sie sie nicht essen wollten. Sie hätten ja giftig sein können.

Und sonst ist nichts mehr da.

Nichts.

Die Tüllgardine beweist Barmherzigkeit. Ihr Tanz hält inne. Der halb durchsichtige Schleier legt sich wieder über die Szene. Die Windbö flaut ab. Das, was bei geöffnetem Schleier geschah, liegt nun wieder gnädig im Dunkeln, ist jedoch nicht vergessen. Aber das Herz schlägt noch heftig. Es wird sich nie daran gewöhnen. Es wird sich nie wieder beruhigen.

Bis es stehen bleibt.

Die Hand, die die Tüllgardine jetzt erneut zur Seite schiebt, hat aufgehört zu zittern. Dort draußen ist das Meer noch immer spiegelglatt. Der Wind hält sich von der Küste der Toskana fern.

Der Schmerz, den die Erinnerung wachruft, ist dabei, sich zu verwandeln. Er formt sich, fokussiert sich zu einem Plan. Während der Blick weiterhin auf den halb durchsichtigen Schleier gerichtet ist, geht der unkontrollierbare Schmerz in einen kontrollierbaren Genuss über.

Fünf Tage akkurate Planung.

Bis es so weit ist.

Bekenntnis und Wahrheit

Den Haag, 9. Mai

Entgegen allen Prognosen hatte es in Den Haag angefangen zu regnen. Der Frühling war zwar bereits fortgeschritten, doch es wollte einfach nicht wärmer werden. Der Abend hingegen wich unweigerlich der Nacht. Vor dem Kneipenfenster prügelte der Regen auf den Asphalt. In den nachtschwarzen Pfützen spiegelte sich zitternd das Licht der Straßenlaternen.

Die von Narben gezeichneten Kämpen Paul Hjelm und Arto Söderstedt saßen im Café Rootz an der Kreuzung Raamstraat – Grote Marktstraat. Das gesamte Abendessen über hatten sie vorwiegend geschwiegen, und inzwischen waren sie beim Calvados angelangt.

»Der Selbstmörder«, sagte Hjelm nach einer Weile.

Söderstedt schüttelte langsam den Kopf.

»Es ist Sonntagabend«, entgegnete er und nippte am Calvados. »Da bringst du mich jetzt nicht hin.«

»Ich weiß«, antwortete Hjelm.

Und dann schwiegen sie wieder eine Weile.

»Nein«, sagte Söderstedt schließlich. »Du bringst mich da nicht hin, egal wie ausdauernd du auch schweigst.«

»Ich weiß«, entgegnete Hjelm.

Wieder verstrich Zeit.

»Egal wie ausdauernd du auch als Chef schweigst«, fügte Söderstedt hinzu.

»Deine Familie ist also wieder zu Hause in Schweden?«, fragte Hjelm.

»Linda ist gerade aus Australien zurückgekommen«, antwortete Söderstedt. »Sie muss inzwischen die älteste Tagträumerin der Welt sein. Ich wäre gerne übers Wochenende mit ihnen nach Hause gefahren. Aber da war ja ...«

Paul Hjelm schwieg erneut.

Arto Söderstedt richtete seinen hellblauesten Blick auf ihn und fragte: »Du erinnerst dich an meine zweitälteste Tochter?«

»Linda«, sagte Hjelm. »Ich weiß. Geht es ihr gut?«

»Ja, obwohl sie immer noch ohne Plan und Ziel durch die Weltgeschichte reist«, antwortete Söderstedt. »Unverschämt gut.«

»Genau wie der Vater«, entgegnete Hjelm. Dann schwieg er wieder.

Söderstedt nippte erneut am Calvados und ließ das goldene Elixier sich sacht in seiner Mundhöhle ausbreiten und dachte an absolut gar nichts. Dadurch erzeugte er ein Vakuum, das normalerweise die geheimen Gedanken seiner Gesprächspartner wirkungsvoll ansog.

»Ich reise ziemlich selten durch die Weltgeschichte«, sagte Söderstedt verdrießlich. »Als ich diesen Job hier antrat, hatte ich eigentlich angenommen, etwas öfter unterwegs zu sein.«

»Und jetzt besteht die Möglichkeit dazu«, entgegnete Hjelm knapp.

Sie schwiegen erneut.

»Er hat sich nicht das Leben genommen«, meinte Söderstedt schließlich.

Hjelm lächelte nicht einmal triumphierend, als er sagte: »Aber alles deutet darauf hin. Betagter Professor. Eine fast ein halbes Jahrhundert währende Ehe, die in die Brüche ging. Unglücklich nach der Scheidung. Die Sache ist nur deshalb auf unserem Tisch gelandet, weil das Tätigkeitsfeld des Professors hochsensibel ist und sein Tod daher automatisch diverse nationale und internationale Alarmsysteme aktiviert.«

»Und das zu Recht«, behauptete Söderstedt. »Dort ist es zu sauber, und das weißt du auch, Paul. Kein Staubkorn. Da ist gezielt gereinigt worden. Es handelt sich um einen vorgetäuschten Selbstmord, falls es so etwas überhaupt gibt. Er hat sich nicht das Leben genommen. Es ist ein klassischer fingierter Selbstmord. Falls er nun überhaupt tot ist.«

»Die erhängte Leiche war ja wohl ein deutliches Zeichen ...«, entgegnete Hjelm.

»Okay, möglicherweise«, pflichtete Söderstedt ihm bei, »aber kein Zeichen für einen Selbstmord. Ich garantiere dir, dass er vorgetäuscht ist.«

»Aber es gibt nichts, was darauf hindeutet«, beharrte Hjelm. »Das ist doch der typische Niedergang eines erfolgreichen Mannes. Scheidung, Alkohol, Workaholic-Symptome, Einsamkeit, all das, wovon so viele von uns bedroht sind.«

»Von uns?«, fragte Söderstedt.

»Von uns weißen heterosexuellen Männern mittleren Alters«, erklärte Hjelm.

»Seit wann sind diese stereotypen Allgemeinplätze eigentlich wieder salonfähig?«, brummte Söderstedt. »Warum lässt du mich nicht einfach meinen Calvados genießen?«

»Weil wir so alt nun auch wieder nicht sind«, antwortete Paul Hjelm und lehnte sich auf seinem Stuhl zurück. »Nun komm schon, Arto. Im Grunde stoßen wir doch in diesem verdammten Job jeden Tag auf etwas Neues und Überraschendes. Und auch wenn es sich selten um positive Überraschungen handelt, sind Überraschungen etwas Gutes. Man lernt aus Überraschungen. Man lernt unentwegt.«

»Du bist doch ein unverbesserlicher Optimist, Paul. Höchstwahrscheinlich, weil du ein Spätzünder bist, immerhin hattest du deine Teenagerzeit ja erst in der A-Gruppe. Mehr als dreißig Jahre haben deine Fähigkeiten brachgelegen, und dann bist du plötzlich aufgeblüht. Alle Möglichkeiten dieser Welt haben sich dir eröffnet. Während ich an der Universität Uppsala akademische Abhandlungen über theoretischen Marxismus verfasst habe, warst du ein desillusionierter, träger Kriminalpolizist in Alby. Und dann hast du mich möglicherweise überholt. Aber wohlgemerkt nur möglicherweise.«

»Worüber?«

»Wie bitte?«

»Du hast Abhandlungen über theoretischen Marxismus geschrieben?«

»Ja, den üblichen Aufsatz ›Marxismus im Alltag‹«, gab Söderstedt zu und stellte enttäuscht fest, dass sein Calvadosglas leer war. «Wir müssen noch einen bestellen«, meinte er und winkte der Bedienung.

»Denk daran, dass morgen Montag ist«, sagte Hjelm.

»Soll ich das so verstehen, dass du keinen mehr möchtest?«

»Nein.«

»Gut.«

Es wurden zwei volle Gläser gebracht. Nach einer Weile genussvollen Schweigens sagte Arto Söderstedt etwas nachdenklicher: »Ich hatte die eine Seite gesehen. Eine Welt, in der Kapitalismus und Kriminalität ganz einfach ein und dasselbe sind. In der es nur darum geht, sich an Macht zu berauschen, an dem Gefühl, stärker zu sein als andere, andere dominieren zu können. In der Mangel an Empathie nicht nur Voraussetzung für den Erfolg ist, sondern absolut bewundert wird. Wer am wenigsten Mitgefühl zeigt, gewinnt. Ich habe für diesen Typus Mensch gearbeitet und war das Sprachrohr solcher Leute: der junge Staranwalt, dem es immer gelang, ihr Handeln logisch und in der jeweiligen Situation notwendig erscheinen zu lassen.«

»Ich erinnere mich«, nickte Paul Hjelm. »In Finnland. Das ist eine ganze Weile her ...«

»Ja, aber es ist unauslöschlich in mein Gedächtnis gebrannt. Irgendwann begann das alles – diese Welt um mich herum und nicht zuletzt ich selbst –, nach Verwesung zu stinken. Und dennoch ist es eine Erfahrung, die ich nicht missen möchte. Seither habe ich nämlich eine ziemlich ausgeprägte Sensibilität für Menschen mit ebendiesem Mangel an Mitgefühl entwickelt. Denn Empathiemangel kommt ja nicht nur in der Wirtschaft vor – auch wenn er dort am wirkungsvollsten ist –, sondern genauso im Krankenhaus, in Schulen, sozialen Einrichtungen und in der Entwicklungshilfe, in der Kirche und natürlich bei der Polizei. Überall dort, wo die Fähigkeit, sich in andere hineinzuversetzen, eine Funktion erfüllt.«

»Auch unter Marxisten?«, fragte Paul Hjelm lächelnd.

»Nicht zuletzt dort«, antwortete Arto Söderstedt. »Als diese Welt der Reichen und Mächtigen für mich anfing, nach Verwesung zu stinken, wollte ich mein Leben neu ausrichten. Ich hielt es plötzlich für dringend notwendig, dass man diesen Menschen Einhalt gebot und das politische System nicht weiter diese Empathietoten belohnte und das öffentliche Leben steuern ließ. Daher landete ich am linken politischen Rand und schrieb sogar einige radikale politische Artikel für linksgerichtete Zeitschriften.«

»Und dann wurdest du Polizist«, merkte Hjelm an.

»Ja, ja, das war vielleicht nicht der einfallsreichste Schachzug in meinem Leben. Aber nach all den Erlebnissen war mein innerer Detektor hochsensibel, und mir fiel auf, dass unter den Linken eine selektive Blindheit existierte, die manche ohne Vorwarnung befiel. Sie äußerte sich in diffusem Antihumanismus und einer überbordenden Wut. Man wollte sich prügeln, Steine werfen, morden, Völkermord begehen. Mir wurde klar, dass die simple Losung ›links gut, rechts schlecht‹ falsch war. Inzwischen bin ich davon überzeugt, dass es in allen Gruppierungen sowohl wahre Humanisten wie auch Empathiegestörte gibt. Man muss lernen, das Individuum zu sehen, und man muss seinen inneren Detektor aktivieren.«

Paul Hjelm nickte kurz und betrachtete Arto Söderstedt, der nun ziemlich erschöpft wirkte. Es war offenbar lange her, seit er zuletzt eine derart feurige Verteidigungsrede gehalten hatte.

»Alle Achtung«, sagte Hjelm schließlich. »Aber das Ganze hat keinen Deut mit Professor Udo Massicotte zu tun.«

»Alles hat damit zu tun«, entgegnete Söderstedt. »Wirklich alles.«

»Inwiefern?«

»Es genügt zu registrieren, wie es bei ihm zu Hause aussah.«

»Ich kann die Zeichen, die du siehst, offenbar nicht erkennen«, wandte Paul Hjelm ein.

»Aber du siehst andere?«

»Ich stelle lediglich fest, dass ein Wissenschaftler, zumal ein Arzt vom Kaliber Massicottes, hätte wissen müssen, dass Erhängen mit einem kurzen Strick zu den qualvollsten Todesarten gehört, die wir kennen. Bei einem Fall aus großer Höhe bricht man sich sofort das Genick oder wird zumindest bewusstlos, bevor man erstickt. Bei geringer Höhe hängt man bei vollem Bewusstsein, bis man erstickt. Ganz langsam.«

»Obwohl Selbstmord ja eine Selbstbestrafung ist«, warf Arto Söderstedt ein. »Also, wenn man es ernst meint. Wenn es kein Hilferuf ist. Und es sich um echte Selbstverachtung handelt, nach dem Motto: ›Dein Tod wird jetzt ebenso qualvoll sein, wie es dein Leben gewesen ist, du Feigling‹.«

»Gab es denn wirklich Zeichen für eine derartige Selbstverachtung?«

»Es fanden sich jedenfalls keine Zeichen, die auf das Gegenteil hingedeutet hätten.«

»Und wie funktioniert es, wenn wir auf diese Art und Weise die Rollen tauschen?«

»Wir können uns in die Position des anderen hineinversetzen.«

Sie betrachteten einander eine Weile lang, als hätten sie tatsächlich die Rollen getauscht. Es war ein eigentümlicher Augenblick.

»Ich habe allerdings nicht die Rolle getauscht«, erklärte Arto Söderstedt schließlich und leerte sein Glas. »Mein Misstrauen bezüglich der Selbstmordtheorie hat nichts mit dem Charakter des verehrten Professors zu tun, sondern mit seinem Haus und seinem Arbeitsplatz.«

»Und wenn ich der Selbstmordtheorie misstraue, dann aufgrund des kurzen Stricks«, meinte Paul Hjelm, fügte sich in sein Schicksal und leerte ebenfalls das kleine Calvadosglas. Allerdings sein eigenes.

»Tust du das denn?«

»Professor Udo Massicotte war für ein geheimes EU-Projekt tätig, bei dem es um die Wiedererkennung von Terroristen nach einer chiroplastischen Operation geht. Ein hoch qualifizierter Arzt mit Zugang zu einem Regenbogenspektrum an tödlichen Drogen. Da muss es schon gute Gründe geben, dass so ein Mann sich mit einem kurzen Strick erhängt.«

»Die Sache wird also zu einem Opcop-Fall?«

»Ich denke schon«, antwortete Hjelm. »Aber uns wird nicht viel Zeit bleiben, um Beweise zu finden. Hilf mir einen Schritt weiter. Sein Haus, sein Arbeitsplatz?«

Arto Söderstedt seufzte tief und winkte die Bedienung heran. Dann antwortete er: »An beiden Orten herrscht eine ganz gewöhnliche Kombination aus Ordnung und Unordnung. Als wäre Massicotte einfach von seinem Stuhl aufgestanden, hätte seinen Rücken durchgestreckt, einen Schluck Kaffee getrunken und sich dann aus geringer Höhe erhängt. Die Alltäglichkeit der Szene erscheint mir nicht logisch. Er hat etwas Extremes vor. Auch wenn er keinen Abschiedsbrief hinterlassen hat, hätte er den Ort doch wenigstens auf außergewöhnliche Art verlassen müssen. Ihn entweder in Unordnung bringen oder aufräumen müssen. Zeichen der Verbitterung zeigen müssen. Aber die Räume sind von einer Normalität, die kein Zufall sein kann. Es ist eine Normalität, die geradezu nach Täuschung riecht.«

Paul Hjelm unterschrieb die Rechnung und holte etwas Trinkgeld aus seiner Jackentasche. Dann sagte er: »Tja, das klingt nach einem schlagenden Beweis.«

Arto Söderstedt kramte ebenfalls ein wenig Trinkgeld hervor, das er klimpernd auf die Tischplatte fallen ließ, während er aufstand. »Obwohl es darum im Grunde eigentlich überhaupt nicht geht«, erklärte er und ging in Richtung Tür.

Hjelm winkte der Bedienung kurz zu und folgte ihm.

»Nicht?«, fragte er.

»Nein«, antwortete Söderstedt und öffnete seinem Chef galant die Tür.

»Ich habe eigentlich keine Lust, mich heute Abend mit dir zu streiten«, sagte Paul Hjelm und trat hinaus in den Regen. »Um was geht es dann?«

»Um den Raum im Keller«, antwortete Arto Söderstedt.

Erster Bericht

Bezeichnung: Bericht CJH-28347-B452
Auftragsnummer: A-100318
Ziel: Aktualisierung, Einholen von Einschätzungen
Datum im laufendem Jahr: 21. März
Level: The Utmost Degree of Secrecy

Entsprechend dem oben genannten Auftrag werden vom heutigen Datum an kontinuierlich Berichte über das zu observierende Objekt, im Folgenden als »W« bezeichnet, herausgegeben.

Über die Zeit vor der Auslieferung ist keine Berichterstattung angefordert worden. Der erste Bericht befasst sich aus diesem Grund mit der Zeit, unmittelbar nachdem W die Anlage verlassen hat. Dies geschah in einem Alter, das in unserem Quellenmaterial als »vorbewusst« bezeichnet wird.

W wurde von der vielsprachigen Diplomatenfamilie Berner-Marenzi adoptiert, die sich, entsprechend den Intentionen des Auftraggebers, in ständiger Bewegung rund um den Erdball befand. Demzufolge entwickelte der junge W nie eine eindeutige Muttersprache, sondern wurde bereits in den ersten Stadien des Spracherwerbs in gleichem Umfang mit dem großväterlichen Spanisch und dem großmütterlichen Deutsch seiner Mutter Maria sowie dem großväterlichen Italienisch und dem großmütterlichen Russisch seines Vaters Luigi konfrontiert. Die Tatsache, dass die Familie im Austausch mit ihrer Umwelt Englisch sprach, bedeutet für W, dass er keine Muttersprache, aber bis zu fünf Sprachen beherrscht.

Es hat einige Zeit in Anspruch genommen, Quellenmaterial

über Ws erste Jahre ausfindig zu machen. Es besteht aus den fünf Tagebüchern von Maria Berner-Marenzi aus den Jahren 1977 bis 1994, die abwechselnd in Spanisch und Deutsch verfasst sind.

W ist vier Jahre alt, als er er zum ersten Mal im Tagebuch seiner Adoptivmutter erwähnt wird. Er ist das jüngste von drei Kindern, die alle adoptiert wurden, da Maria Berner-Marenzi unter einem Gendefekt litt, der Unfruchtbarkeit zur Folge hatte und vermutlich auch in späteren Jahren zu ihrem Tod geführt hätte.

Die Familie verlässt Manila auf den Philippinen, wo Luigi Berner-Marenzi italienischer Generalkonsul gewesen ist, und verbringt ein Jahr in Dubai in den Vereinigten Arabischen Emiraten. Anschließend wird Maria spanische Botschafterin in Bukarest, Rumänien, dem Land mit dem damals wohl korruptesten sozialistischen Regime der Welt. Bald darauf wird W dort eingeschult. Noch bevor er schreiben lernt, wird Rumänisch die sechste Sprache, die er spricht.

Das erste schriftliche Dokument von ihm ist allerdings auf Englisch, da er eine internationale Schule für Diplomatenkinder im Lipscani-Viertel in Bukarest besucht. Maria hat seinen Aufsatz in ihr Tagebuch übertragen. Er erzählt von einem Badeausflug mit den Eltern und seinen Schwestern Una und Vera.

»Im Sommer waren wir am Gardasee und haben gebadet. Es war kalt. Una ist zuerst reingegangen. Es war steinig. Sie fiel ins Wasser. Papa musste reinspringen und sie wieder herausziehen. Ich habe eine andere Stelle zum Baden gefunden. Im Wasser war es schön.«

Der kurze Aufsatz wurde ohne weitere Kommentare mit Gut benotet. Ein Auszug aus der Beurteilung des ersten Schulhalbjahres durch die Englischlehrerin ist es wert, wörtlich zitiert zu werden: »W trotzt regelmäßig seinen ›Hummeln im Hintern‹, wodurch es ihm ohne Probleme gelingt, seine Hausaufgaben zu erledigen. Dass die Gruppenarbeit weniger gut funktioniert, hat mit Ws offensichtlichen Führungseigenschaften zu tun.«

Die nächste bedeutendere Erwähnung handelt von einem Segelwettbewerb im Schwarzen Meer. W ist inzwischen neun Jahre alt und hat gelernt, eine gut fünfzig Kilo leichte Einmannjolle zu beherrschen. Er konkurriert bei der rumänischen Juniorenmeisterschaft in der Hafenstadt Mangalia mit deutlich älteren Gegnern. Die Ceauşescu-treue Lokalpresse berichtet, dass er den zweiten Platz erzielte. Drei Tage später wird das Ergebnis revidiert. Eine Meldung informiert nüchtern darüber, dass der Sieger aufgrund antikommunistischer Propaganda disqualifiziert worden sei. Als Sieger stehe nun W fest.

Der ursprüngliche Gewinner hieß Costin Florescu und war zu diesem Zeitpunkt vierzehn Jahre alt. In einem Gespräch mit unserem lokalen Repräsentanten erklärt Florescu, dass am Tag nach dem Wettbewerb ein fremder junger Mann in der Schule seiner Heimatstadt Constanţa mit einem hellblauen Zettel in der Hand gesehen worden sei. Als er selbst einen Tag später aus Mangalia zurückkehrte, spielte sich Folgendes ab: »Als ich in die Schule kam, standen sie dort, eine ganze Delegation mit dem Rektor an der Spitze. Sie zeigten ohne ein Wort auf meinen Spind. Mit zitternden Händen holte ich die Schlüssel hervor und schloss ihn auf. Darin lag ein Zettel mit der Aufforderung, das kommunistische System zu stürzen. Ein hellblauer Zettel.«

Als die Familie kurz nach diesem Vorfall nach Paris umzieht, da Luigi Berner-Marenzi zum italienischen Kulturattaché in Frankreich ernannt wird, bedeutet dies für den jungen W und seine Schwestern, eine weitere Sprache erlernen zu müssen. Dies scheint dem Elfjährigen jedoch nicht schwerzufallen, wie ein anderer, französischer, Schulaufsatz belegt, den er an der International School of Paris im 16. Arrondissement geschrieben hat. Bereits mit vierzehn Jahren konnte W daher an die École Massillon wechseln, eine der katholischen Eliteschulen der Stadt.

Seine positive Entwicklung belegt außerdem ein Tagebucheintrag der Mutter: »W machte einen ziemlich fröhlichen Eindruck, als er heute nach Hause kam. Mein Kleiner ist wirklich groß geworden. Und er hatte diesen spitzbübischen Blick, der keiner Mutter entgeht. Während des außergewöhnlich guten Abendessens von Anaïs, bei dem mein Kleiner seine Foie gras wirklich zu genießen schien, blühte er dann regelrecht auf und erzählte: ›Ich kann jetzt richtig gut Französisch, Mutter.‹ Mir wurde ganz warm ums Herz.

Ich frage mich, wie viel Wissen in diesem kleinen Körper stecken muss. Seine beiden Schwestern tun sich viel schwerer, eine siebte Sprache zu erlernen. Luigi sagt, das liege daran, dass W der Jüngste ist. Aber ich weiß, dass dies nicht die einzige Erklärung ist.«

An dieser Stelle muss berichtet werden, dass es in der Diplomatenwohnung im 16. Arrondissement eine Haushälterin namens Anaïs gab und dass sie die Hauptrolle in einer Episode spielt, mit der wir diesen einleitenden Bericht abschließen. Zwei Zeugenaussagen vermitteln in diesem Fall zwei unterschiedliche psychologische Profile von W. Die erste Darstellung entstammt wiederum dem Tagebuch der Mutter – die Familie lebt nun seit gut einem Jahr in Paris, und W steht kurz vor seinem dreizehnten Geburtstag:

»Heute waren wir gezwungen, Anaïs zu entlassen. Das war ein harter Schlag für uns. Dieses, wie wir bislang angenommen hatten, wunderbare Geschöpf aus der Provence hat über ein Jahr lang unsere Abendessen in Festessen verwandelt, von den Mahlzeiten am Wochenende ganz zu schweigen. Doch diese Woche hat sie meinen Kleinen derart verleumdet, dass ich keine andere Wahl hatte. Ich war gezwungen, rasch zu reagieren, da die falschen Klagelieder von Anaïs ansonsten möglicherweise bis an Luigis Ohren gedrungen wären. Sie musste auf der Stelle gehen, allerdings nicht ohne eine großzügig bemessene Abfindung.«

Der Pariser Polizei liegt im Gegenzug eine Zeugenaussage von Anaïs Criton vor, aus der hier ein Passus zitiert werden soll:

»Ich habe in der Tat ein Röhrchen mit der Aufschrift ›Protobiamid‹ in seinem Zimmer gefunden. Nein, leider ist es nicht mehr dort, obwohl ich es zurückgelegt habe. Seine Mutter durfte nicht erfahren, dass ich in den Schubladen des jungen W gewühlt habe. Doch beim zweiten Mal war es noch viel schlimmer. Ich weiß, dass er erst zwölf Jahre alt ist, Herr Kommissar, aber es handelt sich bei ihm nicht um einen gewöhnlichen Zwölfjährigen. Sie hätten nur seinen Blick sehen müssen. Ja, ja, ich weiß, dass der Blick eines Zwölfjährigen keinerlei Beweis darstellt, aber warum sollte er sonst dieses Protobiamid zu Hause haben? Das ist ein Stoff, der in Verbindung mit Eiweißstoffen stark reagiert, so viel habe ich begriffen, nachdem ich mit einem Freund gesprochen habe, der Chemiker ist, aber mehr weiß ich nicht. Außer, wie entsetzlich es juckte. Ich habe mich völlig zerkratzt. Ja, dort unten. Es ist mir unangenehm, das zu sagen, aber mein Unterleib war danach ganz blutig. Ja, ich weiß natürlich, dass Sperma hauptsächlich Eiweißstoffe enthält, aber dürfte ich Ihnen meine Theorie unterbreiten? Und es ist weitaus mehr als nur eine Theorie, Herr Kommissar, das garantiere ich Ihnen. Natürlich, ich weiß, dass dies kein formeller Beweis ist, aber ich weiß auch, dass das Protobiamid irgendwie in meinen Slip gelangt ist und es furchtbar wehtat, Herr Kommissar, wirklich grauenhaft. Meine Theorie? Ja, aber Herr Kommissar, es ist doch wohl offensichtlich, dass W mich bestraft hat, weil ich mich mit Männern getroffen habe. Er hat eine Schicht Protobiamid auf meinen Slip aufgetragen, und als ich Geschlechtsverkehr mit einem Mann hatte, kam die Reaktion. Muss ich noch mehr sagen?«

Weiter sind wir in unseren Nachforschungen über W aktuell noch nicht gekommen. Da uns noch kein Hinweis auf seinen momentanen Aufenthaltsort vorliegt, sind wir gezwungen, W hier an der Schwelle zur Pubertät zurückzulassen. Nun warten wir die Reaktion des Auftraggebers ab. Sollen wir unsere Recherchearbeit fortsetzen? Wir gehen davon aus, dass noch eine Menge Material über die Zeit bis zu seinem Verschwinden gefunden werden kann. Unsere Empfehlung lautet, die Nachforschungen weiterzubetreiben, bis sich eindeutige Spuren auftun. Dies dürfte nicht mehr allzu lange dauern.

Besprechung

Den Haag, 10. Mai

Jutta Beyer fuhr mit dem Fahrrad zur Arbeit. Nach dem starken Regen vom Vorabend herrschte strahlender Sonnenschein. Für derart launenhaftes Aprilwetter war es zwar bereits ein wenig zu spät im Jahr, andererseits galt dies auch für die Erde an sich. Dieses Gefühl hatte Jutta Beyer schon seit Längerem. Und es hatte sich während des vergangenen Jahres einerseits verstärkt, war andererseits aber auch ein wenig in den Hintergrund getreten.

Verstärkt hatte es sich, weil sie in den letzten Monaten einen tieferen Einblick in die europäische Kriminalität gewonnen hatte. Aber zum ersten Mal seit langer Zeit liebte sie ihre Arbeit. Daher empfand sie eine gewisse Zuversicht.

Doch als sie mit ihrem zuverlässigen Kalkhoff aus Cloppenburg auf das Europolgelände einbog, geschah genau das, was so oft um diese morgendliche Uhrzeit passierte. Sie traf auf einen Kollegen, der gerade sein Fahrrad abschloss.

»Nein, Marek«, sagte sie, noch bevor sie von ihrem Fahrrad abgestiegen war.

»Ich hab ja gar nicht gefragt«, entgegnete Marek Kowalewski lächelnd. »Aber guten Morgen, Jutta.«

»Es gibt immer Ärger, wenn wir die Räder mit deiner Kette zusammenschließen«, erklärte Jutta Beyer und schloß ihr Fahrrad separat ab. In dem Moment fuhr ein antiker Minibus der Marke Toyota Picnic brummend an dem Fahrradparkplatz vorbei. Marek und Jutta winkten dem Fahrer mit dem bleichen

Gesicht zu, der zurückwinkte und in einer Rußwolke um die Hausecke verschwand.

»Arto sah blasser aus als sonst«, stellte Kowalewski fest, während sie auf die Eingangstüren des alten Europolgebäudes zuschlenderten. »Es wird Zeit, dass die Sonne endlich wieder ein paar Tage scheint.«

»Auch dann sitzen wir noch in diesem alten Kasten, weil sie das neue Gebäude ja nicht rechtzeitig fertigbekommen haben«, sagte Beyer. »Wir platzen hier langsam aus allen Nähten.«

»So ist es halt bei der EU«, entgegnete Kowalewski. »Massenweise gute Vorsätze, aber extrem langsame Umsetzung. Während es bei den Polen richtig gut läuft.«

»Zum ersten Mal überhaupt in der Geschichte«, bemerkte Beyer.

Schweigend passierten sie das Sicherheitspersonal und gingen die Treppen hinauf.

»Schönes Wochenende gehabt?«, fragte Kowalewski schließlich.

»Eigentlich wie immer«, antwortete Beyer. »Ich bin nach Antwerpen geradelt.«

»Nach Belgien? Aber bis dahin sind es doch bestimmt hundertfünfzig Kilometer.«

»Hundertdreißig«, korrigierte ihn Beyer. »Ein robustes Kalkhoff ist ziemlich schnell, im Gegensatz zu einer polnischen Klapperkiste.«

»Genau betrachtet, ist meine Klapperkiste, glaube ich, holländisch. Ich war übrigens übers Wochenende zu Hause in Warschau. Meine Mutter ist krank.«

»Oh. Ernsthaft?«

»Ja, ihre Hypochondrie war diesmal richtig schlimm. Drei Krebsarten gleichzeitig. Ich habe den Arztbericht zerrissen im Müll gefunden. Daraufhin habe ich ihn wieder zusammengeklebt und konnte mich mit den Worten ›Gesundheitszustand wie eine gut trainierte Fünfunddreißigjährige‹ zufriedengeben.«

Jutta Beyer spürte, wie es ihr wieder einmal misslang, Distanz zu Marek Kowalewski zu halten. Sie lachte laut auf, während sie ihren Code an der Tür zur offenen Bürolandschaft der Opcop-Gruppe eingaben. Dort drinnen standen Miriam Hershey und Laima Balodis gerade von ihren auf mysteriöse Weise zusammengewachsenen Schreibtischen auf.

»Besprechung«, sagte Balodis und wies vage mit der Hand in eine Richtung.

»Kathedrale?«, fragte Beyer.

»Nein«, antwortete Hershey. »Whiteboard.«

Kowalewski betrachtete die einsilbigen Damen und ertappte sich dabei, über Gewohnheiten zu sinnieren. Wie schnell sich doch Spitznamen und gewisse Ausdrücke einschliffen. Die »Kathedrale« war ein großer Saal für Zusammenkünfte mit einer Kassettendecke und Bildschirmen von allen siebenundzwanzig Mitgliedsstaaten der EU. Das »Whiteboard« hingegen war eine eher informelle Besprechungsecke am Rand der Bürolandschaft mit einem Touchscreen, der das althergebrachte Whiteboard ersetzte.

Am Schreibtisch daneben saß Paul Hjelm, der Chef der Opcop-Gruppe, tief versunken in einen Stapel Unterlagen. Neben ihm war der stellvertretende Chef, der zierlich gebaute Grieche Angelos Sifakis, damit beschäftigt, den Computer hochzufahren. Der Bildschirm des Whiteboards flimmerte merkwürdig, während Sifakis mindestens ebenso merkwürdig das Gesicht verzog und dann in Richtung Festplatte hinter dem Schreibtisch abtauchte.

Zwei Personen hatten bereits ihre Plätze eingenommen, als sich Kowalewski, Beyer, Hershey und Balodis auf ihre Stühle setzten. Es waren die Französin Corine Bouhaddi und der Spanier Felipe Navarro. Arto Söderstedt kam als Letzter in die Ecke der Bürolandschaft geschlendert, nachdem er sich gerade aus der Umarmung einer groß gewachsenen blonden Frau gelöst hatte. Marek Kowalewski betrachtete sie respektvoll. Sie war eine der nationalen Repräsentanten, die immer ein wenig am Rand der Kerngruppe standen. Er versuchte sich an ihren

Namen zu erinnern. Sie war doch Schwedin, oder? Mit einem sehr ausgefallenen Namen. Schließlich kam er drauf: Svenhagen.

Sara Svenhagen.

Eine der knapp ein Dutzend nationalen Repräsentanten war also anwesend.

Angelos Sifakis tauchte hinter dem Schreibtisch wieder auf, betrachtete den Bildschirm, der inzwischen nicht mehr flimmerte, und sagte in seiner zurückhaltenden Art: »Also dann, Meeting der Kerngruppe.«

Paul Hjelm blickte von seinen Unterlagen auf und nickte Sifakis zu, der ein Foto von einem älteren Mann mit traurigen Augen anklickte, das auf dem elektronischen Whiteboard im Großformat erschien.

Hjelm räusperte sich und sagte: »Das hier ist Professor Udo Massicotte, Arzt für plastische Chirurgie von Weltklasse. Mit ihm werden wir uns in dieser Woche befassen, denn er hat sich am vergangenen Samstag erhängt. Er war sechsundsechzig Jahre alt und in einem mit Alarmanlagen gesicherten Bereich tätig, er hat nämlich für ein geheimes EU-Projekt gearbeitet, das sich mit der Identifikation von Terroristen nach chiroplastischen Operationen befasst. Man gewährt uns für diesen Fall für ein paar Tage Einblick in das Projekt, wenn wir innerhalb dieses Zeitfensters nichts finden, wird es geschlossen. Aus diesem Grund befassen wir uns in erster Linie intensiv mit seiner Person anstatt mit unmittelbaren Verdachtsmomenten. Finden wir binnen ein paar Tagen nichts, lassen wir die Sache fallen. Man hat uns die Abstimmung mit der NATO zugesichert, aber wenn die Amerikaner erst einmal involviert sind, wollen sie wahrscheinlich ihre eigenen Ermittlungen durchziehen.«

»Also bestehen eventuell Verbindungen zum Terrorismus?«, fragte Miriam Hershey, die eine Vergangenheit beim MI5 in England hatte.

»Möglicherweise«, bestätigte Hjelm.

»Und womit hat er sich genau befasst?«, fragte Kowalewski.

»Das Ganze ist zwar auf unserem Tisch gelandet, weil es sich um ein EU-Projekt handelt, aber wir haben noch zu wenig Informationen. Das Projekt wird in Straßburg durchgeführt, ursprünglich waren fünf Forscher und Sicherheitsexperten mit unterschiedlicher Fachrichtung involviert. Wir haben gerade grünes Licht dafür erhalten, dass zwei von euch hinfahren und mit den vier verbleibenden Personen sprechen. Das Projekt wurde von Udo Massicotte geleitet, die restlichen Namen stehen hier.«

Sifakis tippte etwas in seinen Computer, bis vier Namen offensichtlich unterschiedlicher Nationalitäten erschienen.

»Ist denn das Problem mit chiroplastisch operierten Terroristen gravierend?«, fragte Jutta Beyer.

»Ich habe etwas darüber gelesen«, merkte Laima Balodis an. »Die Sicherheitsdienste haben generell Schwierigkeiten damit, vor allem arabische Terroristen zu identifizieren, und offenbar nutzen das immer mehr von ihnen aus und lassen sich chiroplastisch operieren.«

»Weitere Infos zur Ausrichtung des Projekts erhaltet ihr dann von Hershey und Balodis aus Straßburg«, sagte Hjelm.

»Der Flug geht in genau einer Stunde von Schiphol«, erklärte Sifakis. »Das Taxi wartet draußen, Tickets, Hotelreservierung und weitere Informationen werden an eure Handys geschickt. *Off you go.*«

Hershey und Balodis schauten einander an und seufzten.

»Billigflug, vermute ich mal?«, fragte Hershey.

»Kauft euch Slips am Flughafen«, riet Kowalewski.

»Ab mit euch«, rief Hjelm.

Woraufhin sich Hershey und Balodis in Bewegung setzten, durch die Bürolandschaft joggten und zur Tür hinaus verschwanden.

»Das war aber nicht gerade die feine Art«, merkte Arto Söderstedt an. »Ihr hättet es ihnen ja auch schon heute Morgen mitteilen können.«

»Es hat sich erst, drei Minuten bevor ihr kamt, entschieden«, entgegnete Hjelm.

»Aber ging es nicht um einen Selbstmord?«, fragte Jutta Beyer.

»Wir glauben nicht daran«, antwortete Hjelm. »Es gibt gewisse Anzeichen.«

»Anzeichen?«

»Arto?«, meinte Paul Hjelm leicht gehässig.

Arto Söderstedt bedachte ihn mit einem eindringlichen Blick und sagte dann: »Es ist besser, wenn ihr euch das Ganze vorbehaltlos anschaut.«

»Das vorhandene Material findet ihr auf euren Computern«, erklärte Sifakis. »Schaut es durch und lasst uns wissen, was ihr dazu denkt.«

Paul Hjelm betrachtete seine Truppe, während die Mitglieder sich zu mehr oder weniger festen Paaren formierten. Dies waren also die Übriggebliebenen der ursprünglichen Opcop-Gruppe, die sich im vergangenen Jahr bereits in der Testphase auf so tragische Weise dezimiert und noch immer keine Nachfolger erhalten hatte. Vielleicht war das Sondierungsverfahren schon im Gange, vielleicht auch nicht. Er wurde allerdings den Verdacht nicht los, dass irgendein wie auch immer gearteter Machthaber ihn bestrafte. Vielleicht hieß dieser Machthaber auch schlicht und einfach Gewissen.

Schlechtes Gewissen.

Sowohl Hershey und Balodis als auch Beyer und Söderstedt hatten sich zusammengefunden. Navarro und Kowalewski waren genau wie Sifakis Computerbullen und hatten keine Probleme damit, allein zu arbeiten beziehungsweise spontane Allianzen miteinander zu bilden. Diejenige, die allerdings leicht ins Abseits geriet, war Bouhaddi. Sie benötigte einen Partner. Wenn schon nicht für die anderen, so musste er wenigstens ihr zuliebe so bald wie möglich einen Ersatz für die schmerzlich Vermissten Fabio Tebaldi und Lavinia Potorac finden.

Er kehrte in sein Chefzimmer zurück und schaltete das Radio ein, um vor seinem Anruf bei der NATO ein wenig musikalische Erbauung zu finden. Beethovens einfache, aber majestätische Klänge der Europahymne *Ode an die Freude* waren fast verklungen, als er endlich das Radio ausschaltete und nach dem Telefonhörer griff.

Draußen in der Bürolandschaft blätterte Jutta Beyer mit versierten Mausbewegungen die Dateien auf ihrem Computer durch und sagte: »Tja, hier findet sich ja nicht gerade viel ...«

»Die Fotos«, entgegnete Arto Söderstedt, »die Protokolle. Sag mir, was du siehst.«

Dann verfiel er in eine Art vermeintlichen Halbschlaf, den Beyer nur allzu gut von ihm kannte. Er wartete auf ihre Reaktion.

Sie arbeitete sich durch die Fotos, sowohl von Massicottes Villa außerhalb von Charleroi in Wallonien als auch von seinem Arbeitszimmer in den provisorischen Büroräumen in einem Gebäude des Europäischen Gerichtshofs in Straßburg. Er hatte sich in seiner Villa erhängt, genauer gesagt in einem Ankleidezimmer hinter dem Schlafzimmer. Beyer scannte mit ihrem Blick die Bilder ab und suchte fieberhaft nach irgendwelchen Hinweisen. Während sie sich schließlich dem schriftlichen Ermittlungsmaterial der belgischen Polizei widmete, ging Söderstedts Halbschlaf in einen Winterschlaf über. Man sah deutlich, wie seine Körpertemperatur um mindestens zehn Grad sank.

Corine Bouhaddi musterte ihn von der Seite und schüttelte den Kopf. Dann fragte sie: »Ist sein Alkoholismus eigentlich näher dokumentiert?«

»Wie bitte?«, rief Marek Kowalewski neben ihr aus.

»Ich sehe zwar, dass in den Dokumenten der belgischen Polizei etwas darüber steht, aber ich finde keine Quellenangabe. Außer einem Klatschweib, das seine Nachbarin war.«

»Gut«, meinte Kowalewski. »Ich notiere es mir. Aber die Scheidung ist hinreichend dokumentiert. Und wurde vor einem halben Jahr vollzogen.«

»Verzeihung«, sagte eine Stimme vom Schreibtisch nebenan. »Im Obduktionsprotokoll ist von einer Schrumpfleber die Rede.«

Bouhaddi und Kowalewski drehten sich um und blickten in Navarros unbewegtes Gesicht. Bis dieser verdeutlichte: »Leberzirrhose. Apropos Alkoholismus.«

»Danke«, sagte Bouhaddi. »Gut, dann ist das also bestätigt.«

»Vor zwei Jahren stand ein Artikel über das aufstrebende Ehepaar Massicotte in der *Nouvelle Gazette*«, informierte Kowalewski, mit dem Gesicht unmittelbar am Bildschirm klebend.

»Bist du etwa kurzsichtig?«, fragte Bouhaddi.

»Ich warte darauf, dass die Altersweitsichtigkeit es wieder ausgleicht«, entgegnete Kowalewski. »So wie die Zeit auch meine Lungen innerhalb eines halben Jahres nach Queens wieder geheilt hat. In der Zeitung steht unter anderem: ›Wir wissen beide, dass wir zusammen alt werden und sterben wollen.‹ Ein gutes Jahr danach, er ist siebenundsechzig, sie vierundsechzig, kommt die Scheidung. Sie hat ihn verlassen. Er hat gesoffen, bis er sich schließlich erhängt hat. Schwierig, da etwas anderes zu sehen.«

»Das Saufen war vielleicht eher die Ursache als der Grund«, meinte Bouhaddi.

»Nicht ganz von der Hand zu weisen«, bestätigte Kowalewski. »Vielleicht war es sowohl die Ursache als auch der Grund und die Situation deshalb nicht länger zu ertragen.«

»Fast zwei Promille im Blut bei Eintritt des Todes«, las Navarro neben ihnen vor. »Eins Komma acht.«

»Im Großen und Ganzen deutet alles in ein und dieselbe Richtung«, erklärte Bouhaddi. »Scheidung, Alkohol, Workaholic-Symptome, Einsamkeit und so weiter.«

»Das erscheint mir allerdings etwas zu konstruiert«, rief Jutta Beyer aus.

Söderstedts Körpertemperatur stieg allein während der minimalen Bewegung, deren es bedurfte, um sich leicht vorzubeugen, markant. Er forderte sie auf: »Führ das näher aus.«

»Es scheint geradezu so, als wäre Massicotte von seinem Schreibtisch aufgestanden und hätte gedacht: ›Man müsste sich mal das Leben nehmen. Das würde einem vielleicht wieder den nötigen Kick geben.‹ Keinerlei Gefühlsregung.«

»Hm«, meinte Söderstedt, »klingt fast nach Sherlock Holmes.«

»Liege ich falsch?«, fragte Jutta Beyer.

»Keine Ahnung«, antwortete Arto Söderstedt und begab sich wieder in seinen Dämmerzustand. »Rede nur weiter.«

Beyer warf ihm einen enttäuschten Blick zu und wandte sich wieder dem Material zu.

»Mit einem kurzen Strick?«, fragte Corine Bouhaddi.

Kowalewski schaute auf. »Kurz?«

»Ja«, antwortete Bouhaddi. »Dabei ist das Ankleidezimmer ein ziemlich hoher Raum. Und der Hocker war auch relativ hoch, eher eine Trittleiter. Man hätte ohne Probleme einen langen Strick benutzen können, um das Leiden zu verringern.«

»Verlangst du jetzt nicht zu viel Rationalität von einem Selbstmörder?«

»Alles andere deutet schließlich auf Rationalität hin«, entgegnete Bouhaddi und zuckte mit den Achseln.

»Jetzt sehe ich es«, rief Jutta Beyer so leise aus, wie sie es vermochte. Denn etwas leise zu äußern war und blieb für sie eine Kunst.

Söderstedts Gelenke tauten erneut auf, diesmal allerdings etwas langsamer.

»Was siehst du?«

»Das Zimmer im Keller«, antwortete Beyer.

»Das musst du näher erklären«, forderte Söderstedt sie auf, während er seinen Nacken dehnte, als hätte er einen langen Winterschlaf gehalten.

»Professor Udo Massicottes Villa war groß«, begann Beyer. »Sie war groß und ziemlich verwahrlost, wenn ich das erste Protokoll richtig gelesen habe. Er selbst war ebenfalls ziemlich heruntergekommen, wenn ich das zweite recht verstehe. Leberzirrhose et cetera. Geschieden, seelisch am Ende. Und die Villa sah dementsprechend aus. Er hatte zwar eine Putzfrau – sie war schließlich diejenige, die ihn gefunden hat –, aber sie hat offenbar keinen besonders guten Job gemacht. Es war überall staubig. Außer in einem Raum. Ein Raum im Keller war sehr sauber.«

»Danke«, sagte Arto Söderstedt und stand auf. »Außerdem hast doch bestimmt du, Jutta, eine Ahnung davon, wie weit es nach Charleroi ist. Übrigens ein absolut unangemessener Wohnort für einen der weltweit führenden Ärzte für plastische Chirurgie. Charleroi ist allgemein bekannt als die hässlichste Stadt der Welt. Es werden sogar spezielle Reisen dorthin angeboten, für Leute, die in Hässlichkeit schwelgen wollen.«

»Gut zweihundert Kilometer«, antwortete Jutta Beyer.

»Das schaffen wir in zwei Stunden, oder?«

»Nicht mit deiner Schrottkarre.«

»Mein Toyota Picnic sehnt sich schon nach einem Facelifting in der hässlichsten Stadt der Welt«, behauptete Söderstedt galant, während er sich das Jackett überzog und auf die Tür zuging.

»Müssen wir nicht erst den Chef fragen?«, wandte Jutta Beyer ein.

Arto Söderstedt erstarrte. Beyer holte ihn ein und warf ihm einen erstaunten Blick zu. Er beugte sich zu ihr vor und sagte mit Nachdruck: »Wenn du, Jutta Beyer, mich jemals den *Chef fragen* siehst, dann versprich mir, mich direkt ins Jenseits zu befördern.«

Insel II

Ligurisches Meer, 10. Mai

Heute scheint alles genau das Gegenteil von damals zu sein. Die Sonne, die Wellen. Das aufspritzende Meerwasser. Alles wirkt belebend. Auch die Delfine. Diese kitschigen Symbole der Lebensfreude. Sie folgen dem Schiff.

Wenn man jetzt die Hand ausstreckte, würde man sie berühren können. Ihre kalte glatte Haut. Man bildet sich ein zu wissen, wie sie sich anfühlen, aber bevor man sie nicht tatsächlich berührt hat, weiß man es nicht.

Die ausgestreckte Hand. Geradewegs über die Reling gehalten. Sie scheint kurz zu verharren, dann kommt der Sprung. Die Präzision dieser gewaltigen spulenförmigen Körper. Wie ihre Haut die Fingerspitzen nur flüchtig berührt, und dann sind sie schon wieder verschwunden. Als lebten sie in einer völlig anderen Zeit, in der in einer einzigen Sekunde eine intensive Berührung möglich wäre.

Doch das Gefühl danach ist ein völlig anderes. Die Kälte an den Fingerspitzen. Als hätte man eine ganz andere Haut berührt. Eine blauere als die des Delfins. Fußhaut. Kalte Fußhaut.

Das eigenartige Begräbnis.

Der vererbte Schmerz der Erinnerung, der durch den Kopf schneidet, als sich die Insel aus der mittelmeerblauen Wasseroberfläche erhebt. Als würde sie sich wegen einer plötzlichen Windbö kräuseln.

Die Kräuselung hält an. Immerhin ist sie es, die die so gegensätzlichen Zustände vereint. Die Brise.

Es ist die Brise, die Deda weckt, nachdem er die beiden Löcher gegraben hat. Die ihm buchstäblich wieder Leben einhaucht. Er ist so unendlich müde.

Die ganze Nacht über hat er sich versteckt, alle Sinne angestrengt. In dieser Nacht gab es niemanden, an den er seinen Kopf hätte lehnen können. Keine Mutter-die-sie-hätte-sein-müssen. Keine Faina.

Es macht auch keinen Sinn, sich an jemanden anzulehnen. Sie sterben ja doch.

Er ist aus dem Pappelhain getaumelt, als die Morgendämmerung einsetzte und die Leute sich zu bewegen begannen. Diejenigen, die es noch konnten. Dort fühlte er sich etwas sicherer.

Keiner, der ihn fressen würde.

Deda erwacht davon, dass die Brise seine Haut streichelt. Er starrt geradewegs hinunter in die beiden Löcher wie in ausdruckslose Augen. Er ist eingeschlafen, während er sie gegraben hat, während er mit seinen bloßen Händen Löcher bis tief hinunter in den tiefgefrorenen sumpfigen Boden gescharrt hat. Er ist über die Löcher gebeugt eingeschlafen.

Mit einer Hand auf der Haut.

Auf der kalten Haut der Füße.

Würdevoll senkt er Fainas blaue Füße in die beiden Gräber hinab. Wo sich der Rest von ihr befindet, daran mag er gar nicht denken. Das liegt jenseits seines Vorstellungsvermögens, obwohl sich dieses innerhalb der vergangenen Wochen brutal erweitert hat. Auf diese unwiederbringliche Art und Weise ausgedehnt hat. Unwiederbringlich, weshalb nichts jemals wieder so werden kann, wie es einmal war.

Dennoch muss er daran denken. So, wie man immer genau an das denken muss, woran man nicht denken möchte. Vor seinem inneren Auge sieht er Fleischbrocken, einen Schädel, abgenagte Skelettteile.

Als er sich übergeben muss, kommt nichts, was er erbrechen könnte.

Deda würgt eine Weile. Sein Körper wird von Krämpfen geschüttelt, während er die tiefgefrorenen Sumpfklumpen in die

Löcher hinunterschaufelt und danach den Boden glatt klopft. Dann spricht er ein Gebet. Er weiß zwar nicht, zu wem, doch das Gebet handelt davon, *zum zweiten Mal eine Mutter zu verlieren.*

Er steht auf. Er ist zehn Jahre alt und versucht sich einen Überblick über all das zu verschaffen, was er nicht versteht. Kann man das Unbegreifliche verstehen?

Deda beobachtet all die Menschen, die an der Schwelle des Todes entlangstolpern und dieses ewige Wimmern von sich geben, dem man weder Tag noch Nacht für wenigstens eine Minute entfliehen kann. Er beobachtet sie und fragt sich, was sie eigentlich hier machen. Warum hat man sie hergebracht? Wessen Leben profitiert davon, dass Tausende Großstädter auf einer vom Wind gepeinigten Hölleninsel in einem pechschwarzen Fluss umhertorkeln, den Gott vergessen hat? Wieso sollte das auch nur für einen einzigen Menschen gut sein?

In diesem Augenblick trifft er eine Entscheidung. Er beschließt, dass er, falls er überleben sollte, falls er entgegen allen Erwartungen diese verdammte Kannibaleninsel lebend verlassen sollte, dieser großen Frage nach dem *Warum* nachgehen wird.

Also, Überblick verschaffen. Die Landzunge diesseits des Waldrandes. Der groteske Mehlberg, der auf der anderen Seite der Insel aufragt. Die wenigen Uniformierten, die so verängstigt wirken. Die Gesundheitsoffiziere mit ihren spärlichen Krankenzelten. Die Kette der Aufseher um sie herum, bewaffnete Obdachlose mit mörderischen Blicken, die man in den dunklen Spelunken der Kleinstädte aufgegriffen hat. Absolut unzuverlässig. Dann der Waldrand. Dahinter befinden sich die Leichenhaufen. Und dort sind *sie* – die Menschenfresser.

Keiner, dem er sich anschließen könnte. Absolut keiner. Diejenigen, die nicht bedrohlich wirken, sind mögliche Opfer. Dedas einzige Hoffnung besteht darin, dass er noch zu klein ist. Dass an seinen Knochen nicht viel dran ist.

Dank Großmutter ist Deda wärmer angezogen als die meisten anderen. Aber das stellt wiederum schon ein Risiko dar. Er meint, immer wieder schiefe Blicke auf seine wärmende Jacke zu spüren. Selbst auf seine warmen Stiefel, die sowieso keinem passen würden.

Doch rationale Argumente haben auf der Insel nichts verloren. Seine Schuhe sehen warm aus. Punktum.

Begleitet von dem ewigen Wimmern, driftet er zwischen den Gruppen hin und her. Findet keinen Ort, wo er kurz ausruhen könnte. Merkt, dass es am besten ist, in Bewegung zu bleiben. Dennoch traut er sich nicht, die Landzunge zu verlassen und in den Wald zu gehen. Oder auch nur am Ufer entlangzulaufen. Denn dort halten sich die Verzweifelten auf. Diejenigen, die daran glauben, fliehen zu können. Diejenigen, die im eiskalten Wasser herumwaten und Strandgut und angeschwemmte Hölzer sammeln, um Flöße zu bauen. Keiner beachtet sie weiter. Deda traut ihnen nicht, denn ihre Blicke sind bereits vom Tode gezeichnet.

Doch das ist noch gar nichts gegen den Wald und die Menschen dort drinnen. Manchmal kommen sie an den Waldrand und sehen sich um. Sie wirken, als wären sie keine Menschen mehr. In ihren Augen liegt der Blick eines wilden Tieres. Eine Furcht einflößende animalische Intensität. Deda kann sie nicht deuten, aber er erkennt sie. Er hat seine eigene Regel, um ihnen auszuweichen: Sich keinem zuwenden, keinem trauen, keinem vertrauen. Allein sein. Schnell sein.

Es ist schwer, schnell zu sein, wenn man ausgehungert ist. Der Hunger nagt immer stärker an ihm. Inzwischen hat es aufgehört zu schneien, weshalb es nun nicht einmal mehr Wasser gibt.

Während er unten über die Landzunge am Ufer entlangwandert, fragt er sich erneut, warum sie hier sind. Auf dieser Insel kann doch nicht ernsthaft Endstation für sie sein. Diejenigen, die sie hierher geschafft haben, wissen doch, dass hier niemand leben kann. Hier gibt es nichts, absolut nichts. Außer dem Tod.

Dann hätten sie die Gefangenen auch gleich erschießen können.

Das Ganze erscheint ihm wie ein Versehen. Ein übles Versehen. Als hätte irgendjemand irgendeine Idee gehabt, die nicht mit der Realität vereinbar ist. In dem Fall muss der Fehler doch auch wieder behoben werden. Man wird sie wieder abholen. Also ist der Aufenthalt hier zeitlich begrenzt, und es gibt einen Schlusspunkt. Irgendwer ist sicher schon auf dem Weg hierher. Man muss also nur bis zu seinem Eintreffen durchhalten.

Der Gedanke verleiht ihm neue Kraft. Man wird sie abholen. Es gibt Krankenzelte – was auch immer sich in ihnen befinden mag –, es gibt Offiziere, Aufseher, es gibt einen Mehlberg. Die Sache ist schiefgegangen, aber es war nicht geplant, dass sie hier sterben.

Diese Hölle dauert nicht unendlich lange.

Also gilt es zu überleben. Das ist alles. So lange zu überleben, bis sie kommen und ihn abholen.

Es ist die glasklare Logik des Zehnjährigen, die ihn weitertreibt und dazu bringt, am Ufer entlangzuwandern, auch wenn er sich dadurch von der Menge entfernt, in der er sich etwas sicherer gefühlt hat.

Doch er fühlt sich sowieso nicht mehr sicher. Es gibt niemanden, dem er trauen kann. Jetzt geht es nur noch darum durchzuhalten.

Er läuft zum östlichen Ufer. Weg. Doch da sieht er es.

Er sieht, wie der Mann aus dem Wald herauskommt, umgeben von seinen Freunden, von seiner Gang. Die brutale Bande um den Glatzköpfigen, die Deda aus seinem Viertel zu Hause kennt. Von der er sich immer ferngehalten hat.

Das Blut in ihren Mundwinkeln, auf ihren Wangen.

Wie zäh es ihnen am Kinn hinunterläuft. Trotz der Entfernung ist es deutlich zu erkennen. Ein beinahe leuchtendes Rot. Es entspricht der Logik dieses Albtraums, dass sie alle, jeder Einzelne, wie auf Befehl, ihre aufgerissenen Augen auf ihn richten. Auf Deda, der am Wassersaum entlangwandert. Ihre Blicke sprühen vor Energie und Kraft. Sie unterscheiden sich vollkommen von den resignierten Blicken der Floßbauer, denen er am Ufer begegnet ist. Deren Blicke gleichförmig und stumpf, ja leblos sind. Ihre Augen sind tot. Ihre Körper bewegen sich in der Hoffnung auf Flucht mechanisch wie Hühner, denen man den Kopf abgehackt hat. Eine Bewegung, die im Leben begonnen wurde und im Tod vollendet wird.

Doch in den Blicken derer, vor denen er nun zu fliehen versucht, nimmt er diese Resignation nicht wahr. Keineswegs. Aber auf dem Lastkahn hat er es deutlich gesehen: wie auch ihre Blicke erloschen. Einer nach dem anderen. Am Ende auch der des Glatzköpfigen. Als der Kahn nahe der Stadt anlegte und doch wieder abfuhr. Kurz bevor sich die Wellenbewegung unter den eingesperrten Passagieren fortzusetzen begann, hat er es gesehen, als er eigentlich hätte sterben müssen, zu Tode eingeklemmt. Doch erst jetzt begreift er, was er da gesehen hat. Das Letzte, was er sah, bevor der Kapitän ihn an Deck hob, war, wie der Glatzköpfige zusammensank und sein harter Blick erlosch.

In dem Moment waren alle Blicke gleich.

Aber jetzt ist das wieder anders. Doch das liegt nicht nur an der Energie, die sie durch das Fleisch und das Blut gewonnen haben. Ihre Blicke sind vielmehr die Blicke von Menschen, die eine Grenze zu einer völlig anderen Dimension überschritten haben.

Deda entfernt sich rasch von ihnen. Er sieht, wie sie sich in alle Richtungen umschauen wie Raubtiere. Oder Roboter.

Schließlich traut er sich, wieder langsamer zu gehen. Er wandert weiter am Ufer entlang. Die Resignierten bauen ihre Flöße. Sie wirken immer weniger fluchttauglich. Er dreht sich um. Nichts deutet darauf hin, dass die Gang des Glatzköpfigen ihm gefolgt ist. Sie sucht ihre Beute dort, wo die Opfer am zahlreichsten und am schwächsten sind. Aber das ist nicht hier. Jedenfalls noch nicht.

Erst, als er die Insel halb umrundet hat, stellt er fest, dass sie zu klein ist, um irgendwo menschenleer zu sein. Es gibt keine geheimen Verstecke, in die er hineinschlüpfen und in denen er verschwinden könnte, um auf Rettung zu warten. Dennoch sucht er. Er sucht fieberhaft.

Überall sieht er Menschen. Herumirrende Gefangene. Er kann keinen einsamen Ort ausmachen. Dennoch versucht er es. Er streicht vorsichtig am Waldrand entlang. Die meisten Menschen sind ungefährlich, vor ihren leeren Blicken fürchtet er sich nicht, aber da sind auch noch die anderen, die eine fortwährende Bedrohung darstellen.

Es scheint, als spürten die meisten Gefangenen das instinktiv. Denn um den Wald herum hat sich eine unsichtbare Grenze gebildet, dahinter ein Streifen Niemandsland wie ein perverser Heiligenschein. Dort halten sich keine Menschen auf, und als Deda die Leute beobachtet, sieht er, wie sie zehn Meter vor dem Waldrand wie von einer unsichtbaren Wand abprallen. Als er weitergeht, sieht er, dass es überall dasselbe ist, rund um das absurd kleine Waldstück. In dieses Niemandsland muss Deda gehen. Dort kann er sich verstecken, ein wenig ausruhen und ausharren. Er muss sich diesen Streifen Land zu eigen machen. Allerdings ohne dass es jemand merkt.

Er schleicht darin umher und macht sich dabei so unsichtbar wie nur möglich. Stunde um Stunde. Er geht in die Hocke, sucht nach Winkeln, Ecken, engen Gängen – und er ist in seiner Suche erstaunlich systematisch. Plötzlich – durch das endlose Wimmern hindurch – ein leises Plätschern. Ganz schwach, aber er scheint höchstens einen halben Meter davon entfernt zu sein, und als er Schicht um Schicht heruntergefallene Zweige entfernt, sieht er es auch: eine kleine Quelle.

Das Wasser perlt aus der Erde wie die zurückgehaltenen Tränen Gottes.

Deda schaut sich aufmerksam um, und das Herz in seiner Brust schlägt so laut, als wollte es herausspringen. Dann beugt er sich hinunter und trinkt. Nie zuvor hat ihm Wasser so gut geschmeckt. Es ist Taufwasser, Weihwasser, und es gibt ihm das bizarre Gefühl von Hoffnung.

Als Deda seinen Durst gelöscht hat, legt er die Zweige wieder über die Quelle, bemüht, alles unberührt aussehen zu lassen. Und dennoch muss er selbst sie wiederfinden können. Er sucht nach einer Möglichkeit, einem Zeichen, das nur er und kein anderer entschlüsseln kann. Er findet einen kleinen Ast, der wie ein Y geformt ist, und schiebt ihn zwischen die übrigen Zweige, bis er stabil steht. Das muss als Zeichen genügen.

Dann setzt er seine endlose Wanderung im Niemandsland fort, mit hellwachen Sinnen. Jeden Moment könnte sich ein Raubtierblick auf ihn richten, das weiß er, es ist ihm die ganze Zeit über bewusst. Noch nie kam ihm das Leben so zerbrechlich vor.

Da erblickt er etwas. Stofffetzen, die in einem Baum hängen. Zuerst sind es lediglich Fetzen. Zusammengeknotet und wie Bündel aufgehängt in einem düsteren Pappelhain. Er erkennt den Stoff wieder, kann ihn jedoch nicht zuordnen. Erst als er näher kommt, begreift er, dass hier einige der Jutesäcke hängen, in denen das Mehl transportiert wurde, bevor es auf einem großen Haufen landete. Doch irgendetwas ist in den Säcken. Durch den groben Stoff drückt sich langsam etwas hindurch. Eine zäh fließende Flüssigkeit dringt aus den Bündeln heraus.

Als er später, unten in der Höhle, mehr Zeit zum Nachdenken hat, als ihm guttut, wundert er sich darüber, wie lange er dort bei den Pappeln gebraucht hat, um zu registrieren, dass das, was sich durch die groben Jutefasern presste, Blut war. Doch die nächste Tatsache registriert und begreift er umso schneller.

Aus einem der Stoffbündel lugt ein anderer Stoff hervor, der etwas zerknittert, aber bedeutend edler ist. Und hellgrün.

Deda weicht instinktiv zurück. Macht einige rasche, taumelnde Schritte. Und fällt. Haltlos stürzt er rücklings durch ein Bett aus Zweigen. Und bleibt liegen. Aber nicht wegen des Schmerzes im Rücken. Auch nicht wegen des Anblicks der gleichmäßig grauen, unendlichen Teilnahmslosigkeit des Himmelsauges. Es ist nicht einmal die Einsicht, woher er diesen hellgrünen Stoff kennt, die ihn am Boden hält. Es ist etwas anderes. Es ist die Mischung aus Angst und Hoffnung, die ihn zu Stein erstarren lässt.

Als er hinfiel und die Zweige zerbrachen, verursachte das Geräusche. Vermutlich schrie er auch auf. Nun liegt er stocksteif da, und alles, was er jetzt sieht, ist das graue Weltall, eingegrenzt von den Rändern einer Grube. Er liegt in einem Loch, das ihm als Höhle dienen könnte. Ein Versteck. Wenn nur nicht die Raubtierblicke über den Rand lugen, angelockt vom Geräusch eines so leicht zu packenden Beutetiers. Ein Beutetier in der Falle. Man muss es nur noch in Stücke reißen. In Jute einwickeln und als Essensvorrat in die Pappeln hängen. Wiedervereint mit Faina. Neben den Resten ihres hellgrünen Kleids hängend. Den Resten ihrer Leiche.

Deda wartet. Sein Blickfeld ist kreisrund. Und jeden Moment kann sich ein Raubtiergesicht über den Rand schieben.

Deda wartet auf den Tod oder das Überleben, während im Hier und Jetzt jemand auf ähnliche Weise in einem modernen Hotelzimmer wartet. Derjenige weiß nicht mehr, wie die Fahrt auf die Insel verlief. Als Letztes erinnert er sich an die kalte Berührung, die flüchtige Bekanntschaft der Fingerspitzen mit der kühlen Haut des Delfins. An die Stunden danach existiert nicht das geringste Erinnerungsfragment. Erst jetzt, im Nachhinein, zeichnet sich ein Bild des Hotelbesitzers ab. Glatzköpfig. Ein plötzliches Blitzlicht fängt den Pappelhain ein. Den Waldrand. Den Raubtierblick des Glatzköpfigen.

Nein. Jetzt ist es vorbei. Für den Moment. Die Bilder sind verschwunden. Obwohl sie nie vollständig verschwinden werden. Es geht darum. das zu sehen, was Deda gesehen hat. Das zu spüren, was er gespürt hat. Die ganze Zeit über.

Das Hotelzimmer wirkt spartanisch. Auf dem kleinen Schreibtisch liegt eine Touristenbroschüre mit einer wenig detaillierten Landkarte. Sie bleibt hier liegen. Es ist keine Landkarte nötig. Die Sache ist gut vorbereitet. Wie immer.

Es ist die Zukunft, die geplant werden muss. Fünf Tage intensive Planung.

Erneut hängt eine Tüllgardine vor dem Fenster, und die Hand, die sie zur Seite schiebt, zittert nicht mehr. Zwei deutlich voneinander getrennte Orte zeichnen sich vor dem offenen Meer ab. Die Wasseroberfläche kräuselt sich leicht angesichts einer sacht zunehmenden Brise.

Wieder breitet sich die Eiseskälte aus, der unkontrollierbare Schmerz geht in einen kontrollierbaren Genuss über. Die Tasche wird ausgepackt, das Etui. Ein Gegenstand nach dem anderen. Auf dem kleinen Schreibtisch herrscht eine peinlich genaue Ordnung. Jetzt heißt es nur noch warten.

Es ist Dedas Warten in der Höhle.

Kneipenbesuch

Stockholm, 11. Mai

Es war lange her, dass das ältere Ehepaar zuletzt in eine Kneipe gegangen war, und der Versuch der beiden, Klarheit in die Frage zu bringen, wie sie eigentlich im Götgatsbacken gelandet waren, sollte im Nachhinein viel zu viel Zeit in Anspruch nehmen. Es war nicht einmal ihr Stadtteil. Sie wohnten auf Östermalm in einer mittlerweile zu kleinen Wohnung.

Ihre Töchter waren herangewachsen und verbrachten nun unverhältnismäßig viel Zeit damit, ihrer Unzufriedenheit darüber Ausdruck zu verleihen, dass sie sich ein Zimmer teilen mussten.

Der Ehemann, ein vorzeitig berenteter Polizist, war die Quengelei irgendwann leid und schlug seiner Frau einen Abend mit Restaurantbesuch, Kino und eventuell anschließendem Kneipenbesuch vor. Die berufstätige Ehefrau, die nicht so viel Zeit mit der Familie verbrachte wie ihr Mann, reagierte skeptisch. Doch dem Ehemann gelang es schließlich, sie zu überreden.

Der Film, den sie sich anschauen wollten – es kostete einige Anstrengung, sich überhaupt auf einen zu einigen –, wurde allerdings nur im Kinopalast am Medborgarplatsen auf Södermalm gezeigt, was zur Folge hatte, dass sie quer durch die gesamte Stadt fahren mussten. Sie genossen ein gemütliches Abendessen in einem exquisiten Fischrestaurant in der Markthalle auf Söder und wankten anschließend, vom Weißwein leicht beschwipst, zum Kino hinüber.

Wie so oft in Paarbeziehungen hatten sie anschließend diametral entgegengesetzte Vorstellungen davon, wie man nach einem kulturellen Ereignis mit seinen Gedanken umging. Der Ehemann wollte reden, die Ehefrau hingegen wollte die Eindrücke schweigend verarbeiten. Derart missgestimmt zogen sie schließlich in Richtung Norden die Götgata hinauf, ohne so recht zu wissen, wohin sie unterwegs waren, bis der Ehemann es nicht mehr aushielt, die Ehefrau in den Arm nahm und ganz einfach um Entschuldigung bat. Nach einer langen Umarmung ließ sie sich besänftigen. Und dann traten sie einfach geradewegs durch die nächste Tür.

Als der Ehefrau die anrüchige Atmosphäre auffiel und sie ihren Mann leicht am Jackettärmel zog, hätten sie eigentlich auf dem Absatz kehrtmachen und das Lokal verlassen sollen. Doch der Ehemann arbeitete sich zielstrebig zur Theke vor. Dass an einem normalen Dienstag bereits so viele Leute in der Kneipe waren, hätte ihn in einem früheren Leben stutzig werden lassen. Doch dieses Leben führte er nicht mehr. Heute lebte er ein anderes.

Vielleicht war das der Grund dafür, dass er einige Minuten später nur einen mittelmäßigen Zeugen abgab statt eines geistesgegenwärtigen und aufmerksamen Expolizisten.

Im Augenblick konzentrierte er sich aber ausschließlich darauf, eine Bestellung aufzugeben, obwohl es um ihn herum unangenehm roch. Um im Gedränge an der Bar überhaupt eine Chance zu haben, baute er sich zu einer gewissen Größe auf und setzte eine mündige Miene auf, er machte sich also bemerkbar. Nur wenig später bahnte er sich zu seinem eigenen Erstaunen mit einem Bier und einem Glas Weißwein in den Händen einen Weg zurück durch die Menge.

Seine Ehefrau hatte sich an den erstbesten freien Tisch gesetzt, nur wenige Meter von der Theke entfernt, und erst als er ihr gegenüber Platz nahm, ließ seine Fokussierung auf die Getränke nach. Er sah sich im Lokal um. Es war ein typischer heruntergekommener Pub im schottischen Stil. Der Tabakgeruch glücklicher Rauchertage hing noch immer in den verschlissenen Polstern.

Am auffälligsten war jedoch der Geräuschpegel – dass so viele Leute in diesem relativ überschaubaren Lokal Platz fanden und eine derartige Lautstärke erzeugen konnten. Der Ehemann sah, dass sich die Lippen seiner Frau bewegten, und beugte sich über den Tisch vor, hörte jedoch nur, dass sie etwas sagte. Verstehen konnte er sie nicht. Weshalb sie den Kopf schüttelte, sich zurücklehnte, erneut ihre missmutige Miene aufsetzte und einen großen Schluck Wein trank. Als sie ihr Glas wieder abstellte, war es halb leer. Der Ehemann wollte ihr in nichts nachstehen, und es gelang ihm, den Pegel seines Bierglases ebenfalls um die Hälfte zu senken.

Ihre Blicke wanderten zu einem Fernseher, der zwischen den Flaschen im Regal hinter der Theke stand. Für einen kurzen Augenblick fragte sich der Ehemann, ob der Barmann wohl schon einmal eine Flasche geradewegs in den Bildschirm geschleudert hatte, doch dann registrierte er, dass das Glas seiner Ehefrau leer war. Der Ehemann leerte sein Bierglas ebenfalls und warf seiner Frau einen fragenden Blick zu.

Sie zuckte mit den Schultern, dann beugte sie sich vor und sagte: »Okay, wenn du unbedingt willst. Noch eine Runde.«

Und das hörte er tatsächlich. Im Lokal war es inzwischen etwas leiser geworden.

Also, eine Runde noch, dann war es genug.

Er begann sich die wenigen Meter bis zum Ausschank vorzuarbeiten. Um die Theke herum standen mehrere Leute in diversen Grüppchen beisammen. Etwas links vom Tresen waren ein paar Typen intensiv in ein Gespräch vertieft. Der Ehemann ließ seinen Blick rasch über die vier, fünf Männer gleiten, die alle nicht besonders groß waren. Er schnappte ein paar kurze Phrasen auf, ohne den Versuch zu unternehmen, sie in einen Zusammenhang zu bringen. Floskeln wie »verdammt große Herausforderung« und »verdammt übler Mafioso«. Manche sprachen gebrochen Schwedisch, und vielleicht wäre der Ehemann in seinem früheren Leben angesichts dieser Tatsache hellhörig geworden. Aber weil Gespräche über »Mafiosi« in einer Kneipe nichts Außergewöhnliches mehr waren, pfiff er darauf.

Er drängte sich an einer anderen Gruppierung vorbei, drei, vier groß gewachsene Leute, die prahlerisch dastanden. Der größte von ihnen trug eine Lederjacke und hielt gerade einen Monolog in gebrochenem Englisch über einen Frauenhintern. Als der Blick des Ehemannes auf einen kleineren Mann fiel, der dabeistand, wurde etwas in ihm aktiviert. Die Typen sahen südeuropäisch aus, und er meinte den kleinen, gut gekleideten Mann wiederzuerkennen.

Doch es handelte sich um Erinnerungen an eine ferne Vergangenheit, die er längst hinter sich gelassen hatte. Also pfiff er auch darauf und schob sich bis an die Theke vor.

Dort landete er neben einer dritten Gruppe, und ihm schlug der Gestank entgegen, den er bereits beim vorigen Mal wahrgenommen hatte. Und weil es ihm diesmal nicht gelang, sofort eine Bestellung aufzugeben, hatte er Zeit, sich umzudrehen und die Quelle des Gestanks zu erkunden. Was ihm rasch gelang.

Sie waren zu dritt, einer heruntergekommener als der andere. Und sie quatschten. Drei vom Leben stark gezeichnete Männer, die vermutlich jünger waren, als sie aussahen, standen da und gaben etwas von sich, das man kaum als Gespräch bezeichnen konnte. Wenn überhaupt, handelte es sich eher um drei Monologe im Wechsel, wobei sich ihre Stimmen mit dem schwachen Ton des Fernsehers hinter der Theke vermischten. Er drehte sich wieder zum Barmann um und baute sich so vor ihm auf, wie er es nie mehr getan hatte, seit er seinen Dienst als Polizist quittiert hatte. Während er versuchte, Augenkontakt zu der nachlässigen Bedienung aufzunehmen, drangen Fragmente dessen, was ein Gespräch darstellen sollte, an sein Ohr.

»Apropos Überdosis«, sagte eine helle Stimme. »Erinnert ihr euch noch an den verdammten Junkie, der nach nur einem Kick ganze achtzehn Stunden lang geputzt hat? Unten bei Skanstull. Andi Amphetamin. In der verdammten Bohusgatan.«

»Andi Anorektiker«, sagte ein anderer, der im Stakkato

sprach. »Ich weiß. Dauerte achtzehn Stunden, bis der Stoff aus seinem gestählten Körper wieder raus war.«

»Ich glaub, er starb an 'ner Überdosis«, brummte eine tiefere Stimme. »Hat aber, soweit ich weiß, noch fast 'nen ganzen Tag gelebt. Hat die Wohnung, bevor man seine Leiche fand, noch tipptopp geputzt. Die Bullen dachten, es wär Mord, sie hatten noch nie so 'ne geleckte Bude gesehen. Nirgends 'n Fingerabdruck. Total clean. Hört ihr?«

»Tja, Andi«, seufzte die helle Stimme. »'ne Legende. Ronne und die Jungs haben ihn vermietet. Stundenweise. Keiner hat so effektiv geputzt wie er.«

»Und erst jetzt finden sie den Scheiß raus«, sagte die dunkle Stimme. »Da kann man mal sehen, wie langsam die sind. Hört ihr?«

»Das Einzige, was wir hören, sind deine *bowel movements*«, entgegnete die Stakkatostimme. »Habt ihr das in den Staaten nicht so genannt? Schöner Ausdruck, wenn man sich vollscheißt.«

»Aber im Ernst, verdammt. Das haben wir schon vor dreißig Jahren entdeckt. Und Andi war übrigens Analphabet. Andi Analphabet.«

»Reden wir überhaupt von demselben?«, fragte die Stakkatostimme abgehackt. »Gab es nicht 'nen Typen, der so ähnlich hieß und die Zeitung immer verkehrt herum hielt?«

»Agge«, rief die helle Stimme aus. »Aber Agge hatte 'nen Hirnschaden, war's nicht so, Lasse? Seine Welt stand auf dem Kopf.«

»Neugeborene sehen die Welt verkehrt herum«, sagte die dunkle Stimme. »Das Gehirn muss erst lernen, das Bild richtig herum zu drehen. Aber Agges Gehirn hat das nie gelernt. Ne, verdammt, war es nicht Andi? Das war doch ein und derselbe Typ.«

»Und wie hätte er dann so prima putzen können?«, fragte die Stakkatostimme. »Wenn er wie 'ne verdammte Fledermaus kopfüber hing, um mit dem Staubsauger die Decke zu saugen?«

In diesem Augenblick gelang es dem Ehemann, die Aufmerksamkeit des Barmanns auf sich zu ziehen. Was zur Folge hatte, dass er die Bewegungen hinter seinem Rücken etwas verzögerter registrierte, als er es eigentlich hätte tun sollen.

Es waren hektische Bewegungen, in unterschiedliche Richtungen.

Er registrierte nur, dass sich die Gruppe links von ihm plötzlich in Bewegung setzte. Also drehte er den Kopf, um zu sehen, was geschah. Auch die bulligen Südeuropäer blickten nun zu der anderen Gruppe hinüber, waren jedoch noch so in ihre Diskussion über Frauenhintern vertieft, dass sie nicht angemessen auf das reagieren konnte, was in den nächsten Sekunden geschah.

Die kleineren Männer links vom Tresen rannten los und stürzten hinter dem Rücken des Ehemanns an ihm vorbei. Im Augenwinkel nahm er eine merkwürdige Rockabillyfrisur wahr. Dabei rempelten ihn die Typen derb an, sodass er gegen die Theke prallte. Doch er konnte sich an der Kante festhalten und einen Sturz verhindern. Rechts von ihm ertönte eine ohrenbetäubende Explosion. In dem Moment packte ihn einer aus der Säufergruppe links mit festem Griff am Jackettaufschlag und zog ihn zu sich heran. Der Ehemann sah, wie der Blick des Säufers erlosch, bevor er den zweiten ohrenbetäubenden Knall hörte. Er versuchte sich aus dem Griff des Mannes zu befreien, der war jedoch eisern.

Als er einen raschen Blick über die Schulter warf, sah er zwei der Südeuropäer zu Boden sinken. Er hörte einen dritten Knall, nicht ganz so laut, denn sein Gehör war mittlerweile geschädigt, und schaute wieder auf den Säufer hinunter. Dessen Augen waren bereits verdreht, sodass nur noch das Weiße sichtbar war. Er vernahm einen röchelnden Atemzug.

Eine Blutkaskade schoss dem Sterbenden aus dem Mund und ergoss sich über das Gesicht des Ehemanns. Der Säufer ließ sein Jackett los und sank reglos zu Boden. Der Ehemann betastete sein eigenes Gesicht, von seinen Fingern troff dunkelrotes Blut.

Er drehte sich erneut zu den Südeuropäern um, doch sein Körper wollte ihm nicht richtig folgen. Seine Füße steckten unter der zusammengesunkenen Leiche des Säufers fest, sodass der Ehemann ins Taumeln geriet, ehe er haltlos zu Boden fiel. Aber sein Blick folgte der Gruppe Südeuropäer. Zwei Männer stürmten wie wild in Richtung Ausgang, während die anderen beiden groß gewachsenen Muskelprotze zu Boden gegangen waren und nun dem gut gekleideten Mann zu Füßen lagen. Der stand mit dem rechten Arm bequem gegen die Theke gelehnt da. Nur hatte er kein Gesicht mehr.

Der Ehemann spürte, wie es in seinem Rücken knackte, als er mit stark verdrehten Beinen zu Boden fiel. Im Fallen schlug er mit der Stirn gegen die Theke, dann sah er nichts mehr.

Doch er hörte zwei Dinge, bevor er das Bewusstsein verlor. Er hörte draußen von der Götgatan her einen Schuss.

Und er hörte seine Ehefrau mit einer Stimme ausrufen, die er nur ansatzweise wiedererkannte: »Aber Viggo!«

Sie bewirkte, dass er sich geradewegs in die Bewusstlosigkeit hineinlächelte.

Viele lose Fäden

Den Haag, 12. Mai

Felipe Navarro hielt im Flur seiner frisch renovierten Dreizimmerwohnung inne. Und da er ein Mann mit festen Gewohnheiten war, bewirkte dieses Innehalten, dass seine Frau Felipa vom Küchentisch aufschaute.

Er drehte sich zu ihr um. »Ich weiß, dass ich es schon oft gesagt habe, Felipa. Aber du strahlst regelrecht.«

»Das hast du noch nie gesagt«, entgegnete Felipa.

Sie sahen einander noch einen Moment an. Dann lächelte sie sanft, und er machte sich auf den Weg.

War Felipas Lächeln auch zuvor schon so sanft gewesen? Er versuchte bereits seit ein paar Monaten auszumachen, ob man tatsächlich allein an ihrer Ausstrahlung einen Unterschied merken konnte. Aber offenbar hatte er ihr das bisher nie gesagt. Wie merkwürdig.

Aber sein Leben war in letzter Zeit eben etwas durcheinandergeraten. Dabei erlebte das ja fast jeder Mensch, und es war ihm eigentlich nie als etwas Besonderes vorgekommen. Doch als feststand, dass Felipe Navarro Vater werden würde, nahm die Welt andere Farben an. Alles war schärfer, klarer. Und als auf dem Ultraschall erkennbar wurde, dass es ein Sohn werden würde, verspürte er ein Glücksgefühl, das er noch nie im Leben empfunden hatte.

Und dennoch diese Unruhe, die Verwirrtheit. Ein Kind in eine Welt wie diese zu setzen. Er war etwas aus dem inneren Gleichgewicht geraten, und seine Gedanken wanderten während der Autofahrt zum alten Europolgebäude in unbekannte Richtungen. Erst als er eine Weile in der Bürolandschaft umhergegangen war, stellte er fest, dass sie menschenleer war.

In dem Moment kam Corine Bouhaddi durch die Tür des Opcop-Raums hereingeschlendert. Sie warf ihm einen kurzen Blick zu und sagte: »Du wirkst etwas verwirrt, Felipe.«

Was ihn vermutlich noch verwirrter erscheinen ließ.

»Kathedrale«, erklärte Bouhaddi und ging auf die massive Eichentür zu.

Als Felipe schließlich den Versammlungsraum betrat, war alles wieder wie immer. Als würde er nach Hause kommen.

Paul Hjelm saß an seinem Platz hinter dem Katheder, und Angelos Sifakis ließ die Leinwand von der Kassettendecke herunter, die dem Versammlungsraum seinen sakralen Spitznamen verliehen hatte.

»Ich schlage vor, dass wir nach zwei Tagen Arbeit den aktuellen Stand der Ermittlungen durchgehen«, sagte Sifakis. »Miriam Hershey und Laima Balodis sind, wie wir wissen, nach Straßburg gefahren, um das Projektteam der EU zur Identifizierung von Terroristen nach chiroplastischen Operationen aufzusuchen und mit den vier Mitarbeitern Massicottes zu sprechen. Wie ist es gelaufen?«

Wie synchrone Turmspringerinnen bewegten Hershey und Balodis ihre Fingerspitzen über die Mousepads ihrer Laptops.

Balodis ergriff das Wort: »Udo Massicotte hat sich am Samstagabend erhängt. Am Freitag war er wie immer an seinem Arbeitsplatz, genau wie seine vier Projektmitarbeiter. Und keiner von denen kann sich erinnern, dass sich der Freitag in irgendeiner Weise von anderen Arbeitstagen unterschieden hätte. Kurz gesagt, Massicotte verhielt sich wie immer.«

»Das heißt«, fuhr Hershey nahtlos fort, »abweisend und unzugänglich, aber extrem kompetent. Als er sein Büro um 16.07 Uhr am Freitagnachmittag verließ, war nur noch eine Person vor Ort, die Sekretärin des Projekts, Amandine Darleux. Sie tippte Massicottes letzten Bericht ab, mailte ihn an die Mitarbeiter und verließ die Büroräume um 16.53 Uhr.«

»Ich vermute, dass ihr den Bericht gelesen habt?«, fragte Paul Hjelm.

»Ja«, antwortete Balodis, »und wir haben ihn mit älteren verglichen. Dort steht nichts, was sich in Inhalt oder Tonfall von denen vorheriger Wochen unterscheiden würde. Udo Massicottes letzte uns bekannte Worte sind in dem üblichen bürokratischen Fachjargon verfasst.«

»Ist denn das ›Aber‹, das ich zwischen euren Zeilen heraushöre, reine Einbildung?«, fragte Hjelm.

»Ehrlich gesagt, sind wir uns nicht sicher, ob es ein Aber gibt«, antwortete Hershey und fingerte ein wenig an ihrem Laptop herum. »Das überlassen wir euch.«

Während auf der Leinwand das Bild einer Frau um die fünfzig mit Brille vor einem dicht bestückten Bücherregal erschien, sagte Laima Balodis: »Das ist Frau Professor Sanne Røddik Munk, eines der vier Forschungsmitglieder in Massicottes Gruppe.«

Hershey ließ den Film ablaufen.

Professor Sanne Røddik Munk erwachte zum Leben und sagte in dänisch klingendem Englisch: »Ich kann nicht behaupten, dass Professor Massicotte sich in der vergangenen Woche auch nur im Geringsten anders verhalten hätte als sonst. Er war so wie immer, abweisend, aber ein hochkompetenter Chef, einer der besten Ärzte für plastische Chirurgie und ein führender Forscher auf seinem Gebiet.«

»Das was umfasst?«, hörte man Balodis' Stimme neben der Kamera fragen.

»Vieles ist, wie Sie sicher bereits bemerkt haben, als Sie das Gebäude betraten, streng geheim«, antwortete Røddik Munk und faltete die Hände in typischer Medizinermanier auf dem Schreibtisch. »Doch so viel darf ich wohl verraten, dass es sich um ein Computerprogramm handelt, das in zwei Schritten eine Analyse vornimmt. Im ersten Schritt geht es um die unmittelbare Identifikation eines Gesichts nach einer chiroplastischen Operation – also schlicht und einfach darum, *ob* ein Eingriff stattgefunden hat. Im zweiten Schritt wird eine Rekonstruktion des ursprünglichen Gesichts vorgenommen, die vor allem auf der Knochenstruktur basiert. Das klingt einfach, ist es aber nicht.«

»Ich verstehe«, sagte Hersheys Stimme im Hintergrund. »Und Massicottes Arbeit war also in den acht Monaten, die das Projekt schon läuft, erfolgreich? Keine Rückschläge oder Ähnliches?«

»In keiner Weise. Es war nicht immer ganz leicht mit ihm, aber in professionellen Fragen gab es nie Probleme.«

»Und privat?«, fragte Balodis. »Es gibt Anzeichen für einen ausgeprägten Alkoholkonsum.«

»Wenn Sie das vor einer Stunde behauptet hätten, hätte ich davon zum ersten Mal gehört«, antwortete Røddik Munk. »Und als Arzt ist man versiert genug, Anzeichen von Alkoholismus zu erkennen.«

»Aber vielleicht auch, sie zu verbergen?«, mutmaßte Hershey.

Sanne Røddik Munk machte eine Kopfbewegung, die sowohl ein Nicken als auch ein Kopfschütteln sein konnte.

»Wenn Sie so wollen«, lenkte sie ein. »Aber unabhängig davon, wie es gewesen sein mag, es hat zumindest nie seine Arbeit beeinträchtigt.«

»Dann haben Sie am Montagmorgen per Mail posthum einen Bericht von ihm erhalten«, sagte Balodis. »Das muss ein eigentümliches Gefühl gewesen sein.«

»Ja, das war unangenehm«, pflichtete Røddik Munk bei.

»Und an diesem Bericht war auch nichts anders als sonst?«, fragte Hershey.

»Wechselt ihr euch eigentlich immer mit den Fragen ab?«, rief Kowalewski in der Kathedrale aus, wurde aber sofort zum Schweigen verdonnert.

»Ja«, antwortete Professor Røddik Munk von der Leinwand. »Ja, doch ...«

»Ja, doch ...?«, fragte Hershey.

»Doch, er war nicht außergewöhnlich. Eigentlich. Es war ein gewöhnlicher Bericht.«

»Aber zu gewöhnlich«, rief Söderstedt aus, und ihm wurde ebenfalls befohlen zu schweigen.

»Ziemlich gewöhnlich«, fuhr Røddik Munk zögerlich fort. »Vielleicht etwas zu gewöhnlich.«

Miriam Hershey hielt die Sequenz an und heftete ihren eindringlichen Blick auf Arto Söderstedt.

»Wie zum Teufel ist es dir gelungen, heimlich den Film anzuschauen?«, fragte sie ihn vorwurfsvoll.

Söderstedt schüttelte den Kopf und entgegnete: »Es ist eher ein allgemeines Gefühl, das ich bei diesem Fall habe. Alles ist etwas zu gewöhnlich. Es ist ziemlich ungewöhnlich, dass alles gewöhnlich ist, wenn man vorhat, sich das Leben zu nehmen. Man macht doch in der einen oder anderen Hinsicht eher ungewöhnliche Dinge, nicht zuletzt, wenn man außerdem noch Alkoholprobleme hat. Aber Massicotte hat nichts dergleichen getan.«

»Aber wie hat Professor Røddik Munk das gemeint?«, fragte Hjelm und wies auf die Leinwand.

Hershey schüttelte irritiert den Kopf und ließ die Sequenz weiterlaufen. Sanne Røddik Munk hielt inne und wirkte zum ersten Mal zweifelnd.

Laima Balodis' Stimme erklang: »Was meinen Sie mit zu gewöhnlich?«

»Ach«, sagte Røddik Munk mit einer wegwerfenden Geste. »Ich kann es nicht erklären. Vielleicht liegt es daran, dass ich weiß, dass er sich am nächsten Tag erhängt hat. Sonst wäre mir daran vielleicht gar nichts aufgefallen.«

»Was wohl auch der Zweck war«, warf Arto Söderstedt ein. »Wenn ihr dann fertig seid, können wir vielleicht übernehmen?«

»Meint ihr, dass ihr fertig seid?«, fragte Paul Hjelm. »Wie ist das allgemeine Gefühl?«

»Ich halte nichts von allgemeinen Gefühlen«, bemerkte Hershey und hielt den Film an. »Vielleicht bedeutet nichts Auffälliges schlicht und einfach, dass da nichts ist. Ich frage mich, ob wir nicht vor einem klassischen Selbstmord von der Art stehen, der absolut spontan geschieht. Im Leben geht es immer mehr bergab, und schließlich macht man den Schritt. So drastisch ist es nun auch wieder nicht, Selbstmord hat es immer schon gegeben.«

»Ich bin derselben Meinung«, stimmte Balodis zu. »Arbeitshypothese: Selbstmord.«

»Ich sehe das nicht so«, warf Jutta Beyer ein. »Denn wir sind zu Massicottes Villa in Charleroi gefahren ...«

»Wenn auch ein wenig eigenmächtig«, unterbrach Paul Hjelm sie.

Jutta Beyer errötete.

Arto Söderstedt hingegen errötete nicht. »Eine grenzenlos hässliche Stadt«, sagte er. »Da ist selbst mein Toyota Picnic errötet.«

Woraufhin Beyer noch mehr errötete und fortfuhr: »Massicotte lebte nach der Scheidung allein. In einer ziemlich großen, aber heruntergekommenen Villa. Typische Scheidungsvilla. Massenweise ungenutzte Räume. Er hatte eine Putzfrau – sie war diejenige, die ihn am Sonntagnachmittag gefunden hat –, aber sie kann keine besonders gründliche Putzfrau gewesen sein. Oder Udo war ein sehr nachlässiger Mann.«

»Also alles verstaubt?«, fragte Hjelm.

»Außer an einem Ort«, antwortete Beyer. »Ein kleiner Raum im Keller war extrem sauber.«

»Irgendetwas ging in diesem Raum vor«, erklärte Söderstedt. »Irgendetwas Entscheidendes. Nirgends ein Staubkorn, keinerlei DNA. Wenn wir von der These ausgehen, dass Massicotte von Profis ermordet wurde, die dafür sorgten, dass alle Räume um die Putzkammer herum, in der er erhängt wurde – Arbeitszimmer, Küche, Schlafzimmer –, genauso aussahen wie immer, warum sollten sie dann einen abgelegenen und vollkommen leeren Raum im Keller reinigen?«

»Und wie lautet deine Antwort?«, fragte Hjelm.

»Meine vorläufige Antwort lautet«, erwiderte Söderstedt betont und setzte sich auf seinem Stuhl zurecht, »dass unser guter Udo in diesem Raum ermordet wurde. Daraufhin wurde seine Leiche ins Ankleidezimmer verfrachtet und aufgehängt. Und alles wieder in den Normalzustand versetzt.«

»Aber wir haben noch keine DNA aus diesem Raum«, wandte Hjelm ein. »Und wir haben eine Leiche, bei der keinerlei Anzeichen auf etwas anderes hindeuten als auf Erhängen mittels eines kurzen Stricks.«

»Fordere eine eingehendere Untersuchung des Raumes an«, schlug Söderstedt vor. »Und der Leiche. Wir werden schon etwas finden.«

Paul Hjelm betrachtete Arto Söderstedt eine Weile. Dann nickte er und erwiderte: »Ich werde dafür sorgen. Dann wenden wir uns jetzt der Frage nach Massicottes sonstigem Berufsleben zu. Hast du diesbezüglich etwas herausgefunden, Angelos?«

Angelos Sifakis räusperte sich und hob zu einer Vorlesung an, die Arto Söderstedt vor Neid erblassen ließ: »Die moderne plastische Chirurgie wurde im kriegerischen 16. Jahrhundert von dem Italiener Gaspare Tagliacozzi erfunden. Während alle möglichen Körperteile über die bluttriefende Erde verstreut wurden, versuchte Tagliacozzi, sie zu ersetzen. Danach passierte erst einmal nicht viel, bis zum Ersten Weltkrieg, in dessen Verlauf schließlich eine neue Art von Verletzungen, nämlich schwere Schuss- und Splitterwunden, die Gesichter in ganz Europa entstellten. Um durch Schusswunden verletzte Physiognomien wiederherzustellen, wurden eine wachsende Anzahl von Kliniken für plastische Chirurgie errichtet. Als man über das Wiederherstellen von Körperfunktionen hinaus den Bedarf an Rekonstruktionen des Äußeren erkannte, war dies die Geburtsstunde der ästhetischen Chirurgie. Ihre große Blütezeit als eigenständige wissenschaftliche Disziplin hatte sie innerhalb der fünfzig Jahre von 1930 bis 1980. Udo Massicotte wurde 1944 geboren und schloss seine medizinische Ausbildung als Spezialist der plastischen Chirurgie 1972 in Turin ab. Er nahm an mehreren internationalen Projekten teil und etablierte sich, als die plastische Chirurgie ihre radikalste Entwicklung erlebte, als einer der bedeutendsten Spezialisten für plastische Chirurgie weltweit. Da er sich danach der rein ästhetischen Chirurgie zuwandte, nahm sein Prestige in Forscherkreisen ab, während sein Bankkonto umgekehrt proportional anwuchs. Er arbeitete bis Ende der Siebzigerjahre in seiner Heimat Italien, doch seit Beginn der Achtzigerjahre reiste er regelmäßig vor allem nach Brasilien und Thailand. Das stark zunehmende Interesse an der plastischen Chirurgie in diesen beiden Ländern ist wohl ihm zuzuschreiben. Danach nahm er sich Osteuropas an und trug dazu bei, dass sich der Medizintourismus etablierte und die Leute bis heute beispielsweise nach Belgrad, Novi Sad, Prag, Budapest und Zagreb reisen, weil plastische Chirurgie dort billiger ist. Als er zu alt wurde, um selbst weiterhin zu operieren, ging er nicht in Rente, wie man vielleicht hätte erwarten können, sondern kehrte zurück in die Forschung und leitete eine dritte Phase seiner Karriere ein, indem er Chef der Forschungsgruppe in Straßburg wurde.«

Paul Hjelm beugte sich über sein Katheder vor und sagte: »Wäre es sehr vorurteilbehaftet, anzunehmen, dass die Hauptmeriten von Professor Udo Massicotte bei seiner Bewerbung um diese hoch geschätzte Position darin bestanden, bereits zahlreiche Terroristen einer chiroplastischen Operation unterzogen zu haben, weshalb er auf genau diesem Gebiet als Experte anzusehen war?«

»Wie alkoholisiert er auch immer gewesen sein mag.« Jutta Beyer nickte eifrig.

»Wir wissen ja, dass plastische Chirurgen im ehemaligen Jugoslawien unmittelbar nach dem Bürgerkrieg alle Hände voll zu tun hatten«, warf Marek Kowalewski ein. »Und klar ist auch: Wenn Massicotte in den Neunzigerjahren in Belgrad oder Zagreb hochaktiv war, kann er durchaus gewisse Dinge gesehen haben und deswegen in den Augen anderer eine Bedrohung darstellen.«

»Es ist beispielsweise denkbar, dass er der Einzige ist, der das neue Gesicht eines paramilitärischen Führers identifizieren kann«, fügte Jutta Beyer an.

»Und nicht nur dort«, wandte Sifakis ein, den Blick fest auf den Bildschirm gerichtet. »Nahezu an jedem Ort, wo er eine Praxis für plastische Chirurgie eröffnet hat, schien er das Verbrechen förmlich anzuziehen. Sein Name kommt in diversen Ermittlungszusammenhängen vor, er wird als Augenzeuge, Erkennungszeuge und manchmal auch als Experte genannt. Dabei reicht die Bandbreite der Verbrechen von Erpressung bis hin zum Handel mit Menschenhaut und anderen Organen. In den Protokollen werden Menschenhandel sowie mehrere Fälle von Korruption in Brasilien und Thailand angeführt. Hinzu kommt eine Reihe von kuriosen Verbrechen wie organisierter Diebstahl von Leichen, Kokainhandel und, tja, Kannibalismus, ganz zu schweigen von der bizarren Geschichte, wie eine große Anzahl von Schaufensterpuppen mit Menschenhaut überzogen in einem eisgekühlten Container um die halbe Welt transportiert wurde. Und das sind nur einige Beispiele.«

»Kein Wunder, dass er in Forscherkreisen nicht gerade beliebt war«, sagte Miriam Hershey.

»Da ist es doch erstaunlich, dass er umgehend und gnädig wieder aufgenommen wurde«, merkte Laima Balodis an. »Kaum dass er altersschwach und tattrig das Skalpell aus der Hand legte, war er schon wieder Forscher und Professor. Als wären zwanzig Jahre in unmittelbarer Nähe zu diversen Verbrechen lediglich ein Zwischenspiel gewesen.«

»Andererseits«, wandte Marek Kowalewski ein, »war er auf einem Gebiet tätig, das allerhand Verbrechen anzieht, ohne selbst ein einziges Mal wegen auch nur des geringsten Verstoßes, ja nicht einmal wegen einer falschen Behandlung angeklagt zu werden. Eine wohlwollende Deutung der Fakten wäre, dass er international Großes geleistet hat, indem er sein Wissen an Entwicklungsländer und an Staaten übermittelt hat, die ihr gerne als zurückgebliebene Ostblockstaaten bezeichnet.«

»Wer ist wir?«, rief Jutta Beyer aus.

»Ihr Westeuropäer.« Kowalewski lächelte mild.

»Aber nirgendwo steht etwas über Terroristen?«, fragte Arto Söderstedt. »Nicht die geringste Andeutung?«

»Nein«, antwortete Sifakis. »Nahezu alles andere wird erwähnt, aber das nicht.«

»Könnte das auch ein vielsagendes Nichterwähnen sein?«, fragte Paul Hjelm.

»Möglicherweise«, antwortete Sifakis. »Aber das ist nur eine Vermutung.«

Hjelm nickte und fasste zusammen: »Offenbar gehörte es zu Massicottes Beruf als freier Unternehmer, dass er immer wieder mit Kriminalität konfrontiert wurde, oder?«

Ein zustimmendes Gemurmel war die Antwort.

»Dann wenden wir uns seinem Privatleben zu«, fuhr Navarro fort und richtete seinen Blick auf Kowalewski.

»Ja«, sagte der zögerlich. »Die Frage nach Massicottes Privatleben zum Zeitpunkt seines Todes scheint eher unerheblich zu sein.«

»Professor Udo Massicotte muss seine Ehe sehr viel bedeutet haben«, erklärte Corine Bouhaddi. »Er hat seine Ehefrau bereits während des Studiums 1968 geheiratet, da war er vierundzwanzig Jahre alt. Und erst auf ihre alten Tage, nach mehr als vierzig Jahren, wurden sie Anfang dieses Jahres wieder geschieden. Wir haben versucht, die Witwe zu erreichen, doch sie scheint sich seit der Scheidung im Ausland aufzuhalten. Es gibt keine Kinder und keine näheren Verwandten oder Freunde. Wir haben lediglich eine entfernte Bekannte aufgetan, die meinte, gehört zu haben, dass sich die Exfrau, Mirella Massicotte, auf Fuerteventura aufhält. Und in der Tat ist sie im Februar dieses Jahres über den Flughafen bei Puerto del Rosario auf die Kanaren geflogen. Da sie die Insel noch nicht wieder verlassen hat, haben wir eine Anfrage an die lokale Polizei dort geschickt. Bisher gibt es allerdings noch keine Antwort.«

»Andererseits waren sie geschieden«, merkte Kowalewski an. »Allem Anschein nach wollten sie nichts mehr voneinander wissen, und die Witwe hatte offenbar auch nicht das geringste Interesse daran, wie ihr Exmann die letzten Monate seines Lebens verbracht hat.«

»Dennoch würden wir natürlich gerne mit ihr sprechen«, schloss Hjelm. »Aber jetzt wollen wir wissen, ob es irgendetwas

Bemerkenswertes im früheren Privatleben des Professors gibt. Felipe?«

»Tja«, sagte Navarro mit einem Seufzer, »ich habe noch weniger zu berichten. Er lebte sehr zurückgezogen, seine Arbeit war ihm scheinbar am wichtigsten. Sein Beruf war also sein Leben. Offenbar passt dazu auch das Erscheinungsbild seines Hauses ...?«

»Offenbar«, antwortete Jutta Beyer eifrig. »Es sieht wie ein Haus aus, in dem man sozusagen zwangsweise wohnt, da man ja schließlich auch eine Art Privatleben haben muss.«

»Aber warum er sich ausgerechnet den hintersten Winkel des Universums Charleroi ausgesucht hat, ist mir ein Rätsel«, sagte Söderstedt.

»Aber auch nur, weil du willst, dass alles rätselhaft ist«, wandte Paul Hjelm ein.

»Nein«, entgegnete Söderstedt. »Ich will eher, dass alles einfach ist, aber so ist es nie. Der Mann war höchstwahrscheinlich Milliardär, warum zum Teufel wohnte er dann in der hässlichsten Stadt der Welt?«

»Sachfrage«, warf Hjelm ein, »war er denn Milliardär?«

»Ich wollte gerade darauf zu sprechen kommen, als ich unterbrochen wurde«, meinte Navarro verdrießlich.

»Du bist nicht unterbrochen worden«, widersprach Söderstedt. »Du wurdest lediglich in eine Gesprächskultur eingebunden.«

Mit einem äußerst feinsinnigen Gespür für die oftmals unterschätzte Kunst des Ignorierens fuhr Navarro fort: »Udo Massicotte war kein Milliardär. Auf seinen privaten Konten, die wir bisher ausfindig gemacht haben, liegen zusammengenommen ungefähr zwanzigtausend Euro. Ebenso viel wurde der Ehefrau nach der Scheidung überwiesen, nach belgischem Recht wird das Gesamteigentum geteilt. Also war nicht mehr Geld vorhanden. Jedenfalls privat. Alle seine Unternehmen sind von einer sozialen Stiftung übernommen worden, aber diesbezüglich bin ich noch nicht weitergekommen. Das Ganze ist ein wenig diffus.«

»Kannst du seine finanzielle Situation weiter überprüfen?«, fragte Paul Hjelm, ohne seine Äußerung als Frage zu intonieren.

Navarro nickte kurz.

»Was habt ihr noch?«, wollte Hjelm wissen.

»Kriminaltechniker und Rechtsmediziner«, antwortete Corine Bouhaddi. »Die Todesursache ist lupenrein. Erstickungstod durch Erhängen mit kurzem Strick. Dürfte laut dem Protokoll des Rechtsmediziners circa eine Minute gedauert haben, entweder eine höllische Minute, oder aber er verlor aufgrund seines Alkoholpegels sofort das Bewusstsein. Wir können nur auf Letzteres hoffen. Keine äußeren oder inneren Anzeichen von Gewalteinwirkung durch Dritte. Keine Schlafmittel oder anderen Gifte.«

»Also nur eine ansehnliche Menge Alkohol im Blut«, fügte Navarro an. »Eins Komma acht Promille. Alles erscheint logisch. Er war nach der Scheidung am Boden zerstört, soff in seiner Einsamkeit und erhängte sich schließlich.«

»Keine anderen Fingerabdrücke als seine eigenen auf dem Strick, auf dem Hocker, auf den er stieg, oder im Ankleidezimmer«, erklärte Bouhaddi. »Keinerlei Anzeichen für einen Einbruch. Die letzte Aktivität am Computer um 22.11 Uhr am Samstagabend, was zu dem errechneten Todeszeitpunkt passt, der circa um 22.30 Uhr eintrat. Hier sind die Fotos.«

Bouhaddi klickte eine Anzahl von Fotos an, die auf der Leinwand erschienen. Sie zeigten einen erhängten Mann in einem Ankleidezimmer sowie eine Leiche in unterschiedlichen Stadien der Obduktion.

»Wie sorgfältig war die toxikologische Untersuchung der belgischen Polizei?«, fragte Hjelm.

»Laut Protokoll war sie umfangreich. Ich habe mit dem Rechtsmediziner gesprochen, der eine erweiterte toxikologische Analyse angefordert hat, um nicht möglicherweise irgendwelche Gifte zu übersehen. Außerdem sind Blutproben genommen worden.«

»Darüber hinaus werden wir ihn im Kühlfach behalten«,

sagte Hjelm. »Und wir werden einen eigenen Rechtsmediziner hinschicken, für eine zweite Meinung. Zufrieden, Arto?«

»So einigermaßen«, antwortete Söderstedt.

Hjelm begann seine Papierstapel zusammenzuraffen, als Balodis mit einem Blick auf ihre enge Freundin Hershey erklärte: »Die Forschungsgruppe in Straßburg hat sich damit beschäftigt, eine Methode zu entwickeln, um chiroplastische Eingriffe zu identifizieren, nicht spezielle Terroristen. Mit anderen Worten, die Gruppe, die übrigens ebenso geheim ist wie unsere, hat keine Drohungen erhalten.«

Hershey fuhr fort: »Wir haben diverse Sicherheitsunternehmen konsultiert, sowohl im Westen als auch im Osten Europas, und konnten keinerlei terroristische Aktivitäten ausmachen, bei denen auch nur im Geringsten eine Verbindung zu der kleinen Gruppe in Straßburg unterhalten worden wäre. Aber dann haben wir einen Geistesblitz gehabt.«

»Geistesblitze werden prämiert«, sagte Hjelm mit unverhohlener Neugier.

»Bei einem solchen Projekt muss es logischerweise irgendwelche Versuchskaninchen geben«, erläuterte Balodis. »Sie können nicht nur rein theoretisch arbeiten, wie die Gruppe in Straßburg versucht hat, uns weiszumachen.«

»Sie müssen schlicht und einfach mit echten Menschen arbeiten, die sich einer chiroplastischen Operation unterzogen haben«, ergänzte Hershey. »Gegebenenfalls auch mit Terroristen.«

»Als wir weiter nachgehakt haben, kam heraus, dass die Methode in der Tat unter Einbeziehung von zwölf inhaftierten Terroristen entwickelt wird, die sich einer chiroplastischen Operation unterzogen haben. Sie nehmen im Gefängnis Schädelmessungen vor, röntgen die Terroristen, entnehmen diverse Proben, führen Computertomografien durch und experimentieren an ihnen herum.«

»Die Gefangenen sitzen in Gefängnissen in ganz Europa ein«, fuhr Hershey fort. »Ein großer Teil der Zeit der Gruppe wird von den Reisen zu Gefängnissen beansprucht.«

»Und«, warf Balodis mit Nachdruck ein, »wir besitzen eine Liste von diesen zwölf Terroristen. Die Hälfte von ihnen sind Islamisten, die andere westeuropäische Rechtsextremisten.«

»Und es ist auffällig, wie stark sie einander ähneln«, betonte Hershey.

»Aha«, sagte Hjelm neutral, »wir haben also eine Liste mit Terroristen, die höchstwahrscheinlich wissen, womit sich unsere Forscher befassen. Und die vermutlich gewisse Möglichkeiten haben, sich mittels ihrer jeweiligen Gruppierungen mitzuteilen. Ist diese Liste schon unter die Lupe genommen worden?«

»Die Untersuchungen laufen«, antwortete Balodis. »Aber ich glaube, dass sich darunter mindestens eine islamistische Organisation befindet, die interessant klingt.«

»Aber hätte eine islamistische Organisation Massicotte nicht eher in die Luft gesprengt?«, fragte Marek Kowalewski. »Minutiös einen Selbstmord vorzutäuschen klingt nicht gerade nach al-Qaida.«

»Miriam und Laima verfolgen die Spur auf jeden Fall weiter«, ordnete Hjelm an. »Gute Arbeit, meine Damen.«

»Dann bleibt nur noch der Chef übrig«, sagte Navarro und heftete seinen Blick auf denselben.

»Von meiner Seite gibt es nicht viel zu sagen«, erklärte Hjelm ruhig. »Heute haben wir Mittwoch, den zwölften Mai. Wenn wir im Laufe dieser Woche keinen Verdächtigen festnehmen, will man unser gesamtes Ermittlungsmaterial spätestens am Montag, den siebzehnten, vorliegen haben.«

»Man?«, rief Kowalewski aus.

»Die Führungsetage von Europol«, antwortete Hjelm.

»Die die Ermittlungen an wen weitergibt?«

Hjelm verzog leicht das Gesicht und antwortete: »Das ist alles, was ihr wissen müsst. Ich bin der Meinung, dass wir heute ein ganzes Stück vorangekommen sind, denn wir haben viele lose Fäden aufgetan, an denen wir ziehen können. Also, ab mit euch, legt los. Und zwar umgehend.«

Wirtshaus

Stockholm, 12. Mai

Sie waren zu dritt und schlenderten durch lange Gefängniskorridore. Sie spazierten hin und her, durchquerten ein Stockwerk nach dem anderen. Zwar waren die Zellen renoviert und umgestaltet worden, dennoch war die Tatsache nicht zu leugnen, dass das Gebäude jahrhundertelang ein Gefängnis gewesen war. Es haftete gewissermaßen den Wänden an.

Ein Gefängnis auf einer Gefängnisinsel.

Der ältere Mann warf hin und wieder einen Blick auf die jüngere Frau und den noch jüngeren Mann, doch sein Erstaunen stieß nicht so recht auf Interesse. Schließlich konnte er nicht umhin zu fragen: »Was mache ich eigentlich hier?«

»Wir müssen dich vernehmen, das weißt du doch«, antwortete die Frau.

»Es schien uns angemessen, dies nicht direkt im nächsten Polizeigebäude zu tun«, fügte der Mann hinzu.

»In diesem alten Gefängnis?«, fragte der ältere Mann erbost.

»Wenn du noch ein einziges Mal aufmuckst, müssen wir dich leider festnehmen«, antwortete der jüngere Mann.

»Außerdem haben sie noch nicht geöffnet«, erklärte die Frau mit einem Blick auf ihr Handgelenk. »Wir haben noch ein paar Minuten Zeit.«

»Richtig zähe Minuten«, fügte der jüngere Mann hinzu.

Dann schwiegen sie wieder eine Weile. Die Gitter legten sich wieder über die Gefängnistüren. Die Temperatur sank. Schreie der Todesangst hallten durch die jahrhundertealten Korridore.

»Gut«, sagte die Frau schließlich, »wir gehen jetzt runter.«

Woraufhin sie die schweren ausgetretenen Gefängnistreppenstufen hinunterstiegen. Wobei sie auf eine deutsche Familie mit Kindern trafen. Als die Familie an ihnen vorbeigegangen war und die letzten deutschen Wortfetzen auf ihrem Weg hinauf verklangen, hatten die drei das Lokal im Untergeschoss erreicht. Es war gerade geöffnet worden. Eine Bedienung kam auf sie zu und wies ihnen den Weg zu einem Tisch. Sie waren die ersten Gäste.

»Ich verstehe den Sinn des Ganzen immer noch nicht«, sagte der ältere Mann. »Ich bin schon oft auf Långholmen gewesen. Es ist also nichts Neues für mich. Als ich noch ein Jungspund war, war es das Gefängnis schlechthin. Und im Unterschied zu euch Jungspunden habe ich die Kriminellen noch eigenhändig hier eingeliefert.«

»Nun mach dich mal locker«, sagte der Jüngere. »Es bietet uns die Möglichkeit, dich außerhalb des Polizeireviers zu vernehmen. Sag bloß nicht, dass du dich darüber beschweren willst.«

»Es ist nur so, dass ich direkt aus dem Krankenhaus komme. Gehirnerschütterung und ein verstauchter linker Knöchel.«

»Aus diesem Grund haben wir uns entschlossen, das Verhör so entspannt wie möglich zu gestalten, Viggo«, erklärte die Frau, woraufhin sie eine Bedienung zu sich winkte und sie ihre Bestellung aufgaben.

»Du behauptest also, dass es in einem Gefängnis entspannt sein kann, Kerstin?«

»Es ist ein ehemaliges Gefängnis«, antwortete Kerstin Holm. »Oder was meinst du, Jorge?«

Der junge Mann bekam sein Bier, erhob sein Glas und sagte: »Die Vernehmung beginnt um 17.03 Uhr am zwölften Mai. Anwesend sind die Polizisten Jorge Chavez und Kerstin Holm, seine Chefin, sowie der ehemalige Polizist Viggo Norlander. Prost.«

»Wir werden dieses Tonband aber ordentlich redigieren müssen«, brummte Viggo Norlander und erhob ebenfalls sein Glas.

»Erstens gibt es kein ›wir‹, Viggo«, erklärte Jorge. »Denn hier sitzen zwei Polizisten und ein Zivilist. Und zweitens existiert überhaupt kein Tonband. Während es zu Beginn unserer Laufbahn ja noch Bänder und Kassetten gab.«

»Trotzdem«, beharrte Viggo Norlander mit der nachdrücklichen Kraft des durchdachten Arguments.

»Vor allem aber gibt es keine Aufnahme«, ergänzte Kerstin Holm und nippte an ihrem Weißwein. »Also lasst uns einfach ganz informell über das sprechen, was gestern Abend im Götgatsbacken vorgefallen ist.«

»Ich vermute, ihr habt das Vernehmungsprotokoll aus dem Söderkrankenhaus bereits gelesen?«, fragte Viggo Norlander. »Ich möchte nur betonen, dass ich zu diesem Zeitpunkt ein wenig angeschlagen war.«

»Deswegen wollen wir das Ganze ja unter besseren Bedingungen noch einmal wiederholen«, erklärte Jorge Chavez.

»Und die Tatsache, dass ich den klein gewachsenen gut gekleideten Mann an der Theke wiedererkannt habe, ist der Grund dafür, dass ihr involviert seid? Die Europoleinheit?«

»Hast du ihn denn wirklich wiedererkannt?«, fragte Kerstin Holm.

»Das habe ich dem Uniformierten im SöK doch gesagt, oder?«

»Wir wollen uns nur vergewissern«, antwortete Jorge Chavez. »Du hast gesagt – ich zitiere: ›Es war entsetzlich. Er stand da, als würde er einem zuprosten wollen. Obwohl sein halber Kopf fehlte.‹ Ende des Zitats. Du hast nicht gesagt, dass du ihn wiedererkannt hast.«

»Ich weiß allerdings nicht, woher ich ihn gekannt habe«, gestand Viggo Norlander. »Ich weiß nur, dass ich sein Gesicht schon einmal gesehen habe. Das, was dann fehlte.«

»Das hast du auch«, nickte Kerstin Holm. »Auf internationalen Fahndungsfotos, mindestens fünfzehn Jahre lang. Du hast bei der Vernehmung im Krankenhaus ausgesagt, dass man ihn als ›Mafioso‹ bezeichnet habe, was aber nicht ganz stimmt. Er hieß Isli Vrapi und war sehr erfolgreicher albanischer Waffenhändler. Nach ihm wurde ununterbrochen gefahndet, da er bei bewaffneten Konflikten rund um den Erdball stets involviert war. Er war der vielleicht wichtigste inoffizielle Lieferant aller möglichen Waffen an Untergrundorganisationen weltweit. Und auch an Regierungstruppen.«

»Aber was zum Teufel hat er in Schweden gemacht?«, rief Norlander aus.

»Das ist eine unserer Kernfragen«, antwortete Chavez. »Es gibt nämlich von internationaler Seite eine Menge Hinweise darauf, dass eine große – also eine richtig große – Waffenlieferung unterwegs war. An eine bislang noch unbekannte Terrororganisation.«

»Und aus diesem Grund hat man Europol eingeschaltet?«

»So ungefähr«, antwortete Holm. »Und unsere zweite Kernfrage lautet: Was zum Teufel ist eigentlich gestern Abend in der Kneipe geschehen?«

»Du bist unser Augenzeuge, Viggo«, erklärte Chavez. »Für schwedische Verhältnisse ist das eine große Sache, du verstehst, wie wichtig deine Zeugenaussage ist. Fünf Tote bei einer Schießerei in einem heruntergekommenen Pub im Götgatsbacken. Die Medien werden vor Glück Luftsprünge machen.«

»Mithilfe deiner nächtlichen und anderer Zeugenaussagen haben wir ungefähr rekonstruieren können, was passiert ist«, sagte Holm. »Es war 23.11 Uhr, als das Drama begann.«

»Und dann ging es verdammt schnell, das kann ich euch sagen«, warf Norlander ein und rieb sich die blaue Beule auf der Stirn.

»Übereinstimmenden Zeugenaussagen zufolge dauerte der Vorfall ungefähr zwanzig Sekunden«, erklärte Holm. »Du hast also zwei ›Gruppen‹ mit jeweils vier oder fünf Männern gesehen, davon eine mit relativ klein Gewachsenen, die sich in ›gebrochenem Schwedisch‹ über eine ›verdammt große Herausforderung‹ und einen ›verdammt üblen Mafioso‹ unterhielten, während die Männer der zweiten Gruppe größer waren, ›südeuropäisch‹ aussahen und auf Englisch über Frauenhintern diskutierten. Stimmt das so weit?«

»Eigentlich waren es drei Gruppen«, entgegnete Norlander.

»Die dritte bestand aus Säufern, die blöd herumgequatscht haben, bis einer von ihnen in meinen Armen starb.«

»Vermutlich stand er schlicht und einfach im Weg«, sagte Chavez. »Man hat ihm ein Messer in den Rücken gerammt. Außer ihm starben also vier Personen, der Waffenhändler Isli Vrapi selbst sowie seine beiden, bislang noch nicht identifizierten Leibwächter, die mit derselben Waffe erschossen wurden. Draußen auf der Straße wurde ein weiterer Mann mit einer anderen Waffe erschossen. Er selbst trug keine Waffe bei sich, konnte jedoch identifiziert werden. Ein schwedischer Kleinkrimineller namens Taisir Karir, sechsundzwanzig Jahre alt und bereits viermal wegen diverser Gewaltverbrechen vorbestraft.«

»Lasst uns prüfen, ob deine Deutung des Geschehens mit der Interpretation der Stockholmer Polizei übereinstimmt«, schlug Kerstin Holm vor und stärkte sich mit einem kleinen Schluck Weißwein. »Eine Gruppe diverser Kleinkrimineller aus den Vororten Stockholms erkennt in einem Pub im Götgatsbacken einen berüchtigten Schwerstkriminellen und beschließt, ihn niederzuschießen, weil sie es für eine Herausforderung halten. Keine geheimen Vermerke, kein Plan – eine der heftigsten Schießereien aller Zeiten in Stockholm, ausgeführt von einer mit Rohypnol und Steroiden vollgepumpten Gruppe unbedeutender Verbrecher aus einer selbstmörderischen Laune heraus.«

Viggo Norlander schaute von seinem Bier auf und sagte: »Nein.«

»Aber so hast du es doch gesehen, oder?«

»Offenbar.«

»Ich möchte betonen, dass es sich hier um die Theorie handelt, die die Stockholmer Polizei verfolgt«, sagte Chavez. »Aber du siehst es anders?«

»Ich glaube, dass sie zu fünft waren.«

»Wie bitte?«

»Nicht zu viert, sondern zu fünft. Die anderen waren auch zu fünft. Die Waffenhändlertypen.«

»Also außer Isli Vrapi noch vier weitere? Und einer von ihnen hat Lasse Dahlis auf seinem Weg nach draußen erstochen? Kannst du dich an Gesichter erinnern?«

»Dahlis?«

»Lasse Dahlis alias Lars-Erik Dahlberg. Allgemein bekannter Alkoholiker aus Söder.«

»Nein, ich erinnere mich nicht an Gesichter. Es war dunkel, und ich habe meine gesamte Aufmerksamkeit auf den Barmann gerichtet. So ein Typ, der einen einfach ignoriert. Ich kann mich nicht einmal mehr an das Gesicht von diesem Lasse Dahlis erinnern.«

»Aber sie waren klein gewachsen? Was meinst du damit?«

»So wie du.«

»Wie ich?«, rief Chavez aus.

»Vielleicht waren sie es auch nicht«, meinte Norlander nachdenklich. »Vielleicht wirkten sie nur so, weil die Leibwächter um Rappi herum ziemlich groß waren.«

»Vrapi«, korrigierte Chavez ihn. »Isli Vrapi.«

Viggo Norlander stutzte.

»Irgendetwas an eurer Europoleinheit ist nicht ganz koscher«, sagte er schließlich. »Europol sammelt Daten und leitet sie weiter, das ist die Aufgabe von Europol. Aber ihr scheint etwas anderes zu tun. Wie ist eigentlich mein ehemaliger Partner, mit dem ich jahrelang zusammengearbeitet habe, wie zum Teufel ist Arto Söderstedt als Verbindungsmann in Den Haag gelandet? Er hatte doch an der Polizeihochschule in Ulriksdal den perfekten Abschluss seines Berufslebens gefunden. Und dann wird er plötzlich ein gewöhnlicher langweiliger Bulle bei Europol – und verliert den Kontakt zu seinem besten Freund. Und jetzt taucht ihr hier auf und nehmt parallel zu den Ermittlungen der Stockholmer Polizei eigene auf. Kann es sein, dass ihr Viggo Norlander unterschätzt? So etwas soll durchaus schon vorgekommen sein ...«

»Wir haben unsere Anweisungen«, entgegnete Chavez steif.

»Mach dich nicht lächerlich, Jorge. Du bist doch sonst nicht so. Nein, welchen Sinn hat es denn, die Fakten einem unbedeutenden Rentner zu verheimlichen, dem es ein paar Jahre gelungen ist, den Krebs abzuwehren, und der irgendwann im himmlischen Chaos seines Familienlebens dahinscheiden wird? Es ist besser, wenn ihr es mir erzählt, denn dann kann ich den Kontakt zu Arto wiederaufnehmen. Und ihm noch einmal ›Halt die Klappe‹ sagen. Diesmal aber richtig.«

Jorge und Kerstin warfen einander einen Blick zu. Jorge machte eine kleine Geste, die, obwohl sie diskret war, signalisierte: »Du bist die Chefin.«

Kerstin Holm war in der Tat die Chefin, und zwar von der gesamten schwedischen Einheit. Die aus drei Personen bestand und sie zur Chefin über zwei Personen machte. Sie fasste einen Entschluss, und zwar schneller, als sie es selbst erwartet hätte. »Wir sind streng geheim«, erklärte sie.

»Aha, also streng geheim«, wiederholte Viggo Norlander. »Aber darauf scheiße ich. Ihr wisst, dass ihr euch hundertprozentig auf mich verlassen könnt. Meine einzige Ambition besteht darin, dass ich mich noch einmal ernsthaft mit Arto unterhalten möchte. Und außerdem will ich hier und jetzt verstehen, was ihr eigentlich genau treibt. Denn das hier ist ein Fall für die Stockholmer Polizei. Und die arbeitet mit Interpol zusammen. Dass Europol eingeschaltet wird, könnte ich nachvollziehen, wenn es dort eine operative Gruppe gäbe. Aber die gibt es ja nicht.«

»Ich finde es richtig schön, wenn ein Schwede den Konjunktiv benutzt«, warf Jorge Chavez ein. »Also ein verrückter urschwedischer Schwede wie Viggo Norlander.«

»Mein Vater war Däne«, entgegnete Norlander.

»Und Viggo bedeutet Krieger«, sagte Chavez. »Ich weiß.«

»Es gibt eine operative Testeinheit bei Europol«, erklärte Kerstin Holm unmissverständlich. »Paul Hjelm leitet sie, und Arto Söderstedt gehört dazu. Jorge, Sara und ich, wir sind ebenfalls Mitglieder, allerdings hier in Schweden. Keiner von uns darf darüber reden. Und wir tun es jetzt auch nur, weil wir weit entfernt sind vom Polizeigebäude und hier nicht das Risiko besteht, abgehört zu werden. Wenn du aber irgendjemandem gegenüber auch nur ein Wort darüber verlierst, riskieren sowohl Jorge als auch ich eine Gefängnisstrafe. Ist das klar, Viggo?«

Viggo Norlander zwinkerte etwas debil und antwortete: »Ja.«

»Okay«, sagte Kerstin Holm mit Nachdruck. »Und was stimmt nicht an der Theorie der Stockholmer Polizei?«

»Kleinkriminelle müssten eigentlich zu Isli Vrapi aufschauen, anstatt ihn zu erschießen. Sie müssten beide Beine dafür opfern wollen, einer seiner Leibwächter werden zu dürfen. Obwohl sie ohne Beine noch geringere Chancen bei ihm hätten. Aber um das zu kapieren, sind sie nicht clever genug.«

»Und dennoch waren es offenbar Kleinkriminelle, die geschossen haben. Aber warum?«

»Nach all den Jahren in der A-Gruppe denken wir recht ähnlich«, stellte Norlander fest, »ihr und ich. Ihr wisst genauso gut wie ich, dass dieses Gerede von der ›Herausforderung‹ und dem ›Mafioso‹ ziemlich sonderbar ist. Aus welchem Grund kommt eine Vorortgang mit dem für Kneipenschlägereien berüchtigten Taisir Karir auf die Idee, einen weltweit führenden Waffenhändler zu erschießen? Weil es eine verdammt große ›Herausforderung‹ ist? Wohl kaum.«

»Sondern aus welchem Grund?«

»Keine Ahnung. Ich habe noch keine Möglichkeit gehabt, darüber nachzudenken. Immerhin leide ich unter einer schweren Gehirnerschütterung. Ich war bewusstlos. Aber ihr hattet alle Möglichkeiten. Was glaubt ihr denn?«

»Weiß nicht«, antwortete Jorge Chavez. »Aber irgendetwas daran ist faul.«

»Gute Tiefenanalyse«, befand Viggo Norlander.

»Offenbar war es gar nicht Taisir Karir, der Isli Vrapi erschossen hat«, bemerkte Kerstin Holm, »bei ihm wurde keine Waffe gefunden. Natürlich kann sich einer seiner Kumpels – oder der Leibwächter, der ihn erschossen hat – die Waffe geschnappt haben, als Karir tot auf der Straße lag. Aber höchstwahrscheinlich war es einer der anderen vier ›Kleingewachsenen‹, der den Dreifachmord beging.«

»Vierfachmord«, korrigierte Norlander.

»Das hingegen ist eher unwahrscheinlich«, entgegnete Chavez. »Denn es würde bedeuten, dass der Schütze auf dem Weg zu dem intensiv bewachten Supergangster die Gelegenheit nutzt, einem der drei lärmenden Säufer das Messer in den Rücken zu rammen. Er stürzt mit dem Messer in der einen und der Pistole in der anderen Hand wie ein Pirat los und verpasst dem Herzen von Lasse Dahlis ein Präzisionspiercing, und zwar von hinten. Glaubt ihr das?«

»Nein«, erwiderte Kerstin Holm, »eher nicht.«

»Darf ich für einen Augenblick mal den Polizisten spielen?«, fragte Viggo Norlander.

»Solange du nicht auf die Idee kommst, den Doktor zu spielen«, antwortete Chavez.

»Kerstin, warum hast du eigentlich gesagt, dass es sich um eine mit Rohypnol und Steroiden vollgepumpte Gang unbedeutender Verbrecher gehandelt habe? Hat man denn bei Taisir Karir eine toxikologische Analyse durchgeführt?«

»Das Arzneimittel, ein beruhigendes Präparat aus der Gruppe der Benzodiazepine, wird inzwischen nach seiner wirksamen Substanz Flunitrazepam benannt«, erklärte Kerstin Holm. »Früher hieß es Rohypnol, und es gab eine Zeit, in der es viele schwere Gewaltverbrecher nahmen. Inzwischen ist es nicht mehr so beliebt, aber Taisir Karir hatte zum Zeitpunkt seines Todes sowohl Flunitrazepam als auch anabole Steroide im Blut. Dennoch, sehr aufmerksam von dir, Viggo.«

»Ich bitte dich, einmal Bulle, immer Bulle. Die Drogen lassen das Ganze etwas begreiflicher erscheinen, nicht wahr? Es handelt sich um eine Bande deprimierter, benebelter Vorortkids, die sich wichtig tun und auf ihre Art berühmt werden wollen. Dabei hätte ihre Wahl genauso gut auf irgendeinen Schauspieler oder Fernsehstar fallen können. Jemanden zu töten sorgt eben für Schlagzeilen. Sie entdecken Isli Vrapi und denken: ›Verdammt, jetzt werden die Leute uns in Erinnerung behalten.‹ Und sie haben Waffen bei sich, was ich hätte ahnen sollen, als ich meine Frau in ein derart anrüchiges Etablissement schleppte. Sie sind hergekommen, um sich den Frust wegzusaufen. Vielleicht wäre es zu einer anderen Art Massaker gekommen, wenn Vrapi nicht dort gewesen wäre. Aber er ist eben dort. Es juckt ihnen geradezu in den Fingern. Das wäre eine Riesensache und gut fürs Image. Lebenslanger Ruhm, wie kurz die verbleibende Lebenszeit auch sein mag. Sie stehen da und diskutieren. Ganz plötzlich sehen diese mit Drogen vollgepumpten Vorortheldem wieder einen Sinn in ihrem Leben. Isli Vrapi umzunieten ist heftig. *Let's do it.* Aber dafür brauchen sie einen Anführer.«

»Du glaubst also, dass einer ihrer Anführer dort war?«, fragte Holm.

»So muss es gewesen sein«, antwortete Norlander.

»Hast du ihn denn gesehen?«, fragte Chavez matt, nahm einen Schluck von seinem Bier und beugte sich dann über den Tisch vor.

Viggo Norlander schaute sich nachdenklich im Lokal um, das wohl einst der Speisesaal des Gefängnisses gewesen sein musste, und fragte schließlich: »Dahin wolltet ihr mich also bringen, nicht wahr?«

»Tja, ziemlich cooles Lokal«, bemerkte Chavez und schaute sich ebenfalls um.

»Auf diesen Punkt, meine ich«, entgegnete Norlander ruhig. »Auf den möglichen Anführer.«

»Wirkte denn einer in der Gruppe dominant?«, fragte Kerstin Holm. »Du hast sicher viel mehr gesehen, als du glaubst.«

»Wie gesagt, ich stelle fest, dass ihr mich an diesen Punkt gebracht habt«, beharrte Norlander. »Das ist also die eigentliche Frage, auf die ihr eine Antwort haben wollt. Während ich den gestrigen Abend vor meinem inneren Auge noch einmal ablaufen lasse, so wie ihr es von Zeugen erwartet, gern auch in Zeitlupe, könnt ihr ja eure Überlegungen darlegen. In eurer suspekten Eigenschaft als operative Europolbullen.«

»Wir überlassen die Dinge ungern dem Zufall«, entgegnete Kerstin Holm sachlich. »Alles deutet darauf hin, dass Isli Vrapi eine umfangreiche Waffenlieferung am Laufen hatte. Sein Tod fällt außerdem mit gewissen Ereignissen in Europa zusammen. Wir haben noch keine direkten Zusammenhänge herstellen können, falls es überhaupt welche gibt, aber die Anzeichen sind besorgniserregend.«

Viggo Norlander sah sich erneut in dem zum Lokal, Wirtshaus und Hotel umgebauten Gefängnis um und hatte plötzlich den Eindruck, sich selbst zu sehen. So wie das Gefängnis für immer ein Gefängnis bleiben würde, wie sehr man auch versuchte, dies zu kaschieren, so blieb er Polizist, wie sehr er auch versuchte, sich als etwas anderes auszugeben.

Er war schlicht und einfach verdammt neugierig.

Also ließ er die Szene noch einmal vor seinem inneren Auge ablaufen, ganz langsam: Der Missmut seiner Frau legt sich. Er steht auf, um an die Bar zu gehen und eine weitere Runde zu bestellen. Es ist nicht weit bis zur Theke, aber im Lokal ist es eng. Kurz vor dem Tresen erblickt er links eine kleine Gruppe, die ihm im Weg steht und an der er vorbeimuss. Gewiss wirft er auch einen Blick in ihre Richtung? Gewiss kann er, obwohl sein Fokus nach vorn auf die Theke gerichtet ist, ein Bild festhalten, es vorsichtig aus der dunkelsten Ecke seiner Erinnerung heben und ihre Gesichter erkennen? Das müsste doch funktionieren, oder? Die Zeit danach hilft ihm nicht weiter, denn da bekommt er lediglich das verwirrte Gespräch der Säufer mit, hört die dunkle Stimme des hoffnungslosen Lasse Dahlis im Wechsel mit der hellen und der Stakkatostimme – die seine Aufmerksamkeit auf sich ziehen. Da sieht er die Gruppe nicht mehr. Seine einzige Chance liegt auf dem Weg zur Theke. Die wenigen Schritte, der kleine Bogen nach rechts, um die Gruppe zu umrunden. Dort hält er inne. Betrachtet sie. Was sehe ich? Ich habe sie als klein in Erinnerung – schätze ich sie bereits so ein, bevor ich die Riesen rechter Hand um den Waffenhändler herum erblicke, dessen Name ich nie lernen werde? Vielleicht nicht, vielleicht ist es die Größe der anderen, die sie klein erscheinen lässt. Wie schwer es doch ist, sich einen bestimmten Moment aus der Vergangenheit zu vergegenwärtigen und diesen Augenblick einzufrieren. Um ihn in seiner dreidimensionalen Starre betrachten zu können. Es ist nahezu unmöglich. Die Gesichter? Nein, keine Chance. Oder doch?

»Habt ihr ein Foto von Taisir Karir?«, fragte er schließlich.

Chavez hatte es bereits auf den Tisch gelegt und schob es zu ihm rüber. Norlander betrachtete es. Verbrechervisage. Wo stand er? Konnte er dieses Gesicht irgendwo in der eingefrorenen Szenerie platzieren, durch die sein inneres Ich umherwanderte?

»Eins achtundsechzig groß«, erklärte Chavez. »Schwarze Lederjacke.«

Schwarz? Norlander konzentrierte sich. Er versuchte sich zu erinnern. Aber es gelang ihm nicht. Alle Gesichter lagen im Dunkeln, waren ununterscheidbar.

Dann sah er eine Frisur. Aber das war alles.

Norlander schüttelte den Kopf. »Tut mir leid«, sagte er. »Alles, was ich sehe, ist eine Frisur. Eine Art Rockabillyfrisur. Darüber hinaus kann mein Gehirn nichts ausmachen.«

»Schade«, meinte Chavez und nahm das Foto wieder an sich. »Aber bleib dran. In der Zwischenzeit müssen wir uns eben ein paar Verbrecherfotos mit Rockabillyfrisuren angucken.«

»Könnt ihr mir denn nicht sagen, worum es genau geht?«

»Wir wissen es nicht«, antwortete Kerstin Holm. »Aber ein führender Experte auf dem Gebiet der Identifizierung von Terroristen nach chiroplastischen Eingriffen hat sich in Belgien auf sonderbare Art und Weise das Leben genommen. Und jetzt wird ein mysteriöser Waffenhändler ermordet, der verdächtigt wird, gerade eine große Waffenlieferung abzuwickeln. An Terroristen. Das Ganze kann natürlich auch purer Zufall sein. Wahrscheinlich ist es sogar Zufall.«

»Aber ...?«, fragte Viggo Norlander.

»Korrekt«, bemerkte Chavez. »Wir überlassen die Dinge ungern dem Zufall.«

2 – Leichte Brise

Zweiter Bericht

Bezeichnung: Bericht CJH-28401-B452
Auftragsnummer: A-100318
Ziel: Aktualisierung, Einholen von Einschätzungen
Datum im laufenden Jahr: 31. März
Level: The Utmost Degree of Secrecy

Die zweite Phase der Nachforschungen setzt gegen Ende von Ws Zeit in Paris ein, in der sein Adoptivvater Luigi Berner-Marenzi italienischer Kulturattaché in Frankreich war. Nach dem Vorfall mit dem Slip der Haushälterin Anaïs Criton besuchte W weiterhin die International School of Paris, um zwei Halbjahre später an die École Massillon, eine der katholischen Eliteschulen der Stadt, zu wechseln. Zu diesem Zeitpunkt ist er vierzehn Jahre alt. Seine Noten sind hervorragend, und das Leben im exklusiven 16. Arrondissement in Paris scheint ohne Probleme zu verlaufen. Das Tagebuch seiner Adoptivmutter Maria Berner-Marenzi ist während dieser Jahre in einem sorglosen Ton gehalten und erwähnt die Adoptivtöchter Una und Vera bedeutend öfter als W.

Tatsächlich gibt es zwei Personen, die sie nur äußerst selten nennt: W und sich selbst. Über sich und den Sohn zu schreiben scheint ihr Schwierigkeiten zu bereiten, denn sie berichtet fast ausschließlich von ihrem Ehemann Luigi oder von Una und Vera.

Aus ihren Aufzeichnungen geht dennoch hervor, dass W nach wie vor die volle Unterstützung und Liebe seiner Mutter erfährt, während die Beziehung zu seinem Vater offenbar immer komplizierter wird.

Das Quellenmaterial über die Pubertätsjahre in Paris ist unerwartet dürftig. In der Zeit zwischen Mittel- und Oberstufe hinterlässt man in der Regel – auch in den frühen Neunzigerjahren – eine große Anzahl von Spuren. Doch dies ist bei W nicht der Fall. Wir vermuten, dass er in dieser späteren und kritischen Phase seines bisherigen Lebens zielgerichtet alle Spuren hinter sich verwischt hat.

Was hat es damit auf sich, dass sowohl Maria selbst als auch W in den Tagebüchern kaum mehr vorkommen? Bedeutet es, dass Maria den Eindruck hat, ihn nach und nach zu verlieren, und zwar nicht nur in den gewöhnlichen Albtraumszenarien der Pubertät, sondern in einem lebensentscheidenderen Zusammenhang? Was spielt sich in diesen kritischen Jahren zwischen Mutter und Sohn ab? Eine Passage kann als vielsagend betrachtet werden.

Wir haben in Marias Tagebuch jede Geburtstagsfeier bis hin zu Ws dreizehntem Geburtstag verfolgen können. Zu dem (in diesem Fall künstlich festgelegten) Datum von Ws vierzehntem Geburtstag fehlt jedoch ein Eintrag. Der Tag wird ohne Erwähnung übergangen. An Ws fünfzehntem Geburtstag findet sich hingegen folgender Eintrag:

»Mein Kleiner ist wirklich groß geworden. Heute feiern wir seinen fünfzehnten Geburtstag. Er ist in der Schule so fleißig, und er entwickelt sich zu einem sehr stilvollen jungen Herrn. Seit dem Besuch des Mannes ist er zwar recht launisch, aber heute Morgen, als er mit Geschenken und Liebesbezeigungen seiner Familie überhäuft wurde, überstrahlte sein wunderbares Lächeln die ansonsten eher missmutige Miene, und er machte sich frohen Muts auf den Weg zur Schule. Sein Lächeln wurde sogar noch etwas breiter, als seine Lieblingsschwester Vera ihn liebevoll umarmte. Er wusste, dass wir am Abend im Restaurant du Palais Royal ausgiebig feiern wollten. Luigi hatte sogar ein Essen im Louvre mit mehreren europäischen Außenministern abgesagt. Luigi, Una, Vera und ich versammelten uns also im Restaurant und warteten auf unseren Kleinen. Es wurde neunzehn Uhr, dann zehn nach, zwanzig nach, doch der Kleine kam nicht. Luigi wahrte vor Una und Vera die Fassade erstaunlich gut. Wir hatten unseren Kleinen mit einem hochmodernen Handy ausgestattet, und Luigi hatte sein Diensthandy von der Botschaft dabei. Ich bat ihn, es mir zu leihen. Darin fand sich etwas, eine kurze Mitteilung. Es war das erste Mal, dass ich eine SMS sah. Sie war auf Französisch geschrieben und lautete kurz und bündig: ›Ich habe heute Abend etwas anderes vor.‹ Luigi war rasend vor Wut und machte im traditionsreichen Restaurant du Palais Royal eine große Szene. Die Welt erbebte regelrecht.«

Danach wird es eigenartig still um W, es dauert gut einen Monat, bis er wieder erwähnt wird:

»Der Herbst in Paris ist so unwirtlich. Leider scheint mein Kleiner ebenfalls Stürme zu durchleben, allerdings noch weitaus schlimmere. Das liegt nicht nur an Luigis distanzierter Haltung dem Jungen gegenüber, sondern auch an einem weiter zurückliegenden Ereignis. Damals hatte ich es nicht gleich begriffen – er ist so beliebt, mein Kleiner, und bekommt viel Besuch –, aber im Nachhinein stelle ich fest, dass der Besuch des Mannes ihn verändert hat. Ich versuche gerade, mich an dessen Namen zu erinnern, doch er ist mir entfallen. Es erscheint mir wichtig herauszufinden, wer er eigentlich war. Und natürlich auch, was er gesagt hat. Ich weiß nicht, ob ich es wagen soll, das Thema meinem Kleinen gegenüber anzusprechen. Aber ich habe den Eindruck, dass ich es tun muss.«

Danach gibt es nur noch eine Aufzeichnung in den Tagebüchern, in der W vorkommt. Es ist die letzte. Die allerletzte in der gesamten Tagebuchserie, was angesichts der vielen noch verbleibenden Seiten in diesem fünften Band erstaunt. Diese Seiten sind jedoch leer.

Die betreffende Aufzeichnung stammt vom November des schicksalsträchtigen Jahres 1994:

»Wie mir davor graute. Schließlich habe ich meinen ganzen Mut zusammengenommen und angeklopft. Keine Reaktion. Ich verschränkte meine Hände. Ich wusste, dass das, was nun folgen würde, entscheidend für, tja, für den Fortbestand der Familie wäre.

Ich drückte behutsam den Türgriff hinunter und begegnete dem Blick meines Kleinen, der wie immer an seinem Computer saß. Ich weiß nicht, wie ich diesen Blick beschreiben soll.

Ich trotzte seinem Bannkreis, betrat das Zimmer und schloss die Tür hinter mir. Er sagte nur einen einzigen Satz, und zwar in einem Tonfall, der mich auch jetzt noch, mehrere Stunden später, zittern lässt. Er lautete: ›Du hast es gewusst.‹

Das war alles.

Wird er je wieder Vertrauen zu mir haben? Gegen Ende des Gesprächs gab es gewisse Anzeichen der Versöhnung, auch wenn ich immer stärker zitterte. Er hat mir Wasser zu trinken gegeben. Er hat gesehen, wie aufgewühlt ich war.

Es ist wahrscheinlich die Aufregung, die sich in meinem Körper jetzt ausbreitet, während ich schreibe, denn es geht mir wirklich nicht gut. Ich leide unter Schweißausbrüchen, und es kommt mir so vor, als wäre die gesamte Wohnung voller Gestalten, die mir Böses wollen. Alles wird diffus.

Das Einzige, was im Augenblick immer deutlicher wird, während sich alles andere verdunkelt, ist der Name. Der Name des Mannes, der meinen Kleinen besucht hat. Er hieß Massicotte.«

Hier müssen wir feststellen, dass das Tagebuch abrupt endet. Maria schreibt niemals wieder etwas in ihr Tagebuch.

Aus Mangel an anderen Quellen sahen wir uns im November 1994 zu umfangreichen Ermittlungen in Paris gezwungen. Während dieser Zeit wird Maria Berner-Marenzi in keinem offiziellen Register erwähnt. Eine waghalsige Aktion in der italienischen Botschaft in Paris, die wir nicht weiter darstellen wollen, erbrachte eine Anzahl inoffizieller Dokumente, von denen eines belegt, dass Kulturattaché Luigi Berner-Marenzi Ende November desselben Jahres eine Privatklinik in der Rue da la Chaise aufgesucht hatte. Weitere Informationen waren jedoch nicht zugänglich. Die Beschaffung geheimhaltungspflichtiger Dokumente aus der Klinik bedurfte außergewöhnlicher Maßnahmen. Aber schließlich konnten wir Maria dort als Patientin mit »ernsten paranoiden Symptomen«, die zu spät als physisch statt psychisch bedingt erkannt wurden, ausfindig machten. Es stellte sich heraus, dass sie mit einer Substanz vergiftet worden war, die unter der Bezeichnung Protobiamid patentiert ist. Doch das zeigte sich erst bei der Obduktion. Sie starb Ende November, ohne ihr psychisches Gleichgewicht wiedererlangt zu haben.

Die Tatsache, dass sich die Familie während der Beerdigung in das Gästebuch von Notre-Dame als »Luigi, Una und Vera Berner-Marenzi« einschrieb, muss natürlich nicht bedeuten, dass W zu diesem Zeitpunkt den gemeinsamen Haushalt bereits verlassen hatte, doch es wäre eine plausible Erklärung. Dafür spricht obendrein, dass der Auftraggeber W zu diesem Zeitpunkt ebenfalls aus dem Blick verlor.

Langsam nähern wir uns nun dem aktuellen Stand der Ermittlungen. Wenn wir so vermeintlich belanglose Formulierungen wie »er ist so beliebt, mein Kleiner, und bekommt viel Besuch« aufgreifen, liegt es nahe, an eine frühere Passage anzuknüpfen, die nicht in unmittelbarem Bezug zu W steht, aber im Nachhinein betrachtet dennoch mit der Sache zu tun haben könnte. Die Passage stammt aus der Zeit unmittelbar vor dem »Besuch des Mannes« und lautet wie folgt:

»Inzwischen halten sich so viele suspekte Leute in der Wohnung auf. Ich kann nicht gerade behaupten, dass mir all diese ›Freunde‹ gefallen, aber ich verheimliche Luigi ihre Besuche, weil ich weiß, dass er sonst außer sich sein würde. Aber dieser ›Le Chameau‹, der manchmal ganz plötzlich in irgendeiner dunklen Ecke der Wohnung auftaucht, beunruhigt mich ein wenig. Sein Lächeln ist abscheulich.«

Anfänglich haben wir keine Verbindung zwischen diesem »Le Chameau« und W herstellen können, doch im Nachhinein erscheint sie uns logisch, nicht zuletzt weil es uns gelungen ist, im Strafregister auf einen jungen Betrüger und Fälscher mit Namen Jacques Rigaudeau aus dem Vorort Clichy-sous-Bois zu stoßen. Ein Mann mit diversen Beinamen, unter anderem »Le Chameau«, »das Kamel«, ein Spitzname, den er dem Polizeiregister zufolge »während seiner Kindheit aufgrund eines Rückenschadens durch einen doppelten Buckel erhalten hatte, welcher durch erstklassige medizinische Behandlung immer stärker behoben werden konnte«. Jacques Rigaudeau verschwand selbst im Übrigen vor fünf Jahren. Aber darauf kommen wir noch zu sprechen.

Es ist offensichtlich, dass W nach seiner sonderbaren, aber keineswegs unbegreiflichen Aktion gegen die Haushälterin Anaïs Criton eine Wandlung durchmacht. Seine verbale Rücksichtslosigkeit und sein Einfallsreichtum, die sich zuvor lediglich angedeutet hatten – gegenüber seinen Schwestern, dem rumänischen Segler, den neuen Klassenkameraden in Paris –, erreichen mit der Eifersuchtstat gegenüber Anaïs Criton eine neue Dimension. W tritt mit einer neuen Selbstsicherheit in Bezug auf seine Fähigkeiten ins Teenageralter ein. Er distanziert sich immer mehr vom Vater, umgibt sich mit »suspekten« Freunden, entzieht sich seiner geliebten Mutter und bleibt seinem eigenen Geburtstagsfest fern. Und er beschafft sich die Substanz Protobiamid, die uns bislang noch unbekannt ist.

In diesem Zustand der Wandlung wird W also von einem Mann namens Massicotte aufgesucht. Seine Mutter Maria möchte mit ihm darüber reden, doch sie weiß, dass dies ein sehr sensibles Thema ist, woran sie selbst auch Schuld trägt. Als das Gespräch schließlich zustande kommt, wühlt es sie dementsprechend auf, wie sie es erwartet hat, auch wenn W lediglich »Du hast es gewusst« sagt. Doch gegen Ende des Gesprächs gibt es immerhin »Anzeichen der Versöhnung«, unter anderem bietet er ihr ein Glas Wasser an. Es ist fraglich, ob dies spontan geschieht oder ob er es im Voraus geplant hat, was für Maria Berner-Marenzi jedoch keinen Unterschied macht. Sie trinkt das mit Protobiamid versetzte Wasser und verfällt in einen Krankheitszustand mit paranoiden Symptomen, der schließlich zu ihrem Tod führt.

Ws Abwesenheit bei der Beerdigung legt nahe, dass er zu diesem Zeitpunkt – fünfzehnjährig und mit kriminellen Verbindungen – bereits untergetaucht ist. Höchstwahrscheinlich hat ihm der damals neunzehnjährige Betrüger und Fälscher Jacques Rigaudeau nach dem Muttermord zu einer neuen Identität verholfen.

Ebenfalls bemerkenswert ist auch die Tatsache, dass Rigaudeaus Verschwinden vor fünf Jahren der ersten Tat in einer Serie, mit der sich unser Auftrag aktuell befasst, um wenige Monate vorgreift. Zu diesem Zeitpunkt schien W sich entschieden zu haben; er bereitet die Tat vor, indem er alle Spuren seines früheren Lebens beseitigt und »Le Chameau« in Paris verschwinden lässt. Es gelingt ihm allerdings nicht, an die Tagebücher heranzukommen, die auf unergründlichen Wegen in Australien gelandet sind, wo wir sie später ausfindig machen konnten. Dank der Tagebücher haben wir den Weg für weitere Nachforschungen bereiten können, die wie folgt lauten:

Intensive Untersuchung der kriminellen Verbindungen Jacques Rigaudeaus im November 1994, um die erste gefälschte Identität von W zu ermitteln. Wohin kann ein Fünfzehnjähriger mit einer falschen Identität verschwinden?

Einholen ausführlicher Informationen über die Substanz Protobiamid, um mögliche weitere kriminelle Verbindungen von W aufzudecken. Hatte er beispielsweise Kontakt zu einem Chemiker?

Das Ziel der oben genannten Schritte besteht selbstverständlich darin, W ausfindig zu machen und seine Aktivitäten aufzudecken. Vorherige Instruktionen, eine Eliminierung möglichst zu umgehen, werden gemäß den aktuellen Anweisungen des Auftraggebers als hinfällig betrachtet. Wir arbeiten aktuell an der entgegengesetzten Prämisse.

Des Weiteren stellt sich folgerichtig die Frage nach der Rolle von Professor Udo Massicotte, der dem Auftraggeber wohlbekannt ist. Wir erwarten weitere Instruktionen.

La Mortola

Capraia, 14. Mai

Die Dunkelheit senkt sich hinter der Tüllgardine herab, die schon seit Langem aufgehört hat zu tanzen. Als sie sich über die rosafarbenen Abendwolken legt, ist sie eine Naturgewalt.

Es scheint, als wäre diese Gewalt seit Dedas Tagen noch immer gegenwärtig und schwebte über der Inselgruppe. Eine Zeitwolke, die auf ihre Wiedergutmachung wartet.

Die wird Deda nun zuteilwerden.

Wiedergutmachung.

Die innere Stimme fragt: »Wer sendet mir diesen Gedanken? Weil nur die Toten frei von hier wegkommen, so will ich den Platz des Toten einnehmen.«

Es klingt wie eine auswendig gelernte Formel.

Die Stille ist absolut. Fünf Tage intensiver Planung sind überstanden. Die Dunkelheit dringt in das kleine Hotelzimmer und erfüllt es. Der Schmerz schwebt wie ein Raubvogel über einer Landschaft in der Abenddämmerung.

Es wird Zeit.

Endlich ist es so weit.

Ein Gegenstand nach dem anderen wird in exakter Reihenfolge von dem kleinen Schreibtisch genommen und ins Etui gelegt. Hinein in die Tasche, dann die Tasche über die Schulter gehängt. Hinaus in den Frühsommerabend.

Ganz so dunkel, wie es von drinnen aussah, ist es gar nicht. Das ist es selten. Aber der kleine Ort Paese liegt vollkommen verlassen da. Entlang des sich windenden Serpentinenweges, der mühsam von den Gefangenen der »Colonia Penale Agricola« errichtet wurde, erstrecken sich fruchtbare Terrassenfelder die Hügel hinauf.

Die Tasche müsste eigentlich schwer sein, doch sie fühlt sich keineswegs so an. Deutlich zu spüren sind hingegen die bleischweren Atemzüge. Dedas Atemzüge in der Höhle.

Die kalte Nacht bricht herein. Deda zieht Großmutters warme Kleidung fester um sich, bewegt unablässig seine Zehen in den warmen Stiefeln. Mit Einbruch der Dämmerung wird die kreisrunde Öffnung über ihm unscharf, bis die eisige Nacht die Kanten verschluckt. Jeden Augenblick kann jemand zu ihm in die Höhle hinunterschauen.

Es sind Dedas Atemzüge, die durch die in der Dämmerung liegende Landschaft von Capraia hallen, während der Serpentinenweg eine starke Biegung macht und den Blick über das Ligurische Meer freigibt, wo Korsika gerade von der Nacht verschluckt wurde. Die Facetten der Dunkelheit lassen das Meer wie siedenden Teer erscheinen, darüber weht nur eine leichte Brise. Zudem ist es eigentümlich still. Bleiern, erstaunlich erdrückend, als herrsche hier eine ungewöhnlich starke Schwerkraft.

Der Ruf Capraias als leidgeprüfte Insel ist nicht verbreitet. Aber das Gefühl der Schwere war schon zuvor, auf der anderen Insel, zu spüren. Das gesammelte Elend der Gefangenen wirkt wie eine Art Gravitation, ein Druck, der den Besucher regelrecht zu Boden presst. So viel Leid auf einer kleinen Fläche muss einfach nachwirken, den Menschen zu Boden drücken.

Wie auch auf Dedas Insel.

Während der restlichen Wegstrecke senkt sich die Dämmerung endgültig herab. Der Lichtkegel der Taschenlampe auf dem immer schmaler werdenden Serpentinenweg fängt die ruckartigen Bewegungen der Tiere in der Dunkelheit ein. Kröten, große Spinnen und sogar eine Schlange, die sich träge über den Boden schlängelt, von niemandem bedroht.

Die verfallene Steintreppe, die sich kaum von dem Weg unterscheidet, führt nun hinauf in endlose ausgedörrte Natur.

Der Lichtkegel hält inne und hebt und senkt sich im Takt mit Dedas Atemzügen, die sich schließlich beruhigen, und erst als alles wieder still ist und nicht einmal mehr die Zikaden zirpen, folgt das Licht der Treppe weiter hinauf bis zu einem verwahrlosten Mauerwerk.

Der Druck erhöht sich weiter, die Schwerkraft wird noch stärker. Der Steinkoloss, des Gefängnisgebäudes war, ist in der Dunkelheit nur als Silhouette zu erkennen. Der erdige Sand unter den Füßen und die sonnengetrockneten Grasbüschel scheinen sich im Licht der Taschenlampe zu bewegen. Sterne blitzen durch eine immer dichtere Wolkendecke.

Genau wie auf dem Satellitenfoto zu sehen war, erhebt sich im Gefängnishof eine frei stehende Steintreppe. Sich dort hinzusetzen wie verabredet, wie eine von der Taschenlampe erhellte Zielscheibe – früher hätte es Mutes bedurft, um dies zu tun, doch inzwischen nicht mehr. Die Macht der Gewohnheit. Wie es dem Menschen doch immer wieder gelingt, nahezu alles zur Normalität werden zu lassen.

In Dedas Höhle ist es Nacht.

Die letzte Nacht. Jedes Mal die letzte Nacht.

Ein Projekt, das auf viele Jahre angelegt war, geht allmählich zu Ende. Was geschieht dann? Was geschieht, wenn die Waagschale voll ist? Noch nicht so weit gedacht, noch nicht vermocht, so weit zu denken.

»Wer sendet mir diesen Gedanken? Weil nur die Toten frei von hier wegkommen, so will ich den Platz des Toten einnehmen.«

Die Fassade des Gefängnisses ist so karg. Die Zeit verrinnt langsamer als je zuvor. Die lang gestreckte Silhouette des Gebäudes ist bereits nahezu vollständig von der Dunkelheit verschluckt worden, auch der erhöhte Kubus mit den beiden ausgestreckten Armen verschwindet langsam, und über die Reihen eingeschossiger Gefängniszellen legt sich allmählich die Nacht.

Der gelbliche Schein der Taschenlampe spielt um die Füße herum. Der Duft des Mittelmeeres liegt in der Luft, die leichte

Brise bringt ihn mit sich. Der nächtliche Mittelmeerduft. Unverwechselbar.

Dann erscheint das Licht. Das andere Licht. Ein bläuliches Blinken. Wie von einem entfernten Leuchtfeuer durch dichten Nebel hindurch.

Allerdings kommt es aus dem Gefängnisgebäude.

Ein tiefer Atemzug in der Nacht. Dedas Atemzug. Der erhöhte Druck erschwert das Aufstehen. Stillstand, während der Lichtkegel wieder erlischt.

Dann erneutes Blinken aus der Zelle heraus. Das zuvor verabredete Signal. Zweimal kurz, einmal lang. Alles stimmt, nichts kann schiefgehen.

Ein letzter Moment der Selbstüberwindung.

Sie haben es zugelassen. Auf sie wartet die Zeitwolke. Sie sind es, auf die Deda gewartet hat. Sie haben es nicht nur zugelassen, sie haben es sogar angeordnet. Sie haben notwendige Opfer für das Wohl der Allgemeinheit befohlen.

Sie sind nicht unschuldig.

Er dort drinnen, der so gehorsam und eifrig mit seiner Taschenlampe blinkt, auch nicht.

Zweimal kurz, einmal lang.

Der Lichtkegel wandert zu der Gefängniszelle. Auf einem vertrockneten Grasbüschel an der Schwelle zur Zelle trifft das gelbliche Licht auf das bläuliche. Wie das Licht zweier Generationen. Das Blinken der blauen Leuchtdioden durchbohrt den milderen gelben Lichtschein, als sie sich schließlich begegnen. Zweimal kurz, einmal lang. Ein weiteres Mal, sozusagen aus Gewohnheit.

Dann die Stimme von drinnen, heiser und beflissen: »Kommen Sie herein, kommen Sie herein.«

Die Tür ist halbiert und scheint in der einzig verbliebenen Angel festgerostet zu sein. Es ist etwas schwierig, sich darunter hindurchzuschieben. Bläuliches Licht gleitet an den kargen unebenen Steinwänden entlang, bis der Lichtkegel endlich in dem kleinen hinteren Zellenfenster verharrt. Die bläuliche Leuchtdiode formt einen Kreis an der Wand neben der halbierten Zellentür. Als der groß gewachsene Mann die Taschenlampe auf den Sims des Zellenfensters legt, erzittert der bläuliche Kreis für einen Augenblick.

Er kommt näher, so nahe, dass sein ätzender Atem zu riechen ist, als er in amerikanischem Englisch sagt: »Eine gewisse Geheimniskrämerei kann ich ja verstehen, aber das hier ist doch nahezu lächerlich.«

Das gelbliche Licht bewegt sich auf den Kopf des Mannes zu, ohne ihn jedoch direkt zu blenden. Der Lichtkegel bleibt auf seiner Brust hängen. Der Effekt ist erstaunlich, ein Gespenstergesicht mit einer kräftigen Kinnpartie. Der Schatten verdoppelt die Brille.

Der Mann ist recht gut gekleidet, auf diese etwas planlose Art und Weise, die einem so bekannt vorkommt. Immer das Gleiche.

Erneutes Ausatmen. Der Atem riecht ebenso scharf, diesmal ist es noch deutlicher wahrnehmbar. Der Atem eines alten Mannes. Eines nervösen alten Mannes. Eines angespannten alten Mannes, jedoch keinesfalls der eines ängstlichen alten Mannes. Eher eines erwartungsvollen alten Mannes.

Inzwischen bereits daran gewöhnt, in diesem Augenblick die eigene Stimme nicht wiederzuerkennen, sagt man: »Ich habe das Material in dieser Tasche hier. Einen Augenblick.«

Die Tasche fällt auf den harten Steinboden. Metall klirrt. Jemand, der extrem misstrauisch ist, hätte möglicherweise darauf reagiert. Doch dieser Mann tut es offenbar nicht. Er zeigt keinerlei Unruhe, keine Angst, eher eine atemlose, ungemein gespannte Erwartung.

Dass es immer wieder gelingt, ihre tiefsten Bedürfnisse zu ergründen. Die sie um ein Vielfaches von ihren Gewohnheiten abweichen lassen und die oftmals tiefer verwurzelt sind als bei anderen.

Dementsprechend reagiert er hauptsächlich mit Erstaunen darauf, dass das, was er erblickt, nicht dem Erwarteten entspricht. Die beiden Lichtkegel lassen die metallene Schneide aufblitzen.

Licht auf der Schneide.

Zuerst weicht der Mann zurück. Das ist die übliche Reaktion. Hebt die Arme, streckt die Hände vor. Diese vergebliche, im Prinzip fast rührende Abwehrhaltung aus einer Epoche weit vor der Steinzeit. Wirkungslos gegen moderne Waffen.

Doch dann geschieht etwas. Eine abrupte Wendung. Anstatt weiter zurückzuweichen, wirft sich der Mann nach vorn, in Richtung des Messers. Ergreift das Handgelenk. Doch irgendetwas stimmt nicht. Nur was? Es ist nicht ganz klar, aber irgendetwas läuft schief.

Der Blick, es ist der Blick hinter den dicken Brillengläsern. Er ist nicht aggressiv, nicht angriffslustig, eher erstaunt, erneut, doch nun auf andere Weise. Sein Griff um das Handgelenk rutscht ab, während sein schwerer Körper nach vorn stürzt.

Das Messer ist wieder frei.

Alles geht so schnell, und dennoch erscheint es wie in Zeitlupe. Dann prallt der Rücken auf den Steinboden, der schwere Mann fällt obenauf.

Den Schmerz in der Wirbelsäule ignorieren und sich konzentrieren.

Während das Messer langsam unter den Rippen des Mannes eindringt, ahnt der Blick eine Bewegung hinter dessen Schulter. Er bleibt an einem zitternden Gegenstand hängen, der auf der Schulter sitzt. Nein, in der Schulter. Tief in der Schulter.

Es ist eine Spritze, eine richtige Pferdespritze. Sie hat sich durch das Jackett des Mannes gebohrt und sitzt dort wie festgenagelt.

Die letzten Atemzüge des Mannes. Vereinzelt und röchelnd. Er atmet Blut aus. Das Erstaunen steht ihm immer noch ins Gesicht geschrieben.

Dann plötzlich im Hintergrund erneut eine Bewegung, in der Dunkelheit der Zelle. Die Last des schweren Mannes macht es unmöglich, sich zu bewegen.

Dann plötzlich leise Schritte. Ein Blick über die Schulter des Mannes, der seinen kurzen Todeskampf ausficht. Etwas huscht durch den blauen Lichtkegel. Ein Gesicht.

Ein Mensch. Die Blicke heften sich aufeinander.

Es ist ein sehr merkwürdiger Moment. Und er dehnt sich unendlich.

Der Mann an der Tür, im bläulichen Lichtschein, sein strahlend hübsches Gesicht. Der intensive fesselnde Blick. Erstaunen, Skepsis, aber auch Zielstrebigkeit.

Ein Etui in der Hand des Mannes, wie das eigene, nur kleiner. In genau der richtigen Größe für eine Pferdespritze.

Er kommt ein paar Schritte näher. Verhängnisvolle Schritte. Der schwere Mann liegt obenauf, keine Chance, sich zu bewegen. Der attraktive Mann geht in die Hocke. Mit intensivem Blick. Forschend. Dann schüttelt er den Kopf und ist verschwunden.

Die Stille danach ist geradezu betäubend.

Das Messer noch ein wenig drehen. Man muss Geduld haben, mit dem Herausziehen zu warten, bis der Kampf vorüber ist. Um so lange wie möglich das Blut zurückzuhalten.

Abwarten.

Sich schließlich unter dem Mann hervorwinden und befreien. Den geräderten Körper strecken. Nachspüren, wie sich der Rücken anfühlt. Es scheint nichts gebrochen zu sein. Der Schmerz strahlt zwar vom Rückgrat her aus, aber die Beweglichkeit ist unbeeinträchtigt.

Auf die Türöffnung zu. Den Blick unter der halbierten Tür, die festgerostet in ihrer Angel hängt, ins Dunkel hinausgerichtet. Die Dunkelheit vor dem Gebäude ist kompakt. Massiv. Erdrückend. Viel gegenwärtiger als auf irgendeiner anderen Insel.

Extra starke Schwerkraft. Nichts deutet darauf hin, dass hier noch jemand gewesen ist.

Bis auf eines.

Wäre da nicht die Pferdespritze, die noch immer aus der Schulter des schweren Mannes herausragt, hätte alles auch Einbildung sein können, und der attraktive Mann mit dem intensiven Blick hätte überhaupt nicht existiert.

Außer irgendwo im tiefsten Inneren.

Es ist sinnlos, das jetzt verstehen zu wollen.

Carpe diem. Nutze den Tag. Wie immer.

Ist das jetzt noch möglich? Ist nicht alles zerstört?

Nein, es ist möglich. Es ist immer noch möglich.

Ruhe stellt sich ein. Stille. Die Kühle nach der Hitze. Die Ruhe nach dem Sturm. Und Erleichterung.

Die goldenen Sekunden, in denen alles geordnet erscheint. In denen für einen Augenblick Gerechtigkeit geschaffen wurde. Gerechtigkeit für Deda.

Dann wird es Zeit.

Die Pferdespritze muss verschwinden. Weil das Jackett und das Hemd verschwinden müssen.

Beim Herausziehen der Spitze zeigt sich, dass die Kanüle extrem lang und stabil ist, offenbar dafür geschaffen, auch die dickste Kleidung zu durchdringen. Früher oder später muss das Ganze noch einmal durchdacht werden. Aber nicht jetzt. Die Spritze landet in einem Außenfach der Tasche.

Die Kanüle nicht berühren. Nicht in die Nähe der Nadelspitze kommen.

Im Hauptfach der Tasche liegt das Etui. Es ähnelt dem des attraktiven Mannes sehr, auch wenn es etwas größer ist.

Die Zähne ein paarmal ordentlich zusammenbeißen. Spüren, wie sich Speichel bildet.

Zu Werke schreiten.

In Bewegung

Den Haag – Capraia, 15. Mai

Corine Bouhaddi sah sich in ihrer Wohnung um und fragte sich, warum sie sich so unwohl fühlte. Plötzlich hatte sie den Eindruck, dass die Wände eine gewisse Einsamkeit abstrahlten. Im Flur sah sie in den Spiegel und erblickte eine groß gewachsene athletische Berberfrau mit nahezu schwarzer Haut. Der Gesichtsausdruck flößte ihr Angst ein. Das endgültig Verlassene, das darin lag.

Schließlich war sie es gewöhnt, allein zu sein, sie wohnte bewusst allein, reiste allein, lebte ganz nach der Devise »Allein ist man stark«. Doch momentan kam es ihr nicht so vor, und sie fragte sich, warum.

Einmal hatte sie mitbekommen, wie der offenherzige Schwede Jorge Chavez sie als »Frau mit einer Integrität« bezeichnete, »die alles biologische Leben innerhalb des Umkreises von einer halben Meile ausradiert«. Die Erinnerung daran belebte sie ein wenig. Ihr Spiegelbild lachte auf. Also musste sie ebenfalls gelacht haben.

Ihr Blick schweifte weiter über den zusammengerollten Gebetsteppich neben dem Spiegel. Die Rolle wurde durch Kabelbinder zusammengehalten und war vollkommen verstaubt. Nicht ein einziges Mal seit ihrem Umzug nach Den Haag hatte sie den Gebetsteppich in Richtung Mekka ausgerollt. Zuvor in Marseille aber auch nicht besonders oft. Dort hatte sie während ihrer radikalen Jugendjahre Gender Studies an der Université de Provence Aix-Marseille studiert und sich in einem

Zustand unablässigen politischen Zorns eine eigene Wohnung gemietet. Damals hatte sie eine Gemeinschaft verlassen – einen sicheren stabilen Familienverband – und seither noch keine neue gefunden. Ihre Wurzeln waren öfter gekappt worden, als es irgendein Mensch ertragen sollte, und abgesehen von der Flucht aus dem Maghreb in ihrer Kindheit, aus ihrer Geburtsstadt Safi an der marokkanischen Westküste, war sie seither stets selbst dafür verantwortlich.

Allein ist man stark.

Schließlich wanderte ihr Blick zu dem Aschenbecher auf dem Couchtisch hinüber. Darin lagen ein paar farbige Kippen, deren süßlicher Geruch noch in der Wohnung hing. Wenigstens kein Alkohol, sagte sie sich, ich bin Muslimin, ich trinke keinen Alkohol. Doch diese Tatsache ließ die Anzahl der Jointkippen im Aschenbecher nicht weniger besorgniserregend aussehen.

Sie lachte erneut auf und machte sich auf den Weg. Die Fahrradtour durch das morgendlich kühle Den Haag reinigte ihre Lungen, die wiederum ihr Gehirn reinigten, und als sie auf der Treppe zum Europolgebäude Gesellschaft von Felipe Navarro erhielt, breitete sich eine angenehme Wärme in ihr aus. Ihr kam in den Sinn, dass sie Europa auf sonderbare Weise liebte, auch wenn Navarro heute erstaunlich eigensinnig wirkte, doch auf noch sonderbarere Weise war sie in dieser hübschen, wenn auch leicht bizarren Kleinstadt, die sich zum Nabel Europas entwickelt hatte, zu Hause angekommen. Vielleicht noch nicht voll und ganz – sie vermisste beispielsweise noch immer einen festen Partner –, aber doch ein ganzes Stück weit.

Als Corine Bouhaddi kurz darauf Paul Hjelm hinter dem Katheder in der Kathedrale thronen sah, hatte sie plötzlich eine Vatervision. Felipe Navarro ging vor ihr und marschierte ohne ein Wort nach vorn, wo er eine Übertragung arrangierte, sodass das elektronische Whiteboard aus der offenen Bürolandschaft auf der Leinwand in der Kathedrale sichtbar wurde. Was dann folgte, war ein erstaunlich purer Genuss. Bouhaddi lehnte sich zurück, verfolgte das Geschehen und spürte, wie die befremdlichen Eindrücke der Nacht spurlos verschwanden.

»Auch wenn heute Samstag ist, für uns gibt es eine Menge zu tun«, begann Navarro ohne Umschweife, »wir sind einer Lösung im Massicotte-Fall bislang noch nicht näher gekommen. Und es ist uns ebenfalls noch nicht gelungen, eine Verbindung zwischen Massicotte, der plastischen Chirurgie bei Terroristen und dem eigentümlichen Kneipenmord an dem international gesuchten Waffenhändler Isli Vrapi herzustellen. Die Annahme, dass es dennoch eine derartige Verbindung geben könnte, fußt jedoch ausschließlich auf der Intuition unseres Chefs ...«

»Nicht nur«, entgegnete Paul Hjelm hinter seinem Katheder. »Wie Señor Navarro sehr wohl weiß, haben wir von diversen militärischen Nachrichtendiensten Hinweise auf erhöhte terroristische Aktivitäten erhalten.«

»Was lediglich regere Betriebsamkeit in den Reihen islamistischer Terroristen meint.«

»Und was hattest du heute stattdessen vor?«, fragte Hjelm ruhig zurück.

»Wie bitte?«, rief Navarro aus.

»Welche Samstagspläne haben wir dir zunichtegemacht?«

»Strandspaziergang mit Señora Navarro?«, schlug Marek Kowalewski aus dem Auditorium vor, woraufhin Navarro ihm einen bösen Blick zuwarf.

»Das hat doch nichts mit mir zu tun«, brummte er. »Ich finde nur, dass die Suche nach Zusammenhängen hier Geldverschwendung ist.«

»Es ist allerdings problematisch, dies vor einem Publikum wie uns zu äußern«, warf Arto Söderstedt ein. »Denn alles hängt immer mit allem zusammen.«

»Zahllose Detektivhirne sind bereits aktiv und bearbeiten Informationen«, sagte Angelos Sifakis. »Hat irgendjemand eine Idee?«

»Felipe musste auf etwas Wichtiges verzichten«, mutmaßte Miriam Hershey. »Er wurde angegriffen und schlägt jetzt zurück, attackiert uns. Also ist es etwas Persönliches. Etwas Wichtiges und Persönliches.«

»Sehe ich auch so«, pflichtete Sifakis bei. »Aber er hat uns neulich gesagt, dass der Umzug überstanden ist und die Handwerker fertig sind. Also nichts Praktisches.«

»Ein versprochener gemeinsamer Tag mit der Ehefrau reicht wohl als Erklärung nicht ganz aus, oder?«, mutmaßte Laima Balodis.

»Dann hätte er es nicht an uns ausgelassen«, entgegnete Kowalewski. »Aber es bezieht sich auf uns. Er hatte nicht vor, uns heute zu begegnen. Sein Missmut richtet sich darauf. Dass er uns hier treffen muss, macht ihm einen Strich durch die Rechnung.«

»Also wollte er mit seiner Frau etwas besprechen, das uns betrifft«, sagte Jutta Beyer. »Vielleicht ob er uns etwas mitteilen soll oder nicht.«

»Ja, genau«, bestärkte sie Sifakis. »Gut, Jutta. Wollen er und seine Frau uns etwas mitteilen? Die Entscheidung darüber muss er nun gezwungenermaßen aufschieben. Und den Missmut deswegen sehen wir jetzt vor uns.«

»Ihr seid doch allesamt krank«, brummte Navarro und verbarg routiniert sein Lächeln. »Ich bin wohl hier der Betreuer in einem Pflegeheim. Deswegen auch der niedrige Lohn.«

»Und«, meinte Balodis, »was ist denn so wichtig, dass du es uns mitteilen oder auch nicht mitteilen willst?«

»Glückwunsch«, rief Söderstedt.

»Ja, Glückwunsch«, schloss sich Beyer an und stand auf.

»Außerdem hat er als der Kontrollmensch, der er ist, natürlich bereits das Geschlecht erfahren«, merkte Kowalewski an und stand ebenfalls auf.

»Mädchen oder Junge?«, fragte Hershey. Sie stand bereits.

»Verdammt«, rief Felipe Navarro aus und konnte ein Lachen nicht zurückhalten. Die Kathedrale brach in einen tosenden Applaus aus.

»Junge«, antwortete Navarro schließlich und errötete. »Ein Sohn.«

»Unseren herzlichen Glückwunsch«, sagte Paul Hjelm freundlich und fuhr dann fort: »Können wir jetzt weitermachen?«

Die Opcop-Gruppe setzte sich wieder.

Felipe Navarro schaute auf die Leinwand, hielt jedoch inne und bat mit Nachdruck: »Aber sagt Felipa bloß nicht, dass ihr es wisst.«

»Unsere Lippen sind versiegelt«, antwortete Hjelm, mit den Gedanken bereits woanders. »Hatte keiner in der Nacht einen Geistesblitz? Keine neuen Blickwinkel hinsichtlich des Falles?«

»Die Verbindung plastische Chirurgie und Waffenhandel ist meiner Meinung nach das Interessante«, antwortete Marek Kowalewski. »Ich bin übrigens mitten in der Nacht aufgewacht und musste an Gesichter denken. Klar, dass es um ein Gesicht geht. Ein Mörder mit einem sehr speziellen Auftrag und sehr speziellen Waffen befindet sich auf dem Weg nach Europa. Zwei Personen wissen, wie er aussieht. Das ist zum einen der Waffenhändler, der ihm die Waffen verkauft hat, und zum anderen der Arzt für plastische Chirurgie, der ihn so operiert hat, dass ihn niemand wiedererkennt. Beide sind binnen ein paar Tagen ermordet worden. Jetzt gibt es niemanden mehr, der weiß, wie er aussieht. Und er ist auf dem Weg hierher. Um ein großes Ding zu drehen.«

In der Kathedrale wurde es für eine Weile still.

»Du meinst, man bereitet ihm den Weg?«, fragte Hjelm.

»Ja«, antwortete Kowalewski. »Eine Terrorzelle ist mit einem Auftrag unterwegs – sie wissen natürlich nicht, wer der Auftraggeber ist, vermutlich auch nicht, wie dessen Plan aussieht –, aber der Auftrag ist außergewöhnlich: Sorgt dafür, dass zwei Personen eliminiert werden, aber lasst es anders aussehen. Warum nicht einen Selbstmord beziehungsweise einen Kneipenkrieg inszenieren?«

»Ein sehr interessanter Gedanke«, sagte Hjelm. »Aber auch sehr hypothetisch. Wie steht es mit dem Durchleuchten der Terroristen, die Massicottes Gruppe in Gefängnissen in ganz Europa interviewt hat?«

In dem Moment klingelte sein Handy mit einem lauten,

durchdringenden Signal. Er meldete sich und horchte. Eine Falte, die sich genau zwischen seinen Augen bildete, war das einzige Zeichen dafür, dass etwas vorgefallen war. Etwas Entscheidendes.

Die Opcop-Gruppe betrachtete ihn andächtig. Selten zuvor hatte man so viel in eine einzige Falte im Gesicht eines Mannes mittleren Alters hineininterpretiert.

Schließlich beendete Hjelm das Gespräch. Er dehnte seinen Nacken, sodass ein deutlich hörbares Knacken im Resonanzraum der Kathedrale zu vernehmen war. Dann sagte er: »Das war der Direktor. Heute Nacht hat sich ein weiterer Vorfall ähnlicher Dimension ereignet. Wieder ist eine Person des öffentlichen Lebens ermordet aufgefunden worden. Erneut haben wir es mit einem Bereich zu tun, in dem diverse nationale und internationale Alarmsysteme aktiviert werden. Auch hier existieren keine offensichtlichen Verbindungen zu den vorangegangenen Ereignissen.«

Er verstummte und tauchte in die geheimen Winkel seines Computers ein. Nachdem er eine Weile herumgeklickt hatte, blickte er wieder auf und fuhr fort: »Es handelt sich um einen Politiker, der auf einer italienischen Insel ermordet aufgefunden wurde. Er kam aus Prag und saß im Europaparlament in einem Block mit dem eigentümlichen Namen ›Vereinte Europäische Linke/Nordische Grüne Linke‹ und war seit sieben Jahren EU-Parlamentarier. Er hieß Roman Vacek und sah folgendermaßen aus.« Paul Hjelm klickte auf seinem Computer ein Foto an und zeigte es auf der Leinwand. Ein groß gewachsener Mann im Anzug mit Hornbrille und einem Vertrauen einflößenden breiten Lächeln war zu sehen.

»Er hat offenbar einen interessanten Lebenslauf«, fuhr Hjelm fort. »1944 geboren, in Prag zum Arzt ausgebildet, in den Westen geflohen, aber nicht 68, während des Prager Frühlings, sondern erst später während einer Konferenz für Genetik in Liverpool im Frühjahr 1975. Lebte seitdem im Exil in den USA und war an der Johns Hopkins University in Baltimore tätig, bis die Mauer fiel, ja sogar noch länger, bis die ehemalige Tschechoslowakei in Tschechien und die Slowakei geteilt wurde. Danach wurde er in einer Partei mit dem Namen KSČM politisch aktiv und sattelte sukzessive zum Vollzeitpolitiker um.«

»KSČM«, wiederholte Laima Balodis. »Ist das nicht ...?«

»Doch«, antwortete Hjelm. »Eine der aktivsten europäischen kommunistischen Parteien nach dem Fall der Mauer, Komunistická strana Čech a Moravy, Kommunistische Partei in Böhmen und Mähren.«

»Er ist also erst vor den Kommunisten geflohen«, konstatierte Jutta Beyer skeptisch, »und wurde dann selbst Kommunist?«

»Es scheint so«, antwortete Hjelm, den Blick auf seinen Computerbildschirm geheftet. »Nannte sich auch ›Eurokommunist‹.«

»Umso wichtiger erscheint die Tatsache«, befand Arto Söderstedt, »dass wir es jetzt mit einem weiteren toten Arzt in einer sensiblen europäischen Spitzenposition zu tun haben.«

»Und am wichtigsten von allem ist«, fügte Hjelm hinzu, »dass es eilt. Die italienische Polizei hat den Tatort für uns abgeriegelt. Die nationalen Repräsentanten von Opcop sind bereits vor Ort, wie man mir sagte, und der Direktor von Europol hat uns einen Hubschrauber zur Verfügung gestellt. Er wird in etwa einer Viertelstunde hier eintreffen. Ich fliege hin und nehme zwei bis drei von euch mit.«

»Und wohin?«, fragte Corine Bouhaddi.

»Zum Tatort«, antwortete Hjelm. »Eine Insel vor der toskanischen Küste mit dem Namen Capraia. Du, Corine, sowie Jutta und Arto kommen mit. Der Rest von euch gleicht die Register von Roman Vacek, Udo Massicotte und Isli Vrapi miteinander ab. Versucht, Verbindungen zu finden. Vertieft die Suche, soweit ihr könnt. Angelos wird die Aufgaben verteilen und die Arbeit leiten. Inzwischen sind alle informiert, auch alle nationalen Repräsentanten. Los geht's, diejenigen, die mich in die Inselwelt der Toskana begleiten, folgen mir bitte. Angelos, du übernimmst.«

Bouhaddi war geradezu kindlich glücklich darüber, dass sie

Hjelm, Beyer und Söderstedt folgen durfte. Die letzten Worte, die sie hörte, bevor sie die Kathedrale verließen, kamen von Angelos Sifakis: »Also, ihr habt gehört, worum es geht. Meeting hier vorn.«

Vor der Tür versammelte Hjelm die drei um sich und sagte: »Draußen wartet ein Wagen, der uns zum Krankenhaus bringt. Hubschrauber heben besser nicht vom Europolgebäude ab, wir wollen nicht, dass die Medien davon Wind bekommen. Schließlich sind wir noch immer eine geheime Gruppe.«

Neun Minuten später, um Viertel vor neun, hoben die vier von der Hubschrauberplattform des Bronovo-Krankenhauses ab und nahmen Kurs auf Südeuropa. Gut achthundert Kilometer durch den Luftraum von mindestens fünf Ländern würden sie in einer sauerstoffarmen Kapsel zurücklegen, mit der Folge, dass mehr als die Hälfte der Anwesenden bald flugkrank wurde. Da der Pilot – ein Zivilist und der Schweigepflicht unterworfen – die Schar auf fünf Personen erhöhte, waren es drei, denen während des Flugs schlecht wurde, der einen Zwischenhalt zum Tanken und einen ziemlich weiten Bogen um die Alpen herum miteinschloss.

Paul Hjelm gehörte zu den Flugkranken, auch wenn er sich bemühte, es so gut wie möglich zu verbergen. Achtzehn Meter über Den Haag erbrach sich Arto Söderstedt über Jutta Beyer, die sich eine Minute später, in der sie immer blasser geworden war, schließlich selbst übergab. Der restliche Flug war für alle Beteiligten eine harte Prüfung.

Einzig Corine Bouhaddi ging es gut. Sogar erstaunlich gut. Für sie war es, als erwachte sie zu neuem Leben.

Da sie die Insel vom Nordwesten her, also von Nizza und nicht von Livorno aus, anflogen, wirkte sie vollkommen unbewohnt, als sie sich langsam am wolkenverhangenen Horizont abzeichnete. Bouhaddi sah sich im Innenraum des Hubschraubers um. Beyers und Söderstedts Kleidung war mit Erbrochenem verschmiert, während Hjelm zwar blass, aber gefasst wirkte. Ein sogenanntes Kräftesammeln.

Elitekonzentration. Sie musste lachen.

Im selben Augenblick wurde ein altes Gefängnisgebäude unter ihnen sichtbar. Zu einem größeren Haus, dessen Steinmauern dieselbe gelblich-braune Farbe hatten wie die Erde rundherum, führte eine Treppe hinauf, die eigenartig verlassen wirkte. Das Gebäude selbst bestand aus einem Kubus mit zwei niedrigeren Anbauten, Reihen eingeschossiger Gefängniszellen, die sich zu beiden Seiten hin erstreckten. Um den Koloss herum standen diverse weitere Gebäude verstreut.

Auf dem Gelände war allerhand los. Polizisten, Absperrbänder, Planen, Streifenwagen. Zwei Polizeiwagen hatten sich tatsächlich die Serpentinen hinaufgequält, es waren schwarze Wagen der Carabinieri mit roten Seitenstreifen. Und mitten auf dem Gefängnishof hatte man Platz für einen Hubschrauber von Europol abgesperrt. Während dieser landete, fragte Corine Bouhaddi sich, wie es Hjelm wohl gelingen würde, ihre Anwesenheit zu verheimlichen. Wie lange konnte man sich Beobachter nennen, ohne dass es durchschaut würde?

Sie stiegen in einem ziemlich miserablen Zustand aus dem Hubschrauber. Liefen durch die Windböen der Rotoren wie in einem Hollywoodfilm, der sein Budget öffentlich sichtbar machen muss, und erreichten schließlich die eindeutige Hauptfigur des Geschehens. Sie wirkte im Vergleich zu den breitschultrigen Männern, zwischen denen sie stand, nicht besonders groß.

Bouhaddi erkannte sie nicht sofort wieder. Denn es war eine Weile her, seit sie die Frau zuletzt gesehen hatte – auf dem Bildschirm an der Wand der Kathedrale in Den Haag. Sie war die Chefin der italienischen nationalen Opcop-Einheit. Sie hieß Donatella Bruno.

»Donatella«, schrie Hjelm, um die abebbenden Motorengeräusche des Hubschraubers zu übertönen.

»Paul«, erwiderten Donatella Brunos Lippen, und sie nickte.

Hjelm stellte ihr, immer noch schreiend, den Rest der Gruppe vor. Der Motor des Hubschraubers wollte einfach nicht verstummen.

»Er wurde heute am frühen Morgen von einem deutschen

Wanderer gefunden«, schrie Donatella Bruno. »Wir haben den Wanderer in eine der Zellen platziert. Vielleicht kann Beyer sich mit ihm unterhalten?«

»Kümmerst du dich um ihn, Jutta?«, rief Hjelm.

Beyer nickte und folgte einem der Breitschultrigen zu einer ungefähr zehn Meter entfernten Tür in dem ehemaligen Gefängnisgebäude.

»Schon irgendein Zeitpunkt für den Eintritt des Todes?«, fragte Hjelm, der nun endlich leiser sprechen konnte. Der Hubschrauber hustete widerspenstig und verstummte.

»Wir hatten einen Rechtsmediziner da«, antwortete Donatella Bruno und wies den Opcop-Leuten mit einer dezenten Geste den Weg. »Er tippt auf den späten gestrigen Abend, vermutlich zwischen zweiundzwanzig und vierundzwanzig Uhr. Der Mann dürfte also inzwischen mehr als zwölf Stunden tot sein. Ich fand es dennoch angebracht, auf euch zu warten. Um zu erfahren, was ihr seht.«

Sie näherten sich dem Hauptgebäude und einer quer halbierten Zellentür etwas links von dem Mittelkubus. Davor lag eine blaue Abdeckplane. Hjelm zeigte fragend darauf.

»Kleinere Funde«, erklärte Donatella Bruno. »Damit warten wir noch.«

Sie erreichten die Gefängniszelle. Die halbe Tür hing steif in der Türöffnung, als wäre sie in ihrer Angel festgerostet. Die Ermittler versorgten sich mit Schutzkleidung aus einer Kiste vor der Tür.

In dem Moment, als sie mit stilvollen blauen Plastikschonern über den Schuhen über die hohe Schwelle traten, sagte Bruno: »Darf ich euch den Europaparlamentarier Professor Roman Vacek vorstellen? Komplett mit Bisswunde am Oberarm.«

Der großgewachsene Mann lag mit bloßem Oberkörper und seitlich ausgestreckten Armen bäuchlings auf dem kargen Steinfußboden. Unmittelbar unterhalb seiner Schulter war ein großes Stück Fleisch bis auf den Knochen aus dem Oberarm gerissen worden.

»Und das nennst du Bisswunde?«, rief Corine Bouhaddi.

»Es geht nicht darum, wie man es nennt«, antwortete Donatella Bruno. »Es ist ganz einfach eine Bisswunde. Nach Aussage des Rechtsmediziners wird man vermutlich einen schönen Abdruck des Gebisses erkennen können, wenn man die Wunde genauer untersucht. Ich kann außerdem hinzufügen, dass ihm dieser ziemlich gigantische Biss posthum beigebracht wurde.«

»Posthum?«, fragte Hjelm.

»Er war bereits tot, als er gebissen wurde«, erklärte Bruno.

»Die Bedeutung ist mir schon klar«, entgegnete Hjelm matt. »Aber wie lautet die Todesursache?«

»Darüber streiten sich die Gelehrten«, antwortete Bruno. »Offensichtlich ist das hier.« Sie umfasste Roman Vaceks Arm mit festem Griff und richtete seinen Oberkörper so weit auf, dass eine große Stichwunde in der linken Bauchregion sichtbar wurde, umrahmt von einer eingetrockneten Blutlache. Dann legte sie den Toten wieder ab und atmete aus.

»Messerstich«, tippte Bouhaddi. »Aber kein Messer?«

»Kein Messer.« Donatella Bruno nickte. »Und außerdem noch eine weitere Komplikation. Schaut mal hier.«

Sie folgten ihrem Finger zu Roman Vaceks behaarter Schulter. Zwischen den grau-weißen Haaren zeichnete sich ein kreisrundes kleines rotes Loch ab.

»Sein Jackett, sein Hemd und seine Krawatte liegen draußen unter der Plane«, sagte Donatella Bruno und wies zur Tür hinaus. »Jackett und Hemd sind an derselben Stelle durchstochen. Und das Blut ist noch nicht geronnen. Es ist ein frischer Einstich.«

»Also eine Injektion«, meinte Hjelm. »Eine von zwei möglichen Todesursachen.«

»Wenn ich mich bei dem Messerstich nicht täusche«, meinte Corine Bouhaddi, »handelt es sich um einen klassischen Einstich genau unter den Rippen hindurch hinauf ins Herz. Er muss tödlich gewesen sein.«

»Wenn der Professor nicht bereits tot war«, entgegnete Bruno.

Hjelm erklärte: »Wenn das Messer in ein intensiv schlagendes Herz eindringt, spritzt das Blut nur so heraus. Wenn das Herz hingegen bereits aufgehört hat zu schlagen, tritt weniger Blut aus, auch wenn ein posthumer Stich ins Herz ebenfalls stark blutet.«

»Danke für die ausführliche Information«, sagte Donatella Bruno mit einem süffisanten Lächeln. »Wie verhält es sich also in diesem Fall? Genügend Blut für den Chef?«

»Schwer zu sagen«, antwortete Hjelm und überlegte eine Zehntelsekunde lang, ob er die Stirn in Falten legen oder selbstironisch lächeln sollte. »Ein großer Mann, also viel Blut. Offenbar scheint es aber nicht herausgespritzt zu sein. Was jedoch auch am Druck des Messers und dem Zeitpunkt des Herausziehens liegen kann.«

»Dafür haben wir ja Rechtsmediziner«, sagte Arto Söderstedt von dem kleinen, mit einem Gitter versehenen Zellenfenster aus. »Aber hierfür nicht. Habt ihr gemerkt, dass sie immer noch leuchtet?«

Er zeigte auf eine Taschenlampe auf dem Fenstersims, die ein bläuliches Licht ausstrahlte, das in die Zelle gerichtet war. Es war dunkel genug, um die Andeutung eines hellblauen Lichtkegels an der Wand neben der kaputten Tür zu erkennen.

»LED-Lampen verbrauchen nicht viel Strom«, erklärte Donatella Bruno. »Wir haben sie lieber unberührt liegen gelassen. Die Kriminaltechniker haben den Tatort bisher lediglich in Augenschein genommen und noch nicht bis ins kleinste Detail durchsucht. Wir wollten auf euch warten. Sagt nur, wenn wir etwas falsch gemacht haben.«

»Ich nehme an, dass ›wir‹ ›ich‹ bedeutet«, entgegnete Paul Hjelm. »Und nein, ›ihr‹ habt nichts falsch gemacht. Wir sind angesichts dieser Möglichkeiten sehr dankbar.«

»Und warum liegt sie hier?«, hakte Söderstedt nach.

»Es war mitten in der Nacht«, antwortete Bruno. »Jemand brauchte Licht.«

»Und wer war das?«, beharrte Söderstedt und betrachtete die moderne Taschenlampe eingehender.

»Tja«, meinte Bouhaddi, »der Täter?«

»Ganz sicher sind noch ziemlich viele Fragen offen«, fuhr Söderstedt fort. »Vor allem aber diese: Was hatte der EU-Parlamentarier Roman Vacek hier zu suchen? Wer die Lampe hier in die Fensternische gelegt hat, gehört ebenso zu den Fragen. Und da diese Taschenlampe des exquisiten Modells Fenix TK10 mit den Initialen R.V. versehen ist, kommt der Frage eine gewisse Bedeutung zu.«

»Die Taschenlampe des Opfers also?«, ergänzte Bouhaddi.

»Was den Täter nicht daran gehindert haben muss, sie selbst dort hinzulegen. Wenn wir hingegen annehmen, dass es R.V. war, dann tat er es nicht aus Angst. Er wollte Licht. Ich denke, dass diese Taschenlampe und ihre Platzierung darauf hindeuten, dass Roman Vacek hier war, um jemanden zu treffen, vermutlich heimlich, und dass er sich vor dieser Person nicht fürchtete.«

»Die ihn ohne Umschweife ermordete.« Bouhaddi nickte. »Denn ich sehe keinerlei Anzeichen eines Kampfes oder von Gegenwehr.«

»Es ist gut, dass ihr aktiv seid«, bemerkte Bruno und lächelte erneut.

»Und selbst?«, fragte Paul Hjelm. »Irgendwelche Theorien, Donatella? Du hast schließlich bereits mehr Stunden hier verbracht als wir.«

»Keine handfesten Theorien, und ich muss zugeben, dass ich die Initialen auf der Taschenlampe nicht entdeckt habe, aber ich bin ja auch nicht der legendäre Arto Söderstedt.«

»Keine Theorien, aber ...?«, hakte Hjelm nach.

»Der Mörder wollte wirklich sichergehen, dass Vacek tot war«, antwortete Donatella Bruno. »Messer im Herzen und Einstichstelle in der Schulter. Wenn man sich die Wundoberfläche anschaut, muss die Spritze ziemlich groß gewesen sein. Man kann natürlich noch nichts Genaues sagen, bevor der Rechtsmediziner und die Kriminaltechniker ihre Arbeit nicht erledigt haben, aber der Mörder muss Linkshänder gewesen sein, um das Messer ins Herz und gleichzeitig die Spritze in Vaceks linke Schulter zu stechen. Beide Angriffe zielten auf die linke Körperhälfte, das heißt einer von vorn, einer von hinten.«

»Ein Linkshänder, der das schwere Messer in der richtigen Hand hält und die Spritze in der falschen.« Hjelm nickte. »Tja, das schränkt die Auswahl deutlich ein.«

»Wobei diese These voraussetzt, dass beides gleichzeitig geschieht«, warf Bouhaddi ein. »Aber es ist ja offenbar nicht alles gleichzeitig geschehen. Schließlich hat er den Biss in den Arm in aller Ruhe nach dem Mord ausgeführt.«

»Du sagst ›er‹«, merkte Donatella Bruno an.

»Ja, das stimmt«, bestätigte Corine Bouhaddi nachdenklich. »Warum habe ich das getan? Weil Frauen selten Messermorde begehen? Weil Vacek so viel wiegt, bestimmt hundertzwanzig Kilo? Weil ich mit patriarchalischen Vorurteilen behaftet bin?«

»Weil du vom Wahrscheinlichsten ausgehst«, antwortete Söderstedt vom Fenster aus, wo er sich mit einem Stift an der Taschenlampe zu schaffen machte. »Und im Augenblick können wir auch nicht viel mehr tun. Mehrere unserer Fragen inklusive die der möglichen Linkshändigkeit werden vom Rechtsmediziner und den Kriminaltechnikern beantwortet werden.«

»Die Frage nach dem Biss allerdings nicht«, wandte Hjelm ein. »Also, warum nur ein Biss? Ein kräftiger Biss in den rechten Oberarm und mehr nicht? Nicht gerade kannibalistisch. Eher eine Art Markierung? Ein Zeichen?«

»Daran habe ich auch gedacht«, sagte Bruno. »Aber noch mehr habe ich an Folgendes gedacht: Warum zum Teufel in eine vergiftete Leiche beißen?«

»Aha«, meinte Bouhaddi. »Entweder enthielt die Spritze gar kein Gift oder ... tja, oder was?«

Bouhaddi hatte während der gesamten Diskussion vor der halbierten Zellentür gestanden und in den Raum hineingeschaut. Jetzt trat sie ein und schlug vor: »Vielleicht ist es doch kein Biss?«

»Aber es ist doch ein Biss«, entgegnete Bruno. »Deutlich erkennbare Zahnabdrücke.«

»In diesem Fall muss es irgendwo in der Gegend eine weitere

Leiche geben«, bemerkte Söderstedt. »Eine Leiche mit einem sehr niedrigen IQ.«

»Genau, weil dieser Person das Kunststück gelungen ist, sich selbst zu vergiften«, erklärte Bruno.

»Also kein Gift«, meinte Bouhaddi. »Was für eine Spritze war es dann?«

»Damit wären wir wieder beim Rechtsmediziner«, sagte Söderstedt. »Aber die Frage ist dennoch interessant. Irgendwie ist das Ganze nämlich paradox.«

»Wollen wir nicht kurz innehalten?«, fragte Paul Hjelm mit leicht erhobener Stimme. »Um eine erste Rekonstruktion vor Ort vorzunehmen. Aus welchem Grund befindet sich ein hochrangiger Würdenträger der EU wie Roman Vacek mitten in der Nacht in einem verlassenen Gefängnisgebäude auf einer ehemaligen Gefängnisinsel?«

»Immerhin ist Wochenende«, warf Donatella Bruno ein. »Vielleicht war er auf Kurzurlaub hier? Du unterschätzt die Anziehungskraft der toskanischen Inseln.«

»War er auf einer Wanderung?«, fragte Hjelm. »Als Tourist? Nächtliche Wanderung auf Capraia im Anzug? Vergiftet und mit einem Messer erstochen von einem Verrückten, der stark verwirrt sein vergiftetes Fleisch isst und daraufhin selbst tot in ein Gebüsch fällt, das wir noch nicht lokalisiert haben?«

»Okay«, Bruno lächelte, »vielleicht nicht ganz so plausibel.«

»Also was sonst?«

»Wir dürfen vermutlich die Tatsache nicht unterschätzen, dass er Kommunist war«, antwortete Söderstedt. »Und zwar in einer der wenigen salonfähigen und gut funktionierenden kommunistischen Parteien Europas. Nämlich in der tschechischen.«

»Und aus welchem Grund spielt seine politische Gesinnung eine Rolle?«, fragte Hjelm.

»Machst du jetzt etwa einen auf Sokrates? Lösungsfindung im Dialog?«

»Wenn du so willst. Warum also?«

»Vielleicht, weil er Verschwörungstheorien zugeneigt ist.

Und sich deswegen leichter anlocken lässt, wenn man ihm vorgaukelt, es ginge darum, die kapitalistische Weltherrschaft zu stürzen. Vielleicht wurde ihm etwas in der Richtung angeboten.«

»Also müssen wir Vaceks Angehörige vernehmen und seine Computer, Handys und so weiter überprüfen. Schaut, ob es Hinweise darauf gibt, dass er vorhatte herzukommen, und warum. Noch andere Theorien?«

»Sex?«, schlug Bouhaddi vor. »Der stärkste Trieb eines jeden Mannes.«

»Eine möglicherweise etwas unfaire Beurteilung«, entgegnete Hjelm neutral. »Aber es fällt in dieselbe Kategorie. Überprüfen. Noch etwas?«

»Ich glaube, dass man ihn hergelockt hat«, antwortete Donatella Bruno. »Das ist der einzige Grund dafür, weshalb er hier gewesen sein könnte. Der Anzug deutet darauf hin, dass er nicht bis hier heraufgelaufen ist, immerhin handelt es sich um eine Wanderung von ein paar Stunden von der Stadt aus. Wenn man Paese denn als Stadt bezeichnen kann.«

»Also absolut wichtig, Vernehmungen in Paese durchzuführen«, sagte Hjelm. »Auf der Insel wird es ja wohl nicht gerade Taxis in rauen Mengen geben.«

»Ich habe darüber nachgedacht, seit wir hier angekommen sind«, sagte Söderstedt. »Zwei Carabinieri-Streifen? Hier?«

»Sie haben heute Morgen mit der Fähre übergesetzt«, antwortete Bruno matt. »Und ich muss hinzufügen, gegen meinen Willen. Euch ist doch bestimmt nicht entgangen, wie neugierig die Kollegen um uns herumschwirren, oder?«

»Das bedeutet also, dass es möglich ist, auch mit dem Wagen bis hier herauf zum Gefängnis zu fahren?«

»Es geht, aber es ist beschwerlich. Wenn irgendjemand Vacek gestern Abend gefahren hat, werden wir ihn ausfindig machen.«

»Schon wieder ihn«, bemerkte Bouhaddi. »Er.«

»Vacek hat sich also hier mit jemandem verabredet«, fasste Hjelm zusammen. »Allem Anschein nach mit seinem Mörder. Und dann?«

»Die Taschenlampe«, antwortete Söderstedt. »Er stand hier drinnen und hat gewartet. Die Taschenlampe sieht nagelneu aus. Es würde mich nicht wundern, wenn er sie eigens für diesen Anlass gekauft hätte. Damit sie auf keinen Fall versagt.«

»Dementsprechend müssen wir also auch noch Kontoauszüge und Kreditkartenbelege prüfen«, sagte Hjelm. »Merkt sich einer von euch, was wir sagen?«

»Ich nehme es auf«, antwortete Corine Bouhaddi und hielt ihr iPhone hoch. »Das habe ich mir beim Chef abgeguckt.«

Als sie von besagtem Chef lediglich einen verwirrten Blick erntete, verdeutlichte sie: »Letztes Jahr. In London. Falls der Chef sich erinnert.«

Hjelm lachte, und seine Lachsalve hallte durch die alte Gefängniszelle.

»Ausgezeichnet«, merkte Söderstedt teilnahmslos an. »Aber um auf den Punkt zurückzukommen. Sie hatten ein bestimmtes Lichtsignal vereinbart. Aus diesem Grund hat er die extrem luxuriöse Leuchtdiodenlampe Fenix TK10 gekauft. Damit sie nicht im falschen Moment blinkt.«

»Steht er in dem Moment denn schon hier drinnen?«, fragte Hjelm. »Und blinkt nach draußen?«

»Er riskiert es, die Fenix in die Fensternische zu legen, als sein Gegenpart hereinkommt. Denn er ist bereits seit einer Weile hier und hat sich mit der Umgebung vertraut gemacht. Er fühlt sich offenbar sicher.«

»Und dann geschieht der Mord?«

»Ja, ich könnte mir vorstellen, dass es recht schnell gegangen ist. Sein Gegenpart kann Vacek letztlich nicht das bieten, was er ihm vorgegaukelt hat. Und er kann es auch nicht lange verschweigen. Möglicherweise setzt der Mörder sowohl das Gift als auch das Messer ein, weil er bereits im Voraus weiß, dass er es mit einem groß gewachsenen Mann zu tun hat. Vielleicht ist er selbst nicht besonders groß.«

»Sehr gut. Können wir noch mehr herausfinden?«, fragte Hjelm. »Haben wir vielleicht etwas übersehen?«

In der Gefängniszelle wurde es für eine Weile still. Als warteten alle darauf, dass irgendjemand etwas sagte.

Es war schließlich Donatella Bruno. Sie gab den anderen ein wenig Zeit, bevor sie die Bombe hochgehen ließ: »Etwas habt ihr zumindest noch nicht gesehen. Aber es befindet sich auch nicht hier, sondern in einem anderen Gebäude von La Mortola, wie dieses alte Gefängnis genannt wird. Ihr könnt eure Schutzkleidung anbehalten. Am nächsten Ort gibt es neue Schuhschoner.«

Sie machten sich auf den Weg. Es war bewölkt und schwül. Als läge ein Gewitter in der Luft.

Hjelm holte Bruno mit ein paar schnellen Schritten ein. Mit leiser Stimme, fast flüsternd, sagte er: »Du hast dich ja gar nicht um eine Stelle in der Opcop-Kerngruppe bemüht ...«

»Nein.«

»Ich hatte angenommen, du würdest dich um Tebaldis Stelle bewerben.«

»Und Rom für Den Haag verlassen? Hast du das ernsthaft geglaubt?«

»Es ist schließlich ein attraktiver Posten ...«

»Würde ich ihn denn bekommen, wenn ich mich beworben hätte?«

Hjelm lächelte und blieb stehen. Sie waren offenbar angekommen. Jutta Beyer schloss zu ihnen auf. Und Hjelm fragte sie: »Wie lief es mit dem Entdecker der Leiche?«

Beyer zuckte mit den Achseln. »Deutscher Wanderer, allein unterwegs. Keine Auffälligkeiten. Ist seit ein paar Tagen auf Capraia. Roch unangenehm.«

Hjelm nickte. Die Gruppe begann unter einem Treppchen, das in ein separates kleineres Gebäude führte, in einem Karton mit Schuhschonern zu wühlen. Auch Donatella Bruno wechselte ihre Plastiküberzüge und stieg dann mit langsamen Schritten die Treppe hinauf. Vor dem Eingang des Gebäudes blieb sie auf der Schwelle stehen, drehte sich um und erklärte: »Das hier war die Gefängniskapelle, der einzige Trost der Gefangenen in ihrer Trübsal. Kommt alle herein.«

Woraufhin ein hastiges Wechseln der Schuhschoner einsetzte. Schließlich betraten sie einer nach dem anderen die Kapelle. Donatella Bruno ging auf die gegenüberliegende Wand zu und begann, in einem Loch herumzufingern. Sie zog ein kleines zusammengerolltes Blatt Papier heraus und hielt es hoch.

»Wir können natürlich nicht mit Sicherheit sagen, ob dieser Zettel mit den Ereignissen der vergangenen Nacht zu tun hat, aber zum einen sieht er ziemlich neu aus, und zum anderen ist sein Inhalt von Interesse.«

Sie wickelte die kleine Papierrolle auseinander und sagte: »Das Blatt scheint mit einem Laserdrucker ausgedruckt worden zu sein, und ich möchte darum bitten, mein schlechtes Französisch zu entschuldigen. Der Text lautet folgendermaßen: ›Qui m'envoie cette pensée? Puisqu'il n'y a que les morts qui sortent librement d'ici, prenons la place des morts.‹«

Corine Bouhaddi übersetzte für alle: »Wer sendet mir diesen Gedanken? Weil nur die Toten frei von hier wegkommen, so will ich den Platz des Toten einnehmen.«

»Klingt wie ein Zitat«, sagte Hjelm. »Kennst du es, Corine?«

»Nein«, antwortete Bouhaddi, »ich kann nicht direkt behaupten, dass ich es kenne. Aber es kommt mir irgendwie bekannt vor.«

»In Ordnung«, sagte Söderstedt. »Ich kann auch nicht behaupten, dass ich es kenne, aber es hat einen gewissen Rhythmus, als wäre es ein literarisches Zitat.«

»Und in welchem Zusammenhang könnte es zu diesem Fall stehen?«, fragte Hjelm rasch.

Söderstedt holte Luft und antwortete: »Vereinfacht lautet der Text: »Nur als Tote kommen wir von hier weg.« Ich verstehe zwar nicht ganz, wie man diese Aussage in Verbindung zu dem Mord, dem Ort und der Vorgehensweise bringen soll, aber eine Verbindung scheint es definitiv zu geben.«

»Die zudem wohl auf eine sorgfältige Planung hinweist«, mutmaßte Beyer. »Vielleicht nicht gerade auf einen Serienmord, aber zumindest auf ein System.«

»Aber an wen richtet sich diese Mitteilung?«, fragte Hjelm. »Handelt es sich um einen gewöhnlichen Aufschneider, der uns zeigen will, wie toll er ist? Dafür gibt es hier zu viele unvereinbare Elemente. Den EU-Parlamentarier, die Mitteilung, die Pferdespritze, das Messer, den Biss, die Insel, das stillgelegte Gefängnis ... Das Ganze klingt eher nach einer ziemlich komplexen Geschichte.«

»Die noch nicht zu Ende ist«, meinte Söderstedt und nickte. »Instinktiv glaube ich, dass es tatsächlich ein Serienmörder ist. Mit einer Art Mission. Und zwar der übelsten Art.«

»Dann liegt also noch einiges an Arbeit vor uns«, schloss Hjelm. »Ich denke, dass wir die Kriminaltechniker jetzt hereinlassen sollten. Können wir auf deine Hilfe zählen, Donatella?«

»Ich kenne mich mit diesen Dingen aus«, entgegnete Donatella Bruno mit einem dezenten Lächeln.

»Ich hätte nichts anderes erwartet«, erwiderte Hjelm und lächelte ebenfalls kurz. Dann fuhr er mit ernster Miene fort: »Stellt euch vor, die Sache wäre so übel, dass drei von Sicherheitsbeamten umgebene hohe Tiere im Laufe von wenigen Tagen gestorben sind und keiner der Fälle in irgendeiner Weise in Verbindung mit den anderen steht. Ein Selbstmord, eine Bluttat in der Kneipe und das Opfer eines schlichtweg verrückten Serienmörders, alles völlig unabhängig voneinander. Absolut purer Zufall.«

»Das glaube ich nicht«, wandte Arto Söderstedt ein.

»Ich auch nicht«, pflichtete Hjelm ihm bei. »Manchmal ist der Zufall die unwahrscheinlichste Option.«

Dann warf er einen schiefen Blick hinaus auf den Hubschrauber, der mitten auf dem ehemaligen Gefängnishof stand, und sagte: »Es ist Zeit loszulegen. Und dann werden wir verflucht noch mal sehen, ob man nicht auch mit einem Linienflug nach Hause fliegen kann.«

Insel III

Goli Otok, 18. Mai

Das gläserne Schiff von Lopar ist voller deutscher, russischer und italienischer Familien mit Kindern. Das ist gut. Man wird nicht so leicht entdeckt. Diesmal ist zwar keinerlei Verkleidung nötig, aber dennoch ist sie auf andere Art vorhanden. Keine Fehler, so lautet die Grundregel.

In dem gläsernen Schiff ist der Boden mit einer Glasscheibe versehen, sodass man direkt auf das glasklare Wasser des Mittelmeers schauen kann. Aber der Blick richtet sich keineswegs darauf. Er richtet sich auf die extrem karge Felseninsel, die nackte Insel. Jetzt werden die ersten Verwaltungsgebäude sichtbar, die kaum von der endlosen Steinwüste aus Werkstätten für den Steinbruch, Wachtürmen, Bunkern, Suchscheinwerfern und Stacheldraht zu unterscheiden sind. Je mehr Gebäude auftauchen, desto mehr Bäume werden auch sichtbar. Die Pinien stehen bis hinunter zum Strand, dahinter ist der kleine Hafen zu erkennen. So nackt ist diese Insel also gar nicht, wenn auch karg. Doch dieser Eindruck währt nicht lange.

Im Hafen liegen Schiffe vor Anker, etwa zehn Segelboote und kleinere Jachten. Auch das Gebäude an sich ist nicht so verlassen, wie es aus der Entfernung wirkte. Als sich das Schiff dem Hafen nähert, werden ein Restaurant und ein paar Kioske erkennbar. Goli otok hat sich zu einem Ausflugsziel für Touristen entwickelt. Jedoch nur tagsüber. Nach ein paar Stunden fährt man mit dem gläsernen Schiff wieder zurück auf die Touristeninsel Rab, nach Lopar.

Die Passagiere des gläsernen Schiffes gehen an Land und verteilen sich über das Hafengebiet. Die Mehrheit wandert die Straße hinauf zur größten Touristenattraktion der Insel, dem Gefängnis.

Das stillgelegte Industriegebiet direkt neben dem Hafen dient als geeignetes Versteck, während die Touristen den Hügel hinauf verschwinden. Vereinzelte Ausflügler werfen einen Blick in die verlassenen Gebäude. Allerdings nicht viele, und keiner beachtet den anderen. Also besteht keine Gefahr, entdeckt zu werden.

Vor einer Werkstatt steht ein Schild, das in großen roten Lettern verkündet: »Mi gradimo Goli otok – Goli otok gradi nas. Zivio Tito.« Das schiefe Lächeln schmerzt fast im Gesicht.

»Wir bauen Goli otok auf – Goli otok baut uns auf. Es lebe Tito.«

Die inzwischen menschenleere Straße ist steiler als erwartet. Beim Werfen der Tasche über die Schulter ist ein metallischer Klang zu hören. Wie ein leiser Gong.

Die erste Runde.

Die Wanderung dauert nicht länger als eine halbe Stunde. Die Gefängnisgebäude dort unten in der Senke sind geometrisch exakt ausgerichtete Kolosse, die den Gefängniskomplex auf Capraia sowohl human als auch winzig erscheinen lassen. Überall grinsen vergitterte Zellenfenster dem Besucher höhnisch entgegen.

Der Treffpunkt ist in dem linken der weitläufigen Gebäude die letzte Zelle ganz links. Das dürfte als Instruktion eindeutig genug gewesen sein.

Aber noch sind zu viele Leute hier. Man kann sich nicht in Ruhe hinsetzen, nachdenken und auf den Einbruch der Dämmerung warten. Sich die Erinnerungen ins Gedächtnis rufen. Es muss noch einen einsameren Ort geben.

Auf der anderen Seite liegen den Abhang entlang kleine Gebäude verstreut, von denen sicher jedes einmal eine Funktion erfüllt hat. Sie sind überall, und jedes von ihnen hatte seinen Zweck innerhalb dieses diabolischen Bauwerks.

Nach einer einstündigen Wanderung türmt sich ein rundes

Steingebäude auf, das Lagerräume zu beherbergen scheint. Immer wieder dieser Stein. Keine Touristen in der Nähe. Drinnen riecht es etwas modrig, aber die Kühle ist absolut erfrischend. Runter mit der Tasche, der Sonnenbrille, sich hinsetzen und mit dem Rücken gegen die Wand lehnen. Die Augen schließen und nachdenken. Die Erinnerungen wachrufen.

Das Außenfach der Tasche. Den Reißverschluss öffnen. Die Pferdespritze vorsichtig herausnehmen. Absurd, bei dem grellen Sonnenlicht betrachtet.

Das, was auf Capraia vorgefallen ist, muss Zufall gewesen sein. Heute Abend muss man vorsichtiger sein, das ist alles. Es wird nicht noch einmal geschehen. Der erste Fehler. Der eigentlich kein Fehler war, sondern etwas, das in keiner Weise vorherzusehen oder zu verhindern gewesen wäre. Man muss es als Zufall betrachten.

Je mehr Wiederholungen, desto stärker setzt man sich dem Zufall aus. Und manchmal verkörpert der Zufall das Unwahrscheinlichste.

Aber die Waagschale ist bald voll. Was geschieht dann?

Bis zu diesem Zeitpunkt war es notwendig, der Frage auszuweichen. Den Fokus vollständig auf die Gegenwart zu richten. Auf die Genugtuung. Doch bald ist es vollbracht. Wird irgendjemand zuhören? Sie müssen es sich verdienen, die Polizisten. Die sogenannten Hüter des Gesetzes. Sie waren schon immer käuflich.

»Ein Polizeikommissar im Dienst ist kein Mensch, er ist lediglich ein Werkzeug des Gesetzes, eiskalt, taub und stumm.«

Die wenigen, die den Mut hatten, sich einzugestehen, dass das, was sie tun, krank ist, sind immer schon bestraft worden. Man muss nur auf Goli otok schauen.

Gibt es auch nur einen einzigen Bullen, der aufmerksam genug ist, den losen Fäden hier auf die Spur zu kommen, und clever genug, um sie miteinander zu verbinden? Sie in der richtigen Art und Weise zu verknüpfen? Wohl kaum.

Ein realistischer Ausblick auf die Zukunft ist, nie geschnappt zu werden.

Und was geschieht dann?

Zurück zu dieser Frage. Diejenigen, die es unterstützt haben, gab es überall. Sie gab es immer, gibt es immer noch. Unendlich viele. Was auch immer geschieht, Deda musste nicht vergebens leben und sterben.

Das ist die Aufgabe.

Wird es dennoch jemanden geben? Irgendjemanden auf dem gesamten Erdball, der die Wahrheit aufdecken kann und begreift, worum es geht? Gibt es einen solchen Polizisten? Der außerdem noch darüber berichten kann?

Wenn es denn überhaupt noch Polizisten gibt.

Das Sonnenlicht vor den glaslosen Fensteröffnungen ist jetzt nicht mehr so grell, und die Schatten verändern sich. Ausnahmsweise einmal keine Gefängnisfenster. Kein Grinsen durch Gitter hindurch. Doch derjenige, der hier gearbeitet hat, womit auch immer er sich beschäftigt haben mag, war definitiv ein Gefangener. Denn es gab keine anderen Leute hier. Außer den Aufsehern. Die sogenannten Hüter des Gesetzes. Man sagt, dass es Wehrpflichtige waren und dass sie für ein Jahr auf Goli otok zwei Jahre Wehrpflicht angerechnet bekamen. Es war eine Möglichkeit, den Militärdienst abzukürzen. Unter ihnen müssen doch Oppositionelle gewesen sein. Menschen mit Zivilcourage. Oder waren sie alle Egozentriker? Drückeberger? Schwindler? Darüber schweigt die Geschichte.

Die Sonne vor der Fensteröffnung ist dabei, langsam unterzugehen. Der Countdown beginnt. Es ist Deda, der aus seiner Höhle aufschaut, der sieht, wie sich der Rand der Höhlenöffnung nach der langen Nacht langsam wieder abzeichnet. Der Kreis nimmt erneut seine eintönige graue Farbe an. Deda hat die ganze Nacht über gesehen, wie die Raubtierblicke sich über den Rand schoben, immer wieder. Es gibt keinen Unterschied mehr zwischen Traum und Wirklichkeit. Und er friert. Er friert entsetzlich.

Die ganze Nacht lang hat er gesehen, wie sich die Bande des Glatzköpfigen mit diesen animalischen Blicken aus ihren blitzenden Augen entlang der Pappeln aufreihte. Im Wald mit dem Niemandslandring. Alles stürzt erneut auf ihn ein. Auch das endlose Jammern all der Leidenden auf der Insel.

Aber er muss ausharren.

Das ist die Kunst, sich zu bewegen und gleichzeitig still zu liegen.

Während der Nacht hat er sich unter einem Bett aus Ästen und Zweigen eingegraben. Sie bedecken ihn auch jetzt noch, er ist kaum zu sehen. Eigentlich dürfte Dedas Arrangement einem Blick in die Höhle hinunter standhalten. Denn nur seine Augen lugen unter dem Geäst hervor – so hofft er jedenfalls, aber er kann sich ja selbst nicht sehen –, und die Grube ist als Versteck für einen Erwachsenen zu klein. Sie ist wie für ihn gemacht.

Er weiß, dass er sich nicht bewegen darf. Dennoch tut er es. Mit mikroskopischen Muskelkontraktionen, einer inneren Wellenbewegung. Doch äußerlich betrachtet liegt er ganz still, während die Dämmerung in den Morgen übergeht, der Morgen in den Tag, der Tag in den Nachmittag, der Nachmittag in den Abend. Jetzt liegt er bereits eine Nacht und einen Tag lang hier. In exakt derselben Position.

Es ist, als verschmelze er mit der Natur.

Doch je weiter der Tag voranschreitet, desto hungriger wird er, ganz zu schweigen von seinem Durst. Der Durst ist das Schlimmste.

Als das Tageslicht zum ersten Mal deutlich abnimmt, ist sein Mund wie ausgetrocknet. Vielleicht würde er das aushalten können, wäre da nicht diese Erinnerung. Die Erinnerung an das leise Plätschern.

Die winzig kleine Quelle.

Vielleicht wäre alles gut gegangen, wenn er keine Hoffnung mehr gehabt hätte. Aber er hat Hoffnung. Das Bild von der Quelle. Das Wasser, das wie die zurückgehaltenen Tränen Gottes daraus hervortritt.

Es ist gerade mal vierundzwanzig Stunden her, dass er ausgiebig getrunken hat. Doch jetzt ist sein Mund wieder völlig trocken. Er versucht auszuharren, doch er sieht ein, dass er nicht überleben wird, wenn er nicht wenigstens einen Versuch unternimmt. Es müsste in einer Minute zu schaffen sein. Denn er findet die Quelle ja anhand des Zeichens, das nur er und kein anderer erkennt.

Er wartet auf die Dämmerung. Das dumpfe, immer präsente Jammern vom Ufer her hält an, homogen und konsequent, aber darüber hinaus hört er keine anderen Geräusche.

Er muss aufstehen.

Sein Körper schmerzt. Sein gesamter zehnjähriger Körper fühlt sich wie ein großer blauer Fleck an. Auch nur die geringste Bewegung setzt sein Gehirn in Brand.

Schließlich kniet er in seiner Höhle. Die Dunkelheit hat sich bereits über die Insel gelegt, nur ein paar schmale Lichtstreifen sind noch zu erkennen. Deda lugt über den Rand.

Seinem Blick fehlt die Tiefenschärfe. Er hat einen Tag und eine Nacht lang geradewegs in den Himmel gestarrt. Es dauert lange, bis es ihm gelingt, seine nähere Umgebung zu fokussieren. Doch dann sieht er ein Y.

Er kann nicht abschätzen, wie weit es bis dahin ist. Der Zweig, der wie ein Y geformt ist, steht dort hinten wie ein Pfeil, der geradewegs in den Boden weist. In die Erde. Auf die Quelle.

Die winzig kleine Quelle.

Oder hinunter ins dunkle Herz der Insel.

Kein Mensch scheint in der Nähe zu sein.

Es muss möglich sein.

Er klettert aus der Höhle, und sofort schlägt ihm ein entsetzlicher Gestank entgegen. Die Insel hat angefangen zu stinken. Die gesamte Insel stinkt nach Leichen.

Sein Körper fühlt sich wie eine offene Wunde an. Der Schmerz jagt durch ihn hindurch. Er stolpert vorwärts, fällt. Steht wieder auf, stolpert erneut. Und ist angekommen.

Er geht neben seinem Y in die Hocke. Durch den Schmerz hindurch registriert sein zehnjähriges Unterbewusstsein, dass er irgendetwas vergessen hat, in diesem Moment etwas außer Acht lässt. Doch es wird ihm erst bewusst, als er den Zweig aus der Erde gezogen, das Laub und die übrigen Zweige beiseitegeschoben hat und die Quelle hört, doch da ist es bereits zu spät.

Als Deda sich mit dem Gesicht zur Quelle hinunterbeugen will, sieht er, wie sich das letzte Tageslicht in etwas widerspiegelt, das einem Mond gleicht.

Doch es ist kein Mond.

Es ist ein Gesicht. Ein Gesicht mit einer Glatze.

Sein Blick erreicht die Quelle nicht. Er bleibt am Blick des Glatzköpfigen hängen.

Dessen Blick nicht mehr der eines Menschen ist.

Alles Weitere spielt sich ohne die eigentliche Anwesenheit Dedas ab. Es ist, als befände er sich die ganze Zeit über irgendwo anders, und nur der Schmerz hält ihn auf der Erde. Jemand ergreift seinen Arm und zerrt ihn zu Boden. Ein anderer ergreift den anderen Arm, ein dritter sein Bein. Er liegt mit dem Gesicht auf Moos und Erde gepresst, während seine Arme seitlich von seinem Körper weggestreckt sind, als hinge er am Kreuz.

Deda betrachtet sich selbst von oben. Er sieht das Kreuz, das sein Körper bildet. Es ist das dunkle Herz der Insel.

Sie reißen ihm Großmutters warme Jacke, Großmutters warmen Winterpullover, die Strickjacke und das Unterhemd vom Leib.

Vielleicht lässt ihn die Tatsache, dass ihm alles bereits so wehtut, den Schmerz überleben, als der erste Biss kommt. In den rechten Oberarm. Ein großer Biss. Er spürt, wie das Fleisch von seinem Körper gerissen wird. Eine unvergängliche, unauslöschliche Erinnerung, die so lange andauern wird, wie sein Leben währt. Das denkt er tatsächlich.

Solange mein Leben währt.

Er schaut hinunter auf seinen Arm, während es geschieht. Der Schmerz verschwindet immer mehr, die Empfindung wird schwächer. Doch das hindert ihn nicht daran, den Schmerz, den er bereits verspürt, zu sehen.

Zu sehen, wie sein eigener Arm abgefressen wird.

Zu sehen, wie die Knochen bloßgelegt werden, der Oberarmknochen, das Ellenbogengelenk, die Speiche. Und die Hand, die Handwurzelknochen, die Mittelhandknochen, die Finger. Selbst die Finger werden abgenagt.

Das, was Deda erlebt, während es geschieht, wird ihn niemals wieder loslassen. Jede Sekunde wird ihn wieder einholen, der Bruchteil jeder Sekunde wird eine Hauptrolle in einem der vielen Albträume spielen, die sein restliches Leben bestimmen.

Sein restliches Leben.

Dann ist es Zeit für den anderen Arm, die Beine, den Rumpf. Wenn er nicht wie ein Stoffbündel in einen der Pappelhaine gehängt wird. Neben dem Jutesack mit Fainas hellgrünem Kleid werden seine Körperteile in einem anderen Jutesack hängen. Falls überhaupt noch irgendetwas von ihm übrig bleibt.

Denn er ist ja noch so klein.

Er schwebt irgendwo zwischen Bewusstsein und Bewusstlosigkeit. Da hört er ein Geräusch, zwar ist es nur ein mattes Echo, aber dennoch so viel deutlicher und kräftiger als die Geräusche, die er in der letzten Zeit gehört hat. Denn jetzt hören die schlürfenden und schmatzenden Laute auf. Das Fressen hat ein Ende.

Der Glatzköpfige fällt um. Hinter seinem eigenen abgenagten Arm – hinter dem Skelettarm – erblickt Deda den Kopf des Glatzköpfigen mit einem Loch darin, das geradewegs hindurchgeht. Er sieht durch das Loch tatsächlich ein Stück Himmel und dann einige glänzende Knöpfe aufblitzen.

Er sieht eine Uniform.

Danach sieht er nur noch sich selbst. Sein rechter Arm ist der eines Skeletts.

Dann sieht er nichts mehr.

Er öffnet die Augen erst wieder, als er im Gefangenenlager weit entfernt von der Insel mit einem abgetrennten Arm erwacht, der durch einen dicken Verband um die Schulter ersetzt wurde.

In diesem Augenblick ist die Sonne an der Fensteröffnung des runden steinernen Lagergebäudes vorbeigezogen und untergegangen. Es geht darum, das zu sehen, was Deda gesehen hat. Das zu spüren, was er gespürt hat. Die ganze Zeit über.

Es lässt die Zeit in einem anderen Licht erscheinen.

Der Körper schmerzt, als hätte man zu lange in ein und derselben Position verharrt, abgewandt von der Welt. Die Zeit ist vergangen. Viel Zeit. Keine Tüllgardine, die sich in der glaslosen Fensteröffnung bewegt. Nichts bewegt sich. Außer dem Sekundenzeiger auf der Armbanduhr, dessen ruckartige Bewegungen unbarmherzig sind.

Ein langes Ausatmen. Zeit, sich auf den Weg zu machen.

Die Taschenlampe aus der Tasche holen, die Tasche über die Schulter hängen. Das gelbliche Licht huscht über die zerfallenen Gerätschaften des Lagergebäudes.

Heute ist ein besonderer Tag. Es ist der Jahrestag von Dedas Ankunft auf der Insel.

Der Pfad ist in der rasch einsetzenden Dunkelheit schwer zu finden, weshalb die Wanderung fast eine Stunde dauert. Bei der Ankunft ist es pechschwarz. Nicht die Felskante übersehen; der Schein der Taschenlampe ist lebensnotwendig. Unterhalb der Kante liegt das Gefängnis in der Senke. Die Taschenlampe ausschalten. Man kann die Gefängnisgebäude immer noch erkennen, als wäre die Dunkelheit von Lichtstreifen durchzogen. Von hier oben Ausschau halten. Aber eigentlich dürfte niemand dort unten sein. Das gläserne Schiff ist nach Rab zurückgekehrt, und mit ihm haben die Touristen Goli otok verlassen.

Alles ist ruhig.

Die Taschenlampe wieder einschalten; der gelbliche Schein findet den verwachsenen Pfad und folgt ihm in die Senke hinab zu den Gefängnisgebäuden.

Auf dem Gefängnishof senkt sich der Lichtkegel vor den Füßen auf den steinigen Boden.

Warten.

Plötzlich – ein Leuchten. Aus einer Gefängniszelle heraus. Aus der Gefängniszelle ganz links in dem linken lang gestreckten Gebäude.

Dann ist es kein Leuchten mehr, sondern ein Blinksignal.

Zweimal kurz, einmal lang.

Zweimal kurz.

Einmal lang.

Brieftasche

Stockholm, 19. Mai

Die Vernehmung von zwei leicht entnervten Herren namens Roger Lind und Olof Karlsson ging dem Ende entgegen. Ersterer redete mit viel zu heller Stimme, was dafür sprach, dass er zu viel Alkohol konsumiert hatte, während die stakkatoartige Sprache des anderen eher auf eine Amphetaminabhängigkeit hinzuweisen schien. Dennoch herrschte kein Zweifel, dass sowohl Roger Lind als auch Olof Karlsson handfeste Alkoholiker waren. Das Gleiche hatte auch für ihren Kumpel Lars-Erik Dahlberg alias Lasse Dahlis gegolten, der vor einer Woche zu seinem großen und endgültigen Erstaunen in einem heruntergekommenen Pub im Götgatsbacken mit einem Messer erstochen worden war. Erst jetzt war es möglich gewesen, die beiden Kumpane zu lokalisieren, die allem Anschein nach die Kneipe schon verlassen hatten, noch ehe Lasse Dahlis' Leiche zu Boden ging. Danach hatten sie sich in Luft aufgelöst. Erst jetzt war es möglich gewesen, das Duo in einem Vernehmungsraum des Polizeigebäudes auf Kungsholmen in Stockholm zu verhören. So wahnsinnig viel hatte man aus ihnen allerdings bisher nicht herausbekommen.

»Haben Sie jetzt von Andi oder von Agge gesprochen?«, fragte Jorge Chavez zum vierten Mal.

»Die Frage ist«, antwortete Roger Lind mit heller Stimme, »ob wir nun über Andi Analphabet oder Andi Amphetamin sprechen. Aber das haben wir bereits versucht zu erklären.«

»Ja, dass es um Agge Anorektiker geht«, warf Olof Karlsson

ein. »Der allerdings unter einer Krankheit litt, wegen der er die Welt auf dem Kopf gesehen hat. Er hat die Zeitung immer verkehrt herum gelesen.«

»Weil er Anorektiker war?«, fragte Chavez und begann mit den Gedanken abzuschweifen, hin zu gewissen Urlaubserinnerungen. Er dachte daran, wie seine Kinder Isabel und Miguel in ihrem kleinen Zimmer im Haus an der Amalfiküste schliefen und er ins Schlafzimmer ging, wo seine Frau Sara Svenhagen stand und gerade dabei war, sich mit einer dezenten, aber eleganten Geste des letzten Kleidungsstückes zu entledigen; eine etwas theatralische Geste der Einsamkeit. Das letzte Kleidungsstück war ein äußerst minimalistischer Slip.

»Lasse war in den USA und hat dort gejobbt«, sagte Olof Karlsson wie ein Maschinengewehr. »Er hatte echt was drauf. Und jetzt ist er tot. Ich fass es nicht.«

»Lasse war also clever?«, fragte Chavez, während er versuchte, sich das Urlaubsszenario weiter auszumalen, das sich jedoch wie in einer Endlosschleife nur immer wieder von Neuem abspielte. Ein ums andere Mal zog Sara ihren Slip aus, bis der Zauber verloren ging. Chavez schlug mit der Faust auf den Tisch und rief: »Zum Teufel noch mal, wie genau lief es ab, als Ihr Kompagnon Lasse Dahlis ermordet wurde?«

»Wir haben es nicht gesehen«, antwortete Roger Lind mit seiner Mädchenstimme. »Er ist umgefallen, und wir sind abgehauen.«

»Ihm wurde von hinten ein Messer ins Herz gerammt«, erklärte Chavez nun wieder ruhiger. »Das dürfte ein ziemlicher Kraftaufwand gewesen sein. Sie müssen doch irgendetwas bemerkt haben.«

»Leider nein«, antwortete Olof Karlsson, dem es gelang, selbst diese beiden kurzen Worte wie eine Gewehrsalve auszustoßen.

In dem Augenblick klingelte ein Handy. Unüberhörbar. Wessen es jedoch war, blieb im ersten Moment unklar, bis es eine Person von ihnen regelrecht durchzuckte. Später würde Chavez aufgehen, dass das Zucken mit dem Prozess des Aufwachens zu tun gehabt hatte. Kerstin Holm zuckte auf ihrem

Vernehmungsstuhl zusammen, stieß mit der linken Schulter gegen die kahle Wand, zog ihr Handy hervor und meldete sich, den Apparat verkehrt herum in der Hand.

»Genauso war es mit Agge«, erklärte Olof Karlsson und zeigte mit dem Finger auf das Handy.

Kerstin Holm drehte ihr Telefon um und schwieg. Sie schwieg eine knappe Minute. Roger Lind und Olof Karlsson warfen einander immer hoffnungsvollere Blicke zu. Voraussichtlich würden sie bald wieder auf freiem Fuß sein.

Schließlich beendete sie das Gespräch. Sie nahm Augenkontakt zu Jorge Chavez auf, der sofort begriff, dass das Telefonat nicht von Europol, sondern von der guten alten Institution Interpol gekommen war, da es um den Bürger eines Landes außerhalb der EU ging.

Dieser Bürger hatte das Glück gehabt, einen Schusswechsel in einem Pub im Götgatsbacken unbeschadet zu überstehen, während sein Chef und zwei seiner Kollegen erschossen wurden. Seine DNA befand sich auf einem Bierglas in der Kneipe, und er hieß Nukri Targamadze und kam aus Tiflis, der Hauptstadt Georgiens.

Diese Identifizierung hätte nicht viel weitergeholfen, wenn nicht in den darauffolgenden Minuten seine Schwester weitere Informationen beigesteuert hätte. Die Schwester wohnte in Stockholm, genauer gesagt in Johanneshov, und besaß einen Schrebergarten im Tantolund auf Södermalm in Stockholm. Eine gute Stunde nach ihrer Aussage ließen die Ermittler der Stockholmer Polizei mitteilen, dass sie eine gewisse Aktivität in der Kleingartenhütte festgestellt hätten.

Als Kerstin Holm und Jorge Chavez kurz darauf in einer Kleingartenhütte einige Hütten entfernt standen, um die es vor Einsatzkräften nur so wimmelte, und die Inneneinrichtung betrachteten, meinte Chavez: »Da kommt fast ein wenig Nostalgie auf, oder?«

»Ziemlich lange her, dass sich Verbrecher in Kleingartenhütten verbarrikadiert haben«, entgegnete Kerstin Holm. »Wie ein Besuch in einer vergangenen kriminellen Welt.«

»Aber das bedeutet doch, dass er absolut auf der falschen Fährte ist«, sagte Chavez. »Immerhin war er persönlicher Leibwächter eines weltweit führenden Waffenhändlers.«

»War, das ist vermutlich das Schlüsselwort«, meinte Holm. »Entweder weiß er nicht, wohin, seit Isli Vrapis Tod, oder er wird von einem von Vrapis Nachfolgern verfolgt, wer auch immer das sein mag. Weil er Vrapi nicht ausreichend beschützt hat.«

»Also vermutlich weiß er einfach nicht, wohin«, meinte Chavez. »Die Kleingartenhütte der Schwester, ich bitte dich. Reiner Selbstmord.«

Kerstin Holm wandte sich dem Leiter der Einsatzkräfte zu: »Sind Sie bereit?«

»Ja«, antwortete der Einsatzleiter. »Weiterhin Aktivität in der Hütte.«

»Dann legen wir los«, entschied Kerstin Holm. Schnell und lautlos liefen sie vornübergebeugt los, eine Kette schwarz gekleideter Einsatzkräfte mit erhobenen Maschinengewehren, gefolgt von zwei etwas langsameren Kriminalpolizisten. Zum Glück war es ein gewöhnlicher Mittwoch im Mai, und die wenigen Rentner, die ihre Schrebergärten besuchen oder einfach nur ein wenig Frühlingsluft schnappen wollten, waren an den Zufahrtswegen diskret umgeleitet worden. Im Tanto war es demnach vollkommen leer, als die Polizisten in den Schrebergarten drangen, der Maja Svensson, geborene Targamadze, gehörte. Als die Tür der kleinen Hütte eingetreten wurde und die Beamten laut brüllend hineinstürmten, hockte Nukri Targamadze auf einem gelben Plastikeimer mitten auf dem Boden.

Es war kein schöner Anblick.

Eine Stunde später saß er in einem Vernehmungsraum im Polizeigebäude und wirkte sauer. Einfach nur sauer, wie Holm und Chavez durch den Venezianischen Spiegel feststellen konnten. Andererseits war er ein Profi. Beziehungsweise war er es gewesen.

Sie betraten den Raum.

»In diesen kleinen Hütten gibt es ja keine Toilette«, war das Erste, was Targamadze in leidlichem Englisch sagte.

»Es erstaunt uns wirklich ungemein, dass Sie sich dort aufgehalten haben«, entgegnete Chavez und setzte sich ihm gegenüber. »Ist die Organisation nach Isli Vrapis Tod denn so geschwächt?«

»Ich weiß nicht, wovon Sie sprechen«, antwortete Targamadze.

»Natürlich nicht«, sagte Chavez. »Aber wie ich in meinen Unterlagen sehe, verzichten Sie auf die Anwesenheit eines Anwalts.«

Kerstin Holm setzte sich neben Chavez und erklärte: »Wir haben gerade die Bestätigung der Kriminaltechniker erhalten. Die Waffe, die wir in der Kleingartenhütte gefunden haben, übrigens in unprofessionell großer Entfernung von dem gelben Plastikeimer, war die Pistole, aus der am elften Mai dieses Jahres um 23.12 Uhr der tödliche Schuss auf einen Mann namens Taisir Karir in der Götgatan abgegeben wurde.«

»Dem ist nicht mehr viel hinzuzufügen«, erklärte Chavez. »Sie werden wegen Mordes verurteilt werden und mindestens zehn Jahre in Schweden im Gefängnis sitzen. Was normalerweise von Kriminellen aus den ehemaligen Ostblockstaaten als Luxus angesehen wird. Also nicht weiter schlimm. Außer dass Sie dort drinnen langsam in die Jahre kommen werden. Ihre gesamte virile Zeit wird darüber vergehen, und das nächste Mal, wenn Sie einer Frau begegnen, sind Sie ein alter Tattergreis. Haben Sie dem noch etwas hinzuzufügen?«

»Nein«, antwortete Nukri Targamadze missmutig.

»Das Interessante ist allerdings, dass Sie eine gute Woche in der kleinen Hütte gewohnt haben«, sagte Kerstin Holm. »Wovon haben Sie sich denn eigentlich ernährt?«

»Von den eingelegten Gurken und Birnen meiner Schwester«, antwortete Targamadze mit einem zaghaften Lächeln. »Ich freu mich schon auf die Gefängniskost.«

»Jetzt verstehe ich Ihr dringliches Bedürfnis ein wenig besser«, meinte Chavez.

»Keiner rechnet damit, dass Sie etwas über Isli Vrapis Organisation ausplaudern«, erklärte Holm. »Aber ich frage mich, warum man Sie nicht schon längst geschnappt hat. Sie stellen schließlich ein Sicherheitsrisiko dar.«

»Ich bin mir nicht einmal sicher, ob überhaupt noch viel von der Organisation übrig ist«, entgegnete Targamadze überraschenderweise.

»Wie meinen Sie das?«

»Isli Vrapi war ein Solospieler. Seine Söhne sind vierzehn und zwölf Jahre alt. Er selbst war die Organisation.«

»Und es gab keinen Sicherheitsplan? Ihm musste doch bewusst gewesen sein, dass so etwas passieren kann, oder?«

»Aus diesem Grund hatte er ja vier Leibwächter.«

»Die ihn letztlich im Stich gelassen haben.«

Nukri Targamadze streckte sich auf seinem Stuhl und sagte dann abrupt: »Genug gequatscht. Was kann ich tun, um meine Strafe zu verkürzen?«

Holm und Chavez tauschten Blicke aus. Sie besagten unter anderem: »Jawohl!« und »Wo fangen wir an?«

»Also gab es keinen Plan B?«, begann Kerstin Holm.

»Man wird unter Vertrag genommen, um jemanden um jeden Preis zu beschützen«, antwortete Targamadze. »Wenn es einem misslingt, ist man allein. Im besten Fall.«

»Und wie sah Ihr Plan in der Hütte aus?«

»Die Sache wurde ja sofort zu 'nem Riesending aufgeblasen. Schießerei mitten in der City einer friedlichen kleinen skandinavischen Stadt. Fünf Tote. In Tiflis hätte keiner auch nur mit der Wimper gezuckt, das kann ich Ihnen sagen. Ich bin nach Arlanda gefahren, um von dort nach Hause zu fliegen, aber da waren so verdammt viele Polizisten im Einsatz. Also bin ich wieder zurück und hab stattdessen mit meiner Schwester geredet. Ich wollte einfach nur den Ball flach halten, bis das Ganze vorbei wäre. Und mich dann wohin auch immer verdrücken.«

»Und Ihr anderer Kollege, der überlebt hat?«

»Wir haben uns getrennt, nachdem ich diesen Typen erschossen hatte. Keiner kennt die Identität der anderen. Das ist ja gerade der Sinn der Sache. Ich hab keine Ahnung, wer er ist.«

»Aber Sie müssen sich doch rein professionell der Frage gestellt haben, was zum Teufel da so schiefgelaufen ist«, sagte Chavez. »Wie wollen Sie denn nach diesem Fiasko einen neuen Job als Leibwächter bekommen?«

»Ich komme aus Georgien. Dort gibt es Jobs. Wahrscheinlich muss ich nur mein Honorar etwas senken. Dann geht es schnell. *Nema problema.*«

»Aber was genau ist eigentlich schiefgelaufen?«

»Die Einschätzung.«

»Die Einschätzung der Situation in der Kneipe?«

»Also, der geplante Coup war ein Projekt mit geringem Risiko. Das hat Isli Vrapi selbst gesagt. Er war entspannt und cool. Aber bevor wir reingingen, checkten vier verdammt professionelle Leibwächter die Lage in der Kneipe. Das müssen Sie mir glauben. Wir wussten, was wir taten.«

»Also wurden Sie überrascht?«

»Vollkommen überrumpelt. Da drinnen war kein einziger Profi, ich schwör's. Wir haben diese Gang von Anfang an gesehen, die Typen waren null gefährlich. Kleinkriminelle, Loser. Ich weiß, wie sie aussehen, wenn sie Rohypnol genommen haben, ich schwör's.«

»Sie schwören und schwören«, bemerkte Chavez.

»Und, liege ich falsch?«

»Ja, in einem Punkt liegen Sie falsch. Es gab da drinnen einen Profi. Der weitaus professioneller war als Sie.«

Nukri Targamadze machte eine dezente anerkennende Geste.

»Aber nicht professionell auf meine Art.«

»Genau darin liegt das Problem. Er war ganz anders. Weitaus smarter als Sie. Und sogar smarter als Isli Vrapi. Er hat ihn dazu gebracht, die Waffen zu strecken.«

»Wenn das so einer war, muss er sich aber gut getarnt haben. Ich schwör's.«

Chavez lachte auf.

Holm übernahm: »Und aus welchem Grund waren Sie dort?«

Targamadze zuckte mit den Achseln. »Meeting«, antwortete er lässig.

»Jetzt reißen Sie sich mal zusammen. Schließlich bieten wir Ihnen eine Chance auf Strafminderung. Aber nur jetzt. Das können bis zu fünf Jahre hin oder her sein.«

»Hören Sie, Frau Polizistin. Wir sind Leibwächter. Wir leben zu viert in unmittelbarer Nähe unseres Objekts. Tag und Nacht. Aber wir hören keine Gespräche mit, wir unternehmen keine Versuche, Zusammenhänge zu verstehen. Wir werden dafür bezahlt, dass wir unsere gesamte Aufmerksamkeit nach außen richten. Wir sind wie, na ja, wie der da.« Targamadze nickte zum Venezianischen Spiegel hin. »Wir sind in die eine Richtung blind«, verdeutlichte er. »Aber in die andere sehen wir verdammt klar.«

»Aber Sie sind bestimmt auch so clever, dass Sie sich abgesichert haben«, wandte Holm ein. »Um in einer Situation wie dieser einen Deal anbieten zu können.«

»Was haben Sie also in Stockholm gemacht?«, fragte Chavez.

»Ich weiß es nicht«, antwortete Targamadze.

»Keinerlei Hinweise oder Andeutungen?«

»Nichts.«

»War der Pub ein langfristig geplanter Treffpunkt?«

»Ja, in der Tat. Vrapi hat uns direkt hingeführt. Wir waren etwas überrascht. Es war nämlich kein typisches Terrain für ihn. Er wählt normalerweise etwas Hochklassigeres aus, wenn man das so sagen kann. Wir sind eher an Lokale aus dem Guide Michelin gewöhnt. Wo es meist verdammt kleine Portionen gibt.«

»Die Möglichkeit der Strafminderung rinnt Ihnen allmählich durch die Finger«, ermahnte ihn Kerstin Holm und stand auf. »Sie bekommen noch eine letzte Chance. Geben Sie uns etwas.«

Plötzlich schärfte sich Nukri Targamadzes Blick. »Was wollen Sie denn am liebsten haben?«, fragte er.

»Den Grund dafür, weshalb Isli Vrapi in Stockholm war.«

Targamadze verzog das Gesicht und sagte: »Okay, und am zweitliebsten?«

»Die Identität des Schützen«, antwortete Kerstin Holm.

Jetzt wirkte Targamadze nahezu kindlich zufrieden. »Sie glauben also nicht, dass dieser Dorftrottel es getan hat? Der, den ich umgenietet habe?«

»Vermutlich nicht. Erzählen Sie.«

»Sie haben doch meine Brieftasche beschlagnahmt, oder?«

»Ja, alle Ihre persönlichen Habseligkeiten. Und?«

»Sie gehört nicht mir.«

Holm und Chavez tauschten erneut Blicke aus. Holm setzte sich wieder.

»Okay ...?«, sagte sie.

»Ich habe seine Jacke zerrissen. Die Innentasche.«

»Erklären Sie uns das.«

»Er war unheimlich schnell und hat erstaunlich zielgerichtet geschossen. Ich hab meine rechte Hand in die Innentasche meines Jacketts geschoben, um meine Pistole zu ziehen, und mit der linken fest nach seiner Jacke gegriffen. Dann kam dieser verdammte Karir und hat den Weg blockiert. Ich bin gestürzt und hab gespürt, wie der Stoff gerissen ist. Dann sind sie rausgelaufen. Ich hinterher. Draußen auf der Straße hab ich den Karir wiedererkannt, ihm in den Rücken geschossen und bin weggerannt. Ich wusste ja, dass Isli tot war, hab schließlich seinen halben Kopf wegfliegen sehen. In der linken Hand hatte ich die Brieftasche aus der zerrissenen Jacke. Hab mich schnell aus dem Staub gemacht.«

»Die Brieftasche des Schützen?«, fragte Chavez skeptisch.

»Das dürfte doch einige Jahre wert sein, oder?«, fragte Nukri Targamadze und lehnte sich zurück.

Eiskalt, taub und stumm

Den Haag, 19. Mai

Die Tage nach dem Hubschrauberflug nach Capraia waren von intensiven Nachforschungen und vertieften Ermittlungen geprägt. So pflegt man zu sagen, wenn man keine Erfolge verbuchen kann. Kleinere Fortschritte machten sie zwar, doch was das große Ganze betraf, war das Ergebnis bislang ziemlich entmutigend.

Das musste Paul Hjelm gezwungenermaßen feststellen, als er die Informationen aus Stockholm erhielt.

Der Waffenhändler Isli Vrapi hatte sich demnach wegen eines »Projekts mit geringem Risiko« in Stockholm aufgehalten, wo er sich mit jemandem in einer Kneipe für geringe Ansprüche verabredet hatte, in der er von einem Vollidioten mit geringem Intellekt ermordet worden war, der offenbar Johnny Råglind hieß.

Während er die Informationen über Johnny Råglind überflog, dachte er darüber nach, ob Råglind wirklich ein schwedischer Nachname war. Das war er nicht.

Dabei musste er es bewenden lassen. Seine Untergebenen warteten bereits seit zehn Minuten in der Kathedrale auf ihn.

Alle waren schon vollzählig versammelt, als er eintrat. Er setzte sich an seinen Katheder und begann sofort: »Der Waffenhändler Isli Vrapi war offenbar nicht wegen eines großen Deals in Stockholm, und auch sein Mörder ist kein besonders dicker Fisch. Er stammt aus einer Einwandererfamilie, mit dem angenommenen Nachnamen Råglind. Johnny Råglind. Seine Eltern sind ehrenhafte Arbeiter aus der Türkei, während der Sohn der Polizei von Kindesbeinen an bekannt ist. Ich habe diese Informationen gerade aus Stockholm erhalten und sie dementsprechend noch nicht näher überprüfen können, aber offenbar fiel er durch Drogenvergehen und diverse ekelhafte Gewaltverbrechen auf. Im Strafregister sind keine Schusswaffen erwähnt, aber er ist seit einem halben Jahr Mitglied in einem Schießsportverein, wo er ausgezeichnete Ergebnisse erzielt. Was möglicherweise das Trefferbild im Pub erklärt.«

»Aber nicht die Frage beantwortet, warum er geschossen hat«, merkte Jutta Beyer an.

»In der Tat«, pflichtete Hjelm ihr bei. »Als man den Freundeskreis des getöteten Taisir Karir näher untersuchte, stieß man auf mehrere Kleinkriminelle, aber auf keinen inneren Kreis. Die Gruppe, mit der sich Karir in der Kneipe aufhielt, scheint also eher eine kumpelhafte Gang zu sein, zu der auch dieser Råglind gehört. Die Kerle haben sich vermutlich mit Drogen vollgepumpt und sich dann gegenseitig über die Grenze geschubst.«

»Und wo befindet sich dieser Råglind jetzt?«, fragte Felipe Navarro.

»Nach ihm wird gefahndet«, antwortete Hjelm. »In seiner Wohnung wurde er nicht angetroffen. Er ist seit der Schießerei nicht dort gewesen. Die Stockholmer Polizei bemüht sich intensiv, ihn ausfindig zu machen. Fortsetzung folgt.«

»Entfernen wir uns damit nicht immer weiter von der Möglichkeit, dass es eine Verbindung zwischen unseren Opfern gibt?«, fragte Marek Kowalewski. »Besteht überhaupt noch ein Grund für die Vermutung, es gäbe einen Zusammenhang? Je mehr wir recherchieren, desto deutlicher können wir einen terroristischen Hintergrund bei dem Mord an Roman Vacek auf Capraia ausschließen. Unser verehrter Eurokommunist scheint der Einzige im gesamten Europaparlament zu sein, der nie etwas mit Terrorismus zu tun hatte.«

Paul Hjelm schaute auf seine Untergebenen und dachte nach. Er dachte so lange nach, dass sie langsam unruhig wurden. Schließlich sagte er: »Es kommt mitunter vor, dass man mit seiner Intuition falschliegt. Doch das ändert eigentlich nichts – wir können gut an allen drei Fällen parallel weiterarbeiten, das schaffen wir. Drei so hohe Tiere werden nicht so kurz hintereinander ermordet, ohne dass sie irgendetwas miteinander zu tun haben. Vielleicht haben wir uns zu sehr auf den Terrorismus eingeschossen, Marek, das ist schon möglich, aber der Terrorismus ist eben auch das heißeste Thema. Und wenn wir in denselben Bahnen weiterdenken wie zuvor – dass sich ein Topterrorist in Europa aufhält und seinen Arzt für plastische Chirurgie und seinen Waffenhändler umgebracht hat, weil sie ihn identifizieren könnten –, wie passt da unser tschechischer EU-Politiker in das Bild? Lasst es uns noch einmal versuchen. Überdenkt alle Möglichkeiten und bezieht jegliche Informationen von Capraia mit ein.«

Sie dachten nach. Sie dachten sehr intensiv nach. Doch sie kamen nicht weiter. Keiner sagte ein Wort.

»In Ordnung«, meinte Hjelm schließlich. »Mir fällt auch keine logische Erklärung ein. Verdammt. Wir nehmen uns Capraia noch einmal gesondert vor. Aber zuerst Massicotte. Die Ermittlungen sind inzwischen ja formell an eine andere Instanz weitergeleitet worden – ich sage jetzt nicht NATO, weil ich die Anweisung habe, diese Institution nicht zu nennen –, dennoch wird Felipe Navarro bei uns weiterhin die Ermittlungen leiten und versuchen, mit den anwesenden nationalen Repräsentanten die losen Fäden zu verknüpfen. Irgendwelche Neuigkeiten, Felipe?«

»Nein, es scheint, als wären wir mit dem Massicotte-Fall in eine Sackgasse geraten«, antwortete Navarro missmutig. »Wir warten immer noch darauf, dass die Witwe ausfindig gemacht wird. Die aber eigentlich keine Witwe ist, da das Paar ja geschieden war. Die Polizei auf der Kanarischen Insel Fuerteventura hat sie noch nicht lokalisieren können. Wir haben inzwischen damit begonnen, die Terrororganisationen näher einzugrenzen, deren Mitglieder in Gefängnissen in ganz Europa untergebracht sind und der Forschungsgruppe in Straßburg zu Studienzwecken dienen. Aber ich nehme an, dass diese andere Institution hier weiter gekommen ist als wir. Im Übrigen treten wir in diesem Fall – der ja nicht einmal mehr der unsere ist – regelrecht auf der Stelle.«

»Okay, danke«, sagte Hjelm. »Jutta, willst du die Informationen zu Capraia zusammenzufassen?«

Jutta Beyer richtete sich auf und begann: »Der Mann, der die Leiche des Europaparlamentariers Roman Vacek gefunden hat, war ein deutscher Wanderer namens Winfried Baumbach aus Wolfsburg, aber er hatte außer der Tatsache, dass er die Leiche kurz nach Einbruch der Dämmerung gefunden und sofort die ortsansässige Polizei kontaktiert hat, nicht viel zu sagen. Allerdings haben wir drei interessante Zeugen auftun können, zum einen den Taxifahrer, der Vacek zum Gefängnis hinaufgefahren hat, außerdem den Hotelbesitzer, der den einzigen Fremden am Ort beherbergte, und den Kapitän der Fähre zwischen Livorno und Capraia. Die Personenbeschreibungen, die der Hotelbesitzer und der Kapitän von den Fremden abgegeben haben, decken sich. Zudem ist uns bestätigt worden, dass irgendwann in der betreffenden Nacht unten im Hafen von Porto ein Motorboot gestohlen wurde, das später vor der Küste von Livorno treibend aufgefunden wurde. Der Taxifahrer hatte nicht viel zu sagen, außer dass Roman Vacek groß gewesen sei, kräftig gebaut und einsilbig. Er wirkte angespannt, gab aber reichlich Trinkgeld. Der Hotelier erinnerte sich nur äußerst vage an den Mann, der sich im Hotel ein Zimmer nahm und vom zehnten bis zum fünfzehnten Mai für fünf Nächte im Voraus bezahlte. Er war relativ klein, hatte volles schwarzes Haar und einen schwarzen Schnauzbart. Auch die anderen Gäste auf der Insel haben Beobachtungen gemacht. Demnach verließ der Mann mit dem Schnauzbart sein Hotelzimmer, Zitat, ›entweder am Abend des vierzehnten oder am frühen Morgen des fünfzehnten Mai‹. Möglicherweise hat er nachts ein Boot gestohlen und ist damit nach Livorno gefahren, wo er es sich selbst überließ. Die Kriminaltechniker haben das Hotelzimmer durchsucht und, nächstes Zitat, ›ungewöhnlich viele DNA-Spuren‹ gefunden, was eigentlich nur darauf hindeutet, dass das Reinigungspersonal im Hotel nicht allzu gründlich ist. Außerdem fand man noch etwas anderes, ich zitiere erneut, ›sowohl lange als auch kurze schwarze Haare aus Kunststoff‹. Was bedeuten könnte, dass das volle schwarze Haar und der Schnauzbart künstlich waren.«

»Und jetzt finde ich, dass wir Jutta eine Pause gönnen sollten«, meinte Söderstedt.

Alle warteten darauf, dass er fortfahren würde, doch er schwieg.

»Aha?«, fragte Hjelm leicht irritiert. »Hattest du vor, selbst zu sprechen?«

»Ich?«, fragte Söderstedt mindestens ebenso irritiert zurück. »Ich gebe keine Zusammenfassungen.«

»Natürlich nicht«, bemerkte Hjelm. »Du kommst nur mit genialen kurzen Pässen.«

»Genau«, pflichtete Söderstedt ihm friedfertig bei.

»Corine?«, fragte Hjelm.

Bouhaddi antwortete überraschenderweise: »Fünf Nächte im Hotelzimmer.«

»Wie bitte?«, rief Hjelm aus.

»Wenn der Mann mit dem Schnauzbart der Mörder war, verbrachte er vor dem Mord fünf Nächte im Hotel. Aus welchem Grund? Um fünf Tage lang den Mord an Roman Vacek vorzubereiten? Und sich der Neugier der Leute auszusetzen, um dann etwas ungeschickt ein Motorboot zu stehlen und damit eine nicht unerhebliche Strecke übers Meer zurückzulegen?«

»Da ist etwas dran«, pflichtete Söderstedt ihr bei. »Fünf Tage sind viel. Wenn er nicht die Gelegenheit genutzt hat, um weitere Morde vorzubereiten.«

»Wozu er mindestens einen Internetzugang benötigt hätte«, warf Bouhaddi ein. »Den es im Hotel aber nicht gab. Was allerdings nicht bedeuten muss, dass er keine mobile Verbindung ins Netz hatte. Was sich herausfinden lassen müsste.«

»Kümmerst du dich darum?«, fragte Hjelm.

»Klar«, antwortete Bouhaddi beflissen.

»In Anbetracht dieser fünf Nächte«, merkte Söderstedt an, »würde es mich nicht überraschen, wenn in Kürze eine weitere Leiche im Mittelmeerraum auftauchte. Der Mann ist ein Serienmörder. Er zieht jedenfalls das gesamte Register eines Serienmörders. Er saß in seinem Hotelzimmer und hat Pläne geschmiedet.«

»Möchtest du damit sagen, dass du nicht an eine Verbindung zwischen Capraia, Massicotte und der Schießerei in der Kneipe in Stockholm glaubst?«, fragte Hjelm.

»Mir fällt es jedenfalls ziemlich schwer, die Fälle zusammenzubringen«, gab Söderstedt zu.

»Apropos Serienmörderattribute, bist du mit dem Zitat, das in der Wand auf Capraia versteckt war, eigentlich weitergekommen?«

»Ich denke schon«, antwortete Söderstedt, dessen Miene sich etwas aufhellte. »Es war nicht ganz einfach, da die Kommasetzung unklar ist, und der Text dubiose Rechtschreibfehler enthält. Aber es scheint sich um ein Zitat aus dem *Grafen von Monte Christo* von Alexandre Dumas dem Älteren zu handeln.«

»Interessant«, meinte Paul Hjelm. »Und besteht ein Zusammenhang?«

»So weit bin ich noch nicht«, gab Söderstedt zu. »Der Text stammt aus Kapitel zwanzig des *Grafen von Monte Christo* und handelt vom Friedhof von Château d'If, also dem Meer. Der Graf hat beschlossen, aus dem Gefängnis zu fliehen, aber da von dort niemand lebendig davonkommt, muss er den Platz eines Toten einnehmen. Im Augenblick kann ich allerdings nicht mehr als das sagen, denn ich habe es gerade erst gefunden.«

»Na, das ist ja großartig«, meinte Hjelm hoffnungsvoll. »Dann kommen wir jetzt zum Ergebnis der Obduktion von Vacek. Corine?«

»Ja, da gibt es einiges Interessantes zu berichten«, antwortete Bouhaddi.

»Über das mögliche Gift?«, fragte er.

»Zum Beispiel. Aber lass mich mit der möglichen Linkshändigkeit beginnen. Die Einstichwunde deutet nämlich eher darauf hin, dass der Mörder Rechtshänder ist. Oder zumindest seine rechte Hand benutzt hat, um dem Opfer das Messer unter die Rippen zu stoßen. Was darauf schließen lässt, dass er die Pferdespritze in der linken Hand gehalten haben muss. Dies lässt allerdings den Einstich der Spritze in der linken Schulter des Opfers unlogisch erscheinen. Es wäre eine sehr ungewöhnliche, schwer auszuführende Bewegung.«

»Wenn wir voraussetzen, dass dem Opfer beide Einstiche gleichzeitig beigebracht wurden«, merkte Jutta Beyer an.

»Genau«, stimmte Bouhaddi ihr zu, ein Leuchten der Erkenntnis in den Augen. »Aber das ist mittlerweile erwiesen. Roman Vacek starb schlicht und einfach an zwei tödlichen Angriffen gleichzeitig. Sein Herz schlug noch, als das Messer in seinen Körper drang, aber es schlug bereits langsamer. Aufgrund des Giftes. Messer und Gift müssen in einem zeitlichen Abstand von fünf Sekunden in ihn eingedrungen sein.«

»Das ist doch eigentlich perfekt«, rief Beyer enthusiastisch aus. »Man schleicht sich in der dunklen Zelle an das Opfer heran, rammt ihm die Spritze in die linke Schulter, und in dem Moment, wo es sich umdreht, stößt man ihm das Messer ins Herz. Alles innerhalb von fünf Sekunden.«

»Wenn du meinst«, sagte Bouhaddi und zuckte mit den Achseln. »Dieses Szenario ist denkbar.«

»Um welche Art von Gift handelt es sich?«, fragte Hjelm.

»Wissen wir noch nicht«, antwortete Bouhaddi. »Sie arbeiten noch an der Analyse der chemischen Zusammensetzungen. Irgendeine Art, Zitat, ›Multigift‹.«

»Und von der derart vergifteten Leiche hat der Mörder danach also glatt abgebissen?«, fragte Hjelm. »Ist das nicht irgendwie paradox? Fünf Tage Planung, ein spezielles Multigift in Kombination mit einem exakt geführten Messerstich. Und dann isst er von der Giftmischung. Wie ein absoluter Vollidiot. Taumelt von Sinnen den Hügel hinunter und klaut im Hafen ein Motorboot, fährt in seinem zunehmenden Giftrausch in Richtung Festland und fällt schließlich mausetot aus dem Boot, woraufhin es führerlos vor der Küste treibt.«

»Nein.«

»Nein?«

»Nicht notwendigerweise«, antwortete Bouhaddi. »Denn mit den Zähnen stimmt irgendetwas nicht. Der Rechtsmediziner arbeitet zwar gerade daran, einen Zahnabdruck zu rekonstruieren – es herrscht kein Zweifel daran, dass es sich um ein Gebiss handelt –, aber er hat noch etwas festgestellt.«

»Und das wäre?«

»Keine fremde DNA in der Bisswunde.«

»Kann es sein, dass der Mörder die Wunde einfach nur gründlich gereinigt hat?«

»Dann hätte man wahrscheinlich Spuren von Seife, Desinfektionsmittel oder Ähnlichem darin gefunden.«

»Und wie lautet dein Vorschlag?«

»Das Einzige, was ich mir denken könnte, ist, dass es sich nicht um echte Zähne handelt.«

»Und was dann?«, fragte Hjelm, der sich vorkam wie ein Grundschullehrer.

»Irgendein künstliches Gebiss, eine Attrappe mit einer gewissen Kraft.«

»Es kostet zweifellos viel Kraft, um ein Stück Fleisch aus einem Arm zu beißen«, warf Miriam Hershey ein. »Aber mir fällt es ziemlich schwer, mir so eine Konstruktion vorzustellen.«

»Obwohl das die unbegreifliche Wahnsinnstat erklären würde, denn wer beißt ein Stück Fleisch aus einem vergifteten Körper?«, meinte Hjelm.

»Ein starkes künstliches Gebiss stünde also für ein Wunder an mentaler Gesundheit?«, fragte Laima Balodis.

»Das wäre jedenfalls konsequenter«, meinte Bouhaddi.

»Außerdem verstärkt es den Eindruck eines kontrolliert agierenden, aber verrückten Serienmörders«, bemerkte Söderstedt. »Er wird weitermorden, da könnt ihr sicher sein. Und alles deutet darauf hin, dass er es auch schon zuvor getan hat.«

»Obwohl wir diesbezüglich nichts gefunden haben«, warf Angelos Sifakis ein, der bislang schweigend dagesessen und seinen Computer bearbeitet hatte. »Wir haben zu wenige Anhaltspunkte. Kannibalismus ist leider ein Phänomen, das häufiger auftritt, als man denkt. Das reicht als Suchkriterium nicht aus. Da erhält man allein in Europa massenweise Treffer aus den vergangenen zehn Jahren. Wir müssen weitere Parameter finden, um die Suche einzugrenzen.«

»Was sagt denn Marek Kowalewski dazu, der sich speziell mit Roman Vacek beschäftigt hat? Gibt es irgendwelche Hinweise darauf, dass Vacek eine Reise nach Capraia geplant hat, und wenn ja, aus welchem Grund?«

»Ich war sowohl in Prag als auch in Straßburg und habe mich umgeschaut«, antwortete Kowalewski. »Und ich habe seinen privaten Computer und den in seinem Büro durchforstet. Sein Handy hingegen ist verschwunden, vermutlich auf der Insel geblieben. Auf den Computern habe ich keine einzige Andeutung zu Capraia gefunden – oder auch nur irgendwelche Pläne für den aktuellen Tatabend oder die Nacht. Hier klafft eine große Lücke in dem sonst vollen Terminkalender. Zu seinen engsten Mitarbeitern im Europaparlament in Straßburg hatte er nichts weiter gesagt, außer dass er sich darauf freue, am Wochenende auszuschlafen. Seiner Ehefrau in Prag hatte er allerdings mitgeteilt, dass er am Wochenende arbeiten müsse und aus diesem Grund nicht nach Hause kommen könne. Im Augenblick bin ich gemeinsam mit einigen Computertechnikern dabei, alle gelöschten Daten, die sich noch auf den Festplatten befinden, wiederherzustellen.«

»Schlussfolgerung?«, fragte Hjelm knapp.

»Roman Vacek wurde nach Capraia gelockt und wollte es geheim halten«, antwortete Kowalewski prompt. »Was bedeutet, es ging um Sex oder politische Geheimnisse. Da er jedoch in einer sogenannten offenen Ehe lebte, hatte er keinen Grund, ein erotisches Rendezvous zu verheimlichen. Seine Frau hatte an diesem Wochenende offenbar ebenfalls eines und hat es nicht zu vertuschen versucht. Ich tippe also darauf, dass unser Mann mit dem Schnauzbart ihm irgendwelchen politischen Sprengstoff angeboten hat, für den Vacek bereit war, sich einigen Mühen und einem hohen Risiko auszusetzen.«

»Vacek war Kommunist und EU-Parlamentarier«, merkte Hjelm an. »Von welcher Art Sprengstoff reden wir also?«, fragte Hjelm.

»Vermutlich gab es gar keinen Sprengstoff«, antwortete Söderstedt.

»Wie meinst du das?«

»Es ging lediglich darum, ihn dort hinzulocken. Um ihn zu ermorden und ein Exempel zu statuieren.«

»Du meinst, dass der Mörder der Welt etwas mitteilen will?«

»Ich denke, dass alles auf diese Art von Serienmord hindeutet. Die vermeintlich idealistische. Sonst würde man sich nicht einen derart hochrangigen Politiker aussuchen. Es riecht förmlich nach jemandem, dem irgendeine Ungerechtigkeit widerfahren ist. Und der sich deshalb rächt.«

»Das ist jetzt aber wilde Spekulation«, erklärte Hjelm. »Es gibt doch gar keinen Hinweis auf eine Mordserie. Wenn er der Welt etwas sagen wollte, dann hätte er bei früheren Morden mehr Aufsehen erregt. Aber wir finden nichts dergleichen.«

»Irgendetwas ist vorgefallen«, beharrte Söderstedt. »Er hat eine neue Ebene erreicht. Er wusste, dass dieser Mord große Aufmerksamkeit erregen würde. Und es kann durchaus sein, dass er erst jetzt will, dass wir seine früheren Taten aufdecken. Erst jetzt beginnt er zu sprechen. Die vorigen Taten fielen in die Planungsphase. Sie werden erst später zur Geltung kommen.«

»Was sagt ihr anderen dazu?«, fragte Hjelm.

»Nur, dass wir keine anderen Taten ausfindig machen«, antwortete Angelos Sifakis. »Wenn in der Vergangenheit etwas geschehen wäre, hätten wir das doch in den Registern finden müssen. Trotz des Mangels an Parametern. Wir haben sogar ›Zettel mit Text‹ in die Suchfunktion eingegeben, und jetzt können wir noch hinzufügen, dass es sich um den *Grafen von Monte Christo* handelt, obwohl wir eigentlich schon zuvor Treffer hätten landen müssen.«

»Wenn die Zettel gefunden worden wären«, bemerkte Söderstedt. »Vielleicht stecken sie ja noch in den Wänden.«

»Hinterlassen von einem kannibalistisch veranlagten Mörder«, ergänzte Sifakis. »Wenn du vorhast, tausend Tatorte in Europa aufzusuchen, habe ich nichts dagegen. Aber ehe du damit fertig sein wirst, werde ich wohl in Rente gehen.«

»Es stimmt schon«, entgegnete Söderstedt. »Für die Suche fehlen bestimmte Parameter. Was habt ihr denn eingegeben?«

»Eine ganze Reihe von Kombinationen«, antwortete Sifakis. »Messermord, Stich ins Herz, Kannibalismus, Giftinjektion, rechtshändig, Politiker, Kommunist, EU, Tschechien und, tja, Zettel mit Text. Wenn wir alles eingeben, landen wir keine Treffer, begnügen wir uns mit dem kannibalistischen Einschlag, bekommen wir zu viele.«

»Ist nicht der Arm ebenfalls ein Parameter?«, fragte Laima Balodis.

»Entschuldige«, entgegnete Sifakis, »ich habe vergessen, das zu erwähnen. Ich habe ihn in ›Arm‹, ›rechter Arm‹ sowie ›rechter Oberarm‹ unterteilt und das mit den anderen Suchworten kombiniert. Tut mir leid, aber bei keiner der Kombinationen erhält man brauchbare Antworten.«

»Ja«, wiederholte Söderstedt, »es fehlt ein entscheidender Parameter. Ich habe das dumpfe Gefühl, dass wir etwas außer Acht gelassen haben, das wir hätten sehen müssen.«

Zum ersten Mal seit geraumer Zeit wurde es still in der Kathedrale. Schließlich sagte Paul Hjelm: »Überraschenderweise stimme ich dir zu, Arto. Es existiert eine bestimmte Verbindung, die wir hätten sehen müssen.«

Nach erneutem Schweigen im Raum sagte Jutta Beyer schließlich: »Aber geht es ...« Obwohl sie von einem deutlich hörbaren Klingeln unterbrochen wurde, das die Aufmerksamkeit aller auf sich zog, fuhr sie fort: »Geht es im *Grafen von Monte Christo* nicht um eine Gefängnisinsel?«

Doch da hatte Hjelm bereits erklärt: »Hier drinnen darf mich eigentlich nur der Direktor stören.«

Und den Anruf angenommen.

Dabei sagte er allerdings kein Wort. Hingegen hörte er intensiv zu. Nach einer Minute legte er auf. Er klickte kurz seinen Computer an, woraufhin eines der Vierecke an der Wand der

Kathedrale blau aufblitzte. Es war einer der Bildschirme, die sie noch nie zuvor hatten aufleuchten sehen.

Auf dem Monitor erschien eine leicht verfallene Steinmauer, die mit einer Art Netzmuster überzogen war, das aussah, als hätte sich, unabhängig von der Schwerkraft, eine bräunliche Flüssigkeit in alle Richtungen über sie ergossen.

Schließlich tauchte auch ein Gesicht auf, ein Mann mit einer markanten Kieferpartie und intensivem Blick aus braunen Augen. Er sagte an der Kamera vorbei: *»Enakomerno, enakomerno.«*

Was für leichte Verwirrung in der Kathedrale sorgte, bis der Mann den Blick in die richtige Richtung wandte und auf Englisch fortfuhr: »Miladin Mlakar hier, Chef der nationalen Opcop-Gruppe Sloweniens.«

»Herzlich willkommen«, erwiderte Paul Hjelm laut und deutlich. »Ich bin Paul Hjelm. Du befindest dich in Kroatien, wenn ich es recht verstanden habe?«

»Das ist korrekt«, antwortete Miladin Mlakar. »Was hier aus mehreren Gründen nicht ganz unumstritten ist. Zum einen, weil Kroatien nicht Mitglied in der EU ist, jedenfalls noch nicht. Zum anderen, weil die Beziehungen zwischen Slowenien und Kroatien ein wenig angespannt sind, nicht zuletzt hier an der Küste. Ich bemühe mich also gemeinsam mit meinem Kollegen Rok Natek, der die Kamera bedient, um Zurückhaltung. Die Kollegen von der kroatischen Polizei sind in einem Gebäude in der Nähe. Sie wissen nicht, dass wir auf Sendung sind.«

»Wo seid ihr, und was ist geschehen?«, fragte Hjelm.

»Wir befinden uns auf der berüchtigten Gefängnisinsel Goli otok vor der kroatischen Küste. Heute Nacht wurde hier ein Mord begangen, der Verbindungen zu einem anderen Fall aufzuweisen scheint, mit dem ihr euch befasst.«

»Kannst du den Vorfall kurz beschreiben?«

»Das Opfer wurde heute Morgen um Viertel nach sechs von russischen Seglern gefunden, die zum Gefängnisgebäude hochgewandert sind und den Sonnenaufgang genießen wollten, bevor die Touristenschiffe auftauchten. Das Opfer lag bäuchlings mit nacktem Oberkörper und seitlich ausgestreckten Armen auf dem Boden in einer Gefängniszelle. Sein rechter Oberarm wies eine beträchtliche Bisswunde auf. Ich wiederhole: eine Bisswunde. Irgendwer hat ein großes Stück Fleisch aus seinem Arm gebissen.«

»Todesursache?«

»Nein, das war nicht die Todesursache.«

»Das habe ich verstanden. Wie lautet die Todesursache?«

»Mit großer Sicherheit ein Messerstich in den Bauch, direkt unterhalb der Rippen auf der linken Körperseite. Die umfangreiche Menge an Blut deutet daraufhin, dass das Messer das Herz direkt getroffen hat.«

»Keinerlei Hinweise auf eine Giftinjektion?«

»Du meinst den Einstich einer Nadel?«

»Ja.«

»Nein, ich habe von der kroatischen Polizei keine derartigen Hinweise bekommen. Sie haben aber auch noch keine Kriminaltechniker hergeschickt. Ich habe das Gefühl, dass es noch einer gewissen Anpassung bedarf, bis unser schwer geprüftes Nachbarland Mitglied der EU werden kann.«

»Hast du selbst die Leiche gesehen?«

»Ja. Aber ich habe noch nicht die Möglichkeit gehabt, sie näher zu untersuchen. Ich werde mich darum bemühen.«

»Und wer ist das Opfer?«

»Bislang habe ich nur wenige Informationen«, antwortete Miladin Mlakar. »Der Mann heißt offenbar Rudi Schrempf und ist deutscher Journalist.«

Hjelm machte eine Geste in Richtung Jutta Beyer, die ihrerseits nickte und begann, den Namen in ihren Laptop einzutippen.

»Wissen wir etwas darüber, was er auf der Insel wollte?«, fragte Hjelm.

»Nein«, antwortete Mlakar. »Nichts.«

»Was kannst du uns über die Insel sagen?«

»Unter General Tito war sie ein berüchtigter Ort. Hier landete man, wenn man umerzogen werden sollte. Man lernte, angepasst zu denken, auf die harte Tour. Ganz Jugoslawien kannte Goli otok. Man kann es wohl ein ehemaliges Konzentrationslager nennen. Das Gefängnis wurde 1988 geschlossen, seit 1990 ist die Insel unbewohnt. Erst in späteren Jahren wurde sie zum Ausflugsziel für Touristen.«

»Danke«, sagte Paul Hjelm. »Glaubst du, dass die Möglichkeit besteht, die Leiche auf eine Einstichwunde hin zu untersuchen, höchstwahrscheinlich an der Schulter?«

»Wir werden es versuchen«, antwortete Miladin Mlakar und nickte seinem Kameramann zu. »Gebt uns ein paar Minuten.«

»Einen Augenblick bitte«, hallte eine laute Stimme durch die Kathedrale.

»Ja?«, fragte Mlakar erstaunt.

»Eine Sache noch«, fuhr Arto Söderstedt mit einem Blick auf die frenetisch auf die Tastatur eintippende Jutta Beyer fort. »Ich würde dich bitten, nach einer weiteren Sache zu suchen, Miladin. Nach einem zusammengerollten Zettel mit französischem Text. Höchstwahrscheinlich wurde er in irgendeinen Hohlraum in der Gefängnismauer geschoben. Eine kleine Rolle von ein paar Zentimetern Länge.«

»Aha«, antwortete Miladin Mlakar und wirkte ein wenig überrascht. »Okay?«

»Ausgezeichnet. Mein Name ist übrigens Arto Söderstedt.«

»Aha«, sagte Mlakar, nun etwas verständnisvoller. »Das erklärt einiges.«

Damit verschwand er in einem aufblitzenden blauen Licht.

»Wie, das erklärt einiges?«, brummelte Arto Söderstedt.

»Was hast du noch einmal gesagt, Jutta, als mein Handy klingelte?«, fragte Paul Hjelm, ohne Söderstedt eines Blickes zu würdigen.

Jutta Beyer schaute mit abwesendem Blick von ihrem Laptop auf. »Wie bitte?«, fragte sie zurück. »Sorry, ich bin gerade mit Rudi Schrempf beschäftigt.«

»Du hast schon gehört, was ich gesagt habe«, entgegnete Hjelm. »Du willst dich nur wichtig machen.«

»Ich habe gefragt: ›Geht es im *Grafen von Monte Christo* nicht um eine Gefängnisinsel?‹«, antwortete Beyer mit Nachdruck.

»Haben wir nicht in diesem Augenblick unseren fehlenden Parameter bekommen?«, fragte Hjelm mit einem anerkennenden Blick auf Beyer. »Es scheint, als hätten mehrere von euch recht. Fünf Tage Planung in einem Hotelzimmer auf Capraia gipfelten in zwei Morden innerhalb weniger Tage. Haben wir es möglicherweise mit einem Serienmörder zu tun, der auf Gefängnisinseln mordet? Erst in der ehemaligen Gefangenenkolonie auf Capraia und jetzt auf Goli otok, dem ehemaligen Konzentrationslager Titos. Auf beiden Inseln lebten früher Gefangene, und das will unser Mörder jetzt unbedingt kundtun. Angelos, füge ›Gefängnisinseln‹ in die Suche ein.«

»Wird gemacht«, antwortete Angelos Sifakis, mit den Fingern über die Tastatur gleitend.

»Um was genau geht es also hier?«, fragte Hjelm geradeheraus.

In der Kathedrale herrschte eine gewisse Zurückhaltung. Es war nicht leicht, die Einzelheiten zusammenzubringen.

Schließlich antwortete Miriam Hershey: »Um Rache.«

»Ich bin geneigt zuzustimmen«, sagte Marek Kowalewski. »Aber es ist nicht nur Rache. Es geht um historische Rache. Eher um generelle als um persönliche Rache. Die Taten erscheinen mir in gewisser Weise politisch.«

»Und somit terroristisch?«, fragte Hjelm.

Kowalewski zuckte mit den Achseln und schüttelte den Kopf. Gleichzeitig.

»Zuerst müssen wir wissen, wer das aktuelle Opfer Rudi Schrempf war«, fuhr Paul Hjelm fort. »Hast du schon etwas herausgefunden, Jutta?«

»In der Tat«, antwortete Jutta Beyer. »Angelos, hast du mich mit der Leinwand verbunden?«

Sifakis klickte seinen Computer an und sagte dann: »Jetzt. Bitte.«

Auf der Leinwand tauchte das Foto eines schmächtigen Mannes um die sechzig auf. Er lächelte in die Kamera.

»Rudi Schrempf«, stellte ihn Jutta Beyer vor. »Geboren 1945 in Frankfurt. Nahm als Student an der Achtundsechzigerbewegung teil und sympathisierte mit der berühmten Frankfurter Schule. Wurde Journalist und schrieb für linksgerichtete Zeitschriften wie *Agit 883* in Berlin und *konkret* in Hamburg. Dann Tagespresse, Fernsehen, wieder Tagespresse, schließlich *Bild-Zeitung*. Schrempf blieb dann beim Springer-Konzern und war bis zu seinem Tod als Ressortleiter beim *Hamburger Abendblatt* tätig. Verheiratet, erwachsene Kinder, wohnhaft in Hamburg.«

»Das bedeutet, dass er zur selben Zeit wie Ulrike Meinhof in *konkret* und wie Holger Meins in *Agit 883* schrieb«, erklärte Söderstedt.

»Ich habe keine Ahnung, wovon ihr gerade sprecht«, gab Kowalewski freimütig zu.

»Damals warst du noch mit anderen Dingen beschäftigt«, erwiderte Söderstedt. »Unter anderem damit, geboren zu werden.«

»Wir sprechen von Leitfiguren der Rote Armee Fraktion und der Baader-Meinhof-Gruppe in Westdeutschland«, verdeutlichte Paul Hjelm. »In den frühen Siebzigerjahren. Damals waren nur wenige von euch bereits geboren. Der erste Nachkriegsterrorismus.«

»Mit einer ganzen Menge Sympathisanten«, fügte Beyer hinzu. »Kaum jemand wusste, wie umfangreich sie von der DDR finanziert wurden. Und Rudi Schrempf war offenbar einer von ihnen. Der sich dann allerdings weiterentwickelte und Karriere machte.«

»Ausgerechnet beim Springer-Konzern«, merkte Söderstedt an. »Es gibt wohl nur eine Sache, die schlimmer ist, und zwar Bulle zu werden. ›Protest ist, wenn ich sage, das und das passt mir nicht. Widerstand ist, wenn ich dafür sorge, dass das, was mir nicht passt, nicht länger geschieht.‹«

»Der berühmte Satz von Ulrike Meinhof.« Jutta Beyer nickte. »Aber es stört mich enorm, dass du diese Idioten offenbar mal bewundert hast, Arto. Ich bin in der DDR aufgewachsen.«

»Und ich im kommunistischen Polen«, fügte Kowalewski an.

»Und ich in der Sowjetunion«, sagte Laima Balodis.

Was ihr eine Anzahl erstaunter Blicke einbrachte.

»Da sieht man mal, wie schnell wir heutzutage vergessen«, stellte Hjelm fest. »Litauen gehörte immerhin bis 1991 zur Sowjetunion.«

»Damals war ich dreizehn Jahre alt«, erklärte Balodis. »Meine gesamte Kindheit war sowjetisch geprägt. Und außerdem wurden wir von den Russen unterdrückt. Arme Menschen in einem Land mit niedrigem Status, das waren die Litauer. Später dann war es wunderbar, frei zu sein, das möchte ich wirklich betonen. Es war wunderbar, reisen zu können. Aber es war weniger wunderbar zu begreifen, wie sehr man betrogen worden war, wie unzulänglich das eigene Wissen war.«

»Ich möchte betonen, dass ich Anfang der Siebzigerjahre auch noch nicht so alt war«, sagte Söderstedt. »Ich stand weder aufseiten der Sowjetunion, noch habe ich mit der Baader-Meinhof-Gruppe sympathisiert. Aber während meiner Zeit in den rauesten Gefilden Finnlands hatte ich mehr als nur Protest nötig, ich hatte Widerstand nötig. Ich erlebte eine Welt, in der immer der Stärkere siegt. Aber das war nicht die Welt, in der ich leben wollte. Ich wollte nicht einmal, dass sie existiert. Ich wollte Widerstand dagegen leisten.«

»Und deshalb bist du Polizist geworden«, ergänzte Hjelm mit einem dezenten Lächeln.

»Ich auch«, sagte Angelos Sifakis überraschend.

»Du?«, fragte Hjelm.

»Griechenland wurde bis zum Sommer 1974, also bis kurz vor meiner Geburt, von einer Militärjunta regiert«, erklärte Sifakis. »Es war eine rechtsgerichtete Militärdiktatur, die von den USA und dem Westen im Zuge des Kalten Krieges unterstützt wurde. In deren Schatten bin ich aufgewachsen und in eine aufkeimende Demokratie hineinerzogen worden. Ich habe gesehen, wie sich die Korruption ausgebreitet hat und die Demokratie immer stärker sabotierte, und ich wurde in der Tat Polizist, um die Reichen daran zu hindern, sich weiter zu bereichern. Aus Protest. Also, alles ist möglich.«

»Und jetzt ist Griechenland dabei auseinanderzufallen«, sagte Miriam Hershey.

»Die Korruption hat gesiegt«, erklärte Sifakis und machte eine resignierte Handbewegung. »Oder verloren. Wie man es nimmt. Das Misstrauen gegen den Staat und die Enttäuschung haben zur Folge, dass keiner mehr Steuern zahlt. Man hat den Eindruck, dass alle sich nur bereichern wollen. Und damit liegt man nicht ganz falsch. Aber so verliert man sein Land auch.«

»Kurz und gut, Politik ist kompliziert«, fasste Hjelm zusammen und meinte, damit der Diskussion ein Ende gesetzt zu haben. Doch dem war nicht so.

»Dabei wäre das alles doch gar nicht so schwer«, meinte Söderstedt. »Die Basis jeder Politik müsste es sein, dass es allen Bürgern so gut geht wie möglich. So einfach ist das.«

»Zum Glück haben wir dich, damit einer Ordnung in die komplizierten Fragen bringt«, meinte Hjelm.

In dem Moment zuckte wieder ein blauer Lichtblitz durch die Kathedrale. Auf dem slowenischen Bildschirm tauchte diesmal allerdings nicht Miladin Mlakar auf, sondern eine schwer zu identifizierende, fleischige Formation. Ein weißer Hauthügel.

Schließlich hörten sie Mlakars Flüstern: »Ich hoffe, dass ihr das aufzeichnet. Rudi Schrempfs rechte Schulter, ich sehe keinen Einstich. Scheint alles intakt zu sein. Hierher, Rok. So. Linke Schulter. Ist dort etwas zu sehen? Nein Rok, etwas weiter oben, in Richtung Schlüsselbein. Dort, ja. Ich dachte, es wäre ein Muttermal, aber wer weiß. Was sagt ihr in Den Haag dazu? Aber sagt es leise ...«

»Es ist schwer zu erkennen«, antwortete Paul Hjelm und betrachtete den Bildschirm eingehender. »Wir sind auf deine Deutung angewiesen, Miladin.«

»Es ist ein Einstich«, erklärte eine fremde Stimme auf Englisch mit starkem Akzent, vermutlich war es Rok Natek.

»Ich bin mir zwar nicht hundertprozentig sicher«, entgegnete Mlakar, »aber es sieht ganz danach aus. Hol ihn mit dem Zoom näher heran, Rok. Ihr müsst euch den Film dann aufmerksam anschauen. Und irgendwann in einem halben Jahr oder so wird auch noch ein Bericht aus Kroatien eintreffen.«

»Liebe zwischen verbrüderten Völkern«, sagte Hjelm neutral.

»Aber«, erklärte Mlakar etwas lauter, »das wollten wir euch eigentlich in erster Linie gar nicht zeigen. Sondern dies hier. Folgt mir bitte.«

Als hätten wir eine Alternative, dachte Jutta Beyer.

Eine zitternde Kamera fing Miladin Mlakars markante Kinnpartie ein, während er aufstand und eine dezente Geste in Richtung Kamera machte. Sie bewegten sich durch eine, wie es schien, sehr enge und verfallene Gefängniszelle und stießen nach nur wenigen Metern auf eine karge Steinmauer.

»Wenn ihr wüsstet, was wir auf uns nehmen mussten, um für einige Minuten allein in der Zelle sein zu dürfen«, flüsterte Mlakar und hob einen Zeigefinger. Er bewegte ihn langsam und dramatisch an der Steinmauer hinauf. Dann hielt er inne. Die zitternde Kamera zoomte den Zeigefinger ruckartig heran. Aber vor allem das, worauf er zeigte.

Etwas, das aus der Mauer herausragte, aber nur ein kleines Stück, kaum sichtbar. Es war eine kleine Rolle.

Mlakar zog sie sachte heraus. Mit einem unbestreitbaren Gefühl für Dramaturgie rollte er das Papier aus und sagte dann, nach einem undefinierbaren Blick in die Kamera: »Mein Französisch ist grotesk. *Grotesque.*«

»Halten Sie den Zettel einfach in die Kamera, wir machen einen Screenshot und haben eine Kollegin, die ihn uns übersetzen kann«, entgegnete Hjelm.

»Also dann. Hier ist er.«

Zunächst ein wenig wacklig, aber dann gut lesbar, erschien ein französischer Text auf dem Wandschirm.

»Vielen Dank, wir haben es«, rief Arto Söderstedt nach einer Weile aus.

»*Thank you, Mister Sadestatt*«, erwiderte Miladin Mlakar und verbeugte sich theatralisch.

»Nein, wir haben zu danken«, entgegnete Paul Hjelm. »Außerordentlich gute Arbeit auf Goli otok. Bleibt dort, solange am Tatort noch Aktivität herrscht, und lasst von euch hören, wenn sich etwas Neues ergibt.«

»Sind die beiden Stellen in Den Haag eigentlich noch frei?«, fragte Mlakar und zwinkerte mit einem Auge in Richtung Kamera. »Rok ist nämlich ziemlich scharf darauf.«

Die Kamera erzitterte erneut, dann war ein Brummen zu vernehmen, und mit einem blauen Blitz war das Bild verschwunden.

»Das ist ja wie verhext«, rief Paul Hjelm aus. »Ich hätte diese Morde dem aufgestauten Zorn eines frustrierten Spinners zugeschrieben, aber der Zettel zeugt von sorgfältiger, kluger Planung. Du hattest verdammt noch mal recht, Arto. Wir haben es mit einem Serienmörder zu tun.«

»Ich fürchte auch«, erwiderte Söderstedt. »Und er ist in der Tat zornig. Zornig, aber eiskalt. So zornig, dass er eiskalt ist.«

Hjelm wandte sich an den in seinen Computer tippenden Sifakis: »Haben wir irgendwelche unmittelbaren Treffer zu ›Kannibalismus auf Gefängnisinsel‹ und ›Zettel mit Dumas-Zitat‹?«

»Ich habe in der Richtung gesucht«, antwortete Sifakis, ohne den Blick vom Bildschirm zu wenden. »Aber auch das hat keine Treffer erzielt.«

»Schade«, sagte Hjelm. »Corine, wie würdest du diesen französischen Satz übersetzen?«

Bouhaddi hatte mitgeschrieben, als Mlakar die französische Mitteilung in die Kamera gehalten hatte. Mit einem Blick auf ihre Notizen antwortete sie: »Auf dem Zettel in der Gefängnismauer auf Goli otok stand: ›Ein Polizeikommissar im Dienst ist kein Mensch, er ist lediglich ein Werkzeug des Gesetzes, eiskalt, taub und stumm.‹«

»Ich hätte es selbst nicht besser sagen können«, meinte Arto Söderstedt.

Ein kurzer Brief

Flensburg, 20. Mai

Nein, ich weiß nicht, wer Sie sind, Herr Kommissar. Aber ich ahne es. Sie kommen aus Kreisen, in denen ein Polizeikommissar im Dienst kein Mensch ist, sondern lediglich ein Werkzeug des Gesetzes, eiskalt, taub und stumm. Wenn Sie ernsthaft vorhaben, mich festzunehmen, müssen Sie zuvor eine große Anzahl komplizierter Schritte unternehmen. Das Problem besteht darin, dass ich derjenige bin, der diese Schritte vorgibt.

Jeden einzelnen Schritt, den Sie tun.

Um meinen Schritten folgen zu können, ist ein derart selbstständiges Denken nötig, dass Sie mir fast Angst einjagen würden, wenn es Ihnen gelänge. Schließlich ist es leichter, Hinweise zu streuen, als sie zu finden, miteinander zu verknüpfen und ihnen zu folgen. Das verdient Anerkennung, unbekannter Polizist.

Dass Sie dabei jedoch letztlich nur meinem Plan folgen, ist eine andere Sache.

Wann werden Sie diesen Brief also erhalten? In dieser Frage bin ich mir noch nicht ganz sicher. Den richtigen Zeitpunkt zu wählen ist bei alldem wichtig.

Wie auch für Edmond Dantès. Und wenn Sie mir bis hierher gefolgt sind, wissen Sie, was der Graf von Monte Christo unternommen hat.

Heute ist der zwanzigste Mai. Die Nachricht von dem Toten auf Goli otok muss Sie gerade erreicht haben. Wovon sollen wir ausgehen? Dass Sie bereits wissen, in welche Richtung wir unterwegs sind? Wohl kaum. Aber Sie sind sich dennoch im Klaren darüber, dass etwas Wichtiges geschieht, nicht wahr? Sie tappen im Dunkeln, von dem Gefühl verfolgt, ständig das Wichtigste zu übersehen.

Das Wichtigste ist aber nicht Dantès, sondern es geht um Deda, weshalb ich nun zu dem Schluss gekommen bin, dass ich diesen Brief – den ich mit meinem Reisedrucker im Hotelzimmer in der befremdlich wirkenden Grenzstadt Flensburg ausdrucke – immer in der Gesäßtasche meiner Hose bei mir tragen werde. Wenn Sie mich festnehmen, ist er Ihre Belohnung, unbekannter Polizist. Genau dieser Brief.

Sie müssen verstehen, was es für mich bedeutet. Ich bin bei Deda aufgewachsen, er war der wichtigste Mensch in meinem Leben, und mein Leben verlief so, dass ich sah, was er sah, fühlte, was er die ganze Zeit fühlte.

Es ging nicht allein um den Arm.

Obwohl er im Augenblick natürlich auch wichtig ist. Die Jahre, die vergangen sind. Dieser Anfang, der kein richtiger Anfang war. Ich wusste kaum, was ich tat, nur, dass ich es tun musste. Und dann die Intensität. Wie bedeutsam alles wurde. Ich brauchte einen Zollstock, eine Maßeinheit, ein Gewicht. Und damit zeichnete sich irgendwo in der Ferne ein Ziel ab. Eine Zielgerade. Ein Endspurt.

Und auf der befinden wir uns jetzt, Sie, der unbekannte Polizist, und ich.

Als würde ich ernsthaft glauben, dass es noch allein agierende Polizisten gibt. Das ist eine Illusion, der sich Menschen hingeben, die das Weltgeschehen nicht besonders intensiv verfolgen. Der einsame Polizist, der auf eigene Faust einen ebenso einsamen Mörder jagt, ist schon lange Vergangenheit.

Ich werde Sie dennoch meinen unbekannten Polizisten nennen, wie viele Sie auch sein mögen. Es hat etwas Romantisches und Nostalgisches, das ich nur ungern missen möchte. Außerdem denke ich auch wie ein richtig altmodischer Serienmörder. Ich brauche einen Gegner.

Der Arztbericht war nicht das Resultat einer einfachen Rekonstruktion. Es war etwas komplizierter. Der Spezialist für Anatomie kam zu uns nach Hause und nahm Maß und wog. Stimmte die Daten mit den wenigen Punkten ab, die sich auf der Wachstumskurve befanden. Berechnete die Wochen des Nahrungsmangels mit ein. Zog den Knochenstumpf ab. Kam schließlich auf eine Zahl.

Diese Zahl wurde zu dem Maß, das einem anfänglich unendlich vorkam. Es war sozusagen kein Endpunkt in Sicht.

Aber jetzt ist es anders. Das Maß ist voll. Die Waagschalen sind inzwischen fast gleich schwer. Es fehlt nur noch wenig. Und wer der Letzte sein wird, liegt an Ihnen, Sie unbekannter Polizist.

In dieser Welt ist alles eine Frage des Marketings. Es geht um die Kunst, auf sich aufmerksam zu machen, durch das mediale Gebrüll hindurch gehört zu werden. Ich glaube, diese Kunst erlernt zu haben. Und jetzt geht es nur noch darum, ob Sie wissen, was zu tun ist, unbekannter Polizist. Wie man die Muskeln anspannt. Wie stark sie sind, spielt keine Rolle, entscheidend ist, wie man sie einsetzt.

Noch einmal: Denken Sie an Edmond Dantès.

Genau wie im Fall des engelsgleichen Dantès kommt es ganz unerwartet, dass ich mich dieser Sache annehmen muss. Ich war ehrlich gesagt noch nie ein Agitator, sondern bin immer eher ein introvertierter Denker als eine extrovertierte Meinungsmaschine gewesen. Doch dann kam der Augenblick, in dem mir alles klar wurde, alles so selbstverständlich erschien.

In dem der Gedanke geboren wurde.

Während eines glasklaren Moments habe ich genau gesehen, wie sich Dedas Lebensgeschichte zu der entwickelte, die sie geworden ist. Welche Denkweise den Weg bereitet hat für sein Lebensschicksal.

Und sie existiert immer noch. Sie lebt und gedeiht. Sie wird immer noch akzeptiert und ist eigentlich nie hinterfragt oder gar bestraft worden.

Aus der Rauchwolke über Manhattan und dem grotesken Jubel hat sich Deda erhoben. In dieser miefigen Cafeteria, in der der Fernseher laut lief und sich der Jubel immer mehr steigerte, saß er plötzlich neben mir. Die Rauchwolke der einstürzenden Türme auf dem Fernsehbildschirm vereinigte sich mit dem Rauch von Dedas schwarzem Tabak, der immer über dem alten Schaukelstuhl hing, der so dicht neben dem Bücherregal stand, weil es keinen rechten Arm mehr gab, der Platz benötigt hätte.

Ich kann mir den Schaukelstuhl ohne Tabakrauch gar nicht vorstellen, es gibt ihn einfach nicht, ohne Tabakrauch wäre es vollkommen leer neben dem Bücherregal zu Hause bei Baba und Deda.

Schließlich zeichnete sich Dedas kluges altes Gesicht durch die Rauchschwaden hindurch ab. In der schmutzigen Cafeteria habe ich für einen Augenblick sein prägnantes Vogelprofil gesehen, bevor er sich mir zuwandte und in seiner milden Art fragte: »Hast du mich wirklich vergessen, Lapushka?«

Da hat es begonnen, unbekannter Polizist.

Ihr Problem besteht darin, dass es auch dort enden wird. Sie werden diesen Brief niemals lesen.

Denn es gibt Sie nicht.

Liveübertragung

Den Haag, 20./21. Mai

Als Felipe Navarro mit einem Ruck im Lesesessel erwachte, stellte er fest, dass er auf seiner Krawatte kaute.

Überhaupt war er in einem eigenartigen Zustand, er erkannte sich selbst nicht wieder. Eine vage, unergründliche Unruhe riss und zog an ihm.

Es war stockdunkel in der frisch renovierten Dreizimmerwohnung in der Papestraat im Zentrum von Den Haag. Bereits vor einem halben Jahr war seine Ehefrau aus Madrid zu ihm gezogen, aber er hatte sich noch immer nicht ganz daran gewöhnt, nicht mehr allein zu sein. In einem weiteren halben Jahr würde er hingegen keine Sekunde mehr allein sein. Da würde er die Nächte damit verbringen, einen vor Bauchweh schreienden Sohn durch die Wohnung zu tragen, die ihm immer enger vorkommen würde.

Aber vielleicht hatten ja gar nicht alle Babys Verdauungsstörungen?

Er horchte in die Dunkelheit hinein und hörte Felipas leichte Atemzüge vom Schlafzimmer her. Sie schlief immer gut. Hatte nie Albträume, nie Schlafstörungen. Er beneidete sie.

Bislang hatte Felipe auch genügend Schlaf bekommen, doch in den vergangenen Nächten hatte ihn eine starke Unruhe geplagt. Und er begriff nicht, warum. So viel hatte sich doch nicht verändert? Gut, sie würden ein Kind bekommen. Aber das konnte doch nicht der Grund für eine existenzielle Krise sein. Oder doch?

Jedenfalls riss und zog die Unruhe weiter an ihm. Er überlegte, ob er sich zu Felipa ins Bett legen sollte. Sie neben sich zu spüren beruhigte ihn normalerweise. Doch ihm wurde sofort klar, dass es heute nicht helfen würde.

Er schrieb ihr einen Zettel. Falls Felipa wider Erwarten innerhalb der nächsten Stunden aufwachen würde. Die Nachricht würde sie zwar eher beunruhigen, aber er hatte das Gefühl, sich verantwortungsbewusst zu verhalten.

»Liebling«, schrieb er. »Ich kann nicht schlafen. Gehe kurz raus und schnappe ein wenig Nachtluft. Hab das Handy dabei. Küsschen.«

Er verließ die Wohnung.

Die Nacht war ungewohnt dunkel. Keine Sterne am Himmel, kein Mond, und auch die Lichter der Stadt waren erloschen. Als wäre das Universum schlicht und einfach ausgeschaltet worden.

Er machte sich auf den Weg in Richtung Innenstadt, in der Hoffnung, dass dort noch ein wenig Leben wäre. Endlich, auf Höhe der Prinsestraat sah er die ersten Lichter. Er bog rechts in die Straße ein. Hier waren Menschen in kleinen Grüppchen unterwegs. Die eine oder andere Kneipe hatte noch geöffnet. Ein gewöhnlicher Donnerstagabend in Den Haag, vielleicht nicht gerade das Urbanste, was der Erdball zu bieten hatte.

Er schüttelte sein Unbehagen ab.

Als er aufschaute, stand er vor einem Coffeeshop. Irgendjemand dort drinnen winkte ihm durch das schmutzige Fenster zu. Doch er konnte nicht erkennen, wer. Etwas unentschlossen blieb er stehen.

Die Coffeeshops in Holland stellten Ausländer und besonders ausländische Polizisten vor ein Dilemma. Etwas Marihuana oder Weed in einem Coffeeshop zu rauchen war in Holland nicht verboten. Aber sich als spanischer Polizist mit einem Joint im Mundwinkel ertappen zu lassen war im Hinblick auf die eigene Karriere vermutlich ungünstig. In Spanien war es illegal, hier legal. Machte man einen Fehler?

Glücklicherweise hatte sich diese Frage für ihn bislang noch nicht gestellt, denn Felipe Navarro war an Drogen nicht interessiert. Er betrachtete die winkende Gestalt näher, konnte jedoch beim besten Willen nicht erkennen, wer es war. Im Normalfall hätte ihn sein hochaktives Über-Ich daran gehindert hineinzugehen, aber in dieser Nacht war sein Über-Ich nicht besonders aktiv.

Auf der Schwelle schlug ihm eine süßliche Rauchwolke entgegen. Ihn befiel die Assoziation von Opiumnebel in verruchten chinesischen Kellerlokalen, und er musste sich erst ein Blickfeld freifächeln. Die Luft anhaltend, ging er auf die Gestalt zu, die in der Ecke am Fenster saß. Erst als er näher kam, stellte er fest, dass es Corine Bouhaddi war. Sie sah anders aus als sonst, nicht zuletzt aufgrund des Joints in ihrer rechten Hand.

»Du machst also eine Nachtwanderung?«, fragte sie entspannt.

»Schlafstörungen«, antwortete Navarro, schüttelte ihre ausgestreckte Hand und setzte sich.

»Und was spukt in deinem Kopf herum? Das Kind?«

»Unter anderem«, antwortete Navarro. »Ehrlich gesagt, weiß ich es nicht genau. Es ist eine innere Unruhe. Und du?«

Bouhaddi lachte auf und antwortete: »Allein ist man stark.«

»Okay ...?«, meinte Navarro und spürte, wie sich eine erstaunliche Ruhe in ihm ausbreitete.

»Ach, vergiss es«, wiegelte Bouhaddi ab. »Ich erschrecke nur vor meinem eigenen Spiegelbild, das ist alles.«

»Ist es uncool, noch nie in einem Coffeeshop gewesen zu sein?«, fragte Navarro und schaute sich um.

»Nein, finde ich nicht«, antwortete Bouhaddi. »Du bist viel weniger uncool, als du glaubst. Du hast diese Ausstrahlung gar nicht.«

»Diese Ausstrahlung? Du hast wohl zu viel geraucht.«

»Du wirkst gar nicht so korrekt, wie du meinst. Es reicht nicht aus, nur immer wieder den Krawattenknoten zurechtzurücken.«

Jetzt musste Navarro lachen. »Ich verstehe, was du meinst«, entgegnete er. »Kommst du oft hierher?«

»Wenn deine Frage darauf abzielt, ob ich viel rauche, lautet die Antwort nein.«

»Das war nicht meine Frage. Ich weiß ja, dass du nichts trinkst.«

»Mein Problem ist, dass ich mir nicht einfach einen doppelten Whisky einschenken und spüren kann, wie sich vorübergehend eine Ruhe in meinem Körper ausbreitet.«

»Wie gläubig bist du eigentlich? Kannst du nicht einmal ein Glas Wein trinken?«

»Ich habe noch nie in meinem ganzen Leben Alkohol getrunken«, antwortete Bouhaddi. »Kannst du dir das überhaupt vorstellen?«

»Und du betest fünfmal am Tag in Richtung Mekka?«

»Meine Abstinenz hat gar nichts mit dem Islam zu tun«, antwortete Bouhaddi ruhig, »sondern mit den Grenzen, die man sich für seine eigene Welt setzt. Alkohol hat in meiner Welt nie eine Rolle gespielt. Aber ich fühle mich dennoch gut.«

»Das stellt wohl das Verhältnis der Europäer zum Alkohol in ein anderes Licht«, sagte Navarro. »Man lässt bestimmte Gifte zu, andere werden verboten. Alles hat mit Tradition zu tun. Und nur sehr wenig mit Moral.«

»Willst du mal probieren?«

»Nicht jetzt. Ich will ja nicht noch aufgedrehter werden, als ich es ohnehin schon bin. Und du erschrickst vor deinem eigenen Spiegelbild?«

»Ich fühle mich einsam«, antwortete Bouhaddi. »Ich bin immer allein gewesen und habe mich dabei immer sehr gut gefühlt. Aber jetzt nagt die Einsamkeit an mir. Irgendetwas ist nicht in Ordnung.«

»Und was hat dich heute Abend hierher verschlagen?«, fragte Navarro.

»Ich weiß zwar, dass ich den Rest meines Lebens allein leben werde. Ich bin kein Beziehungsmensch. Es ist auch nicht so, dass ich jemanden vermisse. Aber ich vermisse etwas.«

»Ist das nicht vielleicht dasselbe?«

»Gib doch zu, dass du dich fragst, ob ich noch Jungfrau bin.«

Navarro lachte auf. »Ehrlich gesagt habe ich diesen Gedanken noch nicht einmal in Betracht gezogen«, erklärte er. »Aber jetzt lässt er mich nicht mehr los.«

Bouhaddi lachte ebenfalls und sagte: »Männer.«

»Aber brauchen wir nicht Nähe und Sexualität? Ist das nicht Teil unserer menschlichen Existenz?«

»Es gibt zwei Dinge, die ihr Europäer euch einfach nicht wegdenken könnt, und das sind Alkohol und Sex. Wenn ich sagen würde, dass keines von beiden auch nur irgendeine Rolle in meinem Leben spielt, wie fremd wäre ich dir dann?«

»Ziemlich«, gab Navarro zu. »Aber auf spannende Art und Weise.«

»Weil meine gesammelte sexuelle Frustration mich heute Abend hierher getrieben hat?«

»So hätte ich es nicht ausgedrückt. Aber das macht die Sache natürlich umso interessanter.«

Bouhaddi lachte.

Navarro lachte mit und meinte dann: »Andererseits kann man die Lust auf Alkohol wohl nicht so ganz mit der Lust auf Sex vergleichen ...«

»Jetzt überschätzt du aber die Biologie«, erwiderte Bouhaddi. »Wie du es auch tust, wenn du ein Kind zeugst. Und dann Angst davor hast. Biologische Angst.«

»Das stimmt vermutlich. Aber ich wünsche mir wirklich ein Kind. Warum habe ich also Angst?«

»Weil sich dein Leben radikal verändern wird«, antwortete Bouhaddi und drückte ihren Joint aus. »Weil du zu einer Verantwortung gezwungen wirst, die dein gesamtes bisheriges Leben in einen Jugendtraum verwandeln wird. Weil du ein Kontrollmensch bist, der weiß, dass das Heranwachsen eines Kindes nur sehr wenig mit Kontrolle und Beherrschung zu tun hat. Und weil es verdammt anstrengend zu Hause werden wird.«

»Vermutlich.« Navarro lächelte und betrachtete die langsam erlöschende Kippe im Aschenbecher. »Ich würde gern mal einen probieren.«

»Bist du dir sicher?«, fragte Bouhaddi. »Das erste Mal kann etwas ... überraschend sein.«

»Ich bin mir sicher. Ich brauche eine Überraschung. Kannst du mir das Mildeste besorgen, was es gibt?«

Während Bouhaddi in Richtung Theke ging und den Barmann auf Holländisch ansprach, musste Navarro über das nachdenken, was sie gesagt hatte. Es würde zweifellos verdammt anstrengend zu Hause werden.

Bouhaddi kehrte mit zwei leicht kegelförmigen Zigaretten zurück, einer rosafarbenen und einer hellblauen. Sie zündete beide an und gab Navarro die rosafarbene.

Er betrachtete sie. Es war nur ein kleiner Schritt. Vielleicht würde seine Unruhe, die sich bereits stark verringert hatte, ganz verschwinden? Er nahm den Joint in den Mund und sog daran. Dann fragte er: »Du sprichst also Holländisch?«

»Ein bisschen«, antwortete Bouhaddi und nahm ebenfalls einen Zug. »Ich habe einen Kurs belegt, schließlich lebe ich ja allein, ohne Sex. Da habe ich Zeit.«

Navarro lachte auf, dann stellte er fest, dass seine Füße in Richtung Ausgang wanderten. Da das nicht gerade der Anblick war, den er zu sehen gehofft hatte, starrte er rasch vor sich auf die Wand. Um zu prüfen, ob die Wand sich ebenfalls veränderte. Sie tat es nicht. Doch als er den Blick wieder zurück auf den Ausgang richtete, standen seine Füße dort und warteten auf ihn. Mit Schuhen und allem Drum und Dran.

»Meine Füße sind weggelaufen«, sagte Navarro.

»Aha«, meinte Bouhaddi mit einem leichten Seufzer. »Sag nicht, dass ich dich nicht gewarnt hätte.«

»Davon hast du mir nichts gesagt.«

»Wie es scheint, ist der Abend wohl zu Ende«, stellte Bouhaddi fest. »Vielleicht ist es auch gut so. Können deine Füße noch warten, bis ich fertig geraucht habe?«

Navarro warf einen Blick auf seine Füße. Sie wirkten zwar etwas ungeduldig, aber sie standen noch da. Allerdings begann seine linke Hand nun sich ziemlich seltsam zu bewegen. Er berichtete Corine Bouhaddi von seinem Zustand.

Sie meinte: »Ich glaube, ungefähr so würde es mir ergehen, wenn ich Alkohol probieren würde. Halt die Hand einfach dicht am Körper. Es könnte stressig werden, wenn wir ihr auch noch hinterherlaufen müssten. Sie kann bestimmt fliegen.«

Er sog ein weiteres Mal an seinem kegelförmigen rosafarbenen Joint. Bouhaddi nahm ihn ihm aus der Hand und zerdrückte ihn im Aschenbecher.

»Ich habe das Gefühl, dass die Zeit jetzt ziemlich schnell voranschreitet«, sagte Navarro. »Sollen wir direkt zum Europolgebäude gehen?«

»Das wäre eher ein Fehler«, antwortete Bouhaddi ruhig und nahm einen tiefen Zug von ihrem hellblauen Joint.

»Vor Hjelm kann ich mich ja nicht so benehmen«, meinte Navarro. »Müssen wir direkt zu ihm gehen? Es ist ja immerhin eine Liveübertragung.«

»Ich überlege gerade, ob ich dich in seinen Briefkasten werfen soll«, entgegnete Bouhaddi und nahm noch einen Zug. »Könntest du dich in eine Morgenzeitung verwandeln?«

»Die Zeit faltet sich zusammen«, antwortete Navarro.

»Wunderbar«, meinte Bouhaddi.

Sie holten seine Füße oben in der Oude Molstraat ein. Doch in dem Moment löste sich seine linke Hand vom Körper und beförderte sein Schlüsselbund hinauf in eine Baumkrone.

Bouhaddi schaute ihm nach, merkte sich, wo es gelandet war, und kam zu dem Schluss, dass es sich um eine Linde handelte.

»Du fandst es also angemessen, deine Schlüssel in eine Linde hinaufzuwerfen, Felipe?«, fragte sie.

»Das war ich nicht«, entgegnete Navarro. »Es war die Hand. Sie hat dort oben ihr Nest.«

Sie mussten klingeln. Es dauerte zehn Minuten, bis Felipa Navarro in der Türöffnung erschien, zierlich und mit wirr abstehenden Haaren. Sie starrte die beiden verblüfft an.

»Tut mir leid«, sagte Corine Bouhaddi. »Ich habe ihn in der Stadt aufgelesen. Ich glaube, er gehört zu dir.«

»Die Füße«, rief Navarro.

In dem Augenblick begann Felipa Navarro zu lachen. Erst leise und erstaunt, doch dann immer lauter. Schließlich steckte sie Bouhaddi an, die lachend begann, eine Kartenskizze auf die Rückseite eines Zettels zu malen, der auf der Kommode lag.

Während Felipe Navarro seinen Füßen in die Küche folgte und ihnen dabei bedeutete, leiser zu sein, zeigte Bouhaddi auf ihre Karte und erklärte: »Er hat sein Schlüsselbund in diesen Baum hier geworfen, eine Linde. Er hängt ungefähr vier Meter über dem Boden. Möglicherweise mit den geheimen Europolschlüsseln am Bund.«

Felipa Navarro nickte aufmerksam und fragte dann: »Coffeeshop?«

»Er ging vorbei. Ich habe ihm zugewunken. Er hat einen milden Joint genommen. Die Schuld liegt zum Teil bei mir.«

»Er ist ein erwachsener Mensch«, entgegnete Felipa Navarro. »Es ist seine eigene Schuld. Ich selbst bin mal von einer Arbeitskollegin nach Hause geschwommen. Buchstäblich geschwommen, den ganzen Weg. Aber das war natürlich, bevor ich schwanger wurde, das möchte ich betonen. Er weiß aber nichts davon. Er ist immer so verantwortungsbewusst.«

»Möglich, dass es damit jetzt vorbei ist«, sagte Bouhaddi schulterzuckend. »Ich wünsche euch jedenfalls eine gute Nacht. Soll ich dir noch helfen, ihn vom Küchentisch herunterzuholen?«

»Kommt jetzt von der Lampe runter«, brüllte Felipe Navarro. »Und zwar beide.«

»Würdest du das tun?«, bat Felipa Navarro. »Ich helfe auch mit.«

»Klar«, antwortete Corine Bouhaddi und ging in die Küche.

Felipa Navarro folgte ihr. Sie bemühte sich nach Kräften, nicht wieder loszulachen.

»Wir sind schließlich auf Sendung«, schimpfte Felipe Navarro und streckte sich nach seinen Füßen auf der Küchenlampe.

Heureka x 2

Den Haag, 21. Mai

»Das ist doch zum Mäusemelken«, rief Angelos Sifakis und klappte seinen Laptop mit einem Knall zu. »Eigentlich hätten wir jetzt einige Treffer erzielen müssen. Wir suchen immerhin schon seit anderthalb Tagen ununterbrochen.«

Paul Hjelm, der von seinem Chefzimmer aus gerade auf dem Weg in die offene Bürolandschaft war, blieb bei Sifakis stehen und fragte: »Machen wir vielleicht etwas falsch?«

»Offenbar alles«, entgegnete Sifakis mürrisch.

»Denken wir falsch? Ich meine, gibt es einen grundlegenden Denkfehler?«

»Ich finde ihn jedenfalls nicht. Ich bin alle möglichen Kombinationen durchgegangen und habe sie gedreht und gewendet. Aber es funktioniert nicht. Keinerlei Zettel mit Zitaten aus dem *Grafen von Monte Christo* zum Beispiel. Es gibt keinen einzigen.«

»Können wir uns hier versammeln?«, fragte Hjelm laut. »Es gibt Neuigkeiten.«

Die Bürostühle nahmen Fahrt auf, und Rollgeräusche hallten durch die offene Bürolandschaft. Schließlich waren alle zusammengekommen, und Hjelm erklärte: »Es geht um Rudi Schrempfs Handy, das genau wie das Telefon von Roman Vacek seit dem Mord verschwunden ist und auch nicht eingeschaltet wurde. Wir haben in der Zwischenzeit zwei unbekannte Telefonnummern lokalisiert, über die Vacek und Schrempf an den Tagen vor den Morden angerufen wurden. Eine Nummer pro

Opfer, beide führen zu Handys mit SIM-Karte und sind nach den Morden ebenfalls nicht mehr verwendet worden. Wir haben zwei geografische Positionen erhalten – ein Café in Triest, von dem aus einen Tag vor dem Mord angerufen wurde, und einen Badestrand in Lopar im Norden von Rab, der Touristeninsel, die Goli otok am nächsten liegt. Wir haben unsere Freunde Miladin Mlakar und Rok Natek darauf angesetzt, Zeugen zu finden.«

»Gut«, sagte Miriam Hershey, »aber die Linie Triest – Rab beschreibt doch eigentlich nur die direkte Route von Capraia nach Goli otok.«

»Und eindeutigere Zeugenaussagen über das Aussehen des Mörders werden wir wohl kaum erhalten«, fügte Laima Balodis hinzu. »Denn unser Mann mit dem Schnauzbart hat sich bestimmt nicht plötzlich demaskiert.«

»Aber wir haben in diesem Zusammenhang eine spannende Sache entdeckt, oder, Marek?«, fügte Hjelm an.

Marek Kowalewski nickte stolz. »Ich habe herauszufinden versucht, woher die beiden SIM-Karten stammen. Was mir auch gelungen ist. Sie wurden beide in Livorno in einem Laden namens Computer Discount in der Via Scali d'Azeglio verkauft. Am siebten Mai um 14.12 Uhr wurden sie bar bezahlt, und wir haben Donatella Bruno dorthin geschickt, um Zeugenaussagen einzuholen. Vielleicht erinnert sich ja jemand an den Käufer.«

»Das klingt ja sehr vielversprechend«, bemerkte Hershey sarkastisch.

»Aber das ist zweitrangig«, erklärte Kowalewski. »Unser Mann mit dem Schnauzbart hat nämlich nicht zwei, sondern *drei* SIM-Karten gekauft.«

Für einen kurzen Augenblick herrschte Stille.

Angeregt fuhr Kowalewski fort: »Wir haben auch die Nummer der dritten SIM-Karte. Wenn er sie wählt oder über sie angerufen wird, gibt mein Handy folgendes Signal von sich.«

Ein disharmonischer Klangteppich von verzerrten Kirchenglockentönen hallte durch die Bürolandschaft.

»Ausgezeichnet«, sagte Hjelm und nahm die Hände wieder

von den Ohren. »Und dann hat Jutta noch etwas mehr über Rudi Schrempf herausgefunden, nicht wahr?«

»Ich war gestern in Hamburg«, berichtete Beyer, »sowohl in der Redaktion des *Hamburger Abendblatts* als auch zu Hause bei Schrempfs Witwe. Dort gab es jedoch keinen Computer, denn laut Aussage der Witwe verreiste Rudi Schrempf nie ohne sein MacBook Air, aber es gab immerhin eine Back-up-Festplatte im Haus, an der die Computertechniker zurzeit intensiv arbeiten. In seinem Arbeitscomputer in der Redaktion gab es keinerlei Hinweise auf eine Reise nach Kroatien, weshalb wir es also wahrscheinlich erneut mit einem ›geheimen Auftrag‹ zu tun haben. Schrempf arbeitete als Ressortleiter nur in Teilzeit, und an den betreffenden Tagen hatte er frei. Keiner seiner Arbeitskollegen wusste etwas von einer Reise, aber seine Witwe sagte, dass er an ›etwas Großem‹ gearbeitet habe. Sie habe, Zitat, ›sich daran gewöhnt, ihm keine näheren Fragen zu seiner Arbeit zu stellen‹.«

»Er hatte einen Flug Hamburg – Split und retour gebucht«, erklärte Balodis. »Von Split aus ging es weiter mit einem Inlandsflug nach Rab und dann mit einem kleinen Schiff weiter nach Goli otok. Also nichts Auffälliges.«

»Aber hier haben wir eine Auffälligkeit«, sagte Hershey, den Blick auf ihren Computer geheftet. »Das Obduktionsprotokoll kommt gerade aus Kroatien. Rudi Schrempf starb an einem Messerstich ins Herz, der von vorn von einem Rechtshänder ausgeführt wurde.«

»Und der Nadelstich?«, fragte Hjelm.

»Ja«, antwortete Hershey, ohne den Blick von ihrem Bildschirm abzuwenden. »Es gibt in der Tat einen Einstich, an der gleichen Stelle an der linken Schulter wie bei Roman Vacek. Aber es wurde kein Gift im Körper gefunden.«

»Hm«, meinte Hjelm. »Eigenartig.«

»Allerdings«, stimmte Hershey zu. »Schwer zu erklären. Ist ihm das Gift ausgegangen?«

»Aber warum dann der Einstich?«, fragte Hjelm. »Hat irgendwer irgendwelche Hypothesen?«

»Das ist in der Tat sehr eigenartig«, meinte Söderstedt. »Es hat aber etwas zu bedeuten. Es ist eine Aussage.«

»Die besagt ...?«

»Keine Ahnung. Ich hab wirklich keinen blassen Schimmer.«

»Aber dennoch ist es eine interessante Information«, urteilte Hjelm. »Zwei Dinge: das bislang noch unbenutzte Handy und die Pferdespritze ohne Gift. Warum zum Teufel finden wir nicht mehr? Warum führen uns unsere Suchergebnisse nicht weiter? Gibt es denn wirklich keine früheren Opfer, in ganz Europa nicht? Hat er erst jetzt mit dem Morden begonnen?«

»Warte«, rief plötzlich Felipe Navarro, der ungewöhnlich träge und mit falsch gebundener Krawatte über seinem Computer gehangen hatte. »Warte, warte, warte«, wiederholte er. »Du hast da ein Schlüsselwort genannt.«

»Welches denn?«, fragte Hjelm. »Dass er erst jetzt begonnen hat?«

»Nein, nein«, antwortete Navarro und tippte in fliegender Hast etwas in seinen Computer. »Ich habe an den Massicotte-Ermittlungen gesessen und bin nicht vorangekommen. Aber da ist etwas. Warte, ich hab's gleich.«

»Was für ein Schlüsselwort habe ich denn verdammt noch mal gesagt?«, rief Hjelm aus.

»Europa«, antwortete Navarro. »Die meisten berüchtigten Gefängnisinseln liegen nämlich nicht in Europa. Sondern beispielsweise in ... Brasilien.«

»Jetzt rede endlich Klartext«, forderte Hjelm ihn auf.

»Ihr erinnert euch vielleicht an Udo Massicottes Karriere als Arzt für plastische Chirurgie«, begann Navarro und klickte weiter. »Dass er diesen entscheidenden Schritt aus Europa heraus machte und in Brasilien und Thailand Zentren aufbaute, wodurch sich im Laufe der Zeit ein regelrechter Tourismus für plastische Chirurgie entwickelt hat. Medizinischer Tourismus. In diesem Zusammenhang wurde Massicotte in eine Reihe krimineller Machenschaften verwickelt, oftmals allerdings nur indirekt. Und unter anderem sind wir dabei auch auf ... Kannibalismus gestoßen. Heureka! Massicotte wurde bei einem Gerichtsverfahren in Rio de Janeiro als Erkennungszeuge geladen. Damals war ein alter Freund von ihm aus seiner Studienzeit in Turin auf Ilha Grande, einer Insel hundertfünfzig Kilometer südlich von Rio, ermordet aufgefunden worden. Das Gefängnis schloss 1994. Das Opfer wurde im Februar 2003 in einer ausgedienten Gefängniszelle entdeckt.«

»Todesursache?«

»Messerstich ins Herz. Sowie ein posthumer Biss in den rechten Oberarm.«

»Kein Gift?«

»Unklar, ob überhaupt eine toxikologische Untersuchung durchgeführt wurde«, antwortete Navarro. »Auch kein Hinweis auf einen Zettel mit einem literarischen Zitat.«

»Die Sache muss natürlich nicht unbedingt etwas mit unseren Fällen zu tun haben«, sagte Hjelm. »Aber sie klingt verdammt vielversprechend. Felipe, kontaktiere die brasilianische Polizei und versuche Ermittler von damals ausfindig zu machen. Angelos, leite eine größere globale Suche in die Wege. Ich kontaktiere Interpol wegen der Zusammenhänge. Und ihr anderen: Bereitet euch auf Fernreisen vor. Übrigens, einwandfreie Arbeit, Felipe.«

»Thailand hat doch auch eine ehemalige Gefängnisinsel«, sagte Marek Kowalewski. »Dort haben sie *Survivor* gedreht. Ich melde mich freiwillig.«

Die Gruppenmitglieder rollten zurück an ihre Plätze. Allerdings mit einer Ausnahme. Corine Bouhaddi rollte auf Felipe Navarros Platz zu.

»Super Job«, sagte sie und legte die Hand auf seine Schulter. »Alles in Ordnung?«

»Ja«, antwortete Navarro und begegnete ihrem Blick. »Ich bin erstaunlich okay. Hoffentlich fange ich nicht irgendwann an, Drogen zu verteidigen.«

»Das nächste Mal werde ich dich filmen«, meinte Bouhaddi. »Ich verspreche dir, das wird das Risiko mindern.«

Sie lachten kurz.

Bouhaddi löste seine Krawatte, band sie neu und rückte sie zurecht. »Habt ihr die Schlüssel gefunden?«, flüsterte sie.

Navarro lächelte, nickte kurz und fragte dann: »Und du? Bist du okay?«

»Ja, langsam, aber sicher wieder. Ich beginne, meine Einsamkeit zu akzeptieren.«

»Meine Füße haben die ganze Nacht auf der Küchenlampe geschlafen«, sagte Navarro.

Erneut lachten sie.

Dann wurden sie wieder ernst, und Corine Bouhaddi fragte: »Was wissen wir über das brasilianische Opfer?«

»Nur das, was in der Massicotte-Akte steht. Udo Massicotte und das Mordopfer wohnten um 1970 herum auf demselben Studentenwohnheimsflur in Turin. Vor vierzig Jahren. Das Opfer hieß Giorgio Sansotta und studierte Politikwissenschaften und Soziologie. Er emigrierte noch in den Siebzigerjahren nach Brasilien und war bis zu seinem Tod Professor für Soziologie an der Universidade de São Paulo.«

»Also noch ein Professor …«

»Aber diesmal für Soziologie«, wandte Navarro ein. »Daneben haben wir den ermordeten Naturwissenschaftler Roman Vacek und Udo Massicotte. Aber Massicotte wurde vielleicht gar nicht ermordet. Außerdem hat er nichts mit den anderen zu tun. Sie sind alle drei Opfer auf drei Gefängnisinseln geworden, ein Professor, ein Journalist und ein Politiker. Was verbindet sie?«

»Hat Massicotte wirklich nichts mit den anderen zu tun gehabt? Denn er kannte diesen Sansotta ja offenbar.«

»Ja, vor fast einem halben Jahrhundert. Seitdem haben sie aber offenbar nichts mehr miteinander zu tun gehabt. Massicotte ist wahrscheinlich nur bei dem Gerichtsprozess in Rio geladen worden, weil er in der Nähe war. Seine Zeugenaussage steht in der Akte. Er sagte nicht gerade viel. Ich zitiere: ›Wir waren Ende der Sechzigerjahre, Anfang der Siebziger in Turin gute Freunde. Beide ambitioniert, wenn auch auf unterschiedlichen Gebieten und mit unterschiedlicher politischer Grundhaltung, denn die Zeiten damals waren ja sehr politisch. Dennoch haben wir uns ausgezeichnet verstanden. Der Giorgio, an den ich mich erinnere, war schlicht und einfach ein netter Typ. Unkompliziert. Aber ich habe ihn seit Mitte der Siebzigerjahre nicht mehr gesehen. Wir haben uns aus den Augen verloren, wie das halt so ist.‹«

»Eine ziemlich gehaltlose Aussage«, bemerkte Bouhaddi. »Wofür haben sie ihn eigentlich gebraucht? Der Mann war doch bereits tot.«

Navarro tippte auf seinem Computer. »Wir müssen natürlich noch mehr über die Voruntersuchungen und den Prozess in Erfahrung bringen«, sagte er. »Aber hier finde ich nur Zeitungsartikel. Wie gut ist dein Portugiesisch?«

»Geht so«, antwortete Bouhaddi. »Ich habe einen Kurs belegt, denn ich lebe ja allein, ohne Sex. Ich habe Zeit.«

Navarro lachte auf und vergrößerte den Zeitungstext.

Bouhaddi las und fasste zusammen: »Es gab offenbar einen Verdächtigen. Einen Studenten, der sich zur gleichen Zeit auf Ilha Grande aufhielt und öffentlich kundgetan hatte, dass er Giorgio Sansotta hasste. Er bezeichnete ihn als ›einen extrem unsympathischen Menschen, er war ein Politoffizier‹. Sansottas Angehörige gingen an die Decke und ließen eine ganze Schar Zeugen einberufen, die aussagen sollten, wie herzensgut Giorgio doch gewesen sei, darunter auch seinen Jugendfreund Udo Massicotte, der damals als Arzt für plastische Chirurgie in Rio tätig war. Der Student wurde jedenfalls mangels Beweisen wieder freigelassen. Der Mord wurde nie aufgeklärt.«

»Politoffizier?«, fragte Navarro.

»Politkommissar«, erklärte eine Stimme von der Seite her.

»Wie bitte?«, fragte Navarro und drehte sich um.

Arto Söderstedt schaute über seine zusammengeflickte Lesebrille hinweg von seinem Computer auf und erklärte: »Der Begriff wurde nach der Russischen Revolution von Trotzki eingeführt, als man Offiziere umerziehen wollte, die unter dem Zar gedient hatten. Aber das Wort ›Politoffizier‹ wurde ebenfalls ganz allgemein für verblendete kommunistische Ideologen benutzt. Gibt es bei euren Brasilianern Anzeichen dafür?«

Navarro fixierte wieder den Bildschirm.

Schließlich antwortete er: »Ja, es gibt gewisse Anzeichen. Sansotta stand in den Achtzigerjahren Lula ziemlich nahe.«

»Lula?«, fragte Söderstedt. »Der damals amtierende brasilianische Präsident? Wie heißt er noch, da Silva?«

»Genau«, antwortete Navarro, »Luiz Inácio da Silva alias Lula wurde als Sohn armer Bauern geboren, die nicht lesen und schreiben konnten, und entwickelte sich in den Siebzigerjahren während der brasilianischen Militärdiktatur zu einem energischen Gewerkschaftskämpfer. Und als er später, in den Achtzigerjahren, die Partei gründete, die schließlich zur größten linken Partei Brasiliens wurde, stand Giorgio Sansotta als marxistischer Theoretiker an seiner Seite. Doch Sansotta war angeblich zu radikal für jede Form der Realpolitik, und man zwang ihn, klammheimlich die Partei zu verlassen.«

»Da haben wir doch die Verbindung«, sagte Bouhaddi und zeigte eifrig auf Navarros Bildschirm. »Drei Kommunisten.«

»Noch dazu führende Kommunisten«, rief Jutta Beyer aus, die neben Söderstedt saß. »Die aktiv Propaganda betrieben. Ich habe gerade einige der frühen Artikel von Rudi Schrempf in *Agit 883* und in *konkret* gelesen. Er war wirklich durch und durch revolutionär. Er hat sich nicht einmal von den Gewalttaten der RAF distanziert. Auch später nicht, als er mehr zum traditionellen Journalismus überging.«

»›In einer kapitalistischen Gesellschaft gibt es keine Unschuldigen‹«, zitierte Arto Söderstedt und zog eine düstere Grimasse.

»Aber geht es nicht genau darum?«, fragte Beyer. »Beschäftigen wir uns nicht mit der ›Schuld der Linken‹?«

»Angesichts des äußerst sympathischen Gleichheitsgedankens, der dem Sozialismus zugrunde liegt, ist es frappierend, wie viele Menschen doch in der einen oder anderen Situation eine Neigung zu totalitären Denkweisen haben«, antwortete Söderstedt. »Oftmals handelt es sich ja um reine Frustration.

Wie intensiv man auch diskutiert, man kann die Macht nicht überlisten, man muss die Macht erzwingen. Man verleibt sich die Macht ein. Man wird mächtig. Und beginnt zu denken wie ein Mächtiger.«

»Und wie steht es diesbezüglich mit Roman Vacek, unserem tschechischen Eurokommunisten?«, fragte Beyer. »Was sagt ihr dahinten, die ihr ihn näher unter die Lupe genommen habt?«

Laima Balodis und Miriam Hershey schauten genau gleichzeitig von ihren Computern auf. Beyer fühlte sich an ein Erdmännchenpaar auf einem kleinen Hügel erinnert.

»Tja«, antwortete Balodis. »Vor allen Dingen ist die KSČM die einzige der staatstragenden kommunistischen Parteien im ehemaligen Ostblock, die den Begriff ›kommunistisch‹ im Namen behalten hat. Allein das besagt schon einiges.«

»Vor vier Jahren«, fuhr Hershey nahezu übergangslos fort, »wurde die Jugendorganisation der Partei vom tschechischen Innenministerium verboten, weil sie in ihrem politischen Programm forderte, dass jeglicher private Besitz kollektiviert werden sollte.«

»Es handelt sich also um eine streng kommunistische Partei«, erklärte Balodis.

»Václav Havel war davon überzeugt, dass sie Stalinisten sind«, sagte Hershey, »und hielt sie während seiner Präsidentschaft von jeglicher politischen Einflussnahme fern.«

»Und Roman Vacek selbst?«, fragte Beyer.

»Hat eine Menge Eingaben ähnlichen Inhalts im Europaparlament gemacht«, antwortete Balodis. »Er war unter anderem der Meinung, dass Gewalt aus politischen Beweggründen mitunter notwendig sei. Sozusagen als, Zitat, ›Wiedergutmachung‹.«

»So ungefähr dachte auch der junge Edmond Dantès im *Grafen von Monte Christo*«, warf Arto Söderstedt ein. »Auch wenn der wohl nicht unmittelbar politisch war. Ich erinnere mich nicht mehr so genau an die Geschichte.«

»Ich habe plötzlich das Gefühl, dass ich etwas entdecken

sollte«, sagte Corine Bouhaddi. »Dass genau ich in diesem Moment etwas erkennen sollte.«

Die übrigen Anwesenden betrachteten sie eine Weile, nicht ohne Erstaunen.

Schließlich fragte Beyer: »Das Außergewöhnliche an Roman Vacek ist wohl seine Flucht ...«

Hershey und Balodis nickten gleichzeitig wie Erdmännchen. Und Hershey sagte: »Er war studierter Mediziner, einunddreißig Jahre alt und hatte eine vielversprechende Forscherkarriere im Fachbereich Genetik vor sich, als er im Frühjahr 1975 in den Westen flüchtete. Er lebte im Exil in den USA und wurde amerikanischer Staatsbürger, ohne jedoch seine tschechische Staatsbürgerschaft abzulegen. Dann war er siebzehn Jahre lang an der Johns Hopkins University in Baltimore tätig, seit den frühen Achtzigerjahren als Professor.«

»Für Genetik«, fügte Navarro an, den ein Schauder durchfuhr. Man warf ihm einen ebensolchen kollektiven Blick zu wie den, mit dem Bouhaddi zuvor bedacht worden war.

Jutta Beyer meinte: »In den Jahren von seiner Flucht bis zu seiner Rückkehr musste er also einen radikalen politischen Wandel durchgemacht haben.«

»Denkst du an Spionage?«, fragte Söderstedt. »Als Doppelagent? Dass seine Flucht 1975 in Liverpool vielleicht nur vorgetäuscht war? Und der Ostblock Vacek dazu benutzte, sich über die genetische Forschung an der Johns Hopkins University auf dem Laufenden zu halten?«

»Oder andersherum«, meinte Beyer enthusiastisch. »Dass die Amerikaner Vacek dazu benutzten, die letzte größere kommunistische Partei im Auge zu behalten.«

»Hat er sich denn irgendwann einmal öffentlich über sein Leben geäußert?«, fragte Söderstedt. »Er scheint der perfekte Kandidat für eine große Reportage zu sein.«

»Wir haben uns diese Recherchen geschwisterlich aufgeteilt«, erklärte Miriam Hershey.

»Das erstaunt mich nicht im Geringsten«, bemerkte Corine Bouhaddi.

Was ihr erneut einen Blick der versammelten Mannschaft eintrug.

»In den USA ist in den frühen Achtzigerjahren eine Reportage erschienen«, sagte Hershey dann. »Es handelt sich um eine Art Huldigung der USA als mustergültiger Schmelztiegel. Der Artikel sagt zwar nicht viel über Vaceks Vergangenheit aus, aber eines bemerkt er doch, ich zitiere: ›Die Forschungselite arbeitet in den USA. Ich sah mich gezwungen zu emigrieren, um in meinem Fachgebiet weiterzukommen.‹ Mit anderen Worten, er klingt wie der klassische unpolitische Forscher.«

»Zum Vergleich habe ich hier einen Heimkehrerartikel aus der größten Tageszeitung Tschechiens, der *Dnes*, was so viel wie ›Heute‹ bedeutet«, sagte Balodis. »Ich kann leider nur Russisch und kein Tschechisch, kann mir aber den Text einigermaßen erschließen. Darin wird der frischgebackene Europaparlamentarier in einer Heimreportage präsentiert. Er wohnt gemeinsam mit seiner amerikanischen Ehefrau in luxuriösen Verhältnissen in der Innenstadt von Prag. Das Paar spricht unverhohlen über seine ›offene Ehe‹ und sieht dies als eine ausgezeichnete Lösung an, um ›der Langeweile des Alltags entgegenzuwirken‹. Auch hier findet sich ein interessantes Zitat: ›Während meiner Zeit in den USA habe ich zunehmend festgestellt, wie europäisch, ja sogar mitteleuropäisch ich tatsächlich bin. Ich fasse meine Arbeit im EU-Parlament als einen Akt der Verteidigung auf. Wir müssen um jeden Preis die Verwüstungen eindämmen, die der amerikanische Neoliberalismus verursacht.‹ Nicht gerade unpolitisch.«

»›Um jeden Preis‹«, wiederholte Hershey.

»Marek!«, rief Jutta Beyer, woraufhin Kowalewski leicht schlaftrunken von seinem Computer aufschaute.

»Ja?«, antwortete er.

»Du warst doch dort, zu Hause bei ihm in Prag. Und in Straßburg. Was hattest du für einen Eindruck?«

»Tja, ich weiß es ehrlich gesagt nicht genau«, antwortete Kowalewski. »Ich habe mir kein richtiges Bild davon machen können, wer er war. Nur einen unpersönlichen Eindruck. Seine amerikanische Ehefrau gab sich kalt wie ein Fisch, als sie von ihrer ›offenen Ehe‹ sprach. Und die Kollegen in Straßburg zeigten sich eher defensiv. Was vermutlich auch ratsam ist, wenn man zu den letzten verbleibenden Kommunisten in Europa zählt.«

»Wahrscheinlich kommen wir da nicht weiter«, sagte Söderstedt. »Dieses eher Vage, Unpersönliche könnte möglicherweise auf einen aktiven Agenten hinweisen, der so wenig Eindrücke wie möglich bei seiner Umgebung hinterlassen möchte. Aber eine andere wichtige Sache ist der zeitliche Zusammenhang. Wann wurde dieser italienische Brasilianer noch mal ermordet?«

»Giorgio Sansotta hieß er«, klärte Felipe Navarro ihn auf, »und der Mord geschah am 23. Februar 2003.«

»Das ist sieben Jahre her, meine Freunde«, stellte Söderstedt fest. »Entweder hat der Mörder gerade wieder zugeschlagen, oder er ist seit mindestens sieben Jahren mehr oder weniger ununterbrochen aktiv. Ich tippe definitiv auf Letzteres.«

»Und was für ein Mensch ist er dann?«, fragte Beyer. »Einer, der Kommunisten hasst? Ist es dafür nicht schon reichlich spät?«

»Er scheint der Meinung zu sein, dass Leute wie ich etwas zu glimpflich davongekommen sind«, antwortete Söderstedt. »Und was für ein Mensch er ist, erfahren wir vielleicht über die Zitate aus dem *Grafen von Monte Christo*. Wie gingen die noch mal?«

Beyer scrollte auf ihrem Computer ein paar Seiten weiter und antwortete: »Das erste lautet: ›Wer sendet mir diesen Gedanken? Weil nur die Toten frei von hier wegkommen, so will ich den Platz des Toten einnehmen.‹ Und das zweite: ›Ein Polizeikommissar im Dienst ist kein Mensch, er ist lediglich ein Werkzeug des Gesetzes, eiskalt, taub und stumm‹.«

»Danke«, sagte Söderstedt. »Wenn wir uns also vorstellen, dass diese hier die ersten Mitteilungen des Mörders an die Öffentlichkeit sind – die anderen, wenn es sie denn gibt, liegen noch im Verborgenen –, dann ist die erste, die von Capraia, eine Art Credo. Er spricht von einem Ort, den man nur verlassen kann, wenn man tot ist. Was ist das für ein Ort?«

»Keiner kann ihn lebend verlassen«, schlussfolgerte Miriam Hershey.

»Also muss man sich tot stellen, um von dort wegzukommen«, ergänzte Laima Balodis.

»Oder vielleicht eher die Rolle des Toten einnehmen?«, fragte Corine Bouhaddi.

»Er spricht im Namen des Toten«, erklärte Jutta Beyer.

»Gut«, sagte Söderstedt. »Ich bin ganz eurer Meinung. Aber das Zitat wird mit folgenden Worten eingeleitet: ›Wer sendet mir diesen Gedanken?‹ Warum?«

»›Qui m'envoie cette pensée?‹«, memorierte Bouhaddi. »Jetzt empfinde ich es noch stärker, dass gerade ich etwas kapieren müsste. Er spricht meine Sprache, er bedient sich der Klassiker meiner Sprache.«

»In der nächsten Mitteilung nennt er uns den Adressaten«, sagte Beyer. »Der Polizeikommissar im Dienst. Das heißt, er meint uns, auch wenn er uns verhöhnt. Er fragt uns: ›Wer sendet mir diesen Gedanken?‹ Das ist der Kern der Aussage. Nachdem er mindestens sieben Jahre lang gemordet hat, beschließt er, uns direkt anzusprechen.«

»Du schleichst wie die Katze um den heißen Brei herum«, stellte Söderstedt fest.

»Ich weiß«, antwortete Beyer ungeduldig. »Ich bin einer Sache auf der Spur. Er gibt uns einen Hinweis. Wir sollen den Augenblick ermitteln, in dem ihm der Gedanke, im Namen des Toten zu sprechen, in den Sinn gekommen ist. Ist es nicht das, was er uns sagen will?«

Eine Tür öffnete sich, und ein Ruf hallte durch die Bürolandschaft: »Angelos! Der Interpollink ist jetzt freigeschaltet. Du kannst mit der Suche beginnen.«

Die Tür wurde wieder geschlossen, noch bevor die Gruppe Paul Hjelm gesehen hätte. Als wäre er schneller als der Schall. Angelos Sifakis nickte und startete die Suche, die er offenbar vorbereitet hatte. Während alle anderen weiterdiskutierten.

»Die Suche läuft«, erklärte Sifakis in den Raum hinein. »Aber es kann etwas dauern. Interpol hat schließlich hundertachtundachtzig Mitgliedsstaaten. Eigentlich gehört nur Nordkorea nicht dazu.«

»Die Möglichkeit, dass er auf Gefängnisinseln in Nordkorea hemmungslos gemordet hat, ist allerdings gering«, merkte Söderstedt an und ging wieder zu seinem Computer.

Die Übrigen waren kaum an ihre jeweiligen Plätze zurückgekehrt, als Sifakis' Computer einen kräftigen Ton von sich gab, der wie ein chinesischer Gong klang.

»Was zum Teufel«, rief Sifakis aus. »Jetzt schon?«

Die Kerntruppe der Opcop-Gruppe versammelte sich um seinen Computer, und alle Blicke richteten sich auf den Bildschirm.

Sifakis las: »Coiba, eine Insel, die zu Panama gehört. Gefürchtete Gefängnisinsel unter Diktator Manuel Noriega, falls sich jemand an ihn erinnert. Entsetzliche Gräueltaten, extreme Folter, Hinrichtungen nach dem Zufallsprinzip, Scheinhinrichtungen. War Gefängnisinsel bis 2004, bereits im Jahr darauf UNESCO-Weltkulturerbe.«

»Und das Opfer?«, fragte Beyer beflissen. »Das Opfer?«

»Immer mit der Ruhe«, entgegnete Sifakis entspannt. »Eine Leiche mit einer Bisswunde im rechten Oberarm, aufgefunden im Mai 2008 in einer ehemaligen Gefängniszelle. Mörder unbekannt. Das Opfer ebenfalls lange Zeit nicht identifiziert. Schließlich stellt sich heraus, dass es sich bei ihr um ...«

»Bei ihr?«, fragte Beyer.

»Unser Mörder glaubt offenbar an Gleichberechtigung«, antwortete Sifakis. »Das Opfer hieß Teresa Moy, kam aus Peru und war Schriftstellerin. Tja, und sie unterhielt gewisse Verbindungen zur Patria Roja.«

»›Das rote Vaterland‹«, übersetzte Felipe Navarro. »Wenn ich mich recht entsinne, gibt es mehrere kommunistische Parteien in Peru.«

»Also eine Schriftstellerin?«, vergewisserte Söderstedt sich. »Muss man Teresa Moy kennen?«

»Sie ist keine besonders bekannte Autorin«, erklärte Sifakis und begann zu tippen. »Aber sie hatte eine einflussreiche Kolumne in einer Tageszeitung in Lima.«

»In der sie ihre heimtückische Botschaft verbreitete«, mutmaßte Arto Söderstedt. »Es geht nicht nur darum, dass die Opfer Kommunisten sind und sich vielleicht nicht deutlich genug von den kommunistischen Diktaturen distanziert haben. Sie müssen obendrein meinungsbildend sein. Sie müssen eine Botschaft verbreiten, der viele Menschen Beachtung schenken und die sie beeinflusst. In Zeitungen, an der Universität, im Parlament.«

Sifakis' Computer gab erneut einen Ton wie aus einem buddhistischen Klostergarten von sich.

»Tja, jetzt geht es Schlag auf Schlag.« Sifakis nickte. »Dieser Mann ist in der Tat ein Serienmörder. Île du Diable. Ja klar, die Teufelsinsel aus dem Film *Papillon*. Mit Steve McQueen und Dustin Hoffman.«

»Sag nicht, dass der Täter auch in Alcatraz war«, meinte Söderstedt.

»Île du Diable vor der Küste von Französisch-Guayana«, fuhr Sifakis fort. »Die gefürchtetste Gefängnisinsel der Welt, das Gefängnis schloss bereits 1952. Das Opfer: der Vorsitzende der Jugendorganisation der kanadischen kommunistischen Partei, Rick Nowak. Oktober 2005. Messerstich ins Herz. Keine Rede von Gift.«

»Warum zum Teufel hat denn bisher keiner eine Verbindung hergestellt?«, rief Kowalewski aus.

»Verschiedene Länder«, antwortete eine Stimme, die sich als die von Paul Hjelm erwies, der sich unbemerkt der Gruppe angeschlossen hatte. »Außerdem wurde keiner in seinem Heimatland ermordet. Also verschiedene Länder, verschiedene Polizeibehörden, unterschiedliche Interessen, unterschiedliche Zeitpunkte. Alles Faktoren, die wir mit dieser Polizeieinheit zu überbrücken versuchen.«

»Jetzt ist es wirklich offensichtlich«, sagte Kowalewski. »Es gibt jede Menge Hinweise. Gefängnisinseln, kommunistische

Führungspersönlichkeiten, die Bisswunde im Oberarm, das Messer im Herzen, die Zitate aus dem *Grafen von Monte Christo.* Falls es sie auch bei den anderen Opfern gibt.«

»Bislang keine Hinweise darauf«, erklärte Sifakis. »Und, wohlgemerkt, auch keine Spuren eines ›Multigifts‹.«

»Dies muss natürlich eingehend untersucht werden«, sagte Hjelm. »Und das werden wir verdammt noch mal selbst tun. Ich lasse einen großen Anteil des Budgets dafür freigeben. Wir werden uns diesen Mörder schnappen.«

»Wir werden also tatsächlich Fernreisen unternehmen?«, fragte Jutta Beyer hoffnungsvoll.

»Es sieht so aus«, antwortete Hjelm. »Wir müssen Massicotte und Stockholm bis auf Weiteres in den Hintergrund schieben.«

»Dass er nun in Europa zu morden beginnt und den zeitlichen Abstand verringert, ist ebenfalls ein Hinweis«, meinte Beyer. »Das ist eindeutig. Jetzt will er reden. Und er will seine Vergangenheit sprechen lassen. Es ist offenbar an der Zeit. Das bedeutet, dass er mit großer Wahrscheinlichkeit an allen Tatorten gut erhaltene Zettel mit Zitaten hinterlassen hat.«

»Außerdem ist noch ein weiterer Hinweis hinzugekommen«, sagte Hjelm, als Sifakis' Computer erneut zu klingen begann.

»Isla Dawson, Chile«, verkündete Sifakis.

»Was etwas paradox anmutet«, meinte Söderstedt, »weil Pinochet während der Zeit der Junta dort Kommunisten eingesperrt hat.«

»Stimmt«, pflichtete ihm Sifakis bei und ließ seine Finger zielgerichtet über die Tastatur gleiten. »Das Gefängnis wurde allerdings bereits in den Siebzigerjahren geschlossen. Das Opfer war ein ehemaliger russischer Redakteur der *Prawda*, ein Pavel Morozov, auf der Flucht vor der Justiz, nachdem er in Abwesenheit aufgrund von, Zitat, ›kommunistischer Aufwiegelung‹ verurteilt worden war. Ermordet im August vergangenen Jahres. Biss in den Oberarm, et cetera.«

»Was wollte der Chef gerade sagen?«, fragte Jutta Beyer.

Der Chef starrte sie ein paar Sekunden lang irritiert an, bevor er sagte: »Ja, genau. Ein weiterer Hinweis ist hinzugekommen.«

Er hielt der Gruppe ein ausgedrucktes Blatt Papier hin. Darauf war eine Kohlezeichnung eines Mannes mit vollem schwarzen Haar und einem üppigen schwarzen Schnauzbart zu sehen. Hinter der Haarpracht wirkten die Gesichtszüge sehr fein.

»Donatella Bruno hat einen Polizeizeichner zum Hotelbesitzer auf Capraia und zum Kapitän der Fähre geschickt. Und sie hat einen weiteren Zeugen von der Fähre aufgetan. Einen moldawischen Touristen, der beobachtet hat, wie dieser Mann die Hand über die Reling ausstreckte und einen aufspringenden Delfin streichelte.«

»Kann man Delfine wirklich von einer Fähre aus streicheln?«, fragte Miriam Hershey leicht skeptisch.

»Unser moldawischer Tourist fand jedenfalls, dass es etwas seltsam aussah«, erwiderte Hjelm und las von der Rückseite des Papiers ab: »›Es war eher so, dass der Delfin sich nach der Hand ausstreckte. Einer Hand, die so aussah, als gehörte sie gar nicht zu dem Mann‹.«

»Ich vermute, dass Donatella Bruno weitere Fragen gestellt hat?«, erkundigte sich Laima Balodis.

»Korrekt«, antwortete Paul Hjelm. »Auf Nachfrage hin ließ der moldawische Tourist verlauten, dass die Hand, die den Delfin gestreichelt hatte, ›unmännlich‹ aussah.«

»Was vermutlich eher etwas über den moldawischen Touristen aussagt«, meinte Söderstedt. »Aber uns möglicherweise auch noch etwas anderes mitteilt, nämlich über die Perücke und den künstlichen Schnauzbart.«

»Eine Frau?«, rief Beyer aus. »Verdammt.«

»Lasst uns die Aussage bei unseren weiteren Recherchen zumindest im Hinterkopf behalten«, sagte Hjelm, woraufhin erneut ein metallischer Klang von Sifakis' Computer her ertönte.

»Ko Tarutao«, las Sifakis vom Bildschirm ab.

»Trotz dieses Wahnsinns«, sagte Marek Kowalewski, »würde ich gerne darauf hinweisen, dass jemand darauf brennt, die Insel zu besuchen, auf der die Dokuserie *Expedition Robinson* gedreht wurde. Ich werde dann mit bloßem Oberkörper und hohem Sonnenschutzfaktor nach mörderischen Mitteilungen aus dem *Grafen von Monte Christo* suchen. Ist Monte Christo übrigens nicht auch eine Gefängnisinsel?«

»Nein!«, rief Corine Bouhaddi unerwartet aufgebracht aus.

»Sorry ...?«, meinte Kowalewski erstaunt.

»Nein«, wiederholte Bouhaddi auf dem Weg zu ihrem Computer. »Die Gefängnisinsel im *Grafen von Monte Christo* heißt nicht Monte Christo, das ist ein häufig wiederholtes Missverständnis. Monte Christo ist die einsame Insel, auf der Dantès den Schatz von Abbé Faria entdeckt. Die Gefängnisinsel, auf der er vierzehn lange Jahre verbringt, heißt If und liegt in der Bucht unmittelbar vor Marseille. Ich habe sie als Polizistin in der Stadt täglich gesehen. Jeden Tag bin ich mit meinen Kollegen in ein Hafenlokal gegangen, habe ein vorzügliches Mittagessen zu mir genommen und auf If hinausgeschaut. Und ich gehe jede Wette ein, dass If in dieser Mordserie ebenfalls auftaucht.«

»Und warum haben wir dann noch keinen Hinweis auf diese Insel gefunden?«, fragte Sifakis. »Sie liegt doch in Europa, gehört zur EU.«

»Das ist irgendwie merkwürdig«, pflichtete ihm Bouhaddi bei. »Dann werde ich jetzt direkt nach Todesfällen auf If in den vergangenen zwei Jahrzehnten suchen.«

Es wurde für eine Weile still.

Schließlich sagte Sifakis: »Das Opfer auf der ehemaligen Gefängnisinsel Ko Tarutao hieß übrigens Thanduyise Tsotsobe und war Pressechef bei der SACP, South African Communist Party. Er starb im Januar 2004.«

»Es kommt mir immer noch ziemlich sonderbar vor, dass vor uns noch niemand diese Verbindung entdeckt hat«, sagte Marek Kowalewski.

»Die Welt ist noch nicht so lange vernetzt«, entgegnete Hjelm. »Jedenfalls nicht großflächig. Das gerät leicht in Vergessenheit. Vor allem die Polizeibehörden sind es nicht.«

»Ich glaube, ich habe hier etwas«, sagte Corine Bouhaddi.

»Ein französischer Akademiker im Herbst 2001. Er lag so lange an einer abgelegenen Stelle auf If, dass seine Leiche nahezu skelettiert war, als man ihn fand. Es bestand kein Grund, einen Mord anzunehmen, und an seinem Arm war auch nicht mehr genügend Fleisch, um festzustellen, dass ihm dort jemand ein Stück herausgebissen hätte. Dieser Tod wurde schlicht und einfach nicht als Verbrechen eingestuft. Deswegen haben wir ihn übersehen.«

»Und aus welchem Grund sollen wir jetzt annehmen, dass es ein Verbrechen war?«, fragte Paul Hjelm.

»Er war Philosoph«, antwortete Bouhaddi, »und in der französischen kommunistischen Partei aktiv. Seine Brieftasche wurde am Fundort sichergestellt. Bevor er starb, war er an der Universität in Göteborg Dozent. Er hieß Didier Girault, wurde in Schweden ›Roter Didde‹ genannt und vertrat in seinen Philosophievorlesungen eine, Zitat, ›provozierend marxistische‹ Einstellung. Seine Leiche wurde erst im Frühjahr 2002 gefunden, aber man stellte fest, dass der Tod im Oktober 2001 eingetreten war, als die Mordserie offenbar begann. Auf If, der Gefängnisinsel von Monte Christo.«

»Ja, es scheint keine früheren Morde zu geben«, stellte Angelos Sifakis fest. »Jedenfalls noch nicht.«

»Das ist der Ausgangspunkt«, sagte Bouhaddi. »Alles begann mit Didier Girault, dem ›Roten Didde‹. Damals geschah etwas, das den Mörder veranlasste, im Namen des Toten zu sprechen. ›Wer sendet mir diesen Gedanken?‹, wie seine erste Mitteilung an uns beginnt.«

»Fährst du nach Marseille, Corine?«, fragte Hjelm.

»Heureka«, rief Corine Bouhaddi nach kurzem Zögern.

3 – Steife Brise

Råglind

Bromma, Stockholm, 22. Mai

Der Frühling hatte in Stockholm Einzug gehalten. Kerstin Holm schaute in den knallblauen Himmel. Nirgends war ein Wölkchen zu sehen. Ein unbarmherziger Himmel.

Dann blickte sie hinunter auf ihre Dienstwaffe und streckte ihren Nacken. Dem Knacken folgte direkt das Klicken des Entsicherns der Waffe. In der absolut stillen Vorortstraße klang es wie ein Pistolenschuss und dessen unmittelbar folgendes Echo.

Sie warf Jorge Chavez einen Blick zu. Er erwiderte ihn und entsicherte ebenfalls seine Waffe.

Sie standen auf der Terrasse vor einem nicht unterkellerten zweigeschossigen Haus in Bromma, jeder an einer Seite der Tür, deren Schloss angeblich nicht funktionierte. Dies hatte der völlig verängstigte Zeuge ausgesagt, der den Mörder auf einem Fahndungsfoto als den Mann identifiziert hatte, den er zwangsweise mit Lebensmitteln versorgt habe und der sich nun in einem unverschlossenen Haus in Bromma aufhalte.

Kerstin Holms Hand näherte sich dem Türgriff. Das Schloss war mit einem Türblech verdeckt, weshalb man nicht erkennen konnte, ob die Tür verschlossen war oder nicht. Wenn sie unverschlossen wäre, würde es ihnen möglicherweise gelingen, lautlos ins Haus zu gelangen. Und wenn sie doch ein Geräusch machten, würden sie es mit einem schießerprobten frischgebackenen Dreifachmörder zu tun bekommen, der einen international bekannten Waffenhändler und seine vier absolut durchtrainierten Leibwächter überlistet hatte.

Es war Viertel nach elf, als Kerstin Holm den Türgriff umfasste. Im besten Fall lag der Täter also im Tiefschlaf, im Rohypnoltiefschlaf.

Ganz sachte drückte sie den Türgriff hinunter.

Verschlossen oder nicht? Verbarrikadiert oder nicht? Alles hing von ihrer Behutsamkeit ab. Ihrer Besonnenheit. Der Türgriff war jetzt nahezu ganz heruntergedrückt. Es herrschte eine fast magische Stille.

Die letzte, entscheidende Bewegung. Sie wusste nicht, ob sie dadurch ein Geräusch verursachen oder gar einen Alarm auslösen würde, der das kleine Haus akustisch explodieren ließe. Vielleicht würde aber auch gleich alles in die Luft fliegen und zwei relativ schnell in Vergessenheit geratende Bullen mit sich reißen.

Es gab kein Geräusch, aber sie spürte einen Widerstand. Wenn auch einen geringen. Die Tür war jetzt ungefähr zehn Zentimeter weit geöffnet, und im Haus war es absolut dunkel. Holm warf Chavez einen Blick zu, sie verzog leicht das Gesicht, woraufhin Chavez ihr aufmunternd zunickte. Noch einen Zentimeter.

Irgendetwas stand im Weg. Nichts Großes. Kein Geldschrank oder Betonblock, der es unmöglich machen würde hineinzugelangen. Etwas anderes. Vermutlich etwas Instabiles. Das umfallen könnte.

Einen weiteren Zentimeter, dann ging nichts mehr. Also schob Chavez seine Taschenlampe in den zwölf Zentimeter breiten Spalt. Sie erblickten die Kante eines Gegenstandes. Schwarz, gewölbt.

»Eimer?«, schlug Kerstin Holm flüsternd vor.

»Eimer auf Hocker«, flüsterte Jorge Chavez zurück. »Ich versuche, den Griff zu erreichen.«

Er steckte die Taschenlampe wieder in die Tasche, nahm seine Pistole in die linke Hand und streckte die Rechte nach dem Griff des Plastikeimers. Er erreichte ihn mit dem Mittelfinger. Näher kam er nicht heran, ohne die Tür weiter aufzudrücken, doch dies erschien ihm nicht ratsam. Er umfasste den Griff also mit dem Mittelfinger, hob den Eimer sachte an, spürte, wie sich darin etwas verschob, und hielt inne. Erschauderte. Wenn er den Eimer jetzt zu sich heranzöge, würde er ganz sicher ein Geräusch verursachen.

Chavez schloss die Augen und hob den Eimer vorsichtig weiter an. Der Boden des Eimers balancierte ungefähr zehn Zentimeter über dem Hocker.

Ein leises Klirren war zu hören, ein metallisches Geräusch. Der Eimer war entsetzlich schwer. Aber jetzt erreichte Chavez den Griff auch mit Ringfinger und Zeigefinger und hob den Eimer über die auf dem Boden hockende Kerstin Holm. Er spürte, wie sein Arm zitterte.

Kerstin Holm schob ihre Hand in den Türspalt, hob den Hocker an und stellte ihn zur Seite. Dann drückte sie die Tür vorsichtig auf. So weit es ging.

Chavez hievte den Eimer vorsichtig nach draußen, darin lag allerlei Metallschrott. Holm beförderte den Hocker aus dem Haus. Doch als Chavez gerade einen Schritt über die Schwelle machen wollte, hielt ihn Holm mit einem festen Griff um den Arm zurück. Sie deutete auf den Flur.

In einem Radius von einem Meter lagen hinter der Türschwelle kleine münzenähnliche Gegenstände. Chavez holte seine Taschenlampe wieder hervor und leuchtete die Gegenstände an.

»Sprengstoff?«, flüsterte er. »Danke, Kerstin.«

»Großer Schritt?«, flüsterte sie zurück.

Er schüttelte den Kopf und reichte ihr die Taschenlampe. Dann ergriff er den Hocker und platzierte ihn behutsam zwischen den glänzenden Teilchen.

Im Haus herrschte absolute Stille.

Der Hocker stand zwischen den Sprengstoffmünzen. Chavez stieg darauf, geriet für einen Augenblick gefährlich ins Wanken und stieg dann auf der anderen Seite wieder herunter. Holm folgte ihm.

Sie bewegten sich nahezu geräuschlos.

Es war kohlrabenschwarz im Haus, trotz des wolkenlosen

Himmels draußen. Holm zog ebenfalls ihre Taschenlampe aus der Tasche. Zwei Lichtkegel leuchteten ein leeres Erdgeschoss aus. Vor den Fenstern hingen Verdunkelungsgardinen, darunter lag überall Sprengstoff. In der Küche dasselbe Bild. Blieb nur noch die Treppe zum Obergeschoss.

Die beiden betrachteten sie eingehend. Sie sah aus, als würde sie knarren. Leise zogen sie die Schuhe aus, und Holm betrat die Treppe als Erste. Sie erinnerte sich vage daran, dass alte Treppen zur Wand hin weniger knarrten. Also der erste Schritt nahe der Wand, dann der zweite. Chavez ging unmittelbar hinter ihr. Beide mit erhobenen Pistolen. Auf den Tiefschlaf eines Fixers hoffend.

Zuversichtlich.

Noch ein paar Stufen, dann hielten sie kurz inne.

Jetzt die zweite Treppenhälfte. Der erste Schritt.

Plötzlich stand er da. Am Ende der Treppe, ein paar Meter schräg über ihnen.

Die Zeit nahm eine andere Dimension an, als wären sie schlagartig in ein anderes Universum versetzt worden. Johnny Råglinds Armbewegung, seine Hand von der oberen Treppenstufe verdeckt. Chavez' Dienstwaffe, die neben Kerstin Holms Arm hochfuhr, noch bevor sie selbst reagieren konnte. Sie stand allerdings ein paar Stufen höher und sah Råglinds Hand. Blitzschnell drückte sie Chavez' Arm mit dem Ellbogen ein wenig zur Seite. Die Druckwelle des Schusses erfüllte das ganze Haus.

Es kam ihr so vor, als hätte sie das Treppenende bereits erreicht, noch bevor die Kugel unmittelbar neben Johnny Råglind in die Wand einschlug. Sie hatte den Eindruck, ihm mit ihrer Waffe gegen die Wange geschlagen zu haben, noch bevor der Rückstoß Chavez' Pistole schräg nach oben drückte. Es war, als schlüge Råglind mit der Stirn auf dem Boden auf, ehe Chavez ebenfalls den oberen Treppenabsatz erreicht hatte und sah, was in der Hand des Dreifachmörders lag. Die Zeitebenen schienen sich verschoben zu haben. Aber etwas war glasklar.

Der Gegenstand in Johnny Råglinds Hand war eine Taschenlampe.

Durch den Venezianischen Spiegel in den Raum zu schauen kam ihm erstaunlich bekannt vor. Johnny Råglind saß mit einer großen Beule in dem Vernehmungsraum des Polizeigebäudes und wirkte sauer. Er war relativ klein, einen Meter achtundsechzig, und trug sein schwarzes Haar in einer speziellen Rockabillyfrisur.

»Ja«, sagte Viggo Norlander. »Die Frisur. Klar, das ist er.«

Kerstin Holm und Jorge Chavez wandten sich ihm zu.

»Danke, Viggo«, sagte Kerstin und strich ihm kurz mit der Hand über den Arm. Dann warteten sie, bis er den Raum verlassen hatte, leicht gebeugt, ein pensionierter Polizist, dem es nie ganz gelingen würde, mit seinem Beruf abzuschließen.

Sie hielten kurz inne. Chavez warf Holm einen Blick zu.

»Ich hätte ihn tatsächlich getötet«, sagte er mit einem zur Grimasse verzogenen Gesicht. »Wegen einer Taschenlampe in der Hand.«

»Dann wäre es etwas komplizierter geworden«, sagte sie.

»Nicht zuletzt für mich«, betonte er.

»Aber wir brauchen es ja nicht an die große Glocke zu hängen«, meinte sie. »Schließlich weiß keiner, wie wir ihn festgenommen haben. Und so ist es für alle am besten.«

»Danke«, sagte Chavez von ganzem Herzen und öffnete seiner Chefin die Tür.

Kerstin Holm nickte kurz und betrat den Verhörraum. Nach der notwendigen Einleitung für die Aufzeichnung fragte sie: »Also keinen Anwalt?«

»Scheiß drauf«, antwortete Johnny Råglind mit unerwartet tiefer Bassstimme. »Ich hab sie erschossen. Da gibt's nicht viel dran zu rütteln.«

»Wen haben Sie erschossen?«

»Eine Gang brutaler Desperados in 'nem versifften Pub im Götgatsbacken vor einigen Tagen. Aber das wissen Sie ja bereits. Einer dieser Idioten hat mir meine Brieftasche geklaut. Verdammt unvorsichtig von mir.«

»Und warum haben Sie die Männer erschossen?«, fragte Chavez.

»Mit Ihnen spreche ich nicht«, entgegnete Råglind barsch. »Sie hatten verdammt noch mal vor, mich zu töten. Dabei war ich unbewaffnet. Aber ich hab nicht auf Unbewaffnete geschossen. Die Typen waren wie Atomwaffenroboter ausstaffiert, und ich hab drei von ihnen plattgemacht. Kapiert? Drei!«

»Warum haben Sie sie erschossen?«, fragte Holm.

»Weil ich es konnte. Weil ich zum Teufel noch mal tausendfach schlauer bin als die alle zusammen. Aufgeblasene Affen.«

»Wissen Sie denn, wer der Mann war?«

»Keine Ahnung. Irgendein verdammt übler Mafioso.«

»Und Sie glauben, dass man Sie im Knast ganz schön feiern wird dafür, oder?«, fragte Chavez.

»Ich rede nicht mit Ihnen«, wiederholte Råglind.

»Sie reden mit uns beiden«, entgegnete Holm ruhig. »Eine Sache erstaunt mich allerdings. Sie haben eine Lizenz für mehrere außergewöhnliche Maschinengewehre, aber als Sie sich vornehmen, den Mord Ihres Lebens zu begehen, damit Ihr Name in die Geschichtsbücher eingeht und Sie zum König von Kumla werden, benutzen Sie eine absolut lächerliche Knarre der albanischen Billigmarke Prish. Sie lag übrigens neben Ihrem Bett in Bromma. Also keine Ausreden von wegen, Sie hätten die Waffe nach der Tat verschwinden lassen.«

»Es wäre schon ziemlich dämlich, mit seinen Lizenzwaffen in die Stadt zu gehen«, brummte Råglind.

»Beginnen wir ganz von vorn«, sagte Kerstin Holm. »Sie und Taisir Karir und ein paar andere Männer treffen sich bei Ihnen zu Hause?«

»Nein, wir waren bei Taisir. Zwei seiner Cousins tauchten auf, als wir bei ihm saßen und was schluckten. Wir haben ihnen etwas abgegeben, diesen geizigen Idioten, und dann sind wir alle vier in die Stadt gezogen.«

»Sie haben also Rohypnol geschluckt?«

»Es heißt Flunitrazepam«, korrigierte Råglind mit dem überlegenen Tonfall eines Profis. »Und noch ’n paar Anabolika. Sprit ist was für die Schweden.«

»Sie haben also Ihre minderwertige Pistole der Marke Prish

zu Taisir mitgenommen? Hatten Sie vor, auf jemanden zu schießen?«

»Es sollte verdammt noch mal ein cooler Abend werden.«

»Mir scheint, Sie weichen meiner Frage aus, Johnny«, sagte Holm.

»Welcher Frage?«

»Haben Sie die Waffe von zu Hause mitgenommen?«

»Äh, verdammt, ich hatte keine Waffe dabei. Nur 'n paar Messer. Ohne die kann ich nicht vor die Tür gehen, wissen Sie. Aber keine Schusswaffe. Die Knarre hab ich mir erst an dem Abend besorgt. In der Götgatan, wissen Sie, da wimmelt es nur so von Waffen.«

»Sind Sie geradewegs in den Pub gegangen?«, fragte Chavez.

Johnny Råglind warf ihm einen bösen Blick zu, antwortete aber dann doch: »Wir wollten erst in 'nem anderen Lokal abhängen, das war 'n bisschen schicker. Wie heißt es noch mal? Ljunggrens?«

»Ja, das kann sein«, antwortete Chavez. »Falls es das ist, was Sie meinen. Und was geschah dort?«

»Wir wurden rausgeschmissen«, antwortete Råglind. »Man muss knallhart was zu trinken bestellen, wenn man in diesen Schwedenkneipen abhängen will. Aber die dämlichen Cousins sind voll die Fundamentalisten. Haben nicht mal 'n Glas Wasser bestellt. Es könnte ja noch Alkohol am Glas kleben.«

»Sind Sie bei Ljunggrens wirklich rausgeschmissen worden, weil Sie nichts getrunken haben?«

»Vielleicht hatte es auch damit zu tun, dass ich 'n bisschen mit meiner Knarre rumgefuchtelt hab.«

»Zu diesem Zeitpunkt trugen Sie also eine Waffe bei sich?«

»Klar. Hab sie von 'nem Typen für zwei Drinks erstanden. Der ist dann auch noch mitgekommen.«

»Wohin mitgekommen?«

»In den Pub«, antwortete Johnny Råglind. »Reden wir nicht die ganze Zeit darüber?«

»Und wer hat den Pub vorgeschlagen?«, fragte Kerstin Holm geduldig.

»Er. Dieser Typ.«

»Der Ihnen die Waffe gab?«

»Nicht gab. Ich hab sie gekauft. Für zwei Drinks. Hab ich doch gesagt. Einen Manhattan und einen Mojito.«

»Und was war das für ein Typ?«, fragte Chavez.

»Nur 'n kleiner Scheißer, der in der Bar rumhing«, antwortete Råglind. »Ziemlich gewöhnlich, aber ganz okay.«

»Schwede?«

»Weiß nicht«, antwortete Råglind. »Sind Sie Schwede? Bin ich Schwede?«

»Hat er Schwedisch gesprochen?«

»Verdammt mieses Schwedisch.«

»Mies?«

»Noch schlechter als die idiotischen Cousins. Und das dürften sogar Sie kapieren, glaube ich, Sie verdammte Null.«

»Wie hieß er?«

»Nannte sich Walle. Aber er sprach es wie diese kleine Figur aus dem Fernsehen aus. In dem Comic, wo alle Menschen fett sind und in einem Raumschiff umherschweben, ohne sich vom Fleck zu rühren.«

»Wall-e?«, fragte Chavez.

»Bingo!« Johnny Råglind grinste. »Sie haben Kids, ich wusste es. So sehen Sie nämlich aus. Bei der Frau Polizistin hier bin ich mir allerdings nicht so sicher. Eher 'n bisschen frigide, oder?«

»Der Mann, der Ihnen die Pistole gab, nannte sich also Wall-e?«, fragte Kerstin Holm eiskalt.

»Yes«, antwortete Råglind. »Dann ist er mit in den Pub gekommen. Dort hingen wir ein bisschen rum, und dann kamen diese Rocker rein und okkupierten die Theke.«

»Sie kamen also vor der anderen Gruppe?«, fragte Holm.

»'ne ganze Weile«, antwortete Råglind, »aber an die Uhrzeit erinnere ich mich nicht mehr. Sie benahmen sich ziemlich rüpelhaft, als sie reinkamen. Nahmen die halbe Theke in Beschlag. Ich hab mitgekriegt, wie die Muskelprotze das Lokal checkten und es cool fanden. Understatement, Brüder, Understatement.«

»Können Sie uns einen ungefähren Zeitpunkt nennen?«

»Nein, keine Chance. Wenn man was genommen hat, hat man kein Zeitgefühl mehr.«

»Und was ist dann geschehen?«

»Wir haben weitergequatscht und angefangen, uns über diese Scheißtypen aufzuregen. Die standen da, als würde ihnen die Welt gehören. Wie verdammt üble Mafiosi. Ich und Taisir und sogar die idiotischen Cousins, wir waren uns ziemlich schnell im Klaren darüber, wie wir diese Upperclass-Schweine hassten. Wie oft hat man all die Jahre von solchen Typen nicht tonnenweise Scheiße einstecken müssen? Tonnenweise Scheiße, Mann.«

»Und wie kamen Sie zu dieser Einsicht?«, fragte Kerstin Holm.

»Verdammt, es steckte wohl irgendwie in uns. Jahrelang nur Scheiße. Und ich hatte immerhin 'ne Pistole dabei. Ich hab zwar gesehen, dass es 'ne Scheißknarre war, aber egal. Ich weiß, wie man so was kompensiert.«

»Wie kamen Sie zu dieser Einsicht?«, wiederholte Kerstin Holm ihre Frage deutlich schärfer.

»Was reden Sie da, Frau Polizistin? Wir haben es kapiert. Wir ›kamen zu dieser Einsicht‹. Und es war eine verdammt große Herausforderung, diesen Idioten umzunieten. Und seine oberprofessionellen Leibwächter. Es hat in uns gebrodelt.«

»Also, es waren Sie, Taisir, die beiden Cousins und Wall-e anwesend«, vergewisserte Holm sich. »Können Sie beschreiben, wie Sie Ihre Überlegungen kommuniziert haben?«

»Was haben Sie geredet?«, verdeutlichte Chavez.

»›Können Sie beschreiben, wie Sie Ihre Überlegungen kommuniziert haben?‹, das hört sich tausendmal besser an als ›Was haben Sie geredet?‹, Sie dämlicher Bulle. Schon wieder 'n Understatement. Ich rede lieber mit Ihnen, Frau Polizistin.«

»Ich heiße Kerstin«, sagte Kerstin Holm und beugte sich vor.

»Gut«, entgegnete Råglind. »Nennen Sie mich Johnny.«

»Sie waren also so sauer auf diese Upperclass-Schweine, dass das Fass irgendwann überlief?«

»Genau ...«

»Sie sind clever, Johnny. Sie haben früher schon darüber nachgedacht, und in letzter Zeit immer öfter. Dass Sie Ihr Leben weggeworfen haben, als Sie noch viel zu jung waren. Wie oft haben Sie sich gewünscht, dass Ihr Leben eine andere Richtung eingeschlagen hätte. Aus Ihnen hätte ein berühmter und bewunderter Mann werden können, wenn Sie nicht auf die Schule gepfiffen und angefangen hätten, Drogen zu nehmen. Und all das kam Ihnen in dem Augenblick wieder in den Sinn, nur intensiver. Sie haben plötzlich kapiert, in was für einer verdammten Scheißwelt Sie leben. Eine primitive Scheißwelt, in der es kein bisschen menschlich zugeht. Und in der Sie gar nicht leben wollen. Johnny Råglind müsste eigentlich nicht Teil dieser Scheißwelt sein. Es fiel Ihnen wie Schuppen von den Augen. Korrigieren Sie mich, wenn ich falschliege, Johnny.«

Råglind schaute hinauf an die Decke. Es war ihm deutlich anzusehen, dass er nachdachte. Er sah aus, als verursachten ihm diese Gedanken seelische Schmerzen.

»Sie haben Ihr ganzes Leben so verbracht«, fuhr Kerstin Holm fort. »Klar, dass Sie es die ganze Zeit über gewusst haben. Sie leben im Mittelalter, mitten in einem modernen Rechtsstaat. Alle Menschen in dieser Welt entwickeln sich weiter, nur Sie nicht. Sie haben es schon lange gewusst, wie abgefuckt Ihr Leben ist, aber an diesem Abend wurde es Ihnen ernsthaft klar. Korrigieren Sie mich, wenn ich falschliege.«

Råglind sagte kein Wort. Sein Blick war weit in die Ferne gerichtet.

»Jetzt möchte ich, dass Sie mir antworten, Johnny. Liege ich falsch?«

»Nein«, antwortete Johnny Råglind.

»Wie ging es weiter?«, fragte Kerstin Holm.

Im Raum war es totenstill. Schließlich antwortete Råglind: »Es war Wall-e. Er fing an, genauso zu reden wie Sie, Kerstin. Allerdings noch besser, entschiedener. Obwohl er richtig mieses Schwedisch sprach, hab ich plötzlich alles kapiert. Ich hab mein gesamtes Scheißleben vor mir gesehen.«

»Und wenn Sie die Herausforderung annähmen und den Mafioso töteten, würde sich Ihr Leben verändern«, sagte Holm. »Sie würden zu einer Legende werden.«

»Ich wusste ja, dass ich das Zeug dazu hatte«, entgegnete Råglind. »Mir ist klar geworden, dass es möglich war.«

»Danke«, sagte Kerstin Holm. »Dann habe ich nur noch vier Fragen.«

»Okay«, meinte Johnny Råglind. »*Shoot,* Kerstin.«

»Frage eins: Warum habt ihr den unbeteiligten Säufer Lasse Dahlis niedergestochen?«

»Er stand uns wohl im Weg«, antwortete Råglind und zuckte mit den Achseln. »'n richtig träger Säufer. Die idiotischen Cousins hatten ja überall Messer stecken. Liebten es geradezu, mit ihnen rumzufuchteln. Ich hab erst in den Zeitungen gelesen, dass es einen fünften Toten gab.«

»Frage zwei: Wohin ist Wall-e nach der Schießerei verschwunden?«

»Draußen auf der Straße habe ich die beiden idiotischen Cousins wie Geparden in unterschiedliche Richtungen fliehen sehen und Taisir in Richtung U-Bahn. Ich bin in die andere Richtung gerannt und hab noch mitgekriegt, wie dieser Muskelprotz ihm in den Rücken schoss. Feige Idioten. Im Laufen hab ich über die Schulter geschaut und ihn sterben sehen.«

»Aber Wall-e war nicht mehr da?«, fragte Kerstin Holm.

»Ich hab ihn nirgends gesehen«, antwortete Johnny Råglind. »War das Frage Nummer drei?«

»Wir wissen, dass es hinten bei den Toiletten einen leicht zu öffnenden Notausgang gibt«, bemerkte Chavez leise.

»Jetzt kommt Frage drei«, erklärte Kerstin Holm. »Wie sind Sie eigentlich in einem so schicken Lokal wie dem Ljunggrens gelandet?«

»Weiß nicht«, antwortete Råglind ermattet.

»Sind Sie einfach nur die Götgatan entlanggegangen und dann irgendwo reingestolpert?«

»Ja. Nein. Nicht direkt. Taisir wusste, wohin.«

»Inwiefern wusste?«

»Als wir von der U-Bahn in die Götgatan hinaufkamen, sagte er: ›Folgt mir einfach.‹«

»Machte er das sonst auch? Die Führung übernehmen?«

»Selten. Er war nicht gerade der Anführertyp.«

»Und schließlich Frage vier«, sagte Kerstin Holm. »Können Sie uns helfen, eine Zeichnung von Wall-e anzufertigen? Bei der Gerichtsverhandlung wird es Ihnen letztlich zugutekommen.«

»Allerdings wird es Sie daran hindern, König von Kumla zu werden«, warf Chavez ein.

»Es gibt keine Könige mehr«, entgegnete Johnny Råglind. »Die gab es im Mittelalter. Dämlicher Bulle.«

Die beiden Polizisten standen auf. Råglind blieb sitzen.

Er erklärte: »Ja. Natürlich kann ich das.«

»Danke, Johnny«, sagte Kerstin Holm aufrichtig.

Holm und Chavez verließen den Raum. Vor dem Venezianischen Spiegel blieben sie stehen und schauten hindurch.

»Verdammt«, rief Chavez aus und warf einen kurzen Blick auf seine Chefin. »Wie hast du bloß diesen Nerv getroffen?«

»Es ist derselbe Nerv, den Wall-e getroffen hat. Unser Johnny ist ziemlich clever. Die Zeit hat ihn eingeholt, und er hat kapiert, was für ein Scheißleben er führt.«

»Das habe ich nicht gefragt. Ich meine, wie hast du seinen Nerv getroffen?«

»Simple Klassenanalyse«, antwortete Kerstin Holm. »Als ich den Ausdruck Upperclass-Schweine gehört habe, war alles glasklar.«

»Polizeiliche Vernehmungen sind doch ein übles Geschäft«, meinte Jorge Chavez.

»Wir sind die Psychoanalytiker der Raubritter«, entgegnete Kerstin Holm. »Ich habe es bisher nie so gesehen, aber eigentlich kämpfen wir gegen das Mittelalter in der Gegenwart.«

»Vermute ich richtig, dass hinter der ganzen Sache ein Plan steht?«

Kerstin Holm dachte kurz an ihren geliebten Paul Hjelm in Den Haag und antwortete dann: »Wenn wir einmal annehmen, dass der ansonsten nicht besonders tatkräftige Taisir Karir eine

SMS mit der Aufforderung erhalten hat, sich mit seinen Begleitern ins Ljunggrens zu begeben, deutet das zweifellos auf einen umfangreichen Plan hin. Wir wissen natürlich nicht genau, aus welchem Grund sich die internationale Größe Isli Vrapi in der Stadt aufhielt, aber angeblich wegen eines Projekts mit geringem Risiko, also vermutlich ging es um einen neuen Kontakt. Verlockend, aber ohne beeindruckende oder gar beängstigende Zusammenhänge. Vielleicht hat also der geheimnisvolle Wall-e Isli Vrapi aus irgendeinem Kaff in Albanien nach Stockholm gelockt und dafür gesorgt, dass er sich zu einem bestimmten Zeitpunkt in dem heruntergekommenen Pub in der Götgatan aufhielt. Im Laufe des Abends nimmt er Kontakt zu zwei frustrierten Kleinkriminellen auf, von denen einer Scharfschütze ist. Er weiß bereits im Voraus, dass er auf sie treffen wird, und hat eine geladene Handfeuerwaffe dabei. Dann sorgt er dafür, dass sich die gesamte bizarre Gang ungefähr eine Viertelstunde vor der mit Vrapi verabredeten Zeit in den Pub begibt. Als Isli Vrapi mit vier Leibwächtern und seiner gottvergessenen Art dort auftaucht, bemüht sich Wall-e, den Klassenhass, den Johnny Råglind und seine drei Kumpels in sich tragen, anzustacheln. Es gelingt ihm, ihre durch Rohypnol aufgeputschte Stimmung weiter hochzupeitschen. Schließlich sind sie so aufgestachelt, dass sie bei der Schießerei sogar einem alten Säufer ein Messer in den Leib rammen. In dem Augenblick verduftet Wall-e durch den Notausgang, ohne eine Spur zu hinterlassen. Ein absoluter Profi.«

»Jetzt brauchen wir nur noch einen Plan«, meinte Chavez.

»Der Plan«, fuhr Holm ungerührt fort, »besteht darin, zuerst eine vernünftige Polizeizeichnung anfertigen zu lassen und dann eine SMS zu finden, die an dem betreffenden Abend an Taisir Karirs Handy geschickt wurde. Des Weiteren müssen wir Zeugen aus dem Ljunggrens und der Straße auftun, in die der Notausgang des Pubs führt.«

»Denn wir wollen schließlich diesen geheimnisvollen Wall-e finden, richtig?«

»Es scheint so«, entgegnete Kerstin Holm knapp.

Globalisierung

Den Haag – Marseille, 24. Mai

Die Besprechung als Zusammenkunft zu bezeichnen war geradezu lächerlich. Paul Hjelm ließ seinen Blick über die Bürolandschaft im Europolgebäude und den Bereich vor dem elektronischen Whiteboard schweifen. Anwesend war eine Handvoll nationaler Repräsentanten inklusive der leider etwas unterbeschäftigten Sara Svenhagen, doch die Kerngruppe von Opcop war mehr als ausgedünnt.

Sie bestand aus Felipe Navarro.

Dieser tippte jedoch so frenetisch auf die Tastatur seines Computers ein, dass man den Eindruck erhielt, er wäre mehr als ein Mann. Und er fühlte sich wie ein Fisch im Wasser. Was für neunundneunzig Prozent der Polizisten auf dem Erdball ein unüberschaubares Wirrwarr oder zumindest einen logistischen Albtraum darstellte, war für Felipe Navarro das Paradies. Er sortierte, strukturierte und legte ein einzigartiges Puzzle. Dabei verströmte er eine schier unerschöpfliche Energie.

Paul Hjelm betrachtete ihn aufmerksam. Dann fragte er: »Bist du so weit?«

»Geringfügige Probleme mit Südafrika«, antwortete Navarro. »Der Mann hat ein etwas kompliziertes Verhältnis zu seinem Handy.«

Hjelm lachte auf.

»Können wir in der Zwischenzeit schon eine Übersicht zeigen?«, fragte er.

»Ja, das können wir«, antwortete Felipe Navarro und klickte sie an.

Auf dem elektronischen Whiteboard erschien eine Liste:

2001 – 10: If, Frankreich: Didier Girault (»Roter Didde«).
2003 – 02: Ilha Grande, Brasilien: Giorgio Sansotta.
2004 – 01: Ko Tarutao, Thailand: Thanduyise Tsotsobe.
2005 – 10: Île du Diable, Französisch-Guayana: Rick Nowak.
2007 – 01: Robben Island, Südafrika: Hu Yudong.
2008 – 05: Coiba, Panama: Teresa Moy.
2009 – 08: Isla Dawson, Chile: Pavel Morozov.
2010 – 05: Capraia, Italien: Roman Vacek.
2010 – 05: Goli otok, Kroatien: Rudi Schrempf.

»Tja«, sagte Paul Hjelm, »so sieht es bislang aus. Neun Opfer in chronologischer Reihenfolge, nach Jahr und Monat geordnet. Es ist nämlich ein weiteres in Südafrika aufgetaucht, auf der berühmten Gefängnisinsel von Nelson Mandela, Robben Island. Der Chinese Hu Yudong, einer der führenden Kräfte bei dem Golden Shield Project Chinas, besser bekannt als The Great Firewall of China, der umfangreichen Internetzensurmaschinerie der chinesischen kommunistischen Partei, die im November 2003 aktiviert wurde. Er befand sich im Januar 2007 auf einer sogenannten Urlaubsreise in Kapstadt, als er mit einem Messer ermordet und mit einer Bisswunde in einer verfallenen Zelle nicht weit von Mandelas ehemaliger aufgefunden wurde. Bei diesem angeblichen Urlaub deutet jedoch alles eher darauf hin, dass er im Rahmen der zunehmend an Bedeutung gewinnenden chinesisch-afrikanischen Beziehungen unterwegs war. Die chinesischen Behörden haben den Vorfall verschleiert. Denn Messermord und Kannibalismus sind nicht gerade Aushängeschilder für die Stärke der chinesischen Machthaber.«

»Also sind tatsächlich alle Opfer Kommunisten«, stellte Sara Svenhagen aus der hinteren Reihe der nationalen Repräsentanten fest.

»Alle hatten sich jedenfalls öffentlich für eine nichtdemokratische kommunistische Gesellschaft eingesetzt.«

»Endlich Kontakt mit Südafrika«, ließ Felipe Navarro verlauten.

»Sind jetzt also alle zugeschaltet?«, fragte Paul Hjelm.

»Für den Augenblick wenigstens«, antwortete Navarro, »zumindest alle, denen es gelungen ist, eine Verbindung herzustellen. Sie ist phasenweise etwas schlecht, aber wir werden sehen. Jetzt ist es kurz nach fünfzehn Uhr unserer Zeit, und wir haben drei Uhr nachmittags ausgemacht, was zumindest alle begriffen haben. Auch Südafrika.«

»Dann, denke ich, sollten wir von hinten anfangen, also in der Gegenwart. Wie sieht es aus, Isla Dawson?«

Ein stark flimmerndes Bild ersetzte die Liste auf dem elektronischen Whiteboard. Als es sich schließlich stabilisierte, war eine vollkommen durchnässte und vom Sturm zerzauste, bedauernswerte Gestalt mit dunklem Haar zu sehen, das ihr wie ein bizarres, leicht schief sitzendes Vogelnest am Schädel klebte. Als sich die Gestalt schließlich etwas bewegte und somit lebendige Züge annahm, hörten sie eine Frauenstimme, deren Worte nicht ganz im Einklang mit der Bewegung ihres Mundes waren: »Marek in Thailand, Jutta in Rio. Was habe ich nur verbrochen?"

»Du bist die Stärkste von uns allen, Miriam«, antwortete Paul Hjelm. »Das rächt sich auf Dauer.«

»Es ist Herbst in der Magellanstraße«, erklärte Miriam Hershey, und als sie weitersprach, konnten die anderen erkennen, dass ihre Lippen blau waren: »Sturm, Regen, eiskalter Herbst, und das mitten im Mai.«

»Dann lass uns mal hören, ehe du noch länger im Regen stehst.«

»Ich bin mit Kommissar Reyes aus Punta Arenas hier, der die Ermittlungen im Mordfall an dem Russen Pavel Morozov im August vergangenen Jahres geleitet hat. Sie mussten sich an Interpol wenden, um Morozov identifizieren zu können. Da er auf der Flucht vor der russischen Justiz war, hatte er keinerlei Papiere bei sich. Im Unterschied zu vielen anderen Gefängnisinseln ist Isla Dawson nicht gerade eine Touristenattraktion, weshalb es einige Tage gedauert hat, bis er gefunden wurde. Morozov war in der südargentinischen Stadt Río Gallegos untergetaucht, und es gibt keinerlei Hinweise darauf, was er hier wollte, aber in dieser Zelle, in der ich gerade stehe, wurde er tot aufgefunden. Kommissar Reyes filmt das Ganze.«

»Dann also zu der Frage nach dem *Grafen von Monte Christo*«, sagte Hjelm.

»Das Klima hier ist verdammt rau, wie ihr seht«, begann Hershey und machte eine entsprechende Geste. »Es ist zwar noch kein Jahr her, dass Morozov ermordet wurde, aber ein Zettel hätte in diesen vor Nässe triefenden Wänden nicht mal ein paar Monate unversehrt überstanden.«

»Heißt das, dass du nichts gefunden hast?«

»Na ja«, antwortete Hershey mit einem leichten Lächeln.

»Du hast unsere volle Aufmerksamkeit«, sagte Hjelm streng. »Jetzt übertreib es nicht.«

»Es ist kurz nach neun Uhr morgens Ortszeit«, fuhr Hershey fort. »Reyes und ich haben seit sechs Uhr morgens in den Wänden hier und in nahe gelegenen Gefängniszellen gesucht. Und vor einer halben Stunde haben wir *dieses hier* oben am Dachfirst in einer angrenzenden Zelle gefunden.«

Hershey hielt ein kleines zusammengerolltes blaues Päckchen in einer Plastiktüte hoch.

»Wachstuch«, erklärte sie. »Fein säuberlich verschlossen.«

»Ich glaube kaum, dass du es eine halbe Stunde lang nicht geöffnet hast«, mutmaßte Hjelm. »Dafür ist deine MI5-Neugier zu groß.«

»Eine korrekte Hypothese«, gab Hershey zu, öffnete die Tüte und zog schließlich einen Zettel aus der Wachstuchrolle hervor. Mit behandschuhten Händen hielt sie ihn in die wackelnde Handykamera.

»Haltet so still wie möglich«, forderte Hjelm. »Alles wird aufgezeichnet.«

»Ich kann ihn jedenfalls schon auswendig«, erklärte Miriam Hershey. »Der Text bedeutet so viel wie: ›Doch ich will diesen Greis und das junge Mädchen nicht vor Schmerz sterben lassen und werde ihnen alles erzählen.‹«

»Vielen Dank, Miriam, sieh zu, ob du dem guten Kommissar noch mehr entlocken kannst, und dann kommst du so schnell wie möglich zurück.«

Miriam Hershey verflüchtigte sich in einem Sturmwind flimmernder Pixel, während Navarro einen anderen Pixelhaufen anklickte, der sich wie die Teile eines Puzzles langsam, aber sicher auf dem Whiteboard zurechtlegte.

Im Kontrast zu der wetterzerzausten Miriam Hershey erschien ein mit Sonnenbrille ausstaffierter Angelos Sifakis. Dabei befanden sie sich auf demselben Kontinent.

»Hier ist Panama«, sagte Sifakis. »Ist es nicht verblüffend, dass Gefängnisinseln oftmals zum Weltkulturerbe ernannt werden?«

»Dafür gibt es eine Erklärung«, antwortete Hjelm. »Sie sind nämlich häufig gut erhalten. Jahrhundertelang Zutritt verboten. Außer für die Leidenden.«

»Und so ist es auch im Falle von Coiba«, bestätigte Sifakis. »Ein wahres Taucherparadies. Es ist früh am Morgen, und ich habe gerade einen der schönsten Sonnenaufgänge meines Lebens gesehen. Obwohl ich Grieche bin.«

»Ja, ich stelle fest, dass du dich in ärmellosem Shirt und Badehose auf einem menschenleeren Sandstrand befindest«, sagte Hjelm. »Wie soll ich das deuten?«

»Dass ich vorhabe, gleich schwimmen zu gehen. Weil ich bereits gestern Abend in dem verlassenen Gefängnis war. Und weil ich auf das Schiff warte, das mich nach Panama City zu einem Treffen mit der dortigen Polizei bringen wird. Außerdem habe ich dies hier bei mir.«

Angelos Sifakis nahm eine kleine Plastiktüte vom Boden hoch, zog sich Latexhandschuhe an und hielt schließlich einen zerknitterten ausgedruckten Zettel in die Kamera, die er offenbar im Sand platziert hatte.

»Ich kann zwar kein Französisch«, sagte er, »aber ihr könnt es euch ja übersetzen lassen.«

»Okay, danke, Angelos«, sagte Paul Hjelm mit einem raschen Blick auf Navarro, der nickte. »Ich habe es gespeichert. War der Zettel in irgendein schützendes Material eingerollt?«

»Ja«, antwortete Sifakis und grub vorsichtig in seiner Plastiktüte. Er zog ein kleines Rechteck heraus und hielt es hoch.

»Wachstuch?«, fragte Hjelm.

»Ja, sieht so aus«, antwortete Sifakis. »Es war ziemlich fest verschlossen. Übrigens, woher wusstest du das?«

»Auf Isla Dawson wurde ebenfalls ein Stück Wachstuch gefunden«, antwortete Hjelm nachdenklich. »Ich denke, es bestätigt unsere Theorie, dass die früheren Zitate lange aufbewahrt und erst im Nachhinein entdeckt werden sollten. Retrospektiv ...«

»Mehrere Jahre später.« Sifakis nickte vom Strand aus. »Aber die letzten beiden, die von Capraia und Goli otok, waren nicht in Wachstuch eingerollt ...«

»Weil sie sofort entdeckt werden sollten«, erklärte Hjelm. »Dieser hinterhältige Kerl hat damit gerechnet, dass wir die früheren Leichen und die alten Zettel mittels der neuen finden würden. Das Ganze erscheint mir äußerst akribisch geplant.«

»Mist«, meinte Sifakis.

Paul Hjelm streckte sich und fragte: »Wann geht dein Schiff?«

»In zwei, drei Wochen«, antwortete Sifakis und klickte Den Haag weg.

»Wer in diesem Kreis spricht Französisch?«, fragte Paul Hjelm geradewegs in die offene Bürolandschaft.

»Ich«, antwortete eine Französin der nationalen Repräsentanten, an deren Namen Hjelm sich zu seiner Schande nicht mehr erinnerte. Sie schaute in ihre Notizen und übersetzte: »›Edmond lächelte, als er sich im Spiegel sah: Es war unmöglich, dass sein bester Freund, sofern ihm überhaupt ein Freund geblieben war, ihn wiedererkannte, denn er erkannte sich ja selbst nicht mehr.‹«

»Danke«, sagte Hjelm und nickte der Französin zu. »Dann ist es Zeit für das etwas mühselige Südafrika, nicht wahr, Felipe?«

Felipe Navarro nickte und klickte ein Symbol auf seinem Computer an. Das elektronische Whiteboard begann erneut zu flimmern. Dann waren Wellen zu sehen, die sich brachen, und schäumende weiße Gischt.

»Hallo?«, rief Paul Hjelm. »Ist dort Robben Island?«

»Davon bin ich überzeugt«, antwortete eine Stimme. »Die Frage ist nur, ob auch ich hier bin.«

Während das Kamerabild umschwenkte, wurden ein Gefängnisgitter, eine unebene Steinmauer, eine alte Pritsche in einer Zelle, ein Loch im Fußboden und schließlich Arto Söderstedt sichtbar.

»Kann es denn so schwer sein, ein Handy zu bedienen?«, fragte Paul Hjelm.

»Es gibt nichts Beruhigenderes, als technisch unbedarft zu handeln«, antwortete Söderstedt und schaute geradewegs in die Kamera seines Handys, das inzwischen eine ausgezeichnete Bild- und Tonqualität aufwies. »Sogar die Synchronisation funktioniert.«

»Du siehst etwas verfroren aus«, meinte Hjelm.

»Schon okay, hier ist eben Herbst«, antwortete Söderstedt. »Südhalbkugel, kälter als Den Haag. Wo ich mich doch mein Leben lang nach Rio de Janeiro gesehnt habe.«

»Du warst ein wahrer Gentleman, Jutta dorthin fahren zu lassen. Andererseits ersparst du dir damit einen Jetlag. Ich weiß, wie anstrengend das für ältere Menschen ist. Hast du etwas gefunden?«

»Ich habe mit dem Polizisten in Kapstadt gesprochen, der sich damals des Falles Hu Yudong angenommen hatte. Er heißt Griessel. Ganz netter, aber etwas behäbiger Typ. Er hatte jedoch keine Lust, mich hierher zu begleiten. ›Zu schlechte Schwingungen‹, hat er gesagt, und ich kann durchaus verstehen, was er meint. Es ist wirklich unglaublich, dass es Mandela und seinen Freunden gelungen ist, sich hier heimlich zu organisieren und die Zukunft Südafrikas in einem Steinbruch zu planen.«

»Darf ich auf eine Wachstuchrolle tippen?«, fragte Paul Hjelm.

»Du darfst tippen, worauf du willst«, entgegnete Arto Söderstedt und hielt einen zerknitterten Zettel in die Handykamera. Obwohl der Text zwischen seinen latexbekleideten Daumen deutlich zu erkennen war, las er ihn laut vor. Dann erklärte er strahlend: »Und ich habe es auch gleich übersetzt: ›Für den Gefangenen ist der Gefangenenwärter kein Mensch: Er ist eine lebende Tür, ein Teil dieser Tür aus Eichenholz; er ist eine Gitterstange aus Fleisch, Teil der eisernen Gitterstangen.‹ Das birgt nicht gerade eine neue Information – eher eine glasklare Parallele zu dem Zitat über den Polizeikommissar von Goli otok – aber ich glaube, wir sollten versuchen, die Zitate als Sequenz zu lesen. Schickst du mir alle, die bisher gefunden wurden, damit ich während der langen Heimreise etwas zu tun habe?«

»Ja, sie gehen an dich raus«, bestätigte Hjelm. »Sieh zu, dass du jetzt zurückkommst.«

»Zwölf Stunden Flug«, brummte Söderstedt. »Klar, ich beeile mich.«

Damit war er verschwunden.

»Waren das alle?«, fragte Hjelm.

»SMS von Balodis, Beyer und Kowalewski«, antwortete Navarro. »Ihnen ist es nicht gelungen, eine Videoverbindung herzustellen. Und Bouhaddi hat sich verspätet. Möglicherweise wird sich ihre Aufzeichnung verzögern.«

»Und was sagen sie?«

»Balodis ist auf der Île du Diable, in Französisch-Guayana«, las Navarro vor. »Blaues Wachstuch und ein französischer Text.«

Paul Hjelm warf der namenlosen Französin einen raschen Blick zu, die zu ihnen herantrat und umgehend übersetzte: »›Ich fürchte mich noch mehr vor den Verwünschungen der Toten als vor dem Hass der Lebenden.‹«

»Das Rachemotiv wird immer deutlicher, je weiter wir uns in die Vergangenheit begeben«, sagte Hjelm. »Unser Mann mit dem Schnauzbart rächt die Toten. Es sind die Verwünschungen der Toten, die unsere Opfer fürchten müssen. Noch mehr?«

»Kowalewski teilt mit, dass er sich dummerweise mitten in der Monsunzeit für den Südwesten Thailands entschieden hat«, berichtete Navarro. »Er schreibt: ›Gefängnisruinen im Schlamm. Sturm und Regen. Ein Höllentag. Blaue Wachstuchrolle mit Text nach acht Stunden gefunden.‹ Dann eine neue SMS mit folgendem Zitat«, Navarro hielt der Französin das Handy hin.

»Der Ärmste«, rief die namenlose Französin spontan aus, als sie einen Blick auf das Display geworfen hatte, und übersetzte: »›Wenn Sie leiden, wenn Sie das Gesicht, das Gehör, das Gefühl verlieren, so fürchten Sie nichts; wenn Sie wieder erwachen, ohne zu wissen, wo Sie sind, so hegen Sie keine Furcht, sollten Sie sich auch beim Erwachen in irgendeiner Begräbnisstätte oder in einen Sarg genagelt befinden.‹«

»Was ist das denn?«, fragte Hjelm geradeheraus.

»Ein Versprechen?«, mutmaßte Navarro.

»Ein Versprechen wofür?«, fragte Hjelm.

Alles schwieg. Schließlich nickte Hjelm Navarro zu.

Ein Mausklick, dann erklärte der: »Jutta Beyer schreibt von der Ilha Grande vor Rio: ›Altes blaues Wachstuch. Steckte seit mehr als sieben Jahren zwischen den Mauersteinen einer Zelle. Leicht verwischter, aber lesbarer Computerausdruck.«

Navarro druckte die Botschaft aus und reichte sie der Französin, die wieder direkt übersetzte: ›Ich für meine Person fühle mich nicht fähig, noch länger solche Geheimnisse zu tragen, ohne die Hoffnung, bald die Rache für die Gesellschaft und für die Opfer zu erleben.‹«

»Rache«, wiederholte Hjelm. »Das ist das Schlüsselwort. Sowohl für die Gesellschaft als auch für das Individuum und die Geheimnisse, die enthüllt werden müssen.«

»Das war Opfer Nummer zwei«, erklärte Navarro. »Ich bin gespannt, was wir beim allerersten Opfer finden.«

Er ließ den großen Bildschirm aufblitzen, und Corine Bouhaddi wurde sichtbar, schlicht und einfach vor einer Steinmauer stehend.

»Hallo, Corine«, sagte Hjelm. »Wie ist es auf If?«

»Wunderbar«, antwortete Bouhaddi. »Herrliches Frühsommerwetter am Mittelmeer. Entschuldigt die Verspätung. Transportprobleme.«

»Hast du alle bisherigen Zitate erhalten?«, fragte Hjelm. »Felipe müsste sie dir zugemailt haben.«

»Danke, sie sind eines nach dem anderen eingetrudelt. Ich habe gerade alle gelesen. Faszinierend.«

»Und jetzt hoffe ich inständig, dass du ebenfalls eines beitragen kannst. Das Ursprungszitat.«

»Also übersetze ich es euch am besten direkt, oder?«, entgegnete Bouhaddi. »Wenn ich es richtig verstanden habe, waren alle in blaues Wachstuch gewickelt, nicht wahr?«

»Korrekt«, antwortete Hjelm.

»Dieses hier auch, allerdings ist das Wachstuch ausgeblichen. Es enthielt folgenden Text«, Corine übersetzte direkt für ihre Kollegen: »›Und jetzt‹, sagte der unbekannte Mann, ›lebt wohl, Güte, Menschenfreundlichkeit, Dankbarkeit ... lebt wohl, ihr sämtlichen Gefühle, die das Herz aufgehen lassen! ... Ich habe mich an die Stelle der Vorsehung gesetzt, um die Guten zu belohnen ... Jetzt möge der Gott der Rache mir sein Amt abtreten, um die Bösen zu bestrafen!‹«

»Um die Bösen zu bestrafen!«, wiederholte Paul Hjelm mit Nachdruck.

»Als Didier Girault starb, studierte ich noch an der Polizeihochschule«, sagte Bouhaddi. »Aber dort haben wir nichts davon gehört.«

»Unser Mörder kam also dorthin, als er zum ersten Mal mordete«, meinte Hjelm. »Auf die berühmte Insel If des Grafen von Monte Christo. Hast du darüber schon genauer nachgedacht, Corine?«

»Ein wenig«, antwortete Bouhaddi. »Wenn diese neun die einzigen Opfer sind – was keineswegs sicher ist –, gibt es dennoch eine Andeutung dessen, was der Mörder bezweckt. Was geschehen wird, ist bereits angedacht. Vier lächerliche Tage zwischen Capraia und Goli otok. Inzwischen sind weitere vier vergangen. Wird heute Nacht wieder jemand auf einer Gefängnisinsel ermordet?«

»Es gibt keine Hinweise darauf, dass er diese Art von Symmetrie anstrebt«, antwortete Hjelm. »Sonst hat er sich eher viel Zeit gelassen. Zwischen If und Ilha Grande vergeht ein gutes Jahr, dann ein weiteres bis zu Ko Tarutao. Dann mehr als anderthalb Jahre bis zur Teufelsinsel, Île du Diable, je ein gutes Jahr bis Robben Island und Coiba, Panama, und noch ein Jahr bis zur Isla Dawson, Chile. Danach vergehen neun Monate bis zum großen Schlag auf Capraia und Goli otok. Irgendetwas ist vorgefallen, das ist schon richtig – dies hier ist in gewisser Weise der Endspurt –, aber dass ausgerechnet heute Nacht ein neuer Mord passieren wird, glaube ich nicht. Das würde eine Logistik von Gottes Gnaden erfordern.«

»Was ist also im Oktober 2001 hier geschehen?«, fragte Bouhaddi. »Genau hier auf If. Ich habe mich mittels meiner Kontakte in Marseille über den ›Roten Didde‹ informiert. Didier Girault war in Frankreich auf Urlaub und hatte an der Universität Göteborg zwei Wochen vorlesungsfreie Zeit eingetragen. Er fuhr in seinen Heimatort, Avignon, eine der geschichtsträchtigsten Städte überhaupt. 2001 gab es natürlich bereits E-Mail- und Handykorrespondenz, aber die Todesursache wurde damals wie gesagt nicht genauer untersucht, und es sind keine Unterlagen vorhanden. Girault verbrachte die vorlesungsfreien Wochen zu Hause bei seiner Mutter in Avignon, hundert Kilometer nördlich von hier, und wir wissen nicht, aus welchem Grund er auf If landete.«

»Alles deutet darauf hin, dass er hergelockt wurde«, sagte Hjelm. »Aber von wem?«

»Hier kommt das Zitat ins Bild«, erklärte Bouhaddi. »›Und jetzt‹, sagte der unbekannte Mann, ›lebt wohl, Güte, Menschenfreundlichkeit, Dankbarkeit ... lebt wohl, ihr sämtlichen Gefühle, die das Herz aufgehen lassen! ... Ich habe mich an die Stelle der Vorsehung gesetzt, um die Guten zu belohnen ...

Jetzt möge der Gott der Rache mir sein Amt abtreten, um die Bösen zu bestrafen!‹ Ein mit Bedacht ausgewähltes Zitat. ›Und jetzt‹ bezeichnet einen deutlichen Anfang, ›sagte der unbekannte Mann‹ soll seine eigene Unbekanntheit hervorheben, ›lebt wohl‹ an alle guten Eigenschaften ist klar – ganz zu schweigen von ›Jetzt möge der Gott der Rache mir sein Amt abtreten, um die Bösen zu bestrafen!‹«

»Alles ist glasklar«, stimmte Paul Hjelm zu. »Alles, außer, wer er ist.«

»Ein Jahr später schreibt er in Brasilien, auf der Ilha Grande: ›Ich für meine Person fühle mich nicht fähig, noch länger solche Geheimnisse zu tragen, ohne die Hoffnung, bald die Rache für die Gesellschaft und für die Opfer zu erleben.‹ Das, was der unbekannte Mann rächt, sind also Geheimnisse, die er selbst mit sich herumträgt? Und sowohl die Gesellschaft als auch die Opfer müssen gerächt werden? Ich frage mich, ob wir uns nicht etwas eingehender mit den ersten beiden Opfern befassen sollten.«

»Du meinst, mit der Frage, wer sie waren?«, vergewisserte Hjelm sich und nickte. »Ich verstehe. Akademiker. Universitätsdozent.«

»Der französische Philosoph und der italienische Soziologe. Zwei kommunistische Professoren, Didier Girault und Giorgio Sansotta, die ihre Irrlehren in fremden Ländern wie Schweden und Brasilien verbreitet haben. Dann folgen Politiker und Journalisten – aber er beginnt mit Akademikern. Danach ermordet er keine weiteren Akademiker.«

»Denn da hat der Mörder die Akademikerlaufbahn bereits verlassen«, meinte Paul Hjelm. »Das allererste Zitat. Bislang hat sich der unbekannte Mann ›Gefühlen‹ gewidmet, ›die das Herz aufgehen lassen‹ – Güte, Menschenfreundlichkeit –, aber die angenehme Atmosphäre ist vergiftet worden, sie existiert nicht mehr. Deshalb muss jetzt die Rache an ihre Stelle treten, und das Geheimnis, das der unbekannte Mann so lange gehütet hat, muss enthüllt werden.«

»Ja«, pflichtete Corine ihm atemlos bei. »Wenn wir uns die

Zeichnung von dem Mann mit dem Schnauzbart vor Augen halten – Frau oder Mann – und zehn Jahre abziehen, dann haben wir es mit einer Person von gut zwanzig Jahren zu tun.«

»Studentenalter«, warf Paul Hjelm ein.

»Er muss also logischerweise einer der Studenten des ›Roten Didde‹ gewesen sein«, schloss Bouhaddi. »Einer, der die Nase voll hatte, weil er es besser wusste, hat Kontakt mit der harten praktischen Wirklichkeit hinter Didier Giraults wilden marxistischen Theorien aufgenommen.«

»Ein Philosophiestudent im Herbst 2001«, meinte Hjelm.

»Der sich auf der Suche nach Güte und Wahrheit der Philosophie zugewandt hat«, fuhr Bouhaddi fort. »Und dem ›Roten Didde‹ begegnete.«

»Ein Philosophiestudent in Göteborg«, sagte Paul Hjelm leise.

Dritter Bericht

Bezeichnung: Bericht CJH-28467-B452
Auftragsnummer: A-100318
Ziel: Aktualisierung, Einholen von Einschätzungen
Datum im laufenden Jahr: 14. April
Level: The Utmost Degree of Secrecy

Die Nachforschungen über die Identität, die der fünfzehnjährige W nach dem Muttermord angenommen hat, führten uns im Jahr 1994 in die Pariser Unterwelt. Da sich »das Kamel« – der damals neunzehnjährige Fälscher Jacques Rigaudeau – in einem Kreis krimineller Jugendlicher in den östlichen Vororten bewegte, richteten wir unser Augenmerk auf diese Stadtteile. In Clichy-sous-Bois lebten zwar bereits damals mehrheitlich Immigranten, der Stadtteil war aber noch nicht in die absolute Hoffnungslosigkeit abgerutscht, die zu den umfangreichen Rassenkrawallen im Oktober 2005 führte. Allerdings lag die Jugendarbeitslosigkeit bereits bei nahezu vierzig Prozent.

Später, nachdem wir alle Polizeiakten untersucht hatten, die sich in irgendeiner Hinsicht mit »dem Kamel« befassten, stellten wir fest, dass um Neujahr 1995 herum ein neuer Name in dem Kreis aufgetaucht war. Dieser junge Mann wurde in Anlehnung an den Dichter Arthur Rimbaud aus dem 19. Jahrhundert, der bereits als sehr junger Mann seinen Durchbruch erlebt hatte, allgemein »Rimbaud« genannt, doch sein richtiger Name lautete Waltier Petit. Dieser »Rimbaud« taucht ebenfalls im Polizeiregister von Clichy-sous-Bois auf, allerdings werden ihm keine Verbrechen vorgeworfen, sondern er soll sich bis zum Frühjahr 1997 lediglich im näheren Umfeld von Verbrechern aufgehalten haben. Danach findet sich kein Waltier Petit mehr in den Registern. Der einzige weiterführende Hinweis, den wir finden konnten, entstammt einer Zeugenaussage, in der er als »verdammt smarter Spielertyp« bezeichnet wurde. Unsere Erkundungen führten uns ins Milieu illegaler Spielkasinos – Wetten, Poker, Roulette, Blackjack, Trabrennen, alle Arten von Spielen –, doch es gab keine weiteren Anhaltspunkte. Unsere Organisation, die noch nie zuvor einen Auftrag erfolglos abgeschlossen hat, war in eine Sackgasse geraten. Wir waren gezwungen umzudenken.

Also befassten wir uns näher mit der zuvor unbeachteten Aussage Maria Berner-Marenzis, wonach W »wie immer an seinem Computer saß«, als sie in sein Zimmer kam, um ihn zur Rede zu stellen. Das war bereits Mitte der Neunzigerjahre gewesen, aber das Internet gab es damals schon.

Klar, womit sollte sich ein junger, computerfixierter Mann mit kriminellen Neigungen, der ein »verdammt smarter Spielertyp« ist, auch sonst befassen, als am Computer Onlinespiele zu spielen? Bei unserer Recherche im Internet stießen wir auf eine einzige internationale, vielsprachige Website mit unterschiedlichen Spielen auf Englisch, Französisch, Deutsch, Spanisch, Italienisch, Russisch und Rumänisch.

Die sieben Sprachen, die W beherrschte.

Sie wurde ständig erweitert, war allem Anschein nach ziemlich erfolgreich und existierte bis 1999. Dann wurde die Firma von einem laut Pass französischen Bürger namens William Bernard ins Steuerparadies Monaco umgesiedelt. Der Vertrag, durch den die Firma an den Onlinespiel-Riesen Microgaming Software Systems Ltd. abgetreten wurde, wurde von besagtem William Bernard in Silicon Valley bei San Francisco unterschrieben. Ein Jahr später wurde Bernard amerikanischer Staatsbürger – und verschwand erneut.

Als er etwa zwanzig Jahre alt war, hatte W bereits ein mehr oder weniger steuerfreies Vermögen in Monaco angehäuft, war amerikanischer Staatsbürger geworden und hatte den perfekten Trick gefunden, um nicht entdeckt zu werden: Er reiste stets von einem

US-Staat zum nächsten. William Bernard erhielt mit der Staatsbürgerschaft auch eine amerikanische Sozialversicherungsnummer, die er jedoch nie benutzte.

Jetzt besaß er die finanziellen Möglichkeiten, sich dauerhaft eine neue Identität zu verschaffen.

Daher wurde es in der Tat schwierig für uns. »Rimbaud« war untergetaucht, wenn auch nicht als Sklavenhändler wie der echte Rimbaud. Wie sollten wir ihn nun ausfindig machen? Und was hatte er vor?

Wir mussten uns wieder den Grundlagen zuwenden. Seine existenziellen Antriebskräfte suchen. Und natürlich war das Treffen mit »diesem Mann«, Udo Massicotte, Antriebskraft für sein Handeln. Bedauerlicherweise hat unser Auftraggeber die Informationen etwas knapp gehalten. Doch als wir schließlich das ganze Bild vor Augen hatten, stellten wir fest, dass W schon bei diesem Treffen über die Existenz der damaligen Organisation des Auftraggebers informiert worden war, die wir nachfolgend Sektion nennen. Als wir uns Klarheit über das Ziel der Sektion, den Auftraggeber und die Finanziers verschafft hatten, wurde deutlich, dass wir in dieser Richtung weitersuchen mussten. Ws Hass auf die Sektion war bei ihm also schon im Alter von fünfzehn Jahren entfacht worden – auch wenn er noch keine Ahnung davon hatte, wozu sie genau diente.

Wir gehen davon aus, dass dieser Hass die treibende Kraft für alles ist, was er ab jetzt unternimmt, sogar für den Muttermord.

Während seiner ersten Jahre in den USA dürfte W auf eine erste Spur der Sektion gestoßen sein. Aus diesem Grund taucht er unter.

Wir sahen uns also gezwungen, die Mitglieder, Finanziers und den Auftraggeber der Sektion genauer unter die Lupe zu nehmen, um festzustellen, ob kurz nach dem Jahrtausendwechsel irgendwelche Veränderungen eingetreten waren. Dies erwies sich jedoch sowohl als Herkules- als auch als Sisyphousarbeit. Da die Sektion streng geheim war, hatte W vermutlich versucht, sich anonym Zugang zu verschaffen, was ihm höchstwahrscheinlich über die Finanziers gelungen war. Der Großteil der Gelder der

Sektion stammte, wie allgemein bekannt, aus staatlichen beziehungsweise internationalen Mitteln, aber es gab auch externe Finanziers, hauptsächlich diverse nordamerikanische Kreditinstitute. Ein halbes Jahr nachdem der frischgebackene amerikanische Staatsbürger William Bernard – ein Name, der auf Französisch ebenso gut funktioniert wie auf Englisch – verschwunden ist, wird ein Mann in ungefähr demselben Alter bei einer Investmentbank in New York angestellt. Sein Name lautet Walter Thomas, und binnen eines Jahres ist dieser junge Mann zum Assistenten einer der Bankdirektoren aufgestiegen.

Lassen Sie uns dort einen Augenblick innehalten und den Namen eingehender betrachten. Als W sich nicht mehr Berner-Marenzi nennt, nimmt er den Namen Waltier Petit alias Rimbaud an. Als er ein paar Jahre später von Monaco aus ein Onlinespiel-Unternehmen gründet, nennt er sich William Bernard. Und als er Assistent eines der externen Finanziers der Sektion wird, nennt er sich Walter Thomas. Petit, Bernard und Thomas gehören zu den häufigsten Nachnamen in Frankreich, und sie funktionieren außerdem ebenso gut als amerikanische Namen. Man kann also annehmen, dass W zu diesem Zeitpunkt zumindest zwei Staatsbürgerschaften besitzt, die amerikanische und die französische.

Denn Walter Thomas ist definitiv unser W. Klassisches Beispiel für eine gestohlene Identität, professionell eingefädelt und im Normalfall nicht aufzudecken.

Die Geschichte von Walter Thomas ist kurz. Ein gutes halbes Jahr nach seiner Beförderung zum Chefassistenten der Investmentbank Antebellum Invest Inc. fallen die Twin Towers. Die Büros von Antebellum befinden sich auf mehreren Stockwerken im Nordturm des World Trade Center. Als das Flugzeug am 11. September 2001 in den Turm einschlägt, hat Walter Thomas Urlaub, da sich sein Chef, der Bankdirektor Colin B. Barnworth, auf den Bahamas befindet. Walter Thomas wird kurz von der Polizei vernommen und sagt aus, es habe seit Langem festgestanden, dass Barnworth zu diesem Zeitpunkt Urlaub nehmen würde. Doch in den Tagen und Wochen nach Nine-Eleven herrscht bekanntlich ein gigantisches Chaos. Als Colin B. Barnworth von den Bahamas zurückkehrt, um Antebellum Invest Inc. wiederaufzubauen, ist Walter Thomas spurlos verschwunden.

Wir dürfen annehmen, dass W befürchtet hat, noch einmal eingehender befragt zu werden. Doch dies muss nicht der einzige Grund für sein Untertauchen gewesen sein. Es ist auch möglich, dass ihn bereits das Jahr, das er in den Twin Towers verbrachte, näher an die Mitglieder der Sektion herangeführt hat. Nicht zuletzt an ihren Chef, unseren Auftraggeber.

Es vergehen ein paar Jahre, bis W erneut eine Spur hinterlässt. Die Zeit bis dahin hat er wohl für die Vervollkommnung und Vorbereitung seiner Pläne genutzt. Das, was er bei Antebellum entdeckte, hat ihm möglicherweise die Tür für seine Rückkehr nach Paris im Jahr 2005 geöffnet, um dort die Spuren seiner Vergangenheit zu verwischen. Es ist die Vorbereitung für sein Projekt.

Mangels weiterer Spuren in den USA in den betreffenden Jahren sind wir nach Paris zurückgekehrt, um den Mord an Jacques Rigaudeau näher zu untersuchen. Offiziell ist Rigaudeau allerdings gar nicht ermordet worden; er verschwand lediglich im Oktober 2005 während der Aufstände im Vorort Clichy-sous-Bois. Genau wie nach Nine-Eleven herrschte dort ein dermaßenes Chaos, dass man den Ermittlungen im Fall des Gelegenheitsverbrechers Rigaudeau keine höhere Priorität beimaß. Er verschwand spurlos aus seinem traurigen Kaff und wurde nie wieder gesehen.

Ein Fund in Jacques Rigaudeaus Wohnung hingegen ist durchaus von Interesse. Man ignorierte ihn zwar bei der französischen Polizei, aber für uns ist er essenziell. An der Flurwand der mit DNA übersäten Wohnung Rigaudeaus fand sich ein Tropfen einer unbekannten Substanz. Wenn die Krawalle nicht stattgefunden hätten, wäre der Tropfen höchstwahrscheinlich zur Analyse geschickt worden, aber so unterblieb es. Was hingegen auf der Polizeistation in Clichy-sous-Bois aufbewahrt wurde, war ein kleines ausgeschnittenes Stück Tapete in einem hermetisch verschlossenen Plastiktütchen. Unsere Analyse der erwähnten Substanz, die wir gefunden haben, gibt eindeutigen Aufschluss darüber, dass es sich um ein sogenanntes »Multigift« ohne spezielle Bezeichnung handelt. In einer früheren Form hieß dieses Gift Protobiamid.

Angesichts der weiteren Entwicklung der Ereignisse kann man bereits zu diesem Zeitpunkt eine vorläufige Schlussfolgerung ziehen.

Das Gift Protobiamid war ursprünglich ein Stoff, der bei der Reaktion mit Eiweiß – beispielsweise Sperma – einen starken Juckreiz verursachte. Weiterhin führte er bei oraler Einnahme zu starken paranoiden Wahnvorstellungen und dann zum Tod. In einem fortgeschrittenen Entwicklungsstadium ist die Substanz zu einem starken, unmittelbar wirkenden »Multigift« avanciert. Die chemische Zusammensetzung dieses Giftes, das an der Flurwand von Jacques Rigaudeaus Wohnung in Clichy-sous-Bois gefunden wurde, unterscheidet sich jedoch erheblich von der Substanz, die einige Monate später beim ersten Opfer in der Serie zur Anwendung kam. Denn dort erzielte es eine noch schnellere Wirkung. Die chemischen Grundbestandteile sind zwar dieselben, doch das Mischverhältnis ist verfeinert worden. Wir stellen uns allerdings die Frage, in welcher Form.

Wir sind uns absolut im Klaren darüber, dass wir es hier nicht mit einem gewöhnlichen Gegner, sondern mit einer außergewöhnlichen Person zu tun haben. Gleichwohl fand sich dieses Gift zwischen den Strümpfen in der Kommode eines Zwölfjährigen, als die Haushälterin Anaïs Criton sie durchwühlte. Wie außergewöhnlich begabt dieser Zwölfjährige auch gewesen sein mag, er kann die Substanz nicht eigenhändig hergestellt haben. Hier müssen Sie uns korrigieren, wenn wir falschliegen – aber wir vermuten, dass irgendein Erfinder ihm geholfen hat. Wenn auch kein Erfinder im ursprünglichen Sinne, der dem jungen W beigebracht hätte, das Gift zu entwickeln, sodass er die Jahre nach Nine-Eleven in absoluter Anonymität dazu nutzen konnte, die Formel zu verbessern – so doch im besten Fall ein Helfer, ein Freund, der Chemiker ist und der W im Laufe der Jahre zumindest dabei unterstützt hat, das Gift zu verfeinern. Diesen Chemiker zu finden wird unsere nächste Aufgabe sein. Denn wir gehen davon aus, dass weitere Nachforschungen erwünscht sind.

Jetzt blieben nur noch einige wenige Monate, bis die Musik abrupt verstummte und ein Stuhl weggezogen wurde. Derjenige, der rücklings auf den Boden fiel, war Professor Andrew Hamilton III.

Wie gewöhnlich warten wir weitere Instruktionen ab.

Eingrenzung

Den Haag, 25. Mai

Paul Hjelm räusperte sich und sah Corine Bouhaddi an.

»So muss es gewesen sein«, erklärte Bouhaddi mit Nachdruck. »›Wer sendet mir diesen Gedanken?‹ Wer, das wissen wir noch nicht, aber was geschehen ist, scheint klar zu sein. Hier hat ein Wandel stattgefunden von einem Leben in Güte und Menschenfreundlichkeit – von dem so viele zu träumen scheinen, wenn sie anfangen, Philosophie zu studieren – zu einem Leben, das geprägt ist von Rache und Strafe. Dieser Wandel muss in Göteborg während der Zeit des ›Roten Didde‹ vonstattengegangen sein.«

»Also im Oktober 2001?«, fragte Hjelm.

»Es kann natürlich Zufall sein«, meinte Bouhaddi. »Aber wir sollten auch die Anschläge in New York mit in Betracht ziehen, die einen Monat zuvor geschehen sind.«

»Und worin soll da ein Zusammenhang bestehen?«

»Weiß nicht«, antwortete Bouhaddi. »Aber es wäre interessant, einen Blick in das Universitätsregister der in dieser Zeit immatrikulierten Philosophiestudenten zu werfen.«

»Tu das.«

»Ich habe da nämlich eine Idee«, sagte Bouhaddi. »Vielleicht ist sie etwas weit hergeholt, ich weiß nicht. Aber du könntest mich ja machen lassen, solange die anderen noch nicht wieder zurück sind.«

Sie wies mit der Hand in Richtung der leeren Bürolandschaft vor ihnen. Keiner der Fernreisenden war bislang zurückgekehrt. Der Einzige, der an seinem Platz saß, war Felipe Navarro, und er wirkte ziemlich abwesend.

»Sie werden im Laufe des Tages eintreffen«, erklärte Hjelm. »Zur Nachmittagsbesprechung um fünfzehn Uhr dürften alle wieder hier sein. Bis dahin musst du fertig sein. Und worin besteht deine Idee?«

»Wir wissen zwar noch nicht das genaue Datum von Didier Giraults Reise zu seiner Mutter nach Avignon«, antwortete Bouhaddi, »aber es dürfte Anfang Oktober 2001 gewesen sein. Ich habe einen Blick in seinen Lehrplan im philosophischen Institut in Göteborg geworfen. Er hatte die beiden mittleren Wochen im Oktober frei, also ab Montag, dem 8. Oktober. Er könnte also bereits am Freitag, den 5., gefahren sein, wo er bis mittags noch Vorlesungen gehalten hat. Wahrscheinlich ist er jedoch vom 5. bis zum, sagen wir, 8. gefahren, um so viel Zeit wie möglich in der sonnigen Provence zu verbringen. Am Montag, den 22., hätte er wieder zurück in Göteborg sein müssen. Das Institut kümmert sich übrigens darum, die Listen der im Wintersemester 2001 immatrikulierten Studenten herauszusuchen. Ich habe mir auch die Flugpläne von Göteborg nach Marseille während dieses Zeitraums angesehen, da dies die schnellste und wahrscheinlichste Verbindung ist. Denn ›Didde‹ hatte keinen Führerschein. Allerdings verlief der Flugverkehr direkt nach Nine-Eleven ja nicht gerade reibungslos. Also ist er vielleicht auch mit dem Zug gefahren. Aber auch wenn es keinen Direktflug von Göteborg nach Marseille gegeben haben sollte, hätte er mit dem Zug mindestens einen Tag verloren.«

»Mit anderen Worten, du hast schon einen großen Teil dessen erledigt, für das du jetzt mein Okay willst?«, fragte Paul Hjelm. »Und worin besteht deine Idee?«

»Darin, die Studentenlisten mit den Passagierlisten abzugleichen«, antwortete Bouhaddi. »Falls ihm irgendein Student gefolgt ist. Oder ihn begleitet hat.«

»Hut ab«, meinte Hjelm und nickte. »Kein schlechter Gedanke. Aber dabei brauchst du Hilfe und außerdem jemanden, der Schwedisch spricht, oder? Rede mit Navarro, dem Meister der Koordination. Auch wenn er heute etwas angeschlagen wirkt. Und dann möchte ich, dass du auch Sara Svenhagen miteinbeziehst, die da draußen bei den nationalen Repräsentanten sitzt und die Drecksarbeit macht. Sie besitzt eine schnelle Auffassungsgabe.«

»Perfekt«, antwortete Bouhaddi und machte sich auf den Weg.

Sie ging zu Navarro, der dasaß und mit einem eigenartigen Blick seine Füße betrachtete.

»Stell sie jetzt fest auf den Boden, Felipe«, sagte Bouhaddi. »Ich brauche deine Hilfe.«

Dann ging sie weiter zu Sara Svenhagen und erklärte ihr die Situation. Sie besaß in der Tat eine schnelle Auffassungsgabe. Nach wenigen Minuten konnten sie loslegen.

Sie setzten sich an den Rand der Bürolandschaft und arbeiteten in ihrer kleine Gruppe intensiv wie unter einer Glasglocke. Während einer der Fernreisenden nach dem anderen eintrudelte, führte das Trio ein Telefonat nach dem anderen und durchsuchte das Internet, bis die Leitungen glühten und der Schweiß rann. Die Stunden vergingen. Allein das Eruieren der verschiedenen Reisemöglichkeiten von Göteborg nach Marseille war ein logistisches Kunststück, das sie mit Navarro als Akrobaten allerdings virtuos meisterten. Dann überprüften sie einen Flughafen nach dem anderen, eine Airline nach der anderen, ein Kreditinstitut nach dem anderen. Züge, Busse, Fähren, Taxis. Alle Register, die im früher als »Äther« und inzwischen als »Cloud« bezeichneten Medium gespeichert waren. Längst vergessene, aber keineswegs gelöschte Daten, die wieder aufgerufen und widerwilligen und vom Leben gelangweilten Bediensteten entlockt werden mussten. Eine Sache wäre jetzt wirklich einen Test wert, dachte Sara Svenhagen. Welche Macht hatte eigentlich das Wort Europol? Erstaunliche, wie sich herausstellte. Denn es öffnete ihnen diverse Türen, sogar französische. Schließlich zeichnete sich tatsächlich eine Spur ab.

Die Reiseroute von Didier Girault. Am Samstag, den 6. Oktober 2001, war er von Landvetter, Göteborg, nach Kopenhagen geflogen. Dann nach Marseille umgestiegen. Die letzten hundert Kilometer nach Avignon nahm er ein Taxi, das er mit einer Kreditkarte auf seinen Namen bezahlte. Also kontaktierten sie das Taxiunternehmen, bei dem er das Taxi vorbestellt hatte.

Richtig, für zwei Personen. Stumm geballte Fäuste.

Aber es war kein zweiter Name vermerkt, natürlich nicht, bislang gab es auch noch keine Übereinstimmung zwischen den Studenten- und den Passagierlisten, doch eines stand fest: Es wurden zwei Personen vom Flughafen Marseille nach Avignon befördert, und die Wahrscheinlichkeit, dass sie beide bei Didier Giraults Mutter wohnen wollten, war hoch. Es gab keine Anzeichen dafür, dass Girault schwul gewesen wäre – im Gegenteil, an diversen vorherigen Universitäten hatte es Kontroversen wegen »unzulässigen Kontakts mit weiblichen Studenten« gegeben.

Also handelte es sich bei dem zweiten Passagier mit hoher Wahrscheinlichkeit – um eine Frau. Eine junge Frau.

Eine Studentin.

»Ganz sicher ist sie diejenige, oder?«, fragte Bouhaddi, als sie für einen kurzen Augenblick wieder an die Oberfläche stiegen, um Luft zu holen.

»Ja«, antwortete Svenhagen, während sie einatmete und danach wieder abtauchte.

Didiers Giraults Mutter. Lebte sie überhaupt noch? Sie musste nicht unbedingt ebenfalls Girault heißen, aber es war wahrscheinlich. Also unternahmen sie mehrere Versuche bei diversen Madames Girault im vermuteten Alter in Avignon und Umgebung, aber das ergab nichts. Der Weg über die französischen Behörden würde einen zu großen bürokratischen Zeitaufwand bedeuten. Also versuchten sie es weiter selbst. Elf, zwölf, dreizehn Telefonate, bis sich am Ende auf Corine Bouhaddis Handy eine Frau mit einer zutreffenden Antwort meldete.

»Didier ist tot.«

Es war eine schrille, aber dünne Stimme. Bouhaddi sah eine vogelähnliche Frau vor sich, eine winzig kleine Französin, im

Herbst ihres Lebens, nahezu ausgedörrt – wohl nicht zuletzt aufgrund des allzu frühen und rätselhaften Dahinscheidens ihres erfolgreichen Sohnes. Bouhaddi gelang es, ihre Frage sowohl mitfühlend als auch bedeutsam zu formulieren, woraufhin die Antwort dafür sorgte, dass die Glasglocke, unter der das Trio immer atemloser herumschwamm, mit neuem Sauerstoff versorgt wurde.

»Eine Freundin, behauptete Didier. Ich hatte eigentlich nichts dagegen einzuwenden, das ist eben so eine französische Unsitte. Ich glaube nur, dass Angélique in Göteborg es nicht besonders gut gefunden hätte. Denn sie war nicht gerade eine Anne Sinclair, wenn man das so sagen kann. Eher eine streitbare Feministin.«

Obwohl es mehr als zehn Sekunden dauerte, bis Bouhaddi Anne Sinclair als Ehefrau des Präsidentschaftskandidaten Dominique Strauss-Kahn einordnen konnte, gelang es ihr, unmittelbar weiterzufragen: »Angélique war also Didiers ...«

»Ehefrau«, bestätigte Madame Girault.

»Wie deutlich können Sie sich an diese Freundin erinnern?«

»Sehr deutlich«, entgegnete Madame unmissverständlich. »Jung, blond und dennoch nicht eindeutig nordisch. Ich kann die dänischen von den schwedischen Blondinen unterscheiden, Norwegisch verstehe ich gar nicht, und Finnisch ist etwas ganz anderes. Aber sie war nichts dergleichen.«

Bouhaddi ballte in einem kurzen Augenblick des Triumphs die Faust. Diese Frau war die perfekte Zeugin. Daher beschloss sie, diese Madame Girault nicht dem französischen Opcop-Zweig zu überlassen, sondern sich ihrer selbst anzunehmen.

Allein ist man stark.

»Und was war sie für ein Typ?«, fragte sie mit mühsam erzwungener Ruhe.

»Ein slawischer, würde ich sagen«, antwortete Madame Girault. »Russin oder möglicherweise Tschechin.«

Corine Bouhaddi bemühte sich, die Tatsache zu ignorieren, dass in diesem Augenblick ein lautes Klingeln von Felipe Navarros Computer ertönte. Sie bemühte sich außerdem, die

Tatsache zu ignorieren, dass er aufsprang und sein Stuhl umkippte und Sara Svenhagen mit vier Schritten zu ihm hinstürzte. Bouhaddi fragte freundlich: »Glauben Sie, Madame Girault, dass Sie mir dabei helfen könnten, eine Zeichnung von Didiers Freundin anzufertigen?«

»Ich werde mein Bestes tun, Mademoiselle«, antwortete Madame Girault elegant.

»Ich werde am späten Nachmittag nach Avignon kommen«, erklärte Bouhaddi. »Wenn es Ihnen passt.«

»Sie sind herzlich willkommen.«

»Danke«, sagte Bouhaddi. »Ach übrigens: Erinnern Sie sich an den Namen der Freundin?«

»Ich glaube, sie hieß Marina«, antwortete Madame Girault trocken.

Bouhaddi deckte ihr Mobiltelefon mit der Hand ab und sagte laut: »Marina.«

Navarro und Svenhagen sahen sie an und klatschten einander ab. Während Bouhaddi in sanftem Tonfall das Telefonat beendete, erklärte Sara Svenhagen, die über Navarros Computer gebeugt hing: »Marina Ivanova, damals dreiundzwanzig Jahre alt. Nahm einen späteren Flug von Göteborg nach Kopenhagen. Aber danach denselben Flug wie Girault nach Marseille. Studierte im Herbst 2001 im ersten Semester praktische Philosophie in Göteborg. Schwedin mit russischen Wurzeln.«

»Foto, Foto«, rief Bouhaddi und warf ihr Handy auf den Tisch. Navarro tippte wie wild auf seiner Tastatur.

Dann hatte er ein Bild gefunden. Eine schmale, streng dreinblickende Blondine Mitte dreißig, ohne Zweifel mit slawischen Zügen. Noch immer an der Universität Göteborg tätig, wie sie neben dem Foto lesen konnten, inzwischen als Dozentin für Philosophie. Navarro vergrößerte das Foto, das die ernst wirkende Dozentin Marina Ivanova darstellte.

»Das Phantombild«, rief Bouhaddi aus. »Mach schon!«

Navarro zauberte rasch die Zeichnung von dem Mann mit dem vollen schwarzen Haar und dem schwarzen Schnauzbart auf den Bildschirm. Das war der Mann, der fünf Nächte in einem Hotelzimmer in Capraia verbracht hatte, bevor er den Hügel hinaufstieg und Roman Vacek in La Mortola ermordete. Und höchstwahrscheinlich mindestens acht weitere Personen in einem Zeitraum von neun Jahren.

Die Bilder standen nun nebeneinander. Drei Augenpaare versuchten sie zusammenzubringen. Sie projizierten sie übereinander, fügten sie zusammen, bis sie schließlich ineinandergeschobene Bilder vor sich sahen.

»Möglich wäre es jedenfalls, oder?«, fragte Bouhaddi.

»Nicht unmöglich«, bestätigte Navarro.

»Jedenfalls reicht es aus, um zu handeln«, meinte Svenhagen und tippte eine Zifferkombination in ihr Handy ein.

Nachdem sie es einige Male hatte klingeln lassen, meldete sich eine gelangweilte Männerstimme mit deutlich hörbarem Göteborger Akzent: »Institut für Philosophie, Linguistik und Wissenschaftstheorie, Universität Göteborg.«

»Hej, hier ist Sara Svenhagen von der Polizei.«

»Vor ein paar Stunden hat schon eine Polizistin angerufen«, entgegnete die Stimme matt. »Sie klang allerdings wie eine Französin.«

»Stimmt«, bestätigte Svenhagen. »Wir arbeiten mit der französischen Polizei zusammen. Ich wollte fragen, ob Marina Ivanova im Institut ist.«

»Ja, Dozentin Ivanova ist hier. Ich verbinde Sie weiter.«

»Nein, warten Sie«, rief Svenhagen. »Wie heißen Sie?«

»Ich? Viktor Larsson, aber ich gehöre nur zum Verwaltungspersonal.«

»Hören Sie mir jetzt gut zu, Viktor. Sie dürfen dieses Gespräch in Gegenwart von Marina Ivanova nicht erwähnen. Wenn Sie es doch tun, verüben Sie ein Dienstvergehen, eine ernste Straftat, die mit einer Gefängnisstrafe geahndet wird. Verstehen Sie, was ich sage?«

Es war eine Weile still. Schluckgeräusche. Dann erwiderte er: »Ich verstehe.«

»Eine Frage noch, und danach vergessen Sie unser Gespräch, löschen es aus Ihrem Gehirn. Okay?«

»Ich verstehe nicht ganz ...«

»Okay?«

»Ja, ja. Okay.«

»Hat Marina Ivanova in der letzten Zeit Urlaub gehabt?«

»Ja. Sie ist am gestrigen Montag nach zwei Wochen Urlaub zurückgekehrt. Sie hat Farbe bekommen. Aber ich kenne sie eigentlich nicht näher, sie ist sehr zurückhaltend.«

»Danke«, sagte Sara Svenhagen. »Und kein Wort, Viktor.«

»Worüber denn?«, fragte Viktor Larsson verschwörerisch.

»Danke«, wiederholte Svenhagen und legte auf.

Dann wandte sie sich ihren beiden Kollegen zu und sagte auf Englisch: »Marina Ivanova befindet sich nach zwei Wochen Urlaub wieder in Göteborg. Wie gehen wir weiter vor?«

»Schickt mich«, antwortete eine Stimme von der Seite.

Sie drehten sich um und erblickten Arto Söderstedt in einem ziemlich zerknitterten Leinenanzug, den er seit einigen Tagen nicht ausgezogen zu haben schien.

»Dich?«, fragte Sara Svenhagen. »Musst du nicht erst mal schlafen?«

»Ich muss nach Göteborg fliegen«, entgegnete Söderstedt. »Ich kann ja im Flieger schlummern. Powernap ist mein Spitzname. Felipe, wann geht der nächste Flug?«

Navarro tippte wie automatisiert eine Antwort herbei.

»Um Viertel nach drei«, antwortete er. »Also in zwei Stunden.«

»Dann schaffen es die Stockholmer schneller«, entschied Svenhagen und ergriff ihr Handy. Sie gab eine Nummer ein, hielt dann jedoch inne und wählte eine andere.

Paul Hjelm war gleich nach dem ersten Klingeln mit seinem Handy aus dem Chefbüro gestürmt. Mit langen Schritten lief er auf die kleine Gruppe zu und fragte: »Was gibt's, Sara?«

»Wir glauben, dass wir sie gefunden haben«, antwortete Sara Svenhagen. »Eine Dozentin in Göteborg, Marina Ivanova. Ihrem Lehrplan zufolge, den Felipe gerade ausdruckt, endet ihre letzte Vorlesung heute, lass sehen, um halb vier. Also in gut zwei Stunden.«

»Ich nehme an, dass ihr mir die Argumente in Kürze nachreicht«, sagte Hjelm. »Ich rufe Kerstin an. Und dann fliegt ihr zwei, Arto und Sara, mit der nächsten Maschine.«

»Und ich habe vor, nach Süden zu fliegen«, sagte Corine Bouhaddi. »Um mich mit der Mutter des ›Roten Didde‹ zu treffen. Kannst du mir einen Polizeizeichner in Marseille organisieren, der mich am Flughafen abholt?«

»Zeit?«, fragte Hjelm mit einem Blick auf Navarro, der erneut zu tippen begann.

»Viertel vor drei, Ankunft Viertel vor fünf. Ticket buchen?«, sagte er knapp.

»Ja«, antwortete Hjelm. »Jetzt wird's eng, Corine, beeil dich.«

Bouhaddi nickte und lief los, während Hjelm bei der Polizei in Marseille anrief, um einen Polizeizeichner ausfindig zu machen. Arto und Sara nickten einander zu und packten ihre Unterlagen für ihren Flug nach Göteborg. Hjelm beendete das Telefonat und rief Kerstin Holm in Stockholm an. In dem Moment stolperten Marek Kowalewski und Miriam Hershey wie die letzten Entdeckungsreisenden aus fernen Kontinenten in die Bürolandschaft. Beide sahen von ihrem jeweiligen Klimaschock noch ziemlich mitgenommen aus. Sie waren noch nicht weit ins Büro vorgedrungen, als ein Klingeln ertönte. Es war entsetzlich laut. Ein disharmonischer Klangteppich aus verzerrten Kirchenglockentönen. Sie blieben wie versteinert stehen, bis Kowalewski zusammenzuckte und rief: »Oh, verdammt!«

Dann fischte er sein Handy aus der Außentasche seines Regenmantels und starrte auf das Display. Er tippte mit dem Zeigefinger darauf, woraufhin der Apparat verstummte und Kowalewski mit frischem Elan und einem strahlenden Lächeln auf seinem windgepeitschten Gesicht verkündete: »Unser Serienmörder ruft gerade an. Die dritte SIM-Karte aus Livorno wurde in diesem Augenblick aktiviert. Er hat ein neues Opfer gefunden.«

»Sie«, korrigierte Paul Hjelm ihn und ließ sein eigenes Handy sinken. »Kann man sehen, von wo aus und wen sie anruft?«

»Die Suche läuft«, antwortete Kowalewski, ohne seinen Blick vom Handy zu nehmen. »Sie ist gleich abgeschlossen, ich zähle runter, fünf, vier, drei, zwei. Von ... von Göteborg aus.«

»Das ist ja unglaublich«, rief Hjelm aus. »Und wo ruft sie an?«

»Tja«, antwortete Kowalewski mit gerunzelter Stirn, »das ist das Verrückte. Hier. In Den Haag.«

Dann erklang ein bedeutend diskreterer Klingelton in der offenen Bürolandschaft. Aber genau dieser dezente Ton hinterließ einen umso durchdringenderen Eindruck. Und derjenige, der als Allerletzter im ganzen Büro merkte, dass dies sein Handy war, vergaß beinahe, sich zu melden. Doch schließlich sprach er in sein Mobiltelefon: »Arto Söderstedt.«

»Es gibt Sie also doch«, sagte eine raue Englisch sprechende Frauenstimme in sein Handy. »Ich hatte wirklich nicht damit gerechnet, dass es Sie gibt, mein unbekannter Polizeikommissar.«

»Ein Polizeikommissar im Dienst«, entgegnete Söderstedt, »ist kein Mensch, er ist lediglich ein Werkzeug des Gesetzes, eiskalt, taub und stumm.«

»Wie stilvoll«, entgegnete die Stimme am Telefon, während um Söderstedt herum ernsthafte Betriebsamkeit einsetzte. »Rasche Erholung ist von Vorteil für einen Polizeikommissar. Ich vermute, dass es wenig Sinn macht, den Kommissar so anzulocken wie die anderen?«

»Und wie haben Sie die angelockt?«

»Ich musste nur ihre tiefsten Bedürfnisse ergründen, weiter nichts. Sie waren von Fall zu Fall unterschiedlich.«

Söderstedt schaute auf und sah, wie Hjelm eine ihm wohlbekannte kreisende Geste mit der rechten Hand machte, die so viel bedeutete wie »Halt bloß das Gespräch am Laufen«. Woraufhin Söderstedt fragte: »Und jetzt locken Sie mich, indem Sie behaupten, mich keineswegs locken zu wollen, oder? Wirklich sehr subtil.«

»Das Subtile ist der Zufall. Sie standen bereits von Anfang an auf meiner Liste. Doch da standen schließlich viele. Jetzt muss ich aber Schluss machen, bevor Ihre Fangschaltung steht. Wir sehen uns bald, Mister Sadestatt.«

»Ich fürchte auch«, entgegnete Arto Söderstedt.

Doch da war das Gespräch bereits beendet.

Staffellauf

Stockholm – Göteborg – Stockholm,
25. Mai

Kerstin Holm saß bereits auf ihrem Sitz im Flugzeug, als sie die Mail empfing. Viel zu langsam wurden die Dateien auf ihr Handy geladen; die Stewardess hatte bereits zweimal darum gebeten, jegliche elektronische Ausrüstung auszuschalten.

»Versteck es«, flüsterte Jorge Chavez vom Fensterplatz aus.

Sie schob ihr Handy unter den rechten Oberschenkel, und es gab erst einen Klingelton von sich, als das Flugzeug durch die Wolkenschicht hindurch aufgestiegen war, wo normalerweise kein Handyempfang mehr zu erwarten gewesen wäre. Dennoch war das gesamte Paket mit Fotos, Daten und einer Sprachdatei zu Kerstin Holms großem Erstaunen geladen worden. Es gelang ihr, das Paket per Bluetooth an Jorges Handy zu schicken, sodass sie den kurzen Flug zwischen den beiden größten Städten Schwedens damit verbringen konnten, alles gemeinsam durchzugehen.

Nicht zuletzt die Sprachdatei, die das ziemlich befremdliche Telefonat mit Arto Söderstedt beinhaltete. Eine ihrer Aufgaben: die Stimme von Marina Ivanova mit der rauen Stimme auf der Datei zu vergleichen.

Gedanklich waren sie noch bei Johnny Råglind und dem mystischen Wall-e auf der Götgatan und mussten sich nun vollständig neu orientieren. Bisher war der mystische Kommunisten hassende Serienmörder nur eine Geschichte gewesen, die ihnen ihre Partner eher beiläufig erzählt hatten. Doch jetzt war sie plötzlich hochaktuell geworden. Und sie bestand aus einer großen Anzahl polizeilicher Ermittlungsunterlagen aus allen Ecken und Winkeln des Erdballs sowie von diversen mehr oder weniger stillgelegten Gefängnissen auf ebenso vielen Gefängnisinseln und einer Handvoll Zitaten aus dem *Grafen von Monte Christo*. Sowie Paul Hjelms kryptischer Aufforderung: »Versucht euch die Frau Dozentin mit vollem schwarzen Haar und schwarzem Schnauzbart vorzustellen.«

Kerstin Holm sah, wie Jorge Chavez mit einem warmherzigen Lächeln den Kopf schüttelte, und dachte einen kurzen Augenblick über die unterschiedlichen Formen von Freundschaft nach. In diesem Moment landeten sie. Sie stiegen aus dem Flugzeug und betraten die kleine Ankunftshalle von Landvetter. Warfen einen Blick auf die Warteschlange am Gate vor dem nach Stockholm zurückfliegenden Flugzeug. Draußen winkten sie ein Taxi herbei und stellten mit einem raschen Blick auf die Uhr fest, dass es 14.30 Uhr war.

Der Taxifahrer fuhr gemäß ihren Anweisungen schnell. Vielleicht sogar etwas zu schnell. Jedenfalls kamen sie um zehn Minuten vor drei an der Universität Göteborg an, vierzig Minuten vor dem Ende der letzten Vorlesung von Marina Ivanova. Sie verbrachten fünf Minuten damit, sich zu orientieren, und liefen dann, ohne zu zögern, durch die mehr oder weniger alten Gebäudeteile. Schließlich fanden sie, wonach sie suchten. Saal T 302.

Sie hatten einen kurzen Moment zum Durchschnaufen. Den Rücken strecken. Dann nickte Kerstin Jorge zu.

Sie öffneten die Tür. Vorn am Katheder stand niemand. Im Saal saß eine Gruppe von fünf jungen Leuten mit rosigen Wangen über aufgeschlagenen Büchern. Irritierte Blicke trafen die beiden Polizisten.

»Sollte hier nicht Marina Ivanovas Vorlesung stattfinden?«, brachte Kerstin Holm hervor.

»Doch«, antwortete einer. »Aber sie musste etwas früher gehen. Also hieß es für die zweite Hälfte autodidaktisches Arbeiten. Die meisten sind allerdings nach Hause gegangen.«

»Sie musste gehen?«, fragte Chavez.

»Sie musste nach Stockholm fliegen«, antwortete der junge Mann. »Zu irgendeiner Konferenz, glaube ich. Und wer sind Sie?«

»Verdammt«, stieß Chavez aus und machte auf dem Absatz kehrt.

Kerstin hatte bereits ihr Handy gezückt, und während sie in Richtung Ausgang liefen, rief sie ins Telefon: »Sara, gut, dass du dich meldest.«

»Aber auch nur, weil ich vergessen habe, mein Handy auszuschalten«, entgegnete Sara mit knisternder Stimme.

»Also sitzt ihr bereits im Flugzeug?«

»Wir sind auf dem Weg hinein. Furchtbar nervige Warteschlange.«

»Kehrt wieder um. Fliegt stattdessen nach Stockholm. Sie ist abgehauen. Wir versuchen in der Zwischenzeit mehr herauszufinden.«

»Oh«, rief Sara Svenhagen aus. »Das wird dauern. Ihr werdet es vermutlich schneller schaffen.«

»Nicht unbedingt«, entgegnete Holm. »Bittet Navarro, die Umbuchung zu koordinieren. Aber eine Frage noch: Wie hieß deine Kontaktperson im Institut in Göteborg?«

»Eigentlich war es keine Kontaktperson«, antwortete Sara Svenhagen. »Ich glaube, er saß am Empfang. Viktor Larsson.«

Holm und Chavez machten sich auf den Weg zum Institut für Philosophie, Linguistik und Wissenschaftstheorie. Am Empfang trafen sie auf einen etwa dreißigjährigen, etwas steif wirkenden Mann mit Brille.

»Viktor Larsson?«, fragte Kerstin Holm und zeigte ihm ihren Ausweis, während sie Chavez seitlich in einen Korridor verschwinden sah.

»Ja?«, fragte der Mann irritiert.

»Ich glaube, Sie haben schon mit meiner Kollegin Sara Svenhagen gesprochen«, erklärte Holm. »Hätten Sie sie nicht darüber aufklären müssen, dass Marina Ivanova heute zu einer Konferenz nach Stockholm reist?«

Viktor Larsson war völlig perplex und antwortete schließlich: »Wenn sie zu einer Konferenz müsste, würde ich es wissen.«

»Sie hat ihre letzte Vorlesung vorzeitig verlassen. Wissen Sie etwas davon? Autodidaktisches Arbeiten für die Studenten?«

Larsson schüttelte stumm den Kopf.

Da rief Chavez aus der Tiefe des Korridors: »Kerstin!«

Sie lief los und erreichte einen Raum, in dem alle Regale mit Büchern angefüllt waren und der dennoch nahezu klinisch rein zu sein schien. An der Tür hing ein Namensschild, »Marina Ivanova, Dozentin«. Chavez hatte bereits den Computer eingeschaltet. Das Gerät fuhr langsam hoch.

»Noch antiker geht's wohl nicht«, brummte Chavez ungeduldig.

Die Wartezeit ermöglichte es ihnen, sich im Raum umzusehen. Chavez begann, diverse Schubladen herauszuziehen, während Holms Blick auf ein uraltes Buch mit französischem Einband fiel, das neben der beinahe ebenso alten Computermaus lag. Sie ergriff das Buch. Schlug es auf und atmete den unverkennbaren Geruch alter Bücher ein. Dann las sie: »Alexandre Dumas père. *Le Comte de Monte-Cristo*«.

Irgendetwas in ihr ließ sie vollkommen ruhig werden. Sie hielt Chavez das Buch hin, der mitten im Ausleeren einer Schublade innehielt. Ihre Blicke begegneten sich.

»Ja, verdammt«, rief Kerstin Holm aus und ging auf das Bücherregal zu. Zwischen diversen Lehrbüchern für Philosophie hoben sich einige Reihen mit einheitlichen Buchrücken ab, mindestens hundert identische Publikationen. Sie zog eine heraus und las auf der Titelseite über einem alten Kupferstich, der einen bärtigen ausgezehrten Mann zeigt, der an einem Gitter rüttelte: »Marina Ivanova«. Darunter stand in etwas größeren Buchstaben der Titel: *Eiskalt, taub und stumm.*

Auf der nächsten Seite folgte der Untertitel des Buches: »Die unbewusste revolutionäre Struktur im *Grafen von Monte Christo*«.

Kerstin Holm hielt Jorge Chavez die Titelseite hin.

Er verzog das Gesicht zu einer vielsagenden Miene und sagte: »Eindeutig ein Bestseller.«

Holm lachte auf.

Doch Chavez erklärte ungerührt: »Wenn dieser verdammte Computer endlich hochgefahren ist, wird er bestimmt durch ein Passwort geschützt sein, jede Wette.«

Holm machte sich auf den Weg, zurück zu Viktor Larsson am Empfang. Sein Erstaunen schien sich noch nicht ganz gelegt zu haben. Er stand da und starrte geradewegs ins Leere.

»Ich benötige das Passwort für Frau Ivanovas Computer«, sagte Holm.

»Es ist ein persönliches Passwort«, entgegnete Larsson unwillig.

»Außerdem muss es aber noch einen Zugangscode geben«, beharrte Kerstin Holm. »Für Administratoren.«

Viktor Larsson starrte sie mit leeren Augen an. »Es ist geheim«, antwortete er tonlos.

»Nicht für die Polizei. Nun kommen Sie schon.«

»PlatonSymposion«, sagte Larsson noch tonloser. »Großes P und großes S, keine Leerzeichen.«

»Doch nicht so ganz unüberwindbar, oder?«, meinte Kerstin Holm, bevor sie zurückrannte.

Als sie wieder in Marina Ivanovas Raum kam, stand Jorge Chavez neben der herausgezogenen untersten Schreibtischschublade und hielt etwas hoch, das wie ein blauer Stoff mit Löchern darin aussah. Kerstin Holm trat näher und befühlte ihn. Es war Wachstuch. Blaues Wachstuch durchlöchert von ausgeschnittenen Rechtecken. Sie zählte sieben.

In dem Augenblick war der Computer endlich hochgefahren. Und verlangte in der Tat nach einem Passwort. Holm schob Chavez mit einer Bewegung des Ellenbogens zur Seite, die ihn an den Stoß auf der Treppe des Hauses in Bromma erinnerte, sodass er gar nicht auf die Idee kam zu protestieren.

Dann waren sie im System des Computers. Auf dem Desktop lagen zahllose Dateien. Darunter ein PDF von SAS. Kerstin Holm klickte es an. Auf dem Bildschirm öffnete sich ein

E-Ticket für den Flug Göteborg – Stockholm. Ausgestellt kurz nach dem Telefonat von Göteborg aus nach Den Haag mit der SIM-Karte, die in Livorno gekauft worden war. Alles stimmte.

Alles passte so gut. Bis auf ihren eigenen Zeitplan.

Der Zeitplan der Opcop-Gruppe.

»Sie hat dort gestanden«, sagte Kerstin Holm nachdenklich.

»Wie bitte?«

»Marina Ivanova war in Landvetter, in der Warteschlange. Sie ist mit demselben Flieger nach Stockholm geflogen wie wir. Vielleicht sitzt sie jetzt auf einem unserer Plätze.«

»Verdammt«, rief Chavez aus. »Das kann man ›Staffellauf‹ oder auch ›Ironie des Schicksals‹ nennen. Sollen wir die Polizei in Arlanda auf sie ansetzen? Das Flugzeug müsste in einer halben Stunde landen.«

Kerstin Holm seufzte tief und dachte nach.

»Das wäre natürlich das Sicherste«, antwortete sie schließlich. »Aber dann gerät der gesamte Fall in die Mühlen der schwedischen Polizeibürokratie. Das würde die Dinge nur unnötig verkomplizieren.«

»Aber wir dürfen nicht riskieren, dass sie verschwindet«, argumentierte Chavez. »Dann machen *wir* uns eines Dienstvergehens schuldig.«

»Wir müssen noch mehr hier finden«, sagte Holm und zeigte auf den Computer. »Irgendeine Mail, eine Notiz, ein Datum. Gib uns zehn Minuten, und wenn wir dann nichts gefunden haben, nehmen wir Kontakt zur Polizei in Arlanda auf.«

Chavez stürzte sich auf den Computer, während Holm Flugzeiten in ihr Handy eingab. In dem Moment klingelte es.

Es war Arto Söderstedt, der sagte: »Endlich mal Schwein gehabt. Die vorherige Maschine nach Stockholm hat Verspätung. Wir kriegen sie noch. Dann sind wir in zwei Stunden in Arlanda. In zweieinhalb in der Stadt.«

»Wir gehen gerade Ivanovas Computer durch«, erklärte Holm. »Du erfährst Näheres von uns, wenn ihr landet. Denn irgendetwas müssen wir finden. Sonst muss sich die Polizei in Arlanda um sie kümmern.«

»Wer zuerst kommt, mahlt zuerst«, entgegnete Söderstedt und stieg an Bord seiner Maschine.

Als er und Sara Svenhagen sich zwei Stunden später im Landeanflug auf das in Wolken gehüllte Arlanda befanden, schaltete er sein Handy, viel zu früh, wieder ein. Er wusste, dass sie deswegen nicht abstürzen würden. Als das Flugzeug langsam auf sein Gate zurollte, ertönte das SMS-Signal laut in der Kabine, woraufhin sich eine Anzahl böser Blicke auf Söderstedt richteten. Er ignorierte sie und las. Die SMS war kurz.

»Wir landen eine halbe Stunde nach euch. Keine Arlanda-Polizei. Fahrt direkt los. Sie wohnt im Hotel Hellsten, Luntmakargatan. Eingecheckt unter eigenem Namen. Keine weitere Info gefunden. // Kerstin.«

Er hielt Sara Svenhagen das Display hin. Sie nickte kurz.

Jetzt oder nie.

Siebenunddreißig Kilometer waren es von Arlanda bis zum Hotel Hellsten, doch während der gesamten Taxifahrt wurde nur ein einziger Satz geäußert. Auf Höhe von Helenelund sagte Arto Söderstedt: »›Eingecheckt unter eigenem Namen‹?«

Was ihm einen skeptischen Blick des Taxifahrers und einen bekümmerten von Sara Svenhagen einbrachte.

Als sie in der Luntmakargatan ausstiegen, konnten sie die Dämmerung noch nicht einmal erahnen, aber einen Riss in der Wolkendecke ausmachen. Noch dreieinhalb Wochen bis Mittsommer.

Arto Söderstedt und Sara Svenhagen blieben eine Weile auf dem Bürgersteig vor der hübschen alten Eingangstür stehen. Über ihnen an der Fassade spiegelte sich die Abendsonne in den schlichten Versalien des Hotelnamens. Sie schalteten beide ihre Handys auf lautlos und überprüften diskret ihre Dienstwaffen. Dann betraten sie das elegante Designhotel.

Söderstedt gab dem Portier ein Zeichen, kein Aufsehen zu erregen, und hielt ihm seinen Polizeiausweis hin. Ein Blick des Mannes bestätigte, dass sich Marina Ivanova auf ihrem Zimmer im dritten Stock befand.

Im selben Augenblick, als sie die ersten Schritte die Treppe hinaufgingen, begann der Aufzug zu rauschen, und sie hörten, wie er sich nach unten bewegte. Es war unklar, aus welchem Stockwerk; möglicherweise aus dem dritten. Als sie rasch zur Aufzugtür liefen, passierte er gerade das erste Stockwerk. Gleich müsste er ankommen.

Beide rückten ihre Achselhalfter zurecht.

Der Aufzug hielt an. Die Tür glitt auf. Und ein angeheiterter Geschäftsmann torkelte heraus und nickte ihnen jovial zu.

Sie atmeten aus.

»Bleib du hier stehen«, sagte Söderstedt, als der Geschäftsmann außer Hörweite war. »Sie darf nicht mit dem Aufzug an uns vorbeirauschen.«

Svenhagen nickte, und Söderstedt machte sich auf den Weg. Doch nach den ersten Treppenstufen hielt er erneut inne, kehrte um und sagte leise: »Denk daran, dass sie mit dem Messer verdammt geschickt ist.«

Sara Svenhagen lächelte und nickte. Trotz der nahezu unerträglichen Anspannung war sie angesichts seiner Fürsorge fast ein wenig gerührt.

Söderstedt verschwand. Der Aufzug fuhr nach oben. Leer. Jemand hatte ihn hinaufbeordert. Er passierte das erste Stockwerk und näherte sich dem zweiten. Passierte das zweite. Näherte sich dem dritten.

Hielt im dritten.

Fuhr wieder nach unten. Passierte den zweiten Stock.

Sara Svenhagen wartete nicht. Sie griff nach ihrer Dienstwaffe. Entsicherte sie.

Der Aufzug passierte den ersten Stock.

Die Langsamkeit des Lifts auf dem Weg bis zu seinem Halt im Erdgeschoss war unerträglich. Die Zeit schien zäh wie Sirup dahinzufließen.

Es klickte unerwartet laut, als der Aufzug vor Sara Svenhagen anhielt. Sie hielt ihre Waffe auf den Boden gerichtet. Ihr Puls raste.

Die Aufzugtür glitt langsam auf.

Die blonde Frau mit leicht slawischen Zügen begegnete

ihrem Blick. Ihre Augen verengten sich ein wenig und fixierten Sara Svenhagen.

Svenhagen hob die Pistole. »Kommen Sie heraus, Marina Ivanova«, rief sie.

Ivanova blieb im Aufzug stehen. Ihre Gesichtszüge veränderten sich nicht. Ihre Augen fixierten sie weiterhin.

Die Aufzugtür war im Begriff, sich wieder zu schließen.

Sara Svenhagen war gezwungen, einen schnellen Entschluss zu fassen. Wenn sie die Aufzugtür aufhielte, würde sie sich Ivanova bis auf einen halben Meter nähern müssen. Messerstecherabstand. In nächster Nähe zu einer Spezialistin, die äußerst geschickt darin war, den Menschen Messer mit breiten Klingen unter den Rippen hindurch geradewegs ins Herz zu stoßen.

Andererseits konnte sie die Tür nicht zugleiten und eine Serienmörderin ins Dachgeschoss hinauffahren lassen.

Genau in dem Moment, als die Tür sich zu schließen begann, machte Sara einen großen Schritt. Mit der Pistole geradewegs auf Ivanovas Brust gerichtet, schob sie ihr Bein zwischen die Aufzugtür und den Türrahmen und zwang sie, wieder aufzugehen.

Marina Ivanova stand ganz still.

»Hände hoch«, rief Sara Svenhagen und spürte ihr Herz laut schlagen.

Langsam nahm Ivanova die Hände hoch und trat mit ruhigen Schritten aus dem Aufzug. Svenhagen zog sich ein paar Schritte zurück.

Da sagte Ivanova: »Wie nervös Sie sind.«

Wettlauf

Avignon – Stockholm – Den Haag,
25. Mai

Die untergehende Abendsonne fiel auf den riesigen Palast der Päpste aus dem 14. Jahrhundert und ließ die gesamte Stadt in einem Sandton erstrahlen.

Corine Bouhaddi konnte nicht leugnen, dass Madame Girault von ihrem Balkon aus eine hervorragende Aussicht hatte.

»*Le pont d'Avignon*«, sagte die vogelgleiche Madame Girault und nippte an ihrem Pastis.

»*L'on y danse, l'on y danse*«, fügte Corine Bouhaddi an.

Die ungleichen Damen lächelten einander kurz auf dem winzigen Balkon zu, wo sie saßen und die provenzalische Abenddämmerung des Frühsommers genossen. Da der Polizeizeichner keinen Platz mehr auf dem Balkon gefunden hatte, saß er auf einem Hocker vor der Balkontür. Er hatte gerade seine Arbeit beendet und hielt eine Kohlezeichnung in die Türöffnung.

»Na ja«, meinte Madame Girault. »Ich hatte den Eindruck, dass die Wangenknochen etwas höher saßen.«

Bouhaddi betrachtete das Porträt und verglich es mit dem Foto der zehn Jahre älteren Marina Ivanova, das sich in ihrem Schädel festgeätzt hatte. Gewisse Ähnlichkeiten bestanden durchaus.

»Wie viele Tage wohnten sie hier gemeinsam, bevor Didier verschwand ...?«

»Drei, vier Tage«, antwortete Madame Girault.

»Und die Freundin hieß also Marina? Erinnert sich Madame noch an den Nachnamen?«

»Höchstwahrscheinlich hat sie sich mit ihrem vollen Namen vorgestellt, aber es war wie gesagt nicht das erste Mal, dass Didier eine kleine Freundin mitbrachte. Ich kann mich im Leben nicht mehr an ihren Nachnamen erinnern.«

»Und was machte sie für einen Eindruck?«

»Verliebt und beeindruckt, sehr jung und unschuldig. Und sie schien irgendwie bedrückt zu sein. Als hätte sie ein schlechtes Gewissen.«

»Wie äußerte sich das?«

»Tja«, antwortete Madame Girault und zuckte mit den Schultern. »Ich weiß nicht. Vielleicht durch Seitenblicke.«

Corine Bouhaddi richtete sich auf dem äußerst unbequemen kleinen Balkonstuhl auf und fragte: »Man könnte also sagen, dass diese Seitenblicke nicht ganz so verliebt waren wie die direkten Blicke?«

Madame Girault betrachtete die groß gewachsene dunkle Frau eine Weile. Schließlich antwortete sie: »Das könnte man so sagen.«

Arto Söderstedt schaute Jorge Chavez an. Jorge Chavez schaute Arto Söderstedt an. Dann richteten sie ihre Blicke wieder auf den Venezianischen Spiegel und in den Vernehmungsraum.

Im Vernehmungsraum saßen Kerstin Holm und Sara Svenhagen. Auf der anderen Seite des Tisches saß Dozentin Marina Ivanova. Ihre Augen waren noch immer auffallend verengt. Und ihre Konzentration allem Anschein nach maximal.

»Sollen wir alles noch einmal durchgehen?«, fragte Kerstin Holm.

»Es spielt sowieso keine Rolle«, antwortete Marina Ivanova mit deutlichem Göteborger Alt. »Ich weiß zwar nicht, wessen ich beschuldigt werde, aber was auch immer es sein mag, ich bin unschuldig.«

»Wir kommen gleich auf die Anklageaspekte zu sprechen«,

erläuterte Holm. »Einen Anwalt möchten Sie nach wie vor nicht hinzuziehen?«

»Ich sehe keinen Grund, mir einen Anwalt zu nehmen«, antwortete Ivanova.

»Dann gehen wir die Fragen noch einmal durch«, entschied Kerstin Holm und wandte sich Sara Svenhagen zu, die übernahm: »Wo waren Sie während Ihres zweiwöchigen Urlaubs, aus dem Sie am gestrigen Montag zurückgekehrt sind?«

»Ich bin, wie gesagt, in Europa herumgereist«, antwortete Ivanova knapp.

»Ohne irgendeinen Beleg aufzubewahren? Ohne ein einziges Flug- oder Zugticket aufgehoben zu haben?«

Marina Ivanova beugte sich über den Tisch und sagte mit Nachdruck: »Das Leben findet im Hier und Jetzt statt. Viel zu viele Menschen leben in einer erträumten ungetrübten Zukunft oder einer noch ungetrübteren vergoldeten Vergangenheit.«

»Womit Sie sagen wollen, dass Sie niemals zurückschauen?«

»Was sollte das bringen? Meine gesamte aktuelle Forschung ist darauf ausgerichtet, eine philosophisch konsequente Lebensform im Hier und Jetzt zu entwickeln, und zwar ausschließlich im Hier und Jetzt.«

»Sie vertraten also früher einmal eine andere Ansicht?«, fragte Holm.

»Ja, ich habe zu zukunftsorientiert gelebt.«

»Und auch vergangenheitsorientiert?«

»In gewisser Weise schon. Allerdings nicht so stark.«

»Der *Graf von Monte Christo* handelt ja in höchstem Grad von der Vergangenheit. Von Rache für Vergehen in der Vergangenheit.«

»Aber in höherem Maße davon, eine Gesellschaft umzustrukturieren und sie auf Veränderungen vorzubereiten«, erklärte Ivanova.

»›Die unbewusste revolutionäre Struktur im *Grafen von Monte Christo*‹«, zitierte Holm.

Marina Ivanova schaute sie an und sagte nach einer Weile:

»Möglicherweise mag man annehmen, dass Dumas' Buch von einem einsamen Rächer handelt. In meiner Abhandlung habe ich jedoch versucht aufzuzeigen, dass es um viel mehr geht. Nämlich um die Bildung eines aktivistischen Bewusstseins.«

»Ihre Eltern sind aus der Sowjetunion geflüchtet, nicht wahr?«

»Was hat das mit der Sache zu tun?«

»Sie haben doch behauptet, nicht einmal zu wissen, um welche Sache es geht ...«

»Das stimmt. Sie müssen mich endlich darüber aufklären, wessen man mich beschuldigt. Sind Sie eine Art Gesinnungspolizei? Ist es also schon so weit gekommen?«

Es war das erste Mal, dass Kerstin Holm eine Gefühlsregung bei ihr beobachtete. Sie gestattete sich, einen Augenblick darüber nachzudenken.

Sara Svenhagen registrierte es. Sie begriff, dass Kerstin Holm auf etwas Bestimmtes hinauswollte, und war äußerst neugierig, welchen Weg sie wählen würde. Also schwieg sie.

»Wie die Gesinnungspolizisten in der Sowjetunion?«, fragte Holm schließlich.

»Ich bin mit diesem Gerede aufgewachsen«, antwortete Ivanova.

»Gerede?«, fragte Kerstin Holm nach.

»Wie schrecklich alles in der Sowjetunion war.«

»Und Sie sind es leid?«

»Meine Eltern sind aus der Sowjetunion geflohen, als ich drei Jahre alt war, um sich eine bessere Zukunft aufzubauen. Aber sie waren nicht in der Lage, an die Zukunft oder die Gegenwart zu denken. Sie käuten nur die Vergangenheit wieder, bis sie starben.«

»Und welchen Repressionen waren sie ausgesetzt gewesen?«

»Meine Eltern waren Akademiker und fühlten sich täglich in ihrer intellektuellen Freiheit eingeschränkt. Als sie schließlich flüchteten, war der Schaden, den sie genommen hatten, bereits irreversibel. Ihre Seelen waren wirklich eindimensional geworden.«

»Aber sie waren niemals irgendwelchen drastischeren Strafen ausgesetzt gewesen?«

»Nein. Im Unterschied zu anderen Verwandten.«

»Anderen Verwandten?«

Marina Ivanova legte ihren Kopf in den Nacken und richtete den Blick zur Decke. Dann antwortete sie: »Mein Russisch ist inzwischen ziemlich schlecht. In meiner Jugend hatte ich kein Interesse daran, es zu bewahren. Aber zwei Worte sind hängen geblieben. Großmutter und Großvater.«

»Großmutter und Großvater?«

»Baba«, antwortete Marina Ivanova. »Und Deda.«

»Wird es Ihnen nicht allmählich zu ungemütlich, Corine?«

Die Reflexionen des Sonnenlichts vom Papstpalast waren in der Tat bedeutend blasser geworden, der Palast lag inzwischen fast im Schatten, aber Bouhaddi hatte nicht das Gefühl, dass es kälter geworden wäre. Es war immer noch ein warmer Frühsommerabend in der Provence. Mit das Beste, was es auf der Welt gab.

»Nein, mir nicht«, antwortete sie und warf der Vogelgestalt neben sich einen Blick zu. »Aber Madame friert vielleicht?«

»Mit so etwas habe ich längst aufgehört«, schnaubte die alte Dame und goss sich noch etwas Pastis ein, den sie mit einigen Tropfen Wasser verdünnte, sodass der gelbliche Anisschnaps opalisierte – wie man es nennt, wenn der Alkohol trübe wird, woran sich Bouhaddi aus unerklärlichen Gründen erinnerte.

»Sind Sie sicher, dass Sie nicht doch etwas möchten?«, fragte Madame Girault und wies auf die Kristallkaraffe.

»Ich bin Muslimin«, antwortete Corine Bouhaddi. »Ich trinke keinen Alkohol.«

Madame Girault lächelte und warf einen Blick in Richtung der Balkontür. Erneut hielt der Polizeizeichner den Entwurf einer Skizze hoch. Die alte Dame schüttelte diskret den Kopf.

»Wissen Sie, Corine«, sagte sie. »Ich glaube, dass Sie keinesfalls hergekommen sind, damit ich ein lächerliches Porträt anfertigen lasse. Ich glaube, Sie sind gekommen, weil ich Ihnen verlässlich erschien und mich wahrscheinlich an mehr erinnern kann, als ich dachte. Ich glaube, Sie sind hergekommen, um mir weitere Informationen zu entlocken.«

Bouhaddi lachte laut und entgegnete: »Aber dafür muss ich auch geahnt haben, dass Madame mich durchschauen würde.«

»Etwas kompliziert, das muss ich zugeben«, sagte Madame Girault und lächelte. »Und nennen Sie mich nicht Madame. Mit so etwas habe ich nämlich ebenfalls längst abgeschlossen.«

»Ich bin noch immer an diesem Seitenblick interessiert«, sagte Bouhaddi. »War es wirklich schlechtes Gewissen? Nicht Hass?«

»Hm«, meinte Madame Girault. »Überraschender Themenwechsel, das gefällt mir. Nein, es war kein Hass. Niemals Hass. Eher Angst. Und, ja, schlechtes Gewissen.«

»Versagensangst?«

»Jetzt, Corine, stellen Sie aber zu hohe Ansprüche an die zehn Jahre alte Erinnerung an einen flüchtigen Seitenblick.«

»Ich gestatte mir anzunehmen, dass dies nicht der Fall ist. Denn Sie wissen, was für ein Blick es war. Sie wollen es aus einem bestimmten Grund nur nicht sagen.«

»Ich habe natürlich keine Beweise dafür«, entgegnete Madame Girault, »nur meine Lebenserfahrung. Aber ich würde sagen, dass sie von der Erinnerung an denjenigen heimgesucht wurde, den sie gerade hinterging.«

»Hinterging?«, fragte Bouhaddi.

»Didier war es gewöhnt, Angélique zu hintergehen. Er hatte kein schlechtes Gewissen. Aber ich bin davon überzeugt, dass seine junge Freundin zum ersten Mal in ihrem Leben untreu war. Diese Art von Blick habe ich gesehen.«

»Sie meinen ...?«

»Ja«, antwortete Madame Girault. »Ich bin mir sicher, dass Didiers kleine Freundin zu Hause in Schweden einen Verlobten hatte.«

Als Marina Ivanovas Blicke zum dritten Mal in dieselbe Richtung wanderten, war die Sache für Kerstin Holm klar. Zweimal ist keinmal, möglicherweise auch dreimal. Aber nicht viermal. Der Blick richtete sich auf ihr Handgelenk. Auf ihre Armbanduhr.

Kerstin Holm warf selbst einen Blick auf die Uhr an der Wand des Vernehmungsraums und stellte fest, dass sie sich mit riesigen Schritten einundzwanzig Uhr näherte.

»Als Kind ließen Sie sich von der strikten antisowjetischen Haltung Ihrer Eltern anstecken?«, begann sie erneut.

»Viele Jahre lang lebte ich mehr in diesen Zwängen als in Schweden.«

»Doch dann kam die Teenagerzeit, die Pubertät und der lebensnotwendige Aufruhr gegen die Eltern ...«

»So könnte man die Sache vereinfacht ausdrücken«, meinte Ivanova herablassend.

»Und wie sah dieser Aufruhr aus?«, fragte Kerstin Holm unberührt.

»Es war ein politisches Erwachen. Die Neunzigerjahre waren eine bemerkenswerte Zeit für die Entwicklung eines politischen Bewusstseins. Die große Verflachung der Menschheit hatte gerade begonnen. Dokusoaps, Medialisierung aller Lebensbereiche, Internetpornografie und die Herabwürdigung jeglichen kritischen Denkens. Man landete sozusagen automatisch in einer sehr kleinen Minderheit denkender Geschöpfe. Also nahezu in einer Art Sekte.«

»Und dieses Erwachen führte Sie dann zum Studium der praktischen Philosophie?«

»Ein freier Student sucht sich immer das Fach aus, in dem er private Probleme hat. Psychologiestudenten haben psychische Probleme, Theologiestudenten haben Probleme mit Gott und Sprachstudenten Probleme mit der Sprache. Ich hatte Probleme mit der Moral. Deshalb praktische Philosophie.«

»Und welche Art von Problemen?«, fragte Holm.

»Einen gewissen Hang zum totalitären Denken«, antwortete Ivanova. »Als junger Mensch war ich felsenfest davon überzeugt, dass die Welt unter dem Einfluss des Kapitalismus vollkommen verloren sei. Es kam mir unendlich bizarr vor, dass man etwas so Irrelevantes wie Geld jeden noch so unbedeutenden Bereich unseres Lebens regieren ließ. Weisheit und Lehre hatten keine Bedeutung, Empathie und Mitgefühl noch weniger, während sich in einer Zivilisation, die in den Todeszuckungen lag, eine monumentale Gier auszubreiten begann. Keinen kümmerte es, dass die öffentlichen Plätze von Bettlern bevölkert wurden. Der Kapitalismus sorgte dafür, dass wir mit anderen Dingen beschäftigt waren, nämlich unsere eigenen Portemonnaies zu füllen. Während alles teurer wurde, mussten wir jede freie Minute damit verbringen, dem Geld hinterherzujagen. Das war es, was man anstrebte: Egoisten auszubilden – ihnen würde die eskalierende Ungleichheit nicht nahegehen. Das war der heimliche Traum des Kapitalismus, den Bürger zum passiven Konsumenten zu machen. Ich war davon überzeugt, dass die einzige Lösung ein starker Staat ohne Gewinninteressen wäre. Jegliche Politik müsste neu überdacht werden. Und die Einzigen, die je richtig gedacht hatten, waren die Kommunisten.«

»Und darin lag das Problem?«

»Es war ein rein praktisches Problem. Theoretisch war alles bestens. Aber ich hatte ein Problem mit dem praktischen Funktionieren kommunistischer Gesellschaften. Warum ist aus den besten Vorsätzen immer nur Schlechtes hervorgegangen?«

»Und da kamen die praktische Philosophie und der ›Rote Didde‹ ins Spiel?«

Während der Stille, die nun folgte, zeigte sich ein merkwürdiges Phänomen. Dozentin Marina Ivanova errötete. Man kann nicht gerade sagen, dass ihr Blick flackerte – das wäre übertrieben –, aber ihre gesamte Erscheinung wurde irgendwie weicher.

»Darum geht es hier also?«, fragte sie schließlich.

Holm stellte eine Gegenfrage: »Im August 2001 begannen Sie, praktische Philosophie in Göteborg zu studieren. Und was haben Sie vorher studiert?«

»Soziologie«, antwortete Ivanova. »Aber wir kamen zu dem Schluss, dass das politische Denken noch einen Schritt weitergehen musste. Soziologie war eine rein deskriptive Wissenschaft. Sie analysierte die Welt, veränderte sie aber nicht. Wenn überhaupt, generierte sie Protest, aber niemals Widerstand.«

»Und haben Sie diesen Widerstand dann beim ›Roten Didde‹ gefunden?«

»Ja, das habe ich«, gab Marina Ivanova zu und errötete noch mehr. »Er war ziemlich überzeugend. Sehr enthusiastisch, sehr leidenschaftlich. Er verankerte meine Gedanken im praktischen Handeln. Für ihn war nichts unmöglich. Er war ... beeindruckend.«

»Und Sie haben sich in ihn verliebt?«

»Ja, so in der Art«, antwortete Marina Ivanova, während ein Lächeln über ihr Gesicht huschte. »Vielleicht verliebt, vielleicht hat er mich aber auch nur verführt. Ich bin jedenfalls mit ihm in die Provence gefahren.«

Zum ersten Mal seit Langem wechselten Kerstin Holm und Sara Svenhagen einen Blick.

Kerstin sah, wie es bei Sara klick machte. Wie der Groschen fiel. Sie zeichnete sich nicht gerade durch ein Pokerface aus, dachte sie.

Sara fragte: »›Wir?‹«

»Was meinen Sie?«, fragte Ivanova zurück.

»›Aber wir kamen zu dem Schluss, dass das politische Denken noch einen Schritt weitergehen musste.‹«

»Ja, wie gesagt, die Soziologie reichte irgendwie nicht aus.«

»Aber wer ist ›wir‹?«

»Mein Verlobter und ich«, antwortete Ivanova. »Wir hatten schon drei Semester lang zusammen studiert, verschiedene Fächer. Praktische Philosophie war unser viertes gemeinsames Semester.«

»Und wie ließ sich das mit Ihrer erotischen Reise in die Provence mit dem ›Roten Didde‹ vereinbaren?«, fragte Sara Svenhagen.

»Gar nicht«, antwortete Ivanova. »Aus diesem Grund haben wir zwei verschiedene Flüge von Landvetter aus genommen. Didde und ich haben uns dann auf sicherem Boden in Kopenhagen getroffen. Ich habe meinem Freund gesagt, dass ich mit einer Jugendfreundin aus Stockholm eine Charterreise gebucht hätte.«

»Und Ihr Freund hat Ihnen geglaubt?«

»Ich denke schon«, antwortete Ivanova und wirkte jetzt bedeutend jünger. »Aber wir hatten auch schon vorher begonnen, uns auseinanderzuleben.«

»Sie haben sich also zwischen August und Oktober 2001 auseinandergelebt?«, fragte Kerstin Holm.

Marina Ivanova warf ihr einen raschen Blick zu und antwortete: »Ja. Wir haben irgendwann festgestellt, wie verschieden wir geworden waren.«

»Und wie hieß Ihr Verlobter?«

»Er wurde ›Badde‹ genannt.«

»Badde?«

»Nach dem Terroristen Andreas Baader«, erklärte Marina Ivanova.

Als die Sonne untergegangen war, wirkte die Silhouette des Papstpalastes nahezu bedrohlich, wie eine riesige schwarze Amöbe, die kurz davor war, ganz Avignon zu verschlingen.

»Sagen Sie ihm, er soll aufhören«, meinte Madame Girault mit einem Nicken in Richtung Balkontür, wo der Polizeizeichner gerade seinen letzten Versuch eines Porträts zerknüllte und den Kopf schüttelte. Dann streckte er stumm sein Glas auf den Balkon hinaus, wo ihm ein ordentlicher Schluck Pastis nachgeschenkt wurde.

»Mit Absinth wäre es wahrscheinlich leichter gewesen«, sagte er mürrisch und nahm einen großen Schluck.

»Dabei sind Ihre Bemühungen völlig unnötig«, meinte Madame Girault.

»Inwiefern unnötig?«, fragte Corine Bouhaddi.

Madame Girault öffnete ihre Handtasche, die sie auf dem

Schoß liegen hatte, und nahm ihr Portemonnaie zur Hand. Sie zog ein ziemlich abgegriffenes Schwarz-Weiß-Foto daraus hervor und reichte es Bouhaddi.

»Das letzte Bild von Didier«, sagte sie betrübt.

Bouhaddi betrachtete das Foto. Es zeigte einen Mann mittleren Alters mit einem breiten Lächeln und demselben vogelähnlichen Profil wie das seiner Mutter. Er hatte den Arm um eine scheu lächelnde blonde Frau mit slawischen Zügen gelegt.

Bouhaddi lachte auf.

»Das hätten Sie ruhig etwas früher sagen können«, meinte sie.

»Sie haben nicht danach gefragt.« Madame Girault lächelte.

Zweifellos waren die beiden auf dem Foto Didier Girault und Marina Ivanova. Im Oktober 2001. Ivanovas scheues Lächeln stand bei näherer Betrachtung in starkem Kontrast zu dem glasklaren Blick aus ihren verengten Augen.

»Können Sie mir genau schildern, wie Didier verschwand?«, fragte Bouhaddi.

»Es war an einem Morgen, drei, vier Tage nach ihrer Ankunft«, sagte Madame Girault. »Das Mädchen kam zu mir auf den Balkon, wo ich saß und mein Frühstückscroissant aß. Ihr Haar stand wirr ab, und sie sah aus, als wäre sie gerade aufgewacht. Sie fragte mich in ihrem rudimentären Französisch, ob ich wüsste, wo Didier wäre. ›Ist er denn nicht bei Ihnen?‹, fragte ich zurück. Woraufhin das Mädchen antwortete, dass er nicht im Bett gelegen sei, als sie morgens aufwachte. Wir haben angenommen, dass er entgegen seinen Gewohnheiten einen Spaziergang oder Ähnliches machte. Aber er blieb verschwunden. Als die Polizei sie ein paar Tage später befragte, erinnerte sie sich daran, dass er irgendwann in der Nacht aufgestanden war. Sie war davon ausgegangen, er würde zur Toilette gehen. Aber er kam nicht wieder zurück.«

»Und die Frau blieb die ganze Zeit über bei Ihnen?«

»Noch eine ganze Woche. Und ich kann Ihnen versichern, dass sie ziemlich aufgewühlt war.«

»Aufgewühlt?«

»Außer sich vor Trauer und Verwirrung.« Madame Girault nickte.

Zu seinem eigenen Erstaunen saß Paul Hjelm mit der laut durch den Raum hallenden Europahymne in seinem Büro, während er einen Bericht über das Telefonat von Arto Söderstedt mit der Unbekannten vom selben Tag durchlas. Es hatte höchste Priorität.

Er las die entscheidende Formulierung erneut und schüttelte den Kopf. Sie lautete: »Jedenfalls ist die Stimme, die weiblich klingt, zweifellos mittels eines Stimmverzerrers verändert worden. Das bedeutet, dass es in der aktuellen Situation nicht möglich ist festzustellen, ob die Stimme einem Mann oder einer Frau gehört.«

In diesem Augenblick klingelte das Telefon extrem schrill. Paul Hjelm war es schleierhaft, warum in der sonst so hochtechnologisch ausgestatteten Bürolandschaft immer noch eine feste Leitung installiert war. Wahrscheinlich, um vor sich hin grübelnde Chefs mit einem Schock aus ihrer Versunkenheit aufzuschrecken.

»Ja?«, meldete er sich mit belegter Stimme.

»Hast du etwa geschlafen?«, fragte eine wohlbekannte Stimme, die er aber nicht einordnen konnte.

»Chefs schlafen nie«, antwortete Hjelm und überlegte verzweifelt, wem die Stimme gehörte.

»Hier ist Donatella Bruno«, erklärte die Stimme barmherzig. »Aus Italien.«

»Ich weiß«, entgegnete Hjelm deutlich schärfer als beabsichtigt. Er versuchte sofort, diesen Fauxpas wieder wettzumachen, indem er bedeutend milder fragte: »Wie geht es dir, Donatella?«

»Aus Italien, genauer gesagt aus Livorno«, fuhr Bruno ungerührt fort. »Und noch genauer gesagt aus dem Computer Discount in der Via Scali d'Azeglio. Ich habe endlich die Verkäuferin angetroffen, die die drei SIM-Karten verkauft hat.«

»Okay«, meinte Hjelm und stellte die Musik leiser.

»Die Verkäuferin hat sich an den Kunden erinnert, wenn auch nur vage. Eine genauere Beschreibung konnte sie zwar nicht abgeben, aber sie erinnerte sich an eine wichtige Sache.«

»Die da wäre?«, fragte Paul Hjelm.

»Dass es ein Mann war«, antwortete Donatella Bruno.

»Also ›Badde‹?«, wiederholte Kerstin Holm. »Und aus welchem Grund haben Sie und Ihr Verlobter sich auseinandergelebt?«

»Es war eigentlich kein Auseinanderleben«, antwortete Marina Ivanova. »Es war eher eine Explosion. Eine ganze Reihe grundlegender Wertvorstellungen hatten sich drastisch verschoben.«

»Haben Sie die Verlobung aufgelöst?«

»Nein, nicht direkt, aber zwischen uns waren gewisse Dinge ausgesprochen worden, die man nicht mehr zurücknehmen konnte. Ich hatte ihn als Verräter und Abschaum beschimpft, als Mitglied der fünften Kolonne, als Denunzianten. In dieser Situation lernt ich Didde kennen. Ich hatte große Lust, ihm nach Avignon zu folgen, nicht zuletzt, um von Badde loszukommen.«

»Badde und Didde«, sagte Kerstin Holm. »Klingt wie diese einfältigen Spitznamen der Oberklassetypen auf dem Stureplan.«

»Ich glaube, wir waren auch einfältig«, bestätigte Ivanova mit einem raschen Blick auf ihre Armbanduhr.

»Und wie hat er Sie tituliert«, fragte Sara Svenhagen.

»Wie bitte?«

»Sie hatten Badde einen Verräter genannt. Und wie hat er Sie genannt?«

»Unter anderem Despotin. Antihumanistin. Kommunistische Faschistin. So in der Art.«

»Wie kam es dazu?«

Marina Ivanova seufzte und senkte den Blick. »Es hing mit einem Ereignis zusammen«, antwortete sie.

»Und mit welchem Ereignis?«

»Mit dem 11. September«, erklärte Ivanova.

»Also Nine-Eleven?«, fragte Sara Svenhagen. »Erzählen Sie.«

»Wir saßen nachmittags im Pausenraum des Instituts und tranken Kaffee«, berichtete Ivanova. »Didde, ich, Badde und noch einige andere der radikalsten Mitarbeiter im Institut. Im Hintergrund lief der Fernseher. Plötzlich kamen die ersten Berichte aus New York. Manhattan war in eine riesige Rauchwolke gehüllt. Dann zeigten sie, wie eines der Flugzeuge in den Nordturm eingeschlagen war. Geradewegs in das Herz des Kapitalismus. Mehrere von uns reagierten intuitiv. Didde sprang auf und jubelte laut. Ich habe ebenfalls gejubelt wie auch ein paar Kollegen von Didde. Ich erinnere mich noch daran, wie ich mich Didde in die Arme warf und er in seinem eigenwilligen französischen Schwedisch rief: ›Jetzt hat verdammt noch mal die Revolution begonnen! Nun bricht der Kapitalismus zusammen!‹ In dem Augenblick begegnete ich Baddes Blick. Er war geschockt und starrte uns an. Aschfahl wie eine Leiche.«

»›Wer sendet mir diesen Gedanken?‹«, sagte Sara Svenhagen langsam. »›Weil nur die Toten frei von hier wegkommen, so will ich den Platz des Toten einnehmen.‹«

»Das ist ein Zitat aus dem *Grafen von Monte Christo*«, stellte Marina Ivanova sichtlich erstaunt fest.

»War Badde aktiv an der Themenwahl für Ihre Abhandlung beteiligt?«, fragte Kerstin Holm.

»Badde und ich haben andauernd über Dumas und den *Grafen von Monte Christo* diskutiert«, antwortete Ivanova. »Dieser Roman birgt ein ziemlich hohes revolutionäres Potenzial in sich. Aber die Distanz zwischen uns wurde natürlich noch größer, als ich aus Frankreich zurückkehrte, wo Didde auf diese eigentümliche Art und Weise spurlos verschwunden war. Als nach einem halben Jahr die Nachricht von Diddes Tod eintraf, war Badde weg. Er hörte auf zu studieren, und ich weiß nicht, was er danach machte. Wir kannten uns immerhin zehn Jahre, und es war eigenartig, ihn einfach aus meinem Leben verschwinden zu sehen.«

»Und wie haben Sie sich kennengelernt?«

»Damals waren wir noch Kinder, und meine Eltern haben

mich gezwungen, zu diesen russischen Immigrantentreffen zu gehen, um mit Leuten ›von zu Hause‹ in Kontakt zu kommen. Badde war gerade nach Schweden gekommen und genauso alt wie ich, ungefähr dreizehn. Als die Sowjetunion im Begriff war auseinanderzubrechen, war er auf eigene Faust zum Moskauer Flughafen gefahren und hatte die erstbeste Maschine genommen. Sie landete in Göteborg. Wir haben einander sofort gefunden. Ich habe ihm Schwedisch beigebracht, und er hat mich gelehrt zu lieben.«

»Wie heißt Badde mit richtigem Namen?«

»Damals hieß er noch Lebedev«, antwortete Ivanova und schaute erneut auf die Uhr. »Aber dann hat er einen schwedisch klingenderen Namen angenommen ...«

»Sie schauen die ganze Zeit auf die Uhr«, unterbrach Kerstin Holm sie. »Jetzt müssen Sie uns erklären, warum Sie Ihre Vorlesung abgebrochen haben und nach Stockholm geflogen sind. Es ist doch offensichtlich, dass Sie heute Abend irgendeine Verabredung haben. Und hoffen, sie wahrnehmen zu können.«

Marina Ivanova starrte sie an. Jegliche Wachsamkeit war wie weggeblasen, ihre Augen waren nun nicht mehr verengt, sondern kugelrund. Es sah aus, als würden ihr die Dinge erst jetzt nach und nach aufgehen. Dinge, die sie schon längst hätte begreifen müssen.

»Mich hat heute jemand angerufen«, sagte sie schließlich. »Heute Mittag. Eine Frau, die irgendwie sonderbar klang. Sie sagte, dass sie die Wahrheit über Diddes Tod kenne. Aber dass ich sie in Stockholm treffen müsse. Heute Abend um dreiundzwanzig Uhr. Sie sagte, dass es sich um brisantes Material handele und die Übergabe unbedingt im Geheimen stattfinden müsse.«

»Klang sie ungefähr so?«, fragte Sara Svenhagen und tippte auf ihr Handy.

Eine Frauenstimme sagte zu Arto Söderstedt: »Es gibt Sie also doch. Ich hatte wirklich nicht damit gerechnet, dass es Sie gibt, mein unbekannter Polizeikommissar.«

»Ja«, meinte Ivanova. »Diese raue Stimme …«

»Die offenbar mit einem Stimmverzerrer verändert worden ist. Höchstwahrscheinlich handelt es sich um einen Mann und nicht um eine Frau.«

Ivanova wirkte inzwischen noch irritierter. Sie fragte: »Sie meinen also, dass es … Badde gewesen sein könnte?«

»Das wäre durchaus denkbar«, antwortete Kerstin Holm. »Das Treffen ist heute Abend um dreiundzwanzig Uhr, sagten Sie? Und wo?«

»Auf Långholmen«, erklärte Ivanova. »Im ehemaligen Gefängnis. Inzwischen ist es ja ein Hotel.«

»Im ehemaligen Gefängnis auf der alten Gefängnisinsel Långholmen.« Sara Svenhagen nickte. »Verdammt.«

»Und wo genau?«, fragte Kerstin Holm.

»In einem Hotelzimmer«, antwortete Marina Ivanova. »Es ist auf meinen Namen gebucht. Eine ehemalige Gefängniszelle, die in ein Hotelzimmer umgewandelt wurde. Ich soll hineingehen, und sobald ich durchs Fenster das Leuchten einer Taschenlampe draußen im ehemaligen Gefängnishof sehe, soll ich ein gewisses Blinksignal zurücksenden. Zweimal kurz, einmal lang.«

»Und dann werden Sie die Wahrheit über den Tod des ›Roten Didde‹ erfahren?«

»So hat sie es gesagt. Ja, sie … Sie, er, es? Verdammt, nur nicht Badde. Nicht er.«

»Wenn er es doch sein sollte, müssen Sie wissen, dass er in den vergangenen neun Jahren mindestens neun meinungsbildende Kommunisten ermordet hat«, erklärte Sara Svenhagen schonungslos. »Und Auslöser dafür war, dass er die Leute im Institut für Philosophie angesichts der Anschläge in New York jubeln sah. In dem Moment erkannte er das wahre antihumanistische Gesicht des Kommunismus. Außerdem sah er Ihren Verrat, Ihre Zuneigung zum ›Roten Didde‹. Es war also ein doppelter Verrat. Vielleicht hat er auch eines Ihrer Telefonate mit Didde mitgehört oder heimlich Ihre E-Mails gelesen. Jedenfalls hat er mitbekommen, dass Sie vorhatten, sich mit ihm in Avignon zu verlustieren, nur hundert Kilometer entfernt von Marseille und der Gefängnisinsel If von Monte Christo. Es war ein passender Ausgangspunkt, nämlich der Ort, an dem auch der Rachefeldzug des Edmond Dantès seinen Anfang nimmt. Mitten in der Nacht lockt er Didier Girault dorthin und ermordet ihn. Es ist der Beginn einer Mordserie auf Gefängnisinseln weltweit. Morde an Kommunisten.«

»Soll Badde etwa eine Art Serienmörder sein?«, rief Ivanova aus. »Das fällt mir ziemlich schwer zu glauben ...«

»Wie verhält es sich denn mit Baddes Verwandtschaft? Wurden Angehörige von ihm vom Sowjetregime verfolgt?«

Marina Ivanova dachte nach. Dann antwortete sie: »Da war etwas mit seinem Großvater ...«

»Mit seinem *Deda?*«, fragte Sara Svenhagen.

»Ja«, antwortete Ivanova. »Es war schon merkwürdig, dass Badde ganz allein nach Schweden gekommen war. Mutterseelenallein, mit dreizehn Jahren. Er durfte bleiben, denn die schwedische Asylpolitik sah damals noch etwas anders aus. Aber er war bei seiner Baba und seinem Deda aufgewachsen. Irgendetwas war da mit Dedas Vergangenheit ...«

»Die Sowjetunion brach Ende 1991 zusammen«, erklärte Holm. »Gorbatschow trat am ersten Weihnachtsfeiertag zurück, und formell wurde die Sowjetunion zum 1. Januar 1992 aufgelöst.«

»Ich glaube, dass sein Deda an diesem Tag starb«, sagte Ivanova tief in ihren Erinnerungen versunken. »Ich glaube, Deda starb am selben Tag. Seine Baba war ein halbes Jahr zuvor gestorben oder so, und dann starb Deda ebenfalls.«

»Und was war mit seinem Deda passiert?«, fragte Svenhagen.

»Ich versuche fieberhaft, mich zu erinnern«, antwortete Ivanova. »Deda wurde interniert, als er noch ziemlich klein war. Sie griffen ihn als Schuljungen auf den Straßen von Moskau einfach auf und deportierten ihn. Er war ungefähr zehn Jahre alt. Es war ein großes Projekt mit dem Ziel, die Großstädte der Sowjetunion von störenden Elementen zu reinigen. Ich kenne die Geschichte nicht so genau, aber er landete jedenfalls an einem absolut unwirtlichen Ort. Badde hat es irgendwann einmal erwähnt. Auf einer Hölleninsel.«

»Auf einer Insel? Einer Gefängnisinsel?«

»Ja, so etwas in der Art. Eine kleine einsame Insel. Dort gab es nichts zu essen, denn irgendetwas war schiefgelaufen. Die Gefangenen haben angefangen, sich gegenseitig aufzufressen. Ja, so war es. Sie fraßen seinem Großvater den Arm ab.«

»Sie fraßen ihm den Arm ab?«

»Ja«, antwortete Ivanova. »So war es. Ich glaube sogar, dass Badde erwähnt hat, wie viel der Arm wog. Ich habe allerdings nicht ganz begriffen, warum er das wusste.«

Holm und Svenhagen wechselten rasch einen Blick.

Sie waren auf der richtigen Spur.

»Jetzt ist es 21.45 Uhr«, sagte Kerstin Holm. »Sie müssen unbedingt Ihr Treffen wahrnehmen. Um dreiundzwanzig Uhr auf Långholmen.«

»Eine Sache noch«, meinte Sara Svenhagen. »Sie sagten, dass Badde nach dem Vorfall in der Provence aufgehört hat zu studieren. Dass er verschwand. Sie haben keine Ahnung, wohin er verschwand?«

»Aber er ist doch nur für eine kurze Weile weg gewesen«, rief Marina Ivanova aus. »Er hörte auf zu studieren, aber er kehrte an die Universität Göteborg zurück und erhielt einen Bürojob. Seitdem arbeitet er dort.«

»Oh, verdammt«, rief Kerstin Holm aus. »Badde hieß also Lebedev, als er nach Schweden kam. Doch dann hat er seinen Namen geändert? Das hatten Sie doch gesagt, nicht wahr?«

»Also, der Name Badde war einfach ein alter Witz«, erklärte Marina Ivanova. »Er sah Andreas Baader aus der Baader-Meinhof-Gruppe schlicht und einfach ähnlich, als er jung war. Aber eigentlich hat er einen russischen Vornamen. Viktor.«

»Viktor«, wiederholte Holm und spürte deutlich, dass sie blass wurde. »Und heute heißt er also ...?«

»Viktor Larsson«, antwortete Ivanova. »Er steht am Empfang des Instituts in Göteborg.«

Einzelzelle

Långholmen, Stockholm, 25. Mai

Das Zimmer, das im Hotel Långholmen, dem ehemaligen Gefängnis, in der Tat auf Marina Ivanovas Namen reserviert war, wurde nicht nur »Einzelzelle« genannt, es war auch wirklich eine ehemalige Gefängniszelle. Wenn man sich hingegen im Zimmer befand – hinter der restaurierten Originalzellentür –, erinnerte nicht mehr allzu vieles an frühere Zeiten. Außer, dass einen möglicherweise ein klaustrophobisches Gefühl befiel. Das mit einem Gitter versehene Fenster befand sich ganz oben an der Decke, und das Zimmer war ausgesprochen klein. Im Übrigen war es außerordentlich ansprechend gestaltet, und in dem winzigen Badezimmer hatte man sogar eine Deckendusche installiert.

Die geringe Größe bereitete den fünf Anwesenden jedoch gewisse logistische Probleme. Und sie hatten nicht mehr als eine halbe Stunde Zeit, um die Observierung der Dozentin Marina Ivanova zu organisieren. Sie musste sich allein im Zimmer aufhalten – es gab dort keine Möglichkeit, sich zu verstecken –, und im Badezimmer war maximal Platz für zwei Personen. Aber eben nicht für vier Polizisten. Sie buchten kurzfristig ein weiteres Zimmer – der nächste freie Raum war allerdings zwei Zellen entfernt – und installierten eine Miniaturkamera mit einem Sender an der Decke der »Einzelzelle«. Jorge Chavez stellte im zweiten Zimmer auf seinem Laptop den Kontakt her und übergab ihn Kerstin Holm und Sara Svenhagen.

»Jetzt könnt ihr alles sehen, was dort drinnen geschieht«, sagte er und umarmte seine Sara.

Sie erwiderte seine Umarmung und mahnte: »Geh bloß kein unnötiges Risiko ein.«

Dann machte Chavez sich auf den Weg. Holm und Svenhagen setzten sich mit dem Laptop zwischen sich auf die Bettkante und sahen Chavez das Zimmer betreten, in dem Arto Söderstedt und Marina Ivanova bereits warteten.

Söderstedt warf einen Blick auf seine Armbanduhr und sagte: »Noch fünf Minuten. Gutes Timing.«

Chavez betrat das kleine Badezimmer, wo er einen weiteren Laptop aufklappte, den er auf der Kante des Waschbeckens platzierte. Auf dem Bildschirm erschien ebenfalls das Kamerabild. Jetzt konnte er sich im Bad aufhalten und alles beobachten, was auf der anderen Seite der geschlossenen Badezimmertür vor sich ging.

Söderstedt half Ivanova, eine Kletterkonstruktion zu errichten, bestehend aus einem Stuhl mit Kissen sowie einer kleinen Leiter, die an der Wand hing. So konnte Ivanova zum hoch gelegenen Fenster klettern und relativ bequem auf den ehemaligen Gefängnishof hinausschauen, der inzwischen als Parkplatz für die Hotelgäste diente.

Er half ihr auch hinaufzuklettern, reichte ihr die Taschenlampe und sagte: »Zweimal kurz, einmal lang.«

»Danke, ich weiß Bescheid«, entgegnete Ivanova und nahm die Taschenlampe an sich.

Söderstedt ging zu Chavez ins Bad und schloss die Tür hinter sich. Das Bild auf dem Bildschirm war sehr deutlich. Sie sahen Ivanova auf der Kletterkonstruktion balancieren, während sie sich mit der freien linken Hand am Fenstergitter festhielt. In der rechten hielt sie die Taschenlampe.

Söderstedt blickte sich im Bad um. Eine gläserne Duschkabine mit Deckendusche, ein eleganter Badezimmerschrank, Vintage-Waschbecken, ein dezent blinkender Feuermelder an der Wand neben dem Badezimmerschrank und schließlich ein verchromter Handtuchhalter. So hatte die Toilette in all den

Jahren, in denen das Gebäude als Gefängnis diente, vermutlich nicht ausgesehen.

Sie standen jeweils an einer Seite des Waschbeckens und beobachteten auf dem Bildschirm des Laptops, wie Ivanova die Taschenlampe zum Fenster hinaushielt. Dann sahen sie die Dozentin mit der Lampe blinken.

Zweimal kurz, einmal lang.

Die Prozedur wiederholte sich ein paarmal, bis Ivanova geschmeidig von der Kletterkonstruktion heruntterglitt und auf die Badezimmertür zuging.

Sie öffnete sie und sagte: »Ich glaube, Sie sollten das Licht hier drinnen ausschalten. Und seien Sie so gut und beeilen Sie sich, wenn er kommt.«

»Wir sind bereit«, entgegnete Söderstedt, machte das Licht aus und zückte seine Dienstwaffe.

Ivanova schloss die Tür wieder.

Söderstedt warf Chavez einen Blick zu, dessen Gesicht lediglich vom bläulichen Schein des Bildschirms erhellt wurde. Die Leuchtdiode des Feuermelders blinkte in regelmäßigen Abständen genau über Chavez' Kopf.

Chavez begegnete Söderstedts Blick und legte die Hand an sein Achselhalfter.

Sie atmeten so lautlos wie möglich. Und sahen Ivanova in der kleinen »Einzelzelle« hin und her wandern.

Die Zeit verging. Kein Geräusch, keine Bewegung. Nichts, außer Ivanovas Hin- und Herwandern.

Stille.

Dann gab der Feuermelder ein Geräusch von sich, einen kurzen Knall, der Chavez geradewegs ins Ohr dröhnte. Irgendeine Substanz drang mit voller Kraft aus dem kleinen Gerät heraus. Söderstedt sah Chavez im selben Augenblick umfallen, als auf der anderen Seite der Badezimmertür die Eingangstür zur »Einzelzelle« geöffnet wurde. Söderstedt selbst spürte, wie er auf dem Weg zur Tür urplötzlich erstarrte, wie er noch nie erstarrt war, und dann mit einem Mal erschlaffte, wie er noch nie erschlafft war. Er war vollkommen kraftlos. Seine Muskeln gehorchten ihm nicht mehr, seine Beine knickten unter seinem Körper ein, und er fiel zu Boden, während er einen raschen Blick auf Chavez warf. Der schien bewusstlos zu sein. Söderstedt wollte rufen, schreien, aber er konnte seine Stimmbänder nicht aktivieren. Er spürte zwar, wie seine Hand krampfartig die Pistole umklammerte, aber mehr spürte er nicht.

Es war ein extrem eigenartiges Gefühl.

Der Laptop fiel vom Waschbecken auf den Fußboden. Der gesprungene Bildschirm landete schräg vor Söderstedts Gesicht. Er sah einen Mann mit einer Tasche über der Schulter und einer Gasmaske über dem Gesicht auf Ivanova zugehen, die immer wieder gehetzte Blicke in Richtung der geschlossenen Badezimmertür warf. Schließlich schrie sie auf. Der Mann mit der Gasmaske sprühte ihr etwas ins Gesicht. Sie fiel haltlos um. Der Mann fing sie auf und legte sie aufs Bett. Dann ging er in Richtung Bad.

Arto Söderstedt sah es, aber er konnte nichts dagegen tun. Er konnte überhaupt nichts tun.

Der Mann riss die Tür auf. Der plötzliche Lichteinfall stach in Arto Söderstedts mittlerweile überempfindlichen Augen. Der Mann trat ihm mit dem Fuß brutal gegen die Hand, sodass die Pistole davonschlitterte. Dann zerrte er Söderstedt mit einem Blick auf den vollkommen weggetretenen Chavez aus dem Bad und knallte die Tür zu.

Die Ohnmacht, die Arto Söderstedt in diesem Moment verspürte, war unerträglich. Als der Mann ihn neben Marina Ivanova aufs Bett hievte, spürte er seinen Körper überhaupt nicht mehr.

Der mit der Gasmaske ausgerüstete Mann hielt ein kleines Teststäbchen in die Luft und las es ab. Dann zog er die Gasmaske vom Gesicht.

Viktor Larsson sagte: »Mit Feuermeldern muss man aufpassen.«

Söderstedt sah ihn an. Was konnte er sonst tun? Dann gelang es ihm, sein Gesicht Marina Ivanova zuzudrehen. In ihren

Augen flackerte das blanke Entsetzen, während ihr Körper ebenso unbeweglich wie sein eigener zu sein schien.

Viktor Larsson näherte sich ihr und sagte: »Weißt du eigentlich, wie sehr ich dich geliebt habe, Marina? Aber als ich dich im Pausenraum diesen Jubeltanz habe aufführen sehen, als das World Trade Center einstürzte, habe ich begriffen, wer du eigentlich bist. Dass du mich dann auf so üble Weise mit diesem Monster Didde betrogen hast, war eher eine logische Folge, die deinem Charakter entspricht. Du durftest neun Jahre länger leben, als ich es eigentlich vorgesehen hatte. Aber jetzt bist du dran.«

Larsson öffnete seine Tasche und zog ein Messer mit einer breiten Klinge heraus und einen bizarren Greifarm mit einer messerscharfen Klappvorrichtung an einem Ende. Wie ein Gebiss an einer Zange. Er legte die Werkzeuge zwischen Söderstedt und Ivanova aufs Bett.

»Es ist ungewöhnlich, dass ich so viel Zeit habe«, meinte er. »Normalerweise ist das Ganze etwas riskanter.«

Dann nahm er das Messer in die Hand und befühlte leicht die Klinge. Seine Hände waren sehr feingliedrig und wirkten nahezu weiblich.

Er fuhr fort: »An Ihrer Stelle würde ich mir von den Kollegen im anderen Zimmer nicht allzu viel erhoffen. Sie haben auch dieses spezielle Gas eingeatmet. Ich habe es neulich entdeckt. Es ist ziemlich wirkungsvoll; ich habe es an mir selbst getestet. Und machen Sie sich keine Sorgen, mein Polizeikommissar, der unangenehme Effekt geht bald vorüber. Man glaubt es zwar nicht, wenn man so ohne jegliche Körperkontrolle daliegt, aber in ein paar Minuten ist alles wieder vorbei.«

Viktor Larsson nahm einen kleinen zusammengerollten Zettel aus der Tasche und ging auf den Türrahmen neben der Badezimmertür zu. Er schob die Papierrolle in ein kleines vorgebohrtes Loch. Dann kam er zurück zu Marina Ivanova, setzte das Messer auf der linken Seite ihres Oberkörpers an und erklärte: »Jahrelang habe ich deine Vorlesungen über die Revolution mitangehört, Marina, darüber, dass eine gut funktionierende Gesellschaft manchmal Menschenopfer erfordert. Ich habe deine kranke, gefühllose Stimme durch die Hörsäle hallen hören. Sie hat mir Kraft gegeben weiterzumachen. Ich weiß nicht, wie viele unverdorbene Seelen du in der Zwischenzeit hast zerstören können, aber ich war gezwungen, mir dich aufzuheben. Als vorletztes Opfer. Denn Sie, mein Polizeikommissar, werden in jedem Fall mein letztes Opfer sein.«

Dann durchschnitt er mit dem Messer sachte Ivanovas Haut und Muskeln und schob es weiter in Richtung Herz.

Von irgendwoher kehrte in diesem Moment wieder Leben in Arto Söderstedts Körper zurück. Irgendetwas in seinem Inneren überwand die vollkommene Unbeweglichkeit. Ein winziger Funke Leben, der wie aus dem Nichts kam. Söderstedt gelang es, die Konzentration jeglicher noch verbleibender Energie auf einen einzigen Körperteil zu richten. Seine Hand.

Er hob seine durch den Tritt lädierte rechte Hand hoch und packte Larssons Handgelenk. Dabei verspürte er keinerlei Schmerz. Das Messer verharrte ein paar Zentimeter tief in Ivanovas Körper. Larsson drückte fester, während Söderstedt dagegenhielt. Es gelang ihm, all die Kraft, die noch in seinem Körper steckte, in seiner kaputten rechten Hand zu bündeln. Und dann gelang es ihm, auch die linke Hand hochzuheben. Larsson drückte das Messer noch stärker in Ivanovas Körper, und es drang einen weiteren Zentimeter in sie ein. Jetzt begann Blut zu fließen.

Es war eine wahnwitzige Situation. Söderstedt hielt buchstäblich das Leben von Marina Ivanova in seinen Händen. Er sah sich selbst wie über einem Abgrund. Mit seinen verkrampften Händen hielt er etwas fest, das ihm jeden Moment durch die Finger zu rinnen drohte.

Ein Menschenleben.

Larsson drückte erneut stärker zu, Söderstedt hielt dagegen. Er hielt für Ivanovas Leben dagegen, für sein eigenes Leben, für jegliches Leben im Universum. Das Messer durfte das Herz nicht erreichen.

Auf keinen Fall.

Schließlich spürte er, wie Larsson nachließ. Wie das Messer aus dem Körper herausglitt. Und er tatsächlich gesiegt hatte. Mit einer letzten wahnsinnigen Kraftanstrengung riss er das Messer aus Larssons Hand. Die Bewegung ließ seinen bewegungsunfähigen Körper vom Bett rutschen. Er schob das Messer unter seinen Oberkörper und bedeckte es mit seiner lahmgelegten Muskelmasse. Da sah er Larsson nach der bizarren Zange mit dem Gebiss greifen. Während das Blut aus der Wunde in Ivanovas Oberkörper spritzte, riss Larsson ihr die Jacke vom Leib und entblößte ihre Schulter. Die Zange mit dem Gebiss löste ohne Probleme ein Stück Fleisch aus ihrem rechten Oberarm. Larsson nahm einen gut verschlossenen Behälter aus seiner Tasche – ein Glasgefäß mit Korken –, öffnete ihn rasch und ließ das Fleischstück hineingleiten. Im Behälter lag bereits eine ganze Menge Fleisch.

Danach nahm Viktor Larsson eine Waage aus der Tasche, wog den Behälter und schob ihn zusammen mit der Waage in einen Beutel, den er in seine Tasche legte. Dann wandte er sich Arto Söderstedt zu, der auf dem Fußboden lag.

»Ich will mein Messer zurückhaben«, forderte er.

Söderstedt presste seinen Oberkörper, so gut es ging, gegen den Boden und klemmte das Messer ein. Ganz langsam kehrte wieder Leben in seine gefühllosen Glieder, Zentimeter um Zentimeter.

Larsson beugte sich zu ihm hinunter und begann, an seinen Oberschenkeln zu zerren und zu reißen. Söderstedt presste sie, so fest er konnte, auf den Boden. Zum ersten Mal kam ihm ernsthaft der Gedanke, dass er kurz davor war zu sterben.

Dass es möglicherweise um sein eigenes Leben ging.

Im Augenwinkel sah er, wie die Badezimmertür langsam geöffnet wurde.

Chavez lag auf dem Boden. Die Pistole hielt er nicht gerade stabil in seiner Hand. Dennoch richtete er sie eindeutig auf Viktor Larsson.

Für einen kurzen Augenblick stand die Zeit still. Dann stürzte Viktor Larsson zur Tür hinaus und verschwand.

Chavez schleppte sich zu Söderstedt, der versuchte, ihm etwas zu sagen. Doch beide waren nicht in der Lage zu sprechen. Söderstedt schaute Chavez in die Augen, um ihm etwas klarzumachen. Deutete in eine Richtung. Auf das Bett hinauf. Erst in dem Moment erblickte Chavez Marina Ivanovas blutende Wunde. Er schleppte sich weiter, in ihre Richtung. Erreichte die Bettkante und zog sich hoch. Ein Versuch, ein zweiter, beide misslangen. Er fiel schlaff auf den Boden zurück. Während das Blut weiterhin aus Ivanovas Körper rann.

Mit einer letzten Kraftanstrengung gelang es Chavez, zu Ivanova aufs Bett hochzukommen. Er schob sich bis zu ihrer Wunde vor. Fand nichts, womit er den Blutfluss hätte stoppen können. Und presste seinen Kopf mit aller Kraft, die er aufbieten konnte, gegen die Wunde. Er spürte, wie das Blut in seine Haare gepumpt wurde, und drückte seinen Kopf noch stärker gegen die Verletzung.

Dann wurde er bewusstlos.

Nasino

Stockholm, 26. Mai

Es war Nacht. Sie saßen vollkommen allein im Wartezimmer des Söderkrankenhauses.

Arto Söderstedt betrachtete seine linke Hand und bewegte seine Finger. Wie faszinierend es doch plötzlich war, das Zusammenspiel der kleinen Muskeln an all diesen winzigen Knochen zu beobachten, die seinem kleinsten Befehl gehorchten. Nie wieder würde er seinen Körper als gegeben hinnehmen.

In Gedanken kehrte er zurück zu dem Fußboden im ehemaligen Gefängnis von Långholmen: Wie er mit seiner lädierten rechten Hand das Handy hervorgezogen hatte und die Finger seiner linken Hand unendlich langsam die Durchwahl des Rettungsdienstes eingetippt hatten, ohne die Polizei zu benachrichtigen. Wie er die ersten Silben nur mit immenser Mühe über die Lippen gebracht hatte.

Seine linke Hand wanderte zur eingegipsten rechten Hand und blieb dort liegen. Nie war ihm der Schmerz so willkommen gewesen wie dort auf dem Fußboden der Zelle, als es in seinem Körper zu pulsieren begann. Er hätte zwar auch gerne wieder etwas abklingen können, aber selbst jetzt, nach einer soliden Dosis Schmerzmittel, verspürte er Freude über den Schmerz. Darüber, dass sein Körper wieder funktionierte.

Er warf einen Blick auf die übrigen drei. Eine stark dezimierte Ermittlergruppe. Kerstin Holm wirkte einsam, und Jorge Chavez, der an Sara Svenhagens Schulter lehnte, standen die Haare geradewegs vom Kopf ab wie bei einem Punker.

»Wir benötigen eigentlich dringend eine Dusche«, sagte Söderstedt gedämpft.

»Man kann es wohl Herzblut nennen«, entgegnete Chavez ebenso leise.

»Und doch auch wieder nicht«, meinte Kerstin Holm. »Denn ein Zentimeter hat gefehlt bis zu ihrem Herzen. Wo zum Teufel bleibt nur diese Ärztin?«

»Ihr wart richtige Helden«, sagte Sara Svenhagen und strich ihrem Mann über die Wange.

»Allerdings ziemlich einfältige Helden«, merkte Söderstedt an. »Wir hätten das Zimmer vorher auseinandernehmen müssen. Wir hätten ahnen müssen, dass er da gewesen ist und den Raum präpariert hat.«

»Es gab vieles, was wir hätten tun müssen«, wandte Holm ein. »Aber uns blieb eben nur sehr wenig Zeit. Während er seine Taten neun lange Jahre geplant hat.«

»Vor allem aber hätten wir uns diesen verdammten Idioten schnappen müssen«, rief Chavez. »Ich hätte ihn erschießen sollen.«

»Zum Glück hast du es nicht versucht«, entgegnete Söderstedt. »Denn du hättest wahrscheinlich mich getroffen.«

»Oder Ivanova«, meinte Svenhagen.

Schweigend sahen sie einander einen Moment an.

»Was hat euch der Arzt über das Gas sagen können?«, fragte Söderstedt plötzlich und bewegte dabei erneut die Finger seiner linken Hand.

»Dass es keine Spuren im Körper hinterlassen hat«, antwortete Holm. »Obwohl er zu wissen glaubte, um was es sich handelt. Eine, Zitat, ›temporär paralysierende Substanz‹, offenbar recht neu auf dem Markt.«

»Von einem verdammten Philosophen ausgeknockt zu werden«, brummte Chavez, griff sich ins verklebte Haar und verzog das Gesicht.

»Haben wir schon Kontakt zu Den Haag aufgenommen?«, fragte Svenhagen.

»Ich habe noch gewartet, weil ich wissen wollte, wie es um

Ivanova steht«, antwortete Holm. »Verdammt, wie lange das dauert.«

»Sie hat unglaublich viel Blut verloren«, erklärte Svenhagen und befingerte vorsichtig die Haare ihres Mannes.

»Die Operation dauert wohl noch an«, mutmaßte Chavez. »Wir müssen Geduld haben.«

»Ich habe die Geduld mit diesem Aas verloren«, fluchte Söderstedt.

»Und das weiß er«, bemerkte Holm. »Er rechnet damit. Denn du sollst sein letztes Opfer sein. Er lockt dich an, wie er die anderen zehn angelockt hat. Versuch einfach, cool zu bleiben.«

»Und welche wird die letzte Gefängnisinsel sein?«, fragte Söderstedt.

»Eigentlich müsste er an den Ausgangspunkt zurückkehren«, antwortete Holm. »Zum Ursprung. Auf die Insel, auf der seinem Großvater der Arm abgefressen wurde. Auf Dedas Insel.«

»Und Dedas Insel muss wohl eine russische sein«, vermutete Söderstedt. »Gab es da nicht eine große berüchtigte Gefängnisinsel irgendwo in Sibirien? Die Tschechow Ende des 19. Jahrhunderts besucht hat?«

»Sachalin«, antwortete Chavez. »Auf ihr gab es jahrzehntelang das weltweit größte Gefangenenlager. Es wurde aber noch vor der Russischen Revolution geschlossen.«

»Käme denn Sachalin überhaupt infrage?«, erkundigte sich Söderstedt. »Ivanovas Beschreibung klang nicht unbedingt danach, oder?«

»Nicht ganz«, bestätigte Holm. »Sie sagte etwas wie: ›Es gab dort nichts zu essen, denn irgendetwas ist schiefgegangen. Die Gefangenen haben angefangen, sich gegenseitig aufzufressen.‹«

»Genau«, meinte Söderstedt. »Und sie sprach außerdem von einer kleinen einsamen Insel.«

»Sachalin ist aber weder einsam noch klein«, erklärte Chavez und zog sein Handy hervor.

»Ich glaube nicht, dass es Sachalin ist«, meinte Söderstedt

und schüttelte den Kopf. »Viktor Larsson war dreizehn Jahre alt, als die Sowjetunion mit dem 1. Januar 1992 zerfiel. Er muss also 1978 geboren sein, oder? Als Viktor Lebedev in Moskau. Das dürfte sich nachprüfen lassen. Sein Großvater war ungefähr zehn, als er auf der Hölleninsel landete. Wann könnte das gewesen sein? Wenn wir das Ganze einmal überschlagen und davon ausgehen, dass Larssons Mutter fünfundzwanzig war, als er geboren wurde, dann ist sie 1953 geboren. Wenn ihr Vater, sagen wir mal, dreißig war, als sie geboren wurde, müsste er Jahrgang 1923 sein, also zehn Jahre alt, im Jahr neunzehnhundert …«

»1933!«, rief Chavez mit einem Blick auf sein Handy aus.

»Gut gerechnet«, meinte Söderstedt trocken.

»Nicht gerechnet«, entgegnete Chavez. »Ich lese. Jetzt hört genau zu. Im Februar 1933 präsentierten Genrich Jagoda, Chef der sowjetischen Geheimpolizei OGPU, und Matvei Berman, Chef des Gulags, Stalin einen ›grandiosen Plan‹. Der Gedanke knüpfte an die vergangene dreijährige Deportation von zwei Millionen sogenannter Kulaken, ehemaliger Großbauern, an, die in der sibirischen Einöde angesiedelt wurden, also schlicht und einfach im Gulag. Nun wollte man mit weiteren zwei Millionen Menschen aus den russischen Großstädten Moskau und Leningrad ebenso verfahren. Dort hatte man seit einigen Monaten einen ›Inlandspass‹ eingeführt, den die Einwohner jederzeit bereithalten mussten. In beide Großstädte begannen nämlich ›sozial schädliche und deklassierte Elemente‹ zu strömen. Jagoda und Berman sahen jetzt die Chance gekommen, die russischen Großstädte von diesen ›schädlichen Elementen‹ zu säubern und zugleich die brachliegenden Gebiete in Sibirien und Kasachstan zu bebauen und bewirtschaften. Noch bevor dieser ›grandiose Plan‹ von Stalin gutgeheißen worden wäre, begann man, die Menschen zu deportieren, die keinen Inlandspass besaßen. Sie sollten mit dem Zug in Auffanglager vor allem in Tomsk transportiert werden. Von dort sollten sie mit Kähnen den Fluss Ob stromaufwärts in die brachliegenden Gebiete in Westsibirien gebracht werden, um neue Ortschaften zu erschließen. Das Problem bestand allerdings darin, dass der Plan nicht im Mindesten durchdacht war, als man am 14. Mai fünftausend Gefangene in vier Lastkähne zum Weitertransport in die Bezirkskommandantur Alexandro-Wachowskaja verfrachtete. In Tomsk war man von dem Vorhaben vollkommen überrascht worden. Als man erfuhr, dass in einigen Tagen fünftausend Großstädter, eintreffen würden, geriet man in Panik. Was sollte man mit all diesen Menschen machen? In aller Eile wurden um die fünfzig Obdachlose aus Tomsk als Aufseher verpflichtet, die man dann mit den Kähnen mitschickte. Die Boote fuhren los, ohne Vorräte an Bord, abgesehen von zwanzig Tonnen Weizenmehl.

Nach vier Tagen auf dem Wasser luden die vier Kähne am Nachmittag des 18. Mai 1933 viertausendfünfhundertsechsundfünfzig Männer und dreihundertzweiundzwanzig Frauen auf einer kleinen einsamen Insel namens Nasino im Fluss Ob ab. Siebenundzwanzig Menschen waren an Bord der Kähne gestorben, und ein Drittel der Überlebenden war so entkräftet, dass die Menschen nicht mehr aufrecht stehen konnten. Zusätzlich lud man die zwanzig Tonnen Mehl ab, und man häufte sie zu einem riesigen Berg auf.

Man konnte das Mehl natürlich nicht essen, und ohne Kochmöglichkeiten und Trinkwasser ließ sich nichts daraus zubereiten. Die Menschen hungerten, und bald kam es zu ersten Fällen von Kannibalismus. Am 21. Mai zählten die Gesundheitsoffiziere weitere siebzig Tote, eine große Anzahl von ihnen war Opfer des Kannibalismus gestorben. Später wurde Nasino als ›Kannibaleninsel‹ bezeichnet.«

Kerstin Holm, Sara Svenhagen und Arto Söderstedt musterten Jorge Chavez eingehender, als er es je zuvor erlebt hatte. Es wurde für eine ganze Weile still.

Dann nickte Söderstedt. »Ja«, sagte er. »Da haben wir es. Den Kommunismus in seiner schönsten Form.«

»Oder besser gesagt den Stalinismus«, meinte Chavez. »Obwohl Stalin den ›grandiosen Plan‹ nicht bewilligt hatte. Aber da waren die Deportierten bereits auf dem Weg nach Nasino.«

»Ich muss an dieses Gefäß denken«, sagte Söderstedt. »Den Glasbehälter, in dem Viktor Larsson den Biss aus Ivanovas Arm aufbewahrt hat. Danach hat er ihn gewogen. Möglicherweise entspricht die Fleischmasse dem Gewicht von Dedas abgefressenem Arm.«

»Ein Biss fehlt noch«, wandte Kerstin Holm ein. »Und zwar von deinem Arm, Arto. Aber jetzt wissen wir ja, wie gefährlich dieser Mann ist. Die Frage ist nur, wer von uns auf die Insel Nasino in Sibirien fährt. Und vor allem, wann.«

»Hat jemand das Zitat an sich genommen?«, fragte Söderstedt.

Er fing sich zwei vorwurfsvolle Blicke ein. Sara Svenhagen zog eine Plastiktüte aus der Innentasche ihrer Jacke. Darin lag eine kleine Papierrolle. Sie warf einen kritischen Blick auf die Packung mit Latexhandschuhen, die zufällig auf dem kleinen Tisch im Wartezimmer stand. Kerstin Holm nickte ihr zu. Sara streifte sich die Handschuhe über, öffnete die Tüte, zog den Zettel hervor, entrollte ihn und las einen kurzen französischen Text vor.

»Derselbe Computerausdruck?«, fragte Arto Söderstedt.

»Ja«, antwortete Sara Svenhagen. »Scheint so. Verstehst du das Zitat?«

»Ich denke«, antwortete Söderstedt und übersetzte, nachdem er sich geräuspert hatte: »›Ist dies Monte Christo?‹, fragte der Reisende mit ernster und von tiefer Sorge geprägter Stimme. – ›Ja, Eure Exzellenz‹, antwortete der Kapitän. ›Wir sind gleich da.‹ Viktor Larsson weist uns den Weg nach Monte Christo. Doch der einzige Schatz, den es dort auf Nasino zu finden gibt, ist die Wahrheit. Und wir sind auf dem Weg dorthin.«

»Zur Wahrheit?«, fragte Chavez.

»Ja«, antwortete Söderstedt. »Aber auch zu Viktor Larsson. Und diesmal werden wir ihn verdammt noch mal nicht wieder entkommen lassen.«

»Also«, sagte Kerstin Holm mit leicht erhobener Stimme, »Nasino ist unser Monte Christo, ich glaube, diesbezüglich sind wir uns einig, aber wann genau werden wir Larsson dort antreffen?«

»Das dürfte aus den Geschichtsdaten zu ermitteln sein«, antwortete Söderstedt bestimmt. »Die Deportierten kamen am 18. Mai nach Nasino, hast du gesagt, Jorge, nicht wahr?«

»Ja«, antwortete Chavez mit einem Blick auf sein Handy. »Und sie haben die Hölleninsel nicht vor Anfang Juni wieder verlassen. Am 27. Mai kamen zwölfhundert neue Gefangene hinzu, und von den insgesamt etwa sechstausendsiebenhundert Gefangenen auf Nasino überlebten ungefähr zweitausendzweihundert. Zwei Drittel starben also dort.«

»Ich glaube, dass es sich um eine Art Jahrestag handelt«, mutmaßte Söderstedt. »Im Mai waren die Gefangenen auf Nasino. Und jetzt haben wir Mai. Viktor Larsson hat den Mai aus irgendeinem Grund zu seinem Projektmonat gemacht.«

»Es muss mit Deda zusammenhängen«, vermutete Svenhagen. »Entweder ist es das Datum, an dem Deda der Arm abgefressen wurde, oder der Tag, an dem er die Insel verließ.«

»Du hast gesagt, dass am 27. Mai zwölfhundert neue Gefangene auf der Insel ankamen«, wiederholte Söderstedt nachdenklich. »Sie müssen entweder mit Schiffen oder Kähnen gekommen sein. Vielleicht haben sie ja den schwer verletzten Deda wieder mit in die Zivilisation zurückgenommen.«

»Dann wäre morgen der entsprechende Tag«, schloss Kerstin Holm.

Für einen Augenblick herrschte Stille im Wartezimmer des Söderkrankenhauses. Ein Engel eilte durch den Raum.

Ein Todesengel.

»Ich muss auf jeden Fall dorthin«, sagte Arto Söderstedt.

»Aber nicht allein«, entgegnete Kerstin Holm.

»Lass mich wenigstens vorher duschen«, meinte Jorge Chavez.

»Nicht gerade ein gutes Gefühl, dich nach Sibirien zu schicken«, sagte Sara Svenhagen. »Keinen von euch. Wenn es Viktor Larsson gelungen ist, auf Långholmen alles akribisch genau zu arrangieren, was mag er sich dann auf Nasino ausgedacht haben? Es ist eine einsame Insel, auf der er, so lange er wollte, ungestört seine Vorbereitungen treffen konnte. Hier geht es schließlich um das Finale eines jahrelang eiskalt durchgeführten Plans. Er kann die ganze Insel beispielsweise mit Minen zugepflastert haben.«

»Wir müssen ihn uns schnappen«, entgegnete Arto Söderstedt schlicht.

Zum ersten Mal seit geraumer Zeit hörte die Gruppe nun Geräusche vom Flur her. Schlurfende Schritte, die sich auf dem Korridor näherten. Schließlich betrat die Ärztin das Wartezimmer. Sie trug immer noch ihre grünen Chirurgenpantoffeln, die mit einer beeindruckenden Anzahl roter Flecken besprenkelt waren. Die Frau sah aus, als wäre sie in einem Albtraum einen Marathon gelaufen.

»Nicht gerade eine leichte Operation«, sagte sie mit einem leichten Seufzen. »Aber Marina Ivanova wird überleben. Sie haben ihr das Leben gerettet.«

Nun seufzten auch die anderen. Allerdings vor Erleichterung.

»Aber wir haben schließlich auch ihr Leben aufs Spiel gesetzt«, meinte Chavez.

»Sie haben es jedenfalls gut kompensiert«, entgegnete die Ärztin mit einem dezenten matten Lächeln. »Das Messer hat Teile der Bauchmuskulatur ziemlich zerstört, da es mit erheblicher Krafteinwirkung seitlich bewegt wurde, als hätte jemand es daran gehindert, bis ins Herz vorzudringen. Der Blutfluss wurde übrigens mit einer noch nie zuvor gesehenen Methode gestoppt, die dazu führte, dass wir eine ganze Reihe von Haaren aus ihrem Körper entfernen mussten. Schwarze Haare.«

Chavez schnaubte und fragte: »Gibt es hier die Möglichkeit zu duschen?«

Die Ärztin lächelte gekünstelt und antwortete: »Das hier ist ein Krankenhaus und keine Badeanstalt.«

Sie starrten die Frau so lange an, bis sie erklärte: »War nur 'n Witz. Ich werde dafür sorgen, dass die Nachtschwester mit einem Handtuch kommt und Ihnen den Weg zur Dusche zeigt. Und wie geht es mit der Hand?«

Söderstedt realisierte ziemlich spät, dass die Frage ihm galt: »Es ist ein besonders energieeinflößender Schmerz«, erwiderte er.

»Drei gebrochene Finger«, entgegnete die Ärztin skeptisch. »Wie kann das energieeinflößend sein?«

Arto Söderstedt betrachtete seine eingegipste Hand und meinte dann: »Die Hand gemahnt zum Widerstand. Nicht nur zu Protest.«

Zweifel

Den Haag, 26. Mai

Manchmal wünschte Paul Hjelm sich, dass die Fenster seines Chefbüros Venezianische Spiegel hätten und er die Opcop-Gruppe in der Bürolandschaft heimlich beobachten könnte, ohne selbst gesehen zu werden. Er fragte sich, ob sich ihm dann ein anderer Anblick bieten würde als der jetzige.

Dort draußen herrschte eine eigentümliche Atmosphäre. Eine gewisse Enttäuschung über die Ereignisse der vergangenen Nacht in Stockholm war natürlich. Ebenso die Frustration darüber, dass der Fall weiterhin unaufgeklärt war. Und verständlicherweise waren die Gruppenmitglieder darüber verstimmt, dass sie nicht selbst dabei sein und den Ausgang der Dinge beeinflussen konnten. Aber da war noch etwas anderes. Hjelm konnte es nicht genau definieren, aber liefen die Mitglieder der Opcop-Gruppe da draußen nicht ein wenig irritiert herum?

Paul Hjelm spürte die Irritation selbst, obwohl dieses Gefühl bei ihm von dem Eindruck überschattet wurde, einen Fehler begangen zu haben. Hätte der Einsatz auf Långholmen nicht besser organisiert werden müssen? Es war zwar die richtige Entscheidung gewesen, die Stockholmer Polizei nicht hinzuzuziehen – denn dann wäre die Existenz der Opcop-Gruppe definitiv allgemein bekannt geworden –, aber war es wirklich nötig gewesen, Marina Ivanova in diese Zelle zu schicken? Sie hatten die Frau unnötig in Lebensgefahr gebracht. Hinzu kam, dass vorab bei der Durchsuchung des Hotelzimmers höchst nachlässig gearbeitet worden war. Eine keineswegs zufriedenstellende Arbeit gerade jener Polizisten, denen er am meisten vertraute.

Und die jetzt, zumindest einige von ihnen, in die Wildnis unterwegs waren, um ihre Fehler wettzumachen. Hjelm hatte Söderstedts Anfrage stattgegeben – auch wenn sie kaum eine Anfrage gewesen war, denn den Chef zu fragen war nicht gerade Artos Ding – und ihm bei der russischen Polizei, so gut es ging, den Weg geebnet. Ebenso Jorge und Sara. Die Russen hatten aus irgendeinem Grund nur eine Gruppe von maximal drei EU-Polizisten akzeptiert, was Hjelm einen Seufzer der Erleichterung entlockt hatte. Ohne zu zögern, hatte er sich gegen Kerstin entschieden, und das nicht nur, weil sie in Stockholm jemanden vor Ort benötigten, sondern auch, weil er seine Lebenspartnerin nicht mit einem solchen Auftrag losschicken wollte. Offiziell dazu befragt, würde er diesen Grund natürlich leugnen, aber auch vor sich selbst gestand er ihn nicht ein.

Andererseits hatten diejenigen, die er jetzt losgeschickt hatte, insgesamt sieben Kinder, und wenn Sara und Jorge etwas zustoßen sollte, wären Isabel und Miguel Vollwaisen. Man durfte niemals die Konsequenzen seiner Arbeitsentscheidungen außer Acht lassen ...

Die Russen waren extrem entgegenkommend gewesen und hatten den Europolpolizisten einen Hubschrauber sowie ein verblüffend großes Waffenarsenal zur Verfügung gestellt. Die Voraussetzungen waren aber glasklar: Zieht die Aktion sauber durch, sorgt dafür, dass keine russischen Zivilisten involviert werden, und vermeidet um jeden Preis jegliche Medienpräsenz. Es war nicht einfach, aber Erfolg versprechend.

Paul Hjelm ließ seinen Blick über die offene Bürolandschaft schweifen. Felipe Navarro und Angelos Sifakis waren vollauf mit ihrer Lieblingstätigkeit beschäftigt, nämlich die Elemente auf dem elektronischen Whiteboard zu ordnen. Unter einem alten Foto von Viktor Larsson hingen die Fotos der zehn Opfer, neun Tote und Marina Ivanova. Von jedem Opfer verliefen diverse Pfeile in unterschiedliche Richtungen. Ganz unten auf dem großen Plasmabildschirm hingen Fotos des Professors für plastische Chirurgie, Udo Massicotte, des albanischen Waffenhändlers Isli Vrapi, des Dreifachmörders Johnny Råglind und des Kleinkriminellen Taisir Karir.

Dennoch gelang es den beiden Polizisten nicht, einen stimmigen Gesamteindruck herzustellen.

Hjelms Blick wanderte weiter zu Marek Kowalewski und Laima Balodis. Sie lasen russische Texte. Russisch war zwar ihre Zweitsprache, aber dennoch kamen sie ungewöhnlich langsam voran. Das lag nicht nur an ihrer mangelnden Praxis, sondern hatte auch mit einer gewissen Abneigung der beiden zu tun. Die russische Sprache war für sie in ihrer Kindheit in Warschau beziehungsweise Vilnius unmittelbar mit der Sowjetunion verknüpft gewesen, und somit auch mit der Unterdrückung.

Während der Zeit von Glasnost in der Sowjetunion hatte die Menschenrechtsorganisation Memorial Zugang zu dem Material der sogenannten Nasino-Affäre vom Mai 1933 erhalten. Dieses Material lag inzwischen auch der Opcop-Gruppe vor. Außerdem hatte ihnen die russische Polizei Dateien der Meldebehörden aus dem vergangenen Jahrhundert geschickt. Jetzt begann sich ein Bild abzuzeichnen, wenn auch nur langsam.

»Also«, meinte Kowalewski und lehnte sich auf seinem Stuhl zurück. »Nun müsste die Chronologie eigentlich stimmen, oder?«

»So einigermaßen«, bestätigte Balodis. »Viktor Lebedev, geboren im Juni 1978 in Moskau. Kein Vater angegeben, die Mutter Yekaterina Lebedeva beging im Januar 1983 Selbstmord, als Viktor vier Jahre alt war. Er wuchs bei seiner Großmutter und seinem Großvater auf, den Eheleuten Bronislawa und Nikolai Lebedev, die Großmutter starb im Mai 1991 und der Großvater, Nikolai Lebedev, starb zwischen Weihnachten und Silvester 1991, kurz nachdem Gorbatschow seinen Rücktritt und somit den Zerfall der Sowjetunion verkündet hatte.«

Kowalewski sah Balodis an und fuhr fort: »Nikolai Lebedev wurde im Februar 1923 geboren. Er war also zehn Jahre alt, als er am 29. April 1933 auf den Straßen Moskaus aufgegriffen wurde, weil er keinen Inlandspass besaß. Genau wie sein Enkel war der junge Nikolai vaterlos. Er verlor seine Mutter früh – sie hatte sich offenbar ebenfalls das Leben genommen – und wuchs bei seiner Großmutter auf. In diesem Fall existierte allerdings kein Großvater, sodass die Parallele etwas hinkt. Aber wahrscheinlich stand Viktor seinem Großvater deshalb besonders nahe.«

»Dann kommen wir jetzt auf das Material der Memorial-Organisation zu sprechen«, sagte Balodis. »Nikolai Lebedev gehörte in der Tat der Gruppe an, die am 30. April von Moskau aus deportiert wurde und am 10. Mai mit dem Zug im sibirischen Tomsk ankam. Am 14. wurde er zusammen mit fünftausend anderen ›sozial schädlichen und deklassierten Elementen‹ in einen von mehreren Kähnen verfrachtet, die sie den Ob hinauftransportieren sollten. Die Gefangenen erreichten die kleine Insel Nasino am 18. Mai. Bereits am 21. wurde Nikolai Opfer eines kannibalistischen Angriffs. Die Täter hatten ihm bereits den rechten Arm abgefressen, als ein Offizier während einer Inspektionsrunde die Attacke gemeinsam mit einer Reihe von Aufsehern beendete. Die Täter wurden erschossen, und Nikolai wurde in die Zelte der Krankenstation gebracht. Er wurde operiert; das, was von seinem Arm noch übrig geblieben war – letztlich nur die Knochen –, wurde amputiert, woraufhin er eine Woche lang zwischen Leben und Tod schwebte. Zu diesem Zeitpunkt kehrten die Kähne mit einer neuen Ladung Deportierter zurück, die ebenfalls auf der bizarren Kannibaleninsel abgesetzt wurden, obwohl man wusste, was mit ihnen geschehen würde. Die Boote nahmen den zehn Jahre alten Nikolai Lebedev, dessen Zustand sich inzwischen etwas stabilisiert hatte, mit nach Tomsk. Von dort wurde er wieder nach Hause zu seiner Großmutter in Moskau gebracht. Er wurde schließlich Lehrer, lernte seine spätere Ehefrau Bronislawa kennen, die ebenfalls Lehrerin war, und bekam eine Tochter, Yekaterina, deren Leben leider tragisch endete.«

Kowalewski nickte und erklärte: »Wenn es darum geht, diesen Rachefeldzug an einem Jahrestag abzuschließen, muss es sich um den 27. Mai handeln. Der ist morgen.«

»Gut, dass sie bereits unterwegs sind«, entgegnete Laima Balodis. »Ich hatte letztes Jahr den Einsatz in der Kanalbank in Berlin mit Chavez zusammen. Das lief ziemlich gut.«

»Aber Söderstedt ist nicht nur alt und steif«, merkte Kowalewski an, »er hat sich zudem noch die rechte Hand gebrochen.«

»Sara ist ja auch noch dabei«, warf eine Stimme von der Seite her ein.

Sie drehten sich um und sahen, wie Corine Bouhaddi ein Buch zuschlug.

»Sollen die Schweden ihren Serienmörder doch alleine festnehmen«, sagte Kowalewski. »Macht doch Sinn. Was liest du denn da?«

»Ein Buch von dem französischen Historiker Nicolas Werth«, antwortete Bouhaddi und hielt es hoch. »Ist vor ein paar Jahren herausgekommen: *Die Insel der Kannibalen: Stalins vergessener Gulag*. Es beschreibt die Vorfälle auf der Kannibaleninsel Nasino im Jahr 1933. Falls man irgendwann einmal auch nur ansatzweise an eine der Sowjetunion ähnliche Gesellschaftsform geglaubt hat, so distanziert man sich nach der Lektüre rasch von diesem Glauben, versprochen.«

»Svenhagen ist also auch mitgefahren?«, fragte Balodis.

»Drei Schweden in Sibirien«, sagte Kowalewski. »Klingt wie ein Romantitel.«

»Wenn ich es richtig verstanden habe«, meinte Bouhaddi, »fliegen sie nach Nowosibirsk und mieten sich dort einen Wagen oder einen Hubschrauber.«

»Dieses Gebiet ist immer noch eine absolut trostlose Einöde«, merkte Balodis an. »Ein Hubschrauber wäre also von Vorteil. Andererseits signalisiert man damit deutlich seine Ankunft.«

Sie schwiegen eine Weile. Bouhaddi strich sich über den Nacken und verzog das Gesicht. »Habt ihr nicht auch das Gefühl, dass da irgendetwas nicht stimmt?«, fragte sie schließlich.

Kowalewski und Balodis tauschten einen Blick aus.

»Doch«, antwortete Balodis schließlich. »Aber ich habe keine Ahnung, was.«

»Sag es trotzdem, Laima«, forderte Bouhaddi sie auf. »Was dir gerade in den Sinn kommt.«

»Roman Vacek«, erklärte Balodis.

Bouhaddi nickte leicht und fragte: »Und du, Marek?«

Kowalewski verzog vor Abscheu und Widerwillen das Gesicht.

»Ich will, dass der Fall endlich abgeschlossen wird«, antwortete er. »Ich will, dass unsere schwedischen Freunde endlich ihren Serienmörder festnehmen und dass Viktor Larsson redet. Ich will die Fäden entwirren und dem Ganzen ein Ende setzen.«

»Aber ...?«, fragte Bouhaddi schonungslos.

»Aber das Schicksal von Roman Vacek nagt irgendwie auch an mir«, meinte Kowalewski. »Er ist in den Siebzigerjahren in der kommunistischen Tschechoslowakei ein führender Forscher auf dem Gebiet der Genetik. Er flüchtet über England in die USA, weil er sich dort bessere Forschungsbedingungen erhofft. Dann ist er zwanzig Jahre lang an der Johns Hopkins University tätig, wird in gewisser Weise Amerikaner und kehrt dann plötzlich in das neue Tschechien zurück, wo er zum Politiker in der kommunistischen Partei avanciert, vor der er einst geflohen ist. Meines Erachtens riecht das meilenweit nach Spionage. Nach Doppelagent.«

»Das ist mir überhaupt nicht in den Sinn gekommen«, rief Balodis aus. »Ich habe eher an die Spritze gedacht.«

»Die Pferdespritze in der Schulter?«, fragte Bouhaddi. »Auf Capraia?«

»Auf Långholmen kam nichts dergleichen zum Einsatz. Und auch bei keinem anderen Mord in den neun Jahren. Nur ein paar Tage nach Capraia, auf Goli otok, dort jedoch ohne ›Multigift‹. Ein Einstich mit einer leeren Spritze. Wie eine dubiose Mitteilung.«

»Andererseits ist vor Långholmen auch keine mysteriöse ›temporär paralysierende Substanz‹ verwendet worden«, wandte Kowalewski ein. »Und dabei war Vacek das eindeutig kräftigste Opfer Viktor Larssons. Er wog weit über hundert Kilo und war fast zwei Meter groß. Larsson hatte möglicherweise den Eindruck, dass er den Einsatz des Messers mit einer sichereren Methode ergänzen musste.«

»Und was macht dir zu schaffen, Corine?«, fragte Kowalewski.

»Capraia«, antwortete Bouhaddi, ohne zu zögern. »Die ganze Geschichte auf Capraia. Alles, was dort geschehen ist, kommt mir eigenartig vor. Ja, das macht mir zu schaffen.«

»Ich verstehe, was ihr meint«, bemerkte Jutta Beyer von ihrem Schreibtisch aus, an dem sie ohne Arto Söderstedt etwas verloren wirkte.

»Und worüber grübelst du, Jutta?«, fragte Kowalewski.

»Über Professor Udo Massicotte«, antwortete Jutta Beyer.

Monte Christo

Nasino, Sibirien, 27. Mai

Während die trostlose gleichförmige Landschaft unter ihren Füßen dahinglitt, befühlte Arto Söderstedt mit seiner gesunden linken Hand seinen gesunden rechten Oberarm über dem kompakten Gips. Es war das erste Mal, dass er die Zeit hatte, über diese Bedrohung, ja gleichsam dieses Versprechen, nachzudenken, dass dieser letzte Biss aus Arto Söderstedts eigenem rechten Arm stammen würde. Dieser Biss, der höchstwahrscheinlich dafür sorgen würde, dass all das Fleisch von Dedas rechtem Arm wieder zurückgeholt wäre. Söderstedt befühlte mit seiner feinmotorisch intakten linken Hand ein wenig seinen Trizeps, der noch nie besonders ausgeprägt gewesen war. Aber er wollte dennoch nicht, dass ein großer Teil desselben in Viktor Larssons groteskem Fleischbehälter landen würde; er wollte nicht erleben müssen, wie die irrwitzige Greifzange ihre messerscharfen Zähne in seine Muskelmasse bohrte, wie auch immer sie beschaffen war.

Er wollte Viktor Larsson auf Gedeih und Verderb Einhalt gebieten.

Denn irgendetwas an der Art dieses Viktor Larsson machte ihn extrem zornig. Es war nicht allein die Tatsache, dass Söderstedt laut Larssons Aussage bereits seit Jahren auf dessen verdammter Liste stand – dieser Idiot hatte nicht die geringste Ahnung, wie sehr sich seine politische Einstellung im Lauf der Jahre gewandelt hatte. Er verabscheute Larsson noch aus viel schwerwiegenderen Gründen. Hauptsächlich, weil er ihn reingelegt hatte, Arto Söderstedt in die Falle gegangen war. Vor allem aber, weil ihm Viktor Larssons Auftreten schlicht und einfach zuwider war.

»Ich will mein Messer zurückhaben.«

Das klang nach einer Kombination aus aufmüpfiger Heulsuse und pathetischem Prahler. Aufschneiderische Serienmörder waren wirklich das Schlimmste. Diese vermeintlich selbstsichere Art, die für ihn in hohem Maße ideologischem Dogmatismus entsprang. Nicht zuletzt erinnerte dieses Auftreten Söderstedt aber an seine Jahre als Rechtsanwalt der Superreichen in Vaasa in Finnland. An diese selbstsicheren Egoisten, für die er in dieser Zeit gearbeitet hatte, würde er in seinem ganzen Leben nie wieder denken können, ohne vor Scham zu erschaudern.

Der Nachteil an der Zeit zum Nachdenken war, dass sich die Realität immer stärker aufdrängte. Und diese Realität brachte Arto Söderstedt eindeutig zu der Erkenntnis, dass sein Leben ernsthaft in Gefahr war. Dass Viktor Larsson zu den gefährlichsten Menschen gehörte, denen er bislang begegnet war. Und sie absolut wirksame Gegenmaßnahmen treffen mussten.

Sobald er in der »Einzelzelle« wieder auf den Beinen hatte stehen können, also lange nachdem die Rettungssanitäter Marina Ivanova abtransportiert hatten, hatte er das verdammte Messer genommen, draufgespuckt und es auf dem Rückweg von Långholmen in einen Müllcontainer geworfen. Nicht gerade professionell, aber er verachtete dieses Werkzeug über die Maßen, mit dem auf so feige Art und Weise neun Menschen ermordet worden waren und ein weiterer schwer verletzt. Er war sich fast sicher, dass Kerstin Holm das Messer wieder aus dem Container gefischt hatte, aber er hatte seinem Zorn Luft machen müssen. Deutlich machen, dass er auf die kleinen Fetische dieses autistischen Spinners pfiff. Dass er nicht nur auf sein Messer und seine verrückte Zange und seinen ekelhaften, mit Fleisch gefüllten Glasbehälter sowie seine pathetische Waage pfiff, sondern ebenfalls auf seine kleingeistigen Zitate aus dem *Grafen von Monte Christo*. Die er sowieso nur von seiner ehemaligen Freundin übernommen hatte.

Ja, Serienmörder waren schlicht und einfach erbärmlich.

Aber eben auch verdammt gefährlich.

Also ging es darum, schlauer zu sein. Genau das: schlauer.

Die Landkarte mit der kleinen Insel Nasino im Fluss Ob lag zwischen ihnen im Hubschrauber ausgebreitet. Sie hatten ziemlich schnell festgestellt, dass man aus der Karte eigentlich keine entscheidenden Schlüsse ziehen konnte. Aber sie hatten sich zumindest die Lage der Insel eingeprägt und den Weg vom Landeplatz bis dorthin.

Den Landeplatz hatte der Hubschrauberpilot ausgewählt. Die klare Direktive lautete: so nahe wie möglich heranzufliegen, ohne dass der Hubschrauber von Nasino aus zu hören oder zu sehen wäre – falls Viktor Larsson sich dort befand. Der Pilot hatte dementsprechend einen Punkt ermittelt, der vier Kilometer von der Insel entfernt lag. Vier Kilometer durch die Tundra oder bewaldete Tundra oder Taiga, oder wie auch immer man diese groteske beschissene Moränenlandschaft nun bezeichnen sollte.

Ja, er war sauer. Arto Söderstedt war aufgebrachter, als er es in der letzten Zeit je gewesen war. Dieser Mann musste gefasst werden. Wie selbstlos seine Motive auch sein mochten, er war jedenfalls eine elende verdammte Null.

Söderstedt war so aufgebracht, dass er nicht einmal auf den Gedanken kam, flugkrank zu werden. Er musterte Chavez und Svenhagen. Sie saßen da und hielten Händchen; Sara war noch etwas blasser im Gesicht als Jorge. Was für eine mittelmäßige Einsatztruppe sie doch abgaben. Und dennoch waren sie diejenigen, die Viktor Larsson festnehmen sollten, mit gebrochenen Fingern und Händchen haltend. Ausgerechnet mit gebrochenen Fingern. Söderstedt warf einen Blick auf seine dick eingegipste rechte Hand und schüttelte den Kopf.

Plötzlich sank der Hubschrauber steil nach unten und schwebte dann nur noch knapp hundert Meter über dem Boden. Das war das Zeichen dafür, dass sie sich ihrem Flugziel näherten. Die letzten zwanzig Kilometer würden sie in geringer Höhe fliegen, so war es abgemacht. Der Pilot steuerte den Hubschrauber mit einem Pokerface über die Baumwipfel. Sie näherten sich der sumpfigen Landschaft.

Es war früher Nachmittag, und in den meisten Ländern der Nordhalbkugel war es Frühsommer. Hier jedoch nicht. Hier herrschte eine Art ewiger Spätherbst. Die Temperaturen lagen kaum über null Grad, eine Moränenlandschaft mit schmuddelig grauen Nadelwaldflecken. Diejenigen, die damals auf Flößen von Nasino geflohen waren – und das waren einige –, hatten ihren nicht gerade beneidenswerten Tod in dieser Landschaft gefunden. Die der Welt nach einer Atomkatastrophe glich. Der Welt in Andrei Tarkowskis *Stalker*. Die Leichen der verzweifelten Flüchtlinge von Nasino lagen bestimmt immer noch hier und wurden als Moorleichen für die Nachwelt konserviert.

Irgendwo dort unten im Morast entdeckte der Hubschrauberpilot eine feste ebene Fläche. Dorthin steuerte er den Hubschrauber. Währenddessen sortierten die drei Polizisten ihr Gepäck inklusive des aufblasbaren Schlauchboots in Chavez' Rucksack und überprüften ihre am Vortag getesteten russischen Pistolen.

Hätten sie ein wenig mehr Zeit gehabt, hätten sie sich bestimmt über das Entgegenkommen der russischen Polizei gewundert. Aber sie hatten keine Zeit.

»Ich warte hier, bis ich wieder von Ihnen höre«, sagte der Hubschrauberpilot, als das Dröhnen der Rotoren abgeebbt war. »Vergessen Sie das Satellitentelefon nicht. Kein Handynetz hier, wie Sie wissen.«

Sie nickten und machten sich auf den Weg.

Die Richtung zu finden war nicht gerade schwer – zumindest theoretisch –, sie mussten eigentlich nur dem dunklen erbarmungslosen Strom des Wassers folgen. Doch in der Praxis erwies sich das als weitaus schwieriger. Denn das Ufer war keineswegs geradlinig und leicht zugänglich. Das Gestrüpp dort war undurchdringlicher, als sie es von oben eingeschätzt hatten, die Steine rutschiger und der Morast zäher. Auch das Wasser war kälter als gedacht.

Entlang des Flusses erstreckte sich eine erbarmungslose Landschaft. Eine Landschaft des Todes. Kein einziges Tier war zu sehen, nicht ein auffliegender Vogel, der den eintönigen grauen Himmel durchschnitten hätte, kein einziges Insekt schien der Kälte zu trotzen. Nur das Donnern des Flusses war zu hören, der angeschwollen war vom Schmelzwasser aus dem Altaigebirge, das sich hinunter in Richtung des Nördlichen Eismeers wälzte.

Während sie mühsam Schritt für Schritt die vier Kilometer zurücklegten, wurde es zunehmend dunkler. Nach einer knappen Stunde nahm Söderstedt die Karte zur Hand. Svenhagen und Chavez halfen ihm, sie zu entfalten, und beugten sich darüber.

»Die Insel müsste hinter dieser Bucht liegen«, vermutete Söderstedt und fuhr mit seinem Finger den Fluss entlang, bis er um eine Felskante bog.

»Wir werden in ungefähr hundert Metern von dort aus zu sehen sein«, erklärte Chavez. »Auch wenn er nicht wissen kann, aus welcher Richtung wir kommen. Oder von welcher Uferseite.«

»Es handelt sich wie gesagt um eine einsame Insel«, meinte Svenhagen. »Er kann beliebig oft hier gewesen sein und alles vorbereitet haben. Möglicherweise hat er sogar ein vollständiges Alarmsystem auf Nasino installiert.«

»Und es kann durchaus sein, dass er die Insel vermint hat«, meinte Chavez. »Zumindest teilweise.«

»Machen wir jetzt denselben Fehler noch einmal?«, fragte Svenhagen. »Hätten wir die Russen nicht doch besser informieren und sie mit ihrer schweren Artillerie anrücken lassen sollen?«

»Nein«, antwortete Söderstedt. »Das hier ist der Schlusspunkt. Er will es jetzt zu Ende bringen. Wenn er schwere Artillerie sähe, würde er abhauen. Wir müssen es genau so machen.«

»Und aus welchem Grund?«, fragte Svenhagen.

»Weil sowohl Larsson als auch ich einen Plan verfolgen«, antwortete Söderstedt und wich ihrem Blick aus.

»Und dein Plan dreht sich um das Schlauchboot?«, fragte Svenhagen.

»Ich fürchte schon«, antwortete Söderstedt. »Es handelt sich immerhin um eine verhältnismäßig große Insel, und sowohl das Boot als auch wir sind gut getarnt. Um uns zu entdecken, muss er sich schon anstrengen.«

»Du ahnst ja nicht, wie sauer ich auf dich sein werde, Arto, wenn dieser Larsson-Arsch irgendwo im Gebüsch liegt und auf unser Boot ballert.«

Arto Söderstedt lachte auf und strich Sara Svenhagen über den Arm. »Ihr kommt ja gar nicht mit«, entgegnete er.

»Wie bitte?«, rief Sara Svenhagen aus.

»Paul hätte mich nie allein herfliegen lassen«, erklärte Söderstedt. »Aber ich war auf seine Kontakte zur russischen Polizei angewiesen. Sie haben eine Gruppe von drei Personen zugelassen. Ich habe euch also lediglich als Geiseln benötigt. Aber ich lass euch gehen, sobald ihr mir geholfen habt, das Boot aufzupumpen. Ihr habt schließlich kleine Kinder. Ihr dürft gar nicht mitfahren. In der Opcop-Gruppe sind bereits zu viele Eltern von Kleinkindern getötet worden.«

»War es das, was du geplant hast, als du so lange bei diesem Militärarzt in Nowosibirsk gesessen hast?«, fragte Svenhagen.

»Du weißt, dass ich dich daran hindern werde, nicht wahr?«, sagte Chavez.

»Ich weiß, dass du es versuchen wirst«, entgegnete Söderstedt. »Aber das hier ist mein Baby. Er hat es schließlich auf mich abgesehen. Und ich werde derjenige sein, der ihn festnimmt. Nun kommt schon.«

Sie entfernten sich ungefähr zehn Meter vom Ufer, wo es zumindest einige Büsche gab, hinter denen man sich verstecken konnte. Tief gebückt näherten sie sich der Flussbiegung, und bald darauf wurde mitten im Strom eine Insel sichtbar.

Söderstedt zitierte: »›Ist dies Monte Christo?‹, fragte der Reisende mit ernster und von tiefer Sorge geprägter Stimme.«

Chavez schnaubte. Und dann waren sie angekommen. Sie konnten keinen Punkt ausmachen, von dem aus es nach Nasino hinüber näher gewesen wäre. Von hier aus musste die Überfahrt stattfinden.

Sie arbeiteten sich hinunter zum Fluss vor. Das Ufer war relativ leicht zugänglich; hier würden sie ein Schlauchboot zu Wasser lassen können. Auch wenn die Strömung ihnen extrem stark erschien.

Chavez zog das zusammengefaltete Schlauchboot aus seinem Rucksack. Svenhagen packte einen Druckluftbehälter aus. Und Söderstedt musste das Satellitentelefon aus seinem Rucksack nehmen, um an das zusammengeklappte Paddel zu gelangen. Das Aufblasen des Boots war innerhalb von zwei Sekunden geschehen, da der Druckluftbehälter extrem leistungsfähig war. Während Söderstedt versuchte, mit seiner brauchbaren Hand das Paddel aufzuklappen, warf Chavez ihm einen Blick zu.

»Lass nur«, sagte Söderstedt lediglich und schüttelte den Kopf.

»Ich werde nicht zulassen, dass du dich allein in dieses Boot setzt«, beharrte Chavez standhaft. »Und das hast du auch von Anfang an gewusst.«

Söderstedt richtete besonnen den Blick auf das Satellitentelefon, das auf einem mit Moos bewachsenen Stein lag. In dem Augenblick klingelte es.

Das Klingeln durchbohrte geradewegs die unwirtliche sibirische Abenddämmerung. Chavez war sich sicher, dass er es auf niedrigste Lautstärke gestellt hatte. Er erinnerte sich daran, dass er im Hubschrauber ganz bewusst den Schalter betätigt hatte. Er erinnerte sich außerdem daran, wie Söderstedt das Gerät entgegengenommen und es in seinem Rucksack verstaut hatte.

Während Sara Svenhagen erschrocken auf das Telefon starrte, betrachtete Söderstedt es mit äußerster Gelassenheit. Er richtete seinen Blick auf Chavez und fragte ruhig: »Darf ich rangehen?«

Chavez registrierte das Leuchten in Söderstedts Augen. Er war sich nicht sicher, ob er es schon jemals zuvor so stark gesehen hatte. Und er begriff: Also nickte er.

»Arto Söderstedt«, meldete sich Söderstedt in den Hörer des Satellitentelefons.

Eine Männerstimme sagte auf Schwedisch: »Im Hinblick auf die Konsequenzen für die Gesellschaft und im Hinblick darauf, dass man Protest nicht mit wahrem Widerstand vergleichen kann, sind wir gezwungen festzustellen, dass es in einer kapitalistischen Gesellschaft keine Unschuldigen gibt.«

»Wie ich höre, haben Sie Ihre Hausaufgaben gemacht«, entgegnete Söderstedt.

»Das Schlussplädoyer einer mehr als zwei Jahrzehnte alten Abhandlung über theoretischen Marxismus, verfasst an der Universität Uppsala«, erklärte die Männerstimme. »Wenn ich mich recht erinnere, trug sie den Titel *Marxismus im Alltag*. Diese These wurde ziemlich wortgetreu in diversen Artikeln der linksgerichteten Presse wiedergegeben. Und der Verfasser, der später Polizist wurde, hieß Arto Söderstedt.«

»Und Sie heißen Viktor Larsson und haben zehn Personen ermordet. Wer von uns ist also der Verbrecher?«

»Zehn?«, fragte Viktor Larsson. »Marina ist also gestorben?«

»Spielt das irgendeine Rolle?«, fragte Söderstedt. »Sie haben ihr Fleisch doch bekommen.«

»Das war eine Frage des Prinzips«, entgegnete Larsson. »Aber darauf können wir später noch zurückkommen. Die Antwort auf Ihre Frage lautet jedenfalls: Sie sind es.«

»Ich bin der Verbrecher?«

»Die Ansichten, für die Sie sich in Ihren Artikeln zum Sprachrohr gemacht haben, haben dazu geführt, dass im 20. Jahrhunderts mehr Menschen ermordet wurden als in der gesamten Zeit des Nationalsozialismus. Und zwar erheblich mehr. Aber Nationalsozialismus ist das hässlichste Wort, das ich kenne – Kommunismus hingegen hat immer noch etwas Reines, Idealistisches. Ich bin der Meinung, dass alle, die jemals eine kommunistische Gesellschaft gepredigt haben, an den Pranger gestellt werden und gestehen müssen, dass sie direkt oder indirekt für Völkermord, für die barbarischsten Übergriffe, die die Menschheit je gesehen hat, plädiert haben. Alle wussten davon, dass Vorfälle wie die Nasino-Affäre immer wieder stattfanden, und zwar überall, wo kommunistische Regime an der Macht waren. Und dennoch waren große Teile der Linken weiterhin versessen auf den Totalitarismus. Und sind es heute noch.«

»Und was wollen Sie denn nun eigentlich?«

»Ich habe zehn Menschen getötet, aber der Kommunismus hat hundert Millionen getötet. Was glauben Sie wohl, was ich will?«

»Vermutlich mich töten.«

»Setzen Sie sich ins Schlauchboot und kommen Sie rüber. Und zwar allein.«

»Allein?«, fragte Söderstedt und warf Chavez einen Blick zu. Chavez schloss die Augen und schüttelte den Kopf. Er begann zu verstehen.

»Allein«, wiederholte Viktor Larsson.

Söderstedt legte auf und justierte etwas unbeholfen sein Achselhalfter mit der russischen Pistole. Dann halfen ihm Svenhagen und Chavez, das Schlauchboot zu Wasser zu lassen. Arto Söderstedt setzte sich hinein und nahm das Paddel von Sara Svenhagen entgegen. Er nickte, warf ihr einen beruhigenden Blick zu und stieß sich vom steinigen Ufer ab.

Es war nicht ganz leicht, das Paddel mit der fest eingegipsten rechten Hand zu halten. Die linke Hand musste den Löwenanteil übernehmen. Anfänglich hatte er das Gefühl, dass der Strom das Boot vollständig ergreifen und seitlich an Nasino vorbeitreiben würde, doch dann zeigten seine Paddelbewegungen Wirkung. Langsam, aber sicher näherte er sich der Insel, wenn auch in stark diagonaler Linie. Mehrere Male war das Boot kurz davor zu kentern, doch es gelang Söderstedt, es wieder auszubalancieren, und schließlich stieß es vor Viktor Larssons Monte Christo auf Grund.

Söderstedt sprang aus dem Boot und atmete erleichtert aus. Dann zog er es zwischen den Pappeln ans Ufer hoch. Er legte das Paddel ins Boot und zückte seine Waffe. Es war ein merkwürdiges Gefühl, die Pistole in der linken Hand zu halten, aber er hatte am Vorabend mehrere Stunden lang in dem sibirischen Schießstand trainiert. Kurz bevor er zum Arzt gegangen war, um seinen rechten Unterarm eingipsen zu lassen.

Die Sonne war nach der wilden Überfahrt fast am Horizont versunken, weshalb eine außergewöhnliche Atmosphäre über Nasino lag. Auf dieser Insel waren unaussprechliche Gräueltaten verübt worden. Es schien, als wirkte die Schwerkraft an diesem Ort besonders stark.

Söderstedt kauerte sich hinter einen Hügel und sah sich um. Mit jeder Minute wurde es dunkler. Um sich herum konnte er nur noch Konturen erkennen.

»Lassen Sie die Waffe fallen«, erklang plötzlich eine Stimme hinter seinem Rücken.

Er senkte die Pistole, sodass der Lauf nach unten zeigte. Geradewegs in das dunkle Herz von Nasino. Dann ließ er sie fallen und drehte sich um.

Viktor Larsson hielt ein Maschinengewehr mit Laservisier auf ihn gerichtet. Außerdem trug er eine Infrarotbrille, die er auf die Stirn hochgeschoben hatte.

»Dort, wo Sie gerade stehen«, erklärte Larsson, »erhob sich der Mehlberg. Ich erinnere mich noch an Dedas Miene, als er mir von dem Mehlberg berichtete, von seinem ersten Ausflug quer über die Insel ans andere Ufer. Es war eiskalt, und er hatte vor, das absurd angehäufte Mehl mit Flusswasser zu mischen. Er hatte Faina versprochen, einen Versuch zu unternehmen. Ihre Füße waren über Nacht abgefroren, sie waren ganz blau, und als er zurückkam, waren nur noch ihre Füße übrig. Kapieren Sie? Der Rest ihres Körpers war aufgefressen worden.«

»Ich kapiere«, entgegnete Söderstedt ruhig.

»Tun Sie das wirklich?«, rief Larsson aus. »Ausgerechnet Sie? Schließlich waren es Leute wie Sie, die Deda und Faina hierher gebracht haben. Leute von Ihrem Typ.«

»Sie dürften nicht gerade viel über ›meinen Typ‹ wissen«, entgegnete Söderstedt.

»Gehen Sie«, befahl Viktor Larsson. »Wir müssen vom Ufer weg. Nicht, dass noch jemand auf die Idee kommt, von der anderen Seite aus zu schießen.«

Sie gingen los. Söderstedt voran und Larsson, das Gewehr auf seinen Rücken gerichtet, wenige Meter hinter ihm.

»Dort drüben stehen Stühle«, erklärte Larsson. »Und ein Tisch. Ich dachte, dass wir uns für einen Augenblick hinsetzen sollten. Um zu reden. Ich habe sogar russischen Wodka dabei, wenn Sie mögen.«

»Das wäre gut«, antwortete Söderstedt.

In einiger Entfernung standen in der Tat ein Campingtisch und zwei Campingstühle. Auf dem Tisch standen eine Flasche Wodka und zwei Gläser. Sowie eine Söderstedt wohlbekannte Tasche.

»Setzen Sie sich«, forderte Viktor Larsson ihn auf. »Auf den rechten Stuhl.«

Dieser stand, wie Söderstedt feststellte, ein Stück weit vom Tisch entfernt. Damit er ihn nicht würde umstoßen können. Sie nahmen Platz. Larsson hielt sein Gewehr in der rechten Hand, den Zeigefinger am Abzug, und schenkte mit der linken den Wodka in zwei Gläser. Dann reichte er das eine Söderstedt und nahm das andere selbst. Nicht für eine Sekunde ließ sein rechter Zeigefinger den Abzug los.

»Sa wasche sdorowje«, sagte Viktor Larsson und erhob sein Glas.

»Skål«, erwiderte Arto Söderstedt und erhob das seine.

Beide nippten sie an ihren Getränken. Larsson registrierte Söderstedts Blick auf seine Waffe und erklärte: »Ja, ich habe ein Gewehr. Sie haben mir ja mein Messer weggenommen.«

»Ich habe es in einen Müllcontainer geworfen«, entgegnete Söderstedt.

»Ja, ja«, schnaubte Larsson. »Sie wissen ja, dass heute ein Jahrestag ist, nicht wahr, mein Polizeikommissar? Zwar kein runder, aber heute ist es genau siebenundsiebzig Jahre her, seit Deda von Nasino weggebracht wurde. Sie fragen sich bestimmt, was ich wohl vorhabe, oder?«

»Nicht unbedingt«, antwortete Söderstedt. »Denn das ist kein besonderes Rätsel. Sie sind schließlich nicht gerade ein großer Denker.«

»Also, ich bitte Sie«, rief Larsson empört aus. »Es geht um eine wichtige Frage. Wie kam es, dass alle Stalinisten, Maoisten und Trotzkisten weitermachen konnten? Wie haben diese antihumanistischen Gedankenmuster im Sozialismus weiterleben können, ohne durch ein Verbot wie beispielsweise das des Nationalsozialismus geächtet zu werden? Warum dürfen ausgerechnet sie weiter propagiert werden?«

»Ich bin ganz Ihrer Meinung, dass es sich dabei um eine wichtige Frage handelt«, antwortete Söderstedt und nippte ein weiteres Mal an seinem Wodka. »Ich meine, sogar selbst ein recht ausgeprägtes Gespür für Empathiestörungen jeglicher Art entwickelt zu haben. Empathiestörungen finden sich bei überraschend großen Teilen der Linken, da bin ich ganz Ihrer Auffassung, Viktor. Denn ich habe mich selbst einige Zeit in gefährlicher Nähe zu dieser Art von Gedanken bewegt.«

»Aber Sie haben sich nicht von Ihrer Formulierung distanziert, dass es in einer kapitalistischen Gesellschaft keine Unschuldigen gebe«, entgegnete Larsson. »Wenn man irgendwann einmal dieser Überzeugung gewesen ist, muss man Abbitte leisten.«

»Sie sind schließlich selbst einmal dieser Überzeugung gewesen«, konterte Söderstedt. »Oder nicht, ›Badde‹? Ihr Spitzname, frei nach Andreas Baader.«

»Das hier ist meine Abbitte«, erklärte Larsson und machte eine weit ausholende Geste. »All das hier ist meine Abbitte.«

»Serienmord als Abbitte?«

»Ich war nie ein überzeugter Kommunist«, antwortete Larsson. »In der Beziehung mit Marina war ich eindeutig der schwächere Part. Sie war die Extremistin, sie war die Intellektuelle, sie war die treibende Kraft. Ich war zwar Badde, nach Andreas Baader, aber nicht aus politischen Gründen, sondern nur, weil ich ihm ähnlich sah. Und dann kam der 11. September 2001. Ich saß im Pausenraum des Instituts, und mindestens fünf verdammte Philosophen stießen spontane Jubelschreie aus, als sie die Flugzeuge in die Twin Towers fliegen sahen. Dann kam mir diese unmittelbare Erkenntnis: Von Marina und ihrem verrückten Helden, dem Roten Didde, gab es eine direkte Linie bis hierher nach Nasino. Unter anderen Umständen hätten die beiden, ohne nachzudenken, Deda hierher deportiert. Daraufhin habe ich heimlich Marinas Mails gelesen und ihr geheimes Vorhaben entdeckt, zusammen mit Didde in die Provence zu reisen, via Marseille. Dort, wo Edmond Dantès' Insel If liegt. Es war wie ein göttlicher Plan. Dedas Rache nahm wie von selbst Gestalt an, ganz ohne mein Zutun. Ich habe Didde nachts dort hingelockt, aber all das wissen Sie ja bereits. Sonst wären Sie nicht hier, Arto.«

»Ich hingegen habe übrigens ganz offiziell Abbitte geleistet«, entgegnete Söderstedt. »Haben Sie das bei Ihren Nachforschungen etwa übersehen? Einen Danke-und-tschüss-Artikel in der von Ihnen als linksgerichtet bezeichneten Presse.«

»Das dürfte allerdings kaum ausreichen«, meinte Viktor Larsson und kippte den Rest seines Wodkas hinunter. »Und dann kehren Sie den Ideologen einfach den Rücken und tun so, als wäre nichts gewesen. Völlig ungerührt, nachdem Sie Hunderte, vielleicht Tausende Seelen mit Ihren Artikeln vergiftet haben. So leicht kommt man nicht davon.«

Larsson stand auf und legte sein Maschinengewehr auf den Campingtisch, sodass der Lauf geradewegs auf Söderstedts Bauch gerichtet war. Dann öffnete er mit der linken Hand seine Tasche und packte in fein säuberlicher Ordnung den messerscharfen Greifarm mit dem Gebiss, den Fleischbehälter, die Waage und eine Pferdespritze aus. Söderstedt betrachtete das Ensemble und kippte seinen Wodka ebenfalls hinunter.

»Ich habe einen Brief dabei, der eigentlich an Sie hätte gerichtet sein sollen, Arto«, erklärte Viktor Larsson und stellte die Tasche auf den Boden, »aber nur, wenn Sie ein geschickterer Polizist gewesen wären. Er steckt in meiner Gesäßtasche. Ein ziemlich kurzer Brief.«

Söderstedt deutete mit seiner eingegipsten rechten Hand in Richtung Tisch und sagte: »Diese Spritze dort ...«

Larsson lachte auf und nahm sein Gewehr vom Campingtisch. Um sie herum war es inzwischen fast vollständig dunkel geworden. »Ja«, antwortete er und schüttelte den Kopf. »Diese Spritze dort. Sie hätten mich allein schon deswegen festnehmen müssen, um eine Erklärung dafür zu erhalten. Aber das war leider nicht möglich.«

Viktor Larsson ergriff sein Maschinengewehr mit beiden Händen und hob es hoch. Mit einer nahezu bedauernden Miene richtete er es auf Söderstedt und schob das Laservisier vors Auge.

»Zeit zu sterben, Arto Söderstedt«, sagte Viktor Larsson.

Söderstedt reagierte instinktiv, die Arme nach oben gestreckt und die Handflächen nach vorn gerichtet. Diese hilflose, im Prinzip eher rührende Abwehrhaltung aus einem Zeitalter weit vor der Steinzeit. Wirkungslos gegen moderne Waffen.

In dem Augenblick explodierte Arto Söderstedts rechte Hand.

Larsson wurde nach hinten geschleudert. Sein Gewehr flog geradewegs in die Luft, wirbelte ein paarmal herum und landete dann neben ihm auf dem Boden. Doch Söderstedt war bereits bei ihm und stieß es mit dem Fuß weg. Aus der rechten Schulter des erstaunten Viktor Larsson rann Blut. Arto Söderstedt trat auf die Wunde, während er Larsson seine noch rauchende eingegipste Hand vors Gesicht hielt.

»Es ist höllisch unangenehm, selbst eine so kleine Pistole an die Hand gegipst zu bekommen«, erklärte er. »Nicht zuletzt zusammen mit drei gebrochenen Fingern. Doch ich kann Ihnen versichern, dass es ein besonders energieeinflößender Schmerz ist.«

»Sie brauchen mich aber lebend«, fauchte Viktor Larsson.

Söderstedt richtete seinen Gips weiterhin auf Larssons Gesicht. Es war lange her, dass Adrenalin sein gesamtes Wesen so stark beeinträchtigt hatte wie jetzt. Am liebsten wollte er dieses Aas töten.

Er trat noch einmal etwas heftiger auf die durch den Schuss verletzte Schulter, zielte gewissenhaft und schoss erneut.

Diesmal unmittelbar neben Viktor Larssons rechtes Ohr in den Boden.

Geradewegs in das dunkle Herz von Nasino.

4 – Sturm

Pferdespritze

Nowosibirsk – Den Haag, 28. Mai

Arto Söderstedt entfaltete einen Brief. Es war nicht ganz leicht, auch wenn der Gips an seiner rechten Hand inzwischen bedeutend dünner war als noch vor wenigen Stunden. Schließlich las er ihn auf Englisch laut vor: »›Wenn Sie mich festnehmen, ist er Ihre Belohnung, unbekannter Polizist. Genau dieser Brief.‹ Tja, wie gehen wir weiter vor, Viktor?«

Söderstedt saß an einem Vernehmungstisch in einer spartanischen Gefängniszelle. Auf der anderen Seite des Tisches hockte ein Mann in Handschellen, die am Tisch befestigt waren, und mit bloßem Oberkörper, der nahezu vollständig mit einem großflächigen Verband über der rechten Schulter bedeckt war. Viktor Larsson war blass, lächelte aber schwach.

»Eine sonderbare Parallele«, sagte er auf Schwedisch. »Dieser Verband sitzt genau an derselben Stelle wie Dedas vor siebenundsiebzig Jahren.«

»Wie gehen wir weiter vor, Viktor?«, wiederholte Söderstedt auf Englisch. »Sprechen Sie Englisch, denn das ist eine internationale Vernehmung.«

Sara Svenhagen stand im hinteren Teil der Zelle und justierte die Videokamera, die auf einem hohen Stativ neben der Wand angebracht war. Jorge Chavez saß neben Arto Söderstedt. Chavez war ein kampferprobter Polizist und dementsprechend überrascht von dem reinen, nahezu unschuldigen Gefühl, das ihn plötzlich befiel. Diese absolute Bewunderung, die er in diesem Augenblick für Arto Söderstedt verspürte.

Dem Serienmörder Viktor Larsson schien es ähnlich zu gehen. Er sagte auf Englisch: »Verdammt, was für eine smarte Idee mit dem Gips. Meine Hochachtung, Arto Söderstedt.«

Söderstedt warf ihm einen desinteressierten Blick zu und verzog das Gesicht zu einer müden Grimasse. Auf dem Tisch vor ihnen lagen folgende Gegenstände aufgereiht: Larssons Tasche, der Greifarm mit dem Gebiss, der Glasbehälter für das Fleisch sowie die Waage und die Pferdespritze.

Söderstedt streckte seinen Nacken und fragte: »Wollen wir nun endlich den Versuch unternehmen weiterzukommen? Denn dieser Brief hier besagt ja nichts Neues. Alles, was darin steht, haben wir längst selbst herausgefunden, inklusive der Tatsache, dass Sie an krankhaftem Größenwahn leiden, der Sie behaupten lässt, alle meine Schritte vorherbestimmt zu haben und dass ich lediglich Ihrem Plan gefolgt sei. Tatsache ist jedoch das Gegenteil, nämlich dass Sie den meinen gefolgt sind.«

Viktor Larsson beugte sich so weit über den Tisch vor, wie seine am Tisch befestigten Handschellen es zuließen.

»Ich kann Ihnen stundenlang erzählen, wie ich jeden einzelnen Mord geplant habe, wie ich jedes einzelne Opfer und jede Gefängnisinsel ausgewählt habe, aber im Grunde pfeifen Sie doch darauf, oder?«

Söderstedt antwortete nicht und ließ Sara Svenhagen, die gerade zu ihnen an den Tisch gekommen war und sich auf den vierten Stuhl gesetzt hatte, ein Blatt Papier entfalten. Sie hielt es hoch. Es war die Zeichnung eines Mannes mit vollem schwarzen Haar und einem dichten schwarzen Schnauzbart.

»Diese Maskierung«, erklärte Larsson und zuckte mit den Achseln, »habe ich 2004 auf Ko Tarutao, 2008 auf Coiba und neulich auf Capraia benutzt. Bei den anderen Malen habe ich andere Maskierungen verwendet. Diese kleine Peruanerin auf Coiba – Teresa Moy hieß sie doch, oder? – war übrigens die Einzige, die ernsthaft Widerstand geleistet hat. Ziemlich viel Kraft in diesem zierlichen Körper.«

»Wir bleiben auf Capraia«, warf Söderstedt ein. »Erzählen Sie uns von dem Mord an Roman Vacek.«

»Wenn Sie sich fragen, wer das Motorboot geklaut hat, das war ich. Ich bin mitten in der Nacht nach Livorno rübergefahren. War ziemlich schwer zu navigieren.«

»Wir fragen nicht nach dem Boot«, entgegnete Söderstedt. »Wir pfeifen auf das Boot. Ich wiederhole: Erzählen Sie uns von dem Mord an Roman Vacek.«

»Da gibt es nicht viel zu erzählen«, entgegnete Larsson und lächelte. »Es lief ab wie immer. Ich hatte ihm geheime NATO-Unterlagen über Militärstützpunkte in der Türkei in Aussicht gestellt. Das klang für einen wie ihn attraktiv. Und als ich zum Gefängnisgebäude kam, blinkte er mit der Taschenlampe – zweimal kurz, einmal lang –, genau wie er sollte.«

»Vacek war größer als die anderen«, wandte Söderstedt ein.

»Nichts ist wirkungsvoller als eine präzise angesetzte Messerschneide«, entgegnete Larsson.

»Sie haben fünf Nächte im Hotel auf Capraia verbracht. Was haben Sie dort gemacht?«

»Den Rest geplant«, antwortete Larsson. »Darüber nachgedacht, wie ich den ehemaligen Terroristensympathisanten Rudi Schrempf nach Goli otok würde locken können. Darüber, ob und wann ich meinem unbekannten Polizeikommissar einen Brief schreiben soll. Wie ich bei Marina Ivanova vorgehen soll. Wie ich Långholmen präparieren soll. Und wie ich Sie nach Nasino, mein Monte Christo, würde locken können. Wo der Schatz in Form der Wahrheit auf Sie wartete. All das.«

»Und was ist in der Gefängniszelle auf Capraia geschehen?«

Viktor Larsson lachte, bis sich sein Gesicht zu einer Grimasse verzog, er sich an die bandagierte Schulter fasste und an seinem Ohr herumfingerte. »Ich habe einen Tinnitus«, erklärte er. »Sie hätten mir die Kugel lieber in die Stirn jagen sollen.«

»Ich bin kein Mörder«, entgegnete Arto Söderstedt und war beinahe überzeugt davon, dass er die Wahrheit sprach.

»Idealisieren Sie doch nicht«, meinte Larsson. »Sie waren schließlich ein Fürsprecher des Mordes an Unschuldigen, denn ›in einer kapitalistischen Gesellschaft gibt es keine Unschuldigen‹.«

»Was ist in der Gefängniszelle auf Capraia geschehen?«

»Warum sollte ich meinen einzigen Trumpf schon so früh ausspielen?«

Jetzt war es an Söderstedt, sich über den Tisch vorzubeugen. Er entgegnete eindringlich: »Dies ist kein Spiel, Viktor. Das Spiel ist aus. Sie haben verloren. Jetzt können Sie wählen, welchen Preis Sie bezahlen wollen. Sie haben Verbrechen in über zehn Ländern begangen. Ich würde eine Auslieferung nach Thailand befürworten. Die Gefängnisse dort sind weltberühmt. Aber ich frage mich, ob nicht auch Brasilien oder Panama für die kurze Zeit, die Sie überleben werden, interessante Gefängniserlebnisse zu bieten haben.«

Viktor Larsson schüttelte den Kopf. »Das würden Sie niemals tun«, behauptete er.

»Wenn Sie uns entgegenkommen, können Sie für den Mordversuch an Marina Ivanova vielleicht in einem schwedischen Gefängnis sitzen.«

»Sie hat also überlebt?«, fragte Larsson. »Eigentlich hätten Sie überhaupt nicht in der Lage sein dürfen, sich zu bewegen, Arto. Etwas in Ihnen muss diese unglaubliche Kraftanstrengung bewirkt haben.«

Chavez räusperte sich und erklärte: »Auf Robben Island in Südafrika haben Sie einen hohen chinesischen Beamten namens Hu Yudong getötet. Ich habe Kontakt zu den chinesischen Behörden aufgenommen, die eine Auslieferung wegen Mordes begrüßen würden.«

»Eindeutig Todesstrafe«, bemerkte Söderstedt und zuckte mit den Achseln.

Larsson wandte sich an Sara Svenhagen und fragte: »Die lügen, oder?«

Svenhagen schüttelte den Kopf. »Wir befinden uns im Augenblick in Russland, im tiefsten Sibirien. Es dauert nur ein paar Stunden, um nach China hinüberzufliegen. Und dann wird niemand jemals wieder etwas von Ihnen hören«, antwortete sie.

»Und Ihr Schatz«, fügte Chavez hinzu, »Ihre Wahrheit über

die Nasino-Affäre und die Verbrechen des Kommunismus werden nie an die Öffentlichkeit gelangen.«

»Zehn Jahre Planung vergebens«, meinte Söderstedt.

Viktor Larsson seufzte und sagte: »Ich brauche eine Sicherheit ...«

Svenhagen deutete auf die Kamera hinter ihrem Rücken und erklärte: »Direktverbindung zu Europol, der europäischen Polizeibehörde, falls Sie schon einmal davon gehört haben.«

Ein skeptischer Blick von Larsson, mehr nicht.

»Es ist keine operative Polizeieinheit«, fuhr Svenhagen vorsichtig fort. »Sondern nur eine beobachtende.«

»Und wer sagt mir, dass sie auch tatsächlich dort sitzen?«

»Wir hören Sie«, antwortete eine wohlartikulierte Stimme aus dem Lautsprecher neben der Kamera. »Hier spricht Angelos Sifakis, Kommissar und griechischer Verbindungsmann bei Europol in Den Haag. Eine Gruppe von gut zehn Personen hat alles mitgehört, was während der Vernehmung bisher gesagt wurde. Das Verhör wird außerdem aufgezeichnet.«

»Ich will eine Garantie dafür, dass ich in Schweden verurteilt werde.«

»Die Polizisten haben recht«, sagte Sifakis mit seiner höchstoffiziellen Stimme. »Da Sie Ihre Verbrechen international begangen haben, können Sie in jedem der betroffenen Länder vor Gericht gestellt werden, aber vor allem natürlich auch in Russland.«

»In Russland?«, rief Viktor Larsson aus.

»Sie haben schließlich im August vergangenen Jahres einen russischen Bürger namens Pavel Morozov auf Isla Dawson in Chile ermordet, nicht wahr? Und außerdem befinden Sie sich im Augenblick in Russland.«

Larsson fuhr sich sachte mit der Hand über die Stirn, entgegnete jedoch nichts.

»Sagt Ihnen beispielsweise das Gefängnis mit der Bezeichnung OE-256/5 etwas?«, fragte Sifakis sachlich. »Es nennt sich Pjatak-Gefängnis und beherbergt die gefährlichsten Gefangenen Russlands. Es ist allgemein bekannt als der härteste Knast der Welt. Aus dem Pjatak ist noch keiner geflohen, und das hängt damit zusammen, dass es auf einer Insel liegt. Einer Gefängnisinsel.«

»Warum glauben Sie eigentlich, dass die russische Polizei so entgegenkommend war?«, fragte Chavez. »Wir haben ihnen versprochen, Sie auf dem Silbertablett zu servieren. Und die Kollegen finden es angemessen, dass Sie Ihre noch verbleibenden Tage auf der absolut härtesten Gefängnisinsel der Welt verbringen würden.«

»Und wenn ich etwas über Roman Vacek aussage, werden diese Bullen mich dann mit nach Schweden nehmen?«, rief Viktor Larsson in die Kamera. In seiner Stimme schwang ein Ton mit, den noch keiner der Anwesenden zuvor vernommen hatte.

»So leicht ist es nun auch wieder nicht«, antwortete Sifakis kalt. »Sie müssen in Ihren Erklärungen schon damit anfangen, wie Sie an Arto Söderstedts Handynummer gekommen sind. Woher wussten Sie, dass ausgerechnet Söderstedt in Ihrem Fall ermittelt?«

»Ich habe regelmäßig kontrolliert, ob im Zusammenhang mit den ersten Morden irgendwelche Hinweise auftauchten«, antwortete Larsson, »habe bei der Polizei angerufen und mich nach Fortschritten erkundigt. Deswegen habe ich auch mit der südafrikanischen Polizei telefoniert und mich als schwedischer Bulle ausgegeben. Ich wurde an irgendeinen Rookie durchgestellt, der mir freimütig mitteilte, dass ein Kollege von mir auf Robben Island gewesen sei und einen älteren Mordfall untersucht habe. Von ihm habe ich den Namen des Kollegen und seine Handynummer sowie die Information, dass er zuvor auf einer italienischen Insel namens Capraia gewesen sei. Daraus habe ich geschlossen, dass man die Morde miteinander in Zusammenhang gebracht hat und Söderstedt mein unbekannter Polizeikommissar war. Als ich ihn überprüfte, stellte ich fest, dass er ebenfalls auf meiner langen verdammten Liste mit ehemaligen unbelehrbaren Kommunisten stand.«

»Also sollte es Arto Söderstedt von der schwedischen Polizei sein?«, fragte Sifakis autoritär.

»Ja«, antwortete Larsson.

Söderstedt meinte, nicht nur Sifakis' Seufzer der Erleichterung, sondern auch den von Paul Hjelm im Hintergrund gehört zu haben. Es gab also kein Leck. Keiner hatte über die nach wie vor geheime Tätigkeit der Opcop-Gruppe geplaudert.

»Jetzt könnt ihr die Vernehmung fortsetzen«, sagte Sifakis ganz entspannt.

»Dann erzählen Sie uns von Capraia«, sagte Söderstedt ebenso entspannt.

Viktor Larsson schaute ihn eine Weile an. Er war zweifellos aus dem Gleichgewicht geraten.

»Ich bin in die Zelle gegangen, aus der Vacek mit seiner Taschenlampe blinkte. Er wartete dort, ziemlich ungeduldig. Meinte, dass er einen gewissen Grad an Geheimhaltung verstehen könne, aber dies hier geradezu lächerlich sei. Ich erklärte ihm, dass ich die Unterlagen in der Tasche hätte. Dann habe ich das Messer gezückt. Vacek wich zurück und hob die Arme in einer Abwehrhaltung. Doch dann geschah etwas. Anstatt weiter zurückzuweichen, warf er sich nach vorn, direkt auf das Messer zu. Er ergriff mein Handgelenk. Irgendetwas stimmte nicht. Der Blick hinter seinen dicken Brillengläsern war total erstaunt, absolut befremdet. Ich brauchte ihm nur noch das Messer unter den Rippen hindurch in den Körper zu bohren; es drang ganz locker ein. Doch er hielt mich fest, und wir fielen beide zu Boden. Ich knallte mit dem Rücken auf den Steinboden, den Hünen über mir. In dem Augenblick erblickte ich einen Gegenstand in Vaceks Schulter.« Viktor Larsson hielt inne und strich sich erneut mit der Hand über die Stirn. »Neun Jahre lang kein einziges Missgeschick«, sagte er schließlich mit belegter Stimme. »Und dann das. In Vaceks Schulter steckte eine Spritze, eine richtige Pferdespritze. Und zwar diese hier.«

Sämtliche Anwesenden im Raum – und vermutlich auch ein Dutzend in Den Haag – folgten Larssons Bewegung mit dem Zeigefinger in Richtung der Pferdespritze auf dem Vernehmungstisch.

Arto Söderstedt fragte: »Vacek hatte seine Taschenlampe in die Fensternische gelegt, nicht wahr?«

»Ja«, antwortete Larsson.

»Die Zelle war also erleuchtet?«

»Einigermaßen.«

»Was haben Sie hinter Vaceks Schulter gesehen, Viktor?«

Viktor Larsson schloss die Augen und saß eine Weile still da. In der kargen Gefängniszelle in Nowosibirsk herrschte absolute Stille.

»Einen Mann«, antwortete er schließlich. »Er kam auf mich zu, als ich unter Vaceks Leiche lag.«

»Der Mann, der Roman Vacek die Pferdespritze in die Schulter gerammt hat?«

»Ja«, antwortete Larsson. »Er hat mich für einen Augenblick angestarrt. Dann war er verschwunden. Ich habe die Spritze an mich genommen und sie selbst ein paar Tage später auf Goli otok benutzt. Allerdings war sie leer, natürlich. Immerhin hat sie einem Polizisten einen Floh ins Ohr gesetzt.«

»Erinnern Sie sich noch daran, wie der Mann aussah?«

»Es ging alles verdammt schnell, und ich hatte starke Schmerzen und außerdem noch diesen Dickwanst auf mir liegen.«

»Aber Sie haben ihn gesehen?«

»Ja«, antwortete Viktor Larsson. »Natürlich habe ich ihn gesehen. Ich habe ihm in die Augen geschaut. Er hat meinen Blick erwidert, und ich meinte sogar erkennen zu können, wie unglaublich schnell er einen Entschluss fasste.«

»Wie sah er aus?«

»Dreißig, fünfunddreißig Jahre alt, dunkelblonde, kurze Haare. Attraktiv. Keine Auffälligkeiten.«

»Aber Sie haben ein Bild vor Augen? Das Sie mithilfe eines Porträtzeichners erstellen könnten?«

»Ich glaube schon«, antwortete Viktor Larsson.

Arto Söderstedt lehnte sich auf seinem Stuhl zurück und sagte: »Und ich glaube, dass Sie gerade eine Rückfahrkarte nach Stockholm gelöst haben.«

Sara Svenhagen stand auf und trat vor die Kamera.

Das Letzte, was auf dem elektronischen Whiteboard in der Bürolandschaft in Den Haag zu sehen war, war eine Nahaufnahme von Sara Svenhagen. Sie schaute in die Kamera und winkte dezent. Dann wurde sie wieder von Navarros und Sifakis' Aufstellung des Falles abgelöst.

Paul Hjelm wirkte regelrecht ergriffen, als er auf den großen Bildschirm zeigte und erklärte: »Das muss jetzt allerdings umgearbeitet werden.«

Dann sagte eine ganze Weile keiner etwas.

»Die Frage ist nur, wie«, meinte Hjelm schließlich. »Irgendwelche einleitenden Überlegungen?«

»Zuallererst nehme ich einiges von dem zurück, was ich letztens über Söderstedt gesagt habe«, ließ Marek Kowalewski verlauten.

»Tja«, meinte Paul Hjelm, und ein Lächeln huschte ihm übers Gesicht. »Das ist eine alte Wahrheit: Unterschätze niemals Arto.«

Jutta Beyer räusperte sich dezent. Die Blicke wandten sich in ihre Richtung. »Ist denn die Vorstellung so abwegig, dass Capraia schlicht und einfach ein Kreuzungspunkt war?«, fragte sie nachdrücklich. »Der Punkt, an dem zwei Mordserien unerwartet aufeinandertreffen?«

»Diese These ist wohl ziemlich gewagt. Denn wir wissen nichts von einer zweiten Mordserie. Nichtsdestotrotz haben wir es im Fall Roman Vacek zweifellos mit zwei Mördern zu tun. Was unseren seltsamen Tschechen in noch höherem Maß in den Fokus rückt. Ich möchte, dass wir von nun an einiges an Energie auf Vaceks Tätigkeit in den USA verwenden. Wahrscheinlich werden wir dort eine Erklärung finden.«

»Aber wenn der Mörder dreißig, fünfunddreißig Jahre alt ist«, wandte Miriam Hershey ein, »dann war er nicht älter als fünfzehn, zwanzig, als Vacek nach Europa zurückkehrte.«

»Sind Kinder aus dieser offenen Ehe hervorgegangen?«, fragte Hjelm.

»Nein«, antwortete Kowalewski. »Andererseits eröffnet sich bei einer offenen Ehe ja auch die Möglichkeit, dass uneheliche Kinder aus anderen Beziehungen hervorgegangen sind.«

»Zur Strafe für deinen Hinweis darfst du diese Sache näher untersuchen, Marek. Was noch?«

»Die Genetik«, antwortete Felipe Navarro. »Roman Vacek war bereits ein weltweit führender Forscher auf dem Gebiet der Genetik, als er in den Siebzigerjahren in den Westen flüchtete. Dort erhöhte sich sein Bekanntheitsgrad noch. In den betreffenden Jahren gewann die Genetik enorm an Bedeutung. Ich glaube, dass der Giftangriff auf Vacek eher damit zu tun hat als mit seinem Privatleben.«

»Gut«, sagte Hjelm. »Navarro, Hershey, Balodis, ihr alle nehmt euch Vaceks professionelle Tätigkeit an der Johns Hopkins University in den USA vor. Mit welchen Projekten hat er sich in Amerika befasst? Nehmt die Hilfe der nationalen Repräsentanten in Anspruch. Fliegt in die USA, wenn ihr es für nötig haltet.«

»Dann bleiben die tschechischen Kommunisten für uns übrig?«, fragte Corine Bouhaddi.

»Gute Idee«, entgegnete Hjelm neutral. »Sifakis, Beyer und Bouhaddi, ihr befasst euch mit den tschechischen Kommunisten. Allerdings nicht ausschließlich. Redet mit Vaceks Kollegen im Europaparlament, sowohl mit Parteifreunden als auch mit seinen Gegnern. Versucht die Person Roman Vacek näher einzugrenzen. Unser Bild von ihm ist noch zu schwammig. Mehrere Jahrzehnte lang war er offenbar in etwas involviert, von dem wir nichts Genaues wissen, dem wir jetzt aber auf die Spur kommen können.«

»Jetzt muss ich aber mal etwas sagen«, meldete sich Jutta Beyer zu Wort.

»Bitte«, sagte Hjelm großzügig.

»Einer der weltweit führenden Genforscher und einer der weltweit führenden Ärzte für plastische Chirurgie werden im Laufe von ein paar Tagen ermordet, und beide waren in sensiblen EU-Bereichen tätig. Das muss doch zusammenhängen. Wir müssen uns erneut mit Professor Udo Massicottes sogenanntem Selbstmord befassen. Beide Männer waren ungefähr gleich alt, und weite Teile ihrer Vergangenheit liegen im Dunkeln. Ich bin mir sicher, dass wir dort auf irgendwelche Gemeinsamkeiten stoßen.«

»Gut«, sagte Hjelm. »Allerdings wurde der Fall Massicotte von einer nicht namentlich genannten Instanz übernommen.«

»Ich bin überzeugt davon, dass der Chef nicht nur mit dieser besagten, nicht namentlich genannten Instanz sprechen und die Lage überprüfen kann«, sagte Beyer eigensinnig, »sondern dass sich in den hintersten Winkeln der Festplatte des Chefs der besagten, nicht namentlich genannten Instanz auch noch die betreffenden Akten befinden.«

Paul Hjelm starrte Jutta Beyer an. Für einen kurzen Moment war er nahezu glücklich. Dann sagte er: »Wir werden auf diese Sache noch zurückkommen. Aber lasst euch nicht aufhalten, wenn ihr Parallelen zwischen Vacek und Massicotte findet.«

»Führender Arzt für plastische Chirurgie, führender Genforscher, führender Waffenhändler«, sagte Bouhaddi. »Kommt damit nicht auch dieser Albaner aus Stockholm wieder ins Spiel? Isli Vrapi? Der dritte sogenannte weltweit Führende, ermordet in demselben kurzen Zeitraum?«

»Niemand wäre glücklicher als ich, wenn ihr so eine Parallele auftun würdet«, entgegnete Paul Hjelm. »Im Augenblick sehe ich zwar keine Verbindung, aber wie gesagt – solltet ihr auf derartige Entsprechungen stoßen, lasst euch nicht aufhalten.« Dann holte er zu einem Resümee aus: »Um die Situation zusammenzufassen. Neben einem Serienmörder war ein weiterer Mörder aktiv, und in gewisser Weise haben wir das bereits die ganze Zeit über geahnt. Der Fall hat an uns genagt, uns aufgerieben, zermürbt. Die Dinge haben einfach nicht zusammengepasst. Jetzt ist es an der Zeit, alles zusammenzufügen. Also, legt los.«

Und sie legten los.

Johns Hopkins University

Baltimore, 28. Mai

Felipe Navarro hatte sich noch nicht richtig auf Baltimore eingestellt. In seiner Jugend hatte er zwar regelmäßig die Fernsehserie *Homicide* verfolgt und später dann auch die Nachfolgeversion namens *The Wire*, die vermutlich die beste Kriminalfilmserie der Welt war, aber seine Abreise war überstürzt gewesen. Sobald er den Namen von Vaceks ehemaligem Chef an der Johns Hopkins University herausgefunden hatte, buchte er ein Flugticket und machte sich auf den Weg nach Schiphol, bevor irgendjemand protestieren konnte. Jetzt war es Nachmittag in einer anderen Zeitzone, und es war ihm noch nicht ganz gelungen, sich selbst wieder einzuholen. Vor allem aber war es ihm noch nicht gelungen, die Eindrücke, die diese hektische Großstadt mit dem enormen sozialen Gefälle bei ihm hinterließ, zu bewältigen. Dort gab es alles, von den geradezu größenwahnsinnigen Monumenten, die der Stadt den Spitznamen Monumental City verliehen hatten, bis zum riesigen verrufenen Hafen und den heruntergekommenen Straßenecken in den westlichen Bereichen der Stadt. Dem Schreibtischbullen Navarro war es während seiner Irrfahrt vom Hotel aus gelungen, so ziemlich alle Gesellschaftsschichten auszumachen, und die Straßenecken, an denen Drogen und Geld reibungslos ihre Besitzer wechselten, hatten zweifellos etwas Geheimnisvolles.

Und dann dieses krasse Gegenteil: das elegante, schlossartige Billings Building aus dem 19. Jahrhundert mit seiner historischen Kuppel, das das Johns-Hopkins-Krankenhaus und die Johns Hopkins School of Medicine beherbergt. Ein mustergültig gepflegter Komplex, mitten in der Stadt gelegen und seit mindestens zwei Jahrzehnten jedes Jahr zum besten Krankenhaus der USA ernannt. Die Aussicht von Professor emeritus Blair Blandfords Büro über den Patterson Park war ebenfalls gewaltig.

»Ja, Roman Vacek«, erinnerte sich der alte Mann mit dem grauen Bart und der altertümlichen Golfkleidung. »Eine besondere Begabung. Tot, sagen Sie, Kommissar Navarro?«

»Ermordet, leider«, antwortete Navarro. »Unter sehr mysteriösen Umständen.«

Blair Blandford lächelte kurz und bekümmert und meinte dann: »An unserem hochverehrten Tschechen war wohl alles etwas mysteriös.«

»Als ich mir Roman Vaceks Arbeitszeiten hier an der Johns Hopkins näher angesehen habe, fiel mir auf, dass er oftmals über längere Phasen freigestellt gewesen war.«

»Aber er kam immer wieder zurück«, entgegnete Blandford mit demselben flüchtigen Lächeln. »Die Grundlagenforschung war nämlich seine Leidenschaft. Die elementaren Dinge des Lebens zu begreifen. Sie müssen wissen, Herr Kommissar, wie drastisch sich die genetische Forschung in den betreffenden Jahren weiterentwickelt hat. Wir beginnen jetzt erst, uns dem Kern des Lebens zu nähern.«

»Irgendwann hat er alles hinter sich gelassen und wurde kommunistischer EU-Politiker. Hat Sie das erstaunt?«

»Nein, eigentlich nicht besonders«, antwortete Blandford. Sein Blick schweifte in die Ferne.

»Nicht?«

»Sorry«, sagte der alte Arzt. »Ich weiß nicht, ob ich mit einem europäischen Polizisten darüber sprechen darf. Ich bin mir über Ihre wie über meine Befugnisse nicht ganz im Klaren.«

»Aber wir sprechen hier doch über einen Forscher? Und nicht über Staatsgeheimnisse, oder?«

Blair Blandford ließ erneut seinen Blick weit in die Ferne

schweifen. Dann antwortete er: »Wenn Roman Vacek bei der Grundlagenforschung geblieben wäre, hätte er inzwischen den Nobelpreis verliehen bekommen. Und wäre vermutlich noch am Leben.«

»Aber das hat er nicht getan?«

Der alte Professor schüttelte lange und ausdauernd den Kopf.

»Damals waren die Zeiten noch andere, mein junger spanischer Freund«, erklärte er mit finsterer Miene. »Die Welt war extrem politisiert. Wir lebten immerhin im Schatten des Kalten Krieges und der Bedrohung durch Atomwaffen.«

»Und Roman Vacek befasste sich also in den Zeiten, in denen er freigestellt war, mit diesem ›Politisieren‹?«

Blandford seufzte. »Es war 1975«, begann er. »Roman Vacek kam mit aufsehenerregenden Informationen über den Stand der genetischen Spitzenforschung im Osten von der anderen Seite des Eisernen Vorhangs. Und jetzt scheint sich wieder alles um Politik zu drehen ...«

»Wir wollen lediglich denjenigen festnehmen, der Roman Vacek ermordet hat«, entgegnete Navarro und beugte sich über Blandfords riesigen Schreibtisch vor. »Geht es in dem Fall möglicherweise um Genetik?«

»Wir waren natürlich viele, denen der Gedanke verlockend vorkam«, erklärte der Professor mit einem ätherischen Lächeln der Erinnerung auf den Lippen.

»Welcher Gedanke?«, fragte Navarro.

»Ich will Ihnen hier nicht die Geschichte der Genetik referieren, Kommissar Navarro, aber seit der genetische Code 1966 von Nirenberg und Matthaei geknackt wurde, haben wir davon geträumt, den perfekten Menschen zu erschaffen. Und als es dann zu Beginn der Siebzigerjahre gelang, zum ersten Mal eine DNA-Kette zu rekonstruieren, öffnete sich für uns eine Tür. Und 1975 kam Vacek von der anderen Seite des Eisernen Vorhangs und bekam einen Lehrstuhl. Klar, dass man sein Wissen für andere Dinge als die Grundlagenforschung nutzen wollte.«

»Die da wären?«

»Mein junger Freund«, antwortete Blair Blandford mit der ganzen Autorität seiner Position, »ich habe mein gesamtes Berufsleben der wahren, unpolitischen Grundlagenforschung im Fachbereich Genetik gewidmet. Grundlagenforschung, der Kern des Ganzen, die Sinnfrage, ohne Einmischung von Ökonomen, Militärs, Pragmatikern oder Opportunisten. Und ich habe meinen Entschluss nicht einen Augenblick bereut. Nicht einmal dann, als ich sah, welche Villen sich die anderen in Howard County zulegen konnten, habe ich es bereut. Aber manchmal war ich gezwungen, Roman und Andrew an andere Institutionen auszuleihen, aber mehr nicht. Ich bin überzeugt davon, dass Roman nun den Preis dafür bezahlen musste, letztendlich. Aber ich habe bereits zu viel gesagt.«

»Andrew?«, fragte Felipe Navarro.

»Neurologe, Roman Vaceks Zwilling im Geiste, Professor Andrew Hamilton III. Sie haben sich immer gleichzeitig freistellen lassen.«

»Arbeitet Andrew Hamilton III. noch in der Johns Hopkins?«

Professor Blandford schüttelte den Kopf und schaute auf. Der Blick aus seinen hellen Augen war noch wässriger als zuvor.

»Er ist tot«, antwortete er.

»Tot?«, fragte Navarro.

»Er starb vor vier Jahren«, erklärte Blandford. »Er wurde ermordet.«

»Ermordet?«, wiederholte Navarro.

»Unangenehme Geschichte«, meinte Blandford.

In Felipe Navarros Oberschenkeln bereitete sich ein eigentümliches Gefühl aus. Eine Art Kribbeln. Das langsam abwärtswanderte.

»Und was haben Roman Vacek und Andrew Hamilton III. während ihrer Freistellung gemacht?«, fragte er.

»Ich weiß es nicht«, antwortete Blandford. »Ich habe es nie erfahren.«

Navarro konnte nicht umhin nachzufragen. Das Kribbeln in

seinen Beinen veranlasste ihn dazu: »Aber wir reden hier doch wohl nicht vom CIA? Vom FBI? Dem Secret Service?«

Professor emeritus Blair Blandford schnaubte kurz und lächelte erneut freudlos. »Wohl kaum, nicht wahr?«, entgegnete er mit milder Ironie.

»Wovon reden wir dann?«

»Von nichts«, antwortete Blandford. »Meine Lippen sind versiegelt.«

»Ich weiß«, bestätigte Navarro. »Und sobald ich gegangen bin, sind sie erneut versiegelt. Und meines Wissens nach auch nie geöffnet worden. Aber jetzt müssen Sie sprechen.«

Blandfords Miene, mit der er sich über seinen überdimensionalen Schreibtisch vorbeugte, sagte alles.

Alles, was Felipe Navarro wissen wollte.

»Fünfunddreißig Jahre«, erklärte Blandford dennoch. »Inzwischen sind fünfunddreißig Jahre vergangen. Im Mittelalter eine Lebenszeit. Wie auch in vielen afrikanischen Ländern. Und all die Jahre steht man außen vor. Kann nicht teilhaben. Weil man sich geweigert hat, auf seine Freiheit zu verzichten. Auf die Objektivität der Lehre. Auf den Glauben daran, dass die Wissenschaft objektiv zu sein hat. Dass die Fakten für sich sprechen müssen. Dass Wissen keine politische Färbung hat. Zu hundert Prozent unabhängig von Militärallianzen ist.«

»Ich schließe daraus ...«

»NATO«, unterbrach Blandford. »Aber jetzt sind meine Lippen versiegelt.«

»Und auch nie geöffnet gewesen«, bestätigte Felipe Navarro, während er spürte, dass das eigentümliche Kribbeln nun auf seine Schienbeine überging. Als sich seine Füße von seinem Körper zu lösen begannen, sagte er: »Danke.«

Dann liefen die Füße los.

»Ich habe noch eine Frage«, meinte Felipe Navarro.

»Meine Lippen sind versiegelt«, wiederholte Blair Blandford.

»Es geht um etwas völlig anderes«, betonte Navarro. »Was hält der Professor von der DNA-Sequenzierung bei ungeborenen Kindern?«

»Niemals!«, antwortete Blandford mit ungeahnter Intensität. »Sehen Sie mich an. Wer bin ich? Ein alter wohlhabender Mann in Golfkleidung. Man könnte mir alles Mögliche anhängen, oder? Professor in einer Privatklinik, Golf mit der Mafia, ein geheimes Vermögen auf den Kaimaninseln, Sponsor eines einflussreichen republikanischen Senators. Nicht wahr?«

Felipe Navarro hatte keine Antwort parat. Aber seine Füße hatten angehalten. Waren stehen geblieben.

»Seit hundert Jahren«, begann Blandford, »leben wir in einer Welt, in der jeder wissenschaftliche Fortschritt gegen einen ethischen abgewogen werden muss. Unser Leistungsvermögen ist inzwischen enorm, es wächst in Hunderterpotenzen über uns selbst hinaus. Wir müssen viel mehr Schritte in die Zukunft überdenken, als man es früher getan hat. Unser Erbe an die Zukunft besteht aus der Dimension der Folgen – unser heutiges Handeln kann somit entscheidende Auswirkungen nicht nur auf unsere Kinder und Enkelkinder, sondern auf alle Menschen für alle Zeiten haben.«

Navarro betrachtete seine Füße. Sie drehten sich um. Die Fußspitzen zeigten jetzt zu ihm.

Blandford fuhr fort: »Wir leben heute in einer perfekten Zeit, auch wenn es nur wenige einsehen. Natürlich wäre man gerne in dem Augenblick dabei gewesen, als der Mensch zum ersten Mal das Feuer bezwang, als wir plötzlich feststellten, dass sich in unserer Kehle Worte formen ließen, als das Rad erfunden wurde, als die Schriftsprache geschaffen wurde, als wir erkannten, dass sich Samen in der Erde in Pflanzen verwandeln, als wir zu der Einsicht kamen, dass die Erde rund ist, als wir die vier Elemente entdeckten, als wir den Sinn der Radiowellen erfassten, als das Auto erfunden wurde, als der Mensch zum ersten Mal geflogen ist, oder – in unserer Zeit – als die Idee des Internets geboren wurde. Aber die Entdeckung, die wir gerade machen, ist wohl noch existenzieller. Wir sind nämlich dabei, das eigentliche Geheimnis des Lebens aufzudecken. Nicht mehr und nicht weniger.

Aber die Technologie ist noch nicht so weit. Das, was wir

ernsthaft zu begreifen beginnen, ist die Tatsache, wie wenig wir dennoch verstehen. Und wenn wir unsere zukünftigen Kinder bereits jetzt testen lassen, wo sich die Technologie noch in einem steinzeitlichen Stadium befindet, dann haben wir einem Phänomen die Tür geöffnet, das sich für immer und per Definition als Irrglaube erweisen wird: der Idee von der Erschaffung des perfekten Menschen. Diesen Menschen gibt es nicht, hat es nie gegeben, wird es nie geben. Unsere Existenz baut auf Variationen auf, darauf, dass wir unterschiedlich sind, dass jedes Individuum einzigartig ist und auch als einzigartig angesehen wird. Zu dieser Einsicht sind wir nach Tausenden von Jahren mühsamen menschlichen Strebens gelangt.«

Felipe Navarros Füße trotteten nicht etwa langsam zurück zu seinem Körper. Sie rannten. Und fügten sich wieder ein. Navarro lächelte schwach und fragte: »Und das war es also, was die beiden vorhatten? Den perfekten Menschen zu erschaffen?«

»Nicht nur das«, entgegnete Blandford. »Die perfekte Leitfigur.«

»Aber die Lippen des Professors sind versiegelt?«

»Vollkommen«, antwortete Blandford und versiegelte seine Lippen.

NATO

Den Haag – Brüssel, 29. Mai

Es hatte gerade Mitternacht geschlagen, als am Samstag das Telefon in Paul Hjelms kleiner Wohnung in Den Haag klingelte. Er wohnte inzwischen bereits seit anderthalb Jahren dort, fühlte sich aber noch nicht heimisch. Auch wenn seine Lebenspartnerin Kerstin Holm in den ersten Wochen bei ihm gewesen war und mitgeholfen hatte, die stilvolle Altbauwohnung im Statenkwartier einzurichten, wurde er das Gefühl nicht los, in einer bescheidenen Junggesellenbude zu hausen. Wie hell, neu renoviert und standesgemäß die Wohnung auch war, erinnerte sie ihn doch immer an seine Einzimmerwohnung in der Slipgatan auf Messerstecher-Söder in Stockholm, in die er nach seiner Scheidung vor vielen Jahren gezogen war. Offenbar war es ihm nicht möglich, dieses latente Gefühl der Einsamkeit abzustreifen.

Wie immer hatte er nicht vor Mitternacht einschlafen können. Er saß mit seinem Laptop auf dem Schoß im Bett und ging den Fall noch einmal durch. Die Daten zu Viktor Larssons Opfern strömten nur so herein, aber an der anderen, der neuen Front tat sich nicht gerade viel. Das war auffällig. Kowalewski hatte bei seiner Untersuchung von Roman Vaceks »offener Ehe« keine relevanten Ergebnisse erzielt, Sifakis' Reise nach Prag ergab auch nichts Neues, Beyer und Bouhaddi liefen in Straßburg herum, ohne von den Parlamentskollegen Vaceks irgendwelche Neuigkeiten zu erfahren, und obwohl Hershey und Balodis höchstwahrscheinlich Unterstützung von Hersheys Kontaktpersonen im MI5 erhielten, tauchte Vaceks Name in keinem auch nur annähernd suspekten Zusammenhang auf. Auch dass Hjelm den Fall Massicotte erneut durchgegangen war, hatte zu nichts geführt. Und von Navarros überstürzter Reise nach Baltimore erhoffte Hjelm sich im Grunde auch nicht viel.

Deswegen war er in der Tat überrascht, Felipe Navarros Stimme am anderen Ende der Leitung zu hören, als er sich meldete.

»NATO«, sagte Navarro lediglich.

»Ich höre«, entgegnete Hjelm knapp.

»Roman Vacek war Mitglied eines Grundlagenforschungsteams an der Johns Hopkins University unter Leitung von Professor Blair Blandford. Es bestand hauptsächlich aus Genforschern, aber im Team arbeiteten auch Hirnforscher und Neurologen. Zwei Mitglieder des Teams ließen sich ziemlich häufig zur gleichen Zeit freistellen. Der eine war Roman Vacek. Der andere war ein Neurologe namens Andrew Hamilton III. Laut Blandford war die NATO in gewisser Weise bei dem Versuch involviert, ›die perfekte Leitfigur‹ zu erschaffen.«

Inzwischen hatte Paul Hjelm sich kerzengerade im Bett aufgesetzt. »Wovon reden wir hier genau?«, fragte er. »Von einem von der NATO gesteuerten Spezialteam?«

»Das weiß ich nicht«, antwortete Navarro. »Weitere Informationen hatte Blandford nicht. Die Forschungsarbeit seiner Gruppe schien durch Vaceks und Hamiltons ständige Abwesenheit derart gestört worden zu sein, dass er es sich nicht verkneifen konnte, darüber zu reden, wie versiegelt seine Lippen auch hätten sein sollen. Und Andrew Hamilton III. wurde am 18. Januar 2006 in seinem Haus in einem luxuriösen Vorort von Baltimore, in Howard County, ermordet. Ich sitze gerade im Hotelzimmer und habe die polizeilichen Ermittlungen vor mir.«

»Das ist ja ’n Ding!«, rief Hjelm aus. »Und wie starb er?«

»Er wurde offenbar auf grauenvolle Weise massakriert«, antwortete Navarro. »Ich habe Fotos hier, die man sich nicht allein in einem dunklen Hotelzimmer in einer fremden, bedrohlich wirkenden Stadt anschauen sollte.«

»Und wie bist du an die Ermittlungsunterlagen gekommen?«

»Über einen bereitwilligen Polizisten aus Baltimore, der weder Jimmy McNulty noch Frank Pembleton hieß.«

»Bereitwillig?«

»In meiner Reisekostenabrechnung werde ich die Auslagen dafür unter ›außerordentliche Kosten‹ auflisten«, erklärte Navarro.

»Du bist ja draußen auf dem Schlachtfeld richtig klasse, Felipe«, meinte Hjelm.

»Oh verdammt«, rief Navarro aus.

»Wie bitte?«, fragte Hjelm.

»Äh, tut mir leid. Apropos draußen auf dem Schlachtfeld. Anstatt einen Versuch zu unternehmen, die Fotos zu beschreiben, zitiere ich aus dem Ermittlungsprotokoll: ›Die unverhältnismäßig starke Gewaltanwendung deutet eher auf persönliche Beweggründe als auf reinen Sadismus hin. Hier geht es um die Vernichtung des Opfers in einer Form, die es nahelegt, die Ermittlungen auf Personen zu konzentrieren, die dem Toten nahestanden.‹«

»Und wie verliefen diese Ermittlungen?«

»Man hat eine große Anzahl Verdächtiger zur Vernehmung einbestellt – von einem norwegischen Au-pair bis hin zum Poolbediensteten –, doch nach ein paar Monaten wurde der Fall zu den Akten gelegt. Keinem der Verdächtigen konnte etwas nachgewiesen werden. Der Fall ist immer noch ungeklärt. Und ich glaube bereits zu wissen, wie die nächste Frage des Chefs lauten wird.«

»Hat man denn eine eindeutige Todesursache festgestellt?«

»Ich dachte eher an etwas in der Richtung: ›Wurde eine toxikologische Untersuchung durchgeführt?‹«

»Ist das nicht dieselbe Frage?«

»In gewisser Weise schon. Nein, in die hat man nicht investiert. Als Todesursache wurde ›starke Gewalteinwirkung auf den Kopf‹ festgehalten.«

»Im Januar 2006 also«, wiederholte Hjelm. »Viereinhalb Jahre später traf es Vacek. Derselbe Täter?«

»Und wenn ja: Ist in diesen viereinhalb Jahren noch mehr passiert?«

»Also ein weiterer Serienmörder? Hat Jutta recht?«

»Es gibt keinerlei Beweise«, antwortete Navarro. »Aber man fragt sich natürlich, ob zu diesem Team, das daran arbeitete, ›die perfekte Leitfigur‹ zu erschaffen, auch ein Arzt für plastische Chirurgie gehörte.«

»Der Gedanke ist mir ebenfalls gekommen«, sagte Paul Hjelm. »Zeit, nach einer Verbindung zwischen Vacek, Hamilton und Massicotte zu suchen. Dem Genforscher, dem Neurologen und dem Arzt für plastische Chirurgie.«

»Ich weiß, dass ich möglicherweise etwas vorgreife«, erklärte Navarro, »aber könnte es sein, dass jemand versucht, dieses Team auszulöschen?«

»Wir warten lieber noch mit Schlussfolgerungen, bis wir die Bestätigung dafür haben, dass überhaupt ein Zusammenhang besteht«, antwortete Hjelm. »Aber da ich aus völlig anderen Gründen morgen früh eine Zusammenkunft mit einem Sprecher der NATO habe, bekommen wir vielleicht bald eine Antwort auf diese Frage. Wie auch immer, du hast jedenfalls einen außerordentlichen Job in den USA gemacht, Felipe.«

»Ziemlich unerwartet, oder?«

»Ganz und gar nicht. Allerdings scheinen auch dahinter persönliche Beweggründe zu stehen, ähnlich wie bei der Ermordung von Andrew Hamilton III. ... Auch wenn ich in deinem Fall keine Ahnung habe, welche.«

In der Leitung war es eine Weile still. Dann fragte Felipe Navarro: »Hat der Chef vielleicht schon mal darüber nachgedacht, Detektiv zu werden?«

»Hm«, entgegnete Hjelm. »Solange sich persönliche Beweggründe nicht nachteilig auf die Ermittlungen auswirken, sind sie nur von Vorteil. Auch wenn sie oftmals eher einer Laune entspringen. Also, halt sie gut in Schach.«

»Ja«, antwortete Navarro. »Aber eines noch.«

»Ja?«

»Glaubt der Chef, dass es möglich wäre, Professor Blandford aus den Ermittlungen herauszuhalten?«

»Weshalb?«

»Weil ich ihn mochte«, antwortete Felipe Navarro.

»Ich werde mein Möglichstes tun«, entgegnete Hjelm und legte auf.

Er bemühte sich redlich, in dieser Nacht zu schlafen, aber als der Wecker seines Handys um vier Uhr morgens erschreckend laut klingelte, wusste Paul Hjelm nicht, ob er überhaupt ein Auge zugemacht hatte. Vielleicht schon. Vielleicht waren seine Überlegungen in Träume übergegangen, ohne dass er es gemerkt hatte. Denn seine Gedanken waren äußerst bildreich gewesen. Wie in einem Fotoalbum hatte er die Siebzigerjahre seiner Kindheit durchgeblättert. Das Gleichgewicht des Schreckens. Die Blindheit des Kalten Krieges. Seine eigene Kindheit im verschlafenen Vorort Tumba in Stockholm. Der Segersjövägen. Der See Uttran. Der Fußballplatz. Die sonntägliche absolute Stille. Eine unschuldsvolle Welt, eine unwissende Welt, bewohnt von Bürgern, die keine Ahnung von der permanenten tödlichen Bedrohung hatten, in der sie lebten. Die Welt vor der Erfindung des Internets und der Allgegenwärtigkeit elektronischer Medien. Hjelm konnte es vor sich sehen, wie sich in der damaligen Welt das Militär von den durchgreifenden Fortschritten der Wissenschaft berauschen ließ. Wie man tatsächlich eine große Anzahl internationaler Experten versammelt hatte, um im Labor die perfekte Leitfigur zu erschaffen. Gene, Gehirn, Aussehen. Der Genforscher, der Neurologe und der Arzt für plastische Chirurgie.

Paul Hjelm stand auf, stellte sich kurz unter die Dusche, drehte zum Schluss das eiskalte Wasser auf, damit sein Gehirn in Gang kam, und rührte sich rasch einen Becher Pulverkaffee an. Im Vorbeigehen griff er eine Scheibe Brot, dann nahm er den Aufzug hinunter in die Tiefgarage, die als sogenannte Trumpfkarte des etwas pompösen Gebäudes galt. Er setzte sich in seinen Wagen und fuhr los, in ein anderes Land.

Hundertsiebzig Kilometer Autofahrt am frühen Morgen lagen vor ihm, ehe er das NATO-Hauptquartier in Brüssel erreicht hätte. Also zwei Stunden Zeit, um ungestört nachzudenken, genau das, was Paul Hjelm vor der Begegnung mit dem sogenannten »Sprecher« der NATO benötigte. Er hatte versucht herauszufinden, wer dieser Brent Lloyd eigentlich war. Doch über ihn fanden sich keinerlei Informationen. Und das sagte wiederum einiges.

Während er über die noch recht leere E 19 in Richtung Süden fuhr, begann es langsam zu dämmern an diesem düsteren europäischen Morgen. Als er hinter Rotterdam auf die A 16 abbog, war er aufs Neue erstaunt, wie platt die Landschaft in diesem Teil der Welt war. Er selbst hatte als Kind seine Sommer im allerjüngsten Teil Europas verbracht. Als die großen Eismassen vor Jahrtausenden schmolzen, erhoben sich die Gesteinsmassen aus der Ostsee, und Stockholms Schärengarten entstand, die zahlreichsten und jüngsten Inseln Europas. Hjelm konnte sich noch gut daran erinnern, wie er vor nicht allzu langer Zeit auf die Insel seiner Kindheit in die Schären zurückgekehrt war. Die Küste sah inzwischen anders aus. Nicht nur, weil die reichsten Stockholmer sich dort niedergelassen hatten, nachdem es ihnen gelungen war, jegliche Richtlinien gegen Neubauten am Ufer zu umgehen, sondern auch, weil sich die Landschaft an sich verändert hatte. Die Landerhebung, die nach wie vor auffallend stark voranschritt, hatte die Badebucht seiner Kindheit trockengelegt und sie in eine blühende Blumenwiese verwandelt. Das war ein fast albtraumhafter Anblick, als wäre seine Kindheit schlicht und einfach eine Lüge gewesen.

Er verscheuchte den Gedanken, während sein exquisites Elektroauto schon die nördlichen Vororte von Brüssel erreichte.

Nachdem er den Wagen abgestellt hatte, betrat er den befremdend überdimensionalen Betonbunker, der das Hauptquartier der NATO in Brüssel beherbergte. Um Zugang zu erhalten, musste man nicht nur einen schriftlich registrierten

Termin vorweisen können, sondern sich außerdem diversen Identifizierungen und Leibesvisitationen unterziehen.

Als er alles überstanden hatte, zog Hjelm eine Kartenskizze des enormen Gebäudes aus der Tasche, auf der er die Strecke zu seinem Treffen eingezeichnet hatte, und machte sich etwas mutlos auf den Weg durch die samstäglich leeren Korridore.

Nach mehr als zehnminütiger Wanderung glaubte er sich am Ziel. Er stand vor einer nichtssagenden Tür in den oberen Stockwerken des Gebäudes, öffnete sie, betrat einen leeren Konferenzraum und sah auf einer Wanduhr, dass er vier Minuten zu früh gekommen war. Dennoch hatte sein Zeitplan ziemlich gut funktioniert von Den Haag bis hierher.

Es war exakt sieben Uhr, als Admiral Brent Lloyd den Konferenzraum betrat, sodass Paul Hjelm sofort misstrauisch wurde. Vermutlich hatte man ihn während seiner langen Wanderung vom Empfang aus beobachtet. Nichts irritierte einen Zeitrelativisten so sehr wie absolute Pünktlichkeit.

Brent Lloyd war ungefähr in seinem Alter, machte jedoch einen bedeutend durchtrainierteren Eindruck. An seiner autoritär wirkenden Uniform trug er eine beeindruckende Menge an Ehren- und Dienstgradabzeichen. Er streckte seine Hand aus, und sie begrüßten sich kraftvoll, bevor sie auch nur ein einziges Wort wechselten.

»Wenn ich es recht verstehe, haben Sie diverse Fragen zum Tätigkeitsfeld der NATO«, sagte der Admiral mit amerikanischem Ostküstendialekt. »Das fällt in meinen Zuständigkeitsbereich als Sprecher für aktuelle Fragen, und ich bin gern bereit, diese zu beantworten.«

Es dauerte einige Sekunden, bis Paul Hjelm Brent Lloyds Aussage für sich nachvollziehen konnte. Dann sagte er: »Und wie lauten die aktuellen Fragen?«

Lloyd musterte ihn einen kurzen Augenblick, bevor er entgegnete: »Sie sind doch derjenige, der sie stellen wollte, nicht wahr?«

»Obwohl Sie sich bereits als Sprecher für aktuelle Fragen bezeichnet haben, noch bevor ich eine Frage gestellt habe«, antwortete Hjelm und fragte sich, ob diese Einleitung so gelungen war. Das hing wohl ganz von Brent Lloyds Charakter ab.

»Ich verstehe, was Sie meinen«, wiegelte dieser ab. »Wir ahnen zumindest, in welchem Bereich Ihre Fragen angesiedelt sind.«

Das war ungefähr die Antwort, die sich Paul Hjelm erhofft hatte. Wie auch immer Brent Lloyd gestrickt war, engstirnig war er nicht. Man konnte mit ihm reden.

»Ursprünglich waren es zwei Fragen«, räumte Paul Hjelm ein, »aus denen in der vergangenen Nacht drei wurden. Vielleicht werden es auch mehr, wenn man eventuelle Folgefragen mit einrechnet.«

»Legen Sie los«, forderte ihn der Admiral auf. »Sollen wir uns nicht setzen?«

Sie nahmen jeder auf einer Seite des schmucklosen Konferenztisches Platz.

»Meine erste Frage lautet«, begann Hjelm, »wie die Ermittlungen im Fall Udo Massicotte vorankommen.«

»Sie haben uns den Fall vor einer Woche überlassen«, entgegnete Brent Lloyd. »Erwarten Sie bereits jetzt einen offiziellen Bericht?«

»Eher einen inoffiziellen«, antwortete Hjelm. »Es besteht die Möglichkeit, dass der Fall einen unserer Fälle tangiert, zu den Sie in Kürze einigen Lesestoff erhalten werden. Es geht um einen schwedischen Serienmörder mit russischen Wurzeln, der neun Jahre lang Kommunisten an den verschiedensten Orten auf dem gesamten Erdball umgebracht hat.«

»Interessant.« Admiral Lloyd nickte und schürzte die Lippen. »Und in welchem Zusammenhang steht dieser Fall mit Massicotte?«

»Wir wissen es nicht genau«, antwortete Hjelm. »Deshalb fragen wir schlicht und einfach, ob sich bei den Ermittlungen schon etwas Neues ergeben hat. Irgendwelche Erfolge?«

»Nicht direkt«, antwortete Lloyd. »Bislang fokussieren wir unsere Ermittlungen in erster Linie auf die Liste der Terroristen, die sich einem Facelifting unterzogen haben.«

»Ich verstehe«, sagte Hjelm. »Besteht die Möglichkeit, eine Art Zusammenfassung Ihrer bisherigen Fortschritte zu erhalten?«

Lloyd verzog das Gesicht leicht, räusperte sich und antwortete: »Wir verfolgen natürlich mit großem Interesse den Versuch der EU, ein europäisches FBI aufzubauen; denn dies ist auch in unserem Interesse. Aber dennoch ist es wichtig, dass Sie die Dimension Ihrer Tätigkeit einschätzen können. Und die ist im Augenblick eher gering.«

»Womit der Admiral sagen will, dass wir unsere Nase nicht in Dinge stecken sollen, die uns nichts angehen?«

Lloyd lachte auf, und es klang tatsächlich spontan.

»Na ja«, entgegnete er. »Eher, dass wir Ihnen nichts anbieten können, bevor der offizielle Bericht herauskommt.«

»Dann kommen wir zu Frage Nummer zwei«, sagte Hjelm. »War ein Mann namens Roman Vacek nach seiner Tätigkeit in Baltimore als Spion in der tschechischen Kommunistenpartei KSČM, Komunistická strana Čech a Moravy, tätig?«

Jetzt wurden Brent Lloyds Augen ein wenig schmaler. Er musterte Paul Hjelm und fragte: »Erwarten Sie ernsthaft, dass wir Ihnen ohne Weiteres NATO-Spione präsentieren?«

»Drei Dinge«, antwortete Hjelm. »Erstens: Roman Vacek ist tot, also kann er nicht mehr entlarvt werden. Zweitens: Wir kommen nicht von der Presse, sondern unterliegen derselben rigorosen Schweigepflicht wie Sie. Und drittens: Es würde unsere Ermittlungen im Mordfall Vacek in entscheidender Weise erleichtern, wenn wir zumindest einen Hinweis auf eine mögliche Spionagetätigkeit erhielten.«

Das unverkennbare Brummen eines Handys ertönte aus Admiral Lloyds Hosentasche. Er zog es hervor und warf einen Blick auf das Display. Dann sagte er: »Sie müssen mich für einen Augenblick entschuldigen, Kommissar Hjelm.«

Während Lloyd, ohne eine Antwort abzuwarten, auf die Tür zuging, aus der er gekommen war, entgegnete Hjelm: »Natürlich. Aber ich bin ebenso wenig Kommissar, wie der Admiral Leutnant ist.«

Lloyd verließ den Raum mit einem schiefen Lächeln.

Hjelm wartete fünf Minuten, aus denen schnell zehn und dann fünfzehn wurden. Schließlich fragte er sich, ob ihn der Admiral womöglich einfach sitzen gelassen hatte. Er war der Meinung, dass man ihm zumindest einen Kaffee hätte anbieten können.

Schließlich wurde die Tür geöffnet, und Lloyd kam wieder herein, in der Tat mit zwei Tassen Kaffee auf einem Tablett.

»Entschuldigen Sie die Unterbrechung«, sagte er, nahm wieder Platz und reichte Hjelm eine der Tassen.

Hjelm trank einen Schluck von dem Kaffee, der unerwartet gut schmeckte, und entgegnete: »Keine Ursache. Was mich betrifft, freut es mich, dass Sie die Frage aufgegriffen und nicht einfach ignoriert haben.«

Schiefer Blick von Lloyd, dann: »Die Antwort lautet ja. Roman Vacek hat lange für uns gearbeitet und dann den Wunsch geäußert, seinen Lebensabend in seinem Heimatland zu verbringen. Sein Auftrag dort war einfach, eher eine Art Altersversorgung: Er sollte bei Bedarf Bericht erstatten über die internen Vorgänge innerhalb der letzten tatsächlich noch funktionierenden Kommunistenpartei Europas. Zudem konnte er die Fragen, die ihm am Herzen lagen, ungehindert auf die Tagesordnung des Europaparlaments setzen. Er war weit genug linksorientiert, um als Kommunist zu überzeugen.«

»Das klingt nicht gerade nach einem Spionageauftrag mit höchster Priorität«, entgegnete Paul Hjelm.

»Das war es auch nicht«, erwiderte Lloyd und schüttelte den Kopf. »Eher eine Art Belohnung für lange treue Dienste. Aber Sie sagten, dass Sie noch eine dritte Frage hätten ...?«

»Das stimmt«, antwortete Hjelm zögerlich. »Obwohl ich gerade überlege, ob es wirklich so klug ist, sie zu stellen.«

Brent Lloyd sah Paul Hjelm mit einem gewissen Erstaunen an.

»Es ist natürlich besser, die Frage zu stellen, und sie wird dann eventuell für nicht zulässig erklärt, als sie gar nicht zu stellen«, meinte er. »Auf diese Weise gibt es zumindest keine unausgesprochenen Dinge zwischen uns.«

»Das Risiko wollen wir natürlich nicht eingehen«, erwiderte Hjelm neutral.

»Wie lautet also Ihre dritte Frage?«

»Welchen Auftrag hat Roman Vacek in seiner Zeit in Baltimore für die NATO ausgeführt?«

Wie auf Bestellung brummte es in Lloyds Hosentasche. Erneut zog er sein Handy hervor und warf einen Blick aufs Display.

»In diesem Punkt können wir Europol nicht weiterhelfen«, antwortete Lloyd ruhig.

»Sie haben ihn und einen Neurologen namens Andrew Hamilton III. in den Siebziger- und Achtzigerjahren mehrfach verpflichtet«, sagte Hjelm beharrlich.

»Das ist so lange her, dass es außerhalb meines Zuständigkeitsbereiches liegt«, entgegnete Lloyd. »Ich kenne keine derartige Sektion.«

»Sektion?«, fragte Hjelm.

»Wir kennen diese Abteilung nicht«, erklärte Admiral Brent Lloyd und stand auf. »Und jetzt müssen wir uns bis auf Weiteres voneinander verabschieden. Der Arbeitstag nimmt seinen Lauf.«

»Heute ist Samstag«, entgegnete Paul Hjelm.

Lloyd ignorierte den Einwand knallhart, verabschiedete sich und verschwand durch eine Seitentür.

Während Paul Hjelm mithilfe seiner Karte den Rückweg durchs Hauptquartier der NATO in Brüssel antrat, dachte er, dass er zwar vielleicht keinen hundertprozentigen Sieg errungen hatte, es aber dennoch besser gelaufen war, als er zu hoffen gewagt hatte.

Dann dachte er: Sektion.

Und damit nahm der Arbeitstag seinen Lauf.

Götgatan-Blues

Den Haag, 29. Mai

Paul Hjelm fühlte sich ein wenig matt, als er in die offene Bürolandschaft trat und die wenigen Anwesenden erblickte. Söderstedt war mit einem frisch operierten Viktor Larsson auf dem Weg von Nowosibirsk nach Stockholm, Navarro befand sich noch in Baltimore, Sifakis in Prag, Beyer und Bouhaddi in Straßburg und Kowalewski in einem Archiv für Ahnenforschung in Amsterdam. Blieben lediglich Miriam Hershey und Laima Balodis, doch Hjelm hatte nicht den Eindruck, dass sie über den Fall sprachen. Es schien eher, als würden sie sich darüber unterhalten, was sie an diesem Samstag lieber täten. Nämlich shoppen.

»Eigentlich müssten mehr Leute hier sein«, sagte er.

»Du hast ja alle außer uns weggeschickt«, entgegnete Hershey.

»Ich weiß, aber wir müssten dennoch mehr sein, denn inzwischen wartet eine Menge Arbeit auf uns. Also werdet ihr beide jetzt an der Front stehen. Seid ihr bereit dazu?«

»Natürlich«, antwortete Balodis und richtete sich auf.

»Zuallererst, habt ihr etwas Neues über Vacek in Erfahrung bringen können?«

»Ich habe alle meine MI5-Kontakte angezapft«, antwortete Hershey ohne Umschweife. »Aber keinem sagt der Name Vacek etwas.«

»Was wohl daran liegt, dass er nicht für den MI5 gearbeitet hat, sondern für die NATO«, erklärte Hjelm. »Hört mir gut zu.

Folgendes hat sich herausgestellt: Der Genforscher Roman Vacek gehörte zusammen mit einem Neurologen namens Andrew Hamilton III. einer streng geheimen NATO-Sektion an. Hamilton wurde im Januar 2006 ermordet. Es ist nicht ganz unwahrscheinlich, dass auch Udo Massicotte dieser Sektion angehörte. Der Auftrag bestand darin, im Schatten des Kalten Krieges ›die perfekte Leitfigur‹ im Labor zu erschaffen. Und ich habe eine vage Vermutung, dass man beispielsweise führende Militärbefehlshaber für die NATO erschaffen wollte. Offenbar begann die Tätigkeit der Sektion 1977, denn im Februar des betreffenden Jahres ließen sich Vacek und Hamilton zum ersten Mal von ihrer eigentlichen Arbeit an der Johns Hopkins University freistellen. Das Projekt lief bis zum Beginn der Neunzigerjahre. Um was für eine NATO-Sektion handelte es sich? Welche Personen waren involviert? Gibt es noch mehr Forscher auf den Gebieten der Genetik, der Hirnforschung oder der plastischen Chirurgie, die, sagen wir, in den vergangenen zehn Jahren ermordet wurden?«

Hershey und Balodis starrten ihn an. Mit großen Augen.

»Verdammt auch«, rief Hershey schließlich aus.

»Jetzt seid ihr dran, meine Damen. Ende der Diskussion über verpasste Shoppingmöglichkeiten.«

»Ist nicht heute der Tag, an dem der Chef mit der NATO sprechen wollte?«

»Ja.«

»Jetzt wissen sie also, dass wir es wissen?«

»Sie wussten bereits, dass wir uns mit Vacek befassen – sie haben ohne Umschweife zugegeben, dass er NATO-Spion war –, aber jetzt wissen sie noch etwas mehr. Ich bin mir nicht sicher, ob das gut oder schlecht ist. Werden sie jetzt versuchen, die weiteren Details geheim zu halten? Ich denke mal, dass es richtig war, ihnen mitzuteilen, wo wir stehen, nicht zuletzt, weil ich auf diese Weise einen Hinweis erhalten habe. Ich denke auch, dass sich diese Ehrlichkeit langfristig auszahlt. Vielleicht können wir die NATO sogar dazu bewegen, mit uns zusammenzuarbeiten.«

»Vermutlich war es richtig, den Würfelbecher mal ein wenig zu schütteln«, pflichtete Hershey ihm bei.

Hjelm machte eine Kopfbewegung, die Zweifel andeutete, und sagte dann: »Ich möchte, dass ihr euch bei euren Ermittlungen außerdem darauf konzentriert, ob es eine Verbindung zu dem Waffenhändler Isli Vrapi gibt, der in Stockholm ermordet wurde. Denn mir scheint, dass sich die Angelegenheit, da die NATO in den Fall involviert ist, ein wenig ausgeweitet hat. Militärallianzen, Waffenhändler. Könnte sein, dass sich etwas findet.«

Hershey und Balodis nickten mit nachdenklich gerunzelter Stirn im Takt.

Hjelm fuhr fort: »Im Intranet findet ihr einen kurzen Abriss dessen, was ich gerade berichtet habe. Arbeitet davon ausgehend weiter. Eigentlich sind es zwei Gebiete, sodass sich jede von euch eines vornehmen kann. Zum einen die NATO und die Sektion an sich, zum anderen die Mitglieder, wer dabei war und ob noch weitere gestorben sind. Ich will so bald wie möglich Ergebnisse sehen. Also legt los.«

Nach dem Gespräch kehrte Paul Hjelm in sein Büro zurück und verschwendete einige Minuten darauf, die synchronisierten Handlungsmuster der Zwillinge im Geiste durch das Fenster zu beobachten.

Als er wieder in der Realität angelangt war, schickte er eine SMS an den Rest der Gruppe. Sie lautete schlicht und einfach: »Kommt so bald wie möglich zurück. Neue Spuren.« Es blieb abzuwarten, wer der Schnellste von ihnen war. Anschließend wählte er eine Telefonnummer.

»Ja, Kerstin Holm?«, meldete sich die Stimme am Apparat, und das kleine Fragezeichen hinter ihrem Namen sorgte dafür, dass Hjelm richtig warm ums Herz wurde.

»Du siehst doch, dass ich es bin, der anruft«, sagte Paul Hjelm.

»Dein Handy könnte dir doch von Terroristen gestohlen worden sein, die sich einer chiroplastischen Operation unterzogen haben, man weiß ja nie«, entgegnete Kerstin Holm.

»Du würdest aber nicht sehen können, ob sie sich tatsächlich einer chiroplastischen Operation unterzogen hätten«, konterte Hjelm und fühlte sich kindlich glücklich. »Wie sieht's aus?«

»Samstag in Stockholm«, antwortete Holm. »Kein Arbeitstag.«

»Und warum sitzt du dann im Polizeigebäude?«

»Das weißt du doch gar nicht.«

»Ich habe eine App zur Ortung in deinem Handy installiert, damit ich immer sehe, wo du bist. Falls du dich zufällig mal bei einem jungen Mann aufhalten solltest.«

»Nicht bei einem alten?«

»Das kostet eine Runde.«

Im Geiste sah er ihr Lächeln. Und musste selbst lächeln.

»Ja, ja«, entgegnete sie, »du wirst bestimmt auch irgendwann mal erwachsen. Ist etwas passiert?«

»In der Tat, eine ganze Menge. Ich habe dir eine Datei geschickt. Aber darüber können wir später reden. Wie läuft's bei dir?«

»Du weißt ja bereits, dass Viktor Larsson in Nowosibirsk ein weiteres Mal operiert werden musste. Sie sind etwas länger geblieben als geplant. Viele Bakterien und Schmutz in der Schusswunde.«

»Als hätte jemand draufgetreten?«

»Das weiß man nicht«, antwortete Holm. »Der russische Militärarzt, der auch die Pistole an Artos Hand angegipst hat, kann die Ursache nicht eindeutig benennen.«

»Aber die Verzögerung ist ungünstig«, meinte Hjelm.

»Warum?«

»Wir brauchen Viktor Larssons Phantombild von dem Mann mit der Pferdespritze.«

»Ihr kommt der Sache also langsam auf die Spur?«

»Ja. Schau dir die Datei an, dann können wir uns weiter darüber unterhalten.«

»Wir haben ein anderes Phantombild«, meinte Kerstin Holm.

»Ja?«

»Du hast doch den Bericht über Johnny Råglind bekommen, oder?«

»Selbstverständlich«, antwortete Hjelm. »Genau. Und mit seiner Hilfe konntet ihr ein Phantombild von diesem – wie hieß er noch? – Walle anfertigen?«

»Wall-e. Mit einer Pause zwischen ›Wall‹ und ›e‹, frag mich nicht, warum. Ja, so ist es. Ich habe das Bild gerade erhalten. Aber meinst du, dass der Fall etwas mit der Pferdespritze auf Capraia zu tun hat?«

»Im Augenblick haben wir keinerlei Hinweise darauf«, antwortete Hjelm, »aber ich ahne dennoch, dass Isli Vrapi in der einen oder anderen Hinsicht etwas mit der Sache zu tun hat. Kannst du mir das Bild schicken? Und zwar bitte auf dem allersichersten Server. Es darf auf keinen Fall an die Öffentlichkeit gelangen.«

»Wird gemacht«, antwortete Kerstin Holm, und Paul Hjelm hörte geradezu, wie die Mail losrauschte.

»Ausgezeichnet, danke«, sagte er.

»Übrigens ist hier gestern Nachmittag noch etwas geschehen, ich weiß allerdings nicht, ob es von Bedeutung ist. Ich nehme an, dass du dich daran erinnerst, dass dieser Taisir Karir – der Kumpel von Johnny Råglind, der auf der Götgatan erschossen wurde – eine SMS mit der Nachricht erhalten hatte, dass die Gang mit den vier Leuten ins Ljunggrens im Götgatsbacken gehen sollte. Dorthin, wo sie später Wall-e getroffen haben.«

»Ich erinnere mich«, sagte Hjelm, während er versuchte, sich zu erinnern.

»Den Technikern ist es nach vielem Hin und Her gelungen, sie mit einem Handy mit SIM-Karte in Verbindung zu bringen.«

»Immer diese SIM-Karten.«

»Eine Geißel der Polizei«, meinte Holm. »Aber immerhin war es offenbar möglich, die Nachricht, eine SMS, aufzurufen. Frag mich nicht, wie sie es anstellen. Etwas beunruhigend ist das schon, vor allem wenn man vom eigenen Lebensgefährten überwacht wird.«

»Ich musste übrigens gestern Nacht seltsamerweise über diesen Begriff Lebensgefährte nachdenken. Da wir ja nicht zusammenleben, müssten wir uns eigentlich ›Getrenntlebensgefährten‹ nennen. Oder bist du ganz einfach meine, wie man so sagt, ›Freundin‹?«

»Ich war jahrzehntelang keine Freundin mehr, also von mir aus gerne. Vielleicht ist das die letzte Chance.«

»Aber meinst du nicht, dass es an der Zeit wäre, diesen Zustand zu ändern?«

»Ich weiß nicht, aber sollten wir diese Diskussion nicht besser auf einen etwas romantischeren Zeitpunkt verschieben?«

»Gute Idee«, antwortete Paul Hjelm enttäuscht. »Und wie lautete die SMS?«

»›Komm in Ljunggrens. Götgatan 36. Cool Bar. W.‹«

»Hm«, meinte Hjelm. »Ist das Schwedisch?«

»Wir wissen ja, dass Wall-e sehr schlecht Schwedisch gesprochen hat.«

»Stimmt. Entschuldige, ich bin etwas langsam. Hab nicht richtig geschlafen heute Nacht.«

»Als Mitteilung an sich ziemlich wenig aussagekräftig«, sagte Kerstin Holm. »Aber das beweist zumindest, dass Wall-e unsere Freunde fest im Griff hatte. Unterzeichnet mit W ...«

»In der Tat, höchst interessant«, meinte Hjelm. »Und jetzt werfe ich einen Blick auf das Phantombild, das Johnny Råglind hat anfertigen lassen. Neutrales Gesicht, keine besonderen Merkmale, um die dreißig, fünfunddreißig Jahre alt, dunkelblond, kurze Haare. Dieser Mann hat also einen sehr avancierten Plan verfolgt, um den Waffenhändler Isli Vrapi auf der Götgatan auszuschalten. Und die äußeren Merkmale stimmen vollkommen mit der Personenbeschreibung überein, die uns Viktor Larsson gegeben hat. Es dürfte ziemlich interessant werden, dieses Phantombild aus Stockholm mit Larssons Version zu vergleichen. Handelt es sich tatsächlich um denselben Mann?«

»Worauf sind wir da nur gestoßen, Paul?«

»Lies die Datei, die ich dir geschickt habe, und ruf mich dann an und sag mir, was du siehst.«

»Ich würde gern noch etwas zu dem sagen, was ich im Augenblick sehe«, entgegnete Kerstin Holm. »Zu dem Phantombild, das wir beide uns gerade anschauen. Dir scheint es nämlich nicht aufzufallen.«

»Was denn?«, fragte Hjelm.

»Er ist attraktiv.«

»Attraktiv?«

»Wall-e ist ein sehr attraktiver Mann.«

»Aha«, meinte Hjelm. »Zum Glück habe ich diese App in deinem Handy installiert.«

»Ich meine es ernst«, entgegnete Kerstin Holm. »Er hat ein Gesicht, das mich als Frau direkt anspricht. Wenn du verstehst, was ich meine.«

Jetzt sah Paul Hjelm es auch. Natürlich sah er es, allerdings aus seiner Sicht. Ein beunruhigend attraktiver Mann. Einer, der anderen die Frau ausspannte.

»Ich verstehe, was du meinst«, sagte er.

»Ich habe nicht vor, dir untreu zu werden, versprochen.«

»Ich meine es ebenfalls ernst. Ich habe begriffen, was du meinst.«

In dem Augenblick wurde Hjelms Chefzimmer gestürmt.

Miriam Hershey und Laima Balodis standen auf der Schwelle und schauten einander an, als hätten sie die Tür eingerannt.

»Wir sind auf eine interessante Sache gestoßen«, erklärte Balodis atemlos.

»Kommt rein«, sagte Hjelm einladend, allerdings in einem ironischen Tonfall, der die Damen zurückhielt.

»Sprichst du gerade mit Kerstin Holm?«, fragte Hershey.

Hjelm schaute die beiden einen Augenblick lang an und antwortete dann: »Betrachten wir dieses Eindringen doch einfach als eine Akt höherer Gewalt. Ja, ich spreche mit Kerstin Holm. Warum?«

»Das, worauf wir gestoßen sind, betrifft möglicherweise auch Schweden«, antwortete Balodis.

»Genau genommen ist Laima darauf gestoßen«, erklärte Hershey.

»Schalte doch einfach die Lautsprecherfunktion ein«, schlug Balodis vor.

Mit einer gemächlichen Bewegung aktivierte Paul Hjelm die Lautsprecherfunktion und legte sein Handy auf den Schreibtisch.

Kerstin Holm fragte mit metallisch klingender Stimme: »Was geht hier vor?«

»Ich habe gerade Besuch von zwei Mitarbeiterinnen bekommen«, antwortete Hjelm. »Die Lautsprecherfunktion ist eingeschaltet.«

»Laima Balodis und Miriam Hershey«, verdeutlichte Hershey. »Wie läuft's in Stockholm?«

»Danke, gut«, antwortete Holm. »Ihr seid also auf etwas gestoßen, das mit Stockholm und Schweden zu tun hat?«

»Wir nehmen es an«, antwortete Balodis. »Als ich die Kreditkartenbelege von Roman Vacek und Andrew Hamilton III. von 1977 an durchgegangen bin, habe ich eine Hotelrechnung für drei Personen von einem Hotel in Nizza gefunden. Sie wurde im April 1981 ausgestellt, in diesem Monat waren Vacek und Hamilton freigestellt, und es ist der einzige Zeitraum, in dem ihre beiden Namen zur selben Zeit am selben Ort auftauchen.«

»Und es war also noch eine dritte Person dabei?«, fragte Hjelm.

»Ja«, antwortete Balodis. »Wir hatten den Eindruck, dass es sich um einen skandinavischen Namen handelt. Eventuell sogar einen schwedischen. Und es stellte sich heraus, dass die Person in Stockholm geboren wurde.«

»Bei eingehenderen Nachforschungen«, fuhr Hershey fort, »haben wir herausgefunden, dass dieser dritte Mann Arzt war, genauer gesagt Forscher auf dem Gebiet der Genetik. Er hat sein Examen 1966 an einer Universität in Stockholm absolviert, die sich Karolinska Institutet nennt.«

Balodis übernahm wieder: »Forschungsaufenthalte im Ausland, erst in Hamburg und dann in den USA. Hier war er zuerst an der UCLA, der University of California in Los Angeles, dann an der University of Washington in Seattle tätig. Seine erste Freistellung erfolgte im Februar 1977 an der Universität in Seattle. Zur selben Zeit wurden auch Roman Vacek und Andrew Hamilton III. in Baltimore freigestellt.«

»Und drei Jahre später checken diese drei mit der Kreditkarte von Andrew Hamilton III. gemeinsam in einem Hotel in Nizza ein«, erklärte Hershey. »Vermutlich reiner Zufall, dass wir eine Rechnung finden konnten. Vielleicht hatte keiner von ihnen Bargeld bei sich, sie waren etwas angeheitert und achteten deshalb nicht so genau darauf, wie gewohnt ihre Anonymität zu wahren. Es liegt doch nahe, dass sie im Zusammenhang mit der uns bis dato unbekannten NATO-Sektion auf einer Art Dienstreise unterwegs waren, oder?«

»Es klingt ganz danach«, pflichtete ihr Hjelm bei. »In Nizza also?«

»Ja«, antwortete Balodis. »In einem Luxushotel namens Hôtel Palais de la Méditerranée. Nur für eine Nacht, weitere Spuren gibt es nicht.«

Kerstin Holms Stimme erklang aus dem Handy: »Drei in den USA tätige Forscher sind im Auftrag der NATO unterwegs in Frankreich? Ein Amerikaner, ein Exiltscheche und ein – Schwede?«

»So könnte es gewesen sein«, bestätigte Hershey.

»Und dieser schwedische Arzt ...?«, fragte Hjelm.

»Wir haben seinen Lebenslauf in etwa rekonstruieren können«, erklärte Balodis, »zumindest sein Berufsleben.«

»Das allerdings vorzeitig endete. Im Juni 1993 ist ihm von der University of Washington aus, wie es heißt, gesundheitlichen Gründen gekündigt worden«, fuhr Hershey fort, »seine Approbation als Arzt ist ihm noch im Herbst desselben Jahres entzogen worden, und er verließ die USA im Jahr darauf. Was danach aus ihm wurde, ist unklar.«

»Aus gesundheitlichen Gründen?«, fragte Paul Hjelm. »Ich nehme an, dass ihr auch irgendwo einen Namen zu diesem Sonderling aus den nordischen Wäldern vermerkt habt?«

»Ja, das haben wir«, antwortete Balodis.

»Er hieß Dahlberg«, sagte Miriam Hershey.

»Lars-Erik Dahlberg«, ergänzte Laima Balodis.

Vom Schreibtisch stieg ein metallisch klingendes Stöhnen auf.

»Kerstin?«, rief Paul Hjelm irritiert aus.

»Lars-Erik Dahlberg«, wiederholte die verzerrte Stimme von Kerstin Holm. »Lars-Erik Dahlberg alias Lasse Dahlis.«

OXTR

Stockholm, 29. Mai

Sie musste sich wirklich beherrschen, um die Szene auf der anderen Seite des Venezianischen Spiegels nicht zu stören. Auch wenn sie in der Tat rührend war und sie dieses Ereignis selbst arrangiert hatte, Kerstin Holm saß auf Kohlen.

Sie hatte das Mienenspiel der beiden beobachtet, als die Tür zum Vernehmungsraum geöffnet wurde. Ihre Gesichter. So unterschiedlich und einander doch so ähnlich. Genau wie Arto Söderstedt und Viggo Norlander selbst.

Mehr als zehn Jahre waren sie Partner gewesen. Und der interne Jargon des Duos war tonangebend gewesen für die besondere Polizeieinheit, die sich A-Gruppe nannte.

Söderstedt öffnete die Tür, und Norlander schaute vom Vernehmungstisch auf. Ihre Blicke begegneten sich.

Erstaunen, Schuldbewusstsein und eine gewisse Befangenheit mischten sich mit purer Freude. Die alten Freunde fielen einander in die Arme.

»Verdammt, Viggo«, rief Söderstedt in seinem klingenden Finnlandschwedisch aus. »Ziemlich lange her.«

»Ja«, entgegnete Norlander. »Wirklich lange her.«

»Ich hab so oft vorgehabt, mich bei dir zu melden«, sagte Söderstedt. »Aber ich habe es einfach nicht geschafft.«

»Was hast du denn mit deiner Hand gemacht?«, fragte Norlander und deutete auf Söderstedts Gips.

»Viel zu viel. Aber wie steht's bei dir, Viggo? Ich habe gehört, dass es dir besser geht? Dass der Krebs verschwunden ist?«

»Ja«, antwortete Norlander. »Soweit so etwas denn möglich ist. Und aus dir ist inzwischen ein richtiger europäischer Superbulle geworden, sodass du auf deine alten Tage nun doch nicht in der Bibliothek der Polizeihochschule Staub wischen musst.«

»Na ja, in der Bibliothek habe ich zwar nicht gearbeitet«, antwortete Söderstedt. »Aber ich verstehe die Metapher.«

»Obwohl sie von einem simplen Würstchenverkäufer kommt?«, fragte Norlander.

»Ja.« Söderstedt lächelte. »Allerdings ist man ab einem gewissen Alter kein Superbulle mehr. Und dieses Alter habe ich längst überschritten. Aber was machst du eigentlich hier? Ich für meinen Teil sollte nur eine festgenommene Person im Vernehmungsraum abliefern.«

»Hat Kerstin das gesagt?«

»Ich habe diesen Mann immerhin den ganzen Weg aus Nowosibirsk bis hierher gebracht«, entgegnete Söderstedt.

»Wie man so schön sagt«, meinte Norlander.

»Nein, buchstäblich«, entgegnete Söderstedt.

»Sie hat mich gebeten, mich hier hinzusetzen«, erklärte Norlander. »Also, Kerstin.«

»Aha«, erwiderte Söderstedt.

»Aha«, wiederholte Norlander.

»Nicht gerade ein schwer zu lösendes Rätsel für zwei erfahrene Detektive«, meinte Söderstedt.

»Auch wenn ich im Augenblick nicht ganz in Form bin«, erwiderte Norlander. »Ich bin nämlich als Zeuge hier. Ich weiß allerdings nicht genau, worauf sie hinauswill.«

»Ach ja, Isli Vrapi. Ich habe davon gehört.«

»Ohne von dir hören zu lassen.«

»Ja, tut mir leid. Ich hatte so viel um die Ohren. Aber ich muss zugeben, dass ich wirklich schlecht darin bin, von mir hören zu lassen. In Holland habe ich jegliche sozialen Kontakte vernachlässigt.«

»Dürfen denn Astrid und ich das kompensieren, indem wir dich heute Abend zum Essen einladen? Zu Hause in der Banérgata?«

Arto Söderstedt lächelte und antwortete: »Sehr gerne. Geht es Astrid gut? Und Charlotte und Sandra?«

»Wie schön«, meinte Norlander. »Gegen sieben Uhr? Ja, danke, es geht ihnen gut. Und den zahlreichen Mitgliedern der Familie Söderstedt geht es auch gut?«

»Es ist zu zeitraubend, jeden einzeln durchzugehen«, antwortete Söderstedt. »Aber zusammengefasst: Ja, es geht ihnen gut.«

In dem Augenblick hielt Kerstin Holm es nicht länger aus. Sie kam hinter den Kulissen hervor und betrat den Vernehmungsraum. Im gleichen Moment waren hinter der zweiten Tür Geräusche zu hören, woraufhin Söderstedt sie öffnete. Chavez presste gerade Viktor Larsson zu Boden und entschied mit einer exakt platzierten Linken gegen Larssons rechte Schulter den Kampf für sich. Larsson sackte in sich zusammen.

»Wir können nicht ewig hier warten«, rief Chavez entschuldigend aus.

»Mein Fehler, mein Fehler«, entgegnete Kerstin Holm und ging auf die beiden zu. »Nehmt doch einfach den Raum nebenan.«

Und dann platzte es aus ihr heraus: »Arto, du Held!«

Sie breitete vor dem erstaunten Arto Söderstedt die Arme aus, der schließlich etwas zögerlich ihre Umarmung erwiderte. Dann überließ er Kerstin Holm und Viggo Norlander sich selbst.

Norlander starrte Holm an. »Wieso Held?«, fragte er schließlich.

»Er hat in Sibirien einen Einsatz geleistet, der wohl in die Polizeigeschichte eingehen wird«, erklärte Holm und setzte sich Norlander gegenüber.

»In Sibirien? Aber das ist doch nur so eine Redewendung.«

»Stimmt«, Kerstin Holm lächelte. »Ihr könnt euch ja heute Abend darüber unterhalten.«

»Ja, ja, der Polizeispiegel.« Viggo Norlander lächelte ebenfalls. »Du hast unser Zusammentreffen arrangiert und uns dann heimlich beobachtet. Sentimentales Weib.«

»Jetzt müssen wir aber über andere Dinge reden, Viggo.«

»Ja, ich stelle fest, dass hinter der sentimentalen Fassade absolute Konzentration lauert.«

»Wir holen beide tief Luft und versuchen dann zu dem Pub im Götgatsbacken am Abend des 11. Mai um 23.10 Uhr zurückzukehren. In Ordnung?«

»Ich habe viel darüber nachgedacht«, sagte Norlander.

»Wir werden das Ganze diesmal aus einer anderen Perspektive betrachten«, erklärte Holm. »Ich möchte nämlich, dass du dich auf den alten Alkoholiker konzentrierst, der sich an dir festgeklammert hat. Wann ist dir dieses Säufergrüppchen zum ersten Mal aufgefallen, und was ist da genau abgelaufen?«

»Die Säufer?«, rief Norlander aus. »Warum denn zum Teufel ausgerechnet die?«

»Versuch einfach, dorthin zurückzukehren. An was erinnerst du dich?«

»Ja, verdammt ... Gib mir eine Minute.«

Es war eine Minute, die Kerstin Holm einzig und allein damit zubrachte, mühsam ihre Ungeduld zu verbergen.

Schließlich sagte Viggo Norlander: »Ich habe mich zweimal bis vor zur Theke durch die Menge geschoben. Beim ersten Mal standen extrem viele Leute im Weg, und ich habe meine gesamte Konzentration darauf verwendet, Blickkontakt mit dem Barmann aufzunehmen. Aber da hatte ich die Säufer schon wahrgenommen. Sie standen ein wenig am Rand der Theke. Ehrlich gesagt, habe ich hauptsächlich ihren Geruch wahrgenommen. Beim zweiten Mal war es anders, da standen weniger Leute herum, und ich hab den Pennergeruch gleich wiedererkannt. Was dann geschah, weiß ich nicht mehr. Und dann ging die Schießerei auch schon los.«

»Jetzt wirst du aber ungenau, Viggo. Wir fangen noch einmal an. Beim zweiten Mal, als du zur Theke gehst. Die Gruppe der kleineren Typen steht links – Johnny Råglinds Gang –, die Großgewachsenen rechts – Isli Vrapis Gang. Okay? Du erreichst die Theke. Dir fällt der Pennergeruch auf. Und dann? Als wir uns letztens auf Långholmen unterhalten haben, sagtest du, sie hätten blöd herumgequatscht. Was bedeutet das?«

Viggo Norlander wirkte etwas mitgenommen. Als wäre seine Seele plötzlich einmal durchgerüttelt worden. Als bestünde die absolute Notwendigkeit, das Dasein aus einer anderen Perspektive zu betrachten.

»Ja, du hast recht«, sagte er nach einer ganzen Weile. »Sie haben blöd herumgequatscht. Wirres Zeug ... Sie haben von einem ehemaligen Kumpel geredet, der seine Wohnung weitergeputzt hat, obwohl er bereits eine Überdosis intus hatte. Er hätte vor lauter Putzen beinahe seinen eigenen Tod verpasst. Die Polizei glaubte an Mord, weil seine Wohnung absolut sauber war. Nirgends auch nur ein Fingerabdruck.«

»Hieß er Andi?«

»Ja, Andi Anorektiker«, antwortete Viggo Norlander, dessen Gesicht sich aufhellte. »Aber dann ging es auch noch um einen Agge. Er sah die Welt verkehrt herum.«

»Das haben wir auch gehört«, bestätigte Kerstin Holm. »Wir haben nämlich mit seinen Kumpels Roger Lind und Olof Karlsson gesprochen. Trotz ihrer etwas wirren Zeugenaussagen haben wir uns ein einigermaßen passables Bild von ihrem Gespräch machen können.«

»Ich kann mich allerdings an keine Gesichter erinnern«, räumte Norlander ein. »An Stimmen hingegen schon. Drei auffallend unterschiedliche Stimmen. Eine war so hell wie die eines Mädchens. Der andere sprach merkwürdig abgehackt. Und die dritte Stimme war tief.«

»Die gehörte Lars-Erik Dahlberg«, erklärte Kerstin Holm, »Lasse Dahlis. Er war derjenige, der in deinen Armen starb, Viggo. Und was er gesagt hat, ist von Interesse für uns. Kannst du dich an irgendetwas erinnern?«

»Also, er war ja in diese eigentümliche Diskussion über Andi und Agge involviert ...«

»Sonst nichts?«

»Ja, doch, warte ...«

Als seine ehemalige Chefin versuchte Kerstin Holm den Eindruck abzuschütteln, dass ein nachdenkender Viggo Norlander ein Paradox an sich war. Stattdessen wartete sie, während sich sein Gesicht vor Anstrengung in Falten legte.

»Es ging um irgendetwas, das nicht direkt im Zusammenhang mit diesem Andi-Agge-Gerede stand«, sagte Norlander schließlich. »Irgendetwas anderes, eine Art Störfaktor. Sie redeten über ›*bowel movements*‹, darüber, dass es ein eleganter Ausdruck dafür sei, sich in die Hosen geschissen zu haben.«

»Also auf Englisch?«, fragte Kerstin Holm hoffnungsvoll.

»Ja, die abgehackte Stimme hat das gesagt«, antwortete Norlander.

»Die Stakkatostimme?«

»Ja, verdammt, wenn man so will ... Der Typ sagte: ›Habt ihr das in den Staaten nicht so genannt?‹«

»Ja, Lasse Dahlis hat in den USA gearbeitet. Aber wie kamen sie darauf?«

Viggo Norlander beugte sich vor und konzentrierte sich. »›Das Einzige, was wir hören, sind deine *bowel movements*‹, das hat die Stakkatostimme gesagt, weil die tiefere Stimme irgendetwas wie ›Hört ihr?‹ gefragt hat. Ja, so war es: ›Hört ihr?‹ Ich weiß nicht, was er gemeint hat. Aber ich erinnere mich genau daran.«

»Was war mit dem Fernseher? Lief er noch?«, fragte Kerstin Holm. »Zwischen den Flaschen hinter der Theke stand doch ein Fernsehbildschirm. Hat Lasse Dahlis sich über irgendetwas im Fernsehen geäußert?«

»Ja, verdammt«, antwortete Viggo Norlander. »Er zeigte auf den Fernseher und sagte etwas. Es liefen gerade Nachrichten. Aber ich habe keine Ahnung, welcher Sender es war. Kein schwedischer, glaube ich. Und dann wurde ein Text eingeblendet.«

All ihren Instinkten zum Trotz gelang es Kerstin Holm, ruhig abzuwarten. Sie konnte geradezu sehen, wie sich die Erinnerungen durch die Windungen von Norlanders Gehirn pressten. Schließlich sprengten sie jegliche Wälle und standen seinem Besitzer völlig klar vor Augen.

Viggo Norlanders etwas schiefes Gesicht hellte sich auf, und er sagte: »›Das haben wir schon vor dreißig Jahren entdeckt‹, das waren Dahlis' Worte.«

»Danke«, entgegnete Kerstin Holm.

»Das war ja wohl völlig unnötig, oder?«, rief Viktor Larsson aus und rieb sich die rechte Schulter.

»Es war die Strafe für den dämlichen Versuch, im Polizeigebäude zu fliehen«, entgegnete Jorge Chavez. »Noch dazu bei zwei verschlossenen Türen.«

»Ich wollte nicht fliehen«, protestierte Larsson. »Ich habe nur versucht, mich Ihrem festen Griff zu entziehen. Es tat weh.«

»Sollen wir einen neuen Versuch unternehmen?«, fragte Sara Svenhagen und warf seufzend einen Blick auf den Bildschirm. »Also, die Nase?«

Viktor Larsson wandte sich dem Bildschirm zu. »Ja, so ist es besser«, antwortete er. »Die Stirn war allerdings höher.«

»Aber die Nase stimmt jetzt so?«, fragte Svenhagen und schob vorsichtig den dunkelblonden Haaransatz des Phantombilds nach oben.

»Ja«, antwortete Larsson. »Jetzt passt es so langsam. Allerdings ist da noch etwas mit dem Kinn. Es müsste vielleicht etwas breiter sein.«

»Noch breiter?«, fragte Svenhagen und verbreiterte sorgfältig die Kinnpartie.

»Sind Sie sicher, dass Sie nicht einfach nur versuchen, ein männliches Idealbild zu entwerfen?«, fragte Chavez. »Er ähnelt ja langsam einem Calvin-Klein-Model.«

Viktor Larsson ignorierte den Einwand, dann rief er aus: »Das ist er!«

Sara Svenhagen ließ die Maus los und betrachtete das Phantombild. Ihr Ehemann hatte nicht ganz unrecht, auch wenn die Calvin-Klein-Werbung nicht gerade ihren Idealmann zeigte.

Der Bildschirm hingegen schon.

Der Mann mit der Pferdespritze von Capraia war zweifellos erstaunlich attraktiv.

Sie hatten sich in Kerstin Holms Zimmer in der kleinen Europolecke oben im Polizeigebäude zurückgezogen. Weitere Nachforschungen hatten ergeben, dass am Abend des 11. Mai um 23.10 Uhr im amerikanischen Sender CNN, der im Pub lief, Nachrichten gebracht worden waren. CNN hatte nun versprochen, den Ermittlern diese Nachrichtendaten zu übermitteln. Aus diesem Grund saßen Kerstin Holm und Viggo Norlander jetzt vor dem Computer und warteten. Sie harrten des unverwechselbaren digitalen Tons, der das Eintreffen einer E-Mail ankündigte.

Doch Norlander wartete nicht wirklich. Er telefonierte. Seine Gespräche erst mit der einen und dann mit der anderen Tochter, die sich ohnehin tagein, tagaus in seiner Obhut befanden, waren für Kerstin Holm eine echte Prüfung. Als er seine Babystimme auch während des abschließenden Gesprächs mit seiner Ehefrau Astrid noch beibehielt, war Kerstin Holm im Begriff, den Raum zu verlassen. Auf der Schwelle wurde sie allerdings von dem unverwechselbaren digitalen Ton zurückgehalten.

Viggo Norlander hörte ihn ebenfalls. Wie durch Zauberhand gewann er seine erwachsene Stimme zurück und beendete das Telefonat mit der Botschaft: »Dann kommt Arto also um sieben Uhr. Ich besorge etwas zu essen und Wein, mach dir keine Sorgen, Liebling. Küsschen.«

Kerstin Holm öffnete die Mail. Ihr war ein Link beigefügt. Sie klickte ihn an, und ein Videoprogramm öffnete sich. Ein Moderator erschien, der über eine entlaufene Katze aus El Paso, Texas, informierte. Nach diversen weiteren Kurznachrichten stellte der Moderator schließlich eine neue wissenschaftliche Entdeckung vor:

»Ein Forscherteam der Oregon State University und der University of California in Berkeley hat einen neuen Abschnitt des sogenannten OXTR-Gens entdeckt, der in hohem Grad die Empathiefähigkeit des Menschen steuert.«

Parallel dazu wurde ein Bild eingeblendet, das eine DNA-Spirale mit einem stark vergrößerten Abschnitt darstellte, auf den ein Pfeil zeigte. Darüber stand: »Empathiegen entdeckt!«.

Als der Moderator wieder ins Bild kam, erklärte er weiter, was dieser genetische Fund bedeutete. Doch in dem Moment fror Kerstin Holm das Bild ein. Die Uhr zeigte jetzt 23.11.07 an.

»Vermutlich zückt Johnny Råglind genau in diesem Augenblick seine Pistole und stürzt auf Isli Vrapi und seine Leibwächter zu. Und dies war offenbar die Nachricht, über die Lasse Dahlis gesprochen hat, oder?«

»Ja«, pflichtete Norlander ihr bei. »Das war es wohl. Ich meine, dieses DNA-Bild auch gesehen zu haben.«

Kerstin Holm nickte und dachte nach.

Sie dachte: »Empathiegen entdeckt!«

Und sie dachte außerdem: »Das haben wir schon vor dreißig Jahren entdeckt.«

Der Wanderer

Den Haag, 29. Mai

Paul Hjelm betrachtete die beiden Gesichter. Sie sahen erstaunlich lebendig aus. In den vergangenen Jahren hatte sich in der Phantombilderstellung zweifellos viel getan.

Im Grunde war es allerdings ein und derselbe Blick. Das eine Bild war zwar mit dem Namen »Wall-e (von Johnny Råglind)« und das andere mit »Capraia (von Viktor Larsson)« gekennzeichnet, aber die Gesichter, die darauf abgebildet waren, sahen einander zum Verwechseln ähnlich.

Der attraktive junge Mann – wer auch immer er sein mochte – hatte Lasse Dahlis und Roman Vacek ermordet. Auch wenn er sich bei Letzterem den Job mit Viktor Larsson geteilt hatte. In beiden Fällen ging es um eiskalt ausgeführte Morde, aber wenn der junge Mörder seine Laufbahn damit angetreten hatte, Andrew Hamilton III. brutal niederzumetzeln, fielen diese Morde in eine andere Kategorie. Demnach hätte dieser junge Mann seine Mordprozedur innerhalb von fünf Jahren verfeinert, sein erhitztes Gemüt etwas gekühlt und den Vorgang beschleunigt.

Diejenigen, die er ermordet hatte, gehörten einer streng-geheimen Sektion bei der NATO an, die vor dreißig Jahren auf der Suche nach der perfekten Leitfigur das Empathiegen entdeckt hatte.

Wie absurd war das Ganze eigentlich?

Gar nicht mal so, kam es Hjelm in den Sinn. Man hatte sich damals wohl in blindem Aufrüstungseifer und ebenso blindem Technikoptimismus von dem Gedanken verführen lassen, einen Übermenschen zu erschaffen.

Denn darum ging es doch, oder?

Um die Erschaffung eines Übermenschen.

Paul Hjelm klickte die Bilder weg und begab sich in die Bürolandschaft. Die meisten seiner Mitarbeiter waren im Laufe des Tages wieder zurückgekehrt, Navarro war allerdings noch in den USA, und Söderstedt hatte er eine Pause von ein paar Tagen eingeräumt. Die restliche Opcop-Gruppe war jedoch anwesend.

Hjelm setzte sich neben das elektronische Whiteboard und rief: »Meeting.«

Alle versammelten sich um ihn.

Als Ruhe eingekehrt war, fragte er: »Meint ihr, dass ihr die Ermittlungen einigermaßen im Griff habt?«

Im Raum erhob sich ein unverständliches Murmeln.

»Ich weiß nicht recht, wie ich das deuten soll«, stellte Hjelm aufrichtig fest.

»Ziemlich wenige unserer Ergebnisse konnten bislang bestätigt werden«, meinte Kowalewski. »Es handelt sich wohl eher um einen Haufen wilder Hypothesen, aber nicht viel mehr.«

»Ich bin geneigt, dir zuzustimmen«, pflichtete Hjelm ihm bei. »Aber wenn man noch einen Schritt weitergeht, passt wiederum alles ziemlich gut zusammen.«

»Allerdings verstehe ich die Zusammenhänge in Stockholm immer noch nicht ganz«, bekannte Kowalewski. »Wenn dieser Mann vorhatte, euren Säufer zu töten, warum hat er dann diese Gewaltspirale mit Isli Vrapi arrangiert? Er hätte Lasse Dahlis doch ausschalten können, ohne auch nur die geringste Aufmerksamkeit zu erregen.«

»Weil er die Aufmerksamkeit haben will«, entgegnete Hjelm. »Zwar keinesfalls so wie Viktor Larsson – er will kein politisches Statement abgeben –, aber sein Motiv ist ebenso persönlicher Natur, vielleicht sogar noch stärker. Ich habe den Eindruck, dass diesem Mann irgendetwas widerfahren ist. Also begann er, sein persönliches Leid zu rächen, und er ist von Mal zu Mal abgebrühter vorgegangen, wurde immer cleverer, und auch wenn er es in erster Linie auf Lasse Dahlis abgesehen hatte, würde ich Isli Vrapi nicht von seiner Rechnung streichen. Der Mord an ihm war eine Art Zeichen, ein Warnsignal. Aber wie gesagt, bislang sind das alles nur Spekulationen. Seid ihr der Meinung, dass wir diese Spekulationen beiseiteschieben und uns auf sicheren Boden zurückbegeben sollten?«

»Natürlich nicht«, antwortete Jutta Beyer. »Der Mörder ist ja immerhin existent. Gibt es Phantombilder?«

»Darauf komme ich noch zu sprechen«, entgegnete Hjelm. »Zuerst möchte ich aber, dass wir unsere Ergebnisse strukturieren. Was gibt es von deiner Pragreise zu berichten, Angelos?«

»Es ist auffallend, dass Vacek offenbar keinerlei Freunde hatte«, antwortete Sifakis. »Niemand, mit dem man hätte reden können, außer Frau Vacek. Aber sie war ziemlich abweisend.«

»Straßburg?«

Corine Bouhaddi antwortete: »Die einzige Auskunft, die ich erhalten habe, war die Andeutung eines französischen linksgerichteten Politikers, dass Vacek eventuell ein doppeltes Spiel spielte. Aber das wissen wir ja jetzt.«

»Ich habe ebenfalls keinen ausfindig machen können, der ihn mochte«, schloss sich Beyer an. »Roman Vacek war ein gefürchteter, keineswegs beliebter Mann. Nach Aussage der meisten ein knallharter Kommunist der alten Schule.«

»Und Spion für die NATO«, ergänzte Hjelm und fragte dann: »Auch keine Fortschritte bei den Ahnenforschern in Amsterdam?«

»Nein«, antwortete Kowalewski und schüttelte den Kopf. »Sie haben ihre Suche nach möglichen Verwandten ziemlich geschickt angestellt und können mit großer Sicherheit behaupten, dass Vacek keine unehelichen Kinder hatte. Aber ihre Methoden sind mir immer noch ein Rätsel.«

»Wir können also davon ausgehen, dass wir diese Möglichkeiten hinreichend ausgeschöpft haben, und uns nun auf die neuen konzentrieren?«, fragte Hjelm rhetorisch.

Im Raum erklang ein etwas lustloses bejahendes Gemurmel.

»Hershey und Balodis haben sich inzwischen am Längsten

mit dem neusten Stand des Falles beschäftigt«, sagte Hjelm. »Ein großes Lob dafür, dass ihr die Verbindung zu Lars-Erik Dahlberg so rasch entdeckt habt. Seid ihr noch weiter gekommen?«

»Nein«, antwortete Laima Balodis. »Bei der Recherche über eine mögliche NATO-Sektion kommen wir keinen Schritt weiter. Wir finden keinen Weg hinein, sie haben alles hermetisch abgeriegelt. Was wir hingegen sagen können, ist, dass Lars-Erik Dahlbergs Freistellungen von der University of Washington in Seattle zeitlich nahezu ganz mit denen von Vacek und Hamilton III. übereinstimmen.«

»Nahezu«, betonte Hershey, »weil Dahlbergs Arbeitspensum gegen Ende der für uns interessanten Periode von Februar 1977 bis Januar 1992 abnimmt. Nach der Freistellung von Vacek und Hamilton im Januar 1992 gibt es keine weiteren Hinweise mehr auf irgendeinen Kontakt zwischen ihnen. Dahlberg war offenbar schon vorher aus dem Spiel, denn seine letzte Freistellung hatte er im März 1991.«

»Und wir konnten keinen Kontakt zwischen den dreien und Udo Massicotte feststellen«, ergänzte Balodis. »Allerdings war Massicotte freier Unternehmer und konnte sich seine Arbeitszeit einteilen, wie er wollte. Wir haben versucht, an Massicottes Arbeitspläne während dieser fünfzehn Jahre zu kommen, aber das gestaltet sich schwierig. Seine ehemalige Sekretärin ist bereits verstorben. Außerdem sind nur sehr wenige Dokumente aufbewahrt worden.«

»Dahlberg war bereits 1988 seinen Aufgaben an der Universität nicht mehr angemessen nachgekommen«, erklärte Hershey. »So lautet die erste Aktennotiz. Dann geht es Schlag auf Schlag, irreguläres Fernbleiben, unangemessenes Verhalten im Hörsaal, öffentlicher Alkoholgenuss. Schließlich wurde ihm im Juni 1993 gekündigt und ein paar Monate später die Approbation entzogen. Kurz darauf kehrte er nach Stockholm zurück, um als Säufer im Pub zu enden.«

»Erinnert das nicht in gewisser Weise an die Entwicklung von Udo Massicotte?«, fragte Jutta Beyer. »Wenn sie auch bei

Dahlberg zwei Jahrzehnte früher stattfindet? Waren beide Wissenschaftler vielleicht in Dinge involviert, die sie letztlich zermürbt haben?«

Angelos Sifakis nickte und bemerkte: »Wohingegen Hamiltons Oberklassenallüren und Vaceks knallhartes Auftreten eher beweisen, dass sie keinerlei Gewissensbisse hatten.«

»Das ist definitiv eine Frage, die man Lasse Dahlis' Exfrau stellen sollte«, meinte Balodis. »Hat er aufgrund von Gewissensbissen angefangen zu trinken?«

»Wir haben die Exfrau nämlich ausfindig machen können«, erklärte Hershey. »Dahlberg hinterließ eine amerikanische Frau und zwei heranwachsende Kinder in Seattle. Sie haben sich, ein Jahr bevor Dahlberg in seinen Alkoholrausch abtauchte, scheiden lassen, woraufhin die Frau wieder ihren Mädchennamen annahm.«

»Die Frau von Andrew Hamilton III. hat ein Jahr nach dem Tod ihres Mannes die große gemeinsame Villa in Howard County verkauft. Sie hatten keine Kinder. Aber Hamiltons Frau haben wir noch nicht ausfindig machen können«, sagte Balodis. »Jedenfalls heißt sie nicht mehr Hamilton. Die Suche läuft weiterhin, doch wahrscheinlich hat sie den Staat Maryland verlassen. Dahlbergs Exfrau hingegen haben wir lokalisiert. Sie ist wieder verheiratet und lebt in einem Vorort von Seattle.«

»Und wir haben uns erlaubt«, fuhr Hershey fort, »unmittelbar Kontakt zu unserem Mann in den USA aufzunehmen. Er saß bereits am Flughafen. Aber jetzt entfernt er sich zu seinem Erstaunen noch weiter von unserer Zeitzone. Und von zu Hause.«

»Seine Füße schlagen eine Richtung ein, die er sich nicht unbedingt ausgesucht hat«, warf Corine Bouhaddi ein, was ihr mehrere erstaunte Blicke einbrachte.

»Felipe Navarro befindet sich also auf dem Weg von der Ostküste zur Westküste der USA«, beendete Paul Hjelm das Geplänkel. »Damit sind wir, denke ich, nun alle auf dem aktuellen Stand der Ermittlungen. Jetzt müssen wir in einer großen gemeinsamen Kraftanstrengung Belege dafür finden, dass tatsächlich eine NATO-Sektion dieser Art während der fünfzehn Jahre bis, ja, bis zum Fall der Sowjetunion existierte. Und wir müssen außerdem weitere Mitglieder sowie im besten Fall einen Verantwortlichen oder Chef dieser Sektion ausfindig machen. Obendrein benötigen wir jemanden, der untersucht, ob der Waffenhändler Isli Vrapi eine Verbindung zur NATO hatte. Angelos, kannst du das übernehmen? Wenn jemand da eine Linie finden kann, dann du.«

»Danke«, sagte Sifakis ein wenig überrascht. »Klar.«

»Und dann bleibt uns noch unser Täter«, fuhr Hjelm fort. »Wer ist er? Und was hat er vor? Irgendwelche Überlegungen?«

»Wie gesagt, alles weist ziemlich deutlich auf eine Person hin, der irgendetwas widerfahren ist«, erklärte Sifakis. »Jemand, dem durch die Tätigkeit dieser NATO-Sektion irgendein Schaden zugefügt worden ist. Im schlimmsten Fall könnte er ...«

»Sprich ruhig aus, was du denkst.«

»Ich bin etwas unsicher, wie ich es formulieren soll«, entgegnete Sifakis. »Er ist doch in etwa dreißig Jahre alt, nicht wahr?«

»Warte, ich rufe die Phantombilder auf«, sagte Hjelm.

Auf dem elektronischen Whiteboard erschienen die zwillingsgleichen Bilder.

»Ungefähr dreißig, oder?«, vergewisserte Hjelm sich. »Vielleicht auch etwas älter.«

Sifakis betrachtete die Bilder, holte erneut Luft und erklärte dann: »Er könnte ja selbst das Versuchsobjekt gewesen sein.«

»Das Versuchsobjekt?«

»Gegenstand des Experiments. Des Versuchs, die perfekte Leitfigur zu erschaffen.«

In der Bürolandschaft wurde es für eine Weile still. Einige fröstelten.

»Aber ...«, rief plötzlich jemand aus.

Als die anderen Mitglieder der Opcop-Gruppe die Person identifiziert hatten, saß diese mit der Hand vor dem Mund da und war kreidebleich im Gesicht.

»Was ist denn, Jutta?«, fragte Paul Hjelm etwas beunruhigt.

»Aber den kenn ich doch«, rief Jutta Beyer mit heiserer Stimme aus. »Ich habe sogar mit ihm gesprochen.«

»Was sagst du da?«, fragte Hjelm schroff.

»Auf Capraia«, erklärte Beyer. »Donatella Brunos Leute hatten ihn in eine Zelle in La Mortola gesetzt. Er ist ein deutscher Wanderer, der Winfried Baumbach heißt und aus Wolfsburg kommt.«

»Du meinst also«, sagte Hjelm, »dass er auch in La Mortola war, als wir den Tatort besichtigt haben?«

Jutta Beyer nickte und antwortete: »Er war derjenige, der die Leiche von Roman Vacek gefunden hat.«

Rainy City

Seattle, 29. Mai

Felipe Navarro wusste nicht viel von der nordwestlichen Ecke der USA. Natürlich kannte er Grunge und Nirvana, und natürlich hatte er die Unruhen im Zusammenhang mit dem WTO-Gipfel im November 1990 mitbekommen. Aber erst während der Taxifahrt vom Flughafen in die Innenstadt, bei der er nur noch mit Mühe die Augen offen halten konnte, stellte er fest, wie viele internationale Unternehmen ihren Hauptsitz in Seattle hatten. Amazon, Boeing, Microsoft, Starbucks.

Das Zentrum der Stadt erreichte er gegen siebzehn Uhr. Da war es sowohl in Den Haag als auch in Madrid bereits ein Uhr nachts. Also war schon ein neuer Tag angebrochen.

Felipe Navarro hatte jegliches Zeitgefühl verloren und keine Ahnung, wann er zuletzt geschlafen hatte. Richtig geschlafen.

Das Taxi näherte sich dem Zentrum von Süden, vom Seattle-Tacoma International Airport, glitt durch den gesamten Stadtkern, vorbei an der historischen Landmarke Space Needle, und kam auf der anderen Seite in einem Ort wieder heraus, der an ein kleines verschlafenes Städtchen am Mittelmeer erinnerte. In Edmonds fühlte er sich sofort zu Hause, bis das Taxi vor dem mit Abstand hässlichsten Hochhauskomplex anhielt, den er während der gesamten Taxifahrt gesehen hatte.

Als er ausstieg, begann es zu regnen. Auf den zwanzig Metern, die er zum Haus zurücklegen musste, wurde ihm Seattles Spitzname, »Rainy City«, zur Genüge verdeutlicht. Der Himmel öffnete sich regelrecht über ihm.

Als er an der Tür mit dem Namensschild »Smith« klingelte, merkte er, wie nass er geworden war. Der Regen drang bereits durch seine viel zu sommerliche Kleidung.

Die Frau, die ihm öffnete, war älter, als er erwartet hatte. Allerdings waren die meisten Personen, die in diesen Fall involviert waren, relativ betagt – sie hatten in den Achtzigerjahren am Höhepunkt ihres Berufslebens gestanden. Dies schien auf diese Frau allerdings nicht zuzutreffen. Denn sie hatte offenbar überhaupt keine Hochphase gehabt. Die Niederlagen ihres Lebens spiegelten sich in ihrem dunklen misstrauischen Blick wider.

»Mrs Jennifer Smith?«, vergewisserte Navarro sich und hielt ihr seinen Polizeiausweis hin.

Die Frau betrachtete ihn und fragte: »Europäische Polizei? Das ist aber mal was Neues. Hat Bobby jetzt etwa auch schon in Europa Verbrechen begangen?«

»Ich vermute, dass Bobby Ihr Sohn Robert Smith ist, den Sie gemeinsam mit Lars-Erik Dahlberg haben?«

Die Miene der verlebten Frau hellte sich ein wenig auf. Navarro versuchte ihr Alter in etwa zu errechnen, doch sein Schlafmangel und der Jetlag waren übermächtig. Geboren war sie 1953, jedenfalls war sie noch nicht so alt, wie sie aussah.

»Kommen Sie herein«, forderte ihn Mrs Smith mit einer dezenten Geste auf.

Navarro folgte ihr in die kleine Wohnung, die offenbar schon ziemlich lange nicht mehr geputzt worden war. Und in der kein Möbelstück, kein einziger Gegenstand jünger als zwanzig Jahre war. Er setzte sich auf das Sofa, und sie nahm in einem Sessel ihm gegenüber Platz. Es roch muffig in der Wohnung.

»Wir waren auf dem Weg an die Spitze«, sagte Jennifer Smith besonnen. »Alles war bereits vorgezeichnet, Larsey war eine der größten Begabungen auf seinem Gebiet. Er erhielt die neu geschaffene Stiftungsprofessur an der Universität, alles lief bestens, wir waren glücklich, kauften uns ein Haus im schönsten Viertel von Edmonds und bekamen Kinder. Doch mit einem Schlag – beinahe über Nacht – verloren wir unseren Status.

Peng. Ich war wieder zurück in der Arbeiterklasse, aus der ich kam. Die Jahre mit Larsey sind nur noch ein flüchtiger Traum von etwas Besserem. Etwas, das ich niemals erreichen werde.«

Navarro hoffte, dass es ihm einigermaßen gelungen war, sein Erstaunen angesichts der Beredsamkeit der alten Dame zu verbergen. Er nickte verständnisvoll und fragte: »Ich weiß nicht, ob Sie aus Schweden bereits unterrichtet wurden ...?«

»Ich habe jahrelang nichts mehr von ihm gehört«, entgegnete Smith. »Anfangs hat er sich immer mal wieder gemeldet und nachgefragt, wie es Bobby und Janey ging. Aber bald hatte er sein ganzes Leben weggesoffen. Und dann stand ich allein da, ohne Ausbildung, ohne jegliche Berufserfahrung und mit zwei kleinen Kindern. Ich habe fast in Panik den Fernfahrer Giles fucking Smith geheiratet, der dann ebenfalls abgehauen ist. Keiner von beiden hat mir irgendetwas hinterlassen. Außer zwei Kids, die immer frecher werden.«

»Ich muss Ihnen leider mitteilen, dass Lars-Erik Dahlberg tot ist«, sagte Navarro.

»Hat er denn überhaupt noch gelebt?«, fragte Jennifer Smith nonchalant, doch Navarro sah deutlich, wie die Trauer in ihrem Blick aufflammte.

»Er wurde ermordet. Mein Beileid.«

»Wer ermordet denn verdammt noch mal einen alten Säufer?«

»Das wollen wir gerade herausfinden. Das Ganze war nämlich so akribisch geplant, dass sich das Motiv in seiner Vergangenheit finden könnte. Vermutlich in der Zeit, in der Dahlberg Alkoholiker wurde.«

»Ich wusste nicht einmal, dass sich überhaupt noch irgendwer auf der ganzen Welt für Larsey interessiert hat. Oder sich zumindest an ihn erinnert hat.«

»Wissen Sie, warum er angefangen hat zu trinken?«

Jennifer Smith warf Navarro einen misstrauischen Blick zu. »Von welcher europäischen Polizeibehörde sind Sie eigentlich?«, fragte sie.

»Europol«, antwortete Navarro und biss sich auf die Zunge.

»Also eigentlich von der spanischen Polizei«, korrigierte er sich rasch. »Die spanische Polizei unterstützt die schwedische in diesem Fall, denn es gibt gewisse Verbindungen nach Spanien. Wissen Sie, warum Ihr Exmann so viel getrunken hat?«

»Es hing mit seiner Arbeit zusammen«, antwortete Smith. »Er hat zwar extrem wenig erzählt. Aber ich habe gesehen, dass die Arbeit an ihm gezehrt hat.«

»Wenn ich es recht verstanden habe, ist er häufiger auf Dienstreise gewesen«, versuchte es Navarro.

»Häufiger? Er war monatelang weg. Und ich habe nie erfahren, wohin er fuhr. Er sagte höchstens mal ›nach Europa‹. Und das, obwohl wir uns doch so nahestanden. Nach dem Motto, Larsey und ich gegen den Rest der Welt. Niemand konnte mir so viel Kraft geben wie er. Ach verdammt, und jetzt ist er also tot?«

»Es tut mir leid«, sagte Navarro. »Wir arbeiten intensiv daran, seinen Mörder zu finden.«

»Er hat mir mehr Energie verliehen als irgendein anderer Mensch, und dann hat er sie mir wieder genommen. Doppelt und dreifach.«

»Die Arbeit zehrte also an ihm? War es der Stress?«

»Nicht direkt der Stress. Eher ... tja, ich weiß nicht ... Larsey war aus tiefster Überzeugung Arzt. Er fühlte sich dem hippokratischen Eid sehr verpflichtet. Niemals jemandem Schaden zufügen, Schmerzen lindern, alles für das Wohl des Patienten tun, unabhängig von der Person, all das.«

»Und Sie glauben, dass er gegen den hippokratischen Eid verstoßen hat?«

»Es ging um einen ehrenvollen Auftrag, ich erinnere mich noch daran, dass er das sagte, als er anfing. Ein Auftrag, für den jeder Forscher in seiner Situation einen Mord begangen hätte. Das hat er tatsächlich gesagt. Jetzt mutet es allerdings etwas zynisch an.«

»War er oft in Europa?«

»Die wenigen Male, wo ich ihn dazu bringen konnte, es mir zu sagen, war es Europa.«

»Hat er Ihnen irgendetwas darüber erzählt, worin dieser Auftrag bestand?«

»Nein. Aber er sagte, dass er an die Schweigepflicht gebunden sei. Aber das war er vorher als Arzt ja auch, und trotzdem sprachen wir oft über seine Patienten. Aber bei dieser Sache ging es um eine andere Art von Schweigepflicht, wie er sagte. Er war sehr ernst und verschlossen. Larsey, der so gerne redete. Wenn ich einmal sterbe, wird er der Mensch sein, mit dem ich am meisten geredet habe. Bei Weitem.«

»Aber dann hat er geschwiegen?«

»Ja, und angefangen zu trinken.«

»Allein?«

»Oft allein, aber manchmal auch mit Dick. Nie mit mir. Es war, als wollte er mir seinen Verfall ersparen. Armer Teufel.«

»Dick?«

»Ein ehemaliger Kollege aus der Zeit in Kalifornien. Dort haben wir uns übrigens kennengelernt, in Los Angeles. Er hat nach der Zeit in Hamburg an der UCLA angefangen, ist dann aber bald hierher nach ›Rainy City‹ gezogen, als er die Forschungsstelle bekam. Und ich bin ihm gefolgt, frisch verliebt, jung, glücklich und mit einer Welt in greifbarer Nähe, von der ich nie auch nur geahnt hätte, dass es sie gibt.«

»Und diesen Dick hat er also in Los Angeles kennengelernt?«

»Ich glaube, dass sie sich noch aus Hamburg kannten, denn sie waren die einzigen Ausländer am Universitätsklinikum in Hamburg-Eppendorf gewesen. Wir haben ihn Dick genannt, aber ich erinnere mich, dass er eigentlich Dedrick hieß.«

»Aber Dick hatte mit diesem Auftrag nichts zu tun? Er war also nur ein alter Freund?«

»Dick war ebenfalls Arzt, auch Genforscher. Sie haben gemeinsam an einem Forschungsprojekt in Hamburg gearbeitet, für das sie große Anerkennung erhielten. Daraufhin hat sie die UCLA nach Los Angeles geholt. Doch dann hat man Larsey eine bessere Stelle in Seattle angeboten. Manchmal habe ich durchs Fenster beobachtet, wie Dick Larsey abgeholt hat, wenn er wieder zu einer längeren Reise aufbrach. Aber vor allem war er für ihn der Gesprächspartner, der irgendwann wichtiger wurde als ich.«

»Wissen Sie, wie dieser Dick mit Nachnamen heißt? Und ob er immer noch an der UCLA arbeitet?«

»Ich erinnere mich nicht mehr an seinen Nachnamen«, antwortete Jennifer Smith. »Er klang irgendwie eigenartig, europäisch. Und Dick selbst habe ich auch nicht mehr gesehen, seit Larsey zurück nach Schweden gegangen ist, um sich totzusaufen.«

Sie verstummte. Saß still da, klein und zusammengekrümmt und vom Leben enttäuscht. Sie hatte den Himmel berührt und war dann tief auf die Erde zurückgefallen. Und der Engel, der sie einst getragen hatte, war noch tiefer gefallen und zum Teufel geworden.

Vermutlich jedenfalls, dachte Felipe Navarro und richtete seinen Krawattenknoten. Er hatte keine weiteren Fragen. Also ließ er sie mit all ihrer Trauer in ihrem Sessel zurück.

Doch er konnte nicht umhin, sich in der Tür noch einmal umzudrehen. Sie wirkte dort hinten am Fenster so winzig und elend, dass es ihm die Kehle zuschnürte.

Während er mit dem Aufzug nach unten fuhr, rief er Paul Hjelm in Den Haag an.

»Ich glaube, dass ich den Namen eines weiteren Mitglieds dieser Sektion habe«, sagte er ohne Umschweife.

Er hörte, wie Hjelm laut aufstöhnte. »Es ist zwei Uhr nachts«, protestierte er mit belegter Stimme.

»Tut mir leid«, entschuldigte Navarro sich. »Hast du schon geschlafen?«

»Das Erstaunliche ist, dass ich noch nicht geschlafen habe. Ich sitze noch an dem Fall. Er stinkt meilenweit.«

»In der Tat«, sagte Navarro. »Es war zweifellos die Arbeit in dieser Sektion, die Lars-Erik Dahlberg kaputt gemacht hat. Aber er hatte einen Kollegen, der ebenfalls Genforscher war, mit dem er soff und redete. Und der ihn offenbar manchmal zu den Orten chauffierte, wo er seine geheime Freistellungszeit verbrachte. Oder zum Flughafen.«

»Okay«, entgegnete Hjelm. »Das klingt vielversprechend. Und wie hieß der Kollege?«

»Ich habe keinen Nachnamen, aber sein Vorname klingt Flämisch. Dedrick. Es dürfte nicht so schwer sein, ihn ausfindig zu machen. Er und Dahlberg haben gemeinsam an einem Genforschungsprojekt am Universitätsklinikum Hamburg-Eppendorf gearbeitet, das so erfolgreich war, dass beiden eine Stelle an der UCLA angeboten wurde. Dedrick blieb dort, während Dahlberg weiter nach Seattle wechselte. Wir müssen überprüfen, ob sie eventuell auch gemeinsam freigestellt wurden. Während der Freistellungen hielten sie sich offenbar in Europa auf.«

»Freut mich, dass du so auf Zack bist, Felipe. Aber jetzt musst du zurückkommen. Wenn du einen Direktflug nach Schiphol erwischst, dauert es zehn Stunden.«

»Ich werde auf jeden Fall den gesamten Flug über schlafen«, entgegnete Navarro und trat in den strömenden Regen hinaus.

Seine beiden Füße waren fest mit seinen Beinen verbunden.

Kruzifix

Den Haag – Paris, 30. Mai

Der 30. Mai war ein Sonntag, und eigentlich hätte das Europolgebäude verlassen daliegen müssen. Und die Opcop-Gruppe hätte draußen in der Natur sein sollen, ausgiebige Spaziergänge am Strand unternehmen und die herrliche klare Meeresluft genießen müssen. Die Mutigsten hätten ein erstes Bad im Atlantik genommen. Vermutlich Kowalewski, dachte Hjelm und schaute in die Bürolandschaft hinaus. Doch sie waren alle da, außer Söderstedt und Navarro, alle arbeiteten hart. Hin und wieder kamen sie mit diversen Neuigkeiten zu ihm ins Büro – oder auch, weil es keine gab –, und er fühlte sich immer mehr wie ein Behördenleiter. Der Mann, der nur noch Schriftstücke abzeichnete.

Der Mann, der nicht schlief, aber alles abzeichnete.

Gerade war Jutta Beyer bei ihm gewesen und hatte berichtet: »Den Wanderer Winfried Baumbach aus Wolfsburg gibt es nicht. Nirgends, nicht der geringste Eintrag im Register, auch keine Kreditkartenzahlung.«

»Aber du hast seinen Ausweis gesehen?«

»Ja«, antwortete Beyer. »Er wirkte echt. Aber es muss definitiv eine Fälschung gewesen sein. Eine Identität, die niemals in anderen Zusammenhängen benutzt worden ist. Ohne jegliche Spuren.«

»Und sein Deutsch war einwandfrei?«

»Absolut«, antwortete Beyer. »Mit leichtem Ruhrpottdialekt, aber fehlerfrei.«

»Und nicht ein einziger weiterer Hinweis aus eurem Gespräch?«

»Es war ziemlich kurz und nichtssagend. Ich hatte unmittelbar den Eindruck, dass er unschuldig ist.«

»Also kann er sich gut verstellen«, meinte Hjelm. »War er auch gut aussehend?«

»Gut aussehend?«

»Ja. Attraktiv, sexy?«

»Ich bevorzuge ältere Männer«, entgegnete Beyer und machte auf dem Absatz kehrt.

Kurz darauf rief Hjelm Angelos Sifakis zu sich herein. »Keine Verbindungen zwischen Isli Vrapi und der NATO?«, fragte er.

»Also, Vrapi ist in seiner tödlichen Branche jahrelang unbeschadet geblieben, weil er sich nahezu unsichtbar gemacht hat. Es ist schwierig, irgendwelche Anhaltspunkte zu finden. Offenbar wurde immer in bar bezahlt. Und die geheime Sektion der NATO legt auch nicht gerade elektronische Spuren aus.«

»Okay«, sagte Hjelm. »Eigentlich wollte ich mit dir aber etwas anderes besprechen.«

»Aha«, entgegnete Sifakis und wirkte leicht irritiert.

»Warum hat unser Mörder das Risiko auf sich genommen, als Entdecker des Mannes aufzutreten, den er selbst ermordet hat?«

Sifakis blinzelte ein paarmal, dann antwortete er: »Mein erster Gedanke ist, dass er schauen wollte, wer wir sind, denn auf diese Weise bekam er ja die Gesichter diverser Polizisten zu sehen, nicht zuletzt das des Chefs. Ist doch klar, dass er aus der Zelle gelugt hat, in der er wartete, und euch beobachtet hat. Es war ja offensichtlich, wer von dieser Hubschrauberbesatzung der Chef war.«

»Aber er hätte sich auch im Gelände anschleichen können.«

»Das Risiko, entdeckt zu werden, wäre zu groß gewesen. So konnte er uns ungestört beobachten. Ziemlich clever, wenn man es überdenkt.«

»Gut.« Hjelm nickte. »Denkbar. Meinst du, dass er herausfinden konnte, wer wir genau sind?«

»Er hat zumindest Brunos und Beyers Namen erfahren, also die von denjenigen, die mit ihm gesprochen haben. Aber das dürfte unbedenklich sein. Ich glaube, dass er mehr an den Gesichtern interessiert war. Um uns wiederzuerkennen, wenn wir uns ihm nähern sollten.«

Hjelm nickte und entließ Sifakis wieder in die Bürolandschaft. Daraufhin kam Kowalewski hereingetrottet.

»Hat der Chef einen Augenblick Zeit?«

»Wenn es um etwas Wichtiges geht.«

»Ich habe da eine Idee. Befindet sich die Leiche von Lars-Erik Dahlberg noch im Kühlraum?«

»Ich nehme es an. Die Ermittlungen laufen schließlich noch«, antwortete Hjelm. »Was für eine Idee hast du denn?«

»Ich habe gerade die Ermittlungsunterlagen aus Stockholm durchgelesen«, antwortete Kowalewski. »Er ist ja mit dem Messer niedergestochen worden. Hat man seinen Körper schon auf Spuren von Gift untersucht?«

»Ich weiß es nicht«, entgegnete Hjelm und begriff, worauf Kowalewski hinauswollte. »Ich werde es mit Stockholm abklären.«

»An und für sich deutet nichts darauf hin, dass der Mörder immer wieder dieselbe Methode anwendet, wie Viktor Larsson es getan hat, aber diese Pferdespritze lässt mir irgendwie keine Ruhe. Ein bislang nicht identifiziertes ›Multigift‹. Die übrigen Ermordeten sind nicht auf Gift untersucht worden, da ihre Todesursachen ganz offensichtlich andere waren, Andrew Hamilton III. starb in einem chaotischen Blutbad und Lars-Erik Dahlberg mit einem Messer im Herzen. Aber beide können dennoch vorher vergiftet worden sein. Im Fall Dahlberg könnte es auch so gewesen sein, dass einer dieser Cousins ihm das Messer in den Leib gerammt hat, nachdem Wall-e ihn vergiftet hatte.«

»Aber die Leiche von Udo Massicotte wies keinerlei Spuren von Gift auf«, wandte Hjelm ein. »Lediglich Alkohol.«

»Ich weiß nicht, ob Massicotte überhaupt mit in dieses Szenario gehört«, entgegnete Kowalewski.

»Ich werde dafür sorgen, dass bei Dahlberg, wenn möglich, eine toxikologische Untersuchung durchgeführt wird«, versicherte Hjelm. »Gute Idee. Hast du übrigens eben ›bislang‹ gesagt?«

»Wie bitte?«, fragte Kowalewski nach.

»Ein bislang nicht identifiziertes ›Multigift‹ ...«

»Ja, das Ergebnis der eingehenden Untersuchung der inneren Organe von Roman Vacek ist gerade eingetroffen. Es handelt sich um ein Gift, das keinen Namen hat, aber eine Weiterentwicklung einer patentierten Substanz mit dem Namen Protobiamid ist.«

»Wie kann es sein, dass es keinen Namen hat?«

»Weil daran weiterexperimentiert wurde«, antwortete Kowalewski. »Nach Aussage des italienischen Rechtsmediziners, eines Profis.«

»Ein Chemiker?«

»Offenbar.«

»Danke, Marek. Ausgezeichnet.«

Kowalewski trottete zurück an seinen Schreibtisch, und Paul Hjelm rief Kerstin Holm an. Genau in dem Moment, als sie ihm bestätigte, dass sich die Leiche von Lasse Dahlis noch im Kühlraum befand, und er um eine toxikologische Untersuchung bat, kamen Miriam Hershey und Laima Balodis in sein Büro.

»Seid ihr eigentlich immer im Doppelpack unterwegs?«, fragte Hjelm und legte den Hörer wieder auf.

»Willst du hören, was wir zu sagen haben, oder willst du rumnörgeln?«, konterte Hershey unerwartet scharf.

»Ich bin ganz Ohr«, entgegnete Hjelm galant.

»Der Kollege von Lasse Dahlis an der UCLA hieß Dedrick van der Sanden«, erklärte Laima Balodis. »Er kommt aus Groningen im Norden Hollands. Dieselben Freistellungszeiten wie Dahlberg. Bei ihrem gemeinsamen Forschungsprojekt in Hamburg ging es um Gene und Gefühle. Es war eines der ersten

Projekte – wir sprechen hier von den Siebzigerjahren –, das auf dem Gedanken basierte, das Gefühlsleben des Menschen könnte möglicherweise genetisch bedingt sein. Damals wurde dieses Thema sehr kontrovers diskutiert.«

»Überhaupt ist die Behauptung von Lasse Dahlis, dass man das Empathiegen bereits vor dreißig Jahren entdeckt hätte, erstaunlich«, sagte Hershey. »Denn die Forschung war damals noch gar nicht so weit. Auch wenn man bereits gewisse Dinge vermutete.«

»Laut der Expertise, die wir zurate gezogen haben«, fuhr Balodis fort, »kann es unmöglich sein, dass man dieses OXTR-Gen damals schon entdeckt hat. Die Technik war schlicht und einfach noch nicht so weit. Aber unser Experte sagt auch, dass man sehr wohl intuitiv daran gearbeitet haben und damit ungefähr zu demselben Ergebnis gekommen sein könnte.«

»›Die Struktur ist logisch‹«, zitierte Hershey. »So hat sich unser Experte ausgedrückt. ›Das Grundwissen war bereits vorhanden.‹«

»Gehen wir einmal von den frühen Achtzigerjahren aus«, sagte Hjelm. »Der Fortschrittsoptimismus und die Freude über alle möglichen genetischen Entdeckungen waren überwältigend. Eine solche Haltung kann Menschen dazu bringen, über sich selbst hinauszuwachsen. Und was ist aus Dedrick van der Sanden geworden?«

Der abrupte Themenwechsel überraschte das eingespielte Duo nicht weiter.

Laima Balodis antwortete: »Er ist spurlos verschwunden.«

»Ungefähr ein halbes Jahr nach dem Mord an Andrew Hamilton III. hat er sich in Luft aufgelöst«, ergänzte Miriam Hershey. »Hamilton wurde am 18. Januar 2006 ermordet. Das letzte Lebenszeichen von Dedrick van der Sanden ist das Kündigungsschreiben der UCLA vom Juni desselben Jahres. Seitdem existiert Dedrick van der Sanden nicht mehr.«

»Hm«, meinte Paul Hjelm. »Ermordet?«

»Klingt wahrscheinlich«, mutmaßte Balodis. »Aber er kann natürlich auch das Feld geräumt haben. Da er alleinstehend war, konnte er wegziehen und woanders mit einer neuen Identität von vorn anfangen.«

»Allerdings«, wandte Hershey ein, »sind sämtliche bisher bekannten Mitglieder dieser eventuellen NATO-Sektion ermordet worden. Roman Vacek, Andrew Hamilton III., Lars-Erik Dahlberg, vermutlich Udo Massicotte – wenn wir ihn hinzurechnen – und wahrscheinlich eben auch Dedrick van der Sanden. Es ist nur so, dass seine Leiche nicht gefunden wurde.«

»Gut«, sagte Hjelm. »Holt die Fotos auf das Whiteboard. Ich nehme an, ihr wisst, was euch erwartet?«

»Dedrick van der Sanden ausfindig zu machen?«, fragte Balodis.

»Genau«, antwortete Hjelm. »Aber zuvor noch eine Frage.«

»Ja?«, sagte Hershey.

»Wie findet ihr unseren Winfried?«

»Wie bitte?«

»Den Mörder. Auch wenn er natürlich nicht Winfried Baumbach heißt, habe ich gerade beschlossen, ihn Winfried zu nennen. Codename Winfried. Schon ein witziger Name für einen bestialischen Mörder.«

»Wie meinst du das?«, fragte Hershey skeptisch.

»Ist er heiß?«, fragte Hjelm.

»Was zum Teufel?«, riefen Hershey und Balodis im Chor.

Als die beiden fraglos sehr eleganten Frauen wieder aus seinem Büro verschwunden waren, überlegte Hjelm, ob er möglicherweise genau die Antwort erhalten hatte, auf die alles hinauslief.

Aber war so etwas tatsächlich möglich? Ende der Siebzigerjahre? Wurde Winfried erschaffen, um die weibliche Lust zu aktivieren? Oder auch die homosexuelle? War man zu dieser Zeit bereits in der Lage, so etwas durchzuführen? Waren wir damals möglicherweise in viel geringerem Maße Individuen, als wir glaubten, und vielmehr Herdentiere? Ließen sich Bedürfnisse im Grunde bei jedem auf dieselbe Weise wecken?

Wenn dies der Fall war, hatte man tatsächlich versucht, einen Eins-a-Menschen zu generieren. Und wenn das der Wahrheit entsprach, war es verheerend. Die perfekte Leitfigur ohne Mitgefühl und dennoch für Frauen attraktiv.

Die perfekte Leitfigur war also ein schöner junger Mann ohne Empathiefähigkeit. In gewisser Weise kam Hjelm das ziemlich bekannt vor. Wurden nicht bereits große Bereiche weltweit von genau diesem Typ Mensch gesteuert? Den man etwas drastischer auch als Psychopathen bezeichnen konnte. Brauchte die Welt wirklich noch mehr Psychopathen?

Paul Hjelm war inzwischen selbst Chef. Und trotz seines relativ begrenzten Kreises an Untergebenen war er längst zu der einen oder anderen Einsicht gelangt. Man benötigte beispielsweise eine gewisse Handlungskraft, um etwas zu bewegen, und um Handlungskraft zu mobilisieren, war es mitunter erforderlich, die Nebeneffekte der eigenen Entscheidungen zu ignorieren. Bereits da lauerte die psychopathische Verlockung: auf die Konsequenzen zu pfeifen, um Dinge durchsetzen zu können. Hin und wieder hatte er diese Verlockung bereits verspürt. Doch er hatte auch festgestellt, dass man die besten Entscheidungen traf, wenn man die menschlichen Konsequenzen so weit wie möglich überblickte.

Aber vielleicht half ihm dabei, dass seine Arbeit nicht auf Macht oder Geld abzielte. Natürlich wurden die Ermittlungen in besorgniserregend hohem Maße von finanziellen Fragen beeinflusst, und natürlich war die Machtfrage präsenter, als er es sich je hätte träumen lassen, aber das Ziel seiner Arbeit bestand darin, Verbrecher zu überführen. Er fragte sich, ob er anders denken würde – oder inwiefern es in seinem Gehirn anders aussehen würde –, wenn er in einem Militärbündnis oder in einem großen Unternehmen arbeiten würde. Müsste er dann psychopathischer veranlagt sein? Nein, entschied er in wahrer Chefmanier. Langfristig gesehen war Gier immer kontraproduktiv. Aber gerade diese Weitsicht war heutzutage vielleicht nicht mehr erwünscht.

Andererseits zog man beispielsweise in Militärschulen und Internaten schon seit Langem Psychopathen heran. Die jungen Leute der Oberschicht lernten dort mittels raffinierter Verhaltenskodizes, wie überflüssig jegliche Form von Empathie war. Sie wurden einer grundlegenden Schulung in hierarchischem Denken unterzogen und erlernten die Kunst, die Schwächeren mit Füßen zu treten, ohne dabei das Geringste zu empfinden. Dort lernte man auch, wie vielversprechend es war, gigantische Boni einzukassieren, während die Hälfte der Belegschaft geschasst wurde. War es möglich, diese hocheffektiven Einflüsse durch genetische Veränderungen zu ersetzen?

Wie sah es damals, Ende der Siebzigerjahre, aus, als die NATO – wenn sie es nun tatsächlich gewesen war – die Bildung dieser Sektion erwogen hatte? Damals ließ das Gleichgewicht des Schreckens die Menschen zittern. Zwei Fronten richteten eine zunehmende Anzahl kaum kontrollierbarer Atomwaffen aufeinander. In den USA war Ronald Reagan auf dem besten Wege, die Macht zu ergreifen, und ein wirtschaftliches Denken, das man »Neoliberalismus« nannte, gewann zunehmend an Einfluss. Man forderte, dass sich die Staatsmacht darauf beschränken sollte, die innere und äußere Sicherheit des Landes aufrechtzuerhalten. Alle anderen Aufgaben würden in private Hände gegeben.

Doch beim Militär sparte man kaum an öffentlichen Mitteln. Reagan trug zum Fall des Kommunismus bei, indem er das Tempo des Wettrüstens auf ein Niveau hochschraubte, dem die sowjetische Wirtschaft nicht gewachsen war. Der Kapitalismus setzte sich mit reiner Finanzkraft durch. Staatlich unterstützt.

Zu Beginn dieser Epoche ruft die NATO die Sektion ins Leben. Man versammelt die Spitzenkräfte der medizinischen Wissenschaft: drei Genetiker, Vacek, Dahlberg und van der Sanden, einen Neurologen, Hamilton, und einen Arzt für plastische Chirurgie, Massicotte. Für die perfekte Leitfigur stellt man sich eine Mischung aus militärischem Befehlshaber und Konzernchef vor. Man will keinen Demokraten, sondern einen tatkräftigen Demagogen, dem humanistische Fragen vollkommen egal sind.

Für einen kurzen Augenblick musste Paul Hjelm über die beiden Weltanschauungen nachdenken, die in der betreffenden Nacht im stillgelegten Gefängnis La Mortola auf Capraia abgestraft worden waren. Auf der einen Seite ein machtgieriger Unterdrückerstaat, der seine Bürger, ohne zu zögern, in den Tod schickte. Auf der anderen ein Militärbündnis, das keine Hemmungen hatte, mit seinen Bürgern zu experimentieren, um sie weniger mitfühlend, also, wenn man so will, »neoliberaler« zu machen. Und beide hatten versagt.

Beide Systeme provozierten eine verzögerte Hassreaktion, wie es bei Unrecht oft der Fall ist. Viktor Larsson hatte Kommunisten umgebracht, um seinen Großvater zu rächen. Und Winfried rächte sich dafür, dass man an ihm herumexperimentiert hatte. Er ermordete ein Mitglied nach dem anderen aus der NATO-Sektion, die ihn erschaffen hatte.

Mitten in seine wenig erbaulichen Überlegungen platzte Corine Bouhaddi herein. Es war lange her, dass er sie so enthusiastisch erlebt hatte. In letzter Zeit hatte sie ziemlich bedrückt gewirkt, aber jetzt schien sie ihr inneres Gleichgewicht wiedergefunden zu haben. Wenn nicht noch mehr. Die Worte sprudelten förmlich aus ihr heraus: »Ich glaube, ich habe einen Treffer gelandet.«

»Einen Treffer?«, fragte Hjelm.

»Ich bin mir nicht ganz sicher«, antwortete Bouhaddi. »Brauchst du vielleicht ein wenig Unterstützung bei der Deutung der Sachverhalte?«

»Ja, gerne«, antwortete Hjelm erwartungsvoll.

»Dezember 1988 in Maskat, Oman. Internationaler Ärztekongress zum Thema ›Die menschliche Chemie‹. Einer der unzähligen Programmpunkte heißt ›Homunculus? – Von der Möglichkeit, den künstlichen Menschen zu erschaffen‹. Auf dem Podium waren drei Redner: Roman Vacek, Dedrick van der Sanden und ein französischer Chemiker namens Pierre Rigaudeau. Wenn man separat nach diesem Pierre Rigaudeau sucht, taucht sein Name zusammen mit ... rate mal, mit wem, auf?«

»Bitte keine Ratespielchen«, entgegnete Hjelm. »Aber du hast meine volle Aufmerksamkeit.«

»Mit Massicotte. Rigaudeau und er stehen als Gäste auf einer

Hotelrechnung vom November 1983, zu dem Zeitpunkt waren Vacek, Hamilton und van der Sanden freigestellt. Das Hotel ist in Nizza.«

»Hôtel Palais de la Méditerranée?«, fragte Hjelm.

»Woher weißt du das denn?«, rief Bouhaddi aus.

»Auf dieses Luxushotel sind wir schon einmal gestoßen. Vacek, Hamilton und Dahlberg haben dort 1980 ihren Aufenthalt mit Kreditkarte bezahlt.«

»Oh, verdammt«, meinte Bouhaddi.

»Also Massicotte war auch dort? Super, Corine. Damit erhöht sich die Wahrscheinlichkeit, dass er zu dieser Sektion gehörte. Erzähl mir mehr über diesen Pierre Rigaudeau.«

Bouhaddi blickte auf den Zettel, den sie in der Hand hielt, und sagte: »Wie die anderen wurde er ebenfalls in den Vierzigern geboren, allerdings etwas später. Weitaus bunterer Hintergrund, kein Universitätspauker, sondern kriminelle Jugend im Pariser Vorort Clichy-sous-Bois, frühzeitiges Interesse an Chemie, konnte als jugendlicher Krimineller zwischen Gefängnisstrafe und Fremdenlegion wählen. Entschied sich für Letzteres. Erhielt Auszeichnungen für seinen militärischen Einsatz in Afrika, hauptsächlich in Dschibuti, und wie diese Militäreinsätze in den letzten Tagen des Kolonialismus ausgesehen haben, kann man sich ja vorstellen. Arbeitete zu Beginn der Siebzigerjahre beim Arzneimittelunternehmen Rhône-Poulenc und stieg rasch vom Laborassistenten zum Forschungschef auf, übrigens der erste in Frankreich ohne akademische Ausbildung. War international als Chemiegenie anerkannt. Kehrte Rhône-Poulenc schließlich den Rücken und gründete eine eigene Firma. Von da an saß er allein zu Hause in seiner heruntergekommenen Wohnung in Clichy-sous-Bois und entwickelte Arzneimittel, für die er jeweils Patente anmeldete. Pierre Rigaudeau besitzt nach unbestätigten Angaben die meisten persönlichen Patente auf Chemieprodukte in ganz Frankreich. Als freier Unternehmer muss er keine Freistellungen beantragen wie etwa die Universitätsprofessoren Vacek, Dahlberg und Hamilton.«

»Also dieselbe Situation wie bei Udo Massicotte. Weißt du schon, was dieser Pierre Rigaudeau zu den Zeiten gemacht hat, als die anderen jeweils freigestellt waren?«

»Noch nicht«, antwortete Bouhaddi. »Aber wenn man einmal vom Allerwichtigsten absieht, wissen wir außerdem, dass Pierre Rigaudeau Witwer ist und zwei Söhne hat, von denen einer als Lehrer arbeitet, während der andere verschwunden ist, und dass ...«

»Er ist also Chemiker?«, unterbrach Paul Hjelm sie unnötig heftig.

»Ja?«, bestätigte Bouhaddi irritiert.

»Und hat die meisten Patente auf Chemieprodukte in ganz Frankreich?«

»Zumindest die meisten persönlichen Patente«, antwortete Bouhaddi und deutete vage auf ihren Zettel.

»Hast du eine Liste der Patente dabei?«

»Ja. Mit über zweihundert Substanzen.«

»Gibt es darunter eine ...«, Paul Hjelm wühlte in seinen Unterlagen, »... die Protobiamid heißt?«

Corine Bouhaddi sah ihren Chef mit einer hochgezogenen Augenbraue an und ging dann ihre Zettel durch. Schließlich hellte sich ihre Miene auf.

»Ja, in der Tat«, antwortete sie. »Protobiamid. Patent 1993. Ein sogenannter Proteindetektor. Reagiert stark im Zusammenhang mit Proteinen, also mit Eiweißstoffen. Wurde bis 1994 verwendet, um mikroskopische Spuren von Proteinen in Flüssigkeiten nachzuweisen, in denen auf keinen Fall Proteine vorkommen durften. Wurde danach von moderneren Präparaten abgelöst.«

»Da haben wir's«, rief Hjelm aus und beugte sich vor. »Giftig?«

»Ja«, antwortete Bouhaddi. »Führt zu einem langsamen Tod. Verursacht davor starke paranoide Wahnvorstellungen.«

»Das ist also die Grundlage für das Gift in der Pferdespritze«, sagte Hjelm. »Das ›Multigift‹ ist eine Weiterentwicklung von Protobiamid, auf das Pierre Rigaudeau ein Patent hat.«

»Oh, verdammt«, rief Bouhaddi aus. »Aber wie passt das Ganze zusammen? Wenn das stimmt, war Pierre Rigaudeau also Mitglied der NATO-Sektion. Aber warum sollte der Mörder Rigaudeaus Gift benutzen?«

»Ich weiß auch nicht, wie das alles zusammenhängt«, antwortete Hjelm. »Aber entschuldige, ich habe dich eben unterbrochen, Corine.«

»Hast du? Ja, doch, ich habe gesagt, dass Rigaudeau Witwer ist und zwei Söhne hat, von denen einer Lehrer und der andere verschwunden ist, und dass er in Paris wohnt.«

»Aber du hast den Satz mit den Worten begonnen: ›Wenn man einmal vom Allerwichtigsten absieht ...‹ Was ist denn das Wichtigste?«

»Dass Pierre Rigaudeau noch lebt«, antwortete Corine Bouhaddi.

Von Amsterdam nach Paris zu fliegen war nahezu ein Klacks. Dennoch konnten Paul Hjelm und Corine Bouhaddi in dieser Stunde eine ganze Menge erledigen.

Pierre Rigaudeau wohnte bis zum Oktober 2005, als die berüchtigten Rassenunruhen stattfanden, nach wie vor in dem Problemvorort Clichy-sous-Bois. Danach zog er an eine unbekannte Adresse. Sein Sohn, der Betrüger und Fälscher Jacques Rigaudeau, verschwand im Chaos der Krawalle und tauchte danach nie mehr auf. Pierre setzte jedoch seine chemische Erfindertätigkeit fort und meldete in der darauffolgenden Zeit einige weitere Patente an. Beim französischen Patentamt war es Hjelm und Bouhaddi schließlich gelungen, Pierre Rigaudeaus letzte bekannte Adresse zu erfahren. Er hatte erst vor drei Wochen ein Patent genehmigt bekommen und in diesem Zusammenhang zum ersten Mal nach vielen Jahren eine Adresse angegeben, irgendwo im quirligen Quartier Latin. Es war merkwürdigerweise eine Studentenwohnung. Dorthin fuhren sie.

Sie nahmen ein Taxi. Paris war an diesem Frühsommertag im Mai geradezu betörend schön. Die Luft hatte etwas Zartes, unendlich Leichtes. Und das Licht wirkte nahezu himmlisch.

Aber sie hatten keine Zeit, es zu genießen.

Das Taxi fuhr zügig ins Quartier Latin hinein, wo es unverhofft seine Fahrt verlangsamen musste. Die restliche Strecke im zäh fließenden Verkehr legten sie nur noch stockend zurück. Von der Seine und der Rue de la Huchette bogen sie in kleine Gassen ab, nahmen scharfe Kurven und fuhren auf Kopfsteinpflaster weiter, das mit Spaziergängern und jeder Menge Touristen bevölkert war. Dann hielten sie abrupt an.

Unten im Eingangsbereich standen auf einer Übersichtstafel die schwer zu entziffernden Namen der im Gebäude wohnenden Studenten. Unter der Zimmernummer, die Pierre Rigaudeau bei der Anmeldung seines letzten Patents angegeben hatte, stand der Name Amélie Dumont. Vierter Stock, kein Aufzug.

Sie machten sich auf den Weg. Im Treppenhaus begegneten ihnen Studenten mit stapelweise Büchern unterm Arm. Doch keinen von ihnen kümmerten die beiden Polizisten auch nur im Mindesten.

Als sie in den angegebenen Korridor einbogen, lag der dagegen vollkommen verlassen da. Herumwirbelnde Staubkörner tanzten in den Strahlen des magischen Lichts, die vereinzelt durch die schmutzigen Fenster fielen.

Jetzt hatten Hjelm und Bouhaddi die Tür erreicht, auf deren Schildchen »Amélie Dumont« stand. Sie sahen sich um, öffneten ihre Jacken, um rasch nach ihren Waffen greifen zu können, und klopften an.

Keine Reaktion. Nicht eine einzige Bewegung, kein Laut war zu hören.

Erneutes Klopfen, diesmal stärker. Wieder nichts. Bouhaddi holte einen dicken Schlüsselbund aus ihrer Tasche und hatte die Tür in weniger als einer Minute geöffnet. Sie zogen ihre Waffen und glitten in das Apartment.

Die Wohnung war unerwartet groß, aber das war nicht das Erste, was ihnen auffiel. Auch den chemischen Geruch, der alle anderen möglichen Gerüche überdeckte, registrierten sie nicht sofort. Nicht einmal die chemische Ausrüstung, die von allerlei Substanzen in Glaskolben und Reagenzgläsern bis hin zu chemischen Anordnungen und laufenden Experimenten reichte, zog ihre Aufmerksamkeit ernsthaft auf sich. Was ihnen stattdessen sofort ins Auge fiel, war der Gefrierschrank weit hinten im Flur. Sie passierten einen Raum nach dem anderen – offenbar hatte Pierre Rigaudeau alle Studentenzimmer im gesamten Korridor mittels Strohmännern gemietet und dann die Wände herausgeschlagen –, und mit jedem Zimmer kamen sie dem großen Gefrierschrank mit der Glastür näher. Das Gerät war von innen beleuchtet, und als sie nahe genug waren, sahen sie, was er beleuchtete.

Einen Menschen.

Nachdem sie die nähere Umgebung überprüft hatten, stellten sich vor den Gefrierschrank und verharrten dort bestimmt eine Minute lang mit einem merkwürdigen Gefühl von Andacht.

Pierre Rigaudeau stand aufrecht hinter der Glastür des Gefrierschranks. Er war vollständig bekleidet, inklusive eines weißen Laborkittels, und seine Haut war blauweiß und tiefgefroren. Seine Augen waren geschlossen, sein Kopf wie der eines Gekreuzigten nach unten geneigt. Von schräg unten beleuchtete eine Lampe sein auffallend friedfertiges Gesicht.

Das Einzige, was das Bild störte, war der Gegenstand, der in seinem Mund steckte.

Hjelm brach den Bann und warf einen Blick auf Bouhaddi. Nach ein paar Sekunden erwiderte sie seinen Blick und verzog leicht das Gesicht.

Dann streiften sie sich Latexhandschuhe über und öffneten die Glastür. Eine eisige Kälte strömte ihnen entgegen, als sie die vollkommen steif gefrorene Leiche auffingen, die vornüberkippte. Mit gewisser Mühe gelang es ihnen, den Toten auf dem Boden abzulegen.

Paul Hjelm betastete vorsichtig den Gegenstand, der aus Pierre Rigaudeaus Mund ragte. Es war ein fest zusammengeknüllter Papierball. Mit vereinten Kräften gelang es ihnen, die gefrorenen Kieferknochen auseinanderzubiegen, um den Ball herauszuholen. Hjelm betrachtete ihn. Die Papierbögen waren mit Computerschrift bedruckt.

»Schau mal hier«, rief Bouhaddi mit heiserer Stimme aus.

Hjelm folgte mit dem Blick der Bewegung ihres Zeigefingers entlang des weißen Laborkittels, bis hin zu der linken Schulter des Toten. Dort ragte eine große Pferdespritze heraus, deren Spitze tief in der Schulter steckte.

Hjelm nickte angestrengt und begann vorsichtig, den Papierball auseinanderzufalten. Das Papier war fest zusammengepresst worden. Es durfte auf keinen Fall zerbröseln. Schließlich gelang es ihnen, die Papierbögen zu glätten. Sie waren zu vier dünnen Stößen zusammengeheftet.

»Berichte«, erklärte Paul Hjelm. »Vier Berichte.«

»Worüber?«, fragte Corine Bouhaddi und richtete sich auf.

»Ich weiß nicht«, antwortete Hjelm und blätterte vorsichtig. »Offenbar über eine Familie, eine Diplomatenfamilie namens Berner-Marenzi. Und über eine Person, die ›W‹ genannt wird.«

»W wie Winfried?«, fragte Bouhaddi. »Winfried Baumbach aus Wolfsburg?«

»Es sieht ganz danach aus«, antwortete Hjelm.

»Lies es laut«, forderte Bouhaddi ihn auf.

Vierter Bericht

Bezeichnung: Bericht CJH-28509-B452
Auftragsnummer: A-100318
Ziel: Aktualisierung, Einholen von Einschätzungen
Datum im laufenden Jahr: 24. Mai
Level: The Utmost Degree of Secrecy

Den Auftragnehmer erst in einer so späten Phase der laufenden Ermittlungen über entscheidende Sachverhalte aufzuklären muss als kontraproduktiv bezeichnet werden. Da uns der Auftraggeber nun darüber informiert hat, dass die Sektion jahrelang eine Person zur Überwachung von W abgestellt hatte, erscheint die gesamte Ermittlungsarbeit in einem völlig neuen Licht. Nicht zuletzt, wenn man bedenkt, um wen es sich dabei handelte.

Aus Sicht der Sektion war es eine folgerichtige Wahl. Mit seinen Erfahrungen bei der Fremdenlegion war Pierre Rigaudeau geradezu ideal geeignet für die Aufgabe. Was man allerdings nicht bedacht hatte, war die Verbindung zwischen W und Rigaudeau, nicht zuletzt über seinen Sohn Jacques, der auch unter dem Namen »Le Chameau«, »das Kamel«, bekannt war. W war auf Anordnung der Sektion bereits seit seiner Ankunft in Paris im Alter von zehn Jahren regelmäßig Gast in der Familie Rigaudeau. Auf diese Weise konnte man ihn gut im Auge behalten.

Doch diesen Sachverhalt brauchen wir eigentlich nicht näher auszuführen, denn als ehemaligem Chef der Sektion sind dem Auftraggeber die oben genannten Einzelheiten selbstverständlich bekannt. Dennoch erklären sie einiges, was es uns eventuell ermöglich, W in absehbarer Zeit zu finden.

W kommt 1990 als Zehnjähriger mit seiner Familie nach Paris. Pierre Rigaudeau arrangiert ein »zufälliges« Treffen mit W und lädt ihn zu sich nach Hause ein – auf diese Weise kann er seinen Auftrag, W zu überwachen, bequem ausführen. Sein Sohn Jacques, den er mittels chemischer Behandlungen von einer buckelartigen Missbildung des Rückens befreien konnte, freundet sich darüber hinaus mit W an. Während dieser Zeit arbeitet Pierre Rigaudeau unter anderem an dem Präparat Protobiamid, für das er dann 1993 ein Patent erhält. Zu diesem Zeitpunkt ist der Auftrag der Sektion bereits seit einem Jahr beendet, und Pierre ist auch von der Überwachung Ws entbunden. Die Umwandlung der Sektion hat allerdings noch nicht stattgefunden – das geschieht erst einige Jahre später.

W ist von Pierres Arbeit fasziniert, und Pierre weckt bei ihm ein ernsthaftes Interesse an der Chemie. Im Alter von zwölf Jahren stiehlt W ein Röhrchen Protobiamid für seinen ausgeklügelten Racheplan gegen die Haushälterin Anaïs Criton und schließlich auch für den Mord an seiner Mutter Maria Berner-Marenzi.

Dann wird es etwas komplizierter. Im Augenblick ist noch unklar, ob der Sohn, Jacques Rigaudeau, W ohne Wissen seines Vaters zu einer neuen Identität verhalf oder ob Pierre ebenfalls an Ws Versuch beteiligt war, die Überwachung durch die ehemalige Sektion abzuschütteln, um frei zu sein. W ist zu diesem Zeitpunkt bereits von Udo Massicotte aufgesucht worden, der ihn mit der Wahrheit über seine Herkunft konfrontiert, um die wesentlichen Forschungsergebnisse für die umgewandelte Sektion zu sichern. Mithilfe eines oder der beiden Rigaudeau verwandelt sich W in »Rimbaud«, das heißt in Waltier Petit, der unter einer weiteren falschen Identität schließlich ein erfolgreiches Onlinespiel-Unternehmen in Monaco gründet. Alles Weitere ist bekannt.

Es ist absolut denkbar, dass W in seiner Zeit in den USA weiterhin Kontakt zu Pierre Rigaudeau hält und dass dieser ihn dabei unterstützt, das Protobiamid weiterzuentwickeln. Ebenso denkbar ist allerdings, dass W die Veredelung – wie es ihn sein Meister, Rigaudeau senior, gelehrt hat – selbst vornimmt.

Lassen Sie uns also die Ereignisse noch einmal rekapitulieren, um W schlussendlich ausfindig machen zu können.

Im Alter von fünfzehn Jahren erfährt W, wer er eigentlich ist. Er gibt vor allem seiner geliebten Mutter Maria die Schuld. Schließlich tötet er sie, wechselt die Identität, indem er zu Waltier Petit wird, und schließt sich den kleinkriminellen Machenschaften »des Kamels« Jacques Rigaudeau an, bis dieser ihm hilft, erneut die Identität zu wechseln, und er wird zu William Bernard. Unter diesem Namen wird W durch Onlinespiele reich, nicht zuletzt, als er die Firma um die Jahrtausendwende an ein großes amerikanisches Spieleunternehmen verkauft. Als William Bernard wird er amerikanischer Staatsbürger und verschwindet, bis er als Walter Thomas bei der Investmentbank Antebellum, einem der externen Finanziers der Sektion, wiederauftaucht. Er wird zum Assistenten des Bankdirektors Colin B. Barnworth und erhält von Barnworth allem Anschein nach einige Informationen über die Sektion. Als Antebellum bei dem Attentat auf die Twin Towers im fast vollständig ausgelöscht wird, taucht W erneut unter. Er hat zwar inzwischen eine Spur aufgenommen, doch seine genauen Aktivitäten in den nächsten vier Jahren sind unbekannt. Sicher ist, dass er sich sukzessive den Mitgliedern der Sektion nähert, die während seiner Erschaffung dort tätig waren. Im Jahr 2005 setzt er seinen Plan in die Tat um. Er beginnt damit, so viele Spuren wie möglich hinter sich zu verwischen, wozu auch gehört, dass Jacques Rigaudeau verschwinden muss. Möglicherweise versucht W bereits jetzt, an dessen Vater Pierre heranzukommen, doch als Jacques ermordet wird, taucht Pierre unter. Vielleicht ahnt er, dass W zurückgekommen ist, um sich zu rächen.

Unklar ist, ob W von Pierre Rigaudeaus Doppelspiel weiß, nämlich dass er ebenfalls in der Sektion tätig war. Jedenfalls ermordet er ihn nicht als Ersten. Er beginnt mit einem Hirnforscher. Der Erste, den es trifft, ist Andrew Hamilton III. in Baltimore, USA. Die Tat geschieht im Januar 2006, ein Blutbad, bei dem der über ein Jahrzehnt angestaute Hass aus W herausbricht. Alles deutet darauf hin, dass er Hamilton zuvor die weiterentwickelte Version des Protobiamids injiziert hat, doch das ist nicht sicher. Ein halbes Jahr später verschwindet der Genforscher Dedrick van der Sanden. Er kündigt seine Arbeit an der UCLA und wird nie mehr gesehen. Offenbar wurde er ermordet.

W wendet sich dann Robert M. Aldrich zu, einem Hirnforscher aus Oxford, der auf seinem Heimweg von der Universität ebenfalls spurlos verschwindet. Das geschieht ein gutes Jahr nach der Ermordung von Opfer Nummer eins, Hamilton, im März 2007. Als man seine Leiche drei Monate später im Schilfrohr in der Themse findet, ist nicht mehr genügend Körpersubstanz vorhanden, um eine Giftanalyse durchführen zu können, selbst wenn man dies vorgehabt hätte.

Als dann der Orthopäde Heinrich Schultz mittels Gift in seinem Haus in Hannover im Dezember 2007 ermordet wird, beginnen die verbleibenden ehemaligen Mitglieder der Sektion zu ahnen, was vor sich geht.

Der Auftraggeber hat uns mitgeteilt, dass die Situation bereits zu diesem Zeitpunkt heikel war und großer Gesprächsbedarf bei den ehemaligen Mitgliedern herrschte. Man hatte ein Monster erschaffen, das Amok lief. Wie Frankenstein. Die NATO sieht jedoch weder die Möglichkeit, noch hat sie die Ambition, ihre ehemaligen Mitarbeiter zu schützen. Im Oktober 2008 wird dann der Genforscher Stephen Hays während eines klassischen Konzerts in der Radio City Music Hall in New York mittels eines »Multigifts« ermordet.

Außer den ehemaligen Mitgliedern der Sektion kann jedoch niemand eine Verbindung zwischen den verschiedenen Morden erkennen.

Dann entsteht eine längere Pause. Die noch Lebenden – Roman Vacek, Lars-Erik Dahlberg, Juan Flores-Domingo, Pierre Rigaudeau, Udo Massicotte und Michael Dworzak – begannen sich nach gut einem Jahr allmählich wieder sicher zu fühlen. (Mit Ausnahme von Dahlberg, zu dem keiner von ihnen Kontakt hatte.)

Doch dann geschieht Anfang März desselben Jahres das, was sämtliche Involvierten (außer Dahlberg) einsehen lässt, wie akut die Gefahr ist. Es geht tatsächlich darum, sie alle auszulöschen.

Bei einem Morgenspaziergang durch Barcelona wird der Neurologe Juan Flores-Domingo am 4. März mittels eines »Multigifts« ermordet. Nun ist allen Beteiligten klar, dass das Töten weitergeht. Als der Auftraggeber bereits am folgenden Tag, dem 5. März, Kontakt zu unserer Organisation aufnimmt, beginnen wir mit unseren Nachforschungen. – Ein erster Bericht erreicht den Auftraggeber am 21. März.

Wir kommen mit der Arbeit zügig voran, aber nicht zügig genug. Denn jetzt geht es Schlag auf Schlag. Am 8. Mai tötet W Professor Udo Massicotte in seinem Haus in Charleroi und tarnt die Tat als Selbstmord (vielleicht, um die noch verbleibenden Personen nicht in Panik zu versetzen). Bereits am 11. Mai trifft es Lars-Erik Dahlberg in seiner Stammkneipe in Stockholm. Dann wird Roman Vacek auf der italienischen Insel Capraia am 14. Mai ermordet. Innerhalb von einer Woche drei Tote. (Außerdem wird der unserer Organisation gut bekannte Waffenhändler Isli Vrapi erschossen, den wir allerdings bisher nirgendwo in der Gleichung unterbringen können.)

Zum aktuellen Zeitpunkt sind nur noch zwei der ursprünglich elf Mitglieder der Sektion am Leben. W scheint sich das Beste bis zum Schluss aufgehoben zu haben. Zu diesem Zeitpunkt dürfte er definitiv wissen, dass sein ehemaliger Wohltäter, Pierre Rigaudeau, ebenfalls der Sektion angehörte und noch dazu zu seinem Überwacher auserkoren wurde. Wir werden nun einiges daransetzen, Rigaudeau zu finden.

Vermutlich hat W sich den Chef der Sektion bis zum Schluss aufgehoben. Und der Chef der Sektion ist unser Auftraggeber. Das sind Sie, Michael Dworzak.

Wir vermuten, dass Sie an weiteren Nachforschungen interessiert sind. Dürfen wir Ihnen als zusätzliche Leistung umfassenden Personenschutz anbieten?

Höchste Geheimhaltungsstufe

Paris – Den Haag, 30. Mai

»Meine Güte«, rief Corine Bouhaddi aus. »Wir lagen gar nicht so falsch.«

»Nein«, entgegnete Paul Hjelm und spürte, wie ihm die Stimme versagte. Und zwar nicht nur deswegen, weil es schon lange her war, dass er einen so umfangreichen Text laut vorgelesen hatte.

Das milde, nahezu sakrale Licht drang durch die hintereinanderliegenden Räume. In etwas bizarrer Weise erinnerte Hjelm diese Reihe zusammengelegter Studentenzimmer an Goethes Haus in Weimar, eine Tür nach der anderen. Auch hier hatte die Flamme der Kreativität hell und selbstverzehrend gebrannt. Und nun lag es dort, das Chemiegenie, tiefgefroren und totenstarr.

»Elf Personen«, sagte Bouhaddi. »Und nur noch eine einzige lebt.«

»Wenn es denn stimmt«, entgegnete Hjelm.

»Wie meinst du das?«

»Diese vier Berichte sind irgendwie seltsame Dokumente. Wer hat sie verfasst? Und um was für eine sonderbare Organisation handelt es sich, die behauptet, in dem Fall zu ermitteln?«

»Und warum hat jemand diese Berichte Rigaudeau in den Mund gestopft?«, ergänzte Bouhaddi.

»Eine Möglichkeit könnte sein, dass W in irgendeiner Form an sie herankam und sie seinem Mordopfer als Botschaft an diese Organisation in den Mund schob«, mutmaßte Hjelm.

»Eine Botschaft, die besagt, dass er ihnen die ganze Zeit über einen Schritt voraus ist«, fügte Bouhaddi hinzu.

Hjelm nickte und tippte eine Nummer in sein Handy. Dann sagte er nur zwei Dinge: »Angelos, schick uns die Kriminaltechniker. Und starte eine groß angelegte Suche nach einem Michael Dworzak, er war vermutlich der Chef der Sektion.«

Hjelm beendete das Gespräch und wandte sich wieder Bouhaddi zu.

»In zehn Minuten trifft hier ein französisches Technikerteam ein«, erklärte er. »Was müssen wir vorher noch erledigen?«

»Der vierte und letzte Bericht ist auf den 24. Mai datiert«, entgegnete Bouhaddi. »Der war vor einer knappen Woche. Andererseits kann Rigaudeau auch schon ziemlich lange in diesem Gefrierschrank gestanden haben.«

»Das ist möglich«, bestätigte Hjelm. »Kannst du sämtliche Seiten der Berichte abfotografieren? Denn wir müssen sie den Technikern überlassen. Aber ihren Inhalt brauchen wir.«

Bouhaddi nickte und schritt zu Werke.

Hjelm sprach weiter: »Jetzt muss es verdammt schnell gehen. Der Chef der Sektion heißt also Michael Dworzak. Als Allererstes müssen wir ihn ausfindig machen. Und außerdem müssen wir weiter darüber nachdenken, wer diese Berichte verfasst hat.«

»Eine Organisation, die ›gut bekannt‹ ist mit Isli Vrapi«, erklärte Bouhaddi und fotografierte weiter mit ihrem Handy.

»Sorg dafür, dass alles lesbar ist«, forderte Hjelm sie auf.

»Gut, dass du das sagst«, entgegnete Bouhaddi. »Ich hatte eigentlich vor, es so unleserlich wie möglich zu fotografieren.«

»Übrigens ist diese Verbindung zu Isli Vrapi in der Tat interessant«, meinte Hjelm. »Eine Organisation, die gut bekannt ist mit illegalen Waffenhändlern, das erinnert mich doch an etwas ... Wenn die NATO beschließt, ihren ehemaligen Mitarbeitern keinen Schutz zu gewähren, ist Michael Dworzak wohl gezwungen, sich an ein privates Sicherheitsunternehmen zu wenden. Privatkrimi mit Legionären.«

»Mir kam auch einiges von dem, was du vorgelesen hast, bekannt vor«, meinte Bouhaddi. »Beispielsweise Antebellum Invest Inc. und der Bankdirektor Colin B. Barnworth.«

»Ja«, pflichtete Hjelm ihr bei. »Ziemlich eigenartig. Der Finanzier der Sektion. Einer der Mächtigen, die bei unserem komplizierten Fall letztes Jahr mit heiler Haut davongekommen und seither untergetaucht sind. Walter, dieser Assistent von Bankdirektor Barnworth, ist also unser Mörder Winfried. Aber vielleicht ist alles nur ein Zufall, warten wir also lieber ab.«

»Eventuell sollten wir auch nach der restlichen Familie Berner-Marenzi suchen«, sagte Bouhaddi. »Was ist denn aus dem Vater Luigi und den Schwestern Una und Vera geworden?«

»Gute Frage«, antwortete Hjelm und griff nach seinem Handy. »Ich schicke Sifakis sofort eine SMS. Noch etwas, über das wir uns momentan Gedanken machen sollten?«

»Weiß nicht. Vielleicht über Ws Beweggründe. Was genau hat er vor? Ist es wirklich so einfach, dass er sich schlicht an den Menschen rächen will, die an ihm als Embryo und Kleinkind herumexperimentiert haben? Oder hat er noch ein anderes Motiv?«

»So einfach scheint es zu sein«, antwortete Hjelm. »Im schlimmsten Fall erfuhr W im Alter von fünfzehn Jahren von Udo Massicotte nicht nur, dass er ein Adoptivkind ist, sondern auch, dass er schwerwiegende Empathiestörungen hat. Bewusst hervorgerufene Empathiestörungen. Wie geht man mit so einer Wahrheit um? Er explodiert. Und beginnt bereits im Alter von fünfzehn Jahren, seine Rache zu planen. Sie sollen allesamt sterben.«

Als Hjelm und Bouhaddi das Hauptgebäude von Europol in Den Haag betraten, war es bereits Abend. Alle waren anwesend, nur Felipe Navarro, der erst am nächsten Morgen zurückkehren würde, Miriam Hershey und Laima Balodis fehlten. Arto Söderstedt hingegen war inzwischen wieder ins Büro gekommen und mit ihm Sara Svenhagen.

Auf Söderstedts Schreibtisch standen Blumen.

Hjelm warf erst einen Blick auf die Blumen und dann auf Arto selbst. Der zuckte mit den Achseln und lächelte.

Hjelm ließ die Sache auf sich beruhen. Er ging geradewegs zum Whiteboard, und die Opcop-Gruppe folgte ihm. Angelos Sifakis setzte sich an den Rechner.

Hjelm begann: »Darf ich vorschlagen, dass wir, obwohl es Sonntagabend ist, unsere Arbeit hier schlicht und einfach so lange fortsetzen, bis wir ein vollständiges und klares Bild vor Augen haben?«

In der Bürolandschaft regte sich kein Protest.

»Dann legen wir los«, sagte Hjelm. »Miriam und Laima sind also nach Spanien an die Costa del Sol geflogen?«

»Sie haben herausgefunden, dass der pensionierte Professor für Genetik, Sir Michael Dworzak, in Estepona im westlichen Teil der Costa del Sol lebt«, antwortete Sifakis. »Er wohnt dort seit seiner Pensionierung vor acht Jahren. Dworzak ist Engländer mit slowakischen Wurzeln, Professor in Cambridge gewesen und allgemein anerkannt als einer der Pioniere der Genforschung in den vergangenen Jahrzehnten. Da er den Nobelpreis wohl nie erhalten wird, für den man ihn seit fünfzehn Jahren vorschlägt, hat das englische Königshaus anscheinend nicht mehr abwarten wollen und ihn vor zwei Jahren zum Ritter geschlagen. Deswegen heißt er offiziell Sir Michael Dworzak.«

»Haben Miriam und Laima ihn denn persönlich getroffen?«, fragte Hjelm. »Haben sie mit ihm gesprochen?«

»Nein«, antwortete Sifakis. »Alles deutet darauf hin, dass er untergetaucht ist, möglicherweise mithilfe dieser Organisation, die die Berichte verfasst hat. Sie sind hingeflogen, um mit seiner Familie, Nachbarn und Freunden zu sprechen. Mit allen, die ihm nahestehen.«

»Dann warten wir ab, bis Miriam und Laima sich melden, und wenden uns vorerst den Ergebnissen aus Paris zu. Zunächst zu dem ›Multigift‹. Es gibt offenbar ein generell funktionierendes Antidot, das äußerst schnell wirkt, also ein Gegengift. Man hat uns sogar zwei Spritzen mit dem Gegengift geschickt, sogenannte ›Jet injectors‹ zur Direktinjektion ins Blut.«

Paul Hjelm hielt die genannten Spritzen hoch, steckte sie dann wieder in seine Brusttasche und fuhr fort: »Aber bedeutend wichtiger sind natürlich die Berichte, die wir in Pierre Rigaudeaus Mund gefunden haben. Habt ihr sie bereits gelesen?«

»Etwas miese Bildqualität«, merkte Kowalewski an und fing sich einen bösen Blick von Bouhaddi ein.

»Aber sie sind lesbar«, wiegelte Hjelm ab. »Wer hat sich darüber Gedanken gemacht?«

»Ich habe sie im Flieger gelesen«, antwortete Söderstedt. »Interessant, die endgültige Konstellation der Sektion zu erfahren: fünf Genforscher, drei Hirnforscher beziehungsweise Neurologen, ein Chemiker, ein Arzt für plastische Chirurgie und ein Orthopäde. Diese Mediziner benötigt man also, um einen neuen Menschentyp zu erschaffen.«

»Oder eher eine weiterentwickelte Variante des guten alten Psychopathen«, fügte Kowalewski an.

»Das Interessanteste, was wir eruieren konnten«, sagte Sifakis, »ist das Schicksal der Familie Berner-Marenzi. Nach dem Tod der Mutter und einem weiteren Jahr in Paris zogen Vater Luigi und die Schwestern Una und Vera schließlich nach Moskau, wo Luigi im Sommer 1997 italienischer Botschafter wurde. Die Töchter heirateten Russen. Vera scheint nach gescheiterter Ehe eine Zeit im Ausland gelebt zu haben, ist dann jedoch nach Russland zurückgekehrt. Aber jetzt kommt das Wichtigste: An einem der Vorweihnachtstage 2005 lässt Luigi Una und ihren Mann Sergej mit der Botschafterlimousine zur Fahrt ins Bolschoitheater abholen, wo sie sich Glinkas Oper *Ruslan und Ljudmila* anschauen wollen. Die Straßen sind spiegelglatt, und die Limousine gerät mitten in der Innenstadt von Moskau ins Rutschen und kollidiert mit einem Tanklastzug. Alle Insassen sterben in einem Flammenmeer.«

»Irgendetwas Verdächtiges daran?«, fragte Hjelm.

»Lediglich der Zeitpunkt«, antwortete Sifakis. »Es geschieht genau in dem Zeitraum, der zwischen dem Verschwinden von Jacques Rigaudeau im Oktober und dem ersten Mord in der Serie, an Andrew Hamilton III., im Januar liegt.«

»Also in der Zeit, in der W den Berichten zufolge damit beschäftigt war, seine Spuren zu verwischen«, erklärte Kowalewski.

»Und die andere Tochter?«, fragte Hjelm. »Vera?«

»Wissen wir nicht«, antwortete Sifakis. »Sie lässt sich kurz darauf scheiden, und seither fehlt jede Spur von ihr. Es kann natürlich sein, dass sie ebenfalls tot ist. Verschwunden bedeutet in diesem Fall normalerweise tot, leider.«

»Da gab es doch eine Bemerkung ...«, sagte Söderstedt und blätterte in seinen Unterlagen. »Im Tagebuch der Mutter, war es nicht im zweiten Bericht? Ja, hier: ›Sein Lächeln wurde sogar noch etwas breiter, als seine Lieblingsschwester Vera ihn liebevoll umarmte.‹ Das ist die einzige Stelle, an der etwas über die Beziehung der Geschwister zueinander ausgesagt wird. Vielleicht standen sich W und Vera besonders nahe, und er hat deswegen davon abgesehen, sie zu töten.«

»Wende deine gesamte Energie dafür auf, Angelos, nach ihr zu suchen«, forderte Hjelm ihn auf. »Ich stimme Arto zu, Vera könnte wichtig für uns sein.«

Angelos Sifakis nickte kurz.

»Irgendetwas anderes, das eure Aufmerksamkeit erregt?«, fragte Hjelm geradewegs in den Raum hinein.

»Nizza«, antwortete Corine Bouhaddi mit Nachdruck. »Die Stadt Nizza.«

»Lass hören.«

»Die schlichte Tatsache, dass uns zwei Kreditkartenzahlungen genau zu demselben Hotel führen, muss etwas zu bedeuten haben. Ich glaube, dass das Hôtel Palais de la Méditerranée in Nizza in diesem Zusammenhang eine besondere Rolle spielt.«

»Und welche?«, fragte Hjelm.

»Die Exfrau von Lasse Dahlis in Seattle – hieß sie nicht Jennifer Smith? – sagte aus, dass Lasse ihr einen einzigen geografischen Hinweis gab, nämlich auf Europa. Ich glaube, dass die Sektion ihrer geheimen Tätigkeit irgendwo in der Nähe von Nizza im Süden Frankreichs nachging.«

»Kümmerst du dich weiter darum, Corine?«

»Klar.«

»Also dann«, sagte Hjelm, »noch etwas Auffälliges?«

»Ich denke schon«, meinte Jutta Beyer zögerlich. »Ich habe ein Problem mit der Chronologie. Die Sektion existierte von Februar 1977 bis Januar 1992, oder? Also fünfzehn Jahre lang. Nach dem Fall der Sowjetunion wird sie ziemlich schnell abgewickelt. Damit endet auch Pierre Rigaudeaus Auftrag, W zu überwachen. Die NATO lässt offenbar das gesamte Projekt fallen. Man bekommt fast den Eindruck, sie handelt etwas übereilt.«

»Ich habe denselben Eindruck«, stimmte Hjelm ihr zu. »Und weiter?«

»Doch dann sucht Udo Massicotte W im Herbst 1994 in Paris auf und erzählt ihm die ganze Geschichte. Zweieinhalb Jahre nach der Auflösung der Sektion. Warum tut er das? Um sein Gewissen zu erleichtern?«

»Daran glaubst du also nicht?«

»Nein, das klingt nicht nach ihm.«

»Was vermutest du dann? Hatte Massicotte vor, ein eigenes Unternehmen zu gründen?«

»Nicht unbedingt ein eigenes«, antwortete Jutta Beyer. »Aber wenn man den letzten Bericht eingehend liest, stellt sich heraus, dass die Sektion noch nicht ganz aufgelöst ist. Das wird zweimal erwähnt. Lasst mich zitieren: ›Die Umwandlung der Sektion hat allerdings noch nicht stattgefunden – das geschieht erst einige Jahre später.‹ Und: ›W ist zu diesem Zeitpunkt bereits von Udo Massicotte aufgesucht worden, der ihn mit der Wahrheit über seine Herkunft konfrontiert, um die wesentlichen Forschungsergebnisse für die umgewandelte Sektion zu sichern.‹«

»Ja«, bestätigte Hjelm und nickte. »Und welche Schlüsse ziehst du daraus, Jutta?«

»Ich bin mir noch nicht ganz sicher«, antwortete Jutta Beyer. »Ich selbst bin in der DDR aufgewachsen, und nach dem Fall der Mauer haben wir völlig unreflektiert unsere neu gewonnene Freiheit genossen. Ich habe also eigentlich keine negative Einstellung zum sogenannten Neoliberalismus. Aber wurde nicht genau in diesen Jahren im Westen alles Mögliche privatisiert? Ende der Achtziger-, Anfang der Neunzigerjahre?«

»Du meinst also, dass die Sektion … privatisiert wurde?«

»Ich finde, dass es ganz danach klingt«, antwortete Beyer. »Auch wenn natürlich nicht alle ehemaligen Forscher mit von der Partie waren. Es handelte sich eher um den Alleingang des Geschäftsmannes der Vereinigung, der Arzt für plastische Chirurgie, Udo Massicotte, der bereits zahlreiche Unternehmen in problembelasteten Ländern wie Brasilien und Thailand gegründet hatte. Ein routinierter Kapitalist, der die Chance sah, die Forschungsergebnisse der Sektion zu übernehmen, als die NATO kein Interesse mehr daran zu haben schien. Er wollte ein gutes Geschäft damit machen.«

»Verdammt auch«, rief Arto Söderstedt aus. »Jetzt hast du aber den Nagel auf den Kopf getroffen, Jutta. Massicotte sticht irgendwie heraus. Ich habe es ja von Anfang an gesagt.«

»Aber warte mal«, wandte Hjelm ein. »Wenn Massicotte die Sektion in ein Unternehmen umgewandelt hat, ist das doch eine große Sache. Warum wird es in den Berichten dann nur am Rande erwähnt?«

»Weil es für W keinerlei Bedeutung hat«, antwortete Beyer. »Er pfeift darauf, ob es eine Firma gibt. Er ist auf die Sektion aus. Außerdem hat Michael Dworzak die Suche nach W in Auftrag gegeben, und er hat nichts mit der Firma zu tun. Die Firma ist Massicotte.«

»Und Massicotte wird auf eine andere Art ermordet als die übrigen Opfer«, erklärte Söderstedt. »Lasst uns kurz die zehn Opfer chronologisch durchgehen. Hamilton: Blutbad, keine Untersuchung auf Gift. Van der Sanden: verschwunden. Aldrich: treibt in der Themse, keine Untersuchung auf Gift. Schultz: mittels Gift ermordet. Hays: mittels Gift ermordet.

Flores-Domingo: mittels Gift ermordet. Massicotte: angeblich Selbstmord. Dahlberg: mit dem Messer erstochen, eventuell Gift. Vacek: vergiftet. Rigaudeau: vergiftet.«

»Es kann also durchaus sein, dass alle Opfer vergiftet wurden«, schlussfolgerte Hjelm. »Außer Massicotte. Denn seine Leiche ist bereits toxikologisch untersucht worden.«

»Es könnte auch sein«, warf Arto Söderstedt ein, »dass Udo Massicotte gar nicht tot ist.«

In der offenen Bürolandschaft im Europolgebäude in Den Haag wurde es mucksmäuschenstill.

Schließlich fragte Hjelm: »Was meinst du damit? Er hat sich doch in seinem Haus in Charleroi erhängt. Wir haben zahlreiche Fotos gesehen, und zwei von uns haben sogar die Leiche in Augenschein genommen. Massicotte ist definitiv tot.«

»Seid ihr bereit für eine Hypothese?«, fragte Söderstedt.

»Du hast unsere volle Aufmerksamkeit«, versprach Hjelm.

»Jutta und ich waren in seiner Villa in Charleroi. Wir sind das gesamte Haus durchgegangen. Dort sah alles absolut normal aus. Und das hat mich von Anfang an irritiert. Dieses Übernormale, das uns annehmen ließ, dass er trotz aller Gerüchte über Depressionen und Alkoholismus ermordet wurde. Ein halbes Jahr zuvor ließ er sich von seiner Frau scheiden, die dann auf Fuerteventura spurlos verschwindet. Bereits zu diesem Zeitpunkt hat er sich darauf vorbereitet, ebenfalls unterzutauchen, nicht zuletzt, um Ws Rache zu entgehen. Er spielte seiner Umwelt seinen Niedergang vor. Sein Selbstmord sollte für die Polizei nachvollziehbar sein. Scheidung, Alkohol, Workaholic-Symptome, Einsamkeit et cetera.«

»Aber die Leiche?«, fragte Hjelm.

»Zurück zu Charleroi«, entgegnete Söderstedt. »In der Villa war es ziemlich dreckig, überall lag Staub. Außer in einem Raum im Keller, der wie frisch geputzt aussah. Ich glaube, dass dort monatelang ein Mann gewohnt hat, ein sorgfältig ausgewählter Alkoholiker und Penner, ein Mann mit Leberzirrhose, der vermutlich Essen, einen Fernseher, Pornohefte und so viel Sprit, wie er wollte, bekommen hat, unter der Bedingung, sich einer chiroplastischen Operation zu unterziehen. Um Udo Massicotte aufs Haar zu gleichen. In diesem Kellerraum erschuf Massicotte seinen Doppelgänger. Und als der Mann ordentlich betrunken war, erhängte Massicotte ihn. Mithilfe eines kurzen Stricks. Und tauchte unter, um sich irgendwo auf dem Erdball wieder mit seiner Exfrau zu vereinen und von dort aus die Firma, vermutlich geheim und mittels Strohmännern, weiterzubetreiben.«

Erneut wurde es vollkommen still im Raum. Die Zahnräder griffen ineinander, Fäden wurden miteinander verknüpft. Der Gesamteindruck veränderte sich erneut.

Schließlich sagte Hjelm: »Die DNA von Massicottes Leiche wurde niemals überprüft, weil wir alle davon ausgingen, dass es sich um ihn handelte. Wir müssen so schnell wie möglich einen Test durchführen lassen; ich vermute, dass sich seine Leiche noch im Kühlraum befindet. Und dann müssen wir der Polizei auf Fuerteventura wegen seiner Frau Mirella Massicotte auf die Zehen treten. Verdammt, Arto, wie lange hast du darüber gebrütet?«

»Kein bisschen«, antwortete Arto Söderstedt. »Es fiel mir in dem Augenblick ein, als Jutta auf den Gedanken mit der Privatisierung der Sektion kam.«

»Jedenfalls ziemlich clever, sowohl Jutta als auch Arto«, lobte Hjelm. »Was die Informationen, die wir gerade vom Rechtsmediziner aus Paris erhalten haben, hochinteressant macht. Die Tatsache, dass diese Berichte in Pierre Rigaudeaus Mund gefunden wurden, haben uns zu der These geführt, dass W in irgendeiner Form an sie herangekommen sein muss und sie dann dem Verräter Pierre voller Zorn in den Mund gestopft hat. Doch wie sich nun in der Analyse herausgestellt hat, wurde Rigaudeau der Papierball zu einem späteren Zeitpunkt in den Mund geschoben, als sein Gesicht und alle Körperflüssigkeiten inklusive des Speichels bereits tiefgefroren waren. Der Mord fand also davor statt – und da W der Einzige ist, der im Besitz des weiterentwickelten Protobiamids ist, war also er derjenige, der den Mord beging und Rigaudeau in den Gefrierschrank stellte –, aber der Papierball landete erst etwa sechs Stunden danach im Mund des Opfers. Also muss nach W jemand in das Studentenwohnheim in Paris gekommen sein, um Pierre die Dokumente in den tiefgefrorenen Mund zu stecken. Womit wir zu den Berichten zurückkehren. Wen hat Michael Dworzak beauftragt? Und wer hat Rigaudeau die Berichte in den Mund geschoben?«

In der Gruppe wurden diverse Blicke ausgetauscht. Keiner schien eine vernünftige Antwort parat zu haben.

»W ist möglicherweise erst später an die Berichte herangekommen«, sagte Bouhaddi schließlich, »und ist dann im Zorn zu Rigaudeau zurückgekehrt, um sie ihm in die Fresse zu schieben.«

»Das wäre eine Möglichkeit«, stimmte Hjelm zu. »Es kann durchaus so gewesen sein. Aber es scheint nicht gerade sein Stil zu sein, an einen Tatort zurückzukehren. Und wie sollte dieser einsame Jäger an ein Dokument mit der Bezeichnung ›Höchste Geheimhaltungsstufe‹ kommen? Von einem abgeschirmten privaten Sicherheitsunternehmen? Ich glaube es ehrlich gesagt nicht.«

»Du hast also eine alternative Erklärung?«, fragte Söderstedt.

»Ich schlage mich mit diesen Berichten herum, seit ich sie zum ersten Mal gelesen habe«, antwortete Hjelm. »Wir wissen nun, dass in den vergangenen Monaten private Ermittlungen stattgefunden haben. Wenn ich mir die Bezeichnungen anschaue, mit denen jeder Bericht versehen ist, fällt mir zunächst die Auftragsnummer auf, der immer ein ›A‹ vorangestellt ist. Das kann natürlich schlicht und einfach ›Priorität A‹ bedeuten. Aber wenn ich sehe, dass die Nummern, mit denen die Berichte gekennzeichnet sind, stets mit einem CJH eingeleitet werden – wie zum Beispiel ›CJH-28347-B452‹ –, dann überkommt mich ein unangenehmes Gefühl.«

»Jetzt kann ich dir nicht ganz folgen«, sagte Marek Kowalewski aufrichtig.

»Ich weiß selbst noch nicht, ob ich auf der richtigen Spur bin«, gab Paul Hjelm zu. »Aber habt ein wenig Geduld mit mir.

Die Zahlen, mit denen die Texte gekennzeichnet sind, werden mit jedem Bericht höher: 28347, 28401, 28467 und 28509. In einem Zeitraum von zwei Monaten steigen sie also um ungefähr hundertfünfzig Zähler. Möglicherweise wurden in dieser Zeit also insgesamt hundertfünfzig Berichte geschrieben. Das heißt aber, dass wir hier nicht von einer kleinen Detektei reden, sondern von einer einflussreichen weitverzweigten Organisation, die allem Anschein nach in Privatbesitz ist. Wir haben es mit einer militärisch organisierten Macht zu tun, die nur für die Meistbietenden arbeitet.«

»Aha«, meinte Jutta Beyer. »Und was hat das mit der Bezeichnung ›CJH‹ zu tun?«

Paul Hjelm sah Beyer an und antwortete: »Weil ich den Eindruck habe, dass ›CJH‹ möglicherweise die Abkürzung für ›Christopher James Huntington‹ ist, der uns aus einem früheren Fall auch als Ray Hammett bekannt ist.«

»Und daher denkst du nun«, sagte Arto Söderstedt, »dass ›A‹ gar nicht ›Priorität A‹ bedeutet, sondern ...«

»Ja, womöglich bedeutet A nämlich ›Asterion‹. Wie in Asterion Security Ltd.«, antwortete Hjelm.

»Glaubst du also, dass wir schon wieder auf diese Idioten stoßen?«, fragte Kowalewski.

»Vielleicht«, antwortete Hjelm. »Aber diesmal ist es möglicherweise noch etwas schlimmer. Denn wenn es nicht W gewesen ist, der dem tiefgefrorenen Professor Rigaudeau die Berichte in den Mund gesteckt hat, muss es logischerweise das Sicherheitsunternehmen selbst gewesen sein. Und in diesem Fall kann sich die Botschaft nur an einen einzigen Empfänger richten – nämlich an uns.«

Costa del Sol

Estepona, 31. Mai

Obwohl es noch früh am Morgen war, war es schon recht heiß im andalusischen Estepona. In ihrem Mietwagen mit Klimaanlage fröstelten Miriam Hershey und Laima Balodis hingegen, während sie ihre Notizen vom Vorabend miteinander verglichen. Dabei schweiften ihre Blicke nicht ein einziges Mal zum verlockend vor ihnen liegenden Meer ab und ebenso wenig hinauf zur Luxusvilla in dem kleinen Wohngebiet oben auf der Hügelkette, dem stilvollen Eigentum von Sir Michael Dworzak. Die Villa lag verlassen da – das hatten sie bereits am Vortag festgestellt –, und die ausgiebigen Befragungen der Nachbarn in den bedeutend bescheideneren Reihenhäusern unten an der Hauptstraße, an der sie jetzt mit dem Wagen parkten, hatten nichts erbracht. Keiner hatte eine Ahnung davon, wo Sir Michael Dworzak sich zurzeit aufhalten könnte.

»Asterion«, sagte Miriam Hershey und befühlte ihre Nase, die ein gutes Jahr nach der Konfrontation im Polizeigebäude New Scotland Yard in London immer noch ein wenig schief war. Es war eine Auseinandersetzung mit einem privaten Sicherheitsunternehmen namens Asterion gewesen.

»Ob sie dahinterstecken, wissen wir allerdings noch nicht«, wandte Laima Balodis ein. »Das ist lediglich Hjelms vage Hypothese.«

»Aber wenn es Asterion ist, haben sie Dworzak definitiv in ein anonymes Safe House gebracht. Dann ist er in einem sicheren Versteck, und unsere Fahrt hierher war vergebens.«

»Ich schätze, das Ganze ist ein wenig komplizierter«, entgegnete Balodis. »Wenn sie Dworzak in ein anonymes Safe House gebracht hätten, würden sie uns nicht die Berichte zukommen lassen.«

»Du meinst, sie haben Sir Michael geopfert? Und wofür? Für ein besseres Angebot?«

»Ich habe gestern Abend den Bericht aus Den Haag gelesen. Es gibt einen Typen mit gigantischen finanziellen Muskeln. Udo Massicotte. Ist doch klar, dass es für Massicotte und diese Firma besser ist, wenn Dworzak uns seine Geschichte nicht erzählen kann.«

»Wenn diese Berichte der Wahrheit entsprechen, macht Sir Michael einen ziemlich verwirrten Eindruck«, sagte Hershey. »Er vergisst, gewisse Informationen weiterzugeben, und leistet sich merkwürdige Aussetzer. Er wäre ganz sicher bereit, uns alles zu berichten, wenn wir ihm das Leben retten und ihn in ein Zeugenschutzprogramm einbinden würden.«

»Aber das will Massicotte nicht«, ergänzte Balodis.

Hershey veränderte ihre Position auf dem Fahrersitz und sagte: »Wenn all das stimmt, hat Massicotte sein Verschwinden verdammt gut geplant. Zum einen ist es ihm gelungen, den Eindruck zu vermitteln, dass er unter Alkoholproblemen leidet und noch dazu vereinsamt und geschieden ist, und zum anderen sind seine Gelder verschwunden. Zum Zeitpunkt seines angeblichen Todes befand sich nicht mehr viel auf seinen Konten. Also nahmen wir an, dass er abgesehen von seiner Vereinsamung auch noch verarmt war.«

»Du glaubst also, dass er möglicherweise die Hilfe eines privaten Sicherheitsunternehmens in Anspruch genommen hat?«

»Das jetzt von Massicotte den Auftrag erhalten hat, Dworzak zum Schweigen zu bringen?«

In dem kleinen Mietwagen wurde es still. Nur das nervenaufreibende regelmäßige Hämmern der Klimaanlage war zu hören.

»Ist das, was wir jetzt vorhaben, wirklich das Vernünftigste?«, fragte Laima Balodis. »Sollen wir wirklich auf diesen Nachbarn warten?«

»Wenn wir an unsere neue Hypothese glauben«, antwortete Hershey, »und damit daran, dass Asterion Dworzak eben nicht in einem Safe House untergebracht hat, sondern er möglicherweise auf der Flucht ist, ja, dann tun wir hier das Vernünftigste. Die Zeugenaussagen von gestern waren eindeutig.«

»In ihrer Einfalt«, entgegnete Balodis. »Wenn einer weiß, wo er steckt, ist es ganz sicher dieser Däne.«

»Ja, der beste Freund von Sir Michael. Den Nachbarn zufolge ist er auf Geschäftsreise und müsste heute Morgen wieder zurückkommen. Tja, und wir sitzen hier und machen es uns vor seinem niedlichen kleinen Reihenhaus gemütlich.«

»Gemütlich ist das Stichwort«, bemerkte Balodis und schaltete die Klimaanlage herunter.

Im gleichen Augenblick tauchte der Däne auf. In einem Auto, das weitaus schicker war als sein Reihenhaus. Als wäre es wichtiger, unterwegs Eindruck zu schinden, als zu Hause. Als er aus dem Wagen stieg, waren sie bereits bei ihm.

»Morten Poulsen?«, Balodis zeigte ihm ihren Polizeiausweis.

Morten Poulsen seufzte gelangweilt. Er war um die fünfundsechzig, möglicherweise etwas älter, und sah wie die Karikatur eines alt gewordenen Jetsetters aus. Ein Mann, bei dem damit zu rechnen war, dass früher oder später die Polizei auftauchen würde, und der eigentlich etwas betroffener reagieren müsste, wenn Polizisten vor seinem Haus standen.

»Nicht schon wieder«, brachte er schließlich hervor.

»Machen Sie sich keine Sorgen«, beruhigte ihn Miriam Hershey. »Wir sind nicht von der Steuerfahndung. Wir suchen Sir Michael Dworzak.«

»Er wohnt dort oben«, entgegnete Poulsen und deutete etwas lustlos den Hügel hinauf.

»Das wissen wir«, meinte Balodis. »Haben Sie ihn in den letzten Tagen getroffen?«

»Ich habe ihn gestern Morgen zuletzt gesehen. Aber ich habe doch bereits ...«

»Bei welcher Gelegenheit?«, fragte Hershey.

»Er hat mir zugewinkt, als sie vorbeigefahren sind.«

»Vorbeigefahren?«

»Das Ganze war, wie gesagt, etwas merkwürdig«, antwortete Morten Poulsen und kratzte sich am Kopf. »Er fuhr nicht mit seinem eigenen Wagen, sondern mit der alten Schrottkarre seines Gärtners. Sie kamen von oben aus seiner Villa.«

»In der Schrottkarre des Gärtners?«

»Ja, von José, oder wie er heißt.«

»Und wie wirkte Dworzak?«

»Tja, wie wirkte er? Wie schon gesagt, etwas bedrückt. Mitgenommen.«

»Warum sagen Sie eigentlich andauernd ›wie gesagt‹?«

»Sprechen Sie sich denn untereinander nicht ab?«, fragte Morten Poulsen genervt.

»Sie haben das Ganze also schon einmal erzählt?«, fragte Balodis.

»Ja, auf dem Flughafen, vor einer halben Stunde. Und zwar Ihren Kollegen.«

Miriam Hershey und Laima Balodis tauschten rasch einen Blick aus.

»Berichten Sie uns von dem Gespräch, in kurzen Worten und so genau wie möglich«, forderte Hershey ihn auf.

»Es waren zwei Männer mit ähnlichen Polizeiausweisen wie die der Damen. Sie haben genau dasselbe gefragt. Und ich habe dasselbe geantwortet.«

»Nämlich?«

»Dass wir uns dort im vergangenen Jahr zur *Javali*-Jagd einquartiert haben. Zur Wildschweinjagd. Ich muss schon sagen, dort herrscht absolute Wildnis.«

»Und wo genau, bitte?«

»In Josés Hütte, oben in den Bergen. Dort sind sie wahrscheinlich jetzt auch hingefahren.«

Sie machten sich auf den Weg. Hershey gab Gas, während Balodis versuchte, Poulsens krakelige Kartenskizze zu entziffern.

»Dworzak ist also mit seinem Gärtner als Leibwächter dort hingefahren«, sagte Hershey.

»Asterion hat demnach offenbar nicht vor, ihn zu schützen«, meinte Balodis. »Sondern vermutlich eher, ihn zu töten. Und zwar genau in diesem Augenblick.«

»Was glaubst du, warum ich fahre wie der Teufel?«, fragte Hershey und riss das Lenkrad in einer steilen Kurve herum. Auf der rechten Straßenseite stürzte der Felskamm geradewegs in die Unendlichkeit. Sie überwanden die Serpentinen der Bergstraße in beeindruckendem Tempo.

»Du weißt, was uns jetzt erwartet, oder?«, fragte Hershey und riss erneut das Steuer herum. »Wir waren noch nie zuvor gemeinsam in eine Schießerei verwickelt, Laima.«

»Du fragst dich, ob ich dem gewachsen bin?«, entgegnete Balodis und deutete auf einen noch schmaleren Abzweig nach rechts. Von nun an balancierten sie unablässig am Rande des Abgrunds.

»Nein«, antwortete Hershey. »Nein, das frage ich mich nicht.«

»Gut«, meinte Balodis, »denn das frage ich mich auch nicht.«

Der letzte Abzweig war nicht gerade leicht zu finden. Ein kleiner Kiesweg, über dem Schotter hing eine dünne Staubwolke. Als wäre vor nicht allzu langer Zeit ein Auto dort gefahren.

Balodis verzog das Gesicht und nahm ihre Pistole aus dem Achselhalfter.

Die verfallene Hütte lag direkt an einem bewaldeten Abhang. Sie hatte zwei Türen, von denen eine in den Wald und die andere auf eine Veranda hinausführte.

Beide standen weit offen.

Hershey legte eine Vollbremsung hin, sodass der Wagen quer zum Stehen kam. Sie hatte ihre Waffe bereits gezückt, bevor sie den Fuß von der Bremse nahm. Balodis stürzte hinter ihr her. Beide sprangen aus dem Wagen und duckten sich, die Pistolen auf die Hütte gerichtet, hinter dem Fahrzeug.

Es war kein anderer Wagen zu sehen.

Hershey und Balodis blickten sich mit maximaler Aufmerksamkeit um. Kein Lebenszeichen.

Mit erhobenen Waffen liefen sie auf die Hütte zu. Die weit geöffneten Türen sahen aus wie die aufgerissenen Augen einer Leiche.

Sie gaben einander so perfekt Deckung, als hätten sie nie etwas anderes getan. Immer noch kein Lebenszeichen.

Schließlich standen sie jede an einer Seite der Eingangstür auf der Veranda. Sie warfen einander rasch einen bestätigenden Blick zu, dann stürzte Hershey als Erste in die Hütte. Balodis folgte ihr unmittelbar. Und gab ihr Deckung.

Die Hütte war leer. Es lagen auch nicht zwei Leichen auf dem Boden, wie sie es befürchtet hatten.

Aber die kleine Hütte des Gärtners José war in erbärmlichem Zustand. Keine Schublade saß mehr an ihrem Platz, kein Schrank, der nicht vollständig geleert worden wäre. Es sah aus, als wäre eine extrem aggressive Windhose durch das Haus gefegt.

Was in gewisser Weise auch stimmte.

Plötzlich stand ein Kind neben ihnen.

Es war ein ungefähr zwölfjähriger Junge. Er stand mit einem leeren Becher in der Hand da und starrte mit offenem Mund auf die groteske Unordnung.

»Ich wollte mir ein wenig Olivenöl borgen«, sagte er in einem spanischen Dialekt.

Balodis nagelte Hershey mit ihrem Blick förmlich an die Wand.

Hershey verbarg ihre Waffe schnell hinter dem Rücken und bemühte ihren kleinen Spanischwortschatz: »José ist nicht zu Hause. Weißt du, wo er sein könnte?«

»Nein«, antwortete der Junge. »Oder ...«

»Oder?«

»José hat eine Jagdhütte oben auf dem Berg. Da spiele ich immer.«

»Kannst du sie uns zeigen? Du bekommst dafür auch das hier. Viel besser als Olivenöl.«

Der Junge warf einen begierigen Blick auf den Zwanzigeuroschein.

»Okay«, sagte er, und sie machten sich auf den Weg.

Er bewegte sich wie ein kleines andalusisches Mufflon durch die dichte Vegetation. Miriam Hershey dankte ihrem glücklichen Stern, dass sie sich gegen ihre Salvatore-Ferragamo-Schuhe entschieden und stattdessen ein Paar robuste Nikes angezogen hatte. Sie warf einen Blick zurück auf Laima und musste feststellen, dass sie selbst bedeutend mehr Energie verbrauchte als ihre Kollegin.

Balodis bewegte ihren Oberkörper überhaupt nicht, während ihre Beine sowohl die Steigung als auch die Unebenheiten des Bodens federnd ausglichen. Obwohl sie mehr als Kolleginnen waren, ja seit über einem Jahr enge Freundinnen, waren sie noch nie gemeinsam größeren Prüfungen ausgesetzt gewesen. Doch jetzt sah die ehemalige MI5-Agentin, aus welchem Holz ihre baltische Kollegin geschnitzt war. Wie auch Jorge Chavez es im vergangenen Jahr in einer Bank in Berlin gesehen hatte.

Allmählich näherten sie sich der Kuppe. Erst wurde es noch steiler, dann hatten sie die Kuppe überwunden.

Sie standen am Rand einer Lichtung. An deren Ende in ungefähr dreißig Metern Entfernung lag ein kleiner Schuppen, der mit der Rückseite an einem Felsvorsprung stand. Die Eingangstür war geschlossen.

Sie blieben am Waldrand stehen und lauschten. Kein Geräusch drang vom Schuppen her.

Hershey wandte sich dem Jungen zu und gab ihm den Euroschein. Dann flüsterte sie: »Lauf rasch nach Hause. Auf dem direkten Weg. Okay?«

Der Junge nickte und rannte los. Hershey und Balodis duckten sich am Waldrand.

»Sie sind da drinnen«, mutmaßte Balodis. »Zwei Amateure, vermutlich mit Jagdgewehren.«

»Jäger sind oftmals ausgezeichnete Schützen«, sagte Hershey.

»Sie können gut schießen, aber sie sind keine Strategen. Wir müssen also die besseren Strategen sein. Wie siehst du die Lage?«

»Vermutlich kein Fenster an der Rückseite«, erwiderte Hershey. »Das Gelände ist rechts schlechter einsehbar als links. Aber das ist auch schon alles.«

»Wir müssen uns aufteilen«, erklärte Balodis. »Ablenkungsmanöver. Ich ziehe auf der linken Seite das Feuer auf mich. Und du näherst dich so weit wie möglich von rechts.«

Hershey nickte. Balodis lief los. Sie verschwand lautlos im Wald. Hershey hielt sich auf der anderen Seite dicht am Waldrand und näherte sich langsam dem kleinen Schuppen. Dann hörte sie in einiger Entfernung das Knacken eines Zweiges. Das Echo hallte durch den Wald. Dann ertönte ein Schuss, der offenbar einen Stein traf. Danach ein weiterer mit einem etwas anderen Klang. Eine Schrotflinte und ein Scharfschützengewehr. Also zwei Schützen, die vom Schuppen aus losfeuerten. Mit etlichen Salven. Dann waren Laufschritte aus dem Wald zu hören. Und erneut Schüsse. Hershey erhöhte ihr Tempo, sobald geschossen wurde. Ungefähr fünf Meter vom Schuppen entfernt hielt sie tief hinter ein Gebüsch geduckt inne. Hier dürfte sie gut geschützt und nicht zu sehen sein. Wieder drang das Geräusch von Laufschritten aus dem Wald. Das Schießen setzte erneut ein. Miriam Hershey lief los und erreichte die Tür. War sie verbarrikadiert? Sie ließ sich nach innen öffnen. Ein gezielter Tritt dürfte ausreichen, auch wenn jemand sie blockiert hätte. In dem kleinen Schuppen konnten nicht viele schwere Möbel stehen, um die Tür zu verbarrikadieren. Aber für den Überraschungseffekt benötigte sie noch eine weitere Schusssalve. Kurz darauf hörte sie erneut ein Knacken aus dem Wald, das sofort mit Schüssen beantwortet wurde. Danke, Laima, dachte Hershey, konzentrierte all ihre Kraft auf ihr rechtes Bein und trat die Tür ein. Sie flog ganz richtig nach innen auf.

Drinnen hockten zwei Männer unter jeweils einem Fenster, die Gewehre über den Sims geschoben. Nicht gerade hochkarätige Profis.

»Stopp!«, brüllte Hershey und richtete ihre Pistole auf sie.

Der eine war ein etwa vierzigjähriger, ein wenig wild aussehender Spanier, bei dem anderen handelte es sich zweifellos um Sir Michael Dworzak.

»Polizei«, rief Hershey etwas leiser. »Wir müssen so schnell wie möglich von hier weg. Die Schüsse waren weithin zu hören.«

Laima Balodis kam durch die Tür herein. Ihr linker Unterarm blutete.

»Querschläger«, erklärte sie verbissen. »Meine eigene Schuld.«

»Bist du okay?«, fragte Hershey.

Balodis machte eine abwehrende Geste und richtete ihre Waffe ebenfalls auf die beiden Schützen.

»Sind Sie wirklich Polizisten?«, fragte Sir Michael Dworzak und legte seine Waffe zur Seite. Dasselbe tat auch der Gärtner José.

Dworzak war ein stattlicher Mann in den Siebzigern, der einen an Fuchsjagden in den englischen Midlands denken ließ.

»Ja«, antwortete Hershey. »Aber diejenigen, die Ihre Schüsse gehört haben und jetzt auf dem Weg hierher sind, sind keine Polizisten. Auch wenn sie es vermutlich einmal waren. Sie selbst haben diese Leute beauftragt, Sir Michael Dworzak, und jetzt müssen Sie den Preis dafür bezahlen. José ebenfalls. Und wir auch.«

»Dieser verfluchte Dennis Ellroy«, brüllte Sir Michael.

»Er benutzt also immer noch seine verdammten Kriminalromannamen«, meinte Balodis. »Denn eigentlich heißt er Christopher James Huntington, und es wäre gut, wenn das allgemein bekannt werden würde. Aber jetzt nichts wie weg.«

»Ich wollte doch nur von diesem Vollblutpsychopathen loskommen«, entgegnete Dworzak und stand schwerfällig auf.

»Der Vollblutpsychopath ist Ihre eigene Schöpfung, Sir Michael Dworzak«, erklärte Hershey. »So jemanden wollten Sie doch erschaffen. Allerdings für Ihre Gegner.«

»Watkin, mein Sohn«, erklärte Sir Michael Dworzak und richtete sich in seiner ganzen wahnwitzigen, an King Lear erinnernden Pracht auf. »Ich habe ihn auf den Namen Watkin getauft, ›den Anführer aller Armeen‹. Und dann wurde aus ihm Watkin Berner-Marenzi. Wer hat mit einem solchen Namen schon etwas zu verlieren? Aber dann kam Udo, dieses Aas, auf die Idee, unsere gesamten Anstrengungen zu privatisieren. Und dem jungen Watkin die ganze Geschichte zu erzählen, um ihn auf seine Seite zu ziehen. Aber was wusste der geldgeile Udo schon von dem, was Pierre und Larsey und Andy und Dick erschaffen hatten? Ein Arzt für plastische Chirurgie? Er hat nicht begriffen, dass er die Waffe gegen sich selbst gerichtet hat, gegen uns alle.«

In dem Augenblick wurde Sir Michael Dworzak der Kopf abgerissen. Man hätte den dumpfen Aufprall auf dem Boden hören können, wenn nicht ein ohrenbetäubender Lärm eingesetzt hätte. Salven aus Maschinengewehren pulverisierten den kleinen Schuppen. José fiel mit einem Ausdruck ewigen Erstaunens im Gesicht und mindestens zehn Kugeln im Körper um.

Hershey und Balodis warfen sich auf den Boden. Hershey spürte, wie ein entsetzlich starker Schmerz ihre Existenz durchbohrte. Sie schaute zu Balodis hinüber, die reglos zwischen José und Dworzak auf dem Rücken lag, in einer riesigen Blutlache. Mühsam kroch Hershey auf die halb offene Tür zu. Auf der Lichtung registrierte sie eine Bewegung und schoss sofort. Ein Mann ging zu Boden, eingerahmt von aufblitzenden Mündungsfeuern der Maschinengewehrsalven wie von einem Heiligenschein.

In dem Augenblick trat jemand auf Hersheys Pistole. Ihr Finger, der sich noch am Abzug befand, wurde am Boden festgeklemmt. Menschliche Schatten glitten in die Ruinen des Schuppens. Nur einer von ihnen bewegte sich nicht. Es war derjenige, dessen Fuß Hersheys Hand zu Boden drückte. Sie war gerade noch so weit Herr ihrer Sinne, um an dem in Militärkleidung steckenden Körper hinaufzuschauen bis zum Gesicht des Mannes. Es war ziemlich profillos, mit einer kräftigen Kieferpartie und einem stechenden Blick aus braunen Augen.

Der Mann sagte höflich: »Seien Sie unbesorgt, liebe Frau, wir töten keine Polizisten.«

In dem Augenblick erfasste Hershey eine Welle vollkommener Resignation. Nun war alles zu spät.

»Zeit für ein Gespräch«, erklärte der Mann mit der kräftigen Kieferpartie ruhig. »Übernimmst du das hier, Greg?«

Ein weiterer Mann in Militärkleidung tauchte auf und nahm Hershey die Waffe aus der Hand, nachdem der andere seinen Fuß angehoben hatte.

Der Mann mit dem breiten Kiefer wählte eine gespeicherte Nummer auf seinem Handy und sagte dann: »Hier ist Chris. Die Hütte ist beschlagnahmt. Dworzak ausgeschaltet.«

Der Mann, der sich Chris nannte, ging mit langsamen Schritten aus dem Schuppen und sprach weiter mit ruhiger Stimme in sein Handy. Hershey spürte, wie die Schmerzen sie bis an den Rand der Bewusstlosigkeit trieben. Sie schaute zu Balodis hinüber, die noch immer zwischen José und Dworzaks kopflosem Körper unbewegt in der Blutlache lag. Über Balodis standen zwei weitere Männer in Militärkleidung.

Miriam Hershey glitt immer wieder in die Bewusstlosigkeit hinüber. In den wachen Momenten wirkte alles um sie herum merkwürdig verzerrt. Durch den Türspalt sah sie den Mann mit der kräftigen Kieferpartie wieder telefonieren, aber sie konnte nichts verstehen, in ihrem Inneren erklang eine eigentümliche schrille Musik.

Sie lag auf dem rauen Holzfußboden in Josés Schuppen und sah, wie sich die Welt um sie herum veränderte, bizarre rote Farbnuancen und asymmetrische Formen tauchten auf. Mitunter sah sie, wie ihr Vater, der jüdische Kleinkünstler im Londoner East End, mit einem kleinen Mädchen an der Hand den Leuten in der U-Bahn fingerfertig die Portemonnaies entwendete. Dann wiederum sah sie eine junge schweißgebadete Frau mit einem Selbstmordgürtel um den Bauch geschnallt auf einen Marktplatz in Manchester zugehen, danach sah sie, wie dieselbe Frau den pechschwarzen nackten Körper eines jungen Mannes betrachtete, und schließlich war sie sogar wieder bei New Scotland Yard und öffnete ohne jede Vorsicht die Tür zum Zimmer eines Kommissars. All diese unverarbeiteten

Erlebnisse drangen an die Oberfläche, um sich mit den restlichen Ungereimtheiten der Welt zu vereinen.

Über ihr stand, die groben Stiefel rechts und links von ihrem Kopf, ein Mann mit Maschinengewehr und eisigem Blick. Höchstwahrscheinlich Greg, kam es ihr in den Sinn. Der Mann mit dem breiten Kiefer hatte ihr den Rücken zugewandt und sprach draußen vor dem Schuppen noch immer in sein Handy. Irgendwann gelang es ihr, erneut den Kopf in Laima Balodis' Richtung zu drehen. Sie lag noch immer in derselben Stellung am Boden vor den beiden Männern in Militärkleidung und zwischen Dworzaks und Josés Leichen. Mit den Beinen in Richtung Hershey, das Gesicht, von ihren Füßen aus betrachtet, verzerrt, die Augen geschlossen.

Hershey realisierte, dass Balodis tot war. Ihre beste Freundin war tot, und sie selbst lag im Sterben.

Alles war vorbei.

Während Hersheys Vater gerade ein Portemonnaie aus dem Ohr eines Mannes zog und die Gemeinde in der Synagoge im Takt Bananen schälte, öffnete Laima Balodis plötzlich die Augen. Hershey wusste nicht, ob das tatsächlich geschah. Alles, was sie sah, war verschwommen und verzerrt. Doch dann schärfte sich Balodis' Blick. Sie schaute Hershey auffordernd an. Ihr Blick war also real. Und er wollte tatsächlich etwas von ihr.

Miriam Hershey wurde sich angesichts der Güte des Universums plötzlich ihrer eigenen Vergänglichkeit bewusst. Sie versuchte, sich eine nüchterne Vorstellung davon zu machen, wie übel es tatsächlich um sie stand. Sie war zweifellos angeschossen worden. Aber sie hatte keine Ahnung, in welchen Körperteil. Um sie herum war Blut, viel Blut, aber nicht genügend, dass es ihr Ende bedeutet hätte. Erneut fiel ihr auf, dass alle Farbnuancen einen dominanten roten Ton hatten. Offenbar rann ihr Blut in die Augen. Sie musste am Kopf getroffen worden sein. Aber sie hatte keine Ahnung, wie schlimm es war.

Plötzlich stand ihr die Frage klar vor Augen. Würde sie es schaffen, Greg umzunieten, oder nicht? Der Mann wog bestimmt hundert Kilo, und seine Füße standen wie angewurzelt auf beiden Seiten ihres Kopfes. Sie roch Tabakrauch. In klassischer männlicher Siegesgewissheit zündete Greg sich eine Zigarette an. Sie warf einen Blick auf die beiden Männer neben Balodis und den Leichen von Dworzak und José. Die Kerle unterhielten sich. Keiner von beiden hatte gesehen, dass Balodis die Augen geöffnet hatte. Sie schauten nicht zu ihr hinunter.

Doch jetzt begegnete Miriam Hersheys Blick dem von Laima Balodis. Ganz kurz, intensiv, aber diskret. Mit maximaler Konzentration. Es würde möglich sein, Greg aus dem Gleichgewicht zu bringen. Sie würde es schaffen. Sie schloss kurz die Augen. Fokussierte ihre gesamte Existenz auf einen aus sich selbst heraus leuchtenden kleinen Punkt reiner Willenskraft. Öffnete erneut die Augen. Nickte.

Dann stieß sie ihre Finger knallhart in Gregs Kniekehlen. Seine Knie knickten ein. Im selben Moment reagierte Laima Balodis. Sie zog ihre Pistole aus dem Meer von Blut, dass es spritzte, und schoss blitzschnell dem linken Bewaffneten ins Gesicht und dem rechten in den Schritt. Beide fielen haltlos auf die Stelle, auf der Laima gerade noch gelegen hatte. Sie war inzwischen auf die Knie gekommen. Hershey spürte, wie Greg sein Gleichgewicht wiederfand, obwohl er vor Schmerz laut brüllte, und sie sah, wie er sein Maschinengewehr umfasste. Doch Balodis war schneller. Sie schoss ihm geradewegs in die Stirn. Hershey starrte auf das Einschussloch und die Gehirnsubstanz, die aus Gregs erstauntem Gesicht drang. Sie sah, wie Balodis ein weiteres Mal auf die beiden am Boden Liegenden zielte und jedem von ihnen einen Schuss verpasste, und dann sah sie – es war das Allerletzte, was sie sah, vielleicht in ihrem gesamten Leben –, wie Laima Balodis sich durch das offene Fenster nach draußen stürzte.

5 – Orkan

Fünfter Bericht

Bezeichnung: Bericht CJH-28703-B484
Auftragsnummer: A-100211a
Ziel: Aktualisierung, Abschluss
Datum im laufenden Jahr: 31. Mai
Level: The Utmost Degree of Secrecy

Im Zuge der Vertragsunterzeichnung für das aktuelle Projekt ist die Auftragsnummer mit der zusätzlichen Bezeichnung »A« versehen worden. Frühere Berichte mit der Auftragsnummer A-UMI-100211 bezogen sich auf die Vorbereitungen für die zukünftige Inkognito-Existenz des Auftraggebers (UMI) und deren Realisierung. Diese Berichte dürfen inzwischen als abgeschlossen bezeichnet werden. Somit streichen wir die Bezeichnung UMI in der Auftragsnummer, die Nummer hingegen bleibt dieselbe wie in vorherigen Verträgen.

Bei dem neu geschlossenen Vertrag mit der Auftragsnummer A-100318 wurden zwei Klauseln verändert. Zum einen hat der Auftraggeber gewechselt, und zum anderen ist nun die Festnahme von W Ziel des Projekts, und nicht mehr seine Liquidierung. Für die wirtschaftliche Tätigkeit des neuen Auftraggebers bedarf es eines lebenden Ws in sicherem Gewahrsam. Die Personenschutzmaßnahmen werden weiterhin aufrechterhalten, schließen aber nun auch den Finanzier im Nachbarhaus mit ein.

Widmen wir uns nun dem soeben ausgeführten Auftrag. Die Tatsache, dass wir bei der Liquidation von Michael Dworzak auf derart starken Widerstand stießen, bedeutet eigentlich nur Gutes für den Plan B, der hiermit in Kraft tritt. Ws grenzenloser Fähigkeit, uns zu entfliehen, muss mit außergewöhnlichen Maßnahmen begegnet werden. Dementsprechend haben wir mit den Nachforschungen über eine Spezialeinheit begonnen, die es innerhalb der internationalen Polizeibehörde zu geben scheint – das Agieren des weiblichen Polizistenduos, mit dem wir in Andalusien konfrontiert wurden, lässt definitiv hohe polizeiliche Qualität vermuten. Kurzum, wir werden die Ermittlungsarbeit der besagten Polizeieinheit aus nächster Nähe verfolgen und ihr somit vorgreifen und W festnehmen können.

Da wir nun in die Schlussphase des Projekts eintreten, wird dies unser letzter Bericht sein. Wir werden uns in zwei Teams aufteilen, von denen eines offensiv und das andere defensiv agiert. Das defensive Team wird im Laufe des Tages auf dem Anwesen des Auftraggebers bei Morsiglia eintreffen. Das offensive Team wird ein Hauptquartier in Nizza einrichten und zwecks umfassender Überwachung zusätzlich ein paar Männer nach Den Haag beordern.

Wir werden unsere Nachforschungen über W natürlich mit unverminderter Intensität weiterbetreiben, doch aktuell besteht das Hauptziel darin, die Fortschritte der erwähnten Polizeieinheit zu verfolgen und Nutzen daraus zu ziehen.

Aufgrund der von uns durchgeführten Schutzmaßnahmen (und der erlittenen Verluste bei der Dworzak-Aktion, die im Übrigen in keiner Weise zulasten des Auftraggebers gehen werden) sind wir gezwungen, eine gewisse Anzahl weiterer Mitarbeiter zu verpflichten. Wir fügen hier ein zusätzliches Angebot für den Personenschutz des Finanziers im Nachbarhaus in Morsiglia an und erwarten umgehend eine mündliche Bestätigung. In unserer Branche herrscht zwar kein Mangel an fähigen Kräften, aber die Rekrutierung muss dennoch so schnell wie möglich initiiert werden.

Da wir uns in Kürze von Angesicht zu Angesicht gegenüberstehen werden, beenden wir unsere schriftliche Berichterstattung hiermit. Das Projekt UMI – Udo Massicotte Inkognito – kann als Erfolg verbucht werden, allerdings wissen wir nicht, ob W eventuell ahnt, dass der Auftraggeber gar nicht tot ist. Wahrscheinlich kann man aber davon ausgehen, dass in Ws Augen das Spiel zu Ende ist. Dass die Rache vollzogen wurde.

Zum aktuellen Zeitpunkt sind wir davon überzeugt, dass der Mensch, den die Sektion im Jahr 1979 erschaffen hat, sehr gefährlich ist. Zweifellos eine absolut kompetente Person, wenn nicht sogar »die perfekte Leitfigur«. Doch leider hat die Sektion die Kontrolle über sie verloren.

Wir können nur hoffen, dass das, was Sie jetzt gemeinsam mit Ihrem Finanzier Colin B. Barnworth erschaffen, von höherer Qualität sein wird.

Wir sehen uns in Kürze.

E 35

Den Haag, 31. Mai

Parallel zu einer grauenvollen Bildsequenz, die in einer Endlosschleife auf dem elektronischen Whiteboard lief, hallte ein aufgezeichnetes Telefonat durch die nachmittägliche Bürolandschaft. Einer der Telefonierenden war Paul Hjelm, auch wenn seine Stimme nur schwer wiederzuerkennen war. Laima Balodis' Stimme hingegen klang vollkommen fremd:

Balodis: Sechs Tote.
Hjelm: Wovon zum Teufel redest du da?
Balodis: Sechs Tote und Miriam schwer verletzt. Hab ihr einen Druckverband am Kopf angelegt. Ich glaube nicht, dass die Kugel in ihr Gehirn eingedrungen ist, aber sie hat Knochensplitter aus dem Schädel geschlagen. Ich habe versucht, den größten wieder einzusetzen. Es blutet stark. Schick sofort einen Rettungshubschrauber. Ihr habt die genauen Koordinaten auf dem Handy. Man kann hier mit einem Hubschrauber landen.
Hjelm: »Sechs Tote«, das musst du erklären, Laima.
Balodis: Asterion war hier. Ich glaube, ich habe Christopher James Huntington ins Bein geschossen, aber ich bin mir nicht sicher. Ich weiß allerdings, dass er von hier weggefahren ist, denn ich habe ein Auto davonfahren hören.
Hjelm: Du glaubst also, dass du Christopher James Huntington ins Bein geschossen hast?
Balodis: Jawohl.

Hjelm: Was genau ist passiert?
Balodis: Michael Dworzak ist tot. Und sein Gärtner José auch. Sie haben die beiden erschossen.
Hjelm: Verdammt. Aber wer sind die anderen vier Toten?
Balodis: Wir haben vier von Asterion, oder wie sie inzwischen verdammt noch mal heißen, umgenietet.
Hjelm: Was sagst du da, Laima? Ihr habt vier von denen umgenietet?
Balodis: Ja, vier Scheißlegionäre.

Parallel zu diesem außergewöhnlichen Dialog lief die Bildsequenz auf dem Whiteboard, die sowohl das Innere der vollkommen zerstörten Jagdhütte in den Bergen hinter Estepona in Andalusien zeigte als auch die Lichtung davor. Die lokale spanische Opcop-Gruppe hatte die Fotos aus wechselnden Perspektiven aufgenommen. Natürlich rief das Bild des enthaupteten Sir Michael Dworzak etliche entsetzte Reaktionen hervor, aber es war ein anderes Foto, dessen Anblick der Opcop-Gruppe am meisten Schwierigkeiten bereitete. Jedes Mal, wenn es vorbeiglitt, schien es, als würde sich der Luftdruck in der Bürolandschaft verändern. Das Atmen fiel plötzlich weitaus schwerer. Das Bild zeigte eine Person, die in einen Rettungshubschrauber befördert wurde. Auch wenn es schon extrem schwer auszuhalten war, Miriam Hershey mit einem Druckverband um den Kopf auf einer Krankenbahre zu sehen, war es dennoch weitaus erschütternder, die Gestalt im Hintergrund zu betrachten. Sie war von oben bis unten voll Blut, und in ihrer Hand hing immer noch eine Schusswaffe, von der halb geronnenes Blut tropfte. Aber das Gesicht von Laima Balodis bot den allerschlimmsten Anblick. Obwohl blutverschmiert, leuchtete es kreidebleich, und Laima sah vollkommen erledigt aus. Ihr Blick war irgendwohin weit in die Ferne gerichtet, und die Kombination aus absoluter Resignation und entsetzlichem Zorn, die wie ein Schatten auf ihrem Gesicht lag, war für den Betrachter nur schwer auszuhalten.

»Nun schalte es doch endlich ab!«, rief Jutta Beyer schließlich.

Angelos Sifakis ließ sich nicht lange bitten. Er stoppte die Bildsequenz unmittelbar. Im Raum breitete sich eine intensive dumpfe Stille aus.

Schließlich brach Paul Hjelm das Schweigen: »Wir müssen begreifen, womit wir hier konfrontiert werden.«

»Neuigkeiten aus dem Krankenhaus?«, fragte Marek Kowalewski.

»Miriam und Laima werden im Hospital Universitario Virgen de la Victoria in Málaga behandelt. Laima ist körperlich in Ordnung, ein paar Splitterverletzungen im linken Unterarm. Und Miriam wird nach wie vor operiert. Es ist immer noch unklar, ob Knochensplitter bis ins Gehirn vorgedrungen sind.«

»Verdammt«, rief Jutta Beyer aus.

»Und sie sind diesem Christopher James Huntington tatsächlich begegnet?«, fragte Marek Kowalewski.

»Es scheint, als hätten wir in dem Punkt recht gehabt«, antwortete Hjelm. »Im Augenblick deutet alles darauf hin, dass Asterion, oder wie wir dieses Sicherheitsunternehmen nennen sollen, sowohl von Udo Massicotte als auch von Sir Michael Dworzak beauftragt worden ist. Sie haben Massicotte geholfen unterzutauchen, indem sie seinen Selbstmord vorgetäuscht und sein Geld an einen sicheren Ort transferiert haben. Es war seine persönliche Art, dem Racheengel W zu entkommen. Etwas später hat auch Dworzak Asterion beauftragt, um Watkin unschädlich zu machen, allerdings deutlich panischer. Aber Massicotte hat ihn wohl ausgestochen. Offenbar sieht er gewisse Vorteile darin, dass Ws Aktionen die Wahrheit über die Sektion verschleiern. Deshalb durfte Dworzak nicht mit der Polizei sprechen und musste eliminiert werden.«

»Damit stehen wir vor einer Anzahl akuter Fragen«, sagte Arto Söderstedt. »Erstens: Wo befindet sich Udo Massicotte? Zweitens: Wo befindet sich W – ist er auf dem Weg zu Massicotte, weiß er also, was wir wissen, nämlich dass der Professor keineswegs tot ist? Drittens: Was ist das für eine Firma, die Massicotte auf der Basis der ehemaligen Sektion gegründet hat? Und viertens: Warum hat uns Asterion – und damit wohl

Massicotte – diese vier Berichte zukommen lassen? Oder waren sie gar nicht an uns gerichtet?«

»Ich würde auch gerne noch die russische Frage hinzufügen«, sagte Angelos Sifakis, woraufhin ihn die anderen verblüfft anstarrten und er ergänzte: »Fünftens: Wo ist die Schwester, Vera Berner-Marenzi, und ist sie noch am Leben? Und in diesem Punkt haben wir tatsächlich einen Erfolg zu verbuchen. Ich habe nämlich ein russisches Sicherheitsunternehmen mit der Suche nach ihr beauftragt. Die arbeiten sehr viel schneller als die russische Polizei.«

»Ein russisches Sicherheitsunternehmen ist wohl gleichbedeutend mit der Mafia«, mutmaßte Hjelm.

»Wahrscheinlich«, pflichtete Sifakis ihm bei. »Es ist eine Gruppe ehemaliger KGB-Agenten.«

»So weit sind wir also schon gesunken«, meinte Hjelm. »Die internationale Polizei beauftragt die russische Mafia, damit es schnell geht.«

»In diesem Fall zählt ja wohl das Ergebnis.«

»Da stimme ich dir zu«, sagte Hjelm. »Es sollte auch keine persönliche Kritik sein. Rede weiter.«

»Sie haben Vera Berner-Marenzi jedenfalls in der russischen Exklave Kaliningrad ausfindig gemacht. Sie heißt inzwischen Vera Volkova und arbeitet als Sozialarbeiterin. Sie behalten sie im Auge und warten auf weitere Instruktionen. Möglicherweise ist Vera von gewissem Nutzen für uns, je nachdem, was W eigentlich vorhat. Wenn er lediglich eine intelligente, aber empathielose Mordmaschine ist, lassen wir sie in Ruhe. Aber wenn sich zeigt, dass Ws Vorgehen eher eine Art Selbsttherapie ist, bei der er sich sozusagen mit dem Fehlen seines »Empathiegens« konfrontiert, kann es sein, dass Vera für uns wichtig ist. Vielleicht ist sie die einzige lebende Person, zu der W eine gefühlsmäßige Bindung aufbauen konnte.«

»Lass sie auf jeden Fall herbringen«, forderte Hjelm ihn auf. »Sie kann uns möglicherweise Dinge über W berichten, die wir noch nicht wissen. Im Übrigen arbeiten wir uns rückwärts durch Söderstedts Liste. Also viertens: Warum hat Asterion die

Berichte in Rigaudeaus Mund gestopft, um sie uns zu überlassen? Arto?«

»Es gibt zwei Möglichkeiten«, antwortete Arto Söderstedt. »Erstens: Wie viel geben die Berichte preis? Sie bestätigen die Existenz der Sektion, nennen eine Anzahl ermordeter Mitglieder der Sektion, von denen wir zuvor nichts gewusst haben, und vermitteln außerdem die Tatsache, dass eine sogenannte Firma existiert und dass Massicotte derjenige war, der W von der Tätigkeit der Sektion berichtet hat. Das meiste hatten wir bereits selbst herausgefunden, also geht es bei diesen Informationen um etwas ganz anderes: Sie wollen uns davon überzeugen, dass Massicotte tot ist.«

»Weil dies ihr Hauptziel ist?«, fragte Hjelm. »Massicottes Überleben geheim zu halten? Wir haben übrigens die Bestätigung dafür bekommen, dass der Tote in Massicottes Villa nicht Massicotte selbst war. Proben von der Leiche wiesen eine andere DNA auf. Man kann natürlich der Meinung sein, dass wir das sofort hätten überprüfen müssen ...«

»Jedenfalls scheint es wirklich genau darum zu gehen: Massicotte soll für tot gehalten werden«, antwortete Söderstedt. »Das erforderte eine umfangreiche Planung. Also muss er auch tot bleiben.«

»Aber du hattest noch eine zweite Alternative?«

»Ja. Sie benötigen unsere Hilfe.«

Paul Hjelm stutzte und musterte seinen alten Freund und Kollegen. Der weißhäutige Söderstedt saß auf einem Bürostuhl und sah genauso aus wie immer. Doch das, was er sagte, war außergewöhnlich. Hjelm ließ seinen Blick weiter über die dezimierte Opcop-Gruppe schweifen, die aus Beyer, Kowalewski, Bouhaddi, Sifakis und Navarro bestand. Diese traurige Versammlung von Personen mit akutem Schlafmangel sollte nach Söderstedts Theorie also zum Hirn des großen Sicherheitsunternehmens Asterion avancieren?

»Unsere Hilfe?«, fragte Hjelm schließlich.

»Im optimalen Fall gelingt es ihnen, Alternative eins und zwei zu kombinieren«, antwortete Söderstedt. »Massicottes

Inkognitoleben geheim zu halten und von unseren Ermittlungen zu profitieren.«

»Aber dafür müssen sie doch eine Verbindung zu uns haben«, entgegnete Hjelm. »Einen Draht hierher. In diesen Raum. Zu einem von uns.«

Hjelm ließ erneut seinen Blick über die Gruppe schweifen. Keiner erwiderte ihn.

Söderstedt zuckte mit den Achseln und antwortete: »Nicht notwendigerweise. Es genügt eine elektronische Verbindung, sodass sie uns abhören, unsere Mails lesen oder etwas dergleichen tun können. Superhightech.«

»Verdammt!«, rief Hjelm aus. »Ist so etwas denn wirklich möglich? Wir gehören zum Teufel noch mal immerhin zu Europol, wir sind das Herz der europäischen Polizeibehörde, sind wir nicht mit jeder erdenklichen Firewall geschützt?«

»Ziehst du die Alternative vor, dass einer von uns ein Verräter sein könnte?«, fragte Söderstedt behutsam.

»Angelos«, sagte Hjelm. »Lass alles liegen, woran du gerade arbeitest, und hol dir Unterstützung von Technikern aus allen Bereichen. Finde das Leck um jeden Preis. Verstanden?«

Sifakis nickte und versprach: »Ich werde mein Bestes tun.«

»Mehr als das«, entgegnete Hjelm. »Übertriff dich selbst.«

Dann fuhr er fort: »Also zu drittens: Was ist das für ein Unternehmen, das Massicotte betreibt? Sind wir da schon weitergekommen, Felipe? Was für eine verdammte Firma ist das?«

Navarro schaute von seinem Computer auf. Sein Blick hatte vorher förmlich am Bildschirm geklebt.

»Udo Massicotte besitzt eine Menge Unternehmen«, antwortete er. »Er hat doch bereits in den Siebzigerjahren begonnen, private Kliniken für plastische Chirurgie zu gründen. Dann etablierte er sich in Brasilien, Thailand und Osteuropa. Es ist ein wirres Geflecht internationaler Unternehmenskonstellationen, und viele der Firmen sind in diversen Steuerparadiesen gut geschützt.«

»Dazu habe ich zwei Fragen«, sagte Hjelm mit vorbildhafter Präzision. »Frage eins: Wir wissen ja ziemlich genau, wann Massicotte W in Paris aufgesucht hat. Es dürfte im Oktober 1994 gewesen sein. Gibt es ein Unternehmen, das in der näheren Umgebung zu diesem Zeitpunkt gegründet wurde?«

»Das habe ich überprüft«, antwortete Navarro. »Es gibt kein neu registriertes Unternehmen unter Massicottes Namen, weder 1994 noch danach. Aber die Gründung kann natürlich in einem Steuerparadies stattgefunden haben.«

»Frage zwei«, sagte Hjelm. »Was ist nach dem angeblichen Tod Massicottes aus seinem Imperium geworden? Wer hat ihn beerbt?«

»Es gibt keine Erben«, antwortete Navarro. »Aber man hat, wenn auch kein formelles Testament, so doch offenbar eine Art Letzten Willen gefunden. Alle uns bekannten Unternehmen sind von einer sozialen Stiftung übernommen worden, in der er offenbar selbst aktiv war.«

»Was für eine Stiftung? Eine Wohltätigkeitsorganisation?«

»Ja, eine sogenannte Non-Profit-Organisation, NPO, mit Sitz in Nizza, Frankreich. Sie heißt Visio und vergibt Gelder an mittellose Personen, die dringenden Bedarf an einer chiroplastischen Operation haben. ›Visio‹ bedeutet auf Latein Ansehen, Erscheinung, und die Stiftung scheint hauptsächlich die Rekonstruktion verunstalteter Gesichter in der Dritten Welt zu finanzieren.«

»Und jetzt besitzt Visio also ein weltumspannendes Konsortium an Kliniken für plastische Chirurgie?«

»Man stelle sich vor, unser Freund Udo Massicotte wäre auf seine alten Tage hin noch zum Menschenfreund geworden«, sagte Kowalewski. »Er ist untergetaucht, um dem Mörder W zu entfliehen, und widmet sich nun in aller Stille dieser wahren humanitären Aufgabe. Tut letzten Endes Buße. Um in den Himmel zu kommen.«

»Ich habe dennoch das Gefühl, dass die Firma, die auf dem Versuch der Sektion gegründet wurde, auf genetischem Weg ›die perfekte Leitfigur‹ zu erschaffen, nicht durch und durch menschenfreundlich ist«, wandte Hjelm ein.

»Aber warte mal«, rief Jutta Beyer aus. »Nizza? Führen in diesem Fall nicht alle Wege nach Nizza?«

»Wir hatten dort die zwei Kreditkartenzahlungen«, stimmte Hjelm nachdenklich zu. »Im selben Hotel. Beim ersten Mal zahlten Vacek, Hamilton III. und Dahlberg mit Hamiltons Kreditkarte. Beim zweiten Mal waren es Rigaudeau und Udo Massicotte. Im Hôtel de la Méditerranée.«

»Nizza«, sagte Corine Bouhaddi zögerlich. »Die Riviera. Und jetzt hat diese Organisation Visio auch noch ihren Sitz dort. Eine neureiche Wohltätigkeitsorganisation. Ist es möglicherweise so, dass die Firma die ehemaligen Forschungsräume der Sektion übernommen hat? Und dass die sich in der Nähe von Nizza befinden? Vielleicht hält sich Massicotte irgendwo in der Gegend versteckt, um sein Lebenswerk im Blick zu behalten?«

»Das ist ein absolut plausibler Gedanke«, antwortete Hjelm. »Wir müssen allem, was mit dieser Region zusammenhängt, besondere Beachtung schenken. Noch weitere Gedanken?«

»Was genau gehört deiner Meinung nach zu dieser Region?«, fragte Bouhaddi.

Paul Hjelm sah sie verblüfft an. »Woran denkst du denn?«, fragte er.

»Nur an die nähere Umgebung. Wir waren doch in der Gegend.«

»In der Gegend?«

»Auf Capraia«, antwortete Bouhaddi. »Obwohl es Viktor Larsson war, der Roman Vacek dort hingelockt hat. W ist Vacek nur gefolgt. Wie auch immer ihm das gelungen ist. Für Larsson war es lediglich eine Gefängnisinsel von vielen.«

»Aber …«, wandte Jutta Beyer ein.

»Ja?«, fragte Hjelm nach.

»Aber als ich den Wanderer vernommen habe, diesen Winfried Baumbach aus Wolfsburg, hatte ich den Eindruck, dass er sich schon etwas länger dort aufgehalten hatte.«

»Aus welchem Grund?«

»Darum erschien er mir auch so glaubwürdig. Ungewaschene Haare, leicht unangenehmer Geruch. Als hätte er einige Tage im Freien übernachtet. Er war absolut überzeugend als deutscher Freiluftfanatiker.«

»Aber so viele Tage konnten es nicht gewesen sein«, merkte Kowalewski an. »Er hat den Mord an Lasse Dahlis in der Nacht vom 11. auf den 12. Mai begangen und den Mord an Roman Vacek in der Nacht vom 14. auf den 15. Mai.«

»Wenn er von Stockholm aus direkt geflogen ist, könnte er zumindest zwei Tage auf Capraia zugebracht haben«, sagte Bouhaddi.

»Aber jetzt spekulieren wir ziemlich wild herum«, mahnte Hjelm. »Abgesehen von den kleinen Orten am Hafen ist Capraia doch ein einziger sehr gepflegter Nationalpark, oder? Und noch dazu völlig unbebaut.«

»Was an und für sich perfekt für ein geheimes NATO-Labor wäre«, betonte Bouhaddi. »Sowohl Frankreich als auch Italien waren von Anbeginn NATO-Mitgliedsstaaten. Außerdem gilt Capraia als Spukinsel. Es könnte doch sein, dass Licht und Geräusche aus dem Labor gedrungen sind, die zu dem Gerücht beigetragen haben. Und wenn man sich heimlich der verlassenen Westküste Capraias nähern möchte, tut man das am besten von Nizza aus.«

»Da ist etwas dran«, stimmte Söderstedt ihr zu. »Aber mir fällt es ziemlich schwer zu glauben, dass Massicotte auf Capraia untergetaucht ist. Er würde sich dort nie und nimmer verstecken können. Er ist immerhin Milliardär, wird also wohl kaum in einer kleinen Hütte oben bei La Mortola hausen wollen. Wenn er untergetaucht ist, hat er es im großen Stil getan. Und zwar, um aus Charleroi wegzukommen.«

»Also doch eher Nizza?«, fragte Hjelm. »Die französische Riviera? Luxus und Glanz und Cannes und Saint-Tropez?«

»Ja«, antwortete Söderstedt. »Obwohl ihm das vielleicht schon zu viel ist. Der perfekte Ort muss sowohl abgeschieden als auch luxuriös sein. Eigentlich müsste er irgendwo in Südamerika liegen. Im Schutze irgendeines Diktators. Auch wenn es dort nicht mehr so viele gibt. Oder in Afrika. Aber in vielen Ländern dort ist die Lage instabil.«

»Ich stelle fest, dass wir uns damit auf Frage Nummer eins gestürzt haben«, informierte Hjelm. »Wo befindet sich Massicotte?«

»Er hält sich sowohl in der Nähe von Nizza als auch von Capraia auf«, antwortete Bouhaddi bestimmt. »Es muss ganz einfach so sein. Er will in der Nähe des Labors und seiner Finanzen sein.«

»Aber wir wissen ja gar nicht, ob sich das Labor auf Capraia befindet«, merkte Kowalewski an. »Es gibt zwar gewisse Anhaltspunkte, aber die sind eher dürftig. Wir müssen weitersuchen.«

»Ich stimme dir zu«, erklärte Paul Hjelm. »Capraia ist ein guter Vorschlag, aber nicht unbedingt viel mehr. Außerdem bin ich der Meinung, dass unser Auftrag nicht in erster Linie mit der Firma zu tun hat. Wir müssen W ausfindig machen, um ihn daran zu hindern, einen weiteren Mord zu begehen, und ihn aufgrund der bereits begangenen festzunehmen. Außerdem gilt es, Massicotte wegen schweren Betrugs und drei Morden an einem Obdachlosen, einem spanischen Gärtner und Sir Michael Dworzak zur Verantwortung zu ziehen. Und wir werden wohl weder W noch Massicotte auf Capraia finden. Wo kriegen wir sie also dann zu fassen? Und wie? Nun kommt schon, wir sind ihnen doch auf der Spur, wir haben sie fast.«

»Wir haben bislang noch keine einzige Spur von W«, wandte Söderstedt ein. »Wirklich keine einzige. Weder wir noch Asterion haben jemals eine Ahnung davon gehabt, wo er sich aufhält. Er ist der Fliegende Holländer, der Schatten, der uns an der Nase herumführt, der vollendete Krieger.«

»Müssen wir also zuerst Massicotte finden?«, fragte Hjelm. »Und dann in gewisser Weise versuchen, W abzufangen?«

»Ich erinnere euch nur ungern an die Jagdhütte«, sagte Söderstedt. »Aber es ist wohl klar, dass Asterion mit Adleraugen über Massicotte wacht. Diese Leute sind Krieger. Aber wir sind verdammt noch mal keine Krieger. Wir sind Polizisten und cleverer als sie. Also können wir uns nicht direkt auf Massicotte stürzen, wenn wir ihn finden sollten. Aber in irgendeiner

Weise müssen wir W auf dem Weg zu Massicotte aufhalten. Nur wie?«

»Da fehlt noch ein Puzzleteil«, meldete sich Sifakis plötzlich zu Wort. »Isli Vrapi. Der Waffenhändler, den W mit großem Aufwand in die Stammkneipe von Lasse Dahlis in Stockholm gelockt hat, um auf raffinierte Art und Weise zwei Fliegen mit einer Klappe zu schlagen. Warum nur all diese Anstrengungen?«

»Erinnere mich bitte nur daran, wenn du eine Antwort parat hast«, brummte Hjelm.

»Vielleicht habe ich tatsächlich eine«, entgegnete Sifakis. »Auch wenn wir keine konkreten Beweise haben, gibt es doch ausreichend Hinweise im Fall Vrapi, dass er der größte Waffenlieferant für diverse internationale Sicherheitsunternehmen war.«

»Vielleicht sogar für Asterion?«, fragte Hjelm mit gerunzelter Stirn.

»Wie gesagt, es gibt keine Beweise dafür«, meinte Sifakis. »Aber wenn dies der Fall ist, könnte der ausgeklügelte Mord an Isli Vrapi eine direkte Botschaft an Asterion sein, die besagt: ›Ich weiß, dass ihr da seid, aber ich scheiß auf euch.‹«

»In dem Fall wird er sich Massicotte nicht offen nähern«, mutmaßte Hjelm. »Wir müssen ihn tatsächlich auf dem Weg dorthin erwischen. Aber wie zum Teufel stellen wir das nur an?«

Nachdenkliche Stille legte sich über die Bürolandschaft. In den Gehirnwindungen aller Beteiligten rauschte es. Und dann, plötzlich, vielleicht nicht gerade wie das blitzartige Aufleuchten einer Glühlampe, aber doch wie das Auflodern eines kleinen Hoffnungsschimmers, erklang von hinten aus der Gruppe der nationalen Repräsentanten die Stimme von Sara Svenhagen: »Stockholm.«

»Ja?«, fragte Hjelm.

»W hat ja sonst keine Fehler begangen«, sagte Svenhagen. »Andererseits hat er aber auch nie mit jemandem kommuniziert. Das ist seine größte Stärke. Also hinterlässt er keine elektronischen Fußspuren. Aber eine gibt es doch. Er hat nämlich dem Kleinkriminellen Taisir Karir eine SMS geschickt, um ihm zu signalisieren, dass er ein bestimmtes Restaurant in Stockholm aufsuchen soll. Es besteht eine minimale Chance, dass er dieses Handy noch besitzt.«

»Ein Handy mit SIM-Karte?«

»Ja, das man orten kann, wenn es eingeschaltet ist. Wir sind von Viktor Larssons vorsichtigem Umgang mit den SIM-Karten ausgegangen und haben für W das Gleiche angenommen. Aber Tatsache ist, dass die Nummer in Stockholm nur ein einziges Mal ausprobiert wurde, und da war das Handy ausgeschaltet, oder er hat es weggeworfen. Aber er könnte es auch behalten und wieder eingeschaltet haben.«

»Das müsste zu überprüfen sein«, sagte Sifakis. »Die Nummer?«

Hjelm blätterte frenetisch in den Dateien seines Computers, bis er die Nummer fand. Er nannte sie Sifakis.

»Es wäre natürlich ganz schön verrückt, wenn wir ihn mittels einer so banalen Sache wie Handyortung aufspüren könnten«, meinte Kowalewski.

Während Sifakis die Suche aktivierte, sagte Hjelm: »Wir haben allerdings nicht die geringste Ahnung, wo W sich aufhält. Er kann verflucht noch mal auf dem Mond sein.«

»Aber das ist er nicht«, widersprach Bouhaddi. »Ich verspreche euch, dass er auf dem Weg ans Mittelmeer ist.«

Die Zeit verging. Es fühlte sich an, als hätte die Luft plastische Formen angenommen. Blöcke von erstarrter Zeit.

Aber plötzlich rief Sifakis aus: »Das ist ja 'n Ding. Dieses Handy befindet sich gerade in Deutschland. Handyortung ist zwar keine exakte Wissenschaft, aber allem Anschein nach bewegt es sich auf der E 35 südlich von Darmstadt in Richtung Süden.«

»Zum Teufel noch mal«, rief Paul Hjelm aus.

»Mist«, fluchte Kowalewski. »Nach Süden in Richtung ... Mittelmeer ...?«

»Wir können nicht genau sagen, an welchem Punkt exakt«,

antwortete Sifakis, »und bei der Verkehrsdichte und der Geschwindigkeit auf der Autobahn ist es gewissermaßen unmöglich, ihn jetzt festzunehmen.«

»Das wollen wir ja nicht«, erklärte Paul Hjelm. »Aber wir verfolgen ihn und schlagen genau im richtigen Augenblick zu. Wenn wir wissen, wohin er unterwegs ist. Ausgezeichnete Arbeit, Angelos. Und vor allem: Danke, Sara.«

Sara Svenhagen schien auf ihrem Stuhl ein wenig zu wachsen.

Haute-Corse

Den Haag – Nizza, 31. Mai/
1. Juni

Der Tag neigte sich dem Abend zu, als Angelos Sifakis in Paul Hjelms Büro stürmte und völlig außer Atem verkündete: »Ich habe es gefunden.«

Hjelm betrachtete ihn eine Weile, bevor er entgegnete: »Kannst du dich näher erklären?«

Sifakis starrte ihn an. »Das Leck«, sagte er wie selbstverständlich.

»Okay ...?«, meinte Hjelm abwartend.

»Das Hackergenie im Keller. Stundenlang wurde die gesamte Kommunikation der Opcop-Gruppe extrem sorgfältig überprüft. Schließlich ist eine winzig kleine Anomalie, eine Unregelmäßigkeit in der Direktverbindung zwischen dir und der Direktion, aufgefallen. Nicht einmal der jüngste und cleverste Computerfreak hätte das entdeckt, aber sie hat es gefunden.«

»Mit anderen Worten, nicht du hast das Leck gefunden?«

»Ich habe nur eine lange Geschichte abgekürzt.«

»Könntest du sie noch einmal wiederholen?«

»Wenn du deine regelmäßigen Berichte über unsere Fortschritte direkt an den Computer des Direktors schickst, werden die Berichte an eine unbekannte Instanz weitergeleitet. Ein technisch ziemlich ausgeklügelter Trojaner hat sich an sämtlichen Firewalls vorbeigeschlichen und hockt jetzt da drinnen.« Er zeigte auf Paul Hjelms Computer.

»Hier?«, fragte Hjelm und legte seine Hand auf den Bildschirm.

»Nicht ganz«, antwortete Sifakis. »Aber auf deiner Festplatte. Und zwar ausschließlich dort. Die Techniker sind davon überzeugt, dass es ihnen ziemlich leicht gelingt, den schädlichen Programmcode zu entfernen.«

»Kannst du mir einen Augenblick Zeit lassen, um dir zu folgen?«, fragte Hjelm.

Sifakis gehörte normalerweise nicht zu den Personen, die sich so leicht aus der Ruhe bringen ließen, doch genau in diesem Augenblick spürte er, wie angespannt er war.

Hjelm registrierte, wie er sich bemühte, seine Aufregung zu unterdrücken und durch gedankliche Aktivität zu ersetzen. »Ist es so, dass sich der Trojaner ausschließlich in diesem Computer befindet?«, fragte er. »Ist es so, dass er nur dann aktiviert wird, wenn ich Berichte an die Direktion schicke?«

»Ja.« Sifakis nickte. »Wir haben ihn bereits isoliert.«

»Unsere gesamte übrige Kommunikation ist also intakt?«

»Ja. Meinst du ...?«

»Ich meine, dass wir einen interessanten Vorsprung gegenüber Asterion herausholen könnten, wenn wir sie zum richtigen Zeitpunkt mit Desinformation füttern.«

»Super«, rief Sifakis aus und machte seinem ganzen Enthusiasmus Luft. »Wir müssen genau analysieren, wie viel sie im Augenblick wissen, und dann den Trojaner zur Desinformation nutzen. Das Wichtigste im Moment ist: Hast du in deinen Berichten bereits vermerkt, dass wir über Ws Handy möglicherweise wissen, wo er steckt?«

»Nein, ich sitze gerade an diesem Bericht.«

»Ausgezeichnet«, sagte Sifakis. »Was immer du tust, schick ihn nicht an die Direktion. Du musst ihn ihr in anderer Form zukommen lassen. Von jetzt an gehen nur noch gefälschte Berichte von dir an den Direktor.«

»Gut«, bestätigte Hjelm. »Die werden beinhalten, dass wir in Bezug auf W keine unmittelbaren Fortschritte machen. Aber wie können wir das noch weiter ausnutzen?«

»Wir müssen eine Falschmeldung entwerfen, die besagt, dass W irgendwo anders gesichtet wurde, und dann senden wir diese Desinformation genau zum richtigen Zeitpunkt. Um eine Einheit Legionäre an einen falschen Ort zu lotsen. Und die Bewachung Massicottes zu reduzieren.«

»Wir werden diese Meldung abschicken, wenn wir wissen, wo Massicotte sich befindet«, sagte Hjelm. »Gut. Wenn wir davon ausgehen, dass der Professor sich irgendwo in der Nähe von Nizza aufhält, könnte Paris infrage kommen. Wir müssen lediglich die nationale französische Opcop-Gruppe aktivieren und eine plausible Geschichte parat haben.«

»Phantastisch«, rief Sifakis aus. »Und jetzt legen wir los.«

Nachdem sich der blinkende Punkt auf dem elektronischen Whiteboard zwei Stunden lang nicht vom Fleck bewegt hatte, überschlugen sich die Ereignisse geradezu. Es war kurz vor zwanzig Uhr, und in dem Moment, als Paul Hjelm die Opcop-Gruppe um den großen Bildschirm versammelte, klopfte es an der Tür. Alle Blicke richteten sich dorthin. Herein kam eine zierliche Gestalt mit einer großen Aura. Ihr linker Arm wurde mit einem Dreieckstuch gehalten, und sie blieb einige Meter vor der Gruppe stehen.

»Was habt ihr denn?«, fragte Laima Balodis erstaunt. »Dachtet ihr wirklich, dass ich das hier verpassen will?«

Keiner brachte ein Wort heraus. Erst, als sie ihren Schreibtisch erreichte, brach der Applaus los. Der einfach nicht enden wollte, bis Balodis sichtlich ungerührt sagte: »Ich applaudiere gerne selbst, wenn der Fall gelöst ist. Aber nicht jetzt.«

»Wie geht es Miriam?«, fragte Paul Hjelm.

»Wie ihr ja wisst, ist die Operation gut verlaufen. Keine Knochensplitter im Gehirn. Eigentlich wollte sie mitkommen, weshalb ich handgreiflich werden und sie wieder zurück ins Krankenbett befördern musste. Aber sie lässt euch etwas ausrichten.«

»Lass mich raten«, sagte Hjelm. »›Glaubt ihr ernsthaft, dass ich vorhabe, hier liegen zu bleiben? Ich habe weiß Gott schon weitaus Schlimmeres erlebt.‹«

Laima Balodis lächelte kurz und erwiderte dann: »So ungefähr. Aber ich weiß nicht, ob Letzteres inzwischen noch zutrifft. Und ich selbst habe noch eine Rechnung offen mit einem Mann namens Christopher James Huntington.«

»Dennoch erwarte ich, dass wir alle von eigenmächtigen Aktionen absehen«, mahnte Hjelm. »Jetzt geht es in erster Linie um W beziehungsweise um Udo Massicotte. Und erst danach um Asterion. Ist das klar?«

Ein etwas missmutiges, aber zustimmendes Brummen klang durch den Raum, bis Laima Balodis mit leiser Stimme sagte: »Watkin Berner-Marenzi: ›Anführer aller Armeen‹.«

»Wie bitte?«, fragte Hjelm.

»Das hat Michael Dworzak ein paar Sekunden vor seinem Tod gesagt«, erklärte Balodis. »W steht für Watkin, was laut Dworzak ›Anführer aller Armeen‹ bedeutet.«

Hjelm nickte und fuhr mit einer Geste in Richtung des elektronischen Whiteboards fort: »Also, der blinkende Punkt steht jetzt seit zwei Stunden auf einem kleinen Ort namens Fresonara in Norditalien. Das bedeutet nicht nur, dass W sich allem Anschein nach zum Übernachten zurückgezogen hat, sondern auch, dass er sich für eine Richtung entschieden hat. Er hat den westlichen Weg in Richtung Frankreich und Nizza gewählt. Aus diesem Grund wird die Opcop-Gruppe den späten Abendflug nach Nizza nehmen. Dort werden wir uns jeweils zu zweit einen Mietwagen nehmen. Bouhaddi und ich, Beyer und Söderstedt sowie Balodis und Kowalewski. Hier in Den Haag bleiben Sifakis und Navarro, die sich unter anderem damit beschäftigen, Asterion mit gefälschten Berichten zu versehen. Wir haben nämlich den Draht von Asterion in unser System gefunden und werden den Spieß jetzt umdrehen. Jetzt sind wir diejenigen, die einen Draht zu Asterion haben. Angelos und Felipe erhalten Unterstützung von den anwesenden nationalen Repräsentanten.«

»Einen Draht zu Asterion?«, fragte Balodis skeptisch.

»Lange Geschichte«, antwortete Hjelm. »Der Flug geht übrigens in anderthalb Stunden von Schiphol aus. Um es kurz zu machen: Wir haben eine falsche Fährte gelegt, wonach W in Paris ist. Sie gibt vor, dass wir die Hintergründe morgen genauer untersuchen und dazu nach Paris fliegen werden. Da Huntington von der Existenz der Opcop-Gruppe weiß, hat er bestimmt Leute hier draußen auf dem Raamweg abgestellt. Wir müssen also den Eindruck erwecken, dass wir uns alle weiterhin hier im Europolhaus befinden, und uns daher heimlich aus dem Gebäude schleichen. Dies müsste über einen unterirdischen Gang im Keller möglich sein. Sifakis und Navarro dürfen also das Gebäude nicht verlassen, bis wir wieder zurück sind.«

»Sieh mal einer an«, sagte Laima Balodis.

Mit diesen weisen Worten in den Ohren machten sie sich auf den Weg. Es gab in der Tat einen gespenstischen Gang unter dem Gebäude hindurch zu einem verlassenen Parkplatz. Dort wartete ein ziviler Kleinbus, der sie zum Flughafen Schiphol brachte. Ohne auch nur die geringste Aufmerksamkeit zu erregen, betraten sie, einer nach dem anderen, das Flughafengebäude.

Paul Hjelm ging als Erster los. Er hatte nämlich auf dem Weg noch etwas zu erledigen. Er steuerte auf ein Lokal mit dem Namen Bubbles Seafood & Wine Bar zu. In einer unbeleuchteten Ecke saß eine Frau mit einem Glas Champagner vor sich. Hjelm ging auf sie zu. Die Frau hob den Blick. Er wusste, dass sie zweiunddreißig Jahre alt war, und obwohl sie eher wie zweiundvierzig wirkte, sah er, als sie zu ihm aufschaute ein Leuchten in ihren Augen, das den deutlichen Falten um ihren Mund trotzte.

»Vera Volkova?«, fragte Hjelm.

Sie lächelte, und die Art ihres Lächelns zeugte von einer internationalen Diplomatenkindererziehung, die Vera in der Familie Berner-Marenzi genossen hatte.

»Ich nehme an, Paul Hjelm?«, erwiderte sie.

Er nickte kurz, streckte ihr seine Hand entgegen und sagte auf Englisch: »Lassen Sie mich den Champagner übernehmen. Hätten Sie vielleicht Lust, mich nach Nizza zu begleiten?«

»So etwas werde ich von Männern viel zu selten gefragt«, entgegnete sie in gewähltem Englisch und lächelte erneut.

Sie machten sich auf den Weg und stiegen in die Maschine nach Nizza. Die Mitglieder der Opcop-Gruppe saßen bereits alle im Flugzeug verteilt und sprachen nicht miteinander. Paul Hjelm hingegen unterhielt sich mit Vera Volkova.

»Es geht also um Watkin?«, fragte sie, als die Startphase überstanden war und das Signal für die Sicherheitsgurte gelöscht wurde.

»Ja«, antwortete Hjelm. »Haben Sie ihn wiedergesehen, seit er die Familie im November 1994 verlassen hat?«

»Er tauchte nicht einmal bei der Beerdigung von unserem Vater und von Una auf«, antwortete Vera Volkova bekümmert. »Wie er auch damals beim Begräbnis unserer Mutter in Paris nicht erschien. Ich habe ihn nicht mehr gesehen, seit er fünfzehn und ich siebzehn Jahre alt war. Er ist einfach verschwunden.«

»Und wie haben Sie ihn in Erinnerung?«

»Als extrem clever und ziemlich sonderbar. Aber er war mein kleiner Bruder. Ich habe immer auf seiner Seite gestanden. Vor allem gegen unseren Vater, der ihn andauernd auf dem Kieker hatte.«

»Was meinen Sie mit sonderbar?«

»Sonderbar eben«, beharrte Volkova. »Er konnte ziemlich gemein sein, auch zu mir. Er hat mit meinen Puppen herumexperimentiert, daran kann ich mich noch gut erinnern. Hat ihnen die Köpfe abgerissen und ausgetauscht und solche Dinge. Unser Vater ist ausgerastet, als er es gesehen hat. Aber ich habe nie gepetzt. Nicht ein einziges Mal.«

»Mochte er Sie?«

»Watkin war kein Kind, das sich zu jemandem hingezogen fühlte. Er hat es schon immer vorgezogen, allein zu sein. Oder mit seinen idiotischen Freunden zusammen, wie diesem verdammten ›Kamel‹, obwohl ich nicht genau weiß, wie viel er mit ihnen wirklich unternommen hat. Mit mir hat er jedenfalls nichts unternommen. Aber wenn es jemanden auf der

Welt gibt, den er mochte, dann war das wohl ich. Als er noch kleiner war, mochte er, glaube ich, auch unsere Haushälterin. Ich meine, sie hieß Anaïs. Sie ist übrigens auch ziemlich … plötzlich verschwunden.«

»Und Ihre Mutter Maria, mochte er sie nicht?«

»Doch, schon, aber zum Ende hin, also bevor er verschwand, war die Stimmung zwischen ihnen ziemlich angespannt, daran kann ich mich gut erinnern. Vielleicht hat es ja dazu beigetragen, dass unsere Mutter verrückt wurde, was weiß ich?«

»Erinnern Sie sich daran, ob Watkin im Herbst 1994 Besuch von einem Mann bekam?«

»Von einem Mann? Einem erwachsenen Mann? Nein, das kann ich nicht bestätigen.«

»Glauben Sie, dass Watkin heute, mehr als fünfzehn Jahre später, noch eine gefühlsmäßige Bindung zu Ihnen haben könnte?«

Vera Volkova sah Hjelm nachdenklich an. Dann antwortete sie: »Jetzt, wo Sie das sagen, fällt mir etwas ein. Es muss kurz vor seinem Verschwinden gewesen sein. Wir saßen zu Hause und aßen zu Abend. Unsere Mutter lag in der Klinik, und unser Vater war völlig aufgelöst. Es war das reinste Chaos. An diesem Abend hat sich Watkin zu mir vorgebeugt und mit kindlichem Ernst und ziemlich altklug, wie es für ihn typisch war, gesagt: ›Ich werde immer über dich wachen, Vera.‹ Es klang etwas eigenartig, geradezu bedrohlich, aber als ich ihn ansah, war sein Blick unendlich liebevoll, anders kann man es nicht bezeichnen.«

»Und dann ist er verschwunden?«

»Ja«, antwortete Vera Volkova. »Was hat er denn verbrochen?«

Paul Hjelm lehnte sich in seinem Flugzeugsessel zurück und seufzte.

»Watkin hat sich zu einem sehr gefährlichen Menschen entwickelt«, antwortete er schließlich. »Es ist wichtig, dass Ihnen das klar ist, Vera.«

Sie nickte sachte. »Ich habe es fast geahnt«, entgegnete sie. »Und er hält sich also in Nizza auf?«

»Ja, er wird bald in Nizza sein.«

»Und worin wird meine Aufgabe dort bestehen? Lockvogel zu spielen?«

Hjelm seufzte noch etwas lauter und entgegnete: »Wir werden Sie keiner Gefahr aussetzen. Das verspreche ich Ihnen.«

»Hm«, meinte Vera und schloss die Augen.

Die Minuten vergingen. Als Hjelm sich davon überzeugt hatte, dass sie schlief, erlaubte er sich, ebenfalls die Augen zu schließen.

Er schlief bereits, als ihre Stimme durch den dichten Nebel seiner Träume drang: »Ich habe ziemlich harte Zeiten hinter mir. Und auch heute, wo ich versuche, das Leben all der Drogenabhängigen in Kaliningrad wieder in geregelte Bahnen zu lenken, ist es nicht anders. Vielleicht ist das der Ausgleich für meine wohlbehütete Kindheit, vielleicht versuche ich aber auch nur, meinem Exmann, diesem Monster, zu entfliehen. Wenn Sie mich also irgendwelchen Gefahren aussetzen müssen, um einen Mörder festzunehmen, kann ich damit umgehen. Mehr wollte ich Ihnen nicht sagen.«

»Mörder?«, fragte Hjelm und öffnete die Augen.

Vera Volkovas Augen waren immer noch geschlossen, als sie antwortete: »Aber es ist doch wohl klar, dass Watkin Menschen ermordet hat.«

Paul Hjelms übermüdetes Bewusstsein war kurz davor, vom Schlaf überwältigt zu werden, als das Flugzeug zur Landung auf dem Aéroport Nice Côte d'Azur ansetzte. Hjelm, Beyer und Kowalewski gingen zu unterschiedlichen Mietwagenfirmen, orderten jeweils ein Auto und fuhren, jeder mit seinem Partner, nach Nizza hinein.

Es war längst dunkel, als ein ziemlich luxuriöser dunkelblauer Mercedes auf den weiträumigen Parkplatz vor der majestätisch erleuchteten Art-déco-Fassade des Hotels Palais de la Méditerranée einbog. Paul Hjelm hatte sich für den Benz entschieden, damit sein Wagen neben all den Luxuskarossen vor dem Hotel nicht allzu sehr auffiel. Außerdem hatte er einen privaten Chauffeur und Dolmetscher, Corine Bouhaddi.

Auf der Rückbank saß Vera Volkova und schlief. Wahrscheinlich war sie ganz einfach überarbeitet.

Sie bekamen jeder ein Einzelzimmer, nebeneinanderliegend und mit Balkons, die auf die Bucht der Engel, La Baie des Anges, hinausgingen. Das Mittelmeer an der Côte d'Azur glitzerte durch die halb durchsichtige Tüllgardine im Mondlicht und lockte Hjelm hinaus auf den Balkon. Es war eine herrliche Nacht, sommerwarm und windstill. Die schwarze glatte Wasseroberfläche kräuselte sich nur hier und da, der Vollmond spiegelte sich darin. Es herrschte beinahe Windstille. Flaute. Die Ruhe vor dem Sturm, oder vielleicht sogar die Ruhe vor dem Orkan. Hjelm betrachtete seine Hände. Sie waren ganz ruhig. Als würde ihnen der morgige Tag, der gerade anbrach, nichts anhaben können. Der 1. Juni. An dem es beginnen würde.

Hjelm lachte leicht schnaubend auf, und als er wieder aufschaute, stand Bouhaddi auf dem Balkon nebenan.

»Was ist denn so witzig?«, fragte sie.

»Der Gedanke an den morgigen Tag«, antwortete Hjelm, »Komischerweise.«

»Was, glaubst du, erwartet uns?«

»Ich weiß es nicht. Ich weiß es wirklich nicht. Alles, was ich weiß, ist, dass Ws Handeln absolut unvorhersehbar ist. Im Grunde genommen kann alles passieren. Aber es wird ein ordentlicher Sturm aufziehen.«

»Ja«, stimmte Bouhaddi ihm zu. »Ein Orkan.«

Sie blieben noch eine Weile im überwältigenden Mondschein stehen. Dann gingen sie hinein und legten sich schlafen. Zu seinem großen Erstaunen spürte Hjelm, wie er bereits tief in den Schlaf gezogen wurde, während er sich hinlegte. Und als sich das eindringliche Klingeln seines Handys durch seine Trommelfelle bohrte, hatte er das Gefühl, sich gerade erst hingelegt zu haben.

»Hier ist Sifakis«, sagte eine Stimme. »W bewegt sich weiter. Er hat Fresonara vor ein paar Minuten verlassen und ist auf die E 25 in Richtung Süden abgebogen, die geradewegs hinunter ans Mittelmeer führt.«

Hjelm war noch vollkommen schlaftrunken. Aber es gelang ihm, einen Blick auf die Uhr seines Handys zu werfen. Sie zeigte 07.47 an. Er hatte tatsächlich mehr als sieben Stunden geschlafen. Das war ihm lange nicht mehr gelungen.

»Navarro und ich haben heute Nacht abwechselnd Wache geschoben«, fuhr Sifakis fort. »Aber vielleicht erscheinen wir den Leuten von Asterion zu passiv. Ich habe bereits zwei gefälschte Berichte verfasst und sie an die Direktion gesendet. Sie besagen mehr oder weniger, dass wir auf der Stelle treten. Aber ich kann nicht noch einen schreiben, ohne ihr Misstrauen zu wecken. Vielleicht sind wir in Kürze gezwungen, die falsche Parisfährte zu aktivieren.«

»Jetzt bin ich wirklich wach«, sagte Hjelm.

»Gut«, entgegnete Sifakis. »Mir gehen nämlich langsam die Worte aus. Wir lassen von uns hören, wenn W am Meer angekommen ist. Wenn er sich dort für den richtigen Weg entscheidet, dürfte er in knapp drei Stunden bei euch sein.«

»Wir aktivieren die falsche Paris-Fährte schon jetzt«, entschied Hjelm. »Denn ich glaube, wir sind ziemlich dicht dran. Wenn wir damit bewirken könnten, in den nächsten Stunden einige Legionäre von Massicotte abzuziehen, wäre uns bereits geholfen.«

»Dann werde ich der französischen Opcop-Gruppe grünes Licht geben«, entgegnete Sifakis. »Und unseren gefälschten Bericht abschicken.«

»So machen wir es«, sagte Hjelm.

Sie beendeten das Gespräch.

Es waren noch knapp drei Stunden bis zur Ankunft von W. Wenn er denn kam. Und wenn er es war. Hjelm ging nach nebenan zu Bouhaddi. Sie war bereits wach und genehmigte sich gerade ein reichhaltiges Frühstück.

»Letztlich nur ein minimales Pöstchen in unserem Budget«, erklärte sie. »Ich habe für dich mitbestellt, möchtest du?«

Gemeinsam trugen sie den kleinen Tisch auf Bouhaddis Balkon. Als sie ihn betraten, sahen sie auf dem übernächsten Balkon eine Gestalt sitzen und sich sonnen. Vera Volkova schob ihre Sonnenbrille in die Stirn und winkte. Hjelm winkte zurück.

»Hat sie tatsächlich einen Bikini dabei?«, flüsterte Bouhaddi, nachdem sie sich an den Tisch gesetzt hatten.

Hjelm zuckte mit den Achseln und rief Jutta Beyer und Marek Kowalewski an. Beyer und Söderstedt waren bereits wach.

»Scheißhotel«, sagte Söderstedt.

»Finde ich auch«, entgegnete Hjelm und atmete die Mittelmeerluft ein.

Kowalewski ergänzte: »Misthotel.«

»Knappes Budget«, entgegnete Hjelm. »Seid ihr bereit?«

»Wir sind bereits unterwegs. Du kannst dir ja vorstellen, wie es ist, mit Laima zusammenzuarbeiten. Wir stehen vor der Stadtvilla, in der die soziale Stiftung Visio ihren Sitz hat. Sie sieht wirklich sehr sozial engagiert aus.«

»Also eher nicht?«

»Es hat nicht gerade den Anschein, als wäre noch viel für die armen Leute in der Dritten Welt mit ihren verunstalteten Gesichtern übrig, wenn ich das so sagen darf.«

»Ich vermute mal, ihr habt euch gut getarnt?«

»Wir sind Profis«, antwortete Kowalewski. »Laima jedenfalls.«

Hjelm beendete das Gespräch und schaute aufs Mittelmeer hinaus. Das Sonnenlicht war grell. Er musste sich unbedingt eine Sonnenbrille kaufen.

»Also warten wir?«, fragte Corine Bouhaddi, während sie an einem Croissant mit Erdbeermarmelade kaute.

»Wir warten«, bestätigte Hjelm.

Die erste Stunde war schnell überstanden, während die zweite ziemlich anstrengend wurde, und als die dritte begann, war Paul Hjelm davon überzeugt, sowohl unter hohem Blutdruck zu leiden, als auch sich einen Sonnenbrand auf der Nase zugezogen zu haben.

Da klingelte sein Handy.

»Er ist jetzt auf dem Weg nach Nizza hinein«, erklärte Sifakis. »Ich werde die Daten auf eure Handys weiterleiten. Aber denkt daran, dass Handyortung ...«

»... keine exakte Wissenschaft ist«, beendete Hjelm den Satz. »Ich weiß.«

Hjelm aktivierte die »Suche« auf seinem Apparat. Ein blinkender Punkt schob sich von Norden aus weiter in den Stadtplan von Nizza hinein. Hjelm zoomte ihn so nah wie möglich heran, dann stellte er auf Konferenzschaltung.

»Seid ihr mit euren Wagen startklar?«, fragte er.

»Ja«, antwortete Laima Balodis von Kowalewskis Beifahrersitz aus.

»Ja«, antwortete Arto Söderstedt neben Jutta Beyer.

»Habt ihr die ›Suche‹ aktiviert?«

Alle bestätigten es. Sie verfolgten die Bewegung des blinkenden Punkts in die Stadt hinein. Auf dem Boulevard Risso geradewegs nach Süden. Vorbei am Kongresscenter Nice-Acropolis und dann nach links auf die Rue Barla.

»Es scheint, als wäre er auf dem Weg zum Hafen«, sagte Hjelm.

Dann bog der Punkt nach rechts auf die Rue Arson ein, passierte das große Schulgebäude Saint-Vincent de Paul sowie die Vergnügungsjachten in allen Größen unten am Hafen, schob sich in Richtung Fährterminal und noch ein Stück weiter.

»Ihr da unten am Hafen, seid ihr bereit?«, fragte Hjelm.

»Wir sind bereit«, antwortete Söderstedt. »Der Punkt befindet sich ziemlich genau auf einer Höhe mit uns. Aber hier herrscht dichter Verkehr, wir können nicht erkennen, um welchen Wagen es sich handelt.«

»Versucht euch dem Blinken zu nähern.«

»Dem Punkt«, korrigierte Söderstedt ihn.

Der Punkt bewegte sich am innerstädtischen Hafen vorbei und hielt unten am Wasser an.

»Ich glaube, verdammt noch mal, ich sehe ihn«, rief Söderstedt. »Fahr etwas dichter heran, Jutta. Dort, der Typ mit der Kapuze. Bleib hier stehen.«

»Kapuze?«, fragte Hjelm von seinem Balkon aus.

»Es ist ein Mann in einer Sweatjacke, der die Kapuze über

den Kopf gezogen hat. Das muss er sein. Jetzt steigt er aus dem Wagen.«

Hjelm wurde von einer bösen Vorahnung erfasst. Denn es war kaum Kapuzenwetter. Eher T-Shirt-Wetter.

»Nähert euch ihm so weit, dass ihr sein Gesicht sehen könnt«, forderte er. »Ihr müsst bestätigen können, dass er es ist.«

»Jutta kann nicht hingehen«, entgegnete Söderstedt. »Sie hat ihn ja auf Capraia vernommen. Falls er es tatsächlich ist.«

»Macht, wenn möglich, ein Foto«, bat Hjelm. »Aber geht kein Risiko ein.«

»Jutta übernimmt jetzt«, erklärte Söderstedt.

»Ziemlich viele Leute unterwegs«, sagte Beyer, »du könntest dich also gut unter die Touristen mischen. Unser Mann geht runter zu den Schiffen. Arto steigt jetzt aus. Er hat sich einer Touristengruppe angeschlossen und unterhält sich mit ihnen. Mit dem Handy in der Hand. Mit Gips und Handy sieht er ziemlich komisch aus.«

»Was macht der Kapuzenmann?«

»Er ist inzwischen außer Sichtweite. Arto bewegt sich jetzt etwas weiter unten in Richtung Kai und hat ein paar Touristen im Schlepptau. Jetzt kann ich den Kapuzenmann wieder sehen. Er steht da und redet mit jemandem, der wie ein Seemann aussieht.«

»Ja!«, rief Hjelm aus und ballte die Faust. »Sag, dass es ein Wassertaxifahrer ist und nicht irgendein Bekannter.«

»Ich glaube nicht, dass W so viele Bekannte hat«, entgegnete Beyer. »Aber bei dem Boot könnte es sich schon um ein Wassertaxi handeln. Es ist ein größeres schnelles Modell. Handschlag. Sie haben sich über irgendetwas geeinigt. Arto lacht laut und zeigt den Touristen auf ihrem Stadtplan etwas. Ziemlich talentierter Schauspieler, und der Gips lässt ihn aussehen wie einen altnordischen Mittelmeersäufer. Der Kapuzenmann bewegt sich jetzt in seine Richtung. Arto hält sein Handy hoch. Jetzt geht er an ihm vorbei, ungefähr in drei Metern Entfernung. Arto unterhält sich immer noch mit den Touristen. Der Kapuzenmann kehrt zurück zu seinem Wagen, überquert die Straße. Es ist ein silbergrauer, tja, Mazda, glaube ich. Mit niederländischem Kennzeichen. Jetzt fährt er gerade an mir vorbei, ich ducke mich. Ich notiere mir die Nummer. Seht ihr, ob sich der Punkt jetzt wieder bewegt?«

»Ja, er bewegt sich. Einheit zwei, seid ihr bereit?«, fragte Hjelm.

»Wir sind bereit«, antwortete Balodis. »Der Punkt bewegt sich in Richtung Innenstadt. Wir warten bei den Jachten. Wir werden sehen, ob Marek ihm in angemessenem Abstand folgen kann. Mist, dass ich mit diesem Arm nicht Auto fahren kann.«

»Ich schicke das Kennzeichen per SMS«, informierte Beyer die anderen. »Arto ist wieder im Wagen. Zeig mal die Fotos, nun mach schon. Scheißbilder. Die meisten ohne Gesicht. Diese Kapuze ist ein guter Schutz. Aber dort. Ja, da haben wir ein Gesicht.«

»Aha«, sagte Söderstedt.

»Aha?«, wiederholte Hjelm. »Was zum Teufel meinst du damit?«

»Ich meine aha«, antwortete Söderstedt. »Habe das Foto gesendet.«

Paul Hjelm spürte, wie seine Hand zitterte, als er die Nachricht öffnete. Tatsächlich streifte ein Sonnenstrahl das Gesicht unter der Kapuze.

Es bestand kein Zweifel. Sogar die Miene war dieselbe wie die auf den nach Viktor Larssons und Johnny Råglinds Angaben gezeichneten Phantombildern.

Der Kapuzenmann war W.

»Ja!«, rief Hjelm aus.

»Yes«, stimmte auch Jutta Beyer zu. »Diesen Mann habe ich vernommen. Es ist der Wanderer Winfried Baumbach aus Wolfsburg.«

»Und auch wieder nicht«, meinte Hjelm. »Aber eine Art ewiger Wanderer ist er schon. Laima?«

»Marek hält optimalen Abstand«, erklärte Balodis. »Man

glaubt es kaum. Wir fahren jetzt in die Stadt. In Richtung Westen. Habt ihr das Kennzeichen?«

»Ja«, antwortete Bouhaddi, die neben Hjelm auf dem Balkon wie auf Kohlen saß. »Der Wagen ist in Rotterdam als gestohlen gemeldet. Was zum Teufel hat er nur in Holland gemacht? Uns beobachtet?«

»Oder Asterion, die glauben, dass sie uns im Blick haben«, meinte Hjelm. »Jutta und Arto, behaltet den Seemann im Auge. Könnt ihr in Erfahrung bringen, ob er tatsächlich ein Wassertaxi hat?«

»Ich habe es auf meinen meisterhaften Fotos eingefangen«, antwortete Söderstedt. »Auf denen W nicht drauf ist. Aber auf dem Schild am Schiff unseres Seemanns steht ausdrücklich ›Bateau Taxi‹.«

»Nehmt ihn sofort fest, bevor er irgendwo auf dem Meer verschwindet«, forderte Hjelm sie auf. »Bringt in Erfahrung, was W von ihm wollte. Auf was sie sich geeinigt haben.«

»Ich kümmere mich«, antwortete Söderstedt.

Hjelm hörte, wie die Autotür geöffnet wurde.

»Der Mazda hat gerade angehalten«, erklärte Balodis. »Vor einer absoluten Absteige. Hôtel Les Poux Morts. Er geht hinein. Immer noch mit dieser verdammten Kapuze auf dem Kopf.«

»Parkt so, dass er euch nicht durch die Fenster sehen kann. Bleibt im Wagen. Behaltet den Eingang im Blick«, befahl Hjelm.

Funkstille. Hjelm warf einen Seitenblick auf Bouhaddi. Sie kaute an ihren Fingernägeln, hörte aber sofort auf, als sie merkte, dass sie beobachtet wurde. Stattdessen warf sie nun einen finsteren Blick auf den anderen Balkon, auf dem Vera Volkova immer noch in ihrem Bikini saß und sich sonnte. Inzwischen allerdings mit einem Champagnerglas in der Hand.

Sie winkte zu ihnen herüber und rief: »Es ist echt phantastisch hier. Danke.«

»Ja, wirklich phantastisch«, entgegnete Hjelm leise und winkte zurück.

»Okay«, sagte Beyer ins Handy. »Jetzt haben wir einige Informationen.«

»Schieß los«, forderte Hjelm sie auf.

»W hat unter dem Namen Walter Thomas – ein alter Alias, nicht wahr? – ein pfeilschnelles exklusives Wassertaxi gemietet und gesagt, dass er innerhalb der nächsten vier Stunden wiederkäme. Er hat laut Kapitän Rouzier etwas mehr bezahlt, weil er keine genaue Zeitangabe machen wollte.«

»Walter Thomas«, erklärte Hjelm, »hieß W, als er Assistent des Bankdirektors Colin B. Barnworth bei der Antebellum Invest Inc. war. Warum benutzt er einen derart alten Alias?«

»Warum auch immer. Jedenfalls dürfte das maximal weitere vier Stunden Wartezeit bedeuten«, stöhnte Bouhaddi.

»Ausgerechnet jetzt, wo wir Lunte gerochen haben«, sagte Söderstedt ins Handy.

»Hat er dem Kapitän ein Ziel genannt?«, fragte Hjelm.

»Das ist die Krux«, antwortete Söderstedt. »W wird ihm das genaue Ziel erst mitteilen, wenn sie unterwegs auf See sind. Kapitän Rouzier beharrte jedoch darauf, ein ungefähres Ziel genannt zu bekommen. Woraufhin W Korsika angab.«

»Korsika?«, fragte Hjelm nach.

»Sowohl abgeschieden als auch luxuriös«, meinte Söderstedt. »Kein Zweifel. Udo Massicotte befindet sich auf Korsika.«

»Aber auch weitläufig«, warf Hjelm ein. »Ungefähr halb so groß wie Sizilien, und wie viele Mafiosi haben sich dort schon versteckt? Wir benötigen das genaue Ziel.«

»Tja«, meinte Söderstedt, »das ist ja eben die Krux. Das bekommen wir nur heraus, wenn wir mitfahren.«

»Schafft ihr das, Jutta und Arto?«

»Unsere Kämpferinnen Hershey und Balodis haben wir ja leider schon verschlissen«, antwortete Beyer.

»Ich habe gehört, was du gesagt hast«, meinte Balodis. »Aber du könntest doch deinen Gips noch mal einsetzen, oder, Arto?«

»Humor ist wirklich etwas Wunderbares«, entgegnete Söderstedt kühl.

»Obwohl Laima recht hat«, bemerkte Hjelm. »Wie steht's denn mit deiner Hand?«

»Die Finger der rechten Hand sind immer noch gebrochen«,

antwortete Söderstedt. »Ich bin leider nicht die ideale Person, um den Übermenschen W an Bord eines schaukelnden Schiffes zu übermannen. Außerdem werde ich schnell seekrank.«

Hjelm lachte auf. »Tja, wir sind wirklich eine abgetakelte Einheit«, stellte er fest.

»Diese kleinen Splitter schränken mich nicht besonders ein«, sagte Balodis. »Marek und ich übernehmen das.«

»So machen wir es«, pflichtete Hjelm bei. »Aber nur, wenn du dir sicher bist, Laima ...?«

»Ich bin mir sicher«, antwortete Balodis.

»Dann werden wir also einen verdeckten Personalwechsel vollziehen. Wechselt die Positionen, aber lasst weder Kapitän Rouzier noch das Hôtel Les Poux Morts auch nur eine Sekunde lang aus den Augen. Das Blinken scheint sich inzwischen stabilisiert zu haben. W hat sich wahrscheinlich in seiner Absteige zur Ruhe begeben.«

»Der Punkt«, korrigierte Söderstedt.

Dann war es eine Weile still.

Hjelm und Bouhaddi blieben auf dem Balkon sitzen.

Schließlich sagte Bouhaddi: »Es passt verdammt gut. Korsika liegt zwischen Nizza und Capraia, zwar sehr viel näher an Capraia, aber es ist wie Nizza französisch. Auf diese Weise hat Massicotte einen Überblick über das Labor auf Capraia und die Stiftung in Nizza. Außerdem gibt es auf Korsika wirklich genügend Platz sowohl für Luxus als auch um abgeschieden zu leben. Der perfekte Ort, um unterzutauchen.«

Hjelm nickte und fragte: »Aber wo genau auf Korsika?«

Eigentlich passierten während der folgenden zwei Stunden lediglich zwei Dinge. Zum einen sprang Hjelm plötzlich auf und rief: »Warum nennt er sich Walter Thomas?«

Zum anderen ließ Angelos Sifakis von sich hören und teilte mit, dass die falsche Fährte nach Paris aktiviert worden war, er also den gefälschten Bericht abgeschickt hatte. Mithilfe der nationalen französischen Opcop-Gruppe hatten sie eine kleine

Intrige geschmiedet, mit der es ihnen gelingen sollte, die Legionäre von Asterion in die französische Hauptstadt zu locken.

Dann geschah es.

Es waren zweieinhalb Stunden vergangen, als sich der Punkt plötzlich, wenn auch nur ein wenig, zu bewegen begann. In dem Augenblick kam W aus dem Hôtel Les Poux Morts und sprang mit der um seinen Kopf flatternden Kapuze in den Mazda mit niederländischem Kennzeichen.

Beyer und Söderstedt folgten ihm in angemessenem Abstand durch den Verkehr von Nizza.

Unten im Hafen auf dem Wassertaxi musterte Laima Balodis Marek Kowalewski leicht kritisch vom Scheitel bis zur Sohle. Dann warf sie einen Blick in das Kabuff für die Schwimmwesten, den einzigen abgeschlossenen Raum, den es an Bord gab. Die Schwimmwesten waren auf eines der anderen Schiffe von Kapitän Rouzier gebracht worden, somit war der Raum jetzt leer.

»Wie groß bist du eigentlich, Marek?«, fragte Balodis.

»Einen Meter einundneunzig, vierundneunzig Kilo schwer«, antwortete Kowalewski und blickte etwas unschlüssig drein.

»Polnisches Bauernblut«, murmelte Balodis. »Spring rein. Ich werde versuchen, mich nach dir reinzuschieben. Und Sie, Kapitän Rouzier, müssen die Luke hinter uns schließen. Aber nicht abschließen. Denn wir müssen sie verdammt schnell öffnen können. Verstanden?«

Der Seemann nickte widerwillig.

Während Kowalewski sich in das kleine Kabuff zwängte, fuhr Balodis fort: »Sie haben noch drei weitere Aufgaben zu erfüllen, Kapitän Rouzier. Die erste besteht darin, sich auf keinen Fall anmerken zu lassen, dass wir an Bord sind. Die zweite ist, Ihren Passagier von diesem Raum für die Schwimmwesten fernzuhalten. Und die dritte, uns ein Zeichen zu geben, sobald Sie das Ziel erfahren haben. Klopfen Sie einfach kurz an die Luke. Okay?«

Ein weiteres widerwilliges Nicken des Kapitäns. Balodis riss sich das Dreieckstuch vom Arm und warf es ins Mittelmeer.

Dann justierte sie ihre Dienstwaffe im Achselhalfter und betrachtete Kowalewski, der sich in das kleine Kabuff gezwängt hatte. Sie schüttelte den Kopf und schob sich zu ihm hinein. Rouzier schloss die Luke.

Es war zweifellos eng. Balodis war gezwungen, sich mit dem Rücken gegen Kowalewskis Schritt zu pressen. Sie spürte seinen Penis an ihrer Wirbelsäule und hoffte, dass W nicht allzu lange damit warten würde, Rouzier das Ziel zu nennen. Sie warf einen Blick auf ihr Handy. Der Punkt bewegte sich jetzt langsamer. W war also eingetroffen. Balodis atmete ruhig und spürte jede Gewichtsverlagerung von Kowalewski, als das Wassertaxi zu schaukeln begann. Sie schob ihr Handy in die Hosentasche und lauschte den Schritten, die sich mit schicksalsträchtiger Bedächtigkeit auf dem Anleger näherten. Dann hörte sie Kapitän Rouzier etwas auf Französisch sagen. Eine zweite, tiefere Stimme antwortete in mindestens ebenso untadeligem Französisch. Es war ungefähr die Stimme, die Balodis sich für W vorgestellt hatte.

W befand sich jetzt tatsächlich dort draußen. Der Serienmörder, der sich zu einer vollendeten Kampfmaschine entwickelt hatte, stand nur einige lächerliche Meter von ihr entfernt. Sie spürte, wie aufgeregt sie war.

Das Problem bestand darin, dass sie kein Wort von dem verstand, was da draußen gesagt wurde. Bis Kowalewski sich vorbeugte und ihr leise, aber etwas feucht ins Ohr flüsterte: »Unverzügliche Abfahrt nach Korsika, das genaue Ziel wird auf offenem Meer mitgeteilt.«

Laima Balodis nickte kurz. Irgendwo dort auf der anderen Seite der Luke bewegte sich der Mörder. In dem kleinen Kabuff war es pechschwarz, aber sie konnte Ws Schritte noch eine Weile hören, bis der Schiffsmotor mit einem ohrenbetäubenden Lärm angelassen wurde. Danach war von draußen nur noch ein Brummen zu vernehmen. W stand möglicherweise direkt vor der Luke. Er würde sie jeden Moment aufreißen können, und sie hätten keine Chance, sich zu verteidigen.

Die Gefahr verlieh ihr eine gewisse Energie. Sie fühlte sich höchstlebendig. Denn sie hatte eine Vergangenheit, über die sie nie sprach, eine Vergangenheit als Mafiaspitzel im heruntergekommensten Hafenviertel von Klaipėda in Litauen. Wo sie monatelang von genau diesem Gefühl verfolgt worden war, dass die Luke jeden Moment aufgerissen werden konnte, buchstäblich monatelang. Irgendwann wurde das ständige Gefühl von Todesangst alltäglich, und als sie endlich wieder aus ihrer Spitzelrolle schlüpfen konnte, war es ihr nahezu unmöglich, ein normales Leben zu führen. Laima Balodis würde es zwar niemals öffentlich eingestehen, aber sie brauchte diesen Kick der Lebensgefahr, um das Gefühl zu haben, am Leben zu sein. Und genau das hatte sie auch verspürt, als sie in der Jagdhütte in Andalusien im Blut der beiden Männer gelegen hatte. Und das spürte sie auch jetzt.

Den Kick der Lebensgefahr.

Kowalewski, der Schreibtischbulle, der vor einem Jahr in New York Auge in Auge mit dem Tod gestanden hatte, verspürte es offenbar auch. In einer anderen Situation wäre es äußerst peinlich gewesen, zu fühlen, wie sein Penis an ihrer Wirbelsäule wuchs, aber in dieser absoluten Dunkelheit, den heulenden Schiffsmotor in den Ohren, vermittelte es ihr unerwartete Sicherheit.

Kowalewski beugte sich vor und flüsterte ihr ins Ohr: »Sorry.«

Sie musste lächeln. Sie schüttelte den Kopf und zog langsam ihre Waffe. Kowalewski tat es ihr gleich.

Sie hatten sich vorher abgesprochen. Wie wichtig es sein würde, die Muskeln in Bewegung zu halten, die einzelnen Fasern anzuspannen. Dass sie der plötzliche Lichteinfall, wenn die Luke aufgerissen würde, in den ersten Sekunden fast blind machen würde. Wie wichtig es sein würde, Ws Standort sofort auszumachen, trotz des grellen Sonnenlichts. Sie durften ihm nicht mehr als eine Sekunde Zeit lassen.

Die Minuten verstrichen zäh. In ihren Körpern begann es zu kribbeln. Balodis meinte zu spüren, wie Kowalewski ein Bein einschlief. Als sie es berührte, begann es leicht zu zucken. Das Motorengeräusch dröhnte in dem kleinen Kabuff wie in einem

Resonanzkörper. Kowalewski schwitzte, und sie spürte, wie sein Hemd feucht wurde. Allmählich wurde das Warten zur Qual.

Das Geräusch, das sie schließlich vernahmen, war kaum hörbar. Es könnte ein Klopfen gegen die Luke gewesen sein. Aber ebenso gut auch ein kleines Stolpern des Motors. Es kam nicht wieder. Doch Kowalewski tippte Balodis leicht auf die Schulter. Er hatte es also auch gehört.

Demnach musste es ein Klopfen gewesen sein.

Balodis holte tief Luft und nickte. Sie versuchte, ihre Beine ein wenig zu lockern, und Kowalewski tat es auch. Ihre Körper wurden von Nadelstichen traktiert.

Balodis trat die Luke auf und stürzte taumelnd heraus. Das Licht blendete sie zwar stark, aber dennoch konnte sie zwei Gestalten erkennen, die fünf Meter entfernt am Ruder standen. Doch gleichzeitig spürte sie, dass ihr die rechte Hand nicht gehorchte. Sie sah wie in Zeitlupe, wie ihr die Pistole aus der Hand glitt und in hohem Bogen davonflog. Mit einem Hechtsprung fing sie die Waffe auf und knallte dann auf die Schiffsplanken. Von ihrer beschämenden Position aus sah sie Kowalewski an ihr vorbeistürzen. Er versetzte einer der beiden Silhouetten am Ruder einen Faustschlag ins Gesicht, sodass das Blut spritzte. Balodis sprang auf und lief zu Kowalewski. In dem Moment wurde sein normalerweise leicht gerötetes Gesicht plötzlich kreidebleich, und er riss die Augen auf. Sie richtete ihre Pistole auf den Mann, der vor ihnen am Boden lag. Sein Gesicht war blutig, er wand sich, schien unter Schock zu stehen, war jedoch bei Bewusstsein. Währenddessen starrte Kowalewski entgeistert auf seine blutigen Fingerknöchel.

Balodis zog mit der linken Hand ihr Handy hervor und versuchte, Söderstedts Foto von W zu öffnen. Der Mann, der nun zu wimmern begann, hatte in der Tat gewisse Ähnlichkeit mit dem Bild, aber er war ganz offensichtlich mindestens fünf Jahre jünger. Dieser Mann war kaum fünfundzwanzig.

»Er hat mich vorgewarnt, dass irgendetwas in dieser Art passieren könnte«, stammelte er auf Englisch, dann spuckte er fluchend auf den Boden.

»Wer sind Sie?«, brüllte Balodis.

»Ich heiße Armand Jonquet«, antwortete der Mann. »Sie können in mein Portemonnaie schauen. Ich komme aus Lyon und wohne im Hôtel Les Poux Morts. Verdammt, ich glaub, dass ein paar Zähne locker sind. Dämlicher Idiot!«

Balodis warf einen Blick zu Kowalewski hinüber. Der lief auf dem Deck hin und her und fluchte auf Polnisch, während er seine rechte Hand schüttelte. Kapitän Rouzier am Ruder war leichenblass. Er hatte den Motor gedrosselt und starrte bestürzt auf das Trio.

Äußerst widerwillig gestand Balodis sich ein, dass Armand Jonquet nicht W war. Der war ihnen entwischt.

»Erzählen Sie uns, was geschehen ist«, forderte sie ihn auf, ohne ihre Waffe zu senken.

»Ich hab 'ne Menge Knete bekommen und sollte auf Korsika noch mal genauso viel kriegen. Ich sollte diese Jacke hier anziehen, die Kapuze aufsetzen und mit 'nem silbergrauen Mazda, der vor dem Hotel stand, runter zu den Wassertaxis fahren. Er hat 'ne akkurate Skizze angefertigt. Ich wusste genau, wo ich hinmusste.«

»Er?«, fragte Balodis. »Ist er das?«

Sie hielt ihm ihr Handy mit Söderstedts Foto von W hin.

»Ja«, antwortete Armand Jonquet, denn so hieß er tatsächlich. Balodis hatte ihm die Brieftasche aus der Innentasche seiner Jacke gezogen und warf sie Kowalewski zu, der sich inzwischen etwas gesammelt hatte. Er hielt Balodis Jonquets Führerschein hin.

Sie konzentrierte sich und dachte nach.

»Wann genau war das?«, fragte sie dann.

»Vor zwei Stunden ungefähr. Verdammt, schauen Sie hier, ein Zahn.«

»Und Sie sollten Kapitän Rouzier das Ziel nennen, sobald Sie draußen auf dem Meer wären?«

»Ja, verdammt. Er hat mir genau gesagt, wann.«

»Und wohin?«

»Nach Morsiglia auf Korsika.«

»Stimmt das?«, fragte Balodis den Kapitän.

»Ja«, antwortete Rouzier heiser. »Morsiglia, im Norden Korsikas, Departement Haute-Corse.«

Balodis durchsuchte Jonquets Taschen. Sie zog ein Handy hervor und hielt es hoch.

»Und dann haben Sie das hier bekommen?«, fragte sie.

»Ja«, schnaubte Jonquet. »Er wollte mich anrufen, wenn ich auf Korsika angekommen bin.«

Balodis betrachtete das Handy näher. In dem Augenblick begann es zu vibrieren. Sie war nahe dran, es fallen zu lassen, aber für heute hatte sie schon genügend Dinge fallen gelassen.

Es war eine SMS. Sie bestand aus einem einzigen Wort und lautete: »Morsiglia«. Von einer unbekannten Nummer aus gesendet.

»Wenden Sie das Schiff«, rief Balodis.

Kapitän Rouzier gab wieder Gas und vollführte einen waghalsigen U-Turn in maximaler Geschwindigkeit.

»Ich kann dir nicht ganz folgen«, sagte Kowalewski, der nun aufhörte, hin und her zu laufen, und sich neben Balodis stellte.

»W will, dass wir zu ihm kommen«, erklärte Balodis. »Aber er will einen geraumen Vorsprung haben. Ungefähr zweieinhalb Stunden. Aus dem Grund hat er diesem Drogendealer das Handy und die Kapuzenjacke gegeben.«

»Er wusste also die ganze Zeit, dass wir ihn verfolgen?«

»Deswegen hat er ja das Handy behalten, nachdem er die SMS in Stockholm geschrieben hatte. Damit die Polizei ihn verfolgen könnte. Er will, dass wir Massicotte kriegen. Aber erst, wenn er tot ist.«

»Massicotte, der sich in Morsiglia im Norden Korsikas aufhält?«

»Ja«, antwortete Balodis. »Bewacht von einem Dutzend Legionäre mit Christopher James Huntington an der Spitze.«

»Wir müssen dorthin«, sagte Kowalewski.

»Wir müssen erst die anderen holen«, erklärte Balodis.

»Wieso eigentlich ›Drogendealer‹?«

»Er hat drei Tütchen Schnee in der Tasche. Aber darauf pfeifen wir. Du hast ihn ja bereits abgestraft, mein in jeder Hinsicht großer Pole.«

»Du bist schließlich gestürzt«, entgegnete Kowalewski beschämt.

Balodis zog eine finstere Grimasse und bat: »Erzähl es bloß keinem.«

»Wenn du auch nichts erzählst.«

»Was denn?«

Kowalewski räusperte sich. »Du weißt schon«, sagte er dann. »Da drinnen im Kabuff.«

Laima Balodis lachte und legte Kowalewski dezent die Hand auf den Schritt.

»Das bleibt mein Geheimnis.«

In Marek Kowalewskis Gesicht kehrte mit einem Mal die Farbe zurück. Und zwar ziemlich intensiv.

Zwillingsvillen

Morsiglia, Korsika, 1. Juni

Das pfeilschnelle Wassertaxi war an diesem Nachmittag bereits seit Stunden unterwegs, als Paul Hjelm seine etwas entkräftete Schar um sich versammelte. Mit an Bord waren Corine Bouhaddi und Laima Balodis, Jutta Beyer und Marek Kowalewski, Arto Söderstedt und Vera Volkova. Während die Frühsommersonne über die spiegelnde Wasseroberfläche glitt, musste Paul Hjelm feststellen, dass sie nicht gerade einer erstklassigen Elitetruppe glichen. Sie waren zwar ausgezeichnete Polizisten, sogar mit die besten Europas, aber natürlich keineswegs eine Einsatztruppe. Außerdem hatten sie eine Zivilistin bei sich. Andererseits war gerade die vielleicht ihr Trumpf.

»Wir werden natürlich keinen Angriff auf Massicotte unternehmen«, erklärte Hjelm. »Wir haben die französische Polizei informiert, aber die bürokratischen Mühlen mahlen nun einmal langsam. Sie haben zwar bestens ausgestattete Einsatztruppen, aber die müssen eben auch genau instruiert werden, was sie zu tun haben. Und es ist nicht ganz leicht, die Sache zu erklären.«

»Haben Navarro und Sifakis schon etwas gefunden?«, fragte Beyer.

»Aus diesem Grund möchte ich mit euch reden. Denn ich habe gerade mit Angelos gesprochen. Morsiglia ist ein sehr kleiner Ort an der Westseite der Nordspitze Korsikas, die sich Cap Corse oder ›die Insel in der Insel‹ nennt, ›l'île dans l'île‹. Er hat nicht mehr als hundertfünfzig Einwohner. Aber vor nicht allzu langer Zeit wurden außerhalb des Orts am Meer nicht nur eine, sondern zwei aneinandergrenzende Villen errichtet. Ziemlich große Gebäude. Sie gehören einer amerikanischen Stiftung, die keine Verbindung zu Visio in Nizza hat. Oder bisher nicht zu haben schien. Doch das hat sich gerade geändert. Als Sifakis sich eingehender mit dieser Stiftung befasste, stieß er auf laufende Ermittlungen des FBI. Es geht um das Verschwinden eines amerikanischen Staatsbürgers im vergangenen Jahr. Die Stiftung spielt zwar keine Hauptrolle in der Untersuchung, aber als Sifakis mit dem verantwortlichen Ermittler im J. Edgar Hoover Building in Washington, D. C. sprach, zeigte dieser großes Interesse an unserem Fall. Er hatte nämlich schon vermutet, dass sich besagter Amerikaner, der einer der externen Finanziers der Sektion war, in Europa aufhält.«

»Aber warte mal«, sagte Söderstedt, der angesichts des intensiven Seegangs wirklich nicht gerade aussah, als ginge es ihm gut. »Du redest doch von Antebellum, der Bank, mit der wir uns im letzten Jahr herumgeschlagen haben, oder?«

»Ja, und die ebenfalls zur Finanzierung der Sektion beitrug. Ich rede von einer Person aus dem Kreis derer, die im letzten Jahr davongekommen sind. Dem Bankdirektor Colin B. Barnworth. Sifakis' Theorie lautet, dass er auch der Finanzier von Massicottes neuer Firma ist und dass sowohl Barnworth als auch Massicotte untergetaucht sind und ihre finanziellen Mittel in Stiftungen überführt haben. Und dass sie jetzt die neue Firma mittels zweier Stiftungen auf zwei Kontinenten von einem kleinen Ort auf Korsika aus leiten.«

»Das würde also bedeuten, dass Asterion zwei große Gebäude bewacht«, sagte Jutta Beyer. »Folglich muss es sich um eine umfangreiche Truppe handeln.«

»Wir können nur hoffen, möglichst viele von ihnen nach Paris gelockt zu haben«, meinte Hjelm.

»Und was zum Teufel machen wir jetzt?«, fragte Kowalewski.

»Wir nähern uns Cap Corse von Süden her, damit wir nicht entdeckt werden. Morsiglia liegt in einer Bucht, und etwas südlich von dieser Bucht gibt es eine Landzunge. Wir können an der Südseite der Landzunge ankern, wo ein Taxi auf uns wartet. Ich habe Satellitenbilder von den Gebäuden dabei. Luxusvillen, die mit Mauern eingefasst und miteinander verbunden sind. Strandzugang. Herrliche Lage. Und gut gesichert. Wie zwei mittelalterliche Festungen.«

»Und wie kommen wir hinein?«, fragte Balodis.

»Wir kommen nicht hinein«, antwortete Hjelm. »Aber wir überwachen sie. Bis die Franzosen ihre bürokratischen Vorbereitungen abgeschlossen haben. Wenn nötig, die ganze Nacht. Ich schicke euch die Satellitenbilder auf eure Handys.«

Sie saßen in dem laut dröhnenden Wassertaxi und schauten auf das Display ihrer Handys. Hjelms Blick schweifte derweil über das weite Mittelmeer. Er kam sich vor wie Odysseus auf seiner Irrfahrt zu übernatürlichen Kreaturen. Zu Polyphem, dem Zyklopen. Es ging darum, cleverer als er zu sein. Das war der Schlüssel: Ein Ablenkungsmanöver zu starten, während man auf den Augenblick wartete, in dem man dem einäugigen Riesen den glühenden Spieß ins Auge rammen konnte.

»Aber wir wissen doch, dass W bereits dort ist«, wandte Balodis ein. »Wir können nicht einfach draußen stehen bleiben, während er versucht, Massicotte zu ermorden.«

»Und vermutlich auch Barnworth«, fügte Bouhaddi hinzu.

»In den Villen sind bestimmt fünfzehn Legionäre«, erklärte Hjelm. »Ich habe nicht vor, noch einmal jemanden von uns in den Tod zu schicken. Wir überwachen die Häuser und warten. Das ist die Order.«

»In dem Wissen, dass alles Mögliche passieren kann«, sagte Arto Söderstedt und erbrach sich über die Reling.

Paul Hjelm warf ihm einen düsteren Blick zu und sagte dann wie ein Entdeckungsreisender: »Ich glaube, ich sehe Land.«

In der Tat erhob sich weit in der Ferne plötzlich eine Formation aus dem Meer wie ein noch unbekannter Kontinent. Und in gewisser Weise war diese Mittelmeerinsel das auch. Denn das, was sie dort erwartete, hatte keiner von ihnen je zuvor erlebt.

Die Insel wuchs mit beeindruckender Geschwindigkeit, die

Küstenlinie wurde erkennbar, dann offenbarte sich eine Landzunge, die geradewegs ins Meer hineinragte. Dorthin, auf die Bucht hinter der Landzunge, steuerte das Wassertaxi schließlich zu. Und ging vor Anker.

Über den steilen Hang wanden sich Serpentinen bis hinauf zur Kuppe, wo die Landstraße verlief. Neben einem Anleger wartete ein Taxi, ein größeres Modell mit Platz für sieben Personen. Und sie waren sieben.

Sie gingen an Land. Paul Hjelm half Vera Volkova auf den Steg hinauf. Sie schien den Balkon in Nizza stark zu vermissen, und die Wasserflasche in ihrer Hand wirkte wie ein minderwertiger Ersatz für das Champagnerglas. Er warf einen Blick auf die übrige Mannschaft. Mit Ausnahme von Söderstedt schienen alle gut in Form zu sein. Sie stiegen ins Taxi. Auf der Fahrt wurden sie hin und her geschleudert und blickten in einen immer tiefer werdenden Abgrund, bis sie schließlich die Landstraße oben auf der Kuppe erreichten.

Bereits nach einem Kilometer wurde das Taxi langsamer und glitt an den Straßenrand. Von hier aus bot sich ihnen eine wundervolle Aussicht hinunter auf die nächste Bucht, in der der kleine malerische Ort Morsiglia lag. Er erstreckte sich über den steilen Hang, während etwas außerhalb ganz im Süden zwei größere Gebäude unmittelbar nebeneinander standen. Um sie herum verlief eine Mauer bis hinunter zum Strand.

Die Gruppe wurde am Straßenrand abgesetzt, von wo aus sie die Gebäude intensiv in Augenschein nahm. Arto Söderstedt richtete, trotz seines miserablen Zustands, ein Fernglas auf die Häuser.

»Stimmt«, gab er zu, »das ist Rouziers Fernglas.«

»Nichts zu sehen«, meinte Jutta Beyer.

»Hierdurch ebenfalls nicht«, stimmte Söderstedt ihr zu.

»Wir müssen uns am Hang entlang nach unten vorarbeiten«, erklärte Hjelm.

Ein paar Meter weiter konnte man über die ziemlich instabile Leitplanke klettern. Die Vegetation war dornenreich und das Gelände abschreckend steil. Dennoch gelang es ihnen, ohne größere Einbußen abzusteigen. Hjelm lotste Vera Volkova hinunter, doch er musste sich nicht besonders anstrengen. Denn Volkova erwies sich als eine robuste Frau, die männlichen Schutz nicht nötig hatte. Sporadische Blicke durchs Fernglas zeigten zwei Zwillingsgebäude, die allem Anschein nach zur selben Zeit errichtet worden waren. Das bedeutete, dass Massicotte, seinen Plan unterzutauchen bereits klar vor Augen hatte, als Barnworth vor gut einem Jahr floh. Er musste ihn nur noch konkretisieren und ihn schließlich mittels des in alle Ewigkeit namenlosen Obdachlosen im Keller seiner Villa in Charleroi in die Tat umsetzen.

Sie gelangten immer weiter nach unten. Bald befanden sie sich auf Höhe der Mauer. Aber noch immer deutete nichts darauf hin, dass sich hier Menschen aufhielten. Sie nahmen lediglich den unverwechselbaren kräftigen Geruch des Mittelmeers wahr, den noch stärkeren Geruch von verrottetem Tang und den zum Himmel stinkenden Ruch schwerer Finanzkriminalität.

Direkt am Ufer, wo die Mauer in einem spitzen Winkel zum Einfahrtstor hin abknickte, blieben sie stehen. Sieben Personen, ein bizarres Trüppchen.

Hjelm wagte einen kurzen Blick um die Ecke. Wo soeben ein Mann, der höchstwahrscheinlich zum Sicherheitspersonal gehörte, seinen Kopf durchs Gittertor steckte. Hjelm zog sich rasch wieder zurück.

»Sie sind hier«, erklärte er.

Das Merkwürdige war, dass sich ihm beim nächsten kurzen Blick um die Ecke eine Minute später genau derselbe Anblick bot. Erneut zog er rasch seinen Kopf zurück.

»Das Fernglas«, verlangte er, woraufhin Söderstedt es ihm in die Hand drückte.

Hjelm atmete tief ein und lugte dann erneut um die Ecke. Als er zum dritten Mal genau dasselbe Bild sah, hielt er das Fernglas vor die Augen. Nachdem er es wieder gesenkt hatte, sagte er: »Wir müssen hinein. Bouhaddi und Balodis folgen mir. Der Rest bleibt hier.«

Das angesprochene Duo löste sich aus der Gruppe und schlich mit erhobenen Waffen seinem Chef hinterher auf das Eingangstor zu. Geduckt bewegten sie sich an der Mauer entlang und hielten angestrengt Ausschau nach eventuellen Überwachungskameras. Dann standen sie nur noch fünf Meter vom Tor entfernt. Das Gesicht des Wachmanns blickte zwischen den Gitterstäben nach draußen. Er hatte helle Haut, war groß gewachsen und trug Militärkleidung. Aber etwas stimmte nicht mit ihm: Er rührte sich nicht vom Fleck.

Von Balodis und Bouhaddi flankiert, näherte sich Hjelm die letzten Meter zum Tor. Wenn es Überwachungskameras gab – und das war so gut wie sicher –, war das Trio längst entdeckt. Doch dieses Risiko mussten sie in Kauf nehmen, um herauszufinden, was da vor sich ging.

Paul Hjelm stand jetzt Auge in Auge mit dem Sicherheitsmann. Dieser erwiderte seinen Blick nicht. Aber sein Gesicht war im Grauen erstarrt, als hätte er versucht zu fliehen und wäre am Gitter hängen geblieben, wo er die letzten Schrecksekunden seines Lebens gefristet hatte.

Doch als Hjelm dem Wachmann seine Hand an den Hals legte, fühlte er nicht nur dessen schwachen Puls, sondern sah, wie das Tor nach innen aufglitt und den Sicherheitsmann mit sich zog. Hjelm warf einen Blick in den Garten. Aus mindestens zwei Büschen ragten Füße heraus. Mit Militärstiefeln. Als hätte jemand ihre Körper unter die Büsche gezogen, damit man sie von der Straße aus nicht sehen konnte.

Blitzschnell zog sich Hjelm an die Mauer neben dem Tor zurück und ging dort in Deckung. Balodis und Bouhaddi taten es ihm gleich. In dem Moment sah Hjelm an der Mauerecke Jutta Beyers Gesicht auftauchen. Er signalisierte ihr, näher zu kommen. Geduckt schleichend folgten Söderstedt, Kowalewski und Volkova. Hjelm winkte Vera Volkova zu sich und flüsterte der Gruppe zu: »Die Soldaten liegen dort drinnen, bewusstlos. Das Tor ist offen.«

»Wir müssen hinein«, flüsterte Balodis zurück.

»Ich fürchte, dass du recht hast«, entgegnete Hjelm. »Geht ihr zwei voran, Laima? Ich folge mit Vera als Letzter.«

Balodis und Bouhaddi wechselten rasch einen Blick und nickten. Dann bogen sie um die Ecke und passierten das Tor, unmittelbar gefolgt von Beyer, Kowalewski und Söderstedt, der seine Waffe in der linken Hand hielt. Hjelm legte den Arm um Vera Volkovas Schultern und folgte ihnen.

Sie arbeiteten sich durch den Garten zum Hauptgebäude hinauf, das ungefähr hundert Meter weiter oben am Hang stand. Unterwegs stießen sie auf mehrere bewusstlose Wachmänner, die, halb von Büschen verdeckt, im Gras lagen. Sonst rührte sich nichts; nicht einmal ein Auto oben auf der Landstraße war zu hören. Absolute Stille. Windstille. Fahle Nachmittagssonne.

Es war, als bewegten sie sich nach einer Katastrophe durch die einstige Zivilisation und als könnten sie gerade noch die Körperwärme der letzten Überlebenden in einem sonst verlassen daliegenden Universum spüren. Alles war unheimlich still.

Bis sie ein leises Klicken hörten.

Das Erste, was Paul Hjelm registrierte, waren Balodis' Hände, die sich zu ihrem Hals hinauftasteten. Danach Beyers erstarrter Gesichtsausdruck und ihre weit aufgerissenen Augen. Bouhaddi, die neben Balodis in die Knie ging.

Als Söderstedt drei Meter vor ihm entfernt haltlos umfiel, spürte Hjelm, wie die Verknüpfung der Synapsen kreuz und quer durch sein Gehirn blitzschnell vonstattenging. Er sah das leidende Gesicht des Wachmanns zwischen den Gitterstäben hängen, er dachte an W, er dachte an »Multigift«, und sogar der Begriff »Jet injector« reihte sich überraschend in die Kette seiner pfeilschnellen Assoziationen ein. Als er spürte, wie sich Vera Volkovas Glieder unter seinem linken Arm entspannten, griff seine rechte Hand bereits in seine Brusttasche. Er riss die Verpackung mit den Zähnen auf, und im selben Moment verspürte er einen lähmenden Schmerz, der seine Kehle erfasste und sich weiterschob. Er stieß eine Spritze mit dem Gegengift in Volkovas Schulter und war bereits dabei, das Bewusstsein zu verlieren, als sich die zweite Injektionsnadel durch seine eigene Jacke hindurchbohrte. Der entsetzliche Schmerz in seiner Kehle ließ nach. Vera Volkovas Glieder stabilisierten sich wieder. Sie begann fürchterlich zu husten.

Hjelm sah Kowalewski vor sich, dessen groß gewachsener Körper sich mit einem Knie und einer Faust auf dem Kiesweg abstützte. Er schaute seinen Chef mit zu Eis erstarrtem Blick an.

Hjelm wusste nicht, was er sagen sollte. Alles, was er hervorbrachte, war: »Es ist nicht tödlich, Marek.«

Dann kippte Kowalewski zur Seite und rührte sich nicht mehr. Sie lagen da wie eine Gruppe Skulpturen, eine Darstellung der Schrecken des Krieges, die eines Callot oder Goya würdig gewesen wäre. Balodis' und Bouhaddis Körper waren ineinander verschlungen, Beyer war auf Söderstedt gefallen, und Kowalewskis langsam steif werdender Körper behielt seine unnatürlichen Winkel bei.

Vera Volkova hingegen kam auf die Füße. Ihre Augen waren weit aufgerissen, und sie atmete angestrengt. Hjelm schloss für einen Moment die Augen und spürte, wie die letzten Reste des lähmenden Schmerzes langsam aus seinem Körper wichen. Nie zuvor war ihm das Leben so zerbrechlich vorgekommen. Er löste seinen Arm von Volkovas Schultern und betrachtete seine Hände. Erstaunlich, wie es seinen kleinen Handmuskeln gelang, exakte Fingerbewegungen auszuführen. Er holte tief Luft und sah Vera Volkova an.

»Alles in Ordnung bei Ihnen?«, fragte er.

»Ja«, antwortete sie.

»Können Sie mit einer Schusswaffe umgehen?«

»Ja.«

Hjelm beugte sich hinunter und griff nach Jutta Beyers Pistole. Volkova nahm sie entgegen und entsicherte sie routiniert. Hjelm zog seine eigene Pistole aus dem Achselhalfter. Dann gingen sie auf die Luxusvilla zu.

Noch immer lag eine bedrohliche Stille über dem Anwesen, aber hatte sich die Abendluft nicht ein wenig abgekühlt? Als sie die Veranda erreichten, spürte Paul Hjelm in der Tat, wie eine leichte Brise über seine Wange strich.

Die Haustür war geschlossen. Hjelm bezog seitlich davon Position, während Volkova sich hinter ihm hielt. Langsam streckte er die Hand in Richtung Türgriff aus und drückte ihn dann ganz sacht hinunter. Er wunderte sich noch immer über die Präzision seiner Bewegungen. Die erstaunliche Exaktheit, mit der die menschlichen Muskeln funktionierten.

Die Tür war unverschlossen. Vollkommen lautlos ließ er sie aufgleiten. Er bedeutete Volkova stehen zu bleiben, und sie nickte. Dann ging er hinein. Mit erhobener Pistole.

Im luxuriösen Inneren des Hauses herrschte ein eigenartiges Dämmerlicht. Hjelm blieb in einer geräumigen Eingangshalle stehen, von der Türen in unterschiedliche Richtungen abgingen. Er horchte. Ja, es waren tatsächlich Stimmen zu hören. Englische Wortfetzen. Aber hinter welcher der Türen?

Behutsam bewegte er sich in die Richtung, die ihm am wahrscheinlichsten erschien. Er erzeugte kein Geräusch.

Jetzt stand er vor zwei nebeneinanderliegenden Türen. Er strengte sein Gehör bis aufs Äußerste an, doch im Augenblick herrschte Stille. Hatten sie ihn vielleicht doch gehört? Bereiteten sie sich gerade auf einen Angriff vor? Würde das Rattern eines Maschinengewehrs das Letzte sein, was Paul Hjelm in seinem Leben hörte?

Da vernahm er hinter einer der Türen erneut ein paar Wortfetzen, immer noch unverständlich. Zwei Männer, es mussten mindestens zwei Männer sein. Dann das leise Schniefen einer Frau. Der Lautstärke nach zu urteilen, nicht allzu weit von der Tür entfernt, aber auch nicht direkt dahinter. Die Tür ließ sich in den Raum hinein öffnen. Wenn er sie abrupt aufstieße, würde er seine Waffe innerhalb des Bruchteils einer Sekunde auf die sprechende Person richten können. Die Frage war nur, ob das ausreichte.

Wenn es W gelungen war, in die Villa einzudringen, war er zwar derjenige, der Massicotte und seine Ehefrau bedrohte, aber in dem Fall hielt er bestimmt keine Schnellfeuerwaffe in der Hand; das entsprach nicht seinem Stil. Wenn die Stimmen aber Christopher James Huntington und einem seiner Männer gehörten, die ihre endgültige Verteidigung planten, hatten sie höchstwahrscheinlich Maschinengewehre schussbereit im Anschlag.

Als Hjelm sein Ohr gegen die Tür drückte, wurde eine der Stimmen etwas lauter und sagte mit einem leichten Zittern: »Natürlich ist es möglich, ein kleines Kind einer chiroplastischen Operation zu unterziehen.«

Jetzt hatte Paul Hjelm sich entschlossen. Mit der entsicherten Pistole in der Hand stieß er die Tür auf.

Auf einem Sofa saßen drei Personen nebeneinander, zwei Männer und eine Frau. Alle schon älter. Vor ihnen stand ein gut aussehender dunkelhaariger Mann um die dreißig mit einer Pistole in der Hand, die er soeben mit beeindruckender Geschwindigkeit auf Hjelm gerichtet hatte.

W wirkte dennoch ein wenig erstaunt.

»Polizei«, rief Hjelm. »Lassen Sie die Waffe fallen.«

»Wohl kaum«, entgegnete W in nahezu perfektem Oxfordenglisch.

Sie befanden sich im Patt. Waffe gegen Waffe. Gleichgewicht des Schreckens.

»Sie lassen jetzt Ihre Waffe fallen«, befahl W. »Und zwar sofort!«

Hjelm spürte, wie seine Pistole zu zittern begann. Er ließ sie sinken und legte sie auf den Boden.

»Ausgezeichnet, Herr Kommissar«, lobte W ihn. »Ich verspüre nicht den geringsten Wunsch, Sie zu töten. Allerdings weiß ich nicht, wie Sie es geschafft haben, an der Giftfalle vorbeizukommen. Sie legt nämlich jeden lahm. Aber umso schöner, es zur Abwechslung mal mit einem ebenbürtigen Gegner zu tun zu haben.«

»Antidot«, sagte Hjelm, weil ihm nichts Besseres einfiel. »Es gibt inzwischen ein Gegengift gegen Protobiamid.«

»Sieh mal einer an«, entgegnete W. »Aber Ihre Kollegen sind umgefallen? Machen Sie sich keine Sorgen, sie werden in zwanzig Minuten mit leichten Kopfschmerzen wieder aufwachen. Die Legionäre hingegen schlafen noch eine Stunde. Der große Vorteil an meiner Weiterentwicklung des Protobiamids liegt darin, dass es beliebig dosiert werden kann.«

»Sie wollen also, dass wir Sie festnehmen? Haben Sie uns deswegen hergelockt?«

»Ich habe das Gefühl, dass diese Organisation nicht ganz legal ist. Aber Sie haben uns unterbrochen, Herr Kommissar. Udo war nämlich gerade dabei, die Geschichte zu Ende zu erzählen, die er vor fünfzehn Jahren angefangen hatte einem jungen Mann in Paris zu berichten, eine Geschichte, die das Leben dieses jungen Mannes zerstört hat. Sie haben das Kind also einer chiroplastischen Operation unterzogen, Sie mieses Schwein. Wie alt war ich da?«

Die drei Personen auf dem Sofa boten einen eigenartigen Anblick. Sie waren Hjelm eigentlich wohlbekannt, allerdings nur von den Ermittlungsfotos – und Udo Massicotte war zweifellos ein geschickter Arzt für plastische Chirurgie. Den Mann rechts von ihm hatte Hjelm über ein Jahr lang nicht mehr auf einem Foto gesehen, und er hätte ihn kaum wiedererkannt, wenn er ihm auf der Straße begegnet wäre. Doch da er hier auf diesem Sofa saß, war es offensichtlich, dass es sich um Bankdirektor Colin B. Barnworth von Antebellum Invest Inc. handelte. Ebenso klar war, dass die Dame auf dem Sofa, die sich offenbar diversen chiroplastischen Operationen unterzogen hatte, Mirella Massicotte, die angebliche Witwe, war. Derjenige, der den Fotos von sich am wenigsten ähnelte, war der Mann in der Mitte, aber da er auf Ws Frage antwortete, war er zweifellos Udo Massicotte.

Er schien vollkommen resigniert zu haben und erklärte seufzend: »Bei der letzten chiroplastischen Operation warst du gut zwei Jahre alt, Watkin. Danach hatte sich dein Bewusstsein erwartungsgemäß bereits so weit entwickelt, dass wir bei weiteren Operationen das Risiko eingegangen wären, dass du dich an sie erinnert hättest, und das konnten wir uns nicht leisten. Also wurde es Zeit, dich zu entlassen.«

»Sie haben mich also künstlich gezeugt und danach zwei Jahre an mir herumexperimentiert?«

»Drei«, korrigierte Massicotte ihn.

»Drei?«

»Neun Monate im Bauch deiner Ersatzmutter miteingerechnet, Watkin. Damals waren wir gezwungen, eine echte Gebärmutter zu verwenden. Heute geht das einfacher. Du musst wissen, dass eine beeindruckende Gruppe von Genforschern daran beteiligt war. Dworzak natürlich, der Maestro, aber auch die Jungen waren Genies, Vacek, van der Sanden, Dahlberg, Hays. Ganz zu schweigen von den Neurologen und Hirnchirurgen, die eine geradezu bahnbrechende Forschung betrieben haben, Aldrich, Flores-Domingo, aber vor allem Hamilton III. Was dieser Grünschnabel aus der High Society doch für einen Intellekt besaß. Bei ihm bist du aber wirklich zu weit gegangen, Watkin.«

»Ich habe erfahren, dass Hamilton derjenige war, der die letzte Hirnoperation durchgeführt hat«, entgegnete W. »Durch die meine Persönlichkeit ernsthaft verändert wurde.«

»Wir haben dennoch etwas zu lange gewartet«, gab Massicotte zu. »Andrew war gezwungen, einen Teil der Synapsen zu kappen, um die Erinnerungen an das Labor auszulöschen. Denn die durftest du auf keinen Fall behalten.«

»Das Labor der Sektion, auf Capraia?«, fragte Paul Hjelm.

W wandte sich ihm zu. Seine Augen verengten sich. »Sie wissen davon?«

»Es war ziemlich mutig von Ihnen, sich als deutscher Wanderer auszugeben«, antwortete Hjelm. »Winfried Baumbach aus Wolfsburg. Die Initiale W sogar beim Ortsnamen.«

»Es war das einzige Mal, dass etwas Unerwartetes geschah«, entgegnete W. »Roman Vacek war nicht allein. Jemand war bei ihm und stieß ihm ein Messer in den Leib. Ich war schließlich gezwungen herauszufinden, was das zu bedeuten hatte. Selbst als der Entdecker der Leiche aufzutreten war die beste Lösung. Aber ich weiß immer noch nicht, wer der Mann war.«

»Aber Sie waren ja tatsächlich ein Wanderer«, erklärte Hjelm.

»Sie hatten sich bereits ein paar Tage auf Capraia aufgehalten. Draußen in der Wildnis. Sie rochen ungewaschen und nach Natur. Man fragt sich, was Sie dort gemacht haben.«

»Darauf kommen wir noch zu sprechen«, entgegnete W kühl. »Wissen Sie eigentlich, warum ich so fixiert auf den Buchstaben W bin?«

»Nein«, antwortete Hjelm. »Es begann mit Watkin Berner-Marenzi. Nach dem Mord an Ihrer Mutter wurde daraus Waltier Petit. Als Sie mit Onlinespielen reich wurden, nannten Sie sich William Bernard und schließlich Walter Thomas, als Sie Assistent dieses Mannes hier in den Twin Towers wurden. Um Colin Barnworth zu verraten, nannten Sie sich heute wieder Walter Thomas, als Sie das Wassertaxi von Kapitän Rouzier mieteten. Was die Zeit danach betrifft, wissen wir nichts Genaues, bis Sie dann zu Wall-e in Stockholm wurden und zu Winfried Baumbach auf Capraia.«

»Allerdings begann es nicht mit Watkin Berner-Marenzi«, entgegnete W mit einem dezenten anerkennenden Lächeln. »Anfänglich hieß ich lediglich W. Der Prototyp W, oder, Udo? Ihr hattet die Geschlechtszellen noch nicht so ganz im Griff, und alle vorangegangenen Experimente von A bis V waren Missgeburten. Wie viele missglückte Experimente sind das, Udo? Mehr als zwanzig? Wie viel menschliches Leid? Erst der dreiundzwanzigste Versuch glückte. Er wurde keine Missgeburt. Und es war Teil des Plans, dass er seine Mutter töten würde, oder? Wie Orest.«

»Ich habe dich keineswegs deshalb aufgesucht«, wandte Massicotte ein. »Wir mussten gewisse Forschungsergebnisse sichern. Denn unser genialer Chemiker, dieser Idiot Pierre Rigaudeau, hatte dich Hals über Kopf aus seiner Obhut entlassen. Ich hatte die Hoffnung, dich wieder in das Projekt einbinden zu können.«

»Aber Sie haben ihm zu viel erzählt«, bemerkte Paul Hjelm. »Sie hätten einen Psychologen hinzuziehen sollen.«

Udo Massicotte lachte auf und entgegnete: »Für dieses Gehirn gibt es keine Psychologen.«

W zog eine unerwartete Clownsgrimasse und deutete auf seinen Kopf. Dann wandte er sich erneut an Massicotte und fragte: »Sie sagen, Sie hätten die Hoffnung gehabt, mich ›wieder in das Projekt einbinden zu können‹? Verdammt noch mal, es gab gar kein Projekt, das Ganze war reine Geschäftemacherei. Und dieses Geschäft auf Capraia ist immer noch hochaktuell. Jetzt geht es darum, die Gewinne abzusahnen, und da geht es um unvorstellbare Summen. Aber das weiß unser schwedischer Polizist hier wahrscheinlich auch, nicht wahr? Sie sind doch Schwede, oder? Sie haben über mein Handy, das ich diesem Fixer überlassen hatte, meine Spur verfolgt. Ich hoffe, Sie haben ihn nicht in der Bucht der Engel ertränkt, Sie smarter, aber ach so böser schwedischer Polizist.«

»Um auf Ihre erste Frage zu antworten«, begann Hjelm. »Ja, das wissen wir.«

»Und was gedenkt die schwedische Polizei dagegen zu tun?«

»Wenn wir hier fertig sind, werden wir auf direktem Weg nach Capraia fliegen.«

W lachte auf. »Na dann, viel Glück«, entgegnete er. »Sie sind also ein schwedischer Polizist?«

»Wie ich feststelle, lassen Sie nicht locker«, antwortete Hjelm. »Ja, ich bin Schwede. Und ich bin Polizist.«

»Aber sind Sie auch ein schwedischer Polizist?«

»Der Mord an Lars-Erik Dahlberg war ziemlich raffiniert«, entgegnete Hjelm. »Wir haben einige Ressourcen benötigt, um ihn aufzuklären. Aber abgesehen davon, dass Sie sich die Gang um Johnny Råglind und Taisir Karir auf elegante Weise zunutze gemacht haben, wie auch immer Sie an sie herangekommen sind, haben wir die Sache im Ganzen immer noch nicht endgültig durchschaut. Warum haben Sie Isli Vrapi getötet?«

»Aha«, meinte W mit einem Nicken. »Gut. Super Strategie.«

»Eine Botschaft für Asterion? Sie wussten sehr genau, welche Organisation Sie verfolgt hat. Wahrscheinlich haben Sie auch dafür gesorgt, dass einer der Männer da draußen Christopher James Huntington ist und dass er dort unter den Büschen liegt und nicht mit einem Maschinengewehr in der Hand dasteht.«

»Es ist ja richtig erbaulich, sich mit Ihnen zu unterhalten«, sagte W. »Wo ich doch gerade alle Polizisten der Welt als geisteskrank abgeschrieben hatte. Inklusive die des FBI, denen es einfach nicht gelingen will, diesen Idioten kaltzustellen.«

W machte eine Geste in Richtung Colin B. Barnworth auf dem Sofa.

»Tja, er sagt nicht gerade viel«, meinte Hjelm.

»Er grübelt immer noch über diesen Urlaub auf den Bahamas im September 2001«, erklärte W. »Das ist zur entscheidenden Frage seines Lebens geworden, neben allem finanziellen Gemauschel.«

»Dieser Urlaub hat schließlich auch Ihr Leben gerettet«, wandte Hjelm ein. »Sie hatten ebenfalls frei, als die Twin Towers einstürzten.«

»Stimmt«, gab W zu. »Aber um Ihre Frage von vorhin zu beantworten: Isli Vrapi umzubringen war mehr als nur eine Botschaft. Asterion hat seitdem ziemliche Probleme mit seinen Waffenlieferungen. Und jetzt antworten Sie auf meine Frage.«

»Ich weiß leider nicht mehr, wie sie lautete.«

»Doch, Ihre Strategie, um ihr auszuweichen, war nicht schlecht, aber sie hat nicht ganz ausgereicht. Sind Sie ein schwedischer Polizist?«

»Zwanzig Minuten, sagten Sie. Besteht nicht die Gefahr, dass meine Kollegen bald aufwachen?«

»Sie sind doch derjenige, der hofft, dass ich so lange rede. Und tatsächlich ist es mir auch ein Bedürfnis. Denn ich habe viele menschliche Bedürfnisse, die ich nie befriedigen konnte. Ich habe versucht, mich in einen normalen Menschen zu verwandeln. Wollte ernsthaft begreifen, was es bedeutet, Glück zu empfinden, verliebt zu sein, sich mit Freunden zu unterhalten oder traurig zu sein. Es ist mir tatsächlich ein Bedürfnis, da haben Sie recht. Aber reinlegen können Sie mich dennoch nicht. Also, noch einmal, sind Sie ein schwedischer Polizist?«

Paul Hjelm musterte W. Es war wirklich zwecklos.

»Nein«, antwortete er. »Ich arbeite auf europäischer Ebene. Ich leite die internationalen Ermittlungen in Ihrer Mordserie. Mein Name ist Hjelm. Paul Hjelm.«

»Ausgezeichnet«, entgegnete W. »Dann weiß ich, dass wir uns nicht gegenseitig anlügen. Ich habe Sie nämlich auf Capraia aus dem Hubschrauber steigen sehen. Übrigens, Ihre Versuche, sich als einfacher schwedischer Ermittler auszugeben, waren wirklich lobenswert. Meine Hochachtung.«

»Aber eine Frage haben Sie vergessen«, bemerkte Hjelm. »Huntington?«

»Er war nicht hier«, entgegnete W nonchalant. »Von einem seiner Handlanger habe ich erfahren, dass er in Paris ist. Kann es sein, dass er dort eine clever gelegte falsche Fährte verfolgt?«

Paul Hjelm musste lächeln. Was ihm eigentlich nicht hätte passieren dürfen.

»Was wollen Sie denn eigentlich noch von Watkin, Professor?«, fragte er und sah Massicotte an. »Warum ist er so wichtig für Ihre Firma?«

Udo Massicotte drückte kurz die Hand seiner Frau, und sein Blick begegnete dem ihren. Dann blickte er Barnworth an, der völlig steif dasaß, und schließlich Paul Hjelm, bevor er antwortete: »Er ist unser Tor in die Zukunft. Was wird in dreißig Jahren sein? Über wie viel genetisches, neurologisches, anatomisches, chemisches und chiroplastisches Wissen werden wir verfügen? Das Leben ist schließlich immer noch ein Mysterium.«

»Das bedeutet also, dass Ihre Firma vergleichbare Forschung betreibt wie damals die Sektion?«, fragte Hjelm. »Nur auf kommerzieller Basis?«

Massicotte schwieg. Barnworth schwieg fast noch intensiver.

Es war schließlich W, der antwortete: »So ist es. Noch drei Stunden lang.«

»Was meinen Sie damit?«

»Jetzt haben wir genug geplaudert«, entgegnete W und zog ein Etui aus der geräumigen Innentasche seiner Jacke. Ohne die Pistole zu senken, die er die ganze Zeit über auf Hjelms

Brust gerichtet hielt, nahm er eine Pferdespritze aus dem Etui. An der Spitze der Kanüle formte sich ein wenig klare Flüssigkeit zu einem Tropfen. W betrachtete ihn und lächelte.

»Mein Projekt«, sagte er und richtete die Spritze auf Massicottes Schulter.

In dem Augenblick vernahmen sie das unverwechselbare Knattern eines Hubschraubers nicht allzu weit vom Haus entfernt. Man konnte hören, dass er zur Landung ansetzte. Die französische Einsatztruppe war offenbar im Anmarsch.

W hielt inne und warf Hjelm einen Blick zu.

Der nutzte die Gunst der Stunde und sagte: »Sie haben gesagt, dass Sie versucht hätten, sich in einen normalen Menschen zu verwandeln. Wahrscheinlich ging es in diesen dunklen Jahren in den USA genau darum. In jenen Jahren, in denen Sie von der Bildfläche verschwunden waren. Sie haben sie also nicht nur darauf verwendet, die Sektion ausfindig zu machen. Die haben Sie bereits in der Zeit bei Barnworth gefunden. Danach vergingen vier Jahre, bevor Sie sich daranmachten, in Paris Ihre Vergangenheit auszulöschen, ›das Kamel‹ zu ermorden und die Mitglieder der Sektion ins Jenseits zu befördern.«

»Ich habe Jacques nicht ermordet«, entgegnete W mit finsterer Miene.

»Denn Sie haben ja niemals Unschuldige ermordet, nicht wahr?«

»Das stimmt leider nicht ganz. Meine Mutter war beispielsweise unschuldig.«

»Damals waren Sie gerade erst fünfzehn«, entgegnete Hjelm. »Sie wussten noch nicht, wie stark das Protobiamid wirkte. Und wenn Sie Jacques Rigaudeau nicht ermordet haben, was haben Sie dann mit ihm gemacht?«

»Er lebt als Fixer auf einer polynesischen Insel«, erklärte W. »Aber worauf wollen Sie eigentlich hinaus?«

»Haben Sie Ihren Vater und Ihre Schwester auch ermordet? Die Sache mit dem Tanklastzug?«

»Nein«, antwortete W. »Das war ein tragischer Zufall. Russische Verkehrssicherheit.«

»Sie sind also keine Mordmaschine«, stellte Hjelm fest. »Sie sind kein blinder Psychopath. Der Sektion ist ihr Experiment also nicht gelungen. Sie haben Gefühle. Sie haben vier Jahre in den USA verbracht und dort versucht, Mensch zu werden. Aber es ist Ihnen nicht gelungen. Und dann haben Sie den fatalen Entschluss gefasst, Rache an der Sektion zu üben.«

»Sie wollte Kinder haben«, erklärte W und senkte die Spritze. »Und ich konnte keine zeugen.«

»Wer?«, fragte Hjelm.

»Vera«, antwortete W und senkte auch die Pistole.

Paul Hjelm schloss die Augen. Die Synapsen in seinem Hirn arbeiteten auf Hochtouren. Dann spürte er etwas Kaltes an seiner Schläfe und schaute geradewegs in Vera Volkovas Pistole.

»Danke für das Gegengift, Paul«, sagte Volkova. »Ich hatte zwar eine eigene Spritze in der Tasche, aber so sind viele Leben gerettet worden. Denn keiner hier in diesem Raum soll sterben.«

W starrte Vera lediglich an. Dann wurde sein Blick lebendig. Ja, er war mit einem Mal von Liebe erfüllt.

»Vera«, sagte er nur.

»Wir müssen nicht unbedingt Kinder bekommen, Watkin«, entgegnete sie. »Aber wir müssen sofort weg von hier. Die Polizisten da draußen wachen bald auf.«

W stand immer noch mit der Pferdespritze in der Hand da. Vera schob Hjelm vor sich her und platzierte ihn auf dem Sofa. Dann nahm sie ihrem Adoptivbruder die Spritze aus der Hand. Sie legte sie vor dem Ehepaar Massicotte und Barnworth auf den Tisch.

»Es ist möglich, einen Kreis zu durchbrechen«, erklärte sie. »Das Spiel ist aus.«

Die Pistole immer noch auf das Sofa gerichtet, führte sie W zur Tür. In der Türöffnung fragte sie ihn: »Hast du noch so eine?«

W nickte und zog eine kleine Ampulle aus der Jackentasche. Er gab sie ihr.

Sie warf einen Blick darauf und schüttelte lächelnd den Kopf. »Du und deine chemischen Experimente«, sagte sie.

Dann wandte sie sich den vier Personen auf dem Sofa zu.

»Zwanzig Minuten Schlaf, Paul Hjelm. Danke für Ihre Hilfe.«

Dann knickte sie die kleine Ampulle und warf sie in Richtung Sofa. Als Paul Hjelm den lähmenden Schmerz spürte, der seine Kehle erfasste und sich in seinem Körper ausbreitete, merkte er zu seinem Erstaunen, dass er lächelte.

Die Fabrik

Morsiglia – Capraia, 1. Juni

Durch einen diffusen gelblichen Nebel hindurch zeichnete sich langsam ein Gesicht ab. Es war weiß und sehr nah, und es erinnerte stark an das Gesicht eines Engels. Eines Erzengels. Aber eigentlich war es eher die Kombination, die Paul Hjelm Angst einjagte.

Ein Engel mit Arto Söderstedts Gesicht.

»Paul?«, fragte der Engel.

»W?«, krächzte Paul Hjelm. »Vera?«

»Es heißt, dass sie mit einem Hubschrauber weggeflogen sind«, antwortete der Engel, der nun immer mehr Ähnlichkeit mit Arto Söderstedt bekam.

Hjelm sah sich um. Ein Wohnzimmer, ein Sofa. Auf dem Sofa schliefen drei ältere Menschen, die sich ganz offensichtlich diversen chiroplastischen Operationen unterzogen hatten. Das Gefühl von Irrealität verstärkte sich. Auf dem Tisch lag eine unbenutzte Pferdespritze. Hjelm verspürte ein Brennen in seinen Lungen und stechende Kopfschmerzen.

»Es heißt?«, brachte er hervor.

»Ja, es heißt, dass sie in einem Hubschrauber weggeflogen sind«, antwortete Söderstedt. »Marek ist gerade aufgewacht, als sie eingestiegen sind. Ein Stück unterhalb der Villa am Strand. Ein getarnter Hubschrauberlandeplatz. Marek war sich zwar sicher, dass es W und Vera waren, aber er hat nicht gesehen, in welche Richtung sie verschwunden sind. Dann ist er wieder weggedämmert.«

»Die Gruppe ist ja gar nicht hier«, sagte Hjelm verwirrt. »Sind alle okay?«

»Ja, alle sind in Ordnung, aber beschäftigt«, antwortete Söderstedt. »Wir haben gerade genügend viele Stricke auftreiben können, um alle Legionäre draußen im Garten zu fesseln«, erklärte Söderstedt. »Das wird gerade erledigt. Und Sifakis lässt aus Den Haag mitteilen, dass die französische Einsatztruppe unterwegs ist. Es reicht also, wenn die Knoten eine Viertelstunde halten. Angelos hat außerdem so viele Radarstationen in der Umgebung aktiviert wie möglich, doch keine scheint den Hubschrauber orten zu können. Er kann überall hingeflogen sein. Aber ob die beiden tatsächlich darin sitzen? W und Vera?«

»Ich fürchte schon«, antwortete Hjelm und rappelte sich auf die Beine, während er beobachtete, wie Colin B. Barnworth sich auf dem Sofa leicht bewegte.

»Sie sehen aus wie drei Karikaturen ihrer selbst«, meinte Söderstedt und deutete auf Barnworth und das Ehepaar Massicotte. »Wir müssen uns nachher noch mit ihnen unterhalten. Aber erzähl mir jetzt von W. Was ist geschehen?«

»Zu lange Geschichte«, antwortete Paul Hjelm und streckte seinen Nacken. »Vera und W haben in den USA zusammengelebt. Er hat versucht, ein normaler Mensch zu werden. Aber es ist ihm nicht gelungen. Sie haben sich getrennt. Und jetzt versuchen sie es erneut.«

»Ich habe so etwas geahnt«, sagte Söderstedt.

»Das hast du überhaupt nicht«, widersprach Hjelm.

»Doch, als Marek von dem Hubschrauber erzählt hat. Vorher nicht. Ich hatte nicht mal in Erwägung gezogen, dass Vera uns hereingelegt hat.«

»Warte mal!«, rief Hjelm aus. »Er hat etwas Wichtiges gesagt.«

»Versuch dich zu erinnern«, forderte Söderstedt ihn auf.

»Noch drei Stunden lang«, sagte Hjelm. »Ich habe auf die Uhr geschaut. Es war zehn Minuten vor fünf. Und jetzt ist es?«

»Fünf vor halb sechs«, antwortete Söderstedt mit dem Blick auf sein Handgelenk.

»Dann meinte er also bis um zwanzig Uhr. Bis Punkt acht.«

»Du musst versuchen, mit der Außenwelt Kontakt aufzunehmen«, beharrte Söderstedt. »Du bist immerhin der Chef. Und was bedeutet ›noch drei Stunden lang‹?«

»Es geht um die Firma auf Capraia, die noch drei Stunden lang betrieben wird. So hat W es zumindest gesagt. Das heißt, jetzt noch zweieinhalb. Wir benötigen einen Hubschrauber.«

»Die Franzosen sind bereits unterwegs«, entgegnete Söderstedt. »Aber was willst du damit sagen?«

»W ist einige Tage auf Capraia herumgelaufen, bevor er Roman Vacek ermordet hat. In dieser Zeit hat er eine Bombe mit Zeitschaltuhr im Labor angebracht. So muss es gewesen sein.«

»Verdammt. Und was befindet sich in der Firma?«

»Du weißt ja, was sie produzieren«, antwortete Hjelm. »Wir haben es zwar nie ausgesprochen, aber wir wissen, worum es geht. Sie erschaffen, wovon alle die ganze Zeit träumen. Je schwächer die Gesellschaft ist, desto stärker ist der Traum. Und unsere Gesellschaft ist im Augenblick ziemlich schwach.«

»Du meinst, dass diese Firma …?«

»Ja«, antwortete Hjelm. »Sie erschafft knallharte Alphatiere. Offenbar ist man zunehmend der Ansicht, dass Psychopathen genau das sind, was die Welt braucht.«

»Und wir brauchen einen Hubschrauber«, ergänzte Arto Söderstedt.

»Hab ich ja gesagt«, meinte Paul Hjelm.

Sie gingen hinaus. Söderstedt stützte Hjelm auf den ersten Metern, bis er allein zurechtkam.

Draußen hatte die Dämmerung zwar noch nicht vollständig eingesetzt, aber sie kündigte sich bereits an. Balodis und Kowalewski versammelten die Legionäre, die an Händen und Füßen professionell gefesselt waren. Die beiden winkten ihrem Chef nur kurz zu.

Hjelm warf einen Blick zum Himmel hinauf, wo W verschwunden war. Besser so als tot, dachte er. Der Gedanke erstaunte ihn zwar, aber dennoch war es sicher besser, wenn W lebte. Denn W hatte bestimmt geplant, zuerst die drei Personen auf dem Sofa zu töten und dann die Waffe gegen sich selbst zu richten. Damit er ›der Forschung‹ niemals mehr nützlich sein würde. Doch Vera hatte es verhindert. Sie war bewusst hergekommen, um Menschenleben zu retten. Sie war eine beeindruckende Frau.

Aber woher hatte sie das Geld, um privat einen Hubschrauber zu chartern? Sie hat als Sozialarbeiterin in Kaliningrad gearbeitet und konnte es sich leisten, privat einen Hubschrauber zu chartern? Irgendetwas stimmte da nicht.

Hjelms Gedankengang wurde schließlich von dem Knattern zweier Hubschrauber unterbrochen. Es waren größere Modelle. Sie landeten beeindruckend nahe nebeneinander auf dem gut getarnten Landeplatz unten am Wasser. Hjelm und Söderstedt gingen dorthin. Am Eingangstor standen Beyer und Bouhaddi, die damit beschäftigt waren, den Kopf des Wachmanns aus den Gitterstäben zu befreien. Als Bouhaddi etwas stärker zog, stöhnte er auf. Sobald sie ihn herausgezogen hatten, fesselten sie umgehend seine Hände und Füße.

»Willst du mit nach Capraia kommen?«, fragte Hjelm im Vorbeigehen. Bouhaddi schaute mit leuchtendem Blick auf.

Hjelm und Söderstedt gingen zu den bauchigen Hubschraubern hinunter, deren Rotorblätter langsam in ein sachte kreisendes Gleiten übergingen.

Kurze Zeit später hatte der Rotor des einen wieder volle Fahrt aufgenommen. Als Letzte sprang Corine Bouhaddi an Bord des Hubschraubers. Er entfernte sich langsam von Massicottes und Barnworths Zwillingspalästen, von Morsiglia, von Haute-Corse und von Korsika, bis unter ihnen nur noch das Azurblau des sich in alle Richtungen ausdehnenden Mittelmeers zu sehen war. Erneut wurde Paul Hjelm von dem Gefühl erfasst, dass er durch die Weltgeschichte irrte. Es war extrem merkwürdig.

Genau in dem Moment, als eine schwache Rauchsäule am Horizont sichtbar wurde, drang ein Piepen durch das Dröhnen im Innenraum des Hubschraubers, zwar schwach, aber eindringlich. Laima Balodis wühlte in den Taschen ihrer Kleidung und fischte schließlich ein Handy heraus, das sie mit gewisser

Skepsis betrachtete, bis ihre Miene verriet, dass sie es wiedererkannte. Während sie es Paul Hjelm reichte, begriff auch er, dass es sich um jenes Handy handelte, das sie von der Ostsee bis zum Mittelmeer verfolgt hatten, von Stockholm bis nach Nizza und noch etwas weiter. Es war das Handy, von dem aus eine SMS an den Kleinkriminellen Taisir Karir in Stockholm und eine weitere an den Drogendealer Armand Jonquet in der Bucht vor Nizza gesendet worden war. Und auf dem nun eine SMS empfangen worden war.

Hjelm las. Die Mitteilung war einfach und klar. Sie lautete: »Ich habe hinsichtlich der Zeit gelogen. Sorry. Aber es war nötig. W«

Paul Hjelm blickte auf die schwache Rauchsäule, der sie sich näherten. Jetzt betrachtete er sie mit anderen Augen. Es war der Rauch, den Odysseus über der Zyklopeninsel aufsteigen sah.

Es war der Rauch aus der brennenden Fabrik auf Capraia.

Capraias karge Konturen erhoben sich unter ihnen aus dem Meer. Der Rauch kam von der Westküste der Insel und schien in feinen Fäden aus einer Anzahl von Grotteneingängen aufzusteigen, die sich zu einer Rauchsäule verflochten.

Bevor der Hubschrauber zur Landung ansetzte, machte er einen Schwenk nach Osten, sodass für einen kurzen Moment das Gefängnisgebäude von La Mortola sichtbar wurde. Dann verschwand es wieder, und der Pilot landete den Hubschrauber sicher auf einer ebenen Fläche neben den steilen Felsklippen der Westküste.

Sie stiegen nicht weit entfernt von der Rauchsäule aus, die sich in ungefähr zehn Metern Höhe aus den einzelnen Rauchschwaden formte. Die Brandherde lagen etwa zwanzig Meter unter ihnen. Einige der Grotteneingänge befanden sich auf Höhe des Meeresspiegels. Angesichts der einzelnen Rauchschwaden, die aus den Öffnungen aufstiegen, schien es sich um ein unterirdisches, mittels Gängen miteinander verbundenes System zu handeln. Eine unterirdische Fabrik. Eine Anlage, die jahrzehntelang im Geheimen betrieben wurde. Und jetzt löste sie sich in Rauch auf, wurde vernichtet, zu genau der Unsichtbarkeit verdammt, die einst ihre absolute Bedingung, ihre einzige Existenzform gewesen war. Und nichts von ihr würde übrig bleiben.

Hier hatte Spitzenforschung stattgefunden, außergewöhnliche Spitzenforschung, erst unter internationaler militärischer Regie, dann unter privater Regie, für kommerzielle Zwecke, und das, was sich darin befunden hatte, in all den Gängen, all den geheimen Archiven, alle Ergebnisse, ja sogar alle Endprodukte, all das war vernichtet, war ausgelöscht worden.

Arto Söderstedt stellte sich neben Paul Hjelm genau an die Felskante. Er schnupperte den Brandgeruch und schüttelte dann den Kopf. »Nein«, sagte er.

»Nein«, bestätigte Paul Hjelm.

»Papier«, schätzte Söderstedt. »Holz. Plastik.«

»Möglicherweise gewisse Chemikalien«, ergänzte Hjelm.

»Aber kein ...«, meinte Söderstedt.

»Nein«, stimmte Hjelm ihm zu. »Kein verbranntes Fleisch.«

»Gut«, erwiderte Söderstedt und ging zurück in Richtung Hubschrauber.

6 – Windstille

Reditus domum

Stockholm – Den Haag, 2. Juni

Er wanderte durch dunkle Korridore. Obwohl er sich im siebten Stock befand und das helle skandinavische Licht des Frühsommermorgens durch jedes Fenster drang, kam er sich vor wie in einem Kellergang, einem Gefängniskorridor. Wie auf der Insel If vor Marseille. Es fehlte nur noch eine karge Gefängniszelle.

Doch in ein Gefängnis war er nun wirklich nicht gekommen. Zwar war die Person im Zimmer allein und auch nicht gerade in bester Verfassung, aber sie befand sich immerhin auf dem Weg der Besserung. Trotz allem.

Obwohl man ihr ein Messer in den Leib gerammt hatte, das einen Zentimeter vor ihrem Herzen aufgehalten worden war, wider alle Erwartungen.

Sie schlief. Die Schläuche, die in ihren Körper führten, ließen sie sehr zerbrechlich wirken. Aber der Blick aus ihren blaugrauen Augen, die sie im selben Moment aufschlug, als er im Besucherstuhl Platz nahm, war glasklar.

Sie sah ihn an, ohne eine Wort zu sagen. Er erwiderte ihren Blick ebenso stumm. Plötzlich kam er sich wie ein Schuft vor, der geradewegs aus der toskanischen Inselwelt hergeeilt war, wie ein braver Junge in der Hoffnung auf Anerkennung – oder Vergebung. Ihm war diese Idee gekommen, als er während des Rückflugs im Hubschrauber gemeinsam mit seinen Kollegen große Mengen Malt Whisky getrunken hatte. Als hätten sie es alle absolut nötig gehabt.

Schließlich sagte sie: »Arto Söderstedt.«

Er nickte und entgegnete: »Marina Ivanova.«

Dann schwiegen sie wieder eine Weile.

Bis Ivanova meinte: »Jede beliebige Person hätte mit dieser Taschenlampe blinken können. Das hätte nicht unbedingt ich sein müssen.«

Söderstedt legte sein Gesicht in Falten und entgegnete: »Wir hatten den Überblick verloren. Wir haben Viktor Larsson unterschätzt.«

»Sind Sie also hier, um sich zu entschuldigen oder um gelobt zu werden?«

Der schwache Punkt. Sie hatte ihn sofort getroffen. Aber er hatte auch nichts anderes erwartet.

»Ich glaube, keines von beidem«, antwortete er. »Aber das, was man von sich selbst denkt, stimmt offenbar selten mit der Realität überein.«

»Es scheint eine grundlegende Bedingung für die Entwicklung des Menschen zu sein«, entgegnete Marina Ivanova, »dass das Selbstbild etwas schiefhängt.«

»Das Gefühl habe ich auch«, pflichtete Söderstedt ihr bei.

»Der Unterschied ist nur, dass nichts von dem, was ich tue, Gefühlen entspringt«, erklärte Ivanova. »Und aus welchem Grund glauben Sie, hier zu sein, Arto Söderstedt? Um dieselbe Luft einzuatmen wie das Leben, das Sie gerettet haben? Weil es heilige Luft ist?«

»Schon möglich, dass mein Unterbewusstsein so etwas in der Art anstrebt«, antwortete Söderstedt. »Aber ich bin eher wegen des *Grafen von Monte Christo* hier.«

»Wegen des Buchs oder der Person?«

»Wegen des Buchs«, antwortete Söderstedt. »›Die unbewusste revolutionäre Struktur im *Grafen von Monte Christo*‹. Ich bin in den letzten Tagen ziemlich viel geflogen und habe dabei den dicken Wälzer von Dumas gelesen. Allerdings kann ich darin keine unbewusste revolutionäre Struktur entdecken.«

»Und deswegen sind Sie hergekommen?«

»Natürlich auch, um zu sehen, wie es Ihnen geht.«

»Man sagt, dass es medizinisch gar nicht möglich ist, was Sie in der Einzelzelle auf Långholmen fertiggebracht haben. Ihr Körper hätte eigentlich völlig erlahmt sein müssen. Alle Ärzte sagen dasselbe. Vermutlich sind sie der Meinung, dass ich etwas mehr Dankbarkeit zeigen müsste.«

»Sie müssten eigentlich stinksauer sein.«

»Ehrlich gesagt bin ich tatsächlich eher dankbar«, entgegnete Ivanova. »Aber vielleicht noch mehr dem Mann, der seinen Kopf gegen meine Wunde gepresst hat. Chavez. Das ist fast lyrisch. Doch er hat mich nicht besucht.«

»Er ist ein weitaus anspruchsloserer Mensch als ich«, entgegnete Söderstedt.

Sie betrachteten einander eine Weile.

Dann sagte Marina Ivanova: »Ich liebe diese Bücher, die den Eindruck vermitteln, eine bestimmte Sache zu thematisieren, aber eigentlich etwas ganz anderes erzählen. Das, was Sie auf Långholmen geleistet haben, Sie und Chavez, verweist unbestreitbar auf eine ›unbewusste revolutionäre Struktur‹.«

»Hatten denn Ihre Jubelschreie und die des ›Roten Didde‹ im Pausenraum als Reaktion auf den Einsturz der Twin Towers nicht auch etwas davon?«

»Nein«, antwortete Ivanova und schüttelte den Kopf, sodass die Schläuche bedrohlich hin und her schwangen. »Wir hatten es geglaubt. Aber Gewalt ist immer reaktionär, immer zwecklos. Der Rachefeldzug von Edmond Dantès im *Grafen von Monte Christo* ist grausam und gewalttätig, aber darum geht es nicht. Es geht um Aktivismus. Darum, Grenzen zu überwinden, sogenannte Naturgesetze zu übertreten. Das ist es, was Dantès tut. Die Rache ist sekundär, diesbezüglich liegt Viktor falsch. Die Rache von Dantès hingegen schafft eine Art absolute Gerechtigkeit. Die gibt es, das spüren wir instinktiv alle. Es war nämlich Ihr Instinkt, der Sie und Chavez so handeln ließ, wie Sie es taten – und wir alle spüren es, wenn wir falschliegen, nicht zuletzt die Ungerechten selbst spüren es sehr deutlich. Darum geht es in meinem Buch. Um den angeborenen Instinkt, Ungerechtigkeiten auszugleichen. Wir haben es in den Genen – nur leben wir in einer Zeit, die sich nicht nach den Naturgesetzen des menschlichen Daseins richtet. Doch jedes Mal, wenn wir uns einer Sache bemächtigen oder uns einen Vorteil erschwindeln, reagiert unser Organismus instinktiv. Das Zeitalter der Gier ist lediglich eine Fußnote in der Geschichte, und die Nachwelt wird diese Jahrzehnte hart verurteilen.«

»Aber Ihr eigenes Interesse gilt weder der Vergangenheit noch der Zukunft«, wandte Söderstedt ein. »Wenn ich mich recht entsinne, arbeiten Sie doch an einer Philosophie, die auf das Leben in der Gegenwart abzielt.«

Das war das erste und einzige Mal, dass er Marina Ivanova lächeln sah.

Sie entgegnete: »Das ist das Einzige, was uns hier im Westen bislang nie gelungen ist. Und was mir bisher am schwersten gefallen ist. Das Buch ist inzwischen fast fertig. Es wird schlicht und einfach *Carpe Diem* heißen. Nutze den Tag. Ich glaube, dass es jetzt weitaus einfacher sein wird, es fertig zu schreiben. Nachdem der Tag kurz davor war, Nacht zu werden.«

Als Marina Ivanova die Augen schloss, wusste Arto Söderstedt, dass die Audienz vorüber war. Er stand auf und strich ihr über die Wange. Dann ging er. In der Tür hörte er ein letztes Mal ihre Stimme.

Sie sagte: »Das erste Exemplar, das aus dem Druck kommt, schicke ich Ihnen direkt zu, Arto Söderstedt.«

Er beschloss, sich nicht umzudrehen.

Er hatte noch eine Menge in Stockholm zu erledigen.

Es war schon dunkel, als er den Schlüssel in das Schloss seiner Wohnungstür in Den Haag steckte. So lautlos wie möglich hängte er seine Jacke an die Garderobe und warf einen Blick in das Zimmer seiner einzigen noch zu Hause lebenden Tochter. Die kleine Linda war zwar nicht mehr besonders klein, aber sie schlief immer noch so, wie sie es als Vierjährige getan hatte. In derselben Position und mit demselben alten Kuscheltier Allan, einer unbekannten Tierart, im Arm. Söderstedt durchströmte ein warmes Gefühl, während er die Tür schloss und weiter durch die Wohnung schlich. Schließlich betrat er das

Eheschlafzimmer, und als er die Konturen seiner Frau Anja sah, die sich unter der Decke abzeichneten, brach in seinem Inneren ein Damm. Die Tränen schossen ihm mit unbarmherziger Kraft in die Augen.

Während er sich auszog, sah er, wie Anja sich unter der Decke bewegte. Aus den Daunenbergen vernahm er eine ziemlich verschlafene Stimme: »Ist alles gut gelaufen?«

»Schwer zu sagen. Eigentlich ja.«

Dann war er nackt. Er kroch ins Bett und legte sich dicht neben Anja, die schaudernd feststellte: »Wie kalt du bist.«

»Draußen ist es auch kalt«, erklärte Söderstedt und fügte hinzu: »Endlich: *reditus domum.*«

»Du sprichst mitten in der Nacht nur Latein, wenn du Sex willst«, erwiderte Anja und drehte sich um.

»Du kannst ja Gedanken lesen«, entgegnete Arto.

»Und was bedeutet *reditus domum*?«

»Heimkehr«, antwortete Arto Söderstedt. »Nach Hause kommen.«

Endgame

Den Haag, 3. Juni

Am Donnerstag, den 3. Juni, explodierte der Sommer förmlich in Den Haag. Die Vögel sangen aus voller Kehle, die Sonne schien hochsommerlich warm, die Luft war klar und rein und der Himmel so unfassbar blau, wie er es nur am Meer sein kann. Jutta Beyer genoss das Wetter in vollen Zügen, während sie sich mit ihrem zuverlässigen Kalkhoff einen Weg zwischen den unverbesserlichen holländischen Hippie-Radfahrern hindurchbahnte.

Wie sehr sich alles verändert hatte. Nicht einmal die enormen Mengen an Malt Whisky auf dem Hubschrauberrückflug nach Den Haag zeigten noch irgendwelche Nachwirkungen.

Eigentlich hatte ihr Hochgefühl bereits eingesetzt, als der Hubschrauber auf Capraia gelandet war und der Rauch aus den ausgebrannten Felsengängen aufstieg, in denen sich Udo Massicottes Gentechnik-Fabrik befunden hatte. Der Rauch erschien ihr mit einem Mal wie ein Jubelgesang, ein außergewöhnliches Loblied auf das Leben. Die Fabrik existierte nicht mehr, W hatte sie ausgelöscht. Der erste Mensch, der auf genetischem Wege im Inneren Capraias gezeugt worden war, hatte dreißig Jahre später die gesamte Fabrik vernichtet. Dieser Gedanke hatte für Jutta Beyer etwas unendlich Hoffnungsvolles, und nichts konnte ihr im Augenblick die gute Laune verderben. Nicht einmal die Vorstellung, dass es höchstwahrscheinlich zahlreiche Menschen gab, die künstlich gezeugt worden waren, irgendwo existierten und hoffentlich ein vollkommen normales Leben führten. Wahrscheinlich hatten die Älteren inzwischen hoch dotierte Chefposten weltweit inne, während die Jüngeren noch hart dafür trainierten. Alle mit äußerst verminderter Empathiefähigkeit.

Beyer war so in Gedanken, dass sie gar nicht bemerkt hatte, wie sie die Bürolandschaft der Opcop-Gruppe betreten hatte. Die absolut leer war.

Ohne sich dadurch irritieren zu lassen, ging sie weiter in die Kathedrale. Es kam ihr so vor, als wäre es ziemlich lange her, dass sie sich das letzte Mal im großen Besprechungsraum getroffen hatten. Und dort saßen sie tatsächlich alle.

Die gesamte Opcop-Gruppe.

»Gut«, sagte Paul Hjelm von seinem Katheder aus, als Beyer hereinkam. »Dann sind wir vollzählig.«

Zuerst dachte Jutta Beyer, dass in der vorderen Reihe neben Laima Balodis ein Sikh säße. Sie brauchte ein paar Sekunden, bis sie die Gestalt erkannte, doch dann sprang sie spontan auf und umarmte die Kollegin. Miriam Hersheys Blick unter ihrem Kopfverband wirkte etwas erstaunt.

»Willkommen zu Hause«, sagte Jutta Beyer und setzte sich auf dem Rückweg neben Arto Söderstedt.

»Danke«, antwortete Hershey. »Danke, Jutta. Danke euch allen. Während meiner gesamten Zeit beim MI5 habe ich mir keine einzige Verletzung zugezogen. Aber in der Opcop-Gruppe scheint es mein Schicksal zu sein, jeden Fall völlig zusammengeflickt zu beenden. Und dabei außerdem noch die spannende Auflösung zu verpassen.«

»Zum Glück geht es dir wieder gut«, sagte Hjelm.

»Ja, mit schmerzstillenden Mitteln«, entgegnete Hershey. »Immerhin hat mir eine High-Velocity-Patrone diverse Teile meines Schädelknochens weggesprengt.«

»Aber dieser Fall hat uns wohl alle eine Menge gekostet«, sagte Paul Hjelm. »Ich werde euch jetzt einen kleinen Film zeigen.«

Auf der Leinwand hinter ihm erschien ein schlecht belichtetes Foto. Es zeigte eine Gruppe Menschen, die in einem Garten um einen runden Tisch herumsaßen. Das Bild war aus großer Entfernung aufgenommen worden und von so miserabler Qualität, dass man keine Gesichter erkennen konnte. Mit Mühe konnte man allenfalls eine Torte sehen, die auf dem Tisch stand. Auf der Torte brannten Kerzen.

»Dreiundzwanzig Kerzen«, erklärte Hjelm und ließ den Film ablaufen.

Die Kamera fuhr heran. Hier saßen offensichtlich amerikanische Gäste in einem amerikanischen Garten und sangen *Happy birthday*. Die Tatsache, dass der Film tonlos war, ließ die Szenerie noch unheimlicher wirken. Der junge Mann, der sich schließlich erhob und etwas gekünstelt verbeugte, war ein sehr gut aussehender Dreiundzwanzigjähriger. Als die Kamera noch etwas näher heranzoomte, während er sich vorbeugte, um die Kerzen auszublasen, blickte er kurz nach oben direkt in die Kamera, und sein Blick war von einer unergründlichen Trauer erfüllt.

Hjelm hielt den Film an dieser Stelle an und sagte: »W in der Zeit, als er versucht, ein normaler Mensch zu werden. Vermutlich irgendwo in den USA, wahrscheinlich 2002, gut drei, vier Jahre vor dem Beginn der Mordserie. Und im Hintergrund sehen wir Vera, die ihn anschaut. Wir wissen nicht, wo, wann und wie der Film aufgenommen wurde, aber bei den Personen hier scheint es sich um gut situierte Amerikaner zu handeln.«

»Und Vera wollte Kinder haben«, sagte Corine Bouhaddi leise.

»Der Film wurde in Veras verlassener Wohnung in Kaliningrad beschlagnahmt«, erklärte Hjelm. »Auf ihrem russischen Bankkonto befanden sich keine großen Ersparnisse. Die Hypothese lautet, dass Ws sicherlich gut angelegtes Geld nach der Trennung zum Teil Vera zufiel – höchstwahrscheinlich hat er es ihr auf ein Konto in einem Steuerparadies überwiesen – und dass sie damit den Hubschrauber bezahlt hat. Sie muss ihn vom Hotelzimmer aus gechartert haben, und zwar kurz nachdem wir über Morsiglia informiert wurden und dachten, dass sie sich lediglich mit einem Glas Champagner auf dem Balkon sonnen würde. Wir haben den Hubschrauber immer noch nicht ausmachen können und wissen nicht, wohin W und Vera geflogen sind. Aber wir können sicher sein, dass sie mittlerweile eine neue Identität angenommen haben.«

»Vielleicht haben sie sich zu dem ›Kamel‹ Jacques Rigaudeau auf einer kleinen polynesischen Insel gesellt«, schlug Marek Kowalewski vor.

»Die festgenommenen Legionäre auf Korsika beharren allesamt auf ihrem Recht, die Aussage zu verweigern«, fuhr Hjelm mit seinem Bericht fort. »Christopher James Huntington hat seine freien Mitarbeiter gut im Griff. Er selbst ist bedauerlicherweise nach Paris verschwunden, um die von uns gelegte Spur zu verfolgen. Dort scheint er jedoch festgestellt zu haben, dass es sich um eine falsche Fährte handelte, und er hat sich in Luft aufgelöst. Um ihn festzusetzen, hätten wir leider weitaus mehr Ressourcen benötigt.«

»Er läuft also noch frei herum?«, fragte Laima Balodis.

»Im Augenblick schon. Aber wir haben schließlich Massicotte und Barnworth. Insofern können wir uns auf viele interessante Vernehmungen freuen. Ich habe mich gestern Abend, bevor wir nach Hause geflogen sind, bereits informell mit ihnen unterhalten. Sie sitzen in sicherem Gewahrsam in Nizza.«

»Was ist Massicotte eigentlich für ein Mensch?«, fragte Angelos Sifakis.

»Redegewandt, intelligent, gescheit. Als er begriff, was W vorhatte, wurde ihm sofort klar, dass er sich und die Firma schützen musste. Er nahm Kontakt zu Asterion auf, und Huntington schlug ihm den Plan mit der chiroplastischen Operation des Obdachlosen vor.«

»Und was hat er über die Firma gesagt?«, fragte Jutta Beyer. »Was ist aus all den Babys geworden?«

»Massicotte war entsetzt, als die NATO beschloss, die Sektion unmittelbar nach dem Fall der Sowjetunion zu schließen. Ihm war bewusst, dass die Ergebnisse jahrelanger Spitzenforschung in den unterschiedlichsten medizinischen Bereichen verloren gehen würden, wenn sich keiner der Sache annähme. Außerdem handelte es sich schließlich um eine vorzügliche Geschäftsidee. Viele Organisationen, sogar Nationen würden teures Geld für rücksichtslose militärische und industrielle Führungskräfte ausgeben, denen das viel diskutierte Empathiegen fehlt. Generell wurden bei den Opfern alle Anlagen minimiert, die für die Entwicklung des Einfühlungsvermögens, der Nachdenklichkeit, des poetischen Empfindens und ähnlicher Nebensächlichkeiten zuständig sind. Man kann nicht behaupten, dass sich die Welt zu mehr Humanismus und Mitmenschlichkeit hin entwickelt. Dieser Menschentypus, der in der Fabrik geschaffen wurde, sollte die Zukunft bestimmen und dem Westen die Chance geben, China Paroli zu bieten. Aber was aus den Kindern geworden ist, wissen wir nicht. Eine genauere Untersuchung der ausgebrannten Fabrik auf Capraia ist bereits im Gang, und wir haben sogar schon einige vorläufige Ergebnisse. Es gibt keinerlei Spuren menschlicher Überreste. Was bedeutet, dass die Mitarbeiter auf der Insel Ws Bombe höchstwahrscheinlich gefunden und das Gebäude umgehend evakuiert haben. Weswegen es leider möglich ist, dass die Fabrik nur an einen anderen Ort verlegt worden ist. Aber sollte das der Fall sein, wissen natürlich Massicotte und Barnworth, wohin. Und dann werden wir es aus ihnen herausbekommen, da bin ich mir sicher. Das Wichtigste ist, dass bei der Explosion niemand getötet wurde. Aber es ist eine Tatsache, dass die Zukunft der in der Fabrik eventuell gezeugten Kinder in keiner Weise vorhersehbar ist. Zum Glück gilt noch, was Massicotte selbst gesagt hat: Das Leben ist schließlich immer noch ein Mysterium.«

»Erbanlage oder Umwelt«, sagte Arto Söderstedt. »Die klassische Frage, auf die wir hoffentlich nie eine endgültige Antwort bekommen werden. Sind diese Kinder von Capraia dazu verdammt, empathielose Psychopathen zu werden? Werden sie Fliegen die Beine ausreißen, wenn sie fünf Jahre alt sind? Werden sie nur in knallharten Führungspositionen zu ihrem wahren Ich finden? Oder kann die Umwelt, ihre Erziehung, ja die Liebe diese genetische Programmierung besiegen?«

»Oder wird in Zukunft die Empathielosigkeit die wahre Freiheit bedeuten?«, fragte Felipe Navarro. »Werden wir erst, wenn wir uns von unserem Mitgefühl nicht mehr beeinflussen lassen, zu richtigen Menschen?«

Paul Hjelm stutzte und warf ihm einen Blick zu. Dann sammelte er seine Unterlagen zusammen und sagte: »Wie dem auch sei, wir müssen uns jedenfalls auf einen ordentlichen Rummel gefasst machen, wenn dieser Fall an die Öffentlichkeit gelangt. Wir können nur hoffen, dass die Geduld der Medien länger als nur die übliche Woche anhält.«

»Werden denn nicht alle Unterlagen wie sonst auch als vertraulich gekennzeichnet?«, fragte Miriam Hershey.

»Sie wurden heute Nacht mit dem entsprechenden Stempel versehen«, Hjelm nickte, »aber heute Morgen ist etwas Interessantes passiert. Ich wurde von einem Reporter der *New York Times* angerufen, dem ein außergewöhnliches Pressepaket zugeschickt worden ist, von einem anonymen Absender, der auf den Pressesprecher der NATO, Admiral Brent Lloyd in Brüssel, verweist. Ich habe das Gefühl, dass für unseren Freund Brent ziemlich hektische Zeiten anbrechen werden.«

»Ein Pressepaket von einem anonymen Absender?«, rief Kowalewski aus.

»Ja, so hat es der Reporter jedenfalls formuliert«, antwortete Hjelm. »Aber er wollte sich nicht weiter dazu äußern.«

»Bedeutet das, dass unser Opcop-Projekt damit aufgeflogen ist?«, fragte Jutta Beyer atemlos.

»Nicht notwendigerweise«, antwortete Hjelm.

»Du meinst also, dass W das Pressepaket geschickt hat«, fragte Hershey, »aber nichts Näheres über uns zu wissen scheint?«

»Wenn nicht einer von uns der Absender ist«, entgegnete Hjelm und ließ den Blick über seine Zuhörer schweifen.

Stille legte sich über die Kathedrale.

»Aber ich gehe davon aus«, erklärte Hjelm nach einer Weile, »dass W und Vera die Informationen an die Presse geschickt haben. Und der Reporter wusste lediglich, dass wir ›eine Art europäische Polizei‹ sind. Ich glaube also, dass wir nicht aufgeflogen sind.«

»Aber unser Freund Huntington kennt uns«, merkte Navarro

an. »Er hat schließlich deine Berichte an den Direktor abgefangen, Paul. Das Geheimste überhaupt.«

»Es dürfte kaum in Huntingtons Interesse liegen, uns auffliegen zu lassen«, wandte Hjelm ein. »Er wird sein Wissen wohl eher für sich behalten und zu einem geeigneten Zeitpunkt davon Gebrauch machen. Ich bin davon überzeugt, dass es nicht das letzte Mal war, dass wir mit Asterion zu tun hatten.«

Erneut machte Hjelm eine Pause, in der er seinen Blick über die Gruppe schweifen ließ. Alle wirkten über die Maßen erschöpft, jeder Einzelne von ihnen. Schließlich holte er tief Luft und sagte: »Wir haben es geschafft, zwei bislang unbekannte Serienmörder aufzuspüren. Wir haben Viktor Larsson festgenommen, und dass W uns aus dem Netz entschlüpft ist, ist natürlich höchst bedauerlich, aber seine Mordserie ist beendet. Denn er hat sein Ziel erreicht. Aber noch wichtiger ist für ihn wohl die Tatsache, dass es ihm gelungen ist, Massicotte gehen zu lassen. Ich habe die Hoffnung in seinem Blick gesehen, als Vera ihn dazu brachte, die Spritze auf den Tisch zu legen. Die Ermittlungen laufen natürlich weiter, und wir werden selbstverständlich alles daransetzen, ihn festzunehmen, aber er stellt höchstwahrscheinlich keine Gefahr mehr für seine Umgebung dar.«

Dem war nicht mehr viel hinzuzufügen. Außerdem stand die Erschöpfung allen in der Kathedrale ins Gesicht geschrieben. Höchste Zeit, Überstunden abzufeiern.

»Ich habe euch eigentlich nur noch eine Sache mitzuteilen«, sagte Paul Hjelm schließlich. »Ich bin wahnsinnig stolz auf euch alle.«

Polynesische Coda

Polynesien, 8. Juni

Der alte Fixer sammelte Treibholz. Ein Fremder, der in diesem Augenblick vor der Insel vor Anker gegangen wäre, hätte vermutlich gedacht: Da stolpert ein alter Fixer herum und sammelt Treibholz. Und vermutlich hätte derjenige hinzugefügt: Ach, wie tragisch.

Aber für den alten Fixer war es nicht im Mindesten tragisch. Im Gegenteil, es war das perfekte Leben. Momentan war Winter, aber hier war es im Winter allenfalls ein paar Grad kälter als im Sommer. Aber es war immer noch herrlich warm.

Außerdem war er noch gar nicht so alt. Es war erstaunlich, wie viel älter ein ziemlich ungepflegter Bart einen aussehen ließ. Und das passte dem Fixer ausgezeichnet. Hier konnte er ganz er selbst sein.

Manchmal dachte der Fixer an seinen Vater. Der alte Scheißkerl hatte zumindest seinen Rücken erfolgreich behandelt, sodass er nicht mehr wie ein Kamel aussah. Er fragte sich, ob er noch lebte.

Inzwischen war er reichlich bepackt. Noch ein einziges Stück Treibholz, und alles würde ihm aus den Händen rutschen. Er schlurfte die zwanzig Meter vom Strand hinauf zu seinem Bungalow und schleppte den Haufen zur Feuerstelle. Für heute Abend würde es ausreichen. Er würde wie immer vor dem Feuer sitzen, sich einen feinen Joint genehmigen und die Schönheit des Universums in sich aufsaugen, bis ihm die Augen zufielen. Wie jeden Abend.

Er begutachtete noch einmal kurz den Stapel Treibholz. Ja, es reichte ganz sicher.

Dann ging er wieder über den Sand hinunter zum Meer. Seine wettergegerbten Füße wurden vom kristallklaren Meerwasser umspült, während er langsam in Richtung des neuen Bungalows schlenderte. Seiner eigenen Zeitauffassung zufolge hatte er eines Tages einfach dagestanden. Die beiden Gestalten, die ihn errichtet hatten, kamen ihm vage bekannt vor, aber es hatte einige Tage gedauert, bis er den Mut fasste, sich ihnen so weit zu nähern, dass er sie genauer in Augenschein nehmen konnte.

Sie hatten ihren Bungalow neben dem einer etwas älteren Frau errichtet, die ihm schon die ganze Zeit irgendwie bekannt vorgekommen war. Aber erst jetzt, als er das neue Paar zusammen mit der etwas älteren Frau sah, stellte er fest, dass er sie wirklich kannte. Alle drei.

Es war wie eine Rückkehr in die Kindheit. Natürlich war das sein Jugendfreund, und natürlich war das seine gut aussehende Schwester, und natürlich war die ältere Frau die andere Schwester. Aber wie alt sie geworden waren.

Ihre Namen fielen ihm allerdings nicht mehr ein. Er versuchte sich daran zu erinnern, wie sein alter Vater sie genannt hatte. An ihre Spitznamen.

Jetzt saßen sie gemeinsam unten am Wasser. Jeder in einem selbst gezimmerten Liegestuhl mit den Zehen im Wasser, und als der alte Fixer sich ihnen näherte, schaute der Mann auf.

Sein Blick war von unergründlicher Trauer erfüllt.

In dem Augenblick erinnerte sich der alte Fixer.

Sie waren es doch:

W.

Und V.

Und U.

OPCOP-GRUPPE, EUROPOL

Zentrale Einheit – Den Haag, Holland:

Paul Hjelm: Erfahrener schwedischer Kriminalbeamter, operativer Chef der geheimen, aber zunehmend etablierten Opcop-Gruppe von Europol.

Jutta Beyer: Pedantische Kriminalbeamtin aus Berlin, aufgewachsen in der ehemaligen DDR, die mit Arto Söderstedt immer besser zusammenarbeitet.

Marek Kowalewski: Schreibtischbulle aus Warschau, der bislang Wirtschaftskriminalität in Osteuropa bekämpft hat, inzwischen aber immer öfter den Schreibtisch verlässt.

Miriam Hershey: Britische Polizistin, ehedem Undercover-Agentin im MI5. Bildet eine hervorragende Konstellation mit:

Laima Balodis: Litauische Polizistin der jungen Generation mit Erfahrungen als Spitzel bei der Mafia. Unnahbar und zugleich heroisch.

Angelos Sifakis: Friedfertiger stellvertretender Chef der Gruppe, der zuvor Korruption in Athen bekämpft hat und am Computer eine Eingebung nach der anderen erfährt.

Corine Bouhaddi: Muslimische Drogenpolizistin aus Marseille, einer der kriminellsten Städte Europas. Lebt nach der Devise »Allein ist man stark«.

1447 € 4,–

Felipe Navarro: Eleganter Ermittler in Sachen Wirtschaftskriminalität aus Madrid, dessen gotische Wurzeln ihm sowohl etwas Nord- als auch etwas Südeuropäisches anhaften lassen.

Arto Söderstedt: Finnlandschwedischer Kriminalbeamter mit einer recht bunten Vergangenheit als Mafiaanwalt, Akademiker und Dozent an der Polizeihochschule.

Lokale Einheit – Stockholm, Schweden:

Kerstin Holm: Ehemalige hochrangige Polizistin und Chefin der A-Gruppe. Inzwischen Leiterin des lokalen Büros der Opcop-Gruppe in Stockholm.

Jorge Chavez: Erfahrener Ermittler mit breit gefächertem Computerfachwissen und fast grenzenloser Energie sowie einer Ehefrau, die seine bessere Hälfte ist.

Sara Svenhagen: Vernehmungsexpertin mit einer Vergangenheit als Ermittlerin in Sachen Kinderpornografie sowie jemandes eindeutig bessere Hälfte.